elefanti bestseller

Dello stesso autore in edizione Garzanti:

Il volo delle cicogne
I fiumi di porpora
Il concilio di pietra
L'impero dei lupi
La linea nera
Il giuramento
Miserere
L'istinto del sangue
Amnesia
Il respiro della cenere
Il rituale del male
L'inganno delle tenebre

Jean-Christophe Grangé

La maledizione delle ombre

Traduzione di
Doriana Comerlati e Giuseppe Maugeri

Garzanti

Prima edizione: giugno 2019
Prima edizione negli Elefanti Bestseller: giugno 2020

Per essere informato sulle novità del Gruppo editoriale Mauri Spagnol visita:
www.illibraio.it

Traduzione dal francese di
Doriana Comerlati e Giuseppe Maugeri

Titolo originale dell'opera:
La terre des morts

ISBN 978-88-11-81326-2

Printed in Italy

www.garzanti.it

LA MALEDIZIONE DELLE OMBRE

PARTE PRIMA

1.

Lo Squonk aveva tutto quello che serviva per risultargli spiacevole. Un locale di strip-tease alla moda, situato al terzo piano interrato di un edificio fatiscente del X arrondissement. Scale, pareti, pavimento, soffitto: era tutto nero. Nel momento in cui Stéphane Corso, capo della prima sezione della brigata Criminale, si era avventurato per le scale, aveva sentito un cupo ronzio torcergli le budella. La metro, aveva pensato, ma a torto: altro non era, infatti, che un semplice effetto sonoro alla David Lynch teso a creare un senso di oppressione.

Dopo un corridoio decorato con foto di pin-up anni Cinquanta illuminate da una striscia sottile di led, si veniva accolti da un bar. Dietro il bancone, al posto delle tradizionali bottiglie allineate c'erano immagini in bianco e nero di vecchi siti industriali e alberghi abbandonati. *No comment.*

Seguendo gli altri avventori, Corso aveva preso a destra per ritrovarsi in una sala in pendenza con poltrone rosse. Si era sistemato in un angolo, un guardone tra tanti altri, in attesa che le luci si spegnessero. Era venuto per annusare il terreno e, da questo punto di vista, non era stato un viaggio a vuoto...

Secondo il programma – un foglio di plastica nera con le scritte in bianco in stile radiografia – lo spettacolo era già ben oltre la metà. Corso si chiese per la centesima volta per quale bizzarra forma di snobismo quel genere di prestazioni pacchiane – che, adottata la terminologia americana, veniva ormai definito «new burlesque» – fosse tornato di moda.

Si era già dovuto sorbire Miss Velvet, una brunetta con i

capelli alla Louise Brooks e il corpo ricoperto di tatuaggi, Candy Moon e la sua danza dei sette veli, e Gypsy La Rose, capace di sfilarsi le scarpe in un solo gesto. Mancavano ancora Mam'zelle Nitouche e Lova Doll... Corso non era mai stato attratto da questo tipo di spettacolo e il fisico di quelle donne non lo incoraggiava di certo: con tutto quell'eccesso di carne, di trucco e di smorfie si situavano agli antipodi di ciò che reputava eccitante.

Il pensiero gli riportò alla mente Émiliya e l'accordo preliminare di divorzio che l'avvocato gli aveva mandato in giornata: che poi era anche il vero motivo del suo pessimo umore. In materia giuridica, il preliminare decretava l'inizio delle ostilità: un fiume di insulti e di menzogne, dettate dalla stessa Émiliya, a cui avrebbe dovuto rispondere con analoga asprezza.

La posta in gioco era loro figlio, Thaddée, un ragazzino di quasi dieci anni di cui intendeva ottenere l'affidamento. La ragione che lo spingeva a battersi non era tanto il fatto di averlo tutto per sé quanto, piuttosto, tenerlo lontano dalla madre che, ai suoi occhi, incarnava il male assoluto: un'alta funzionaria di origini bulgare dedita al sadomaso più spinto. Nel rimestare simili pensieri si sentì inondare la gola da un rigurgito di acido e si disse che tutto questo sarebbe finito in un'ulcera, in un cancro al fegato o, perché no, in un omicidio intenzionale.

All'arrivo sul palco di Mam'zelle Nitouche, Corso cercò di ritrovare la concentrazione. L'artista, una bionda con la pelle lattiginosa e i fianchi mastodontici, non indossava altro che un boa di piume, due stelle d'argento sui capezzoli e un perizoma nero che faticava a cingerla. Tutt'a un tratto, chinatasi per rovistarsi nel fondoschiena, dopo avervi scovato una ghirlanda natalizia la tirò fuori uggiolando come un cagnolino. Davanti agli occhi increduli di Corso, la spogliarellista prese a ruotare su sé stessa come una gigantesca trottola in equilibrio sui tacchi dodici, facendo vorticare il nastro di seta tra gli applausi entusiasti dei presenti.

Finalmente, quando ormai erano le undici passate, Corso decise di riconsiderare la ragione della sua presenza in quella bettola male illuminata. Tredici giorni prima, ovvero venerdì 17 giugno 2016, il cadavere di una performer dello Squonk, Sophie Sereys, alias Nina Vice, trentadue anni, era stato rinvenuto nei dintorni del centro per la raccolta dei rifiuti della Poterne des Peupliers, non lontano da place d'Italie. Nuda e legata stretta con i suoi stessi indumenti intimi, la donna era stata sfigurata in maniera orribile: l'assassino aveva cristallizzato il suo volto in un urlo smisurato recidendole gli angoli delle labbra fino alle orecchie e piantandole un sasso in fondo alla gola perché la bocca rimanesse spalancata.

L'inchiesta era stata affidata al comandante Patrick Bornek, capo della terza sezione della Criminale. Uno sbirro che conosceva il suo mestiere e che aveva applicato la procedura standard: foto e prelievo di campioni dalla scena del crimine, giro del vicinato, esame dei filmati delle videocamere di sorveglianza, audizioni di parenti e amici, ricerca di testimoni e via dicendo.

Si era deciso di concentrare un'attenzione prioritaria sui clienti dello Squonk. Bornek immaginava di fare incetta di maniaci sessuali e di deviati allo sfascio. Niente di più sbagliato: la clientela era composta da giovani trendy, da finanzieri fatti di coca, da intellettualoidi di seconda categoria che trovavano molto chic assistere a spettacoli di altri tempi. Del resto, nemmeno la ricerca di pedofili e stupratori scarcerati di recente o nel mirino della Buoncostume aveva dato risultati. La squadra di Bornek aveva indagato anche negli ambienti dediti al bondage, visto che il modo in cui era stata legata la vittima richiamava apertamente le pratiche BDSM. Invano.

Tutti i fascicoli informatizzati erano stati passati al setaccio, dal casellario giudiziale al database dei crimini violenti, ma senza risultati. Erano state prese comunque in considerazione le poche denunce che avevano a che fare con la biancheria intima. Niente di interessante, a meno che non si avesse l'intenzione di aprire un negozio di lingerie.

L'indagine condotta sia nella zona limitrofa al centro di raccolta dei rifiuti, sia in quella adiacente all'indirizzo in cui risiedeva la vittima, rue Marceau a Ivry-sur-Seine, non aveva portato a nulla. La notte tra il 15 e il 16 giugno Sophie Sereys era rientrata a casa all'una del mattino usufruendo di un servizio Uber. L'autista l'aveva lasciata sotto casa e non l'aveva più vista. Inoltre, dal momento che l'indomani era il suo giorno libero, allo Squonk nessuno si era preoccupato. Quanto al centro di raccolta dei rifiuti, a scoprire il cadavere erano stati alcuni operai polacchi venuti a scaricare detriti e calcinacci. Prima di allora, né gli addetti alla sicurezza né le videocamere avevano colto alcun dettaglio sospetto.

Gli investigatori avevano stilato un ritratto della vittima, scavando a fondo nel suo passato. Sophie si considerava un'artista e si dedicava al suo lavoro come qualsiasi altro precario del mondo dello spettacolo. Pochi amici, nessun ragazzo, nessuna famiglia. Non era stata riconosciuta alla nascita, il che significava che nessuno, nemmeno la polizia, poteva risalire all'identità dei suoi genitori biologici, ed era cresciuta nell'Est della Francia, tra centri di accoglienza e famiglie affidatarie. Dopo una specializzazione post-diploma in amministrazione aziendale a Grenoble, nel 2008 si era trasferita a Parigi per seguire quelle che erano le sue vere passioni: la danza e lo strip-tease.

Ben poca cosa anche sul conto dei suoi datori di lavoro. «Artista coreografico» secondo il codice APE dell'Agenzia per l'impiego, la spogliarellista lavorava allo Squonk tre giorni alla settimana, dedicando il tempo rimanente ad altri lavori occasionali. Lavorava a cachet nei locali della provincia, offriva prestazioni private per feste di addio al celibato e teneva corsi di spogliarello per feste di addio al nubilato. Sembrava proprio che lo strip-tease fosse l'unica fissa di chiunque stesse per sposarsi…

Non essendo avverso a certi luoghi comuni, Bornek aveva ipotizzato che Sophie arrotondasse il lunario andando a letto con i suoi ammiratori. Si sbagliava. Nemmeno l'ombra di un cliente. Preferiva le attività sportive e spirituali: hatha yoga, meditazione, maratona, mountain bike. Tutte cose che comunque non le impedivano di incrociare centinaia di uomini ogni mese durante i suoi spettacoli o sulle piste ciclabili. Tutti potenziali sospetti anonimi.

Nel giro di una settimana, Corso aveva capito che il fascicolo si stava avvicinando pericolosamente. In assenza di risultati, è prassi abbastanza consueta che si cambi squadra, se non altro per comunicare l'impressione di compiere un passo avanti. Tanto più che, in questa storia, la pressione esercitata dai media era in costante aumento. C'erano tutti gli ingredienti di un fatto di cronaca ben confezionato: sesso, sangue, mistero...

In breve, Catherine Bompart, capo della Criminale, aveva ottenuto dalla procura un'estensione dell'inchiesta in flagranza di reato – periodo in cui gli agenti possono operare senza mandati né vincoli – e poi aveva convocato Corso nel suo ufficio. Lui si era mostrato riluttante, ma la Bompart l'aveva rapidamente richiamato all'ordine. D'altronde, non aveva scelta: lei non era semplicemente un superiore, ma la sua «madrina», la donna che gli aveva evitato di finire in gattabuia, dov'erano finiti invece tutti i delinquenti che aveva arrestato in quasi vent'anni.

Il passaggio del testimone era avvenuto quella mattina. Era rimasto chiuso tutto il giorno a studiare il caso – già cinque raccoglitori belli pesanti – e poi, nel tardo pomeriggio, aveva annunciato la notizia ai membri del suo team distribuendo un memorandum scritto di suo pugno. Aveva ordinato loro di organizzarsi con i casi ancora aperti per poter iniziare dal giorno dopo. Briefing alle nove in punto.

In sala si riaccesero le luci. Mam'zelle Nitouche aveva riposto i suoi festoni e probabilmente anche Lova Doll si era già esibita. Lui non aveva visto niente. Ora, mentre tutti si alzavano, captò un'aura di ilarità e di soddisfazione sui loro visi. Ancora una volta, ma era una sensazione familiare, avvertì come una scarica di odio nei confronti di tutta quella brava gente.

Lasciò che gli altri defluissero per concentrare la propria attenzione su una porta nera alla destra del palcoscenico, il backstage. Era il momento di fare una visitina al padrone di casa, Pierre Kaminski.

2.

Corso lo conosceva da tempo – era stato lui stesso ad arrestarlo nel 2009, quando ancora lavorava alla Buoncostume – e ne ricordava il pedigree.

Nato vicino a Chartres nel 1966, a sedici anni Pierre Kaminski aveva lasciato la fattoria della famiglia. Inizialmente punkabbestia, aveva fatto l'acrobata e poi il mangiafuoco, prima di imbarcarsi per gli Stati Uniti all'età di ventidue anni. Lì, aveva frequentato la scena off-Broadway, almeno così andava dicendo, per poi tornare in Francia nel 1992 e avviare Le Charisma, un locale notturno in zona République. Tre anni dopo era stato arrestato e condannato per aggressione aggravata a una delle sue cameriere. Sospensione con la condizionale. Insolvenza. Sparizione.

Tempo dopo, si era rifatto vivo con un club per scambisti vicino al Canal Saint-Martin, Le Chafouin. Gli affari sembravano andare a gonfie vele, prima che inciampasse di nuovo, questa volta per prostituzione. Tre anni al fresco, anche se poi, di fatto, ne aveva scontati solamente due. Nel 2001, infatti, il boss era rinato dalle sue ceneri per mettere in piedi lo Shar Pei, un club di strip-tease in rue Ponthieu rimasto in attività per otto anni prima di chiudere per «traffico di esseri umani». Tirato ancora una volta in mezzo, Kaminski era stato incriminato e, nel prosieguo delle indagini, persino sospettato di aver ucciso una delle sue ballerine, trovata sfigurata in un cassonetto dei rifiuti a pochi isolati di distanza. Scagionato da ogni accusa (testimoni e querelanti si erano volatilizzati), aveva fatto perdere le sue tracce per l'ennesima volta. E aveva fatto bene, dal momento che

Corso, convinto com'era della sua colpevolezza, avrebbe risolto la questione a modo suo. Infine, nel 2013, il pappone era riapparso e aveva aperto lo Squonk, che da allora riscuoteva un enorme successo di pubblico.

Corso si ritrovò in un camerino dove due intere pareti erano occupate da supporti stipati di costumi e la terza ospitava una serie di specchi contornati da lampadine. Ovunque regnava il caos più totale: i cosmetici ricoprivano i tavoli, mentre il pavimento era disseminato di trolley, scarpe e accessori vari in una confusione degna di un campo di battaglia.

La maggior parte delle ragazze era ancora sedere all'aria. In un angolo, una *stage kitten* (l'equivalente dei raccattapalle su un campo da tennis, solo che qui si trattava di reggiseni e mutandine) appendeva il suo raccolto sulle grucce. Seduto su uno sgabello, un ballerino nero di tip tap vestito con un abito rosa riavvitava gli inserti di ferro delle scarpe.

«Kaminski?» chiese Corso, rivolgendosi proprio al nero.

Il ragazzo lo soppesò con un'occhiata. Non sembrava sorpreso né spaventato alla vista dell'ennesimo sbirro: dopo l'omicidio di Nina, era stato un continuo sfilare di piedipiatti.

«In fondo al corridoio.»

L'agente scavalcò un hamburger gonfiabile delle dimensioni di un pouf, copricapi piumati, corsetti di raso, collane polinesiane... All'improvviso avvertì un moto di tenerezza verso quelle ragazze che ideavano il loro numero, si cucivano i costumi da sé e perfezionavano una coreografia. Ripensò alla propria infanzia, a quando si vestiva da Indiana Jones o imitava Bruce Lee davanti allo specchio del dormitorio.

Entrò senza bussare. La prima cosa che vide fu un direttore di scena che, in piedi su una scala, riparava una plafoniera. La seconda fu lo stesso Kaminski che, a petto nudo, e con un paio di pantaloni militari, supervisionava l'operazione con le mani sui fianchi, quasi fosse la costruzione del ponte sul fiume Kwai.

Il volto asciutto, incorniciato da un taglio da legionario,

era tutto spigoli. Lo stesso poteva dirsi del fisico, muscoli tracciati con il righello, affilati e pronti all'uso. Il mercante di sesso più in auge della capitale sembrava un parà a guerra finita.

«Toh», disse, scoccando una rapida occhiata all'indirizzo del nuovo arrivato, «ecco la pula.»

Corso si accorse che Kaminski non indossava scarpe e che il pavimento era rivestito in fibra di cocco, tanto che poteva passare per l'imitazione di un tatami.

«Non sembri sorpreso di vedermi.»

«In questi giorni ho visto abbastanza sbirri da potermici farcire il culo fino ai capelli.»

Corso finse di sorridere.

«Sono venuto a farti qualche domanda.»

Senza preavviso, Kaminski assunse la posizione di *zenkutsu dachi*, una gamba flessa in avanti, l'altra tesa all'indietro, i pugni chiusi in guardia. «Non vi è bastato sbattermi in custodia cautelare?»

Il primo istinto di Bornek era stato quello di mettere Kaminski in stato di fermo, considerati i suoi precedenti. L'ennesimo errore: il commissario lo aveva dovuto rilasciare nel giro di qualche ora, dopo aver verificato il suo alibi.

Ruotandosi verso il direttore di scena, Kaminski gli sferrò un calcio circolare, un *mawashi geri* che si arrestò a qualche millimetro dalle sue gambe. Evidentemente avvezzo alla cosa, l'altro non mosse un muscolo.

«Siete venuti qui una decina di volte», disse. «Avete fatto il terzo grado alle mie ballerine, convocato il mio staff e rotto le palle ai miei clienti. Da una settimana, il mio nome e quello del mio locale sguazzano nella merda. *No buono* per gli affari, capito?»

«Vuoi scherzare? Dall'omicidio di Nina fai il tutto esaurito. Nulla attira la clientela più del sapore del sangue.»

L'altro aprì le braccia come a voler dire: "Alleluia".

«Finalmente mi hai trovato un movente!»

«Parliamo un po' di cose serie… da uomo a uomo.»

Il pappone scoppiò a ridere.

«Ehi, Corso, che modi sono? Non siamo andati insieme a

puttane. L'ultima volta che ho avuto a che fare con te, se ben ricordo, è stato quando mi hai messo al fresco nel 2009.»

Corso non raccolse quella provocazione da delinquentucolo.

«Vorrei che tu mi facessi un ritratto di Nina… un ritratto umano, intimo. Le eri molto vicino, dico bene?»

Kaminski tornò in posizione di *zenkutsu dachi*.

«La ragionevole distanza tra un capo e una sua dipendente.»

A Corso tornarono in mente la cameriera a cui aveva slogato la mascella e la ballerina ritrovata senza volto in rue Jean-Mermoz.

«Non andavate a letto insieme?»

«Nina non andava a letto con nessuno.»

«Di che si faceva?»

Kaminski ruotò su sé stesso per piazzare un calcio laterale, uno *yoko geri* all'altezza delle ginocchia del direttore di scena, ancora affaccendato.

«La cosa che più le piaceva era passeggiare nuda su qualche spiaggia di sabbia bianca.»

L'aveva letto nel fascicolo: Sophie Sereys era una naturista. Nemmeno un tanga a separare la vita privata da quella di artista.

«Niente droghe, niente alcol?»

«Parlo arabo? Nina era pura come una sorgente termale.»

«Nessuna storia con i clienti?»

Inspirando profondamente, il pappone girò verso di lui per sistemarsi in *shiko dachi* – gambe flesse, piedi a quarantacinque gradi, mani sulle ginocchia: la posizione dei lottatori di sumo. Per essere un cinquantenne, sfoggiava una forma da olimpionico.

«Non cercare rogne, Corso. Nina era una ragazza senza macchia, un cuore d'oro. Respirava gentilezza. Il solo fatto che fosse del mestiere ci riscattava un po' tutti. Il funerale è stato tre giorni fa. Nina non aveva una famiglia e, be', non ho mai visto così tanta gente in un cimitero. Amici, colleghi, ammiratori…»

Corso rimpianse di non avervi potuto partecipare, al solo scopo di sondare il terreno personalmente.

«E che professionista!» proseguì il karateka. «Una delle migliori in Francia. Ideava da sola le sue scenografie, inventava pose ed espressioni, prestava attenzione ai dettagli... Porca di quella troia, e io che le avevo predetto un futuro da star! La nuova Dita von Teese!»

Kaminski stava esagerando. Facendo un giro sul web, Corso non aveva visto altro che una bella bionda dal fisico di attrice del cinema muto e dalle coreografie semplicistiche.

Nuova guardia. Passo doppio, senza incrociare. *Okuri ashi.*

«Una ragazza di classe che ha soltanto avuto la sfortuna di fare un pessimo incontro.»

«Magari qui, da te.»

«Stai perdendo tempo, Corso. Non c'è nulla di più pulito del mio locale e del suo pubblico. La perversione fermenta in quelli che hanno le ganasce all'uccello. È la morale a creare il male, non il contrario. Ma tu sai di cosa sto parlando, dico bene?»

In preda alla sgradevole sensazione di vedersi scoperto, Corso deglutì. La sua priorità era sempre stata quella di depistare, di coprire le proprie tracce: rigido come un giansenista, si vestiva come un fan dei Nirvana benché fosse ormai vicino ai quaranta; malvivente nell'animo, aveva indossato la divisa da sbirro; sedicente cristiano, non metteva quasi mai piede in chiesa. Quanto al sesso, gli piacevano le vergini eteree, d'accordo, ma solo per poterle insozzare un po'. A chi voleva darla a bere? A sé stesso, forse?

«Ma vogliamo parlare un po' dei tuoi amichetti?» continuò. «Non mi dirai che non hai mantenuto i contatti con qualche avanzo di galera? Con qualche seguace dell'amore maschio?»

Kaminski eseguì in sequenza un *ura mawashi geri*, con la parte posteriore del piede, e uno *tsumasaki geri*, con le dita distese. Da ex praticante, Corso dovette ammettere che la tecnica era impeccabile. Quanto al direttore di scena, cominciavano a tremargli le ginocchia.

«Ti sbagli di nuovo, *maricón*. L'assassino che stai cercando non ha fatto un giorno di galera e non indossa un cartello con su scritto SERIAL KILLER. È un tipo normale, senza spigoli e senza sorprese.»

Corso non poteva che dirsi d'accordo. La violenza che travolgeva l'assassino da dentro, mentre passava all'azione, era sicuramente proporzionale alla calma che mostrava in superficie.

«E le tue ragazze? Come l'hanno presa?»

«Secondo te? Abbiamo dovuto allestire una struttura di sostegno psicologico.»

"Le matte risate", si disse Corso.

«Ma hanno già ripreso a lavorare», riprese l'altro. «Per solidarietà. Ritengono sia il modo migliore di onorare la memoria di Nina.»

«*The show must go on…*»

Alla fine, il direttore di scena collegò gli ultimi fili e rimise a posto la plafoniera. L'allacciamento illuminò gli occhi rossi di uno scheletro che troneggiava in un angolo della stanza e che serviva da sparring partner per Kaminski.

Corso decise di averne avuto abbastanza. Dopo essersi sorbito uno spettacolo pietoso, aveva sprecato il suo tempo con un karateka psicopatico. C'era tanfo di sudore e di stronzate, ma non di paura, né tanto meno della follia organizzata che stava dietro l'omicidio di Nina Vice. In realtà, Corso nutriva una convinzione: l'assassino non apparteneva alla cerchia dello Squonk. Diversamente, Bornek l'avrebbe già identificato. Avevano a che fare con un aggressore *esterno*.

Mentre il direttore di scena scendeva dalla scala, Kaminski s'inchinò per eseguire un saluto formale. Il primo annuì brevemente, afferrò la cassetta degli attrezzi e tolse il disturbo.

«Corso, lo sanno tutti che sei un bravo sbirro», borbottò il pappone, tirando fuori un tocco di fumo, cartine e sigarette. «Trovami il bastardo che l'ha fatto, invece di star qui a rompermi i coglioni a quest'ora.»

«Gli tieni in caldo un *mawashi geri*?»

Kaminski passò la lingua sulla cartina e gli fece l'occhiolino: «Magari ne conservo uno anche per te…».

Corso era stato cintura nera secondo dan, ma in una giovinezza che gli sembrava ormai come quella di qualcun altro. Non avrebbe retto due minuti, davanti a Kaminski.

«Quando vuoi», rispose comunque, giusto per non sfigurare.

Kaminski terminò di prepararsi lo spinello, lo accese e quindi scoccò un nuovo *yoko geri* verso il viso del poliziotto. Non vedendo arrivare il colpo, Corso sentì il taglio del piede sfiorargli il mento.

Deglutì – la bocca secca – e abbozzò un sorriso. «Fammi fare un tiro, va'.»

3.

Corso abitava in un bilocale in rue Cassini, in un palazzo degli anni Sessanta il cui canone di affitto era stato ritoccato al ribasso per via della vista mozzafiato: il muro cieco dell'Hôpital Cochin. Nemmeno l'appartamento era un granché, ma a lui piaceva quel quartiere che, oltrepassato boulevard Arago, sembrava aprirsi e mettersi a proprio agio fino al Parc Montsouris. Specialmente avenue René-Coty, con le sue arie da rambla, i suoi platani, i suoi atelier di artisti, gli scaldava il cuore.

Arrivato a casa, gettò giacca e fondina sul divano e si diresse verso il ripiano della cucina. Aprì il frigorifero per non scorgervi altro che la diapositiva della sua vita da single. Prodotti scaduti, scatolette aperte a metà, avanzi di take-away…

Prese una birra e si sedette sul divano letto che, insieme con la scrivania, costituiva il mobilio dell'appartamento. Dopo la separazione da Émiliya, aveva trovato riparo lì e non aveva cercato di sistemarlo, eccezion fatta per la stanza riservata a Thaddée, che aveva invece decorato con cura. Per il resto, quella parte provvisoria gli piaceva, gli ricordava la sua condizione di paria, di esilio perenne.

Anche lui registrato all'anagrafe sotto il segno X, come Nina Vice, parassita di istituti e famiglie adottive da bambino, poi cane randagio durante l'adolescenza, Corso non era mai stato capace di sistemarsi, di adattarsi. Ladro, tossico, asociale, era stato salvato in extremis da Catherine Bompart, che lo aveva preso sotto la sua ala protettrice e gli aveva permesso di riuscire nell'unica cosa (oltre a suo figlio) di cui andasse orgoglioso: la sua carriera di poliziotto.

Nonostante lo stato di servizio, la fedina penale pulita e l'estrema rigidità che veniva percepita come integrità, la malerba era ancora lì, nel profondo dell'animo. Funzionario di polizia, sposato, in regola con il fisco, negli anni Duemila aveva tentato di redimersi, ma l'indole naturale era riemersa con prepotenza. Nel giro di poco tempo si era trovato separato dalla moglie, emarginato dai colleghi, nomade della sua stessa vita... zingaro in uno spazio residuale.

Un paio di sorsi di birra bastarono a provocargli il voltastomaco. Si precipitò in bagno e vomitò tutto quello di cui si era nutrito nelle ultime ore: alcol, spinello e cellulite di spogliarelliste. Per essere un poliziotto, Corso aveva un limite: non sopportava la notte. Non ne reggeva i ritmi né la fauna. Ai suoi occhi, tutto ciò che faceva sognare i borghesi e fantasticare gli intellettuali non era altro che un profluvio di cagate e di vizi incarnati da un branco di stupidi scansafatiche. Un universo falsamente mitico, un mondo di piccoli traffici, di ore dilapidate a bere shottini, a sproloquiare e a fottere. La più assoluta delle vanità.

Dopo mezzanotte avvertiva un bisogno irresistibile di dormire, mentre i crampi gli spezzavano le gambe e la nausea gli torceva i visceri. Avrebbe dovuto fare il militare, piuttosto: svegliarsi con uno squillo di tromba o agli ordini dell'insegnante di ginnastica, prendere il sole di buon mattino, a passo di carica.

Quando sollevò la testa dalla tazza del water, si sentì meglio. Si diede una sciacquata al viso, si lavò i denti e poi si mise alla scrivania. Il sonno gli era passato. Di fronte al computer, doveva scegliere tra due diversi incubi: il fascicolo investigativo di Bornek, che aveva fatto scannerizzare per intero, o l'accordo preliminare di divorzio. Alle menzogne del secondo, preferì comunque l'orrore del primo.

Cominciò con le foto della scena del crimine: alla luce sorda di quella giornata piovosa, il cadavere appariva estremamente pallido. La postura era molto particolare: mani legate dietro la schiena, gambe piegate in posizione fetale, testa rovesciata all'indietro a un'angolazione praticamente impossibile. L'assassino aveva legato i polsi e le caviglie della vittima con le sue stesse mutandine. L'aveva poi strangolata con il reggiseno – la prima riflessione di Corso, piuttosto assurda, era stata di meraviglia rispetto all'estrema resistenza dimostrata dall'intimo di Princesse tam.tam.

A prima vista, lo stupro commesso da un balordo che, per immobilizzare la vittima e ammazzarla, si era servito di quanto aveva sotto mano. In realtà, le cose erano più complesse. Per prima cosa, non c'era stata violenza sessuale: nessuna lesione nelle parti intime, né la minima traccia di liquido seminale. Inoltre, l'assassino aveva assicurato il reggiseno-cappio alle mutandine tramite una serie di nodi fatti con perizia. Tutto faceva pensare che avesse poi sfregiato la vittima e che fosse stata quest'ultima a strangolarsi da sé, contorcendosi per il dolore.

Le ferite al volto erano atroci: con la sua arma – un coltello, un taglierino o comunque qualcosa con una lama decisamente affilata – il killer aveva reciso le guance della donna, aprendole la bocca da un orecchio all'altro. Quindi le aveva infilato una pietra in gola per impedirle di chiudere la mascella. Il risultato era un urlo nero e sproporzionato, alla Munch. L'ultimo tocco su quel quadro agghiacciante era il dettaglio dei capillari delle palpebre e della sclera esplosi per la pressione eccessiva, a velare lo sguardo di un rosso uniforme.

Corso passò in rassegna gli scatti senza provare alcun sentimento. Come per quasi tutti quelli del mestiere, la sua capacità di indignarsi per la violenza degli uomini era andata scemando nell'arco degli anni. Si limitò alla constatazione che avevano a che fare con un mostro di prima categoria, tanto meticoloso nel progettare un delitto quanto sfrenato nel momento in cui lasciava briglia sciolta alla crudeltà.

Corso sfogliò i verbali. Bornek aveva fatto il suo lavoro, nulla da dire. Non sapeva cos'altro aggiungere. Forse l'assassino conosceva Nina, o forse no. Magari l'aveva incontrata vent'anni addietro, oppure, chissà, appena il giorno prima di ammazzarla... Da qualche parte nel tempo e nello spazio, aveva incrociato la sua strada e non c'era modo di risalire a quello sguardo omicida, a quella presenza fatta di ombra.

Le due del mattino e ancora niente sonno. Recuperata un'altra birra, Corso si predispose ad affrontare il peggio: cliccò sul preliminare inviato dall'avvocato e scorse la lista dei suoi difetti, dei suoi misfatti, dei suoi fallimenti. Non mancava niente: alcolismo, violenze coniugali, assenze prolungate, vessazioni psicologiche... L'unica cosa che Émiliya non aveva ancora osato scomodare – ma che non dubitava avrebbe tirato fuori, se necessario – era l'accusa di molestie nei confronti del figlio.

Era tutto così spropositato da risultare poco credibile, e dunque sperava che i giudici non se la bevessero. Più insidioso era il modo in cui Émiliya e il suo avvocato giungevano a trasformare ogni minimo tratto del suo carattere, pregi compresi, in un aspetto negativo. Lavorava come un matto? Era un padre assente. S'interessava alle attività del figlio, assicurandosi che si esercitasse al pianoforte? Era un tiranno esigente e autoritario. Si sforzava di dedicare del tempo ai suoi interessi? Era solo per tenerlo lontano dalla madre.

Quando le righe sullo schermo cominciarono a confondersi per diventare come fili elettrici incandescenti, chiuse il documento, trattenendosi dal fracassare il computer contro il muro.

Doveva trovare un modo per sfogare la rabbia. Gli venne in mente soltanto un'idea: chiamare Lambert, il capo della seconda sezione della Narcotici.

«Lambert? Sono Corso.»

«Come stai, cazzone?» sogghignò l'altro. «Pensavo che voi della Criminale andaste a letto alle dieci.»

«Siete in ballo con qualcosa, stanotte?»

«E a te che cazzo ti frega? Sei uno sbirro?»

«Dico sul serio.»

Il collega si lasciò sfuggire una risata acida.

«Un'occhiatina nella tana del coniglio.»

«Roba che scotta?»

«I fratelli Zaraui, amico mio. Sono tre anni che aspettiamo. Secondo la nostra fonte, un'unità di produzione con laboratorio, pressa idraulica e go fast nuovi di zecca, appena sfornati.»

«Quanto?»

«Cento chili di resina, altrettanti di erba e un bel po' di coca non ancora raffinata.»

Corso emise un fischio di ammirazione. Sperava di potersi solleticare con qualche intervento di routine, ed ecco che all'improvviso s'imbatteva in un'operazione di vasta portata.

«Dove?»

«Picasso.»

La cité Pablo-Picasso a Nanterre era nella parte alta dell'elenco dei QSN, i quartieri in cui lo stato non aveva minimo controllo sulla legalità: il massimo livello in termini di insicurezza.

«Mi unisco alla rissa.»

«Fermo dove sei, fratello, questa è la Narcotici, non un luna park.»

«Posso esservi utile. Sono cresciuto lì.»

«Non me ne vanterei. Ma a cosa devo l'onore della tua improvvisata?»

«Devo sfogare il nervoso.»

«Non siamo una valvola di sfogo.»

«No, dico davvero.»

Lambert parve tutt'a un tratto interessato: «Problemi con i superiori?».

«Con la mia ex. Ho ricevuto il preliminare di divorzio dal suo avvocato.»

La risata del collega fu simile al verso di un tacchino.

«Allora è quello che chiamo un caso di forza maggiore. *Be my guest.*»

4.

Quella che veniva chiamata cité Pablo-Picasso non era una città in senso stretto. Si trattava piuttosto di un complesso immobiliare situato in avenue Pablo-Picasso, a Nanterre. Le torri, progettate dall'architetto Émile Aillaud, alte e circolari, sfoggiavano facciate con motivi colorati che evocavano nuvole e finestre a forma di gocce d'acqua: il sogno di un architetto trasformatosi in un incubo di miseria e delinquenza.

Corso vi aveva trascorso l'adolescenza e ricordava ogni dettaglio dell'arredamento: nelle aree comuni, le porte avevano colori vivaci e le pareti erano rivestite da intonaci variopinti. Negli appartamenti, le pareti erano tondeggianti e il pavimento ricoperto da un tappeto che richiamava un prato all'inglese. Uno spazio utopico che gli abitanti si erano affrettati a vandalizzare, contaminare, distruggere. *Che importa della bottiglia, purché si abbia l'ebbrezza?*

Oltrepassato il boulevard circolare della Défense, Corso vide le torri stagliarsi su uno sfondo indaco. Le 3.45: era in orario. Lambert gli aveva detto che sarebbero entrati in azione alle quattro in punto, avendo ottenuto dal giudice il permesso di effettuare una perquisizione in notturna.

Lasciò il boulevard e attraversò un reticolato di edifici adibiti a uffici – vetro, acciaio e linee pulite – che quand'era ragazzo non esistevano. Alla prima rotonda si accorse che i festeggiamenti erano già iniziati. Il bagliore dei lampeggianti avvolgeva la base delle torri. La notte fu scossa da una serie di spari. Un paio di volanti lo superarono a tutta velocità, facendo stridere gli pneumatici.

Corso piazzò il giroscopio sul tettuccio e accese il ricetrasmettitore. La chiamata esplose in un fragore crepitante: «TN5 a tutte le pattuglie, un agente a terra. TN5 a tutte le pattuglie, ripeto: un agente a terra!».

Era fuori discussione che Lambert avesse anticipato l'avvio dell'operazione. Possibile che fossero stati individuati dai «pali», ovvero dagli uomini messi a guardia del territorio? La squadra era caduta in una trappola? Bastava un niente perché l'iniziativa passasse da una parte all'altra.

Corso si vide costretto a inchiodare alla rotonda successiva, bloccato da alcuni furgoni parcheggiati su tre file. Sembrava che chiunque indossasse un'uniforme a Nanterre si fosse dato appuntamento in quel punto. A naso, Corso individuò i ragazzi dell'Anticrimine, i tizi del sottodipartimento 92 della Giudiziaria, gli agenti in divisa degli uffici centrali e dei commissariati che brulicavano all'angolo (per ironia della sorte, a poche centinaia di metri da lì, in rue Trois-Fontanot, sorgeva un annesso del ministero degli Interni).

Dopo aver parcheggiato su un marciapiede, Corso saltò fuori dall'auto. Bagagliaio. Giubbotto antiproiettile. Sig Sauer SP 2022. Risalì il viale arma in pugno, superando la fila di auto in sosta mentre cercava di farsi un'idea della situazione. Il teatro del conflitto si concentrava ai piedi della seconda torre Aillaud venendo dalla rotonda. Proprio quella in cui aveva vissuto lui.

Al primo piantone incrociato lungo la strada, Corso mostrò il distintivo e urlò: «Che sta succedendo qui?».

«Brigadiere Ménard. Commissariato di Nanterre.»

«Ti ho fatto una domanda: che succede?»

«Solo due squadre. Ne stiamo aspettando altre tre.»

Corso si chiese se quel tizio lo stesse prendendo per il culo o se avesse fumato. Infine capì. Avvicinatosi ulteriormente, gli strillò in un orecchio: «Togli 'sti tappi del cazzo!».

L'agente sobbalzò, poi si sfilò le cuffiette antirumore.

«Mi scusi», farfugliò, scosso da un fremito in tutto il corpo, compresa la mano in cui stringeva l'arma. «Le avevo dimenticate. Stava... dicendo?»

«Che sta succedendo qui?»

«Non lo sappiamo. È da dieci minuti che sparano...»

Corso continuò a percorre il viale a brevi falcate, entrambe le mani ben salde sulla pistola. Riusciva ormai a distinguere diversi elementi illuminati dalle rampe a LED. Alla sua destra, più in basso rispetto alla torre, dietro le dune lastricate che fungevano da spazi verdi del quartiere, due agenti protetti da giubbotti antiproiettile sparavano con i fucili a pompa.

A sinistra, dall'altra parte del viale, un cordone di sicurezza teneva a distanza eventuali curiosi, benché nessuno si azzardasse ad avvicinarsi alla zona del conflitto a fuoco.

Strizzando gli occhi, Corso individuò diversi poliziotti dietro le auto. Vide anche una donna grassa che, con addosso il velo e una djellaba, strillava sotto i lampioni: «*'Ibni! 'Ibni! 'Ayn hu? 'Ayn hu?*».

Conosceva abbastanza parole in arabo per cogliere il messaggio: «Mio figlio! Mio figlio! Dov'è? Dov'è?». In ginocchio di fronte a lei, un agente incappucciato dell'Anticrimine le tirava l'abito per costringerla a chinarsi.

Corso avanzò verso il lato delle torri, oltrepassando diversi agenti che sparavano a un ipotetico obiettivo senza vederlo. Le pallottole fischiavano nell'aria come gli ultimi bengala di una festa di morte. Sullo sfondo, le interferenze radio amplificavano il caos.

Mentre si nascondeva dietro un paio di cassonetti dei rifiuti, inciampò su un cadavere. La faccia gli era stata spazzata via da una raffica. Una pozza di sangue invischiava le ruote dei cassonetti e i sacchi dell'immondizia lasciati lì accanto. Lui stesso, avendo poggiato un ginocchio a terra, si era appena imbrattato. «*'Ibni! 'Ibni! 'Ayn hu? 'Ayn hu?*» Ecco dov'era finito il figlio.

Risalì la duna lastricata che lo separava dal teatro dello scontro a fuoco. All'inizio non vide nulla, se non una serie di lampi che squarciarono la notte. Poi scorse le squame del gigantesco serpente che decorava il piazzale. Solo a quel punto fu in grado di cogliere la scena sconcertante che aveva davanti. Sopra le panchine pubbliche, un uomo pendeva da un lampione, la testa piegata ad angolo retto rispetto al lampione stesso.

Nascosti sotto il portico ovale dell'edificio, Lambert e i suoi uomini sparavano a rotazione. Vestiti tutti di nero, infagottati nei giubbotti antiproiettile, avevano nei bracciali rossi l'unica nota di colore: un segno di lutto per funerali di porpora.

Corso si affrettò a raggiungerli. Prima ancora di salutarli, si accorse che avevano tutti fucili d'assalto semiautomatici H&K G36 caricati con munizioni da 5,56 millimetri, il calibro standard in dotazione alle forze NATO.

Lanciando un'occhiata alle sue spalle, Lambert scoppiò in una risata piena di tensione.

«Sei riuscito a liberarti? Avrai di che spassartela.»

5.

«Il tizio appeso chi sarebbe?» chiese Corso, cercando di guardare da sopra le spalle dei poliziotti.

«Il nostro informatore. Il coglione si è fatto pizzicare dopo averci passato la soffiata. Lo hanno fatto cantare. Perciò si aspettavano visite...»

All'ombra dell'androne, Corso poteva distinguere meglio i colleghi. Lambert era un tipo alto e livido con la zazzera color fieno e le sopracciglia decolorate. A completare il quadro, pelle butterata e denti guasti. I suoi vice facevano coppia: uno sfoggiava tatuaggi da *mareros* dal collo alle tempie, l'altro sfoggiava un «Glasgow smile», una cicatrice che si estendeva dalle labbra a un orecchio, un ricordo lasciatogli dai narcotrafficanti che aveva sbattuto dentro.

«Ecco come stanno le cose», annunciò Lambert. «Dietro il serpente ci sono i fratelli Zaraui e i loro complici che ci stanno sparando addosso. Alle loro spalle, in prossimità della torre che vedi lì in fondo, ci sono i soci dell'appeso che invece mirano su di loro. Di tanto in tanto, i primi si ricordano degli altri e indirizzano loro qualche pallottola, prima di tornare a concentrarsi su di noi. Altre volte, sono quelli là in fondo a ricordarsi che ci sono anche dei poliziotti e a scaricarci addosso un paio di raffiche. Insomma, quel che si dice una cosa a tre.»

L'ilarità di Lambert aveva una nota disperata. Quella notte, per l'ennesima volta, ci sarebbero stati morti e feriti, e come sempre senza un briciolo di senso.

«Ho sentito la radio», disse Corso. «Abbiamo uno dei nostri a terra?»

«Una ferita superficiale. In compenso gli Zaraui hanno perso uno dei loro, e un altro è conciato male. Se abbiamo avuto un pizzico di fortuna, dietro il serpente ci sarà un altro cadavere, forse due.»

«Qual è il piano?»

«Non c'è alcun piano. Aspettiamo che gli uomini del Gruppo di intervento rapido lancino l'assalto e li disperdano. Poi, se torniamo a casa, c'è da ringraziare santa Rita.»

«E il laboratorio?»

«Ce l'abbiamo nel culo. Mentre qui c'è il finimondo, qualcuno dei loro starà sicuramente portando via la mercanzia. Quei figli di puttana difendono l'ingresso al parcheggio. Quando arriveranno i rinforzi, non ne sarà rimasta traccia.»

A Corso venne in mente un'idea: «C'è un altro passaggio».

«Cosa?»

«Le cantine comunicano con il parcheggio.»

«Ti sbagli. Abbiamo la planimetria: sono al pianterreno.»

«Ti dico che ci ho vissuto, qui. Attraverso i condotti di ventilazione si può accedere al soffitto del parcheggio.»

L'occhio di Lambert s'illuminò di un guizzo febbrile e demente al tempo stesso.

«Le cantine sono state trasformate in una moschea», replicò. «Non vi si può più accedere se non dall'esterno.»

«I tuoi ragazzi ci copriranno. La porta antincendio è a dieci metri da qui, seguendo il muro.»

Lambert inserì la sicura del suo H&K G36 e urlò: «Avete sentito, ragazzi? Stasera si festeggia!».

Gli agenti si misero in posizione. Al segnale del loro capo, aprirono il fuoco mentre Lambert e Corso seguivano la facciata della torre. Scrutando le fauci del serpente che emergeva dalla superficie del piazzale, con le sue grandi scaglie di pietra, Corso ringraziò Dio di essere un poliziotto e di quell'esistenza fuori dalla norma, un'esistenza galvanizzata dalla morte stessa.

Lambert si fermò. Presto si sarebbero trovati allo scoperto. Nuovo segnale: coprire i pochi metri che li separavano dalla porta antincendio. Diverse tessere di mosaico andarono in frantumi, centrate dai proiettili nell'oscurità. Con un calcio, Lambert spalancò l'accesso alla cantina-moschea. Si precipitarono all'interno accendendo le torce. Non c'era nessuno.

Un tempo, quella era stata una rimessa per ciclomotori. Corso vi aveva trascorso innumerevoli pomeriggi ad armeggiare con i motorini. Adesso le torce illuminavano tappeti, un *mihrab* di legno a indicare la direzione della Mecca, versetti del Corano e nomi di Dio incorniciati alle pareti.

Corso impiegò qualche istante per orientarsi.

«Da quella parte!»

Attraversarono lo spazio in diagonale, verso il locale caldaie sulla sinistra. Corso prese la porta a pedate, ma con meno fortuna di Lambert, visto che il lucchetto teneva meglio. Il collega della Narcotici lo spinse da parte ed esplose un colpo alla fibbia d'acciaio, facendolo saltare con la violenza di un bossolo. *Sparare in una moschea: il sacrilegio fatto profanazione.*

Raggiunsero una nicchia in cui campeggiava una serie di pulsanti, leve e fusibili. Sopra, a due metri da terra, una griglia laterale proteggeva il condotto di ventilazione. Puntellando i piedi sul pannello, Lambert riuscì a sollevarsi abbastanza per poter svitare il telaio con il coltello, un *puukko* finlandese che amava sfoggiare quando pranzavano insieme al ristorante.

La griglia franò a terra e Lambert scivolò con il fucile nel condotto rivestito in lana di vetro. Corso lo seguì con il cuore in gola. Non si era mai avventurato in quel condotto: non era nemmeno sicuro che portasse davvero al parcheggio. Dopo pochi metri, il buio si fece soffocante. Coperto di sudore, valutò la distanza percorsa e calcolò che dovessero trovarsi a circa metà strada.

All'improvviso, Lambert cacciò un urlo. Corso percepì che il calore aveva cambiato natura: era diventato aggressivo, feroce, come una bestia stuzzicata nella sua tana.

«Indietro! Hanno appiccato il fuoco!»

Corso indietreggiò, facendo forza sui gomiti e cercando di imprimere lo stesso movimento alle ginocchia. Fumo, fibre e scorie gli intasavano la gola. Man mano che bruciava, la lana di vetro li avvolgeva come un mantello rovente.

«Vai indietro, cazzo! Indietro!»

Mentre gattonava in retromarcia, Corso si beccava in faccia le pedate di Lambert, che agitava i piedi in preda al panico. Alla fine, a furia di dimenarsi come un tarlo in un buco, sentì il vuoto sotto le suole delle scarpe. Continuò a indietreggiare finché non precipitò nel locale sottostante, invaso dai vapori venefici. Un istante dopo Lambert gli franò addosso, centrandolo con gli stivali rinforzati. Tossendo e sputando in preda ai conati, i due si ritrovarono aggrovigliati in un sessantanove.

«Apri la porta!» ansimò Lambert. «Se no crepiamo!»

Corso fece leva con i talloni contro la parete ed entrambi si trascinarono fuori a quattro zampe. Raggomitolati, accecati, incapaci di smettere di sputare frammenti di lana, ingoiarono sorsate d'aria come se fossero riaffiorati in extremis dopo essere stati a un passo dall'annegare.

Lambert si alzò e afferrò Corso per la giacca.

«Via di qui, o finiremo bruciati in questo bordello!»

Corso guardò meccanicamente la nicchia. Non c'era l'ombra di una fiamma. Gli ci volle un attimo per capire cos'era successo: la lana di vetro era ignifuga e il fumo che aveva invaso il budello non era che l'esito di una bomba incendiaria esplosa all'estremità opposta.

«E allora?» chiese Lambert, dopo che Corso lo ebbe messo a parte della sua deduzione.

«E allora torniamo lì dentro. Quei coglioni ci danno già per cenere. Li becchiamo in flagranza di reato!»

Piegato in due, le mani sulle ginocchia, Lambert non aveva ancora smesso di tossire.

«Avevo dimenticato che sei uno sciroccato...»

Corso si stava già issando nel condotto. Bastava trattenere il respiro, strisciare alla cieca e sbucare dall'altra parte. Ritrovandosi davanti dei morti viventi, gli spacciatori si sarebbero arresi senza opporre resistenza. Almeno questo era quanto continuava a ripetersi mentre avanzava con gli occhi chiusi e i polmoni compressi. L'unica cosa che riusciva a distinguere era il suono delle scarpe di Lambert contro la lana di vetro carbonizzata e l'acciaio galvanizzato sulle pareti: alla fine, dunque, Mister Narcotici si era deciso a seguirlo.

Di lì a poco fu in grado di individuare l'uscita del condotto. I trafficanti avevano svitato la griglia per lanciare la bomba. Dietro c'era davvero il soffitto del parcheggio, con le sue sudicie luci al neon.

Corso proseguì fino a ottenere una visuale dall'alto dell'operazione: un tizio trasportava un blocco di resina di cannabis grande quanto uno scatolone per i traslochi. Altri due stavano spingendo una macchina a pressione idraulica. Un quarto portava sulle spalle due bidoni da dieci litri di chissà quale solvente chimico.

Con gli occhi pieni di lacrime e i polmoni saturi di anidride carbonica, Corso valutò quante possibilità avessero, lui e Lambert, di neutralizzare quei criminali. Punto di forza: i bastardi avevano le mani occupate. Punto debole: uscire da quel buco, a due metri da terra, avrebbe richiesto una manciata di secondi, il tempo sufficiente perché estraessero le armi.

«Vai avanti, cazzo!» mormorò Lambert, che alle sue spalle si sentiva soffocare.

Corso infilò la pistola nella cintura, afferrò i bordi esterni del condotto e si lanciò alla meno peggio cadendo a capofitto lungo il muro, con il risultato di sbattere violentemente sul cofano di un catorcio mentre l'arma gli sgusciava via.

Rotolando a terra, si precipitò a recuperarla a quattro zampe e la puntò contro i narcotrafficanti che, come si era aspettato, avevano impiegato qualche istante a metabolizzare la sorpresa.

«Mani in alto!» gridò.

Il primo malvivente s'immobilizzò al centro del parcheggio, senza lasciare il blocco di cannabis. Gli altri due erano accanto a un minivan Mercedes con il portello aperto, la pressa idraulica adagiata a terra. L'ultimo lasciò cadere i bidoni di plastica.

Avvenne tutto nello stesso istante: Corso vide uno dei delinquenti accanto al Classe V allungare la mano sul retro del veicolo, il tizio dei bidoni mettersi a correre, l'uomo della cannabis arretrare mentre, dietro di lui, Lambert e il suo fucile si fracassavano sull'auto che gli aveva già fatto da trampolino.

Corso aprì il fuoco verso i due soggetti più pericolosi, centrando quello intento a frugare nel minivan, poi sparò al blocco di cannabis dell'altro, che fu proiettato all'indietro dalla potenza dell'impatto – Corso sapeva il fatto suo: dal 2012, le forze di polizia avevano in dotazione nuove munizioni a punta cava che si schiantavano sul bersaglio senza perforarlo.

La scena parve rapprendersi. L'uomo ferito era scivolato dentro il Mercedes. Il suo complice aveva alzato le mani in un gesto meccanico. Il portatore di cannabis, con il culo a terra, era bloccato contro la fiancata di un'auto dal suo stesso carico. Dell'ultimo uomo non c'era traccia.

Sempre tenendo sotto mira i trafficanti, Corso urlò a Lambert: «Ammanettali!».

Nessuna risposta, nell'aria greve di tensione che gli pungeva gli occhi con mille segnali di allarme. Forse Lambert aveva picchiato la testa, cadendo? Lanciandogli una rapida occhiata, vide il collega che, con un ginocchio puntato a terra, era alle prese con un delinquente in passamontagna sbucato dal nulla. Il trafficante stava cercando di rivolgere il fucile di Lambert contro il suo stesso proprietario. Le sue mani stringevano quelle dell'agente per costringerlo a spararsi addosso. Aveva già il dito sul grilletto. Corso si spostò lateralmente di qualche passo per trovare un angolo dal quale la pallottola non rischiasse di perforare la testa di quel bastardo e ammazzare il collega, munizioni cave o no.

Trovata la posizione, non appena intercettò il movimento del dito – la bocca contorta dallo sforzo di Lambert – aprì il fuoco. La pallottola si conficcò nel cranio dell'assalitore, sbriciolandone le ossa e il cervello. Corso si avvicinò così in fretta da riuscire a scorgere il fumo del colpo fuoriuscire dalla bocca dello spacciatore steso a terra.

Alzatosi all'istante, Lambert puntò il suo H&K G36 verso

gli altri due, che – come per miracolo – erano rimasti pietrificati. Corso arretrò di qualche passo e si appoggiò a un'automobile, le gambe tremanti. Lambert, intanto, stava già ammanettando i due pezzi di merda.

Mosso da un ultimo presentimento, Corso si avvicinò al Classe V. La sua abilità di tiratore non si era appannata: la pallottola aveva tranciato a metà l'addome del trafficante, bruciando la carne e straziando gli organi vitali. Il bottino della serata gli provocò un conato di vomito.

Lambert gli assestò uno spintone alla schiena.

«Altri due stronzi che hanno salvato il culo alla tua ex!»

6.

Ore nove, briefing al Trentasei.

Corso aveva dormito dalle cinque alle otto, senza nemmeno togliersi i vestiti; poi aveva fatto la doccia, si era rasato e si era cambiato, sforzandosi di non pensare alla carneficina della notte.

Con Lambert aveva convenuto di rimuovere la sua presenza dal luogo delle operazioni, lasciando che fosse il capo della sezione ad accollarsene gli esiti per intero – il successo come i morti sul campo, uno dei quali era Mehdi Zaraui in persona – mentre lui tornava alle sue indagini e alle sue scartoffie. Alla fine, le forze di intervento avevano avuto la meglio sui cecchini del serpente. Solo i compari dell'appeso erano riusciti a fuggire. Bilancio: un laboratorio clandestino smantellato, una manciata di trafficanti in manette, tre morti e due feriti tra i criminali, compreso il loro capo, e un agente ferito. Una ricaduta di prestigio per Lambert. Una catarsi, se così vogliamo, per Corso.

Uccidere due uomini in una notte – il sesto e il settimo in diciotto anni di servizio – non era un'inezia. Di solito, per metabolizzare un trauma del genere seguiva un rituale: filare di corsa a Saint-Jacques-du-Haut-Pas, la prima chiesa che aveva scoperto a Parigi dopo essersi finalmente affrancato dalla banlieue, e implorare il perdono divino.

Benché fosse uno sbirro, e pur essendo consapevole dell'onnipresenza del male nell'animo umano, non cambiava idea sulla visione ottimistica che aveva del cosmo, visione che comprendeva una quinta forza fondamentale, quella dell'amore. Per questo motivo, nel silenzio impregnato d'incenso, ogni volta che il sangue scorreva si abbandonava a una sorta di autoesorcismo. A forza di preghiere e suppliche, cercava di soffocare i demoni che lo abitavano e che, di tanto in tanto, tornavano a risvegliarsi...

Quella mattina, però, non c'era tempo per il rito. Uscito di casa alle nove meno un quarto, si era precipitato in direzione della Senna con la sirena a tutto spiano. Si sentiva ossessionato dalla propria incoscienza: proprio lui, padre di un ragazzino di nove anni, oggetto di tutto il suo amore, terminale di tutte le sue battaglie, per l'ennesima volta si era esposto inutilmente al pericolo.

Terzo piano, macchinetta del caffè. La sua gola percepì solo l'ustione di una bevanda senza alcun sapore: era tutto ciò di cui aveva bisogno.

Gli altri erano già in sala riunioni. Da ormai quattro anni guidava una squadra affiatata ed efficiente il cui fragile equilibrio era per lui causa d'insonnia. Bastava che un solo elemento venisse meno, infatti, per spezzare l'alchimia.

Barbara Chaumette, in arte «Barbie». In realtà, non le si adattavano né il nome – che alle orecchie di Corso evocava una donna languida e slanciata – né il nomignolo. La sua vice era una brunetta di trent'anni dai lineamenti incerti. Asciutta come un randello, indossava abiti di lana nera, collant bucati e Stan Smith ormai logore. Intensità elettrica, gesti a scatti: respirava nervosismo e disagio. Dopo aver studiato scienze politiche, sembrava destinata a una carriera nell'alto funzionariato pubblico, ma, a ventisei anni, aveva cambiato rotta e si era iscritta alla scuola di polizia – non la scuola nazionale superiore a Saint-Cyr-au-Mont-d'Or, che forma i commissari, ma la fabbrica di funzionari di polizia a Cannes-Écluse. Nessuno aveva capito le motivazioni che l'avevano spinta a farlo. Nessuno sapeva niente della sua famiglia né della sua vita privata (se aveva un compagno, considerato che lei era stabile come una *maracas*, c'era solo da compatirlo). Al momento era capitano, ma Corso le aveva assicurato un rapido avanzamento al grado di comandante. Non aveva mai visto un poliziotto con una mente analitica o una memoria di quel tipo. Affidarle tabulati telefonici o estratti conto significava sottoporli automaticamente a decodifica.

Nathalie Vallon, quarantotto anni, era esattamente agli antipodi. I trascorsi da culturista le erano valsi il nomignolo di «Stockos» – anche i poliziotti usano il verlan –, o semplicemente «Stock», se bisognava fare in fretta. Per via della stazza imponente, nei corridoi della Giudiziaria si era guadagnata la reputazione di lesbica, e questo benché fosse sposata da vent'anni e madre di due ragazzi con una brillante carriera scolastica. Da vero soldato della Criminale indossava immancabilmente un abito nero per nulla elegante, una camicia bianca e scarpe militari, un outfit che la posizionava a metà strada tra il funzionario e il beccamorto. Poco ambiziosa, non aveva mai ottenuto il grado di capitano, che d'altronde non desiderava. La sua sola passione era la bottiglia. Corso doveva ricordarle costantemente le regole del gruppo: zero alcol e zero droghe in servizio, l'arma in dotazione nel cassetto e niente storielle sconce, *per cortesia*. Sul lato umano, Stock era imbattibile. Sorridente, bonaria, rassicurante, non aveva rivali nel conquistarsi la fiducia di testimoni e sospettati. Un interrogatorio di Nathalie dava sempre più risultati di quello di qualsiasi altro agente.

Il terzo elemento del gruppo, e il meno apprezzato da Corso, era Ludovic Landremer. Originario di Tolosa, un master in economia, questo geniale trentacinquenne aveva seguito una carriera senza intoppi. Look da venditore di auto – abiti sagomati e scarpe a punta –, in testa una matassa crespa di capelli rossi e una sola passione, il rugby. Quando gli chiedevano delle sue origini, rispondeva: «Vengo da Ovalia». Il suo punto debole erano i siti di incontri: single, non viveva che per i suoi programmi notturni, al suono del motto: «Una donna a notte, una partita a weekend». Si era reso necessario applicare delle restrizioni al suo computer e obbligarlo a lasciare il portatile nel guardaroba. La sua vera risorsa, sul lavoro, era la pazienza. Poteva perquisire edifici interi, suonare a ogni porta, rivolgere mille volte le stesse domande senza annoiarsi o distrarsi. Ludo «Rete a strascico», come lo chiamavano gli altri, sapeva trattenere nelle sue maglie l'elemento decisivo, la piccola incoerenza che poteva cambiare il corso di un'indagine.

Infine c'era Krishna Valier. Chissà con quale disperazione dovevano fare i conti i genitori fricchettoni, che gli avevano appioppato il nome di una divinità indù, nel vedere cos'era diventato: un poliziotto, certo, ma «prima di tutto un funzionario». Un tipo cavilloso che trascorreva le giornate in ufficio (ne aveva uno tutto per sé, che gli altri chiamavano «la segreta») a redigere verbali di audizioni, a scrivere relazioni e a prendere appunti. Laureato in giurisprudenza, era l'unico a parlare la lingua dei giudici e a poter sbrogliare le seccature amministrative. Era sempre lui a gestire gli archivi e a sorbirsi il Salvac, un gigantesco database dedicato ai crimini violenti, che andava alimentato dopo ogni caso compilando un questionario senza fine.

Benché non fossero induisti, gli altri adoravano Krishna – questo, Krishna – perché permetteva loro di passare molto più tempo sul campo che dietro lo schermo di un computer. Krishna aveva il fisico adatto al mestiere, a meno che non fosse vero il contrario. Piccolo e fragile, pelato già a trentacinque anni, aveva puntato sugli occhiali per dare vita al viso: la scelta era ricaduta su una montatura di tartaruga ad angolo retto, di un brand prestigioso, che però gli dava l'aria di un pupazzo improvvisato con i Lego. I colleghi non sapevano nulla della sua vita privata ma, con una testa del genere, probabilmente stava tutta in un Post-it.

Non prendeva parte alle riunioni, non conduceva indagini, non usciva mai dal suo ufficio, ma rimaneva un elemento vitale del gruppo. La sua indulgenza non aveva limiti, specialmente nei riguardi dei colleghi che, invece di bussare alla sua porta, si ostinavano a salutarlo con un: «Hare Krishna».

«Bene», esordì Corso battendo le mani, «abbiamo sistemato l'ordinaria amministrazione?»

«Sto chiudendo il fascicolo Martel», rispose Barbie. «Ludo ha redatto gli ultimi verbali su quel posto di coreani. Stiamo ancora aspettando la perizia del parcheggio di Aubervilliers. Abbiamo rallentato un po' con la convocazione dei testimoni del linciaggio di Château-Rouge...»

La parola «linciaggio» gli riportò alla mente l'impiccato della notte prima e i suoi stessi crimini. Il pensiero che potessero scegliere il suo gruppo per la conta dei morti alla cité Pablo-Picasso gli fece venire i sudori freddi. Ma c'era da attendersi che Lambert lo tenesse fuori. Se la sarebbe sbrigata con il sottodipartimento 92 della Giudiziaria: che ciascuno spazzasse il tratto davanti al portone di casa sua.

«Allora possiamo concentrarci come si deve sul caso dello Squonk?»

Senza tirare fuori le mani dalla tasca – non prendeva mai appunti – Stock rispose: «Quale sarebbe l'idea?».

«Ve l'ho già detto ieri: ci stanno mollando il caso nella speranza di compiere qualche progresso.»

«Abbiamo letto il fascicolo», riferì Ludo. «Bornek e i suoi ragazzi hanno fatto un buon lavoro.»

«Ma noi possiamo fare meglio», gli assicurò Corso.

Seguì un silenzio di approvazione: l'orgoglio, linfa vitale di ogni guerra.

«Ci buttiamo al mille per cento sul caso, tutti e quattro, giorno e notte almeno fino a lunedì. Se non avremo trovato nulla, la proroga per le indagini preliminari terminerà, verrà nominato un giudice e il soufflé si sgonfierà da solo.»

«Siamo l'ultima spiaggia?» domandò Nathalie con un sorriso.

«Proprio così. Le foto della vittima le avete viste tutti. Non permetteremo a quel rotto in culo di menarselo ripensando alle sue imprese, né gli consentiremo di rifare una cosa del genere.»

Cenni di assenso. Corso stava scaldando l'ambiente.

«Quindi si ricomincia da zero, ampliando il raggio d'azione. Hanno interrogato i commercianti della via in cui abitava Nina? Mettiamo sotto torchio quelli del quartiere. Hanno analizzato i tabulati del mese precedente? Vorrà dire che ci sorbiremo quelli dell'intero trimestre. E così via.»

Ludo sollevò lo sguardo dal computer.

«Qual è il profilo che stiamo cercando?»

«Tutti gli elementi a nostra disposizione provano che si è trattato di un omicidio premeditato. Dunque, l'assassino conosceva la sua vittima, in qualche modo.»

«E un quarto d'ora prima di morire, Nina era ancora viva.»

Corso non raccolse l'ironia: «Dobbiamo cercare tra tutti quelli che aveva intorno. E non mi riferisco soltanto alle persone a lei più vicine ma anche a tutti coloro che potrebbe aver incrociato durante gli spettacoli e i corsi che teneva».

«Un sacco di gente, in pratica.»

«Ecco perché dobbiamo partire dalla sua agenda. Un figlio di puttana si è preso una cotta per lei e gliel'ha dimostrato nel peggiore dei modi. Ed è lì, all'interno del quadro: dobbiamo soltanto individuarlo. Riavvolgeremo il nastro del film, fotogramma per fotogramma.»

Seguì uno scambio di occhiate tra i colleghi: un bel discorso altisonante, certo, che però, in termini di lavoro, si traduceva in centinaia di ore di indagini estenuanti e noiose. E soprattutto inutili, probabilmente…

«Chi fa cosa?» chiese Barbie senza il minimo entusiasmo.

«Tu occupati dei tabulati, dei suoi account personali, del suo computer. Passa al setaccio tutte le e-mail, i contatti eccetera. Vedi se con gli smanettoni del Servizio c'è un modo per recuperare i file cancellati.»

«Il suo computer non è stato repertato.»

Corso annuì e ne approfittò per sottolineare: «Il cadavere era nudo e non abbiamo ritrovato né la sua borsa né alcun oggetto personale. Potrebbe non significare niente o, al contrario, indicare che l'assassino non voleva che accedessimo alla sua agenda. Ecco perché i tabulati sono particolarmente importanti».

«I ragazzi di Bornek se ne sono già occupati.»

«Parlo ostrogoto o cosa?» domandò lui, alzando la voce. «Se non hanno trovato nulla, è perché il granello di sabbia risale a prima, o è estremamente minuscolo. Chiama l'operatore e vedi di fare del tuo meglio.»

Quindi, rivolgendosi a Nathalie, che stava in piedi, appoggiata allo stipite della porta: «Tu ti occuperai dei commercianti della zona, dei vicini e di eventuali persone intime. Quindi allargherai il cerchio. Nina era una naturista e praticava yoga: quel genere di cazzate, insomma. Chi lo sa? Magari il nostro assassino è un nudista».

La battuta suonò sgonfia. Pazienza. Un briefing andava giudicato in base all'energia che si riusciva a infondere nelle truppe.

«Un dettaglio», disse poi, sempre all'indirizzo di Stockos. «Sophie Sereys non era stata riconosciuta alla nascita. Trovare i suoi genitori biologici è una missione impossibile, ma Bornek ha inoltrato una richiesta per conoscere le case e le famiglie affidatarie in cui è cresciuta. Vedi a che punto siamo su questo versante.»

«Stai pensando a qualcosa che possa avere a che fare con un passato così lontano?»

«Non si può mai sapere. Magari il movente si trova sepolto nella sua infanzia, nella frustrazione di un altro ragazzino abbandonato.»

Nathalie non si mosse. Le elucubrazioni del suo capo la lasciavano indifferente.

Alla fine, Corso si girò verso Landremer.

«Ludo, fai un salto nei locali in cui ha lavorato e assicurati che non vi siano squilibrati tra la clientela. Vedi di contattare anche tutti i clienti da una botta e via. Spesso faceva anche singole serate nei locali o in casa di privati. Stiamo parlando di un bel po' di gente... Cambiando argomento, chiedi a Krishna di rovistare sul Salvac per vedere se non si siano già verificati altri omicidi che chiamassero in causa, anche alla lontana, lo stesso tipo di mutilazioni o la stessa tecnica di soffocamento.»

«Bornek...»

«L'hanno fatto solo per l'Île-de-France. La ricerca va estesa a tutto il paese. Spulcia anche negli archivi più datati. Quelli cartacei, intendo. Chiedi a quelli della vecchia guardia. Rimescola un po' di scartoffie. Cazzo, se ci sono stati dei precedenti, ferite di questo tipo non si dimenticano di certo!»

Stava perdendo la pazienza, come sempre, ma ormai nessuno ci faceva più caso. Lo prendevano per com'era: sgradevole al cento per cento, una lagna continua.

«E tu?» chiese infine Barbie, la sola a potersi permettere una provocazione simile.

«Per prima cosa andrò a leccare il culo a Bornek per assicurarmi che non se l'abbia a male con noi. Dopo di che, terrò per me le ragazze del locale, le colleghe e le cosiddette amiche di Nina. Pare fosse la più desiderata del lotto, ma nessuno dei testimoni è stato in grado di dirci qualcosa di personale sul suo conto.»

In qualsiasi altro gruppo, sarebbero fioccate le battute sul fatto che il capo si fosse ritagliato il lavoro più piacevole – le spogliarelliste –, ma con Corso ogni allusione sarebbe caduta nel vuoto. D'altra parte, a nessuno era venuto in mente che il suo intento fosse stato quello di gettare un occhio al culo di quelle ragazze. Non era nel suo stile.

7.

«Se pensi che potrete fare meglio di noi, ti stai prendendo in giro da solo.»

«Non penso niente. La Bompart mi ha chiesto di raccogliere il testimone. Farò del mio meglio, tutto qui.»

Di media statura, Patrick Bornek aveva un torace largo quanto una botte e il naso schiacciato: un fisico che si confaceva alla sua psiche. Solerte e testardo, aveva preso svariati muri in faccia, traendone però ogni volta una lezione, e alla fine era diventato un investigatore di spicco.

La sua carriera aveva seguito il percorso opposto rispetto a quella di Corso: né atti di eroismo né anni bui in squadre pericolose, ma un lento procedere d'ufficio e una pazienza che aveva dato buona prova di sé. Quanto a percentuale di casi risolti, il gruppo di Bornek non aveva nulla da invidiare a quello di Corso: erano semplicemente meno svelti, meno brillanti, meno pittoreschi.

Per la cronaca, il caso Squonk sarebbe dovuto toccare a Corso, visto che era in servizio il giorno in cui avevano rinvenuto il cadavere, ma era stato inviato poco prima a occuparsi di un notaio che si era fatto aprire la gola con un tagliacarte. Il tempo di identificare il colpevole – un diseredato che aveva espresso la propria insoddisfazione alla sua maniera – e avrebbe potuto prendere in mano il caso della spogliarellista, se Catherine Bompart non avesse preferito affidare il fascicolo Nina Vice, già troppo strombazzato dai media, a una squadra più discreta.

Bornek andò a sedersi alla sua scrivania. Nello stesso istante, il suo collo parve sparire nel nulla e il suo volto assunse l'aspetto imbronciato di un toro poco prima della corrida.

«Non troverai un cavolo di niente», ribadì. «Il bastardo non ha lasciato la minima traccia. Nessuno ha visto la vittima nelle ventiquattr'ore precedenti l'omicidio. Nessuno ha notato alcunché di strano negli ultimi giorni prima della sua morte. Quanto alle persone a lei più vicine, le abbiamo spremute a tal punto che potrebbero costituirsi parte civile e accusarci di molestie.»

«I nodi con la biancheria intima?»

«Quello che l'ha strangolata è una specie di nodo scorsoio. Quello che le serrava polsi e caviglie è un nodo a otto. Roba da marinai. Ma non potevamo certo sequestrare il porto di Le Havre o quello di Tolone... Abbiamo persino contattato una squadriglia di scout.»

«Perché gli scout?»

«Sono professionisti in fatto di nodi. Vedi fino a che punto siamo arrivati...»

«E il bondage?» insistette Corso. «Possibile che Nina abbia postato foto o video in rete, e che incontrasse cultori del sadomaso...»

«Ci abbiamo pensato. Nessuna traccia di un lavoro di questo tipo nella sua contabilità, e credimi: era molto puntigliosa su quest'aspetto, quasi gestisse una piccola drogheria. Abbiamo rovistato anche un po' nell'ambiente, con l'aiuto dei colleghi della Buoncostume. Ma non è venuto fuori niente di significativo.»

«Le mutilazioni?»

«Per favore. Tante menate solo per scoprire cosa stesse cercando di disegnare il bastardo sulla bocca di quella povera ragazza? Lasciamo perdere. Voleva deturparla e basta.»

Bornek si sbagliava: le lacerazioni alla bocca, il sasso in gola non erano dettagli di poco conto. L'assassino aveva trasformato la faccia della vittima in una macabra opera d'arte, e forse quell'incubo aveva un qualche riferimento.

«Ho notato l'assenza di ferite da difesa...» azzardò Corso.

«E allora?» rispose Bornek, risentito. «Ne deduci che conoscesse il suo assassino e che quindi si fidasse? Stronzate da serie TV. Non abbiamo mai risolto un caso grazie a osservazioni di questo tipo. Magari l'ha colta di sorpresa e un attimo dopo era già legata. Oppure potrebbe averla drogata con qualche sostanza che non ha lasciato tracce. O forse lei era troppo terrorizzata per muoversi. Non sapremo mai cos'è successo veramente.»

Corso capì che Bornek aveva gettato la spugna, e lui era lì per raccoglierla.

«Pensavo di concentrarmi proprio su Nina...»

«Credi che non lo abbiamo fatto, forse? Abbiamo setacciato tutto, rovistato dappertutto. Non c'è trippa per gatti, né per quanto riguarda la vittima, né per quanto riguarda il delitto in sé.»

«E che mi dici dell'infanzia di Nina?»

«Stiamo aspettando la documentazione dei servizi sociali, ma li conosci anche tu, sai come sono...»

Corso non poté fare a meno di pensare a cosa sarebbe emerso del suo passato se un giorno lo avessero ammazzato. Anche lui era stato sotto tutela dello stato, numero 6065. Gli avevano dato un cognome che richiamava l'Italia perché era nato a Nizza, a pochi chilometri dal confine.

Che cosa avrebbero portato alla luce gli investigatori se avessero potuto ripercorrere a ritroso la sua giovinezza fino all'infanzia? Nomi di istituti e di famiglie affidatarie, certo non il caos sotterraneo che aveva modellato la sua personalità. Tutte quelle zone d'ombra che avevano fatto di lui un uomo a scomparti, moltiplicando le contraddizioni, i misteri. L'idea gli infuse nuova speranza. Anche Sophie Sereys doveva avere i suoi segreti...

Bornek si alzò e tornò alla finestra, le mani in tasca.

«Questa destituzione...»

«Non la definirei in questi termini.»

«Perché no? Questa destituzione, dicevo, è come una sega fatta bene. È umiliante, ma alla fine dà sollievo.»

La parola fine.

Corso si alzò e azzardò un ultimo imbonimento: «Faremo quello che ci dicono di fare, ma sono anch'io del parere che non troveremo dell'altro. È solo una concessione ai media e all'opinione pubblica».

«Guarda che ti conosco, Corso», disse Bornek voltandosi. «Sei convinto di poter fare meglio di noi. Be', ti auguro buona fortuna. Quanto a me, mi prenderò una vacanza.»

Di ritorno nel suo ufficio, Corso passò davanti a quello della Narcotici, i cui uomini erano ancora intenti a parlottare dell'impresa della notte prima. Accelerò il ritmo per evitare di incrociare uno dei loro agenti.

«Comandante Corso?»

Si girò per ritrovarsi di fronte un giornalista di cui aveva dimenticato il nome e che curiosava spesso per i corridoi della Giudiziaria. Corso non aveva nulla contro i cronisti: raccontavano un mucchio di stronzate, ma non più di quante ne dicessero un giudice o un avvocato. A differenza dei suoi colleghi, non li considerava alla stregua di spazzini. Se il parametro era quello, allora anche loro erano avvoltoi, dal momento che si nutrivano del sangue altrui.

L'uomo avanzò verso di lui, il braccio teso. Corso ignorò la proposta: detestava le strette di mano.

«Potrebbe dirmi qualcosa sull'operazione di questa notte alla cité Pablo-Picasso?»

«Sono cinque anni che non lavoro più alla Narcotici.»

Gli tornò in mente il nome del tipo che aveva davanti: Trepani, o Trivari. In un paio di occasioni gli era toccato di dover rispondere alle domande di quell'uomo che gli ricordava un pagliaccio. Con i suoi occhi sporgenti e la bocca minuscola, assomigliava a uno dei Rabbids.

«A ogni modo, un impiccato, tre morti e tre feriti per colpi di arma da fuoco non è più periferia di Parigi, è Juárez o Medellín.»

«Chieda un parere ai miei colleghi.»

«Mi è stato riferito che lei è cresciuto lì.»

Non era così raro che i giornalisti finissero per sapere più cose sugli agenti di quante non ne sapessero all'Ispettorato generale di polizia.

«Cosa ne pensa della situazione del quartiere?» proseguì.

«Se sta cercando un pompiere piromane, non conti su di

me. Rimango ottimista circa la situazione nelle banlieue. La maggior parte dei loro abitanti sono brave persone.»

Il giornalista sorrise con l'aria di chi aveva afferrato il messaggio.

«Ai suoi tempi la gente non veniva impiccata ai lampioni.» Corso avvertì l'impulso di rispondere che c'erano festini di altro tipo, magari nei seminterrati. Tuttavia, fece in tempo a trattenersi.

«I capibanda cercano di seminare il terrore», disse con tutta la calma possibile. «Non ci riusciranno. Ancora una volta, non rappresentano che un'infima percentuale della popolazione che abita le periferie, e la polizia è lì per identificarli e arrestarli. Dobbiamo smettere di stigmatizzare i quartieri popolari.»

Non credeva a una parola di quel discorso politicamente corretto. I suoi ricordi di Picasso: i vicini che gli aizzavano contro il cane perché ascoltava la musica ad alto volume, i ragazzini della torre che, invece di fare i compiti, pisciavano nelle cassette della posta, i membri della sua famiglia affidataria che chiamavano la polizia per denunciare gli irregolari che abitavano sullo stesso pianerottolo, i mucchi di immondizia a ogni piano.

«Come porre un argine al proliferare di queste... mele marce?»

«Bisogna fermarli e metterli in condizione di non nuocere, tutto qui. Schiaffarli al fresco, cazzo!»

Si morse il labbro. *Bravo, Corso. A piè pari e con tutte le scarpe.*

«Per essere uno che viene dalla banlieue, non la vedo così indulgente.»

«È proprio perché vengo da lì che non lo sono.»

Con queste parole da fascistoide, si chiuse in ufficio maledicendosi. Nessuno sapeva che a sparare ai trafficanti era stato lui, ma bisognava proprio che continuasse a far fuoco – stavolta dalla bocca – pronunciando frasi che poi tutti (media, social network, politici di ogni colore) avrebbero ripreso e utilizzato a piacimento?

Vi aveva appena trovato rifugio, quando qualcuno bussò alla sua porta. Ferma sulla soglia, Barbie sembrava un gatto nero reduce da un acquazzone.

«Ho trovato un *nawashi*, può interessarti?»

«Cos'è?»

«Un maestro di *shibari*, l'arte della corda giapponese.»

Émiliya gli aveva spesso parlato di quell'oscura disciplina al confine tra erotismo ed estetica. L'arte di legare una donna come un salame, ma con rigore e delicatezza.

«Bornek ha già esplorato questa pista...»

«Ha fatto visita a tre o quattro club sadomaso a Parigi. Ma io ti sto parlando di un maestro vero e proprio.»

«È giapponese?»

«No, parigino. Organizza seminari, spettacoli e conferenze.»

«Dove abita?»

«Nel XVI. Andiamo?»

Corso guardò l'orologio: non erano ancora le undici.

«Prendiamo la mia auto.»

8.

Barbie insistette per guidare. Lungo il tragitto, prese a discutere di *shibari*. Per qualche imprecisato motivo, sembrava conoscere molto bene questo Mathieu Veranne, ma non ci fu modo di sapere se fosse iniziata a simili pratiche.

Corso si domandava da sempre quali fossero le inclinazioni sessuali di Barbie: era convinto che, più di ogni altra cosa, amasse sondare le zone d'ombra della specie umana, anche a costo di indugiarvi di tanto in tanto. Si considerava una «reporter dell'anima».

«Ha un lavoro, il tuo uomo?»

«Sì. Gestisce un hedge fund per investitori asiatici. Divide il suo tempo tra Parigi, Hong Kong e Tokyo.»

«Ha una famiglia?»

«Moglie e due bambini, penso. Ma tutto questo è assolutamente secondario rispetto alla corda, la sua unica passione. Porta a casa la grana, mantiene i suoi, si muove come qualsiasi altro banchiere, ma c'è un muro invisibile tra questa realtà e ciò che glielo fa drizzare davvero.»

«Dov'è che l'hai conosciuto, di preciso?»

«Quand'ero alla Buoncostume, un giorno siamo stati chiamati a occuparci di una sessione di *shibari* finita male: una brava donna si era sganciata dal soffitto e si era rotta l'osso del collo.»

Benché l'immagine lo facesse ridere, Corso si trattenne. Il sole di luglio colpiva la pietra delle facciate, ma era una luce soffusa, attenuata da qualche nuvola, e dava quasi l'impressione di corteggiare la città a voce bassa. Ogni cosa sembrava sotto l'effetto di un incantesimo.

«E lui era il maestro di cerimonie?»

«No. L'ho consultato in qualità di specialista per capire se c'erano colpe da addossare al... costrittore.»

«E tu», replicò lui, «ci hai provato?»

Barbie si limitò a ridacchiare da dietro il volante, che sembrava enorme rispetto alle sue braccia esili.

Sfilarono in silenzio davanti al Grand Palais per dirigersi verso la Tour Eiffel, senza sirena né lampeggiante, solo una coppia un po' su di giri su una Polo nera malandata.

Corso si abbandonò alle sue fantasticherie. Il contenimento, l'arma segreta del desiderio... Tante volte gli era capitato di legare Émiliya – in maniera certo più approssimativa –, quando quest'ultima aveva acconsentito a interpretare il ruolo di vergine umiliata nelle mani di uno sbirro deviato, l'uomo in nero... Con la sua ex moglie aveva conosciuto quegli attimi neri e abbaglianti a un tempo in cui il godimento schizzava alle stelle come il mercurio di un termometro surriscaldato. Allora gli veniva da pensare ad atomi ormai prossimi alla velocità della luce. Atomi che quando sfiorano questo limite si dilatano, diventano pura energia, trasformandosi in «qualcos'altro». E lo stesso principio valeva per Émiliya: mentre si contorceva sotto le corde, sembrava effondersi in una sorta di alone luminoso, un nucleo di zolfo puro che minacciava di farlo esplodere...

Si raddrizzò sul sedile e spazzò via quei ricordi. Non aveva mai cercato di riprodurre quel piacere con un'altra. Era una specie di buco nella sua storia personale, una fenditura che cercava piuttosto di sigillare dimenticando, sgobbando, odiando e, perché no, abbandonandosi ad atti di violenza che potevano arrivare fino all'omicidio. Ma non era mai riuscito a sottrarsi alla domanda che lo tormentava: era squilibrato quanto Émiliya? O anche peggio, addirittura? Niente più che un ipocrita, mentre lei rispondeva semplicemente alla sua natura?

Pont de Grenelle. Barbie svoltò a destra, attraversò la Senna e oltrepassò la Maison de la Radio per imboccare rue Gros. Subito dopo, si smarrirono nel groviglio di sensi unici del XVI arrondissement.

Mathieu Veranne abitava in rue du Docteur-Blanche. Un indirizzo che alle orecchie di qualsiasi agente di polizia suonava a dir poco funesto. Proprio lì, il 14 gennaio 1986, un'operazione condotta dalle forze di Prevenzione crimine e Ricerca e intervento avrebbe dovuto sbaragliare la cosiddetta Banda delle parrucche (al numero 39 aveva sede una banca), salvo poi risolversi in un drammatico fallimento con tanto di cadaveri sul marciapiede e con la presa di ostaggi e la fuga dei criminali, cui era seguita una fronda storica tra le file della polizia per chiedere il siluramento del commissario, additato come il responsabile della carneficina.

Il numero 19 era uno di quegli edifici lineari e senza fronzoli fioriti nella Parigi degli anni Cinquanta e Sessanta, in special modo nel XVI. Oltre la bassa inferriata, un cortile aperto sfoggiava due amenità: una vasca di ceramica turchese con linee sinusoidali e una fontana di resina nera con una scultura a forma di guantone da boxe.

Corso adorava tutti quei dettagli che rinviavano al modernismo di un tempo. Alzò lo sguardo sullo stabile: undici piani, una cinquantina di appartamenti stipati come zollette di zucchero nella loro confezione rettangolare. Un palazzo ieratico che sembrava guardare il quartiere con aria altezzosa e indifferente.

Oltrepassata la soglia, li aspettava l'interno, la parte migliore: l'atrio vastissimo si apriva per tutta la larghezza su un giardino e dava l'impressione che l'edificio poggiasse sul vuoto. Tutto brillava: le porte di vetro dell'ingresso si riflettevano in quelle del parco, il pavimento di marmo scintillante, le cassette delle lettere rivestite di alluminio…

Inspiegabilmente, la visione gli parve di buon auspicio: tutta quella grazia, tutta quella trasparenza, dovevano per forza di cose tradursi in una rivelazione: uno spiraglio nelle tenebre.

9.

Mathieu Veranne era uno spilungone sulla cinquantina. Chioma argentata, mascella ossuta, in un succedersi dall'aspetto sinuoso. Dentatura equina, occhi sporgenti, avidi, attenti. Le labbra spesse erano come cucite agli angoli in un ghigno rigido. Per non parlare di quando rideva, invitando tutti i denti al balcone per un'acclamazione feroce e carnale.

Corso rimaneva immancabilmente turbato ogni volta in cui s'imbatteva in un personaggio con il *physique du rôle*. Benché consapevole di non doversene fidare, amava questa forma di schiettezza, se rispondente al vero.

Mathieu Veranne aveva la faccia di un satiro.

Li accolse in un ampio salone con il soffitto basso e le pareti rivestite in legno. L'arredamento sembrava essere rimasto immutato dagli anni Sessanta, ma Corso immaginò si trattasse invece di mobili vintage comprati a peso d'oro. Come a voler confermare il valore dell'insieme, una grande tela firmata Jean Arp faceva bella mostra di sé sulla parete di fronte alla vetrata.

Un elemento contrastava con quell'insieme coerente: una ragazza giapponese sui vent'anni, uno zaino Eastpak sulle ginocchia, sedeva su una poltroncina di lana gialla a forma di tulipano.

Non particolarmente carina né particolarmente ordinata, aveva l'aria di una liceale a rischio di bocciatura.

Concentrata sul suo cellulare – si sentiva il suono nasale di un videogioco – non si degnò nemmeno di alzare lo sguardo sui nuovi arrivati. Né Veranne ritenne opportuno presentarla.

«Che cosa posso fare per voi?» chiese invece, accomodandosi in un divano imbottito di pelle rossa.

Loro si accontentarono delle poltrone Egg.

«Ha sentito parlare dell'omicidio di Nina Vice, la spogliarellista?»

«Naturalmente», rispose, incrociando le gambe e scostando un po' di polvere dai pantaloni con un gesto sicuro. «Conosco il locale.»

Spigliatezza, disinvoltura: Veranne stava giusto concedendo loro un frammento del suo tempo, nient'altro.

«Non abbiamo mai diffuso le foto del corpo alla stampa. La vittima era legata con il suo stesso intimo in una maniera particolare.»

Barbie aveva già tirato fuori le fotografie della scena del crimine. Le dispose come un mazzo di carte sul tavolino da caffè.

Veranne si sporse e guardò le immagini senza battere ciglio. Non una parola sulle ferite al volto. Non un segno a tradire la minima emozione. A Corso sarebbe piaciuto vederlo all'opera, con i suoi metri di corda e il frustino pronto a schioccare sui corpi nudi di giovani donne sospese nel vuoto.

Alla fine, Veranne disincrociò le gambe e prese le foto una dopo l'altra.

«Le dicono qualcosa?»

Atteggiò un broncio lascivo, esagerato dallo spessore delle labbra. Intanto, nel suo angolino, la giapponese sembrava completamente assorbita dal cellulare: sullo sfondo, il fastidioso *zzz-zzz* del suo giochino.

«Potrebbe essere un richiamo a una delle posizioni più pericolose dello *shibari*: *ushiro takate kote shibari tsuri.*»

«Sarebbe?»

«Si legano le mani della partner dietro la schiena e la si mantiene sospesa in questo modo. È anche possibile legare le caviglie ai polsi, come in queste foto. Ovviamente bisogna assicurarla, altrimenti, sotto il peso del corpo, gli arti cederebbero.»

«Osservi bene i nodi. Che gliene pare?»

«Si tratta di *musubime*, "nodi chiusi", piuttosto rari nel mondo dello *shibari*. Troppo pericolosi.»

«Mi scusi, temo di non capire.»

«Non è cosa semplice disfare un nodo chiuso. Più il soggetto si agita, più la legatura si stringe. Al contrario, un nodo aperto si disfa facilmente, basta tirare un'estremità della corda.»

«Esiste una disciplina in cui si fa ricorso ai nodi chiusi?»

Veranne scrollò le spalle.

«Sì, ma ci rimanderebbe allo *hoj jutsu*, una tecnica molto più antica, sviluppatasi nel Giappone del XV secolo. A quel tempo, legare un prigioniero era una vera e propria forma di espressione. A ciascun crimine corrispondeva un metodo specifico. Vedendo un uomo messo al supplizio, si poteva dedurre di quale colpa si fosse macchiato. Quest'arte marziale era praticata dai samurai e dagli uomini di legge. È lo *zainin shibari*, lo "*shibari* dei colpevoli".»

Corso osservò Barbie con la coda dell'occhio: ascoltava beata. Quell'espressione di ammirazione lo infastidì, specialmente in considerazione del fatto che si stavano allontanando – e non di poco – dal cuore della questione.

«Più tardi», continuò Veranne, «durante il periodo Edo, si cominciò a utilizzare queste tecniche per il piacere. Quella della corda divenne così una disciplina puramente estetica, una *waza*, così come lo erano la calligrafia o l'arte del tè. Nel XVII secolo, c'erano già oltre centocinquanta scuole diverse...»

Corso interruppe la lezione di storia.

«Per come la vede lei, l'assassino possiede i rudimenti di una di queste tecniche?»

«Oggi basta informarsi su internet per imparare a legare la propria partner in maniera corretta.»

Al poliziotto venne in mente un'altra idea: «Secondo l'antica tecnica di cui ci ha appena parlato, ciascun tipo di legatura designava un determinato crimine. Il modo in cui è stata legata la nostra vittima potrebbe riferirsi a una colpa in particolare?».

«Per quanto ne sappia io, direi di no. Bisognerebbe consultare testi storici... L'unica cosa che posso dire è che in tal caso si tratterebbe di una pena capitale. Di qualunque scuola di *shibari* si tratti, legare i polsi del prigioniero dietro la schiena e poi alle caviglie è una delle tecniche più dolorose. Ancora oggi, questo genere di fantasie mal gestite è causa di svariati incidenti e...»

Veranne si fermò. Un dettaglio su una delle foto sembrava avere attirato la sua attenzione. Dopo averla afferrata, con l'altra mano recuperò gli occhiali dal taschino della giacca.

«Non ci avevo fatto caso...» disse, inforcandoli. «Questo nodo a otto è peculiare...»

«Può spiegarmi perché?»

Sollevò la testa come un airone e poi si tolse gli occhiali con un gesto affettato.

«Il nodo in questione ha la forma di un otto in orizzontale...»

La foto ancora in mano, indicò il punto con la montatura di tartaruga.

«Ora, se guardate bene, vedrete anche un altro otto, questa volta aperto...»

Porse la foto a Corso, il quale si accorse in effetti che, nel prolungamento del nodo ai polsi, se ne innestava un altro, che rimaneva però come incompiuto.

«Che cosa significa secondo lei?»

«È lecito fare ogni genere di supposizione, ma l'otto in orizzontale è il simbolo dell'infinito. Questo lo sanno tutti, certo, ma qui il secondo otto sembrerebbe richiamare un seguito. Senza volere azzardare un'interpretazione troppo fantasiosa, ipotizzo che l'assassino voglia dirvi due cose: innanzitutto, che la serie dei suoi omicidi è appena iniziata, e poi che nessuno potrà arrestarla...»

Sai che notizia! Corso fu quasi sul punto di imitare Buzz Lightyear di *Toy Story* (ogni tanto lo guardava insieme a Thaddée): "*Verso l'infinito e oltre...*".

«Questa donna le dice qualcosa?» chiese, mostrando una foto di Nina Vice sul suo cellulare.

«Sarebbe la vittima, giusto? Ho visto la sua faccia nelle foto.»

«E altrove? In un club sadomaso o in un laboratorio di *shibari*?»

«No.»

Corso rimise il cellulare in tasca.

«Potrebbe fornirci la lista dei club che praticano questa... questa disciplina a Parigi?»

«Certo. Non ce ne sono molti.»

«Grazie», disse alzandosi, subito imitato da Barbie.

Mathieu Veranne fece altrettanto. In tutto questo, la giapponese non si era mai mossa dal suo angolo. Corso percepì una corrente sotterranea, tra i due, un rapporto indicibile ma molto più importante di qualsiasi cosa fosse stata detta a voce alta in quella stanza. Cercò di concludere con una mezza battuta: «La sua amica, lì, non ha un'aria molto felice», disse indicando la piccola ninfa *otaku*.

«Non è un'amica.»

«Sarei tentato di dire che ce l'ha con lei. Ha stretto con troppa forza o cosa?»

Di fronte alla volgarità dell'osservazione, Veranne sorrise condiscendente. La bocca parve scaldarsi appena, ma non così gli occhi: prominenti, gelidi, avevano un'espressione da carnefice.

«Ha messo il broncio perché ieri l'ho frustata con una certa severità.»

«Ahia», disse Corso, sprofondando nell'umorismo greve.

Il sorriso di Veranne si fece ancora più sprezzante: il marchese de Sade di fronte ai secondini della Bastiglia.

«Le ho fatto male, ma è quello che si aspetta da me.»

Benché avesse l'impressione che lo stesse prendendo per uno stupido, Corso annuì come per accettare tacitamente il ruolo.

Una volta fuori, si fermò ai piedi della scultura di resina nera. Era quasi l'una: sebbene il sole fosse già alto, il caldo era ancora ragionevole. Quell'estate che dilagava all'ombra dei *beaux quartiers* gli infondeva una strana malinconia.

«Mi dispiace», disse Barbie. «Speravo in un incontro più… produttivo.»

«Non mi aspettavo miracoli. Dovremo comunque passare al setaccio gli appassionati di *shibari.*»

«Torniamo alla base?»

«Tu sì. Chiama Uber.»

«E tu?»

«Ho un appuntamento», disse laconicamente. «Una questione personale.»

10.

L'avvocato, Karine Janaud, aveva lo studio in un ampio appartamento nell'VIII arrondissement, in rue Saint-Philippe-du-Roule. Corso non era affatto a suo agio: con la barba di tre giorni, i capelli arruffati e la giacca lisa, nella sofisticata sala d'attesa si sentiva come un pesce fuor d'acqua.

E non era tanto il fatto che aspettasse già da dieci minuti. Quello non gli dava fastidio, anzi: gli offriva l'opportunità di riconsiderare la lunga strada che lo aveva portato fin lì, su quella poltrona rossa dalle forme protozoiche.

Aveva sempre avuto un problema con le donne in generale e con il sesso in particolare. Benché otto anni di analisi non gli avessero permesso di identificarne la fonte in maniera inequivocabile, si era comunque fatto un'idea. Da piccolo, gli assistenti sociali lo avevano indirizzato di volta in volta verso famiglie affidatarie di estrazione cattolica, dove la donna teneva il sesso a distanza e l'uomo poteva tranquillamente tagliarselo e lasciarlo in un cassetto. Nulla di tirannico in quel tipo di educazione, niente discorsi prudenti o prediche isteriche, ma il messaggio era passato. Così, quando aveva avvertito i primi bollori, aveva fatto di tutto per reprimerli. Inutilmente.

Ragion per cui – questa era la sua versione dei fatti – aveva inconsciamente iniziato a provare rancore verso l'oggetto stesso del suo desiderio: la donna. Nel mondo della finzione, aveva cominciato a sentirsi attratto da tutto ciò che poteva umiliare, minacciare, ferire le ragazze. Fumetti erotici, film dell'orrore, racconti gotici… ecco cosa glielo faceva diventare duro.

Tutto questo accadeva su un piano immaginario, senza creare difficoltà nella vita reale. Ma non avrebbe mai osato ammettere ai suoi amici che le loro storie di scopate in cantina o i loro timidi amori da liceali lo lasciavano indifferente. Poco per volta, una scissione profonda, quanto classica, gli aveva tagliato in due il cervello – per non parlare di altro: incapace di provare desiderio per le donne che amava, si sentiva eccitato da quelle che disprezzava.

La verità, in effetti, era ancora più complessa. A eccitarlo davvero era la profanazione del modello che amava castamente. La donna eterea, pura e innocente, da spogliare, violentare e umiliare. La donna da contaminare con la parte peggiore di sé.

Poi la realtà lo aveva rimesso in riga. C'era stata la droga. E Mama, suo spacciatore e maestro. Infine, il sequestro... Per pochi grammi di eroina, Mama l'aveva ridotto a una sorta di schiavo sessuale. C'era voluto il provvidenziale intervento di Catherine Bompart, la sua fata turchina, che lo aveva ritrovato coperto di sangue in uno scantinato con il cadavere di Mama ai suoi piedi, per riportarlo in vita. Gli aveva fatto riprendere gli studi interrotti, prima al liceo, poi all'accademia di polizia, passando attraverso la casella dei Narcotici Anonimi.

Poco per volta, aveva ritrovato il cammino della sua sessualità fragile e sognante. Vergini azzannate dai vampiri, ragazzine stuprate dai cowboy, adolescenti braccate dai serial killer... Si trattava di un'inclinazione innocua: succedeva tutto nella sua testa.

Finché non era arrivata Émiliya.

Picchiata dal marito, era venuta a sporgere denuncia al commissariato centrale del XIV arrondissement, dove lui, allora ventisettenne, stava facendo gavetta. Aveva immediatamente perso il controllo per il suo volto pacifico, per il suo aspetto da maestrina Amish, senza nemmeno capire che aveva davanti l'incarnazione della sua fantasia, l'angelo stuprato.

Aveva condotto le proprie indagini sulla sua bella per trovare l'angolo d'attacco più opportuno. Non ne aveva trovato uno. Di origini bulgare, Émiliya aveva imparato il francese nella sua città natale, Sliven, per poi perfezionarsi a tal punto da superare l'esame di ammissione alla facoltà di scienze politiche di Parigi. Dopo la laurea, si era fatta valere in svariati gabinetti ministeriali. Le loro strade non avevano alcuna possibilità di incrociarsi: mentre lei progrediva nelle alte sfere, lui batteva i marciapiedi.

Si era ridotto a fare quello che meglio sapeva fare: il piedipiatti, pronto a piazzarsi per intere notti in avenue Dunois, a Cachan, davanti alla casa di Émiliya. Per quanto triste a dirsi, aspettava – sperava – che il marito la pestasse di nuovo per poter intervenire e interpretare la parte dell'eroe.

Trascorsero diverse settimane, Corso aveva iniziato a chiedersi se quella bestia non si fosse redenta quando, giusto il giorno di San Valentino, la sua tenacia aveva pagato. Grida, tonfi, porte che sbattevano. Poi il marito che saltava in macchina e spariva nella notte. Aveva bussato senza perdere tempo. Non ricevendo risposta, aveva divelto il catenaccio dell'ingresso per scoprire Émiliya appesa alla sbarra per trazioni che il suo uomo aveva installato sul telaio interno della porta del bagno. Il suo corpo, nudo, era un racconto di pura follia, di percosse e torture.

Pronto soccorso. Rianimazione. Convalescenza. Lui aveva sbattuto dentro l'artista e poi aveva giocato secondo le regole, assicurandosi personalmente che non beneficiasse di alcuna clemenza da parte del giudice. Era riuscito a fargli scontare la custodia cautelare nel compartimento più famigerato di Fleury, prodigandosi perché tutti venissero a conoscenza del motivo per cui era finito al fresco. Aveva fatto in modo, cioè, che la sua esistenza quotidiana oscillasse tra un bel pestaggio e una dose di pestello. Un corso di formazione in piena regola.

Al tempo stesso, aveva fatto regolarmente visita a Émiliya in ospedale, fiori alla mano, e aveva gestito le pratiche burocratiche per il divorzio. Rimessasi dalle ferite e assorbito il trauma, quest'ultima aveva accettato i suoi inviti. E a forza di attenzioni e di corteggiamenti all'antica, vecchio stile, era riuscito a domarla... fisicamente.

Solo allora aveva scoperto il potere della bulgara. Rimanendo pur sempre la donna disincarnata che tanto ammirava, Émiliya era riuscita a condurlo in un mondo in cui, per la prima volta, poteva esprimere i suoi desideri più sordidi, più violenti. Gli era stato concesso di profanarla, di umiliarla, di insudiciarla, senza che nessuno dei due uscisse in qualche modo macchiato da quel circo notturno. Émiliya possedeva una sorta di ubiquità: poteva essere la donna amata, al di sopra di ogni sospetto, e acconsentire nello stesso tempo ai giochi sessuali più biechi, fingendo sempre – si badi bene – di rifiutarli. Era proprio lì che stava tutto il piacere.

In tal modo aveva scalato le vette dell'eccitazione. Aveva trovato la compagna di letto che mai avrebbe osato sognare, la donna capace di giocare alla mammina come alla troia, e soprattutto *alla mammina costretta a fare la troia.* Cosa che lo avrebbe liberato da ogni vergogna, da ogni frustrazione, da ogni rimorso.

Tuttavia, si era sbagliato. Convinto di usare Émiliya come un oggetto, era invece lui a esserne manipolato. Lei godeva delle sue nevrosi, delle sue paure e dei suoi peccati, trovando proprio in quei tormenti la fonte del proprio piacere.

Piacere che però esigeva sempre di più.

Quello che per lui rappresentava l'apice della perversità non era per lei che un antipasto. Ed era stato solo a quel punto che si era reso conto di quanto fosse pericolosa. E aveva anche compreso la verità sul suo precedente rapporto matrimoniale. Il marito violento, il bastardo di cui lui si era impegnato a rovinare l'esistenza una volta uscito dal carcere (assistente sociale per la libertà vigilata, continui sabotaggi ogniqualvolta avesse cercato un lavoro, minacce permanenti...) non era in realtà che una vittima. Un marito interamente ai suoi ordini, che aveva dovuto soddisfare il folle appetito della moglie. Era lei che esigeva di essere picchiata, ustionata, appesa... Era lei a condurre quella danza mortifera.

A quel punto, però, si erano già sposati ed Émiliya era incinta. Attonito, lui non era stato in grado di accettare che le loro turpitudini avessero dato alla luce un bambino. Quando lo avevano concepito? La volta in cui gli aveva chiesto di massacrarla su un tappeto di frammenti di vetro? O quella in cui aveva dovuto riempirla di botte mentre la penetrava?

Credeva che la gravidanza l'avrebbe calmata. Ma era stato l'ennesimo errore. Sopraffatta dagli ormoni o da chissà cos'altro, Émiliya era diventata ancora più viziosa, ancora più depravata. Quando l'aveva sorpresa a infilzarsi degli aghi nel ventre, l'aveva chiusa a chiave in camera fino a nuovo ordine. Poi si era dato da fare per farle ottenere un congedo di maternità anticipata «per patologie» (difficile spiegarlo meglio) e si era ritrovato a pregare in chiesa ogni giorno. Disgustato e sgomento, temeva che, nascendo da due perversi psicopatici, il loro bambino sarebbe stato marchiato da una sorta di predestinazione.

A ogni modo, la nascita di Thaddée lo aveva rassicurato: quel pargolo era una promessa di innocenza, una pagina vuota da scrivere. E il compito di offrirgli un'educazione equilibrata e di nascondergli la natura mostruosa di sua madre non poteva spettare che a lui. Aveva giurato dunque a sé stesso di rimanere con Émiliya finché Thaddée non avesse raggiunto la maggiore età: quella medusa andava tenuta sott'occhio.

Gli anni si erano trascinati così: nella disperazione personale per quel rapporto naufragato, ma con un bambino sereno. Un sacrificio, questo, che si era accollato di buon grado, scontando i propri peccati, vivendo nell'infelicità e conquistandosi ogni giorno un po' di paradiso: la bellezza di Thaddée, i suoi risvegli. Alla lunga, però, Émiliya si era sentita imbrogliata, defraudata. Una sera, di ritorno a casa, lui aveva trovato l'appartamento vuoto. Tutti i mobili erano spariti. Si era trasferita portandosi dietro ogni cosa, figlio compreso.

E poi era stato arrestato a seguito di una denuncia da parte della signora per «lesioni personali aggravate». Venuto fuori da quel ginepraio, ecco la richiesta di divorzio di Émiliya e la conseguente battaglia, persa in anticipo, per ottenere l'affidamento del figlio.

«Signor Corso?»

La Janaud gli stava di fronte in uno splendido abito azzurro cielo. Gli rivolse un sorriso così glaciale da far crepare le finestre. Ancora una volta, Corso rimase colpito da quanto assomigliasse a Émiliya. La stessa bellezza altezzosa, la stessa aria da santarellina che ti induce segretamente a sperare che sia porca come non mai.

Si alzò e la salutò con un cenno del capo. Nel recuperare la sua cartella, si accorse che la manica della giacca era incrostata di sangue: il sangue del massacro della notte prima. Con un gesto istintivo, prese a grattare le tracce con l'unghia e poi si strofinò il gomito per rifinire la pulizia a secco, il tutto con la valigetta sotto il braccio.

L'avvocato lo guardò fare, le braccia incrociate, l'aria sgomenta. Nel suo sguardo c'era tutto il percorso da compiere per convincere un giudice che il suo era il profilo del padre ideale.

In estrema sintesi, un calvario.

11.

«Gliel'ho già detto, il suo non è un caso semplice.»

Ma non mi dire. Aveva scelto la Janaud perché uno dei suoi colleghi al Trentasei era rimasto in mutande dopo aver perso la causa di divorzio contro di lei. «Una bastarda come non ce n'è», era stato il sunto. Giusto ciò di cui aveva bisogno.

«Ha avuto il tempo di leggere il preliminare?» proseguì, sedendosi dietro una scrivania di quercia abbellita da un ampio sottomano di pelle verde.

«Naturalmente», rispose lui, aprendo la cartella. «Ho annotato ogni paragrafo e...»

«Venendo alla sostanza, che cosa ne pensa?»

«Un mucchio di bugie.»

«È in grado di dimostrarlo?»

«Certo, io...»

«Ha in mano qualcosa che possa infangare l'immagine della sua ex moglie?»

Corso esitò. L'ufficio dell'avvocato non era arredato nello stesso stile della sala d'attesa. I mobili d'epoca, tutti in legno verniciato, risalivano all'inizio del XX secolo e richiamavano piuttosto il quotidiano satinato di un notaio con lo stringinaso.

«Qualche elemento a riprova del fatto che è una pessima madre?»

«La peggiore possibile, ma sono informazioni che non userò.»

«Perché?»

«Perché non farò una cosa del genere a mio figlio.»

«È troppo giovane per partecipare al dibattimento. Non verrà mai a sapere cosa è stato detto in aula.»

«Sua madre gli mostrerà la sentenza non appena sarà abbastanza grande da comprenderla. Anche prima, probabilmente. Mi rifiuto di trasmettere a Thaddée una brutta immagine di sua madre. E non voglio nemmeno possa pensare che mi sono accanito contro di lei.»

«Allora non vale nemmeno la pena di continuare.»

«È così che fa il suo mestiere? Dandosi per vinta in partenza?»

Karine Janaud si alzò e aprì la finestra. Poi, con tutta calma, si accese una sigaretta prima di riaccomodarsi. Era bella, sprezzante, desiderabile.

«È proprio necessario che le riassuma la situazione?» rispose. «Nel gennaio del 2016 sua moglie è fuggita con vostro figlio, accusandola di violenze con tanto di denuncia. Adesso che divorziate, lei è qui per chiedere l'affidamento del bambino, che attualmente ha nove anni. Non ha nessunissima speranza di ottenerlo.»

«La sua denuncia era una farsa. Rovesciando il punto di vista, potremmo sostenere che ha abbandonato il tetto coniugale...»

«Poco importa», disse la Janaud, soffiando una nuova voluta di fumo. «Il problema è che lei è il padre. Bisognerà fare la guerra anche solo per sperare nell'affidamento condiviso.»

«Mi hanno detto che ultimamente i giudici si sono mostrati più favorevoli nei confronti dei padri.»

«Falso. Finché il bambino è piccolo, la maggior parte dei magistrati ritiene che debba stare con la madre. E questo anche se lei lavora e non può dedicargli più tempo di quello che invece potrebbe permettersi il suo ex. E, a dirla tutta, anche se ha dei torti oggettivi. Una madre avrà sempre la meglio sul padre. È la "legge del grembo", la chiamano così.»

Corso si agitò sulla poltrona: la Janaud stava dicendo a voce alta tutte quelle cose che una vocina andava sussurrandogli fin dall'inizio. Dalla finestra aperta giungeva il frastuono di un martello pneumatico.

«Che cosa possiamo fare?»

«Glielo ripeto: trascinarla nel fango. Dimostrare che è una pessima madre e che il bambino è in pericolo.»

«No.»

«Allora siamo in un vicolo cieco.»

«Possiamo sempre dimostrare le mie qualità come padre, no?»

«In casi come questo, le decisioni non vengono prese guardando la colonna dei profitti ma quella delle perdite. Durante l'anno, i giudici vedono sfilare uomini e donne che se ne dicono di tutti i colori, accusandosi a vicenda degli orrori più atroci. Se lei non ha intenzione di giocare a questo gioco, il magistrato penserà che la sua futura ex stia dicendo la verità e che lei, invece, non abbia nulla di cui accusarla.»

Si alzò di nuovo, lanciò la sigaretta con un buffetto e richiuse la finestra.

«Vediamo in che modo potrei difenderla», continuò, risedendosi. «Sua moglie dichiara di essere stata vittima di ripetuti tradimenti...»

«Mente.»

«È in grado di provare quanto dice?»

«È lei che non ha modo di farlo. Scaglia accuse senza fondamento. È troppo facile, così.»

L'avvocato sorrise: il suo rossetto ricordava un inchiostro pastoso e brillante, miracolosamente piantato agli angoli della bocca.

«Ho come l'impressione che lei non abbia ben chiaro il profilo della signora Corso.»

«La conosco meglio di chiunque altro.»

«Sto parlando di quello che salta all'occhio. Émiliya Corso ha una carriera professionale esemplare. Si è laureata in una lingua che non era la sua. Dopo aver preso la cittadinanza francese, ha lavorato al ministero dell'Agricoltura e poi al ministero degli Affari sociali. Ora è il braccio destro del segretario di stato presso il ministro della Pubblica istruzione. Ed è destinata a scalare altre posizioni.»

«E allora?»

«E allora lei, invece, non è che un semplice comandante di polizia.»

«Uno degli uomini migliori del Trentasei!»

La Janaud appoggiò i palmi delle mani sulla superficie di pelle verde bottiglia. Le sue unghie curate ricordavano il guscio di un crostaceo sanguinolento. Quand'è che trovava il tempo di agghindarsi, quella donna? Non aveva figli? Un marito? Chi avrebbe potuto farla a pezzi, nel caso in cui avesse deciso di divorziare?

«Nessuno sta discutendo le sue qualità professionali, Stéphane», disse lei, addolcendo il tono, «ma il suo stato di servizio non gioca, come dire, a suo favore...»

«E perché mai?»

«Dopo diversi anni trascorsi in vari commissariati, ha lavorato nella squadra di Ricerca e intervento, nella Buoncostume e nella Narcotici, il che significa che ha trascorso la maggior parte del suo tempo a contatto con criminali, pervertiti e spacciatori.»

«Non a contatto con loro. L'ho speso *a combatterli.*»

«Non fa differenza. È comunque un'evoluzione che rimane confinata nell'universo dei tossici. E adesso, alla Criminale, è anche peggio. Ha a che fare tutto il giorno con assassini.»

Corso si rintanò sulla poltrona come lo scansafatiche della classe quando il prof sta per interrogare. L'ultima frase gli aveva appena confermato quello che pensava da sempre: gli sbirri hanno un'unica ragione di vita, prosciugare le fogne della società e garantire tranquillità alla gente per bene. Una nobile missione, che però li condanna a diventare dei paria a loro volta. Agli occhi di tutti esiste come una segreta affinità tra poliziotti e criminali. *Un'aria di famiglia.*

«Insomma, pensa di dirmi dell'altro o le interessa solo attaccarmi?»

«Mi sto mettendo nei panni del giudice. È assolutamente normale che si vagli chi è lei e che cosa fa.»

«Ma è del mio ruolo di padre che stiamo parlando. Faccio del mio meglio e...»

«La signora Corso sostiene che non è mai a casa e che ha orari impossibili.»

«Non è vero. La sera rientro sempre per cenare con Thaddée e passarci del tempo.»

L'avvocato rise quasi con tenerezza.

«Non se la berrà nessuno. I criminali non lavorano a orari prestabiliti.»

«Alla Criminale ho orari abbastanza regolari. Non faccio più appostamenti né irruzioni.»

«Sua moglie sostiene che beve.»

«Un drink ogni tanto. Assolutamente nella norma.»

«E che fa uso di stupefacenti.»

Corso trasalì: il suo passato da tossico, l'omicidio di Mama, i Narcotici Anonimi.

«Falso.»

«Siamo sicuri?» chiese lei, sferzante. «Nemmeno una sniffatina occasionale?»

«Ho lavorato nella Narcotici. Quando passi nottate intere appostato per incastrare i trafficanti, a volte hai bisogno di un tonico. Ma tutto questo ormai fa parte del passato.»

Janaud voltò una pagina: anche lei aveva evidenziato determinati passaggi.

«Dice che è armato e pericoloso.»

«Se giro armato, è per proteggere le persone indifese.»

«Ha ucciso in cinque diverse occasioni. La sua legale si è procurata gli atti relativi ai fatti d'armi in questione: allegati numero 33, 34, 35, 47 e 63. Devo dire che ha fatto un ottimo lavoro.»

Bisogna aggiornare a sette, caro il mio avvocato. Per un istante, Corso rivide il parcheggio e il tizio che si accasciava nel bagagliaio dopo essere stato falciato. E il cranio dell'altro che esplodeva contro il muro, un rivolo di fumo dalle labbra socchiuse.

«Sempre nell'esercizio delle mie funzioni», rispose. «Si è trattato di scegliere tra la mia vita e la loro. Ed erano assassini della peggior specie.»

«La accusa anche di essere un uomo violento.»

«Un'altra bugia. Non farei del male a una mosca.»

«La sua legale ha allegato alla cartella le denunce di alcuni sospetti che...»

«Nient'altro che feccia! Cazzo, ma lei ha una vaga idea dei soggetti con cui devo vedermela ogni santo giorno? Che cosa crede? Immagina forse che basti mostrarsi gentili per convincerli a parlare? Per strada è come una guerra. La mia violenza è di pubblica utilità. Ma nella vita privata sono inoffensivo.»

Dopo aver scribacchiato qualcosa, la Janaud proseguì: «A ogni modo, c'è questa denuncia depositata il 4 gennaio 2016... Allegato 57 del preliminare. Emiliya Corso si è sottoposta a una visita medica il giorno seguente. Il rapporto del medico certifica che...».

Corso la fermò con un gesto. Con le palpebre chiuse, in una frazione di secondo rivide la fatidica sera in cui, cogliendola in flagrante, aveva capito fino a che punto avrebbe potuto spingersi la sua follia, mentre Thaddée dormiva nella stanza accanto. Non era stata sua intenzione picchiarla, aveva soltanto provato a impedirle di ferirsi in maniera grave.

«Se li è procurati da sola, quei segni.»

«Stiamo parlando di autolesionismo?»

«Non nel senso in cui lo intendiamo di solito. Lei... ecco...»

«Sì?»

«Lasciamo perdere.» Mentre si sporgeva verso la scrivania, Corso sentì scricchiolare le giunture in legno della poltrona. Il sudore gli appiccicava le radici dei capelli. «Non intendo seguire questa strada. Trovi un'altra strategia che mi offra una probabilità di vincere.»

«Se non vuole incriminare il suo avversario, tiri fuori dal cilindro un elemento che la innalzi al di sopra dei comuni mortali.»

Gli venne in mente una mezza idea: «Ha sentito parlare dell'omicidio della spogliarellista? Mi è stata affidata l'inchiesta giusto ieri».

«Ha qualche possibilità di arrestare il colpevole?»

Nemmeno un fottuto indizio da cui partire, la chiacchierata con Bornek a smorzare ogni speranza, un assassino ben mimetizzato tra milioni di abitanti dell'Île-de-France.

«Lo prenderò.»

«In tal caso, forse potrebbe avere una chance. Difficile opporre un rifiuto a un eroe.»

Poi, prima di alzarsi, aggiunse: «Veda anche di raccogliere quante più testimonianze a suo favore. Recuperi foto di vacanze e di attività svolte insieme a suo figlio. Foto che vi ritraggano insieme».

«Può essere utile?»

«Se riuscirà a catturare l'assassino, ci servirà da rinforzo.»

12.

Una volta nell'abitacolo dell'auto, compose il numero di Émiliya per sapere a che ora poteva passare a prendere suo figlio. Lei non aveva alcun interesse a rivolgergli una parola di troppo.

«Che cosa vuoi?» gli chiese non appena riconobbe la sua voce.

«Ti sto chiamando per capire come organizzarci stasera.»

«Di che cosa stai parlando?»

Corso espirò dal naso: *non ti agitare.*

«A che ora posso passare a prendere Thaddée?»

La sentì ridere. Una risata che le assomigliava: ovattata, gelida, solitaria. Una risata che sembrava comprensibile solo a lui.

«Vivi talmente nel tuo mondo da non esserti nemmeno preso la briga di guardare un fottuto calendario.»

«Niente giochetti con me», sibilò lui a denti stretti. «Sai benissimo che è il mio fine settimana.»

«È il 1° luglio, *vazlyuben.* Sono iniziate le vacanze. Le *mie* vacanze. Non rivedrai Thaddée fino al 1° agosto.»

Come aveva potuto dimenticarsene? Il lavoro, l'ansia e soprattutto il rifiuto per quell'esistenza vissuta al guinzaglio di una psicopatica. Smise di ascoltare la voce che un tempo lo aveva affascinato, quella voce vellutata dall'accento slavo.

«Lo chiamerò stasera.»

«Non sono sicura che potremo risponderti. Ha l'ultima lezione di pianoforte. Sarà stanchissimo.»

Corso sentì il cuore pompargli in gola e nei timpani.

«Avrei voglia di...»

«Sì?» chiese lei con un trillo. «Di' pure, *ljubimec*... Che cosa avresti voglia di fare?»

Sapendo che la conversazione era registrata, Corso si trattenne. Benché quel tipo di registrazioni fossero considerate «prove illecite», l'esistenza stessa di conversazioni dal tono violento non avrebbe giocato certo a suo favore.

«Dove andrete?» chiese, inghiottendo le minacce.

«L'accordo che abbiamo preso non prescrive che io debba informarti dei nostri movimenti.»

Il suo francese era antiquato, prezioso.

«Stai andando in Bulgaria? Per lasciare il paese hai bisogno del mio consenso, altrimenti...»

«Il super poliziotto chiuderà i confini?» disse lei ridendo.

Corso si mordicchiò il labbro inferiore con tanta forza da sentire il sapore del sangue. Asciugandosi con il rovescio di una manica, ordinò: «Chiamami appena arrivi».

Riattaccò senza aspettare una risposta e partì a tutta velocità. Come sempre, quando era estremamente irritato, inserì la sirena e raggiunse il Trentasei senza mai sfiorare il pedale del freno.

Arrivato al terzo piano, venne intercettato da Barbie: «Posso parlarti? Ho trovato qualcosa».

Corso la seguì senza allentare le mascelle. Barbie condivideva un ufficio angusto con Ludovic, che però al momento non c'era. La stanza era sommersa di stampate che si dispiegavano fino al pavimento. Quando si trattava di fatture o di estratti conto, Barbara procedeva alla vecchia maniera: documenti cartacei ed evidenziatore.

«Ho studiato i movimenti bancari di Nina negli ultimi quattro anni.»

«Possiamo risalire così indietro?»

«Ho i miei trucchetti.»

«E allora?»

«Ho confrontato tutti i trasferimenti o gli assegni ricevuti con le ore di lavoro dichiarate, per cercare di scoprire se avesse mai lavorato in un campo diverso da quello che aveva a che fare con gli spettacoli dal vivo, il cinema o gli audiovisivi.»

Barbie afferrò un elenco – stampava fronte retro, riducendo il corpo del cinquanta per cento per economizzare (ci andava giù pesante con la storia dell'ecologia). Il risultato erano sequenze illeggibili di colonne che solo lei poteva decifrare.

«Ho trovato almeno due esercizi che non rientrano nelle suddette categorie. Nel febbraio del 2012, Nina ha ricevuto duemiladuecento euro da Edoga. Nel maggio del 2013, tremila euro da un'altra società, Kompa. Entrambe hanno chiuso i battenti pochi mesi dopo averle corrisposto il bonifico.»

«Di che attività si tratta?»

«Servizi di codifica e crittografia informatica.»

«Nina aveva competenze in questo settore?»

«Per niente. Prima di lanciarsi nello strip-tease, aveva conseguito una specializzazione in amministrazione aziendale.»

«Quindi che cazzo di lavoro ha fatto per loro?»

«Non ne ho idea. Ho solo traccia del pagamento: nemmeno l'ombra di una busta paga, di un contratto o anche solo di un contatto. Alla fine, però, ho scovato un fatto interessante.»

Corso prese una sedia e si sedette. Il ragionamento di Barbie andava seguito con pazienza.

«Consultando dei siti di *reference*, mi sono accorta che Edoga e Kompa avevano lo stesso testo di presentazione. E quando dico "lo stesso" intendo dire: *identico*, errori di ortografia inclusi.»

«Lasciami indovinare: dietro c'erano sempre gli stessi soggetti, giusto?»

«Senza ombra di dubbio. E un'altra cosa mi ha incuriosito: il testo lasciava intendere che queste società fossero in grado di produrre programmi codificati. Per esempio, film...»

«E così torniamo all'audiovisivo, dunque...»

«Ho pensato che se per caso questi tipi avessero avviato una nuova attività, avrebbero rimaneggiato la loro presentazione da due soldi. Così ho effettuato una ricerca inversa partendo da queste frasi traballanti. Per tutta risposta, le banche dati mi hanno proposto una SRL creata nel 2015: la OPA.»

«Hanno un sito web?»

«Nemmeno per sogno. A parte questo testo osceno, in rete non si trova la minima informazione. Ma io sono riuscita a scoprire qualcosa grazie a un paio di nerd di mia conoscenza. In realtà, non sono fornitori di servizi. Gli unici dati che codificano sono i loro film.»

«Che genere di film?»

«Porno. E aggiungerei una parolina magica: *gonzo*.»

La tendenza si era sviluppata negli anni Novanta, inondando il mercato fino a spadroneggiare. Il nome derivava dal «giornalismo gonzo» degli anni Settanta, in cui, immergendosi totalmente nell'argomento trattato, il cronista diventava uno dei protagonisti del suo stesso reportage.

Nel porno, la tecnica si traduceva in un «regista» che, videocamera in spalla, riprendeva le sue stesse prestazioni sessuali. Nessun set, nessun copione, nessun filtro: solo un uccellone schizzante. Economico, girato male e con la vicina di pianerottolo, il gonzo, il «wall-to-wall», si era imposto grazie a una miscela malsana di banalità e hardcore estremo.

«Quindi mi stai dicendo che, almeno in due occasioni, Nina ha girato un gonzo?»

«Lo ritengo abbastanza ipotizzabile. E magari è anche solo la punta dell'iceberg.»

Una spogliarellista dedita al porno non era poi lo scoop del secolo, ma era una traccia che Bornek non aveva individuato.

«I tuoi amici hanno già visionato i film?»

«No. Ma li conoscono di fama. Per via dell'elevato livello di cifratura.»

«Sono cioè più noti per il codice che per il contenuto?»

«Sì, direi che possiamo metterla in questi termini.»

«Perché crittografare film che si possono visualizzare online con un *clic*?»

«Non questi, per l'appunto. Per vederli, devi abbonarti a

un sito web anonimo. In un mondo in cui tutto è accessibile, precludere l'accesso significa riaccendere il desiderio.»

«Ma, una volta decriptati, non finiscono immediatamente online?»

«No. Il programma blocca qualsiasi tentativo di copia o di trasferimento dati. E quelli che ci provano perdono il film anche se hanno già pagato.»

Insomma, erano state prese un bel po' di misure allo scopo di alimentare la curiosità.

«Che cosa sappiamo su questi film?»

«Sembra siano molto, molto particolari.»

«Roba illegale?»

Barbie fece un gesto vago. Nel dominio del porno, il concetto di legalità era estensibile: gli attori firmavano sempre un consenso che, nella maggior parte dei casi, inibiva sul nascere qualsiasi tipo di azione o rivalsa legale.

La vice di Corso aprì una cartella: era già riuscita a stampare paginate di tag estrapolati dal sito. Per quanto gli toccasse leggerle al contrario, le parole chiave promettevano bene: «amputata», «nano», «glory hole», dicitura che indica un foro praticato nella parete, preferibilmente di un gabinetto, in cui infilare il membro perché una donna, dall'altro lato, ci si attacchi.

«Sempre secondo i miei amici», proseguì Barbie, «dietro queste società ci sarebbe una specie di guru, un tizio chiamato Akhtar Noor, già noto negli anni Novanta per aver commercializzato un lubrificante popolare nell'ambiente omo.»

«Dopo di che è diventato un produttore?»

«Se vogliamo. Per prima cosa ha lanciato in rete film di *goo girls.*»

Altra definizione per intenditori: «ragazze appiccicaticce». Pratiche così acrobatiche che spesso ci si domandava da quale angolazione osservarle.

«Poi ha inventato un nuovo genere, che lui stesso definisce "bio gonzo" o "porno biologico". Da quando si è convertito all'ipercrittografia, però, devi essere un membro del club per guardare i suoi film. Secondo me, le lettere OP della sigla stanno appunto per *organic porn*. Quanto alla A, potrebbe designare semplicemente Akhtar.»

«Il giovanotto ha precedenti?»

«No. È di origine pakistana o indiana, non lo sappiamo con certezza. A volte si trova sotto il cognome "Sarfraz" o "Bukhari". Nemmeno il suo status in Francia è molto chiaro. Ha messo su tutte queste società servendosi di prestanome. Oggi dirige una specie di comunità in cui sono ammessi tutti i gusti. Mescola il gonzo e il tantrismo in un guazzabuglio indistinto che, come al solito, va a parare nell'hard più estremo.»

Nina non aveva soltanto girato un paio di porno, forse aderiva anche a quelle idee libertarie. L'associazione «naturismo/spogliarello» avrebbe potuto benissimo trasformarsi in «tantrismo/gonzo».

«Barbie, sei la numero uno», disse Corso, alzandosi. «Dove posso trovare il pappagallino?»

«Ha il quartier generale in rue de Paradis. Ti mando l'indirizzo.»

«Ne farò carne da kebab.»

13.

Mentre parcheggiava, Corso giurò a sé stesso di non recitare né la parte del puritano né quella del giustiziere. Non aveva ancora idea di che cosa fosse il «porno biologico» ma, in ogni caso, ne aveva viste di tutti i colori. Gli anni di servizio alla Buoncostume non gli avevano risparmiato nulla: i blitz in location dove la metà del cast era composto da animali, i DVD sequestrati che i suoi colleghi guardavano increduli: due uomini che si stringevano la mano dentro una vagina, un'attrice che batteva il record di gang bang facendosi penetrare quasi un migliaio di volte nell'arco di ventiquattr'ore, un'altra campionessa capace di sostenere impavida una tripla penetrazione (rullo di tamburi: esclusivamente anale)...

Aveva scacciato questi ricordi e allontanato dalla sua vita Émiliya, anche lei dedita ai record, se pure di diverso tipo. Non desiderava altro che un po' di calma, di tranquillità, di ragionevolezza...

Gli uffici dell'OPA erano ubicati in uno di quegli immobili decrepiti con il cortile interno che un tempo ospitavano botteghe in cui si lavoravano il cristallo e la porcellana. Naturalmente, al piano terra nessuna targhetta o indicazione faceva riferimento alla società di crittografia, ma Barbie gli aveva fornito la collocazione esatta: secondo piano a sinistra.

Corso fu inghiottito dall'ombra che regnava nella tromba delle scale, dove troneggiava un enorme montacarichi, e affrontò i gradini senza accendere la luce. Al secondo piano, suonò con delicatezza: per il momento, era soltanto un visitatore. Passò un minuto buono senza che nulla si muovesse. Suonò di nuovo. Due minuti. Pareva proprio non ci fosse nessuno. Erano le tre del pomeriggio, magari Akhtar era in giro, a spassarsela chissà dove. Ma l'istinto gli sussurrò di pazientare ancora qualche istante.

Alla fine comparve sulla soglia un ometto dalla pelle nerissima e con i capelli lisci. Scalzo, con addosso una tunica bianca e i pantaloni di un pigiama, si stagliava come un fantasma nell'oscurità dell'interno. Evidentemente, lì dentro usava stare con le imposte chiuse.

«Il signor Akhtar Noor?»

L'uomo fece oscillare la testa alla maniera degli indiani. Corso gli mostrò il distintivo.

«Posso entrare?»

Akhtar si fece da parte per lasciarlo passare. Corso lo osservò più da vicino: la pelle raggrinzita, i capelli impomatati ma arruffati... il guru si era appena risvegliato dalla siesta pomeridiana.

Nell'ombra si estendeva un ampio salone decorato secondo il gusto orientale: tappeti sul pavimento, arazzi alle pareti, mobili senza gambe. Tutto funzionale, insomma, per vivere con il culo a terra. Su ogni cosa aleggiava un odore pungente di curry e spezie.

«Posso offrirle una tazza di tè?» chiese a un tratto il padrone di casa con voce acuta, lisciandosi i capelli con un gesto affettato.

Corso si limitò a un cenno di diniego. Avanzando di qualche passo, in un angolo individuò una serie di computer allineati su un tavolo. Costituivano l'unica fonte di luce, ma i monitor trasmettevano solo immagini mute e criptate. Corso fu costretto a rivedere il suo giudizio: non aveva sorpreso Akhtar nel bel mezzo di un pisolino, ma al lavoro.

Prima di venire alla porta, l'indiano si era preso la briga di criptare tutte le schermate.

«L'ho disturbata?»

«Sono in ritardo con alcuni montaggi», rise l'indiano, giungendo le mani in segno di scusa. «Le dispiacerebbe togliersi le scarpe?»

Corso finse di non aver sentito. Sempre più nervoso, non riusciva a distogliere gli occhi dagli schermi e dal bagliore biancastro che distillavano.

«Proprio sicuro di non volere un *chai*? O dei *sandesh*? Sono dolcetti bengalesi che...»

«Dai un taglio alle stronzate, Akhtar», disse Corso, piazzandoglisi di fronte.

Aveva già rinunciato ai suoi buoni propositi. Per il guru tantrico, il resto della giornata si annunciava poco sereno.

14.

«Fammi vedere un po' a cosa stavi lavorando...»

«Non posso, si tratta di materiale strettamente riservato.»

Nella penombra, il volto nero mordorè di Akhtar ricordava il carapace lucente di un coleottero gigante.

«Non c'è niente di riservato per un agente di polizia, dovresti saperlo», disse Corso, spingendolo sulla sedia girevole posta di fronte alla console.

«È tutto criptato, io...»

«Allora decriptalo, Akhtar», rispose, pressandogli entrambe le mani sulle sue spalle. «Non hai nulla da temere. Ne ho già visti altri. A meno che la tua attività non sia illegale.»

«Assolutamente no! La mia società...»

«I codici.»

In piedi dietro il produttore, Corso sfoderò la sua Sig Sauer e gliela piantò contro l'orecchio.

«Comincia dal monitor di sinistra. Se solo provi a cancellare qualcosa, ti faccio saltare un timpano.»

L'indiano incassò di riflesso la testa tra le spalle e iniziò a tamburellare sulla tastiera con dita tremanti. Sul monitor, l'effetto neve lasciò il posto a una riproduzione ad altissima definizione. Inutile darsi la pena di cercare un volto.

Corso vide due cazzi infilati nel medesimo sesso, mentre un pugno rovistava l'ano. La sottile striscia di carne tra i due orifizi sembrava sul punto di lacerarsi.

«Lavoriamo in primo piano», biascicò Akhtar. «La domanda è via via più esigente, perciò dobbiamo elargire sempre nuove perle di immaginazione...»

Le «perle» di Akhtar erano di un gusto ben strano, più simile a un intervento chirurgico. Tutti gli organi partecipanti erano rigorosamente depilati. Non un pelo all'orizzonte.

Quando l'inquadratura cambiò, Corso si avvide che anche tutti gli attori in scena avevano il cranio rasato. Sembrava una danza *but* in versione hard.

Roba per stomaci forti, certo, ma niente di legalmente attaccabile, al momento.

«L'altro schermo.»

«Non vedo cosa...»

«Vai avanti, Akhtar. Non mettere alla prova la mia pazienza.»

Una nuova videata. Un *throat gagger.* Un bavaglio sessuale. L'uomo apre con entrambe le mani la bocca di una donna in ginocchio e ci sputa dentro. Un attimo dopo, ci infila brutalmente il pene e comincia a stantuffare con violenza. Una scena insostenibile: il tonfo sordo del membro sulla faringe. Il rantolo singhiozzante della donna. Lacrime, saliva, vomito...

«È tutta una simulazione», azzardò Akhtar, sempre più agitato.

«Be', allora le tue attrici sono fottutamente credibili.»

La donna cercò di urlare, ma il randello la stava letteralmente soffocando.

Atroce, ma ancora nell'ambito della legge.

«È il mercato», implorò l'indiano. «Non facciamo che rispondere alla domanda...»

«Il terzo monitor, Akhtar.»

Il produttore digitò febbrilmente sulla tastiera, il collo impregnato da rivoli di sudore. A meno che non fosse addirittura brillantina in liquefazione...

Sul terzo schermo, intanto, un tizio armato di tirapugni si accaniva senza pietà sul volto di una donna legata a una croce di sant'Andrea. Gli anelli d'acciaio squarciavano la carne, scorticavano i muscoli, fratturavano le ossa. La ragazza, ormai priva di conoscenza, non reagiva più ai colpi che le stavano cancellando i connotati.

«Bene, Akhtar», disse Corso, con la bocca secca. «Ce n'è abbastanza per un bell'arresto in piena regola.»

Tutt'a un tratto baldanzoso, l'indiano si girò sulla sedia.

«Si può sapere chi è lei esattamente? Che cosa vuole?» Aveva smesso di tubare e il suo accento era svanito come per magia. «Conosco i miei diritti. Articolo 1 della legge del 21 giugno 2004: "La comunicazione per via elettronica è libera, fattispecie che conferisce a internet le garanzie concesse alla stampa scritta o audiovisiva in materia di libertà di espressione. L'esercizio di tale libertà può essere limitato solo nella misura richiesta dal rispetto della dignità della persona umana, dalla salvaguardia dell'ordine pubblico e dalla protezione dell'infanzia e dell'adolescenza".»

Corso rinfoderò l'arma con un sorriso: «Va bene, Akhtar, conosci la lezioncina. Vedi, però, è proprio questo il punto: "il rispetto della dignità della persona umana" non contempla l'uso di un tirapugni in faccia. Nel caso specifico, una condanna per torture e atti di barbarie ci sta proprio tutta».

Akhtar gonfiò il petto sotto la tunica. Il volto grondava come un'enorme oliva nera.

«No», disse con un fremito alle labbra. «Tutte le mie attrici hanno firmato un contratto in cui accettano le condizioni previste dalle riprese.»

«A norma di legge, quelle che hai appena definito come le "condizioni previste dalle riprese" costituiscono un crimine.»

«No. Queste donne sono consenzienti e questa è la loro sfera privata. Il 17 febbraio 2005, la Corte europea dei diritti dell'uomo si è pronunciata sul caso "K.A. e A.D. contro il Regno del Belgio", riconoscendo il diritto all'"autonomia personale... compreso il diritto di intrattenere rapporti sessuali e di disporre del proprio corpo fino al punto da impegnarsi in attività percepite come fisicamente o moralmente dannose per la propria persona".»

Sfortunatamente per lui, Akhtar cascava male: con la moglie che si ritrovava, Corso conosceva bene la giurisprudenza in materia di sadomasochismo.

«Gli imputati avevano tralasciato di dire che gli atti di barbarie erano stati filmati e rivenduti in rete.»

L'indiano parve felice di potersi confrontare con un esperto: «Ma la Corte ha ribadito che, essendo stato il consenso della vittima preventivamente accordato, una simile condotta durante il rapporto sessuale costituiva una scriminante che annullava il reato. Partendo da tale presupposto, vendere un film è perfettamente legale».

Si avvicinò allo schermo su cui era ancora in corso la mattanza e posò una mano sul computer come avrebbe fatto uno scultore con una delle sue opere.

«Il sadomasochismo rientra nel contesto della libertà sessuale riconosciuta dallo stato agli individui in una società democratica. Questa decisione rappresenta un'inversione di indirizzo giuridico rispetto alla sentenza Laskey, Jaggard e Brown del 1997. Almeno per un po', la questione è chiusa.»

Corso si costrinse a scoccare un'occhiata al volto pixellato che ormai assomigliava a un trancio di carne appeso al gancio di un macellaio. Colpì l'indiano con la canna della pistola e lo sbatté contro il muro.

«Ascoltami bene, pezzo di merda. Non sono venuto qui per prendere lezioni di diritto, figuriamoci per sentire le tue cazzate sul sadomaso e l'Europa. Nel febbraio del 2012 e nel maggio del 2013 hai fatto lavorare Sophie Sereys, alias Nina Vice, in parecchi dei tuoi film. Che cosa ha girato per te?»

«Sophie Sereys? Nina Vice? Davvero, non capisco, io...»

Corso gli sferrò un colpo con il calcio della pistola, rompendogli il naso.

Lasciò che stramazzasse a terra, prima di aggiungere: «È stata uccisa quindici giorni fa. I notiziari non hanno parlato d'altro per una settimana intera. La sua foto è in ogni angolo del web. Hai l'aria di uno bene informato, non puoi non averla riconosciuta all'istante!».

«Ni... Nina faceva parte del club... La... lavorava regolarmente per noi...»

«Abbiamo trovato traccia solo di due pagamenti, nel suo conto. Tutte le altre volte l'hai pagata in nero, eh?»

Nonostante il naso rotto e le labbra tumefatte, Akhtar riuscì a sorridere.

«Allora non ha capito: Nina si prestava come volontaria. Per il suo piacere personale! La mia filosofia ha convertito i cuori e le menti. Noi non facciamo film, noi comunichiamo. Anzi...»

Giusto per dimostrargli che aveva afferrato il suo pensiero, Corso gli mollò un'altra botta alla mascella.

«Che genere di film girava Nina?»

«Il genere che ha appena visto.»

«Balle! Nina era una spogliarellista. Non avrebbe mai corso il rischio di farsi ferire o sfigurare da uno di questi esaltati.»

«Si teneva entro certi limiti», rispose pacato l'indiano. «I membri della nostra rete possono scegliere i mezzi e gli strumenti da concedere agli "officianti" e...»

Sul punto di sganciargliene un'altra, Corso si bloccò di scatto, la mano a mezza altezza. Émiliya è nuda in bagno e sta per... Rifiutandosi di proseguire, la sua mente torna a focalizzarsi sull'attimo presente.

«Dove sono i suoi film?»

«Devo fare qualche ricerca. È tutto taggato, ma... produco un sacco di roba.»

«Chi erano i suoi partner?»

«Vale la risposta di prima», disse Akhtar, asciugandosi il sangue e il moccio che gli colavano dal naso. «Non posso ricostruirlo andando a memoria...»

Corso lo sollevò e lo spinse di nuovo sulla sedia. Poi afferrò il cellulare e compose il numero di Stock. Era sorpreso dalla rapidità con cui aveva aperto un varco così promettente. Bornek aveva una buona squadra, ma nessun genietto con i collant bucati.

«Ho trovato traccia di Nina Vice in una rete un po' particolare», le spiegò senza distogliere gli occhi dall'indiano, che intanto tirava su con il naso come un bambino. «Barbie ti spiegherà. Lascia stare tutto e vieni con gli altri. Portate anche dei tecnici...»

Akhtar fece per alzarsi.

«Non avete il diritto. Per una perquisizione vi serve un...»

Corso lo afferrò per i capelli – il contatto con quella massa untuosa lo disgustò – e lo spinse sulla sedia, serrandogli la gola con l'arma.

«Recuperate gli hard disk, i database, i registri contabili, tutto», proseguì al telefono. «Blindate il buffone che dirige la baracca e fategli sputare codici e dati. Sciroppatevi tutti i film a cui ha partecipato Nina. Trovate i suoi partner sul set, i tecnici presenti durante le riprese e soprattutto l'elenco dei malati che hanno pagato per vedere queste scene. Vi giro l'indirizzo via SMS. Mandatemi di corsa un paio di reclute a sorvegliare il sospetto e muovete il culo!»

Dopo aver riattaccato, ammanettò il produttore al radiatore più lontano dalla console di montaggio. Aprì la finestra per dissipare l'odore inebriante del curry e si versò del tè da un vassoio d'argento posato sul pavimento. Tornò alla finestra e centellinò il suo *chai* cercando di ritrovare la calma.

Alla fine tornò da Akhtar, che intanto gemeva nel suo angolino. Lo scarabeo si era trasformato in una lumaca. Senza posare la tazza, Corso afferrò un pouf di cuoio logoro e si sedette accanto a lui.

«Passami il tuo cellulare.»

Con la mano libera, l'indiano recuperò il cellulare dalla tunica e glielo porse.

«Mentre aspettiamo la mia squadra», disse Corso, intascando il dispositivo, «ti toccherà darmi qualcosa: un nome, un dettaglio, una circostanza che mi consenta di progredire immediatamente nelle indagini.»

Akhtar tirò su un fiotto di sangue con il naso, per poi sputarlo insieme a un grumo di muco scarlatto.

«Non capisco cosa... io...»

Senza nemmeno alzarsi, il poliziotto gli piantò un tacco sulle costole.

«Un nome, brutta merda. Un partner, uno dei tipi con cui Nina condivideva i suoi gusti contorti, un tecnico che se la sarebbe scopata, chiunque. Tira fuori un nome, porca puttana, o ti giuro che i miei colleghi ti dovranno raccogliere con un cucchiaio.»

L'altro sputò di nuovo sul suo tappeto e rantolò: «Vada a cercare Mike... un attore porno... ha lavorato con lei. Credo... credo che fossero legati...».

«In che senso?»

«Viaggiavano sulla stessa lunghezza d'onda. È stato lui a introdurla nella nostra rete.»

«Dove posso trovarlo?»

«Io... non ho le sue coordinate...»

Corso sollevò di nuovo lo stivale: non doveva sforzarsi più di tanto per torturare quel bastardo. Gli veniva naturale.

L'altro si rattrappì.

«A... Le Vésinet. Oggi è giorno di riprese... Le darò l'indirizzo...»

«Qual è il suo vero nome?»

«Dovrei consultare la sua scheda. A ogni modo, tutti lo chiamano Freud.»

«Freud?»

«È un intellettuale.»

In quel preciso istante, si udirono dei colpi alla porta e qualcuno urlò: «Polizia!».

«Ci vediamo al Trentasei», concluse Corso, alzandosi. «Da' tutti i tuoi codici ai miei colleghi, rispondi a tutte le loro domande e nel resto del tempo tieni il becco chiuso.»

«Io... voglio chiamare il mio avvocato», sussurrò Akhtar tra i denti sguainati.

Prima di andare ad aprire la porta alle reclute, Corso gli sferrò un'altra pedata. Poi, vedendolo scoppiare in singhiozzi, commentò: «Per essere un master sadomaso ti trovo un po' troppo emotivo».

15.

«Dottore?» Mentre filava sparato in direzione ovest, Corso contattò il patologo dell'istituto di medicina legale. «Qui è il comandante Stéphane Corso, della Criminale. Ho rilevato il caso dell'omicidio della spogliarellista.»

«E allora?»

Aveva sbagliato il momento, era evidente. La risonanza della voce tradiva l'eco della cella frigorifera. Il dottore era uno nuovo, Corso non lo conosceva nemmeno.

«Una decina di giorni fa ha effettuato l'autopsia di Sophie Sereys. Avrei bisogno di un chiarimento.»

Il patologo sospirò. Sentendogli impartire ordini agli assistenti, a Corso venne da pensare a un regista che dicesse: "Tagliate tutto!".

«La sto ascoltando.»

«Ho letto più volte la sua relazione e non ho trovato riferimenti a lesioni vaginali.»

«L'ho detto e ripetuto: quella donna non è stata violentata.»

«Parlo di vecchie lesioni, magari cicatrici.»

«Cioè?»

Quell'accenno parve risvegliare la curiosità del dottore.

«Oggi abbiamo appurato che Sophie Sereys ha girato film porno a tendenza sadomaso. Ha notato qualcosa, per caso?»

«No.»

«Niente lacerazioni anali, ulcere vaginali?»

«Le dico che non ho notato nulla.»

«E non ha fatto nessun esame sulle malattie sessualmente trasmissibili?»

«Il corpo su cui ho effettuato l'autopsia era stato lacerato, fratturato e sfigurato: e lei avrebbe voluto che verificassi se la vittima aveva la clamidia?» sbottò il patologo. «Mi sta prendendo in giro?»

«La ringrazio, dottore.»

Arrivato all'altezza della Défense, Corso ripensò allo scontro a fuoco di Nanterre. Dopo i due morti, la notte prima, adesso la corrida con l'indiano. La violenza era come una brutta influenza di cui non riusciva a liberarsi.

Il tunnel senza fine della Défense correva sotto la banlieue occidentale, quasi come un Eurostar capace di sfrecciare sotto le onde nere della sua giovinezza. In quel preciso istante, il suo cellulare squillò di nuovo. Stock e Ludo erano arrivati sul posto: il trasferimento aveva avuto inizio. Tutto il materiale sarebbe stato portato in un magazzino nei pressi di Bercy, dove la Criminale era solita stoccare il bottino delle sue perquisizioni. Lì, i nerd del sottodipartimento contro il Crimine informatico avrebbero avuto il compito di disvelare il museo degli orrori di Akhtar Noor.

«Quale sarebbe il capo di accusa?» chiese Stock.

«Da' un'occhiata ai film, non ci metterai troppo a trovarne uno. Ci vediamo al Trentasei tra un paio di ore.»

All'uscita dal tunnel, scoprì un pianeta del tutto nuovo. Stava percorrendo un'ampia strada fiancheggiata da alberi maestosi, edifici di vetro e ville altezzose.

Dopo aver attraversato la Senna, la D186 lo condusse direttamente a destinazione: avenue Émile-Thiébaut. La location delle riprese era una casa a graticcio protetta da inferriate e ippocastani cangianti.

Per non guastare l'atmosfera, Corso aveva deciso di presentarsi come un amico di Akhtar. Voleva respirare lo spirito del «club» e avvicinare Mike, alias Freud, con il più soft degli approcci.

Un bodybuilder con le orecchie a sventola venne al cancello. Il nome di Akhtar scatenò una raffica di domande. Corso cercò di giocarsela evocando le esibizioni mostrate nelle prime sequenze viste nell'ufficio del guru indiano. Senza molta fortuna.

Per porre fine alla conversazione in stallo, propose di contattare lo stesso Akhtar.

«Come ti chiami?» chiese He-Man.

«Corso.»

L'altro digitò sul display del suo cellulare. Era tutto o niente: Corso aveva affidato quello dell'indiano alle reclute, che a quell'ora dovevano già averlo consegnato alla sua squadra... Magari era già in fondo a un sacchetto sigillato, di quelli utilizzati per conservare le prove. Oppure era in mano a uno dei suoi e, a quel punto, bisognava sperare che Akhtar fosse ancora a portata di mano. In tal caso, c'era la possibilità che facessero rispondere il sospetto, in viva voce, con una bella pistola puntata alla tempia...

Corso sentì squillare la suoneria dietro l'orecchio del cerbero. Stava osservando il logo sulla sua polo viola Lacoste: le fauci del coccodrillino, dilatate dai suoi pettorali, sembravano congelate in una risata.

Alla fine, delle due ipotesi risultò vera la seconda. Akhtar rispose, diede la sua approvazione e Corso fu ammesso nel sancta sanctorum. Un vialetto di ghiaia, sculture astratte nel bel mezzo di un prato, vetrate protette da lino bianco.

Sulla soglia dell'edificio, He-Man ordinò: «Togliti le scarpe».

Doveva essere una fissa, nell'ambiente. Dopo aver fatto quanto richiesto, Corso seguì la sua guida attraverso un labirinto di stanze che sembravano essere state arredate da Mies van der Rohe in persona.

Aveva già assistito alle riprese di un porno. In generale, l'atmosfera era rilassata: in attesa che controllassero i loro test per l'HIV e che regolassero le luci, gli attori, nudi, discutevano di famiglia, calcio o automobili mentre si preparavano alla prestazione.

Lì era diverso. La troupe di Akhtar propendeva per il cupo, per l'esoterico. Una stanza rivestita di libri, in cui troneggiava un tavolo da biliardo, era stata adibita a camerino. Gli attori – uomini e donne – si concentravano in silenzio.

Tutti nudi, tutti rasati, sembravano pazienti in procinto di sottoporsi a un intervento chirurgico invasivo.

«Aspetta qui», disse il culturista prima di sparire.

Corso si sforzò di usare la massima discrezione. In quella foresta di corpi bianchi, di cazzi turgidi e crani levigati, si sentiva inopportuno come un guardone.

Alcuni uomini avevano uno strano meccanismo fissato attorno al membro, una sorta di pompa idraulica che azionavano con mano esperta. Le donne, a cosce aperte, si impomatavano gli orifizi o facevano la spaccata appoggiandosi al biliardo. Il tavolo lì accanto era disseminato dei soliti prodotti – integratori per favorire l'erezione, lubrificanti, clisteri – ma in un affollamento tale da farne una farmacia in tempo di guerra.

Lui non era l'unico con dei vestiti addosso. Un piccoletto in soprabito di velluto blu notte e con uno stetoscopio al collo era affaccendato con le attrici. Senza dire una parola, praticava iniezioni rapide, quasi furtive, volteggiando da una all'altra. Senza ombra di dubbio, anestesie locali in vista delle prestazioni che le attendevano.

Alla fine, un uomo con una tunica bianca identica a quella dell'indiano entrò nella stanza e si diresse dritto verso di lui.

«Sei qui per conto di Akhtar?»

«Precisamente.»

«Non manda mai nessuno sul set.»

«C'è una prima volta per tutto.»

«Vuoi parlare con il regista?»

L'uomo si esprimeva a bassa voce. Con la sua tunica e i suoi modi formali ricordava vagamente un sacerdote. Poi però Corso si avvide della torcia elettrica, una Maglite a LED, che gli pendeva al collo: era l'addetto alla *pussy light.* In altre parole, aveva il compito di illuminare la penetrazione al momento giusto.

«No, sto cercando Mike.»

«Chi?»

«Freud.»

«Perché?»

«Sono anch'io un produttore. Trovo interessanti le sue capacità.»

«Vieni.»

Corso lo seguì e imboccò un altro corridoio, scavalcando i cavi attaccati al pavimento con lo scotch e girando intorno a *flight cases* con gli angoli in alluminio. Raggiunse così un ampio salone il cui arredamento era stato spinto da una parte e coperto con fodere bianche. Il pavimento era protetto da un telo cerato: il teatro delle operazioni. I tecnici stavano cablando i proiettori e installando i riflettori. Quello in preparazione era evidentemente un gonzo sofisticato, con tanto di luci, videocamera professionale e attori rodati.

Al centro dello spazio, un letto, o meglio un materasso, su cui due tizi stavano sistemando un coprimaterasso e un set di lenzuola con gli angoli. Poco distanti, due attrici nude, le cui nuche alla luce della finestra erano quasi accecanti, erano intente a baciarsi mentre una truccatrice incipriava loro le natiche.

«Freud è il tipo seduto lì.»

Non ci si poteva sbagliare: a ridosso di una finestra, e ovviamente nudo, stava seduto con gli occhi chiusi, nella posizione del loto. Piccoletto ma robusto, faccia schiacciata da bulldog, orbite cave, sopracciglia rasate. Le ossa del viso sporgevano sotto la pelle come una struttura metallica.

Ma il meglio stava in basso, tra le gambe. Venticinque centimetri e passa di erezione come biglietto da visita XXL. Mentre si masturbava con la mano destra, con la sinistra aggiungeva disinvolto lubrificante sull'arma fatale.

Quando Corso gli fu accanto, la bestia aprì gli occhi e sorrise: «Ce ne hai messo di tempo a trovarmi».

16.

«Ho conosciuto Nina in rete. All'epoca bazzicava i siti sadomaso.»

«Abbiamo passato al setaccio il suo computer: nemmeno l'ombra di una connessione di questo genere.»

«Ho detto "all'epoca", infatti. Negli ultimi anni non ne aveva più avuto bisogno. Era finita dall'altra parte dello schermo.»

«Di quanto tempo fa stiamo parlando?»

«Sei o sette anni, direi.»

Non era certo il tipo da presentarsi di sua spontanea volontà alla polizia; una volta messo alle strette, però, Freud sembrava non avesse problemi particolari a parlare.

Disincrociò le gambe, le allungò massaggiandole e poi si alzò senza il minimo accenno di anchilosi.

«Vieni», disse, afferrando un pacchetto di Gitanes e aprendo la portafinestra. «Devo fumare.»

Per quanto cercasse di ostentare naturalezza, Corso trovava sbalorditivo lo spettacolo di quell'uomo tarchiato, robusto e muscoloso, nudo come una scultura romana e in tiro come un bassorilievo indiano.

Quando ebbe modo di ammirarlo appoggiato al balcone di legno, sempre intento a menarsi l'aggeggio sullo sfondo dello chic suburbano, l'immagine raggiunse vette di surrealismo.

«Non farci caso», disse l'altro, cogliendo il suo imbarazzo. «Sto per girare, però mi rifiuto di mandar giù le loro porcate. Mike lavora senza rete di sicurezza! Con quella merda in corpo, l'erezione non finisce mai, ma diventa una roba meccanica. Non sei più tu.» Ridacchiò. «E poi, insomma...»

Corso annuì, assumendo un'aria da intenditore.

«Secondo le informazioni di cui disponiamo, Nina cercava di essere gentile con tutti, ma in realtà non aveva molti amici.»

«Ero l'unico», confermò il mastino.

«Siete mai finiti a letto?»

«Solo nei film», rispose con un sorriso. «A lei interessava solo il sadomaso brutale. Sono stato io a iniziarla a tutto questo.»

«Questo cosa?»

«Al club. Al "porno biologico", come lo chiama Akhtar.»

«Che genere praticava?»

«Come se non lo sapessi già.»

«Akhtar ha tentato di spiegarmi, solo che non ho capito bene.»

Mike scoppiò a ridere e si accese un'altra sigaretta.

«Nina era la star dei giochi online.»

«Quali giochi?»

«Caspita, amico», disse l'altro, espirando una voluta di fumo. «Non sembri così avanti con le indagini...»

«Spiegami.»

«La OPA propone giochi criptati. Paghi, guardi, scommetti.»

«Su cosa, esattamente?»

Mike sospirò: il piedipiatti non ne sapeva neanche mezza.

«Nina era una specialista di giochini come "Esprimi un desiderio" e "Caramellina di zucchero".»

«Non sono pratico.»

«Per esempio, s'infilava una candelina nella vagina e accendeva lo stoppino. Man mano che la cera si consumava, le scommesse online si moltiplicavano. Più la fiamma si avvicinava alla carne, più la posta saliva. Nina era la migliore, in questo giochetto. Alla fine era lei a spegnere lo stoppino... con le labbra.»

«E la storia della caramella?»

«Akhtar produce capsule di zucchero cotto con dentro frantumi di vetro. Il giocatore – la giocatrice, cioè – se le infila nella passera. Con il calore del corpo, lo zucchero si scioglie, rilasciando le schegge. Il gioco consiste appunto nel tentare di espellerle usando i muscoli del perineo. Si sanguina un botto, fa un male cane ed è davvero disgustoso. La gente ne va matta.»

A Corso tornò in mente il medico legale: possibile che non avesse notato nulla di sospetto?

«Quanti abbonati seguono questo genere di giochi?»

«Diverse migliaia, penso.»

«Nina faceva anche... altre cose per Akhtar?»

Mike rivolse un cenno amichevole verso il giardino confinante. Corso allungò il collo: una cinquantenne con un soprabito di Chanel stava attraversando il cortile della sua villetta.

Indignata dallo spettacolo (il glande di Mike sporgeva dal bordo della ringhiera come una marionetta in un teatrino), la donna si precipitò nell'abitacolo della sua Mini.

«Nina si stava spingendo troppo in là», rispose l'attore. «Non facevo che dirglielo. Partecipava a quelli che in gergo vengono chiamati *blind test.* Una ragazza si fa legare a un tavolo per le autopsie mentre un carnefice riceve ordini dagli scommettitori online... Molto spesso, si tratta di cacciarle su per la fica gli oggetti più strampalati. All'inizio la ragazza si rifiuta, poi l'asta sale e, quando la somma le sembra congrua, accetta... E anche in questo Nina non aveva rivali.»

«Oggetti di che tipo?»

«Un cellulare che poi le veniva fatto squillare dentro, così, tanto per provocare due risate... ma poteva trattarsi benissimo di una manciata di ami da pesca...»

«Akhtar mi ha detto che Nina era una volontaria.»

«È vero. Finiva tutto in tasca a lui. Dietro tutta quella montagna di cazzate sulla fusione erotica, quel pezzo di merda non è altro che un affarista che ha fatto bingo...»

«Se non lo faceva per soldi, perché sottostava a simili prove?»

«Per puro piacere. Nina amava provare dolore. Dico davvero.»

«Sembra un po' sbrigativa come spiegazione.»

Freud gettò la cicca nel giardino della vicina.

«Le piaceva provare dolore perché non si amava. E non si amava perché era convinta di non essere degna di amore. Non era stata riconosciuta alla nascita... Saprai almeno questo, no?»

Corso annuì.

«Nel profondo dell'anima, quest'oggetto che non meritava amore – sé stessa – era diventato addirittura oggetto di odio. È come se a quel punto il suo desiderio si fosse capovolto. Ha cominciato cioè a bramare che la ferissero, che la torturassero, che le mostrassero il disprezzo che tanto meritava. La sua psiche ha sovvertito tutti i valori. La violenza è diventata la sua unica fonte di piacere.»

Corso stava iniziando a capire il motivo per cui lo chiamavano «Freud». L'attore aveva pronunciato il suo discorso astruso tutto d'un fiato, con fare professorale: con un po' d'immaginazione, si sarebbe quasi potuto pensare che stesse parlando al suo stesso uccello.

In tutto questo, comunque, c'era qualcosa che non quadrava: una ragazza che si fosse abbandonata a deliri di quel tipo avrebbe dovuto portarne sul corpo le conseguenze. Eppure il patologo non aveva visto niente.

Ma Mike aveva una risposta a tutto: «Negli ultimi tempi, però, Nina aveva chiuso con i giochi sadomaso. I suoi tessuti avranno avuto modo di guarire. Si sentiva meglio, nel corpo e nell'anima».

«Come mai?»

«Si era trovata un ragazzo.»

«Un ragazzo?»

Su questo punto, tutte le testimonianze convergevano: Sophie Sereys, in arte Nina Vice, trentadue anni, non aveva nessuno nella vita.

«Ma chi vuoi infinocchiare? Nessun verbale fa il benché minimo riferimento a un compagno. Non ce n'è traccia né sul suo cellulare né sul suo computer.»

Mike scosse la testa con aria costernata.

«Non avete capito niente di Nina. Teneva assolutamente segreto tutto ciò che per lei era personale. Aveva poco da nascondere, ma quel poco contava tantissimo.»

«Chi era questo tipo?»
«Non lo so.»
«Che cosa ti diceva sul suo conto?»
«Non molto. Era un pittore, mi pare.»
«Pratica il sadomaso? Dove l'ha conosciuto?»
«Ho detto che non so niente! Tutto quello che mi ha confidato è che lo frequentava di tanto in tanto e che la cosa la faceva sentire bene.»
Anche il pittore doveva coltivare un certo gusto per la segretezza, visto che non aveva lasciato traccia nella vita di Nina. Si erano proprio trovati.
«Davvero non ricordi nulla che potrebbe aiutarci a identificarlo?»
«Credo che posasse per lui...»
«E dove potrei trovare questi dipinti?»
«Non he ho idea.»
«Ha una galleria?»
«Ma se ti dico che non lo conosco, merda!»
«Pensaci un attimo.»
Mike si passò la mano sulla pelata.
«Indossa un cappello.»
«Un cappello?»
«Sì, un giorno mi ha detto una cosa del genere. Che sfoggia un abbigliamento particolare. Completi bianchi, cappelli... Fa molto puttaniere anni Venti...»
Non si adattava all'immagine di un uomo che volesse rimanere nell'ombra. Bisognava dare una scossa vigorosa e vedere cosa poteva venirne fuori. In ogni caso, era un bel passo avanti rispetto alle indagini di Bornek.
Corso salutò Freud, salvo cambiare idea dopo essersi allontanato di pochi passi.
«Un'ultima cosa, solo un dettaglio.»
«Spara.»
«Perché siete tutti rasati?»
Mike sfoggiò un sorriso pernicioso.
«È un'idea di Akhtar. È più da setta. Ed è pure più pratico.»
«Per cosa?»
«Per l'*head fucking.*»

17.

Il team lo aspettava in sala riunioni. A Bercy, i nerd avevano già iniziato a decodificare i film – ce n'erano diverse migliaia, in archivio – con la «graziosa partecipazione» di Akhtar.

«Come procedono le cose?»

«Puro disgusto», commentò Ludo, che pure non era così impressionabile. «Le ragazze le prendono di brutto, davvero. Al momento, non siamo ancora riusciti a mettere le mani sui film di Nina, ma saranno comunque in tema...»

«L'elenco degli abbonati?»

«Stanno decriptando anche quella. Secondo gli informatici, otterremo solo degli indirizzi IP. A quel punto sarà necessario risalire ai proprietari dei computer. Potrebbe volerci un bel po'.»

«Quanto agli attori e alle attrici?»

«Akhtar possiede un archivio aggiornato, solo che non ci serve a nulla. Nell'ambiente lavorano tutti sotto pseudonimo. Nemmeno l'ombra di un'informazione amministrativa.»

«Niente buste paga?»

«No. Sono tutti volontari. Devi essere davvero sciroccato per...»

«Akhtar... gli avete permesso di chiamare il suo avvocato?»

«No. Stiamo aspettando di trovare qualcosa di veramente scottante per incriminarlo.»

«Non avete che da pescare a caso dal mucchio. Quelle ragazze sono ridotte in poltiglia!»

«Sostiene che sia tutto finto.»

«Le quadruple penetrazioni? Gli oggetti infilati a forza davanti e dietro?»

Ludo scrollò le spalle.

«Libero scambio tra adulti consenzienti. Abbiamo i contratti firmati dalle ragazze. Akhtar ci ha spiegato che le stava liberando dalle catene ebraico-cristiane, dai tabù alienanti delle nostre società oppressive e via dicendo. Continuiamo a decriptare i film ma, a meno che non saltino fuori bambini o animali, ci toccherà rilasciare il maestro di cerimonie.»

Ludo aveva lavorato alla Buoncostume e, come tutti gli altri in quella stanza, sapeva che l'unica circostanza che permetteva di incastrare i produttori di pornografia era l'uso di minori o di animali in atti di zoofilia. L'articolo 521-1 del codice penale puniva «il perpetuarsi, pubblico o no, di abusi gravi o di natura sessuale, o di un atto di crudeltà verso un animale domestico, o addomesticato, o tenuto in cattività...». C'era persino un'intera giurisprudenza basata sui pony sodomizzati...

Corso ordinò loro di perseverare: rovistare a fondo in quel letamaio, identificare operatori e consumatori e lasciare che l'indiano marcisse senza poter contattare chicchessia.

«La procura apprezzerà.»

«Me ne assumo la responsabilità.»

Poi prese fiato e annunciò loro lo scoop ottenuto a Le Vésinet: Sophie Sereys aveva un fidanzato. Quindi, sulla scia, fornì nuove indicazioni. Farsi autorizzare una perquisizione lampo a casa di Sophie, per la notte successiva, allo scopo di rinvenire un qualsiasi indizio che potesse gettare luce sull'identità dello sconosciuto. Fare una nuova capatina allo Squonk per risentire le colleghe. Setacciare il mercato dell'arte contemporanea per scovare un pittore che indossasse abiti bianchi e borsalino. Un artista che, possibilmente, consacrava il proprio lavoro a spogliarelliste o ad attrici porno, ricollegandosi all'antica tradizione dei pittori del Moulin Rouge.

A quel punto intervenne Stock, che per l'occasione portava un paio di grossi occhiali che le conferivano un'aria da prof per certi versi inattesa: «Mi sfugge qualcosa. Abbandoniamo la pista gonzo?».

«Niente affatto.»
«Chi penserà agli abbonati di Akhtar? Ai partner di Nina e compagnia bella?»
«Chiediamo i rinforzi.»
«Che ne dite di Bornek?» propose Ludo ridacchiando.
«Lascialo dov'è. Sta per andarsene in vacanza.»
«Metà di questo posto va in ferie stasera», commentò Stock.
«Vedete di capire un po' chi può mandarci la Bompart. Domani ridiscutiamo la situazione e stabiliamo chi interroga chi.»
Scambio di sguardi tra i colleghi: la prima notizia era che avrebbero lavorato tutta la notte. La seconda, che sarebbero stati in servizio pure durante il weekend.
«Anche Krishna deve andar via stasera...» azzardò Barbie.
«Che disdica le vacanze!»
Così dicendo, Corso salutò la compagnia e tornò nel suo ufficio. Aveva bisogno della tranquillità necessaria per stilare un bilancio: in poche ore erano emerse due piste importanti. Non si aspettava così tanto dalla prima giornata di indagini.
«Stéphane!»
Si voltò: Barbie lo aveva seguito in corridoio, una cartellina in mano. Corso non poté impedirsi di considerare che aveva un portamento impossibile. Nelle giornate sì emanava un'aria da Mary Poppins allo sfascio che poteva anche avere il suo fascino, se uno apprezzava i look vintage e le *tapestry bags*.
«Ho trovato un riferimento per le ferite di Nina.»
«Hai avuto anche tempo di lavorare su un'altra cosa?» chiese lui, meravigliato.
«So fare due cose alla volta.»
Tre, in effetti, dal momento che era stata sempre lei a scovare Veranne, il maestro di *shibari*, e a identificare Akhtar dopo aver spulciato i conti di Nina... Il lato geniale di Barbie aveva qualcosa di esasperante, dava sempre l'impressione di essere un passo avanti al gruppo, incluso lui.

Barbie aprì la cartellina di carta che conteneva fotocopie a colori.

«Sono dipinti di Francisco Goya.»

«Vieni nel mio ufficio.»

Corso chiuse la porta e lasciò che sparpagliasse le foto sui suoi fascicoli.

«Ne hai mai sentito parlare?» gli chiese.

«Mi prendi per un coglione o cosa?»

Corso riconobbe una serie di dipinti celebri: ritratti di personalità della corte di Madrid, il famoso *3 maggio* e poi riproduzioni delle *Pinturas negras*: *Due vecchi*, *Il sabba delle streghe*, *Il cane*... connotati distorti da cui emanava una presenza terrificante.

Poi Barbie selezionò alcune immagini e le dispose bene in vista.

«Guarda queste, non ti ricordano nulla?»

Erano ritratti atroci, dalle tonalità rossastre e seppia: ceffi gonfi di pianto dissennato o di risate sardoniche (impossibile dirlo), bocche con gli angoli ritorti fin quasi alle orecchie – proprio come sul volto straziato di Nina.

«Appartengono alla serie delle *Pinturas negras*?» chiese lui, afferrandone una che ritraeva un uomo dal volto scarno di cui si distinguevano i polsi in ceppi.

«No. Si tratta delle cosiddette *Pinturas rojas*, piccole tele scoperte alcuni anni fa e attribuite a Goya. Un carcerato, una strega, un morto. Com'è evidente, il pittore deve aver rovistato nei suoi ricordi più tetri.»

«Dove sono questi lavori?»

«Nel museo di una fondazione a Madrid. Un fondo per il mecenatismo ha acquistato la serie a peso d'oro. Ho l'indirizzo. Mi giocherei un occhio della testa sul fatto che l'assassino ci abbia passato davanti ore intere... magari è persino spagnolo...»

A Corso non sembrò vero: una terza pista interessante. Soprattutto perché adesso avevano nel mirino un pittore. Lo schizzo pareva assumere contorni coerenti.

«Ce ne occuperemo domani», le disse. «Dobbiamo vedere che cosa rappresentano esattamente questi volti. Comprenderne il simbolismo, il significato profondo...»

«E la fondazione?»

«Contatta l'ufficiale di collegamento francese a Madrid.»

«Non sarebbe meglio che ci andassimo noi?»

«No. Le priorità sono qui.»

Barbie rimise via le foto e gli lasciò la cartella in mano.

«Ti sbagli. Il nostro assassino alimenta la sua pazzia con questi dipinti. Sono al cuore della faccenda.»

«Ti dico di provare con l'ufficiale di collegamento.»

Barbie annuì a malincuore. Come tutti i genietti, era suscettibile, cosa che, nella persona di un agente, costituiva però un grave difetto.

Stava giusto per uscire quando Corso la richiamò: «Hai da fare, di là?».

«Vuoi scherzare? Ci hai appena affibbiato abbastanza lavoro per tre giorni.»

«No, voglio dire, hai due minuti per bere qualcosa?»

«Wow.»

«Come sarebbe a dire *wow*?»

«In sette anni di onorato servizio, mi hai invitato a bere qualcosa soltanto due volte. La prima per annunciarmi che avresti mandato via uno dei ragazzi del gruppo. La seconda per dirmi che la donna che avevo appena arrestato si era impiccata nella sua cella. Per farla breve, non promette nulla di buono.»

Corso abbozzò un sorriso.

«Devo chiederti un favore.»

«Cominci a farmi paura, dico sul serio.»

18.

«Una testimonianza? Una testimonianza di cosa?»

«Sulla mia condotta etica. Un'attestazione che dimostri che sono un buon padre.»

Barbie scosse la testa come se avesse appena sentito una storiella divertente. Avevano preso posto in un caffè in place Dauphine, lontano dai luoghi frequentati dagli sbirri della capitale.

«Che c'è?» sbraitò Corso, improvvisamente aggressivo.

«Mi chiedo se il tuo caso di divorzio sia partito con il piede giusto...»

«Perché, adesso ti intendi di divorzi?»

Non era pronto per un discorso alla Karine Janaud.

«Questione di buonsenso. Che cosa hai intenzione di mettere nel tuo dossier, di preciso?»

«Testimonianze, foto da cui si deducono le cose che io e Thaddée facciamo insieme... e ho anche in mente di scrivere una memoria sulla mia concezione dell'educazione e su come interpreto il mio ruolo di padre.»

Barbie bevve un sorso di Coca Zero. Teneva il bicchiere con entrambe le mani, quasi volesse assorbirne il refrigerio.

«Non hai amici?» gli chiese.

«Non così tanti, no.»

«Una famiglia?»

«Ho solo Thaddée.»

«Trovi il tempo per farti vedere a scuola? Per occuparti delle sue altre attività?»

«Faccio quello che posso.»

Barbie sorrise, ma solo per smorzare quanto stava per dire: «In buona sostanza, puoi contare soltanto sulle attestazioni dei colleghi».

«Poco importa da dove arrivano le testimonianze.»

«Perché non chiedere ai criminali che hai arrestato, già che ci sei?»

«In effetti ci ho pensato.»

Per quanto si trattasse di una battuta, in realtà Corso avrebbe trovato legittimo dar voce ai suoi avversari. Sarebbero stati i più loquaci. Il problema è che sarebbe servito soltanto a mostrare le sue qualità di poliziotto.

«Posso parlarti in tutta franchezza?» chiese Barbie dopo essersi rinfrescata con un altro sorso.

«È ormai da un bel po' che fai a meno della mia autorizzazione.»

«Quando sono entrata a far parte della squadra, Thaddée aveva due anni. L'ho visto crescere attraverso di te e ho potuto constatare quanto sei bravo. Perlomeno, come hai appena detto, fai del tuo meglio.»

«Ma?»

La giovane agente indietreggiò come per prendere la rincorsa.

«Una volta di fronte al giudice, con il tuo curriculum di super poliziotto e il tuo look da teppista, non avrai molte speranze.»

«E così avrei un look da teppista, eh?»

Barbie non si prese il disturbo di rispondere.

«E non oso immaginare che cosa diranno gli amici di Émiliya.»

«Non ho nulla da rimproverarmi.»

«Certo che no, ma, come dire? È proprio la tua figura a creare disagio.»

Mentre Corso tentava di deglutire, lei colse l'occasione per vuotare il sacco: «Non bevi, ma come uno appena uscito dagli Alcolisti Anonimi. Non assumi droghe, ma è solo perché non hai ancora smaltito i trip che ti sei fatto da giovane. Stai dalla parte della giustizia, ma pare che tu lo faccia esclusivamente per evitare la prigione. Quando fai dell'umorismo è sempre involontario, e quando ci provi con una donna metti su un interrogatorio. Le poche volte che ti ho davvero sentito a tuo agio erano quelle in cui impugnavi un'arma».

«È tutto?»

«No. Stai per divorziare, come mezza Parigi, ma nel tuo caso sembra che stia per verificarsi un attacco terroristico e che le vittime si conteranno a decine.»

«Thaddée è ciò che ho di più prezioso. L'esito di questa causa è fondamentale, per me.»

Lei fece di sì con il capo come uno strizzacervelli che annuisce non tanto per il discorso, ma davanti ai segni evidenti della malattia. «Per non parlare del fatto che Émiliya sarà capacissima di recuperare testimonianze negative anche qui, al Trentasei.»

«Io sono pulito e abbiamo il tasso di casi risolti più alto di tutta la baracca.»

«Lo so, grazie, ma questo non basta a fare di te un poliziotto impeccabile.»

Corso rivide in pochi istanti tutti i casi in cui aveva agito ai limiti: nessuno avrebbe potuto riesumare gli atti illegali che la Bompart aveva accuratamente sepolto sotto strati di archivi.

«Tratti le famiglie delle vittime come se fossero colpevoli e, al tempo stesso, hai sempre l'aria di indagare per tuo conto personale», proseguì Barbie. «Sembra di stare in uno di quei film hollywoodiani in cui il protagonista, pistola in pugno, si fa giustizia da solo.»

«Stai esagerando.»

«No. Un poliziotto della Criminale veste di nero per rispetto alle famiglie e passa la vita a redigere rapporti. Tu non ti prendi nemmeno la briga di indossare una fottuta giacca e appioppi tutte le menate burocratiche a Krishna. Non sei capace di mostrare la minima empatia. Non sei mai gentile, mai rispettoso. Una vera calamità. Detto sinceramente, per quanto i tuoi risultati siano indiscutibili, in molti pensano che dovresti tornartene da dove sei venuto.»

Corso espirò. Contro ogni logica, quel discorso lo aveva rinvigorito come una doccia fredda.

«Hai finito?»

«No. C'è anche il problema fisico.»

«Quale problema fisico?»

Lei scrollò le spalle e guardò il fondo del bicchiere, dove giacevano le spoglie di una fettina di limone. Aveva un anello su ogni dito, non proprio alla place Vendôme quanto, piuttosto, in stile biker.

«Quando non ti tremano le mani è perché stai agitando le gambe o stai digrignando i denti. Sembri sempre sul punto di implodere. Spaventi i testimoni e confondi le famiglie. Fin quando pensi di continuare così?»

Ormai del tutto travalicato l'argomento divorzio, Barbie si esprimeva a nome suo e, probabilmente, di tutta la squadra.

«Non stavamo parlando della custodia di mio figlio?»

«È proprio quello che sto cercando di farti capire: non hai alcuna possibilità di vincere contro tua moglie.»

Corso scelse di non prendersela, se non altro per non avvalorare il ritratto stilato da Barbie. Erano dieci minuti, ormai, che rimescolava il caffè, tanto che la metà era finita sul piattino.

Lasciò cadere il cucchiaio e, quasi con aria sognante, concluse: «A ogni modo, devo riuscire a ottenere la custodia. Émiliya è... pericolosa».

«Immagino che tu non voglia specificare in che senso.»

«No.»

«Che cosa pensa il tuo avvocato?»

«Che la mia unica possibilità di influenzare il giudice sarebbe quella di acciuffare il bastardo dello Squonk.»

«Finalmente una buona notizia.»

Corso sollevò lo sguardo.

«Dici?»

«Certo. Vedrai che lo becchiamo, il pezzo di merda.»

Barbie si alzò, si tastò le tasche e posò cinque euro sul tavolino.

«Ora vado. Voglio aiutare gli altri con la perquisizione.»

Afferrò la borsa e si girò sui tacchi.

«Allora, posso contare sul tuo attestato?» ripeté Corso.

«Certo», rispose lei, facendogli l'occhiolino. «E non tralascerò di dire che sei il miglior pistolero della polizia.»

19.

Mezzo intontito, Corso salì in macchina e prese a guidare senza meta. La sera calava dolcemente sul lungofiume, come un seducente velo d'ombra che, posandosi su Parigi, le procurasse un fremito di elettricità.

Aveva provato a chiamare Émiliya, ma invano. L'immagine di quel bambino arruffato con gli occhi scuri (quelli della madre), gli centrò il petto come un sasso scagliato da un vandalo. L'idea di non vedere suo figlio per un mese, senza essersi preparato alla quarantena e senza averlo nemmeno salutato, era insostenibile, era *davvero troppo.*

E non era che l'inizio. Non avrebbe ottenuto la custodia, poco ma sicuro. Si sarebbe dovuto accontentare delle briciole che gli avrebbero concesso, tremando ogni notte al pensiero che Émiliya potesse iniziare il loro ometto a qualche pratica sadomaso.

Sentì le lacrime agli occhi. Era in momenti del genere che i suoi vecchi demoni riemergevano come ai tempi migliori. Per un ex tossicodipendente, gli anni di astinenza sono come un muro costruito con pazienza che però rimane friabile. Basta guardarlo da distanza ravvicinata perché si riduca in polvere.

Puntò verso il Pont Royal per raggiungere la riva destra e invertire la direzione di marcia. Mentre i lampioni che costeggiavano il Louvre si accendevano, ebbe come una rivelazione: sapeva dove stava andando.

Qualche mese prima aveva trovato un'amante ideale: giovane, dolce, discreta. Una moretta in carne, non molto carina ma che aveva cura di celare le forme opulente sotto abiti larghi. Una donna banale, con gli occhiali e i fermagli ai capelli come Keith Richards, l'immagine più lontana possibile dal desiderio: eppure, una volta nuda, rivelava tesori di sensualità e quella sensazione di profanazione, di contaminazione che per lui era ormai l'unica fonte di eccitazione.

L'aveva conosciuta durante un'indagine per una rapina serale in cui il proprietario di una gioielleria si era beccato una pallottola in testa. Benché la giovane commessa non avesse assistito alla scena, lui si era offerto comunque di consolarla. Da allora era tornato ad abbeverarsi alla fonte, di tanto in tanto, facendo orecchie da mercante quando lei accennava al futuro. Davanti alle sue insistenze, tirava fuori un'«emergenza al lavoro» e toglieva il disturbo.

Indossava spesso un basco rosa che gli ricordava *Raspberry Beret*, la canzone di Prince, e abitava nel XII arrondissement.

Nelle vicinanze di Bercy, si disse che avrebbe fatto meglio a raggiungere i nerd della Giudiziaria, piuttosto, non erano lontani, o persino a spingersi fino a Ivry-sur-Seine per prendere parte alla perquisizione in casa di Sophie Sereys. Ma non ne aveva la forza. Voleva anzi allontanarsi da quel pensiero, dall'orribile urlo spalancato di Nina, dal mondo abietto in cui sguazzava Akhtar.

Quando venne ad aprirgli, Miss Baschetto era in tuta e pantofole, non portava gli occhiali e aveva legato i capelli in una crocchia che ricordava un cono gelato. In quel momento, non assomigliava né alla ragazzina saggia che nascondeva il proprio fascino, né alla granata innescata delle prime notti. Era piuttosto la sorellina che non aveva mai avuto.

Trovandoselo lì, sulla soglia di casa, con l'aria sperduta, tutto tremante nella sua giacca, si limitò a sorridere. Aveva già capito che non era lì per fare l'amore e nemmeno per parlare. Era venuto per un piatto di pasta e il telefilm del venerdì sera.

20.

Stava percorrendo le strade del suo passato, avenue Pablo-Picasso, rue Maurice-Thorez, avenue Joliot-Curie... e vedeva cadaveri appesi ai lampioni, nudi, mutilati, smembrati. Premeva con forza sul pedale dell'acceleratore, ma l'auto non voleva saperne di avanzare. La sirena, intanto, urlava con inflessioni umane strazianti. Tenendo il volante con una mano, con l'altra cercava il pulsante per disattivarla, ma senza trovarlo...

Si rese conto che a segargli il cervello non era altro che la suoneria del cellulare. Quando aprì gli occhi, lo teneva già in mano.

«Ti ho svegliato?»

Corso riconobbe la voce. Con un gesto, consultò l'orologio: quasi le otto del mattino. Per pochi istanti, riassaporò la sensazione di conforto della sera prima: la carbonara di Miss Baschetto, l'incomprensibile telefilm – un quadro stilizzato della sua esistenza quotidiana, in cui nessuno redigeva mai un verbale che fosse uno, i colpevoli commettevano un errore dopo l'altro e ogni indagine veniva risolta in cinquanta minuti cronometrati. *Tutto molto bello.*

Dopo di che si era trascinato sul letto per buscarsi la consueta dose di pena: qualche ora di sonno appiccicoso, popolato di incubi. A ogni risveglio, la domanda era sempre la stessa: era possibile definire *riposo* nottate del genere?

«Come va, ragazzo?»

«Una favola. Chiami per la spogliarellista?»

«Tra le altre cose.»

Quella con Catherine Bompart era una storia vecchia e

mai finita. Dopo averlo salvato dagli scantinati di Pablo-Picasso, la prima cosa che aveva fatto era stata accendere un mutuo per rimettergli a posto i quattro denti che gli restavano in bocca: Corso sfoggiava già un sorriso da vecchio, lo smalto grigiastro, le radici sgangherate, gli incisivi spezzati o del tutto corrosi... Quando era uscito dall'accademia di polizia, gli aveva ufficialmente regalato il credito che avrebbe dovuto rimborsare.

Ufficiale della Legione d'onore, ufficiale dell'Ordine nazionale al merito, la Bompart era la prima donna a capo della Criminale e aveva già scritto la sua autobiografia. Partecipava a dibattiti televisivi, discettava di nuovi metodi di investigazione criminale e non faceva mistero delle sue idee di estrema destra. Era una brunetta sulla sessantina, non molto elegante ma ben fatta, autoritaria ma comprensiva.

In tutti quegli anni, aveva vegliato su Corso senza mai favorirlo. Le sue spintarelle erano più simili a cazzotti: si era sempre trovato nei gruppi più tosti, perché non dimenticasse mai che la redenzione andava conquistata giorno dopo giorno.

Il loro rapporto era ambiguo, sempre sospeso tra autorità e affetto. Lei gli parlava come a un soldatino ma, ogni volta che le loro strade si incrociavano, il suo sorriso stava a dimostrare che lo considerava come un figlio e che non si era pentita un solo istante di averlo salvato dal carcere.

Sul piano personale, in compenso, mancava completamente di fiuto: aveva adorato Émiliya sin da subito, tanto da incoraggiare Corso a sposarla. Tra l'altro, c'era pure finita a letto, con lui: non proprio l'idea del secolo. Catherine aveva fatto ritorno dal marito e dai due figli quasi immediatamente dopo. Corso dai suoi criminali e dalla sua perversa moglie.

Le riassunse al telefono le scoperte del giorno prima: il profilo sadomaso spinto di Nina, il fatto che si prestasse ai giochini gonzo, l'ombra di un compagno pittore, le *Pinturas rojas* come evidente fonte di ispirazione per l'assassino.

«È tutto?»

«Vuoi scherzare, vero? In una sola giornata abbiamo trovato elementi importanti che Bornek non aveva sospettato nemmeno in una settimana.»

«Tutto molto fumoso, comunque.»

«Ho bisogno di rinforzi.»

«Lo so, me l'ha già detto la tua piccola zombi. Vedrò cosa posso fare. Il problema è che siamo a luglio. I nostri agenti vanno in vacanza.»

«È urgente.»

«E lo dici a me? Per ora i media hanno mollato la presa, ma quando si accorgeranno che le indagini sono a un punto fermo, sarà un gioco al massacro. Voglio novità – qualcosa di concreto – per lunedì mattina.»

Corso non rispose, limitandosi a guardarsi intorno. La casa di bambola di Miss Baschetto, il letto che in realtà era un divano letto, le pareti troppo vicine tra loro e, oltre la finestra, le volte del viadotto delle Arti. Quanto a lei, poteva sentirla trafficare in cucina…

«Qual è il motivo preciso per cui stai chiamando?» chiese Corso, che conosceva bene la sua madrina.

«Hai sentito della sparatoria a Nanterre?»

«Vagamente.»

«Circola il tuo nome.»

Corso si mise a sedere sul letto e prese le sigarette.

«In che senso?»

La Bompart cambiò improvvisamente tono: «Diversi agenti sul posto ti hanno riconosciuto».

«Non capisco…»

«Non capisci? Pensi che io mi beva che Lambert ci sia riuscito da solo? Che abbia trovato all'improvviso il condotto dell'aria per accedere al parcheggio? Volete darmi a credere che abbia seccato un tizio al buio da oltre cinquanta metri mentre era impegnato in un corpo a corpo?»

Corso si accese la sigaretta. La morsa pungente della prima boccata aderì perfettamente alla situazione.

«Ti dirò io cos'è successo», disse la Bompart. «Pablo-Picasso è casa tua. Solo tu potevi conoscere la storia del condotto di ventilazione. Inoltre, sei il miglior tiratore del

Trentasei. Quindi, non so quando, non so come, ma sapevi che Lambert avrebbe fatto irruzione lì e ti ci sei fiondato all'istante con il proposito di darti alla pazza gioia, di vendicarti di questa cazzo di città o di qualsiasi altra cosa ti stia guastando la vita. E Dio solo sa se non hai l'imbarazzo della scelta.»

«Non è andata così», biascicò lui.

«Ma non ne sono nemmeno tanto lontana, dico bene?»

Mentre l'aroma di caffè gli solleticava le narici, tra una sedia e l'angolo del divano letto Corso adocchiò i polpacci paffuti della padrona di casa e le sue ridicole ciabatte a forma di pinguino.

«I bossoli non corrispondono al calibro di Lambert», disse la Bompart. «Non so cosa mi trattenga dal requisirti l'arma per togliermi ogni residua ombra di dubbio.»

Lui non ribatté. In momenti del genere, l'unica era fingersi morti.

«Cosa ti ha detto il cervello per andarti a infilare in questo merdaio? Mi sono fatta un culo così per farti entrare nella Criminale, per darti finalmente modo di condurre una vita normale, ma è più forte di te: la strada, la violenza, il caos.»

«Mi sono reso utile.»

«Non fare il martire. Ti è andata bene solo per un motivo: l'unica denuncia che ci è arrivata proviene dalla madre di un ragazzo stecchito con un fucile a pompa. Saranno quelli dell'Anticrimine a prendersela sui denti.»

Come in un flash, Corso rivide l'adolescente cui ormai mancava mezza faccia. Sentì la madre urlare in arabo nella notte limpida. «*'Ibni! 'Ibni! 'Ayn hu? 'Ayn hu?*»

«Stéphane», disse la Bompart addolcendo il tono. «Dammi una buona ragione per chiudere un occhio su questa storia.»

«Sto cercando di ottenere la custodia di Thaddée.»

«Non ce l'hai mai avuta e, di questo passo, presto toccherà a lui venire a farti visita: al cimitero. Se è il Far West, quello che cerchi, fai richiesta per entrare nei corpi speciali. Ma non mi venire a raccontare delle tue responsabilità di padre!»

«Ho ricevuto la bozza di accordo preliminare dell'avvocato di Émiliya», proseguì lui. «Mi hanno tirato addosso un vagone di merda e ce l'ho su con il mondo.»

«Che cosa ti aspettavi?»

«Thaddée non può rimanere con lei.»

«Allora tira fuori la verità. Metti a nudo le sue magagne. Imbastisci un dossier. Santo cielo, sei uno sbirro!»

Il pensiero lo aveva sfiorato: condurre un'inchiesta vera e propria sulla sua ex. Appostamenti e intercettazioni al fine di coglierla in flagranza di reato... Aveva i mezzi per farlo, ma la cosa avrebbe potuto rivoltarglisi contro: abuso di potere, intimidazioni e compagnia cantante. Per non parlare del dilemma sul quale continuava a incappare: non intendeva lasciare tracce in cui un giorno avrebbe potuto imbattersi suo figlio.

«Vedremo. Potresti rilasciarmi un attestato?»

«Di che tipo?»

«Una testimonianza del fatto che sono un padre modello.»

«Nessun problema. Anche perché lo penso davvero.»

Quel complimento gli scaldò il cuore. All'improvviso, si disse che un documento di quel genere, firmato dal capo della Criminale, avrebbe potuto avere una qualche influenza sul giudice.

«Grazie.»

«Nel frattempo, trovami il bastardo che ha ridotto in quel modo la spogliarellista!»

Proprio mentre Corso riattaccava, Miss Baschetto fece la sua comparsa. Doveva aver aspettato che concludesse la conversazione (adorava il fatto che fosse un agente di polizia) per entrare con il caffè e qualche fetta di pane tostato su un vassoio.

Lui le sorrise ma si alzò e si rivestì in tutta fretta. Gli era appena venuta un'idea.

21.

Si diresse verso l'aeroporto di Orly.

Sul punto di addormentarsi, la sera prima, aveva dato un'occhiata ai documenti di Barbie: le *Pinturas rojas.* Era scivolato nel sonno accompagnato da quelle terribili immagini e dalla storia che c'era dietro.

Ormai vecchio, sordo, piegato dall'esistenza e dagli orrori patiti (in special modo, durante i massacri della popolazione madrilena perpetrati dai napoleonici nel maggio del 1808), nel 1819 Goya si era stabilito in un'abitazione che, per una curiosa coincidenza, veniva già chiamata Quinta del Sordo. Conducendo un'esistenza da eremita, isolato dalla propria disabilità, iniziò ad affrescare le pareti con immagini tormentate di streghe, vecchi e orchi.

Alla fine del XIX secolo, gli affreschi vennero trasferiti su tela ed esposti al museo del Prado. All'epoca, però, nessuno sapeva che Goya non si era limitato a dipingere le pareti. Aveva anche realizzato tre piccole tele in cui gli elementi morbosi erano, se possibile, accentuati: un galeotto sfigurato, una strega dal volto corroso, un infermo dagli occhi spiritati...

Rinvenute nel 2013 nella soffitta di una famiglia di aristocratici castigliani, le tele erano state acquistate da una fondazione madrilena che le teneva esposte nel suo museo.

Ed era proprio lì che era diretto Corso.

Aveva trovato un volo per le undici e dieci con ritorno alle cinque del pomeriggio. Un lasso di tempo sufficiente a permettergli di ammirare i lavori di presenza, di coglierne i dettagli, osservarne la consistenza, la trama... In maniera del tutto irrazionale, sentiva che questa visita lo avrebbe aiutato a comprendere meglio la follia dell'assassino. Voleva respirare l'atmosfera del luogo – di quel museo, cioè – perché era sicuro che il suo uomo lo avesse frequentato più di una volta.

Arrivato a Orly, chiamò Barbie per fare il punto della situazione. La perquisizione in casa di Nina non aveva portato a nulla. I nerd avevano identificato gli abbonati del club di Akhtar tramite la carta di credito utilizzata per la registrazione al sito: erano meno del previsto, solo poche centinaia. In un primo momento, avrebbero incrociato i nomi con il casellario giudiziale, alla ricerca di eventuali precedenti penali o di altre specifiche. In una seconda fase, si sarebbero concentrati sul loro profilo socio-professionale. In ogni caso, era impossibile sentirli tutti. Per non parlare dell'elenco degli amanti dello *shibari* stilato da Ludo.

Gli informatici si erano procurati anche i nomi degli attori e delle attrici che avevano preso parte ai divertissement. Sarebbero stati convocati al Trentasei da lunedì in poi. Avrebbero fatto il tutto esaurito per giorni.

«E voi?» urlò Corso.

«Abbiamo trovato i film di Nina.»

«E allora?»

«*No comment.* Chiunque guardi una roba del genere è un potenziale assassino.»

«Avete torchiato l'indiano?»

«Più che altro, abbiamo dovuto rilasciarlo.»

«Cosa?»

«Il suo avvocato è piombato qui e ha scatenato l'inferno. Le cose si erano fatte complicate per noi, fidati.»

Corso non insistette. D'altra parte, non credeva più alla pista Akhtar.

«Che mi dici dell'amante?»

«Ci stiamo lavorando, ma ancora niente.»

«Vedete di muovere il culo. Non serve una laurea in astrofisica per trovare un pittore che ama le spogliarelliste e se ne va in giro con un borsalino in testa.»

«Come sei gentile… Immagino tu stia venendo a darci una mano.»

Non poteva darle torto. Lui, in quello stesso lasso di tempo, si era guardato un poliziesco in TV sonnecchiando sulle grosse bisacce della sua amica.

«Si può sapere dove cazzo sei?» proseguì lei.

«Sto andando a Madrid per vedere le *Pinturas rojas.*»

Barbie si ritenne soddisfatta: era la prova che, ancora una volta, aveva puntato il dito verso la direzione giusta.

«Fa' buon viaggio», concluse con una nota più calda nella voce. «Ti chiamiamo non appena abbiamo notizie.»

Corso dormì per tutta la durata del volo, con la documentazione sulle ginocchia. Quando l'aereo toccò la pista dell'aeroporto Adolfo Suárez Madrid-Barajas, si svegliò di soprassalto, il viso laccato di sudore, la testa affollata da visioni terrificanti.

«Sta poco bene?»

Seduta al suo fianco, un'affabile nonnina lo guardava preoccupata.

«Ho avuto un incubo», rispose lui, abbozzando un sorriso di scusa.

«L'importante è che siamo arrivati tutti interi», commentò lei guardando attraverso l'oblò.

Corso fissò l'ovale irradiato di luce. Il bagliore era tale da non evocare tanto il sole o la dolcezza del vivere quanto, piuttosto, il lampo abbacinante di una bomba atomica. La combinazione tra il profilo della vecchia e l'alone luminoso lo riportò a brutti ricordi, all'ondata di caldo del 2003, quando, ancora ventiquattrenne, lavorava al Louis-Blanc, il commissariato centrale della zona est di Parigi. A tutti i poveri vecchi abbandonati che aveva visto letteralmente disciolti nella vampa agostana.

Appena sceso dall'aereo fu investito dal calore asfissiante della Castiglia. Le immagini spaventose di quell'anno non volevano più abbandonarlo: obitori pieni fino a scoppiare, file di sudari, maschere di pelle verde, gengive gonfie di putrefazione…

Scapicollandosi giù per la scaletta, dopo aver recuperato in qualche modo l'equilibrio sull'asfalto si affrettò verso il refrigerio del terminal. Quindi raggiunse l'uscita e si fiondò sul primo taxi.

Conosceva Madrid, c'era stato spesso, una volta anche con Émiliya. Pura violenza di giorno – muri così bianchi da accecarti, un'afa da toglierti il respiro, mentre il sole riduceva in poltiglia le sensazioni –, al tramonto la città prendeva il sopravvento e sapeva come stregarti. Nella solennità dei suoi lunghi viali, ognuno poteva sentirsi come un sovrano compiaciuto nella sua carrozza.

A entusiasmarlo era soprattutto la sua architettura. Gli tornò in mente, in particolar modo, lo stupore che gli aveva suscitato la statua della fenice sulla cupola dell'Edificio Metrópolis, alla confluenza tra calle Alcalá e la Gran Vía, per quel suo evocare lo Spirit of Ecstasy delle Rolls-Royce. Era come il tappo del radiatore di un gigantesco veicolo, frusciante e ancora caldo…

La fondazione Emilio-Chapi aveva sede in calle Serrano, nel cuore della zona elegante di Madrid, un quartiere di ville immacolate e giardini con palme lussureggianti. Secondo la documentazione di cui disponeva, era stata istituita all'inizio del XX secolo da un ricco medico che aveva fatto fortuna grazie ad alcuni brevetti farmaceutici. Negli anni Sessanta era stata rilevata da un gruppo di mecenati desiderosi di ridurre la pressione fiscale a loro carico acquistando opere d'arte. Le *Pinturas rojas* di Francisco Goya erano appunto tra le acquisizioni più recenti.

Il taxi si fermò davanti a un lungo muro rosso vermiglio che ricordava il tipico *frontón* della pelota basca. Oltrepassato il cancello, Corso scoprì un edificio bianco e rosso con i tetti a terrazza sormontati da pinnacoli in pietra. Avanzò lungo il viale di palme mentre gli irrigatori scandivano i suoi passi con un rumore simile a uno scrocchiare di dita. Non poteva essere più lontano dal luogo delle sue indagini, dal terreno di caccia del suo assassino, dalla sua giurisdizione.

Eppure, in quel momento avvertì la sensazione quasi fisica di essere sulla strada giusta.

Nella sala in cui i raggi del sole filtravano dalle imposte socchiuse regnava la penombra. Legno, marmo, pietra e…

silenzio. Alle pareti erano già visibili alcuni dipinti, figure in armatura che ti osservavano dalle profondità del tempo, personaggi in chiaroscuro, come lucidati con la cera d'api.

«*Una entrada por favor*», disse alla cassiera.

Non aveva intenzione di farsi notare, figurarsi tirar fuori il distintivo. Primo obiettivo: accedere alle tele rosse. Dopo di che avrebbe sondato la possibilità di cavare qualcosa dai custodi. Difficile poter combinare granché senza il supporto della polizia spagnola. Per non parlare del fatto che magari era completamente fuori pista.

«*¿Quiere entrar?*»

Un usciere in livrea gli stava indicando un ascensore vecchio stile, con una ringhiera di ferro battuto nero e le ante di legno verniciato. Perché no? I dipinti di Goya erano al terzo piano.

Per qualche istante fu come trovarsi in un'altra epoca. La cabina rivestita da pannelli conteneva una panchina nera, una scatola di comando in madreperla e specchi smussati che riflettevano bagliori screziati sulla tromba delle scale.

Rinsaldato nella fondatezza della sua spedizione, Corso si concesse un sorriso. Un piano dopo l'altro, si stava inoltrando nell'universo fantastico dell'assassino.

22.

Corso attraversò una prima sala che ospitava dipinti religiosi del Siglo de Oro. In quella successiva troneggiavano autorità della corte spagnola risalenti allo stesso periodo: un susseguirsi di gorgiere, farsetti e perle. Una manciata di turisti si spostava da un quadro all'altro con l'aria raccolta dei pellegrini appena giunti alla meta. In sandali e pantaloncini erano alquanto ridicoli, ma lui avrebbe potuto dire altrettanto di sé, vestito di nero in piena estate come a un concerto dell'Hellfest.

Una volta nella terza stanza, individuò le tele rosse che, appese una di fianco all'altro, sembravano galleggiare sull'ampia parete bianca. A testimonianza del loro valore, una corda di velluto proibiva di avvicinarsi oltre un certo punto. Benché disponesse dei dati specifici, non si era mai soffermato a considerarne con attenzione le dimensioni reali e adesso, presente in prima persona, si accorse di quanto fossero minuscole: con tutta probabilità, erano alte meno di cinquanta centimetri e larghe appena trenta. Tuttavia, viste da vicino, emergevano in tutta la loro paurosa intensità. Le immagini che ritraevano erano un condensato di violenza.

Le didascalie si limitavano a recitare sobriamente: PINTURA ROJA N. 1, PINTURA ROJA N. 2, PINTURA ROJA N. 3, ma Corso ricordò di aver letto che gli storici dell'arte le avevano battezzate rispettivamente *L'urlo*, *La strega* e *Il morto*.

Quello a sinistra era senza dubbio il volto sfregiato al quale, con ogni evidenza, si era ispirato l'assassino di Nina. Un galeotto, o un prigioniero, di cui nella parte inferiore dell'opera erano ben visibili le catene che gli serravano i polsi. Gli angoli delle labbra sembravano allungarsi dolorosamente fino alle orecchie in una risata vorace, ferita e provocazione al tempo stesso. Impossibile dire se quell'uomo fosse in preda al giubilo o ad atroci sofferenze. L'espressione perniciosa – una smorfia così diabolica da torcere le budella – grondava di ambiguità: era quella di un iniziato che, mentre ti scrutava dall'abisso della sua pena, rideva della tua ignoranza…

L'elemento più prodigioso e ipnotico, però, era la dominante viola della tela. La voragine del volto emergeva dallo sfondo incandescente come un pezzo d'argilla in una pozza di fango. Sembrava distaccarsene piano ma inesorabilmente, come le stampe analogiche, un tempo, dai liquidi di sviluppo.

Il secondo dipinto, *La strega*, si caratterizzava per la strana composizione, decisamente innovativa per l'epoca (un po' come *Il cane* delle *Pinturas negras*). Una linea terrosa (ma qui il colore rosso evocava piuttosto una colata lavica, un magma ribollente) tagliava la tela in diagonale. E da quest'asse spuntava una testa dall'aspetto ributtante. Gli occhi ridotti a fessure, la pelle raggrinzita, i capelli incollati di torba e sudiciume. Anche la strega sembrava sogghignare – sul volto, sempre la stessa voragine – come per farsi beffe del visitatore da dietro la linea sulfurea.

Il morto si distingueva per le tonalità più scure, quelle in cui il vermiglio e il carminio sfociano nella terra di Siena. Il colore smorto del crepuscolo. Il soggetto era un uomo disteso su un letto o su una barella. Non in un ospedale: sembrava piuttosto in una cella o in una camera mansardata. Il corpo, ricurvo in maniera innaturale, pareva appena abbozzato rispetto alla stupefacente presenza del viso. I lineamenti cesellati, gli occhi enormi, il profilo piallato e sempre quella bocca spalancata, a evocare stavolta non già una risata ma l'inarrestabile avanzata del nulla.

In un periodo della sua vita in cui si era appassionato alla medicina legale, Corso aveva macinato una serie di trattati medici del XIX secolo. E quell'immagine – il viso consumato, il naso praticamente dissolto, le labbra ritratte, le gambe a forma di sciabola, deformate da un'infezione come il metallo dalle temperature estreme – gli riportò alla mente le descrizioni dei pazienti allo stadio terziario della sifilide. Senza alcun dubbio, in quel ritratto Goya aveva immortalato un sifilitico osservato in qualche ospedale o dispensario.

Se anche tutto questo non gli diceva granché sul suo caso, Corso ebbe la certezza che l'assassino fosse venuto ad ammirare quelle opere. A impregnarsene. A nutrirsene. Erano state l'interruttore che l'aveva spinto ad agire. Oppure gli avevano riportato alla memoria un qualche trauma, la vera fonte del suo impulso omicida...

Corso decise di tornare al piano terra per scambiare due chiacchiere con i custodi e capire se avessero in mente un visitatore abituale, un ammiratore un po' particolare di quei dipinti. Stava scendendo le scale quando, dal fondo, un brontolio risalì trasformandosi presto in un sibilo: il motore dell'ascensore. Attraverso la gabbia di ferro battuto, vide il contrappeso scendere mentre le piastrelle di vetro sul tetto della cabina si avvicinavano. Indietreggiando d'istinto, Corso rimase a osservare la risalita del congegno.

In quell'istante, dietro i vetri della cabina rivestita di pannelli, accanto all'usciere scorse un uomo girato di spalle e vestito con un completo chiaro e un panama in testa. Le parole di Freud gli risuonarono in mente: «*Sfoggia un abbigliamento particolare. Completi bianchi, cappelli... Fa molto puttaniere anni Venti...*». Insomma, il puttaniere gli era appena passato davanti, diretto verso il terzo piano.

Corso risalì i gradini a quattro alla volta. Quando giunse in cima, la doppia porta si era appena chiusa e l'ascensore stava già iniziando la discesa verso il piano terra. Corso si precipitò nella sala delle *Pinturas rojas*: nessuna traccia dell'uomo in bianco. Perlustrò le altre sale. Re, duchi, buffoni del Siglo de Oro, ma niente panama. *Porca di quella troia.*

Tornò sui suoi passi e ispezionò il pianerottolo. Niente. Nessuna toilette, nessun ufficio. Non c'erano altre stanze oltre alle tre sale. Fissò il pozzetto dell'ascensore, che non era ancora arrivato in fondo: poi, realizzando all'istante cos'era accaduto, ridiscese le scale a rotta di collo. Il visitatore doveva averlo notato grazie agli specchi della cabina. Una volta al terzo piano, era rimasto all'interno e, con un pretesto, aveva chiesto all'usciere di tornare giù. *Più è semplice, meglio funziona.*

L'ascensore stava già risalendo, quindi decise di puntare direttamente verso l'atrio e i giardini. Nel frattempo, le domande erano due: perché quell'uomo era fuggito? Forse lo conosceva?

Nessuna traccia di lui al piano terra: né vicino alle casse né nell'adiacente libreria. Si precipitò nelle toilette, uomini e donne, aprendo una porta dietro l'altra. *Nada.* Alla fine si fiondò all'esterno. Per quanto fosse preparato, nulla poté contro l'esplosione di luce che lo centrò sul viso, per non parlare della calura, in grado di tagliare le gambe a chiunque. Rientrò per un attimo nell'atrio e, mentre cominciavano a guardarlo di traverso, trattenendo il respiro saltò di nuovo in quell'inferno.

Con la mano a visiera, tentò una rapida panoramica. A una prima occhiata, sui viali o all'ombra delle palme non c'era nessuno. Il paesaggio sembrava essere stato svuotato di ogni presenza umana e persino di qualsiasi sostanza fisica. Gli alberi erano fiamme lattescenti, i prati specchi accecanti.

Corso si proiettò verso l'uscita del parco. Sul biancore della ghiaia, la sua ombra spiccava nitida come una fenditura sul terreno. Arrivato al cancello, si appoggiò alle inferriate ma dovette ritrarre la mano immediatamente: il metallo era rovente. Come la sua gola, del resto: pochi metri di corsa avevano avuto l'effetto di un collutorio molotov. Lo sconosciuto con il panama era sparito, comunque: la strada era deserta. Quanto a lui, non aveva la forza di rimettersi a correre. Verso dove, poi? L'uomo sembrava essersi liquefatto, bianco nel bianco.

Corso si passò una mano sul viso e fece dietrofront. Mentre riguadagnava l'atrio con il fiato corto e le tempie che ronzavano, sentì squillare il cellulare. Anche se sul display c'era il nome di Stock, ebbe come l'impressione che lo chiamassero da un pianeta lontano.

«Ma dove cazzo sei?» strillò la body-builder. «È da un'ora che provo a chiamarti!»

Evidentemente, Barbie aveva mantenuto la massima discrezione sulla sua capatina. Dopo una breve esitazione, Corso decise di rifugiarsi nel riserbo del capo: «Qual è il problema? Qualche emergenza?».

«Ne abbiamo un'altra, maledizione!»

«Che intendi dire?»

«Un'altra vittima! Sfigurata e strangolata con la biancheria intima come nel caso precedente.»

«È stata identificata?» chiese con un rantolo.

«La conosciamo, è Hélène Desmora, una collega di Nina Vice. Miss Velvet!»

23.

Corso riuscì ad atterrare a Parigi alle sedici e venti: una vera prodezza, considerato il periodo vacanziero. Non sufficiente, tuttavia, a permettergli di giungere per tempo sulla scena del crimine. Il cadavere di Hélène Desmora era già stato trasferito all'istituto di medicina legale, i tecnici della Scientifica avevano levato le tende e il punto del rinvenimento – un terreno non fabbricato a Saint-Denis – era ormai ridotto a un paio di strisciate di nastro. *Circolare.*

Il procuratore di Bobigny, che aveva giurisdizione su Saint-Denis, aveva allertato i ragazzi della squadra 93 del servizio regionale della Giudiziaria. Barbie si stava già facendo in quattro con la procura di Parigi per ottenere il caso. Ma la trafila era lunga e alla fine del pomeriggio nessuno sapeva esattamente a chi spettasse la conduzione delle indagini.

Per il momento, il suo gruppo era riuscito soltanto a recuperare i rapporti redatti dall'ufficiale della Giudiziaria. Senza avvisare nessuno e senza spiegare il motivo della propria assenza, Corso si era impadronito dei faldoni per chiudersi nel suo ufficio. Prima di ogni altra cosa, doveva integrare i fatti, penetrare con obiettività in quella nuova tragedia e accantonare per il momento l'insolazione madrilena.

Il corpo era stato scoperto verso le undici del mattino in un terreno abbandonato all'angolo tra rue du Capitaine Alfred Dreyfus e rue Flora Tristan, nei pressi dei binari della stazione Stade de France. In realtà, non c'erano dubbi sul fatto che il ritrovamento fosse avvenuto in precedenza, nelle prime ore della mattinata, essendo la zona un punto di ritrovo perfetto per fumarsi due spinelli. Ma i ragazzi che la frequentavano non potevano certo chiamare la polizia: era una repulsione atavica, la loro. C'era voluto che qualcuno si confidasse con i genitori, che alla fine avevano deciso di rivolgersi al nemico.

Come Sophie Sereys, anche Hélène Desmora era nuda, senza alcun oggetto o documento che permettesse di identificarla. Ma gli agenti avevano collegato immediatamente il caso a quello della prima spogliarellista assassinata. Le impronte digitali avevano confermato l'intuizione.

Anche questa volta la vittima, in posizione fetale, era stata legata con i suoi stessi indumenti intimi. Il reggiseno intorno al collo e ai polsi era stato poi annodato alle mutandine, che invece serravano le caviglie. Nodi scorsoi, nodi a otto, l'ultimo dei quali aperto... Come Nina Vice, la donna si era probabilmente strangolata da sola a furia di dimenarsi.

Anche le ferite sul viso erano identiche. Gli angoli della bocca scarnificati, le gengive snudate, il sasso a ostruire la gola... Mentre sfogliava quel campionario fotografico di orrori, Corso rivide la giovane un po' in carne vestita alla marinara sul palco dello Squonk. Fisicamente, le due spogliarelliste non avevano niente da spartire. Sophie Sereys era alta, slanciata e bionda, con un viso ovale e le sopracciglia molto marcate; Hélène, invece, aveva i capelli neri, probabilmente tinti, tagliati alla Louise Brooks, e un faccino paffuto.

Corso ripensò all'uomo di Madrid. Possibile fosse davvero lui, l'assassino? Che fosse andato in Spagna subito dopo aver ucciso a Parigi? Non era poi così assurdo: magari, una volta commesso il delitto, poteva sentire il bisogno di raccogliersi davanti alle tele. Ogni omicidio era forse una sorta di offerta, di sacrificio. Oppure stava semplicemente delirando? Per il momento era meglio scordarsi del fantasma con il panama. Bisognava attenersi ai fatti, nient'altro che ai fatti, e condurre le indagini secondo le regole.

Proseguì studiando le planimetrie della zona, fatta di torri e grandi blocchi abitativi: la solita miseria, la bruttezza ordinaria e un terreno abbandonato il cui sottosuolo, secondo i rilevamenti, era inquinato da due secoli di attività industriale. Nessuna relazione con il sito di raccolta dei rifiuti che era stato teatro del primo omicidio. Nessun significato simbolico evidente.

L'unico dettaglio degno di nota era la relativa vicinanza del terreno all'abitazione di Hélène Desmora, in rue Ordener, Porte de Saint-Ouen, così come tra la discarica della Poterne e Ivry, dove abitava Sophie Sereys. Ma queste distanze non significavano nulla: non si poteva nemmeno supporre che l'assassino avesse scelto quei luoghi precisi per comodità, visto che Sophie non era stata uccisa nel suo appartamento e Corso era sicuro che lo stesso valeva per Hélène.

Gli agenti della squadra 93 della Giudiziaria avevano già fatto qualche telefonata, segno che intendevano tenere il caso, e avevano ricostruito nei dettagli l'ultimo giorno di vita della spogliarellista. Non che ci fosse molto da dire. Hélène viveva da sola. Avendo lavorato allo Squonk la sera prima, si era probabilmente svegliata intorno a mezzogiorno per poi andarsene in palestra, la Waou Club Med Gym in rue du Faubourg-Poissonnière, intorno alle tredici. Nessuno sapeva che cosa avesse fatto nel pomeriggio.

Corso raccolse i documenti sparpagliati sulla scrivania e poi mise il fascicolo sotto il braccio. In sala riunioni, intanto, la sua squadra era sulle spine. I motivi erano due: l'omicidio, naturalmente, ma anche il silenzio del procuratore. Nessuno sapeva ancora a chi avrebbe affidato il caso. Ma bruciare altre ore preziose dietro inutili scartoffie amministrative era una sciocchezza. Corso li tranquillizzò: aveva già telefonato in procura e fatto valere le sue ragioni.

Quindi si riallacciò direttamente al punto cruciale della questione: «Non so che cosa ne pensiate voi, ma non abbiamo perso tempo».

«Davvero?»

Era stata Stock a porre la domanda: l'esperienza non l'aveva ancora resa immune alla sensazione di impotenza che serra spesso i poliziotti alla gola.

«Abbiamo sbagliato tutto in partenza», si lasciò sfuggire. «Tutte queste cazzate sul gonzo non hanno niente a che fare con gli omicidi. L'assassino ha soltanto un'ossessione. Lo Squonk.»

«Ecco perché stiamo per cambiare rotta», concordò lui. «Ci focalizzeremo sul locale. Bisogna interrogare un'altra volta Kaminski e le sue ragazze, risalire alla storia del club, dell'edificio e persino, perché no?, dello strip-tease. L'assassino ha un problema con quel posto e con quel mestiere. Dobbiamo assolutamente concentrarci su questo aspetto.»

«E Akhtar e i suoi video?» chiese Barbie. «Non possiamo lasciare il lavoro a metà.»

«Come siamo messi con i rinforzi?»

«La Bompart ci sta mandando una carrettata di stagisti.»

Corso non aveva aspettative più alte: a luglio era impossibile attendersi truppe fresche e agguerrite.

«I nerd di Bercy ci invieranno gli estremi degli attori e degli abbonati di Akhtar. I nostri ragazzi manderanno a chiamare tutta questa bella gente e la metteranno sotto torchio. Quanto a noi, ci concentreremo su Hélène Desmora e lo Squonk.»

«E l'indagine nella zona di Saint-Denis?»

«Se ne occuperanno quelli della squadra 93. Contattateli e chiedete loro che si sciroppino anche le videocamere di sorveglianza.»

Ludo ridacchiò: in quei quartieri, questo tipo di materiale aveva una durata molto limitata.

«Ci sono anche i prelievi della Scientifica», proseguì Corso, fingendo di non aver sentito. «Chiedete loro di rivolgersi a un laboratorio privato per le analisi, è un'emergenza assoluta.»

«Sulla scena del crimine ci avrà gironzolato metà del quartiere», sibilò Ludo.

Ancora una volta, però, Corso lasciò cadere l'osservazione: «Questo nuovo omicidio ci dà l'opportunità di riprendere nei dettagli le procedure operative. Di immaginare ogni gesto dell'assassino, di identificarne eventualmente le armi, di ripercorrerne il rituale...».

Silenzio carico di scetticismo.

«Siamo già stati in casa della vittima?» rilanciò.

«In questo momento ci sono i colleghi di Clignancourt. Niente da segnalare.»

«Ci torneremo domattina. Una perquisizione a regola d'arte, tutti e quattro. Dobbiamo ottenere un quadro dettagliato del profilo di Hélène. Capire se aveva punti in comune con Sophie Sereys, se si frequentavano, se...»

«In ogni caso», disse Barbie, «non lavorava per Akhtar. Abbiamo già verificato.»

«Akhtar non sarà il solo, nell'ambiente. Mettete a soqquadro il mondo sadomaso, avrete di certo gli indirizzi giusti.»

Il pubblico cominciava a scaldarsi. Corso decise che i suoi agenti erano pronti per la suddivisione dei compiti.

«Ludo», cominciò, «informati sugli esiti dell'autopsia, poi gestisci i campioni di DNA con la Scientifica.»

Secco cenno del capo in risposta: per Ludo, la prospettiva di passare la notte con un cadavere piuttosto che con i suoi target su internet non sembrava così tragica. Un caso di forza maggiore.

«Stock, tu torna allo Squonk per torchiare un altro po' Kaminski e le ragazze. Voglio un ritratto dettagliato di Miss Velvet. E se ti avanzano un paio d'ore, prima di domattina, tira giù dal letto i suoi vicini.»

«È illegale.»

«Vista l'urgenza, ci copriranno. E non dimenticare le videocamere di sicurezza del suo quartiere.»

«In cosa speri, esattamente?» intervenne Ludo. «Un rapimento in diretta?»

«L'assassino è al suo secondo colpo, il che non fa di lui un genio del crimine né un mago. Deve aver lasciato qualche traccia e noi la troveremo.»

Quindi si girò verso Barbie, già in attesa delle consegne.

«Tu recupera i tabulati di Hélène, il suo cellulare, il suo computer. Poi analizza il tutto alla svelta.»

Era seduta come al solito, con una gamba piegata e un bloc notes sulle ginocchia: la si sarebbe potuta scambiare per una studentessa con una propensione per il gotico.

«Come facciamo a richiederli? Non sappiamo nemmeno se ci affidano l'indagine...»

«Lo faccio io. La priorità è scoprire chi ha chiamato e da chi è stata chiamata negli ultimi giorni, se ha ritirato soldi dal conto, se ha preso la metro o noleggiato un Vélib'.»

Nuovo silenzio. Come di consueto, erano tutti impegnati a chiedersi cosa cazzo avrebbe fatto lui. In genere non era molto loquace circa le proprie mansioni, ma in quella particolare occasione serviva cementare lo spirito di squadra.

«Io penserò allo Squonk.»

«Ma se hai appena detto che devo farlo io...» obiettò la body-builder.

«Tu ti occuperai dello staff. Io mi concentrerò sull'edificio, sulla sua storia e sui vicini... quel fottuto locale nasconde qualche segreto. Il movente dell'assassino.»

Cenni di conferma tra le file dei suoi. I nuovi angoli di attacco sembravano aver infuso nuove energie alle truppe.

«E l'amichetto con il cappello? I dipinti di Goya?» chiese Barbie.

Corso rivide in rapida sequenza i ritratti insanguinati, il fantasma dell'ascensore, il biancore abbagliante del viale... Sostenne lo sguardo di Barbie: solo lei sapeva dov'era andato, e non aveva avuto il tempo di raccontarle di quel fugace incontro.

«Voi avete trovato qualcosa al riguardo?» chiese.

«No.»

«Per il momento concentriamoci su Hélène Desmora. Lunedì mattina tireremo un bilancio. Abbiamo più di ventiquattr'ore per ricavare una panoramica completa su Miss Velvet. Domande?»

Stock sollevò la mano, come a scuola.

«Le altre ragazze dello Squonk... non sarebbe il caso di metterle sotto protezione?»

«Mi sembra abbastanza sensato. Ne parlerò con la Bompart e...»

Non terminò la frase: in tasca, il cellulare aveva preso a vibrare.

«Scusatemi», disse, tirandolo fuori.

Uscì senza una parola di spiegazione. Il display visualizzava il numero di Émiliya.

24.

«Tutto bene?»

Intenzionato a non mostrare rabbia o senso di frustrazione, Corso fece sfoggio di un tono disinvolto. Prima di tutto, per evitare che gli riattaccasse il telefono in faccia. E poi per non darle modo di godere della sua sofferenza.

In verità, non si aspettava nemmeno che lo richiamasse. Di certo, comunque, non lo stava facendo per amicizia o per carità. Sapeva che da quel momento tutte le telefonate sarebbero state contate. Non avrebbe permesso che le si potesse rimproverare di impedire al suo ex di parlare al figlio.

«Sì, tutto bene.»

«Allora, dove siete?» proseguì, sempre con aria gioviale.

Davanti al suo pietoso tentativo di cavarle le parole di bocca, Émiliya ridacchiò. Ma la mammina perversa doveva essere di buonumore, tanto da alleggerire la zavorra: «Varna, mio caro... Quanti bei ricordi, non è vero?».

In effetti, il nome di quella località balneare bulgara evocava in lui un certo stupore vertiginoso. Il Mar Nero all'alba, i suoi sprazzi dorati ad annunciare l'Oriente a qualche bracciata, le chiese ortodosse che affollavano il litorale con le loro cupole scintillanti, come diluite nell'azzurro del cielo, e la città, con le sue case dipinte e i suoi cartelli in cirillico a evocare un luogo straniante, a metà strada tra il lunapark e la città termale...

«Ci rimarrete tutto il mese?»

«Vedremo.»

Corso preferì non insistere: era meglio non tirare la corda.

«Thaddée se la passa bene?»
«Sta facendo pratica con la sua prima lingua.»
Émiliya aveva fatto in modo che suo figlio parlasse bene il bulgaro quanto il francese. Corso non aveva avuto nulla da obiettare, solo che adesso la lingua era diventata un modo con cui sua madre poteva innalzare un muro tra lui e il ragazzino.
«Ma almeno va al mare? Fa qualcos'altro?»
«Vede i cugini. La sua vera famiglia. Anzi, sarebbe meglio dire… la sua unica famiglia.»
Primo colpo basso. Perché proseguire una conversazione in cui era messo all'angolo e obbligato a schivare i colpi senza poter ricambiare?
«Posso parlargli?»
«Resta in linea.»
Rimase sorpreso nel sentirla così accondiscendente. Forse anche lei temeva che lui potesse registrare la conversazione.
«Papà?»
All'udire quel timbro così acuto, così fresco, così particolare – un flauto ricavato da un germoglio, capace di rinnovarti il sangue solo a sentirlo – si ritrovò con le lacrime agli occhi.
«Come stai, cucciolo? Ti diverti?»
«Abbiamo trovato un riccio.»
Corso pretese un resoconto dettagliato della storia. Non gli importavano tanto i fatti: quello che contava era il tono, il faccino che immaginava dietro ogni inflessione. Una canzone di cui colse soltanto vagamente le parole ma che, pure, lo rimescolò con la sola melodia.
Ai suoi occhi, Thaddée aveva il potere di cambiare le cose: attraverso la sua voce cristallina, anche le informazioni più banali diventavano un bene prezioso, come le conchiglie raccolte insieme nei Paesi Baschi e divenute, solo per questo, autentici tesori.
«Il papà ti abbraccia forte forte, piccolo mio. Ripassami la mamma.»
Preferiva abbreviare da sé la conversazione, per non sen-

tirsi privato di un braccio quando Émiliya avrebbe deciso di riprendere il telefono.

«Okay, stammi bene, Corso.» Ormai lo chiamava così da un bel po'. «Ci sentiamo la prossima settimana.»

Aveva una voce ipnotica, né roca né acuta, ma con un timbro corposo, che ricordava piuttosto un tessuto satinato, una stoffa calda e cangiante.

«Posso venirvi a trovare, giusto?»

«Preferirei di no.»

Senza volerlo, si ritrovò ad alzare la voce: «Pretendi di controllare il rapporto tra me e mio figlio?».

«Non mandare a monte i reciproci sforzi per trovare un punto d'incontro.»

«Punto d'incontro?» urlò all'improvviso. «Mentre ti impegni a farmi passare per un uomo violento e un padre indegno?»

Émiliya fece un rumore strano con la bocca, uno *tsk-tsk-tsk* che gli fece venire in mente il meccanismo di irrigazione automatica.

«Datti una calmata, Corso. Vediamo di mantenerci su un livello civile, anche se va contro la tua natura.»

«Fottiti.»

«Vedi?» ridacchiò lei. «Sei un assassino, Corso. E della peggior specie, quelli che agiscono protetti dalla legge. Come ha fatto chi ha ucciso i miei genitori.»

Uno dei suoi ritornelli preferiti: i genitori, professori universitari e dissidenti, eliminati dalla polizia segreta bulgara. Ritornello a cui Corso non credeva minimamente. A giudicare dalla figlia che avevano cresciuto, si sentiva più propenso a immaginarli nelle vesti di delatori esperti, collaboratori attivi del regime.

«Voglio semplicemente...»

Émiliya aveva già riattaccato. Lui si appoggiò al muro del corridoio, lanciando occhiate a destra e a manca per assicurarsi che nessuno avesse assistito alla sua umiliazione. Non sarebbe stato così grave: metà del piano era divorziato e sgobbava per pagare assegni di mantenimento scandalosamente alti. *La legge del grembo...*

«Ehilà, non abbiamo capito: la riunione è terminata?»

Barbie aveva appena fatto la sua comparsa in corridoio. Si teneva un po' curva, come se crescere avesse comportato uno sforzo nervoso, un lungo crampo che l'aveva lasciata indolenzita.

Non ricevendo risposta, si accigliò.

«Qualcosa non va? Sei tutto rosso.»

«No, tutto okay, sto bene.»

«E Madrid? Non vuoi parlarmene?»

Corso le fece un segnale. Pochi secondi dopo si ritrovarono sul tetto, il nascondiglio degli sbirri della Criminale. Senza dubbio, uno dei panorami più belli di Parigi, a cui nessuno però faceva più caso da lustri. La tendenza corrente, tuttavia, era lamentarsi del fatto che «presto tutto sarebbe finito», visto il grande trasloco fissato per il prossimo settembre.

Dopo aver acceso una sigaretta, Corso le riassunse la sua avventura madrilena. Lo shock procuratogli dalle tele, l'uomo in bianco, la caccia senza risultati...

«Tutto qui?» chiese Barbie mentre finiva di arrotolare la sua.

«I tizi del museo cominciavano a guardarmi storto. Appena ho saputo del secondo omicidio, poi, mi sono precipitato in aeroporto. Vedrò di coinvolgere il nostro ufficiale di collegamento sul posto.»

«Pensi possa trattarsi del nostro uomo?»

In piedi sulle lastre di zinco, Corso aspirò una boccata così intensa da strappargli i polmoni. A ogni sigaretta, sentiva di essersi fumato qualche istante della sua vita; cosa che, stranamente, era parte del piacere.

«Bisognerebbe ipotizzare che abbia ucciso Hélène Desmora e abbandonato il suo corpo a Saint-Denis prima di prendere un aereo per Madrid. Il mio stesso volo, a dirla tutta.»

«Non è impossibile, giusto?»

«No, ma rimane un po' difficile da digerire. In ogni caso, mi sembra di captare un fascio di segnali che potrebbero tornarci utili: le tele rosse, l'uomo con il cappello, il misterioso pittore fidanzato di Sophie… Sembra avere una certa coerenza.»

Barbie aveva acceso la sigaretta e si era sdraiata sul tetto grigio. Sembrava contemplare il cielo. Chiunque non la conoscesse, in quel momento avrebbe potuto attribuirle pensieri romantici.

All'improvviso si alzò e si sedette a gambe incrociate, come un ragazzino intento a giocare con gli astragali nel parco.

«Ho solo una domanda su questa storia del museo.»

«Ti ascolto.»

«Quando l'ascensore è ridisceso, come mai non hai visto il tipo all'interno?»

Nuova boccata: il sapore pungente gli ricordò quello dello smacco vissuto a Madrid.

«Ho chiesto all'usciere. Ha detto che il visitatore si era inginocchiato per allacciarsi le stringhe di una scarpa…»

Le labbra di Barbie furono percorse da un sorriso. Nonostante il contesto, nonostante gli omicidi, nonostante l'umore di Corso, o forse per tutte queste cose insieme, a un certo punto scoppiò a ridere. Ne aveva motivo. Tutta la spedizione andata a monte per un laccio di scarpe…

«Vai a lavorare, Cristo santo!» ringhiò Corso, serio solo per metà.

25.

Nel tragitto verso lo Squonk, Corso chiamò la Bompart per esigere, senza mezzi termini, che gli affidassero anche il caso del secondo omicidio. Le chiese poi di contattare l'ufficiale di collegamento a Madrid e la pregò di inviargli dei rinforzi degni di tale nome per occuparsi del filone gonzo e gestire le «testimonianze spontanee» che sarebbero affluite una volta reso pubblico l'assassinio di Hélène Desmora.

Davanti alle arie da dittatore di Corso, la Bompart non protestò. In compenso, però, pretese di avere risultati tangibili entro lunedì. Aveva deciso infatti di convocare una conferenza stampa all'inizio della settimana per rassicurare i media e il pubblico sul «buon andamento delle indagini». Non c'era bisogno di spiegare la posta in gioco: questa storia di un assassino in giro per Parigi a luglio non era certo un volano per la città.

Corso le diede la sua parola – era gratis – e la ringraziò per la solerzia.

Stava per riattaccare, quando Catherine aggiunse: «Lo sapevi che una delle vittime del parcheggio Picasso era Mehdi Zaraui?».

«Sì. E allora?»

«Suo fratello è appena finito dentro e resterà al fresco per un po'. Ma mai dire mai con quegli arabi del cazzo...»

Corso si rifiutò di preoccuparsi: le sue azioni, da quando indossava una divisa, non potevano che suscitare rabbia e odio in una popolazione stupida e pericolosa. Se si fosse lasciato prendere dall'angoscia, non ne sarebbe uscito più.

Riattaccò con una millanteria da piedipiatti, una di quelle frasi da spaccone pensate per sedare la paura.

Lo Squonk era chiuso. Che cosa si aspettava? Dopo la morte di Miss Velvet, era probabile che il locale andasse incontro a una chiusura perlomeno temporanea. Davanti alla parete di metallo nero, si domandò se avesse ancora abbastanza energia per entrare nell'edificio e suonare ai vicini...

In quel momento, il portone a sinistra si aprì su una coppia che rideva rumorosamente. Corso ebbe l'istinto di allungare il braccio e di intrufolarsi all'interno. Una volta nell'atrio, diede un'occhiata alle cassette delle lettere e poi andò in cerca delle cantine. Con un po' di fortuna, magari avrebbe trovato un passaggio tra il seminterrato e lo Squonk.

Una porta in fondo al cortile, chiusa. Nessun problema. Con pochi gesti – Corso aveva indossato guanti di lattice e recuperato il suo kit da scassinatore – ebbe ragione dell'ostacolo per ritrovarsi in un corridoio buio. Attivò il sistema di geolocalizzazione in tempo reale sul cellulare e memorizzò la sua posizione. Non aveva il minimo senso dell'orientamento – altro punto di forza – e l'ultima cosa che voleva era perdersi in un labirinto infestato dai topi.

Alla fine, individuò una scala e scese. Piuttosto che pigiare sull'interruttore, si fece luce con il cellulare. L'improvviso tanfo di muffa gli serrò le narici, risvegliando in lui brutti ricordi. Le cantine erano state la sua giovinezza. La droga, gli stupri, l'omicidio. Non era il momento di rivangare.

Una volta di sotto, valutò di poter finalmente accendere la luce sul soffitto, che rivelò muri di mattoni, porte tarlate, macerie, un pavimento di sterrato. Avanzando, continuò ad allontanarsi rispetto alla posizione iniziale, cioè il muro confinante con lo Squonk, ma sperava ancora di trovare un altro corridoio che lo riavvicinasse al locale.

Alla fine riuscì a imboccare la direzione giusta. Il calore aumentò, come imprigionato tra le pareti. Il budello sembrava assottigliarsi, le porte erano tutte serrate da lucchetti, l'odore diventava sempre più irrespirabile. Secondo i suoi calcoli (e il segnale del cellulare), alla fine del corridoio si sarebbe ritrovato di fronte al muro dello Squonk. Proseguì ulteriormente, senza sapere nemmeno alla ricerca di cosa.

Tuttavia, avvertì come la vibrazione dell'assassino... Lo Squonk era stato il luogo in cui la sua follia era giunta a maturazione. Era venuto a vedere lo spettacolo, aveva pagato in contanti e, poco alla volta, quei corpi nudi e bianchi si erano fusi nel suo cervello con le figure scarlatte di Goya. Era stato lì, proprio in quell'edificio, che la sua demenza era esplosa: uno scompenso brutale deflagrato in un'ondata di violenza.

Era ancora alle prese con le sue teorie quando finalmente trovò un muro di mattoni le cui giunzioni di cemento sembravano ancora fresche. Con ogni probabilità, Kaminski aveva sfruttato una parte del seminterrato dell'edificio per ampliare il suo parco giochi.

Alla sua destra, la porta di una cantina era chiusa da un lucchetto standard di cui si liberò agevolmente con l'aiuto di uno «shim», un nastro di alluminio appuntito con cui si poteva lavorare la serratura. Un trucchetto noto a tutti i saccheggiatori: il bello di stare in città.

Corso tirò la porta e gli bastò un'occhiata per capire di aver trovato una delle cantine dello Squonk: sedie, cavalletti per proiettori, pezzi di scenografia, specchi, tappeti, scaffali... Una vera grotta di Alì Babà stipata di oggetti mezzi sfasciati che avevano il profumo del music hall di un tempo.

Cercò un interruttore e lo pigiò. Un dettaglio attirò subito la sua attenzione: nella parte inferiore del deposito, sulla sinistra, era stato ricavato uno spazio che ricordava la tana di un animale selvatico. Corso si obbligò ad affrontare quel ciarpame, affondando i piedi su oggetti mollicci, facendo scricchiolare armature, storcendosi le caviglie su un cavalletto o chissà cos'altro. Alla fine raggiunse quello spazio spianato, un cerchio del diametro di un metro e mezzo circa. Qualcuno ci si era infilato per qualche tempo, come provava la presenza di una sedia un po' meno scassata rispetto alle altre disposte contro la parete.

Il passo successivo venne di conseguenza.

Corso cercò una breccia nel muro che permettesse di guardare dall'altra parte, verso il lato dello Squonk. Gli bastò puntare lo sguardo all'altezza di un uomo seduto. Proprio lungo quell'asse, un pezzo di mattone era stato staccato. Tirandolo via, si ricavava un angolo di visuale sulla sala dello Squonk (o sul dietro le quinte: non era possibile stabilirlo, con il locale immerso nell'oscurità).

Il suo primo pensiero fu quanto fosse bizzarro nascondersi in una cantina per osservare ragazze che, in ogni caso, si spogliavano in pubblico. Poi però gli venne da pensare all'assassino. Tutto quel dispositivo faceva forse parte del suo rituale di eccitazione – osservare senza essere visto, rintanato nell'angolo di un seminterrato... Troppo presto per montarsi la testa, ma forse il suo uomo non aveva preso poi così tante precauzioni per non lasciare tracce.

Con un ginocchio sul pavimento, Corso frugò nell'accozzaglia che delimitava l'area: accessori, tessuti, costumi, sedie impilate. Niente di interessante, finché non si accorse di un taccuino scivolato tra un pezzo di ringhiera riverniciata e un rotolo di moquette rossa.

Era un album per schizzi con copertina in carta kraft, in formato A5 (all'incirca ventuno centimetri per quattordici) rilegato da una doppia spirale in metallo. Con il cuore a mille, sfogliò le pagine dalla grammatura spessa: disegni che ritraevano le spogliarelliste dello Squonk in uno stile figurativo, ma con le deformazioni e le esagerazioni tipiche dei fumetti americani degli anni Sessanta, in special modo quelli di fantasy eroico e horror alla Frank Frazetta...

Sederi inarcati, fianchi generosi, seni abbondanti... La morfologia muscolare di quelle donne sembrava fatta per un amore veramente fisico, un meccanismo lanciato a tutta velocità. Corso riconobbe immediatamente Sophie Sereys e Hélène Desmora. E senza dubbio c'erano tutte quelle che aveva visto quella sera, anche se non riusciva a ricordare le loro facce.

Raggelato, ebbe la certezza di avere tra le mani il taccuino dell'assassino, o comunque del boyfriend di Nina Vice, un moderno Toulouse-Lautrec.

Curiosamente, l'artista aveva impreziosito le sue figure con adesivi simili a quelli usati dai bambini, un assortimento di motivi e ornamenti caratteristici dell'estetica burlesca: lustrini, piume, rose, farfalle, diamanti… Aveva anche disegnato dei fregi ai margini, utilizzando pastelli colorati: arabeschi, lazi, frustini, stelle…

Corso ebbe come l'impressione di sfogliare il diario di bordo di un bambino venuto su troppo in fretta. Un ragazzino ossessionato da natiche rotonde e capezzoli violacei. Un territorio ben distante dai deliri di Akhtar, ma non così lontano dall'estetica delle *Pinturas rojas*… In quella sfilata di fisici e di volti, Corso poté apprezzare la sicurezza del tratto, l'espressività dei lineamenti, il fascino dei corpi. Con la matita in mano, il tipo sapeva il fatto suo.

E molto probabilmente sapeva anche stringere nodi a otto…

Poi, senza alcun preavviso, identificò un'altra faccia. Quella alla fine dello sketchbook era, senza alcuna possibilità di errore, Émiliya Corso, cognome da nubile: Milic. In ginocchio, a seno nudo, tra drappeggi di seta e pelli zebrate. Indossava un copricapo egizio – un atef – e pesanti collane d'oro e di pietre preziose.

Più di ogni altra cosa, era inconfondibile la corporatura: per quanto fosse esile, con i suoi seni sodi e rotondi come mele dorate, i fianchi tagliati con l'accetta, era eccitante come una dea della caccia e dell'amore.

Rischiando di danneggiare la prova, Corso affondò le dita guantate nella carta spessa.

«Porca troia, che cazzo ci fai qui?»

Forse non era così sorprendente incrociarla su quel percorso di nera perversione, ma una sola domanda in quel momento gli stava gelando il cervello: era anche lei sulla lista dell'assassino?

26.

Hélène Desmora aveva vissuto in un piccolo edificio di sei piani in rue Ordener, nel XVIII arrondissement. Gli agenti si erano dati appuntamento alle otto in una brasserie appena aperta, all'angolo con boulevard Ornano.

Nessuno aveva chiuso occhio. Ludo si era sorbito l'autopsia e aveva lasciato l'istituto di medicina legale verso le quattro del mattino, dopo aver passato la notte in piedi nel suo completo di carta, accanto al corpo di Hélène Desmora smontato pezzo per pezzo.

Dopo aver rosolato Kaminski e le ragazze dello Squonk, Stock aveva pigiato campanelli fino all'alba, per stanare dai loro rifugi gli amici di Hélène – per lo più musicisti e punkabbestia –, prima di dare la sveglia anche ai vicini. Tutto questo nella più totale illegalità: la squadra non si era ancora vista assegnare ufficialmente il caso, e comunque la gente non andava scocciata durante le ore piccole.

Quanto a Barbie, aveva passato al setaccio i tabulati e i movimenti bancari della vittima. Inoltre, aveva raccolto informazioni sul suo passato: le origini, l'infanzia, gli studi e così via. A pelle, Corso credette d'indovinare che avesse trovato qualcosa: glielo diceva l'espressione soddisfatta, seppure impercettibile, che le sorprese sul viso.

La logica avrebbe voluto che il gruppo si riunisse davanti a un caffè per condividere i frutti di quella notte in bianco, ma quella mattina era caduta una nuova tegola: *Uccisa una seconda spogliarellista*, titolava in prima pagina il «Journal du Dimanche». Il giornale era, a dir poco, allarmista. Abbastanza, comunque, da scatenare una bella paranoia nel cuore dell'estate parigina.

In piedi al bancone, i quattro agenti stavano scorrendo l'articolo sui loro smartphone. Chi aveva passato la soffiata alla stampa? Con la squadra 93 impegnata sul caso e mezza Saint-Denis già al corrente dei fatti, era praticamente impossibile risalire alla fonte.

Quanto alle informazioni presenti nell'articolo, Corso non trovò niente che lo facesse sussultare: l'autore non ne sapeva più di loro. Il suo nome ricorreva più volte, insieme a quello della Bompart, ma leggendo quelle righe era comunque difficile farsi un'idea su chi stesse gestendo realmente il caso. Nulla di strano, visto che non ne avevano idea nemmeno loro. Nel casino imperante, la polizia passava ancora una volta per un'allegra banda di incompetenti.

I pensieri di Corso vagavano altrove. Dopo la scoperta notturna, si era lasciato andare a riflessioni di ogni tipo. La reazione immediata era stata di panico: Émiliya era nel mirino del carnefice, bisognava che rientrasse immediatamente. Poi il contrario: se era davvero in pericolo, meglio lasciarla lì dov'era, in Bulgaria. Infine aveva deciso che questa storia dell'album non aveva nulla a che fare con la serie di omicidi. All'alba era tornato al punto di partenza: un voyeur ossessionato dalle ragazze dello Squonk veniva a spiarle e a disegnarle, prima di scegliere la nuova vittima da sacrificare…

Possibile che un predatore così accorto avesse lasciato sul posto il suo carnet di disegni? Un errore da vero dilettante. A meno che non si trattasse, invece, di una provocazione calcolata…

Alle sei del mattino aveva raggiunto rue Sorbier, nel XX arrondissement, dove abitava Michel Bory, il coordinatore della Scientifica che aveva analizzato entrambe le scene del crimine. Nonostante l'ora, quest'ultimo – si conoscevano da dieci anni – lo aveva ricevuto davanti a un caffè. In poche parole, Corso lo aveva messo al corrente del nascondiglio e gli aveva chiesto di mandarci urgentemente uno o duc uomini per il rilevamento delle impronte e un'ispezione in piena regola.

Come premio, dopo averne fotografato ogni pagina, gli aveva affidato l'album con gli schizzi perché analizzasse anche questo: impronte, matite e pastelli usati, provenienza degli adesivi e cose del genere. Prima ancora, si era premurato di strappare il foglio su cui era disegnata Émiliya. Un gesto che non avrebbe saputo motivare o che, al contrario, racchiudeva fin troppe spiegazioni: evitare che venisse coinvolta la sua famiglia, riservarsi la possibilità di poter condurre un'inchiesta parallela (e solitaria), utilizzare la scoperta nella causa di divorzio (anche se non sapeva come)...

Nel frattempo la nausea, la stanchezza e il nervosismo non avevano smesso un istante di attanagliarlo. Si sentiva febbricitante ed eccitato al tempo stesso come uno che si fosse fatto una striscia di troppo.

Finalmente, verso le otto, aveva provato a chiamare Émiliya: per sapere come andava, già che c'era, e poi per chiederle conto dei suoi contatti con il mondo del burlesque e con quel fottuto pittore. Naturalmente, lei non aveva risposto. Meglio così: era conciato troppo male per mettere sotto torchio la strega, che senza dubbio avrebbe negato tutto.

D'altronde, c'era qualcosa che non quadrava in tutta quella storia. Di giorno, Émiliya era uno dei consiglieri più vicini al ministro della Pubblica istruzione. Di notte, viveva invece un inferno intimo in cui trovava però il proprio sollazzo. Tra quei due poli, Corso faceva fatica a immaginarla posare nelle vesti di sovrana egizia per un pittore perverso. Perciò doveva parlarle assolutamente...

Sempre con il display del cellulare davanti agli occhi, Corso aveva però perso qualsiasi interesse per l'articolo. Gli altri, intanto, avevano finito di leggerlo.

Invece di commentare, pagò il giro di caffè schiaffando qualche moneta sul bancone, prima di limitarsi a dire: «Andiamo».

27.

Davanti al portico d'ingresso, un paio di reclute li stavano aspettando per aiutarli nella parte di addetti ai traslochi. Una volta nell'atrio, recuperarono il fabbro arruolato per l'occasione e chiesero alla portinaia e al marito di partecipare (la legge richiedeva la presenza di due testimoni durante una perquisizione). Rifiuto categorico: lei non voleva perdersi la messa in televisione, lui doveva giocare la schedina. Stock intervenne a smussare gli angoli con la promessa che avrebbero finito prima delle undici.

Hélène Desmora stava al sesto piano e il palazzo non aveva un ascensore. *Fantastico.* Affrontarono le scale che puzzavano di cera e di bidoni dei rifiuti, e poi, giunti in cima, il fabbro aprì la porta. Serratura a tre punti, non blindata: nessun problema. L'appartamento era un bilocale mansardato di circa quaranta metri quadrati. Senza nemmeno fiatare, gli agenti si divisero i compiti come al solito. Per Ludo, quelle che lui stesso definiva «le tubature»: cucina, bagno e toilette. A Barbie toccarono mobili e cassetti. Stock prese in consegna pareti, pavimenti, soffitti, finestre, tutto ciò che poteva ospitare eventuali nascondigli fai-da-te. Non aveva pari nel sondare un muro, nel sollevare le assi di un parquet o nello svitare i contatori...

Corso supervisionava le operazioni, tastando con occhi e dita ogni più piccola superficie, individuando punti ciechi, respirando l'atmosfera. Era lo sciamano della squadra: sentiva l'energia di un posto, ne percepiva le vibrazioni, s'identificava con la vittima o con il carnefice. Nelle perquisizioni, l'aspetto intangibile contava quanto quello materiale.

Così ebbe inizio la litania: ogni volta che uno di loro decideva di prelevare un oggetto o un documento, doveva descriverlo ad alta voce prima di riporlo in una busta sigillata. L'operazione si svolse dunque scandita da un coro monotono e sonoro, appassionante come l'appello del mattino in una caserma.

L'arredamento (poster, armadio, accessori, libri, DVD...) non tardò a rivelare i tratti fondamentali della personalità della vittima: una gothic punk molto distante dai valori di Nina Vice, la naturista vegetariana sadomaso. I libri di Miss Velvet, per esempio, riassumevano le sue convinzioni antisociali, ma con una tendenza che tuttavia la avvicinava a Nina: l'ecologismo no global. Il gotico di Hélène tendeva al verde.

Ludo aveva la testa sotto il lavello della cucina e Stock era intenta a smontare le aste delle tende, quando Corso, senza rivolgersi a qualcuno in particolare, domandò: «Nessuna foto di famiglia?».

Tutta scarmigliata, Barbie comparve sulla soglia della stanza, i guanti anallergici chiazzati di polvere.

«Quanto alla famiglia, è presto detto. È cresciuta in mano ai servizi sociali.»

Corso non poté impedirsi di pensare a Sophie Sereys: «Nemmeno lei è stata riconosciuta alla nascita?».

«I suoi genitori l'hanno riconosciuta, solo che erano entrambi alcolizzati e poco dopo si sono visti revocare la potestà.»

Come sempre, Corso rimase stupito dal fatto che, nell'arco di una notte appena, Barbie fosse stata in grado non solo di analizzare tutti i tabulati della vittima (non dubitava del fatto che se ne fosse occupata), ma anche di ricostruirne il passato.

«Da dove arriva?»

«Lons-le-Saunier, nella Franca Contea.»

«Non è così lontano da Lione. Bisogna verificare se le due ragazze non siano cresciute negli stessi istituti o nelle stesse famiglie affidatarie. Sarebbe un altro punto in comune e...»

«Venite a vedere!»

Stock era inginocchiata davanti alle assi del parquet che aveva appena sollevato. Con un sorriso di trionfo, esibiva il suo trofeo, un grosso quaderno con la copertina in pelle che sembrava un vecchio libro di favole per bambini.

«Che cos'è?»

Stock si alzò.

«Il suo diario.»

Gli altri le si fecero subito intorno. Le pagine, fitte di parole scritte con la calligrafia tondeggiante di una ragazzina, contenevano disegni elementari, fregi colorati. Era veramente il diario di un'adolescente. Corso fu sorpreso da tanta ingenuità.

Sfogliandolo a ritroso, Stock lesse a voce alta: «*Laurent Hébert, 20 febbraio 2016. La sua pelle è morbida, i suoi lineamenti angelici. Ho trascorso una notte magica. Il tuo silenzio e le tue mani, Laurent, mi hanno mandata in estasi*».

Altra pagina: «*Thomas Lander, 7 maggio 2015. Poche ore passate insieme, una continua meraviglia. Una notte "gelida e solitaria", come avrebbe detto Verlaine. Una notte come quelle che piacciono a me... Grazie, Thomas*».

Ancora: «*Yann Audemart, 12 marzo 2015. Non dimenticherò mai come bruciava il tuo petto sotto le mie labbra, com'era turgido il tuo sesso nella mia bocca... Yann, così bello e indifferente. È stata solo una notte, ma la ricorderò per sempre...*».

«Va bene, direi che abbiamo afferrato il concetto», commentò Corso, togliendoglielo dalle mani.

Data dopo data, era pieno di amanti, tutti con nome e cognome. E ogni volta, immancabilmente, le poche righe evocavano un «momento incantato», una «notte sublime» e simili amenità. A dire il vero, Corso non si aspettava che la loro cliente, una spogliarellista tutta tatuaggi e turbe, potesse essere così sdolcinata. A ogni modo, non gli riuscì di trovare due volte lo stesso nome.

«La nostra amica sembrava abbonata alle storie da una botta e via», osservò, facendo scivolare il diario in una busta sigillata. «Su, rimettiamoci al lavoro.»

Ludo tornò in cucina, Stock alle assi del parquet, Barbie ai cassetti. Corso, da parte sua, passò in rassegna gli oggetti requisiti: niente di interessante. Riprovò a contattare Émiliya, per ritrovarsi a borbottare il solito messaggio – «Richiamami, è urgente!» – alla segreteria telefonica, facendosi schermo con una mano perché gli altri non lo sentissero. Poi si fermò davanti a una delle due finestre e individuò quali potessero essere i vicini in grado di osservare i movimenti quotidiani di Hélène: il minimo indispensabile prima di lanciarsi nel porta a porta.

Spaziò sui tetti di zinco e le ciminiere in mattoni. *Scopofilia*, la perversione di chi trare piacere dal guardare. Partiva tutto da lì. L'uomo che stava cercando amava prima di tutto osservare, gli piaceva vedere le donne spogliarsi e ballare, poi le disegnava. Solo a quel punto il suo amore si trasformava in un odio irrefrenabile: doveva torturarle, ucciderle e distruggerle, fino a farne un'opera terrificante e affascinante a un tempo. Quelle bocche enormi, dilatate in una gola di pietra, avevano il potere di attrarre gli occhi di chi le guardava, e forse persino l'anima...

Mentre alle sue spalle la litania proseguiva – «un anello grigio acciaio con teschio scolpito sul davanti. Marca: Alexander McQueen», «un raccoglitore plastificato Exacompta contenente documenti personali di carattere assicurativo, previdenziale e sanitario, oltre che alcune dichiarazioni fiscali», «un borsello pieno di medicinali e prodotti omeopatici»... –, Corso sprofondò nei suoi pensieri, rasentando uno stato allucinatorio.

Poteva avvertire nel sangue la pulsione omicida dell'altro. Ne immaginava la fascinazione mentre spiava quelle donne attraverso il muro, adorandone la carne, le battute lascive, l'estetica approssimativa: erano le sue fate notturne. Godeva della loro nudità, cui si accostava con la mente intrisa non già di corrotta licenziosità quanto, piuttosto, di purezza.

I suoi schizzi erano molto chiari in proposito. Ogni tratto di matita o di carboncino denotava rispetto, ammirazione, persino una sorta di inquietante umanità. Tramite questa sua opera di osservazione e restituzione, il pittore le sublimava, rivelando così la propria visione.

Ma poi qualcosa s'incrinava: l'uomo tornava presente a sé stesso. Prendeva coscienza di dove si trovava: una fossa di serpenti, un pozzo di vizi. Le sue fate non erano che luride cagne: Sophie e le sue perversioni, Hélène e le sue avventure di una notte. Come per contrappasso, le ammazzava nella più atroce delle maniere, perché scontassero non solo le loro colpe ma anche la sua: quella di amarle, di trovarle eccitanti.

C'era da presumere che fosse impotente – le vittime non venivano stuprate –, ma non era questo il punto. Tutto ruotava intorno a un meccanismo di desiderio, colpa e vergogna. Le puniva per assopire i propri rimorsi. Quella pratica così crudele – le mutilazioni al volto, la morte autoindotta per soffocamento – era il suo modo di ritrovare l'equilibrio, la coerenza. Non gli bastava cancellarle, era obbligato a una forma di catarsi attraverso la vergogna. Il dolore non serviva a riscattare loro, ma lui e la sua colpa. Espiava i suoi difetti nel fuoco incandescente delle grida e del sangue.

«Va bene, qui abbiamo finito.»

Corso sobbalzò. Barbie era dietro di lui. Immerso nei suoi pensieri – non avrebbe saputo dire quanto tempo fosse passato – si era completamente calato nella psiche dell'assassino.

«Avete trovato qualcosa di interessante?» balbettò.

«Il diario è il pezzo migliore... ma abbiamo recuperato il suo portatile. Speriamo contenga roba di un certo peso.»

Corso guardò l'orologio – mancava poco a mezzogiorno – e poi contemplò il piccolo bilocale messo a soqquadro. Uno spettacolo sinistro, quasi una sorta di secondo sacrificio di Hélène Desmora.

«Filiamocela. Dite alle reclute di rimettere tutto a posto e di portare gli oggetti sequestrati nel deposito delle prove. La priorità è spedire il computer ai nerd.»

Poi si voltò di nuovo verso la finestra e rifiatò. Il sole era alto, Parigi allo zenit del suo splendore. Si accorse con soddisfazione di poter tollerare quella luce senza veder riemergere i vecchi incubi.

28.

Ormai in prossimità del Trentasei, Corso si sentì nauseato all'idea di chiudersi, con quel caldo, nei minuscoli uffici per l'ennesimo debriefing. Afferrò il cellulare e chiamò Stock, che lo seguiva nella sua auto: «Cambio di programma. Vi offro il pranzo a Notre-Dame».

Nathalie parve sorpresa – non conosceva nessuno meno conviviale di lui – ma felice del diversivo.

Parcheggiarono nel cortile del Trentasei e poi risalirono a piedi quai des Orfèvres, superarono il Pont Saint-Michel e attraversarono la Senna sul Petit-pont-Cardinal-Lustiger, all'ombra di Notre-Dame. Avanzarono in silenzio tra i turisti, e li si sarebbe potuti prendere per semplici curiosi, non fossero stati tutti e quattro vestiti di nero.

In macchina, Corso aveva avuto il tempo di scambiare due chiacchiere con Barbie. Secondo lei, la perquisizione aveva confermato il ritratto che avevano tracciato fin dall'inizio. Una trentenne ribelle, non molto sveglia, che preferiva spogliarsi in un club piuttosto che faticare per otto ore al giorno.

Un profilo che per Corso rimaneva incomprensibile. Dietro a cosa correva Hélène, con i suoi alti ideali e i suoi numeri da quattro soldi?

Stranamente, per quanto un agente della Criminale dovesse avere capacità da psicologo, lui aveva perennemente l'impressione di non riuscire a capire le persone comuni e le motivazioni, i sogni e le ansie che le animavano. Si sentiva molto più in sintonia con gli assassini.

C'era un sacco di gente seduta sulla famosa terrazza, all'angolo tra rue du Petit-Pont e quai Saint-Michel, di fronte alla cattedrale le cui guglie si stagliavano affilate contro il cielo. Dopo aver ordinato, i quattro corvi rimasero a godersi il sole, dimenticando per qualche istante il bagno di sangue in cui sguazzavano.

«Bene», esordì Corso. «Chi comincia?»

Ludo si offrì di buon grado: «Coscas, il medico legale, non ha trovato nulla di nuovo. Rispetto al cadavere di Nina, intendo. Stesse ferite, stessa tecnica di strangolamento, stessa arma per le mutilazioni».

«Ovvero?»

Con una smorfia, Ludo afferrò un pezzo di pane dal cestino.

«Non ne ha idea. Un coltello da caccia o da cucina. Non di quelli a scatto, comunque. Spessore di diversi millimetri, difficile da valutare perché l'assassino si è accanito su ogni ferita. Avremo il suo rapporto in giornata.»

«Ora dell'omicidio?»

«Approssimativamente tra le ventidue di venerdì e l'una di sabato mattina. Se consideriamo l'intera agonia, però, il tutto sarà durato almeno cinque ore...»

Seguì un breve silenzio. Anche per piedipiatti così scafati era penoso immaginare la tortura subita da Hélène.

«Mutilazioni?» riprese Corso, senza distogliere lo sguardo da Ludo.

Il sole gli accarezzava la chioma crespa, spennellandogli d'oro il collo reclinato (posa per via della quale lo chiamavano a volte «Dromedario»).

«Precise identiche, ti dico. Però stavolta Coscas ha notato un dettaglio: alcuni segni sulle tempie.»

«Cosa indicherebbero?»

«Non può esserne sicuro al cento per cento, ma forse la testa della vittima era bloccata in una morsa.»

«Mentre aveva già l'intimo annodato al collo, intendi dire?»

«Questa è l'ipotesi di Coscas. L'assassino avrebbe usato quest'affare – qualunque cosa fosse – per tenerla di profilo su un bancone da macellaio o qualcosa del genere. Lungo il lato sinistro del corpo ha rinvenuto schegge sulla spalla, sul fianco e sulla coscia.»

Arrivarono i piatti: in realtà, la stessa omelette e insalata per quattro. Unica concessione alla fantasia, le bevande: un bicchiere di rosso per Stock, una birra per Ludo, una Coca-Cola Zero per Corso e Barbie.

Le voci si acquietarono per lasciare spazio al tintinnio di forchette, quasi un duello di spade in miniatura.

«La causa del decesso?»

«Si è soffocata nel tentativo di liberarsi. Proprio come Nina.»

«Gli occhi?»

«Idem: iniettati di sangue. La frenesia dei movimenti ha spinto la circolazione intracranica fino alle regioni orbitarie. Mentre soffocava, perdeva sangue dagli occhi.»

Lacrime di sangue. Ecco un'immagine in grado di appagare il carnefice dello Squonk.

«Segni particolari sul corpo?»

«Tatuaggi à gogo. Ecco qui.»

Ludo tirò fuori un taccuino. Se per le ferite era andato a memoria, per i tatuaggi aveva bisogno dei suoi appunti.

«In ordine sparso: un *tiki* polinesiano sul collo, un mandala sulla spalla destra, un orologio e delle rose sul fianco – non chiedermi il motivo –, il logo dei Nine Inch Nails...»

«Novità dalla Scientifica?» chiese Corso, interrompendolo.

«Hanno frugato il corpo, i nodi, la biancheria intima: nessuna impronta.»

«Frammenti di DNA?»

«Stiamo aspettando i risultati.»

Corso si rivolse a Stock, che intanto aveva appena ordinato un altro bicchiere: «E tu? Kaminski, le ragazze, il porta a porta?».

Lei scoppiò a ridere – con il suo fisico da orchessa, possedeva un lato terrificante ma al tempo stesso anche cordiale, quasi comico. Sotto i raggi del sole, Corso trovò che la somiglianza fosse lampante: era la signora Shrek.

«Kaminski sembra sull'orlo del suicidio. Be', questo è quello che dice, almeno... Ma stento a immaginare un suo coinvolgimento in questa storia. Ho visto anche le colleghe di Miss Velvet, sono terrorizzate e hanno persino paura di uscire di casa.»

«Ti hanno detto qualcosa a proposito di Hélène?»

«Hanno confermato quello che sapevamo già: una punk romantica, sempre stanca e piuttosto fragile.»

«Quanto fragile?»

Stock fece spallucce. Mentre parlava, consultava un taccuino Rhodia che tra le sue manone non sembrava più grande di un francobollo.

«In ogni caso, niente a che vedere con Sophie, che era una combattente. Hélène navigava a vista e aveva un vero profilo da spogliarellista.»

«E quale sarebbe il "profilo da spogliarellista"?»

«Ha barattato la testa per un bel culo.»

Di tutta la squadra, la più misogina era sicuramente Stock, una donna.

«Si prostituiva?»

«Non mi stupirebbe, ma bisogna scavare.»

«Porno?»

«Altrettanto possibile.»

«I suoi amici?»

«Non è stato un problema rintracciare questi soggetti dopo la mezzanotte, chitarristi sconosciuti, spacciatori squatter, un'intera banda di marginali già schedati...»

«Sospetti?»

«No. Sono tutti pesci piccoli.»

Quando le portarono il bicchiere di vino, la body-builder si prese il tempo di assaporarne un sorso, quasi fosse nettare, coronando il tutto con uno schiocco di lingua.

«Quei tipi la incontravano solo la sera. Di giorno, per come la vedo io, se ne stava in casa a farsi di canne.»

A Corso tornò in mente il sorriso soddisfatto di Barbie, quel mattino.

«E tu?» le chiese.

«Ho trovato informazioni sul passato di Hélène Desmora. Mi riferisco ai servizi sociali.»

«Come hai fatto?»

«Secondo te? L'ho data a chi di dovere.»
«Dico sul serio.»
«Mi sono rimboccata le maniche. In breve, la notizia è che Sophie Sereys e Hélène Desmora si conoscevano da quando avevano rispettivamente nove e sette anni.»
«Cosa?»
«Mentre spulciavo il fascicolo di Hélène, ho colto l'occasione per dare un'occhiata a quello di Sophie. Nel 1993 vivevano nello stesso istituto, vicino Pontarlier. Il loro legame era così stretto che gli assistenti sociali hanno sempre fatto di tutto perché rimanessero insieme.»
Barbie aveva acceso il suo laptop. Cliccò sulla tastiera e inforcò gli occhiali. Corso avvertì un'ondata di calore in prossimità dell'inguine. La maestrina con gli occhiali era davvero il cliché più banale del Piccolo Pervertito.
«Per il momento, ho i nomi degli istituti da cui sono passate. Risalire alle famiglie affidatarie è più complicato. Conto di recuperarle entro domani sera. Ho parlato con alcuni educatori, ma i fatti risalgono a un passato troppo distante. In ogni caso, secondo le informazioni in mio possesso, le ragazze hanno finito i loro studi in Franca Contea, un post-diploma in amministrazione aziendale preso alla cazzo, e sono venute a Parigi insieme. Volevano fare le ballerine, sono diventate spogliarelliste.»
Due «amiche per la pelle», dunque. Eppure, durante gli interrogatori la cosa non era mai emersa. Evidentemente, sul lavoro tenevano nascosto il loro legame. Per quale motivo?
«Inoltre», proseguì Barbie, «il fascicolo menziona anche qualche scazzo con la giustizia.»
«E ce lo dici soltanto adesso?»
«Non ti agitare. All'epoca era minorenne, è finito tutto nel dimenticatoio.»
«Che genere di reati?»
«Vandalismo, risse, profanazione di cimiteri, accattonaggio. Le solite cazzate da punkabbestia. Al momento della morte, però, aveva la fedina pulita.»
Corso abbassò lo sguardo: non aveva ancora toccato il

piatto. L'ansia, il sonno in arretrato... se poi ci aggiungeva il sole, il caldo, il rumore delle posate, il rombo delle auto e tutto ciò che poteva offrire di bello una terrazza parigina in piena estate, c'era di che star male. All'improvviso non vide l'ora di finire: «E i tabulati?».

«Li ho appena ricevuti. Non ho ancora avuto il tempo di analizzarli, ma l'ultima telefonata risale all'una e mezzo del pomeriggio circa. Da quel momento in poi non ha più risposto.»

«Chi è stato l'ultimo con cui ha parlato al telefono?»

«Un tizio di nome Patrick Sernhardt. Un piccolo spacciatore che vende merda in zona Stalingrade. Ho mandato i ragazzi della Louis-Blanc a recuperarlo. Adesso mi dedicherò ai tabulati con Ludo.»

«No, Ludo lo voglio sul diario.»

Chiamato in causa, l'agente sussultò.

«Cioè? Cosa dovrei fare?»

Corso posò sul tavolo il reperto, ancora nella sua busta sigillata.

«Prima di andare alla Scientifica, lo fotocopi e mi trovi uno per uno tutti i soggetti citati in queste pagine. Ci sono i nomi e le date. Non ti servono i superpoteri.»

Ludo prese il sacchetto di plastica senza entusiasmo.

«Pensi che l'assassino possa nascondersi tra loro?» biascicò.

«Io non penso niente, ma chiunque abbia avuto contatti sessuali con la vittima rientra nel mio raggio di interesse.»

«E io? Continuo le visite a domicilio?» chiese Stock.

Aveva spazzolato la sua omelette e teneva le mani in tasca, ben salda sulla sedia, un terzo bicchiere di vino davanti a sé. In un altro momento Corso avrebbe pensato "Dacci un taglio", ma era domenica e la giornata ancora lunga.

«No», disse invece, aprendo la sua cartella. «Ho qualcosa per te.»

Tirò fuori le copie delle pagine dell'album da disegno e spiegò in poche parole dove le aveva trovate. Le immagini passarono di mano in mano in un silenzio così compatto da formare una campana di vetro sopra di loro, isolandoli dal trambusto circostante.

Nessuno ebbe il minimo dubbio: la mano che aveva abbozzato quegli schizzi di danzatrici era la stessa ad averne squarciato i volti.

«Come avete visto, ci sono tutte le ballerine dello Squonk. Stock, vedi di identificare le altre. Bisogna metterle sotto protezione prima di subito.»

Dopo uno sguardo d'intesa collettivo, Corso tornò a rivolgersi a Barbie: quella storia degli istituti per orfani e delle famiglie affidatarie continuava a ronzargli in testa.

«Pesca un paio di stagisti dal mazzo e buttali a riscostruire il passato delle due vittime. Voglio i nomi, le coordinate, il pedigree di tutti gli operatori dei servizi sociali, i genitori di fortuna e gli insegnanti che hanno potuto incrociare. E già che ci siamo, quanti più studenti è possibile tra quelli che avranno conosciuto nelle diverse scuole frequentate.»

«Ci vorrà tempo.»

«Benone, hai fino a stasera.»

«A cosa stai pensando?» ridacchiò Ludo. «Al famigerato educatore serial killer?»

«Prova a ripetere questa battuta alle famiglie delle vittime di Émile Louis, vedi un po' se le fa ridere.»

Ludo si ritrasse dietro la sua 1664.

Poi Corso si alzò, lasciando una banconota sul tavolo.

«Offro io.»

«Dove vai?» chiese Barbie.

«Torno al locale. Butta giù una sintesi degli elementi che abbiamo.»

«Sarà fatto in men che non si dica», rispose Ludo con aria canzonatoria.

«Chiudi il becco. Krishna è su?»

«Ha cancellato le ferie, ma oggi non è venuto», rispose Barbie.

«Chiamalo. Vi voglio tutti operativi, cazzo!»

29.

Nei locali deserti del Trentasei era difficile convincersi che l'unità fosse in fermento. Non un'anima viva negli uffici, non un suono nei corridoi. Dov'erano tutti? Guizzando obliqui sulle finestre, i raggi del sole sembravano rispondere alla domanda: c'era da fare molto di meglio, quel giorno, che starsene chiusi tra quattro pareti.

Corso ebbe come una visione: nel giro di qualche mese, l'intero Trentasei avrebbe traslocato, e in quel momento gli parve che tutti i colleghi fossero spariti, gli scatoloni già chiusi. Quanto alla baraonda prossima ventura, cambiare aria non era poi così male, preveniva l'anchilosi. Ma si parlava di un edificio sperduto in periferia, ai margini del XVII arrondissement. Niente di così eccitante.

Si preparò un caffè e si rintanò nel suo ufficio: aveva preso l'abitudine di chiudere a chiave il suo rifugio, anche (e soprattutto) quando ci stava dentro.

All'improvviso, il cellulare.

«Mi hai chiamato quattro volte, stamattina. Si può sapere che sta succedendo?»

Émiliya e il suono delle sue parole: come lo schiocco di una vecchia macchina da scrivere. Corso si rese conto di non poter ricorrere a un approccio frontale. Era una cosa troppo grande e lui era troppo coinvolto.

«Ero preoccupato, tutto qui.»

«Per cosa, di preciso?»

«Va tutto bene lì?»

«Che cosa vuoi?»

Erano in guerra e lui non aveva più il diritto di porle domande sulla sua vita privata. Anche da poliziotto, non poteva pretendere di ottenere informazioni che potessero tornargli utili per la sua pratica di divorzio. Era in pieno conflitto di interessi.

«Mi stavo chiedendo… ti sei mai concessa di partecipare a qualche spettacolo?»

«Che genere di spettacoli?» sghignazzò lei.

«Strip-tease.»

Émiliya tornò al tono spietato di sempre, come una pistola appena caricata.

Clac-clac. Pallottola in canna.

«Stai facendo indagini sul mio conto?»

«Niente affatto. Sto… sono su un caso che ha a che vedere con quell'ambiente.»

«La spogliarellista assassinata?»

Sulle rive del Mar Nero, Émiliya non poteva essere a conoscenza del secondo omicidio, ma quello di Nina Vice non le era certamente sfuggito.

«Esatto.»

«E allora? Io che cosa c'entro?»

«Volevo essere sicuro che tu non avessi mai bazzicato l'ambiente.»

«Per chi mi prendi? Lavoro in un ministero e tiro su nostro figlio da sola. Credi che io abbia il tempo di sculettare nuda in uno dei tuoi nightclub?»

Fai anche molto di peggio, bella mia… Corso evitò di insistere e sorvolò sull'implicita accusa di non prendersi cura di Thaddée. Sarebbe stato come infilarsi in un vicolo cieco. Giusto per vedere dove portava, prese un'altra direzione: «Hai mai posato per un artista?».

Émiliya emise un sospiro desolato: «Mi dispiace per te, Corso. Se per la tua indagine ti sei ridotto a interrogare la tua ex, vuol dire che sei messo proprio male. Torna nel tombino e lasciaci trascorrere in pace le nostre vacanze».

Poi, senza dargli il tempo di ribattere, riattaccò. Corso impiegò qualche minuto buono a darsi una calmata. Si chiese se non dovesse seguire l'esempio di Barbie, che aveva scaricato un'applicazione sul cellulare per praticare la meditazione, disciplina divenuta improvvisamente di moda.

Alla fine compose il numero della Bompart. Doveva proteggere Émiliya malgrado lei.

«Se stai chiamando per il ricorso. Sei stato ufficialmente incaricato dell'inchiesta. Il periodo concesso per le indagini preliminari comincia oggi. Nessun magistrato all'orizzonte da qui a una settimana.»

«Vale anche per Nina Vice?»

«Vedrò di abbuonartela. Avrai anche rinforzi da lunedì mattina: una squadra di agenti. Non chiedermi più di così. E tu? Tu cos'hai per me?»

Corso le illustrò i progressi delle ultime ore: il nascondiglio dell'artista e l'album da disegno nel seminterrato dello Squonk, il diario di Hélène Desmora con i nomi dei suoi amanti da una notte, l'amicizia tra le due vittime.

La Bompart si astenne dal commentare. Probabilmente si aspettava di più, ma sapeva anche che avevano a che fare con un assassino fuori dagli standard, non con uno di quei clienti che per beccarli bastava un campione di DNA o un testimone oculare.

«Sei riuscita a contattare l'ufficiale di collegamento a Madrid?» rilanciò Corso.

«È andato al museo stamattina e ha fatto qualche domanda.»

«E?»

«Ha ammesso che un tipo che corrisponde alla tua descrizione viene spesso a vedere i dipinti di Goya.»

«Nient'altro?»

«Già. Francamente, il tuo tizio con il cappello ha tutta l'aria di essere una barzelletta.»

Corso era pagato per sapere che la morte violenta poteva assumere tutte le facce, anche le più grottesche.

«Hanno telecamere di sicurezza», proseguì la Bompart. «Vedranno di recuperare delle immagini.»

«Eccellente. Ho bisogno che tu mi faccia un favore.»

«Non tirare troppo la corda.»

«Si tratta di una cosa seria. Puoi contattare il nostro ufficiale di collegamento a Sofia?»

«Mi hai preso per un'agenzia turistica o cosa?»

Corso le rivelò di aver scoperto il ritratto di Émiliya tra i bozzetti del misterioso artista delle segrete.

«E lei cosa ti ha detto al riguardo?»

«Secondo te? È in vacanza a Varna con Thaddée. Non ho potuto nemmeno porle la domanda.»

«Cominciate a rompermi le palle. Entrambi.»

«Potresti metterci su un agente?»

«Vedrò cosa posso fare, ma non credo sia molto. Se siamo fortunati, ne abbiamo giusto uno, a Sofia. E dubito che andrà fino al Mar Nero per recitare la parte della guardia del corpo...»

«Tienimi informato. Davvero non so se devo preoccuparmi.»

«Concentrati sulla tua indagine. Ti richiamerò quando avrò novità.»

La Bompart possedeva una specie di superpotere: era l'unica in grado di ridargli fiducia e ricaricargli le batterie con una semplice telefonata. Corso mandò giù il suo caffè, fece scrocchiare le dita e inspirò a fondo prima di affrontare la sua famosa sintesi.

Poi si addormentò come un sasso.

30.

«Stavi dormendo?»

La voce beffarda di Ludo.

«Cosa?»

«Ti ho appena chiesto se ti ho svegliato.»

Corso si strofinò la faccia e guardò l'orologio: le cinque e un quarto del pomeriggio.

Merda secca, si era addormentato di botto, a faccia in giù sugli appunti. Probabilmente aveva sul viso il segno lasciato dalla rilegatura del taccuino. *Ottimo intuito davvero.*

«Che cosa te lo lascia pensare?» domandò sulla difensiva.

«Non lo so», sghignazzò Ludo. «La voce, e anche il fatto che ho dovuto bussare due volte alla tua porta e questa è la terza volta che provo a chiamarti. Pensavamo addirittura che te la fossi svignata.»

«Che cosa c'è? Abbiamo novità?» chiese di cattivo umore.

Da attore qual era, Ludo esitò un istante prima della battuta a effetto: «Ho trovato gli amanti di Miss Velvet».

«Tutti?»

«Tutti. Solo che c'è un problema.»

«Quale problema?»

«Sono morti.»

Pur afferrando le parole, Corso ebbe qualche difficoltà ad attribuire loro un senso. Con un gesto meccanico, cercò una sigaretta. Quindi aprì la finestra.

«Di che diavolo stai parlando?»

«Detta in maniera semplice, l'elenco degli amanti di Hélène Desmora è una raccolta di necrologi.»

Corso aspirò una boccata, ma lo fece con una foga tale da bruciarsi la gola.

«Mi stai dicendo che sono stati ammazzati?»

La risata di Ludo risuonò carica di cinismo.

«Non mi sono spiegato bene. Se prendiamo per buono questo diario, erano *già* morti quando Hélène ci è andata a letto. Anche se forse ancora caldi. Tutto sembra suggerire che le sue "botte da una notte e via" avessero per teatro gli obitori di Parigi e dintorni.»

Di bene in meglio. Quanto meno, però, andavano fatte le opportune verifiche. Perché qui si parlava di una spogliarellista che s'intrufolava negli istituti di medicina legale e nelle celle frigorifere alla ricerca di amanti. Roba un po' fortina. Poi gli tornò in mente che da ragazzina era stata arrestata per quella storia di profanazione dei cimiteri. Un giro di riscaldamento?

«Qualche analogia tra i morti?»

«Nessuna. Abbiamo un ictus, un tumore, un trauma cranico a seguito di un incidente in moto... Ho fatto alcune telefonate e ho scoperto che a Hélène piacevano giovani – nessuno di loro aveva più di trent'anni – e relativamente ben conservati, se così si può dire...»

Corso si avvide che il tempo era cambiato. Al di là del lucernario, soltanto pioggia e grigiore. Rabbrividì, senza nemmeno sapere se in preda a una sensazione di malinconia o a un presentimento lugubre. In meno di due ore, l'estate si era ritirata come la marea da un banco di sabbia.

«Continua a battere questa pista», ordinò, anche se non era del tutto convinto che quella perversione avesse in qualche modo a che fare con l'assassino.

Riattaccò e decise che era il momento di un caffè. I corridoi avevano ripreso una parvenza di attività. Osservando il liquido marrone riempire il bicchiere, si domandò se non stesse invecchiando precocemente: una notte insonne ed eccolo lì, accasciato sulla scrivania.

Di ritorno nel suo ufficio, incontrò Barbie. Aveva in mano un fascio di stampate: buon segno.

«Hai qualcosa?»

Lei sollevò il malloppo.

«Mi sono procurata l'estratto dei movimenti bancari.»

Il miracolo Barbie non conosceva domeniche.

«Il versante spese non ci dice granché», spiegò. «In compenso, ho notato un dettaglio: ritirava cinquanta euro in contanti dallo stesso distributore automatico, ogni giovedì o quasi, tra le 16.50 e le 16.55.»

«Nel suo quartiere?»

«No, in zona Bastille. Il Crédit Lyonnais all'inizio di boulevard Richard-Lenoir, all'angolo con rue Amelot.»

«Un appuntamento con qualche spacciatore?»

«Ci ho pensato, ma nessuno va a comprarsi la dose a orari prestabiliti. Sarei più propensa a scommettere su uno strizzacervelli.»

Era un'idea che condivideva, ma non voleva passare per un nevrotico fin troppo esperto in questo tipo di piccole complicazioni: procurarsi dei contanti prima di andare a vuotare il sacco nello studio di uno psicoanalista.

«Hai cercato in giro, nella zona?»

«Ce n'è una al numero 2 di rue Amelot. Mi gioco la testa che è lì che andava Hélène Desmora.»

Poco probabile trovare la professionista in studio di domenica, ma Corso intuì che Barbie si era spinta oltre.

«Ho l'indirizzo di casa sua», gli confermò, infatti. «Un colpo di fortuna: la tipa è di origini malgasce, si chiama Ianja Rajaonarimanana. Capirai che non c'era tutta 'sta folla di omonimi sull'elenco telefonico.»

«Dove sta?»

Barbie gli porse un Post-it.

«All'11-13-15 di rue Mercœur, nell'XI arrondissement. È la strada perpendicolare a...»

«Lo so. Hai altre informazioni sul suo conto?»

«*Nada.* Nemmeno una multa per divieto di sosta. Tuttavia, il suo nome è sulla lista degli esperti della corte d'appello di Créteil.»

Touché. La strizzacervelli avrebbe saputo chi chiamare per toglierselo dai piedi.

«Ci vado subito.»

«Vengo con te.»

«No. Tu continua a scavare qui.»

«Su cosa?»

«Gli istituti che hanno accolto le due vittime. Prova a vedere se non sono rimaste entrambe in contatto con altri ospiti dei servizi sociali. E vedi anche di capire se riesci a tirar fuori qualcosa sullo Squonk. Sui trascorsi dell'edificio, magari.»

«Aspetta.»

Trotterellò nel suo ufficio per riemergerne qualche istante dopo alla maniera di un topolino ossuto. Corso ne approfittò per recuperare la sua giacca.

«Tieni. Per attizzarti prima di vedere la psicologa.»

Era il verbale dell'audizione di Hélène Desmora, datato 21 giugno 2003, dopo il suo arresto in un cimitero nella periferia di Lione. Niente che meritasse l'ergastolo, a dire il vero: a diciassette anni, aveva cercato di aprire la tomba di un ragazzo sepolto il giorno prima, solo che era stata beccata dal custode. Fine della storia. Essendo minorenne, aveva evitato guai seri. Corso sfogliò le pagine in cerca di eventuali complici – perché no?, magari la stessa Sophie Sereys... Invano.

«Hai parlato con Ludo?» le chiese.

«No.»

«Parlaci, ti chiarirà le idee su questo primo arresto.»

La salutò con un sorriso.

«Mi strizzo la strizzacervelli e torno.»

31.

Una manciata di edifici massicci in mattoni rossi, rifiniti da balconi bianchi come quelli che danno sui boulevard della cintura parigina. Città in miniatura fragranti di forno, fiorite con i sogni prebellici di vita collettiva e igiene rigorosa: aria, acqua corrente e giardini di cemento in cui vivere insieme.

Gli ci volle un po' per trovare l'edificio, ripescare il codice e la porta giusta. Ianja Rajaonarimanana era una donna minuta dalla carnagione color sigaro. Un ammasso di capelli arruffati, un paio di grossi occhiali fumé sul naso. La bocca priva di labbra, per così dire, sembrava piuttosto un taglio sopra il mento. Non proprio da concorso di bellezza.

«Come ha fatto a entrare?» gli chiese senza preamboli, aggrottando le sopracciglia e mostrando una dentatura da piccolo roditore.

Corso estrasse il tesserino e si presentò. Senza manifestare alcuna sorpresa, la psicologa si fece da parte per lasciarlo entrare. La seguì lungo un corridoio angusto alle cui pareti campeggiavano poster pieni di slogan del Maggio '68: una boccetta di inchiostro blu con la scritta STAMPA, accompagnata dal monito a NON INGOIARE; la sagoma di un uomo dei Corpi speciali antisommossa dietro un scudo con su scritto SOTTO IL SELCIATO C'È LA SPIAGGIA!; lettere spennellate di fretta a proclamare: PRENDIAMO I NOSTRI DESIDERI PER REALTÀ!

«Ha mantenuto uno spirito giovane», commentò Corso.

«Nel 1968 non ero ancora nata», ribatté lei senza girarsi.

«Allora perché questi poster?»

«Semplice archeologia. I toccanti geroglifici di un'epoca ormai alle spalle.»

Raggiunsero un salottino. Venti metri quadrati al massimo, un divano e un paio di poltrone rivestite. Si era andato al risparmio su tutto: spazio, altezza del soffitto, qualità dei materiali.

In un angolo, Corso notò due valigie ammaccate e una borsa di tela che gli fecero pensare al corredo di un immigrato clandestino.

«In un certo senso la stavo aspettando», gli disse lei, piantandosi al centro della stanza.

Lui le indicò le valigie con un cenno.

«Sembrava piuttosto lì lì per scappare.»

«Sono in partenza per le vacanze. Direi che è piuttosto normale, visto che oggi è il 3 luglio. Non crede?»

«A quest'ora?»

«Guido di notte.»

«Dove sta andando?»

«Nella Drôme. Vuole l'indirizzo?»

Corso sorrise. Quell'inutile sproloquio non li avrebbe condotti da nessuna parte.

«Sono venuto a chiederle di Hélène Desmora», disse, accomodandosi sul divano. «Immagino abbia letto la notizia.»

La psicologa scelse una delle poltrone, dall'altra parte del tavolino, e tirò fuori una Camel. Corso ricordò con commozione quei cari, vecchi pacchetti dorati.

«Non ha previsto che potrei fare appello al segreto professionale?» chiese, accendendo la sigaretta.

«La faccio più sveglia di così. Tra il rispetto dovuto a una morta e gli elementi che potrebbero permetterci di identificare un killer vivo e vegeto non c'è confronto. Senza contare il fatto che, qualora decidesse di giocarsi questa carta, le proibirei di lasciare Parigi prima di aver ottenuto l'autorizzazione del consiglio dell'ordine dei medici. E addio vacanze.»

Lei lo fermò con un gesto.

«Va bene. Mi arrendo. Prima, però, mi tolga una curiosità: come ha fatto a trovarmi? Hélène mi pagava sempre in contanti e non ho mai firmato una ricetta.»

Quando Corso la mise a parte delle deduzioni di Barbie, la psicologa si appoggiò allo schienale della poltrona e inspirò un'altra boccata con aria sognante. Dunque, dai bei tempi della contestazione, la polizia aveva maturato un cervello...

«Da quanto tempo la conosceva?» cominciò lui.

«Sei anni. All'inizio veniva due volte a settimana; poi, dal 2014, soltanto una.»

«Analisi o psicoterapia?»

«Analisi.»

«Perché la vedeva?»

«Mi dica piuttosto che cosa sta cercando.»

«Abbiamo dei fondati motivi per credere che Hélène Desmora fosse una necrofila.»

Ianja lo squadrò da dietro le lenti, prima di mostrargli di nuovo i denti.

«Esatto. Faceva l'amore con i cadaveri. Per quanto io abbia sempre cercato di aiutarla, non l'ho mai considerata malata. Nella sfera del desiderio non esiste una norma; la stessa parola "perversione", con il declino della morale insulsa, è andata svuotandosi di ogni senso...»

«E il rispetto per i morti?»

Ianja fece spallucce. Un tiro dopo l'altro, sembrava fluttuare in una nuvola grigia e nella nostalgia di un tempo in cui si poteva fumare con le finestre chiuse e scegliere di morire un poco alla volta.

«Li ha amati, coccolati, accarezzati... per lei questa sarebbe profanazione?»

«A ogni modo, direi che non ha chiesto il loro parere.»

Nuova scrollata di spalle: con tutta evidenza, Ianja stava dalla parte dei vivi. Corso non insistette. Se per la malgascia spompinare un cadavere o industriarsi per farsi penetrare da un cazzo inerte non era una forma di perversione o uno stupro, non c'erano argomenti che tenessero. D'altronde, da questo punto di vista la discussione era sterile. Hélène aveva ormai raggiunto per sempre i suoi amanti nell'aldilà.

«Mi dica qualcosa di più preciso sulle sue pratiche», si limitò a dire.

«È iniziato tutto nel 1999, avrà avuto dodici anni circa. Un ospite dell'istituto in cui viveva è morto all'improvviso per un'insufficienza cardiaca, e il corpo è rimasto lì per una notte. Hélène si è intrufolata nell'infermeria e gli si è rannicchiata accanto. L'aspetto fondamentale era che il corpo non fosse danneggiato. Per poter soddisfare il suo desiderio, il suo amante doveva apparire... intatto.»

«Come spiega questa attrazione?»

«Non credo ci sia stato un evento scatenante. Hélène ha sempre provato un'autentica repulsione per gli uomini... vivi. Per lei erano sinonimo di indifferenza o di ostilità.»

«È stata vittima di abusi durante l'infanzia?»

Ianja accese un'altra sigaretta. Corso fu tentato di farle compagnia, ma poi si disse che era meglio non abbandonarsi a nessuna forma di indulgenza. Doveva restare sul pezzo, tenere alta la tensione, condizione necessaria a percepire ciò che le parole non dicevano.

«Non che io sappia», rispose lei accennando a una smorfia. «Quello che possiamo supporre è che il rifiuto dei genitori abbia avuto un certo ruolo in questa sua diffidenza. Di chi ti puoi fidare quando i primi a tradirti sono tuo padre e tua madre?»

Fosse stato per quello, allora anche lui avrebbe dovuto portarsi a letto tutti i cadaveri con cui aveva avuto a che fare in carriera. Alla fine si accese una Marlboro.

«L'attrazione di Hélène non si basava su un semplice desiderio sessuale. Amava davvero tutti i morti cui si approcciava. D'altronde, faceva sempre in modo di venire a sapere come si chiamavano, quanti anni avevano e così via. In compenso, non nutriva alcun interesse verso le circostanze che avevano causato il decesso.»

Corso richiamò alla memoria le frasi scritte sul diario: i ricordi romantici e sdolcinati di una stupratrice di salme...

«Li immaginava come se fossero in vita?»

«Assolutamente no. Per lei, i cadaveri erano gli unici amanti possibili. Corpi su cui proiettava i suoi desideri, le sue fantasie, le sue aspettative. Aveva paura degli uomini in condizione di agire e reagire. Le piaceva la scultura maschile, fredda e immobile.»

La discussione non stava portando chissà quali progressi. Corso decise di cambiarne gli sviluppi: «Le ha mai parlato di Sophie Sereys?».

«Certo. La sua migliore amica. L'unica, a dire il vero.»

«Un'amicizia che tenevano entrambe nascosta. Sa perché?»

«Quando si sono trasferite a Parigi, hanno deciso che dissimulare il loro legame avrebbe permesso loro di proteggersi meglio. Di essere più forti.»

Altra inversione: «Noi ipotizziamo che Hélène si prostituisse. Lei cosa ne pensa?».

«Senza dubbio.»

«Il fatto che fossero uomini vivi non le creava alcun problema?»

«Lo faceva mantenendo un certo distacco. Nel corso del tempo, la paura che provava nei confronti degli uomini si è andata trasformando in indifferenza.»

«Sophie era a conoscenza delle sue… tendenze?»

«Sì, penso di sì. Non avevano segreti l'una per l'altra.»

«Secondo lei Hélène era… felice?»

«A modo suo, sì.»

Una piccola provocazione lungo la strada: «Se tutto era così perfetto, perché rivolgersi a lei?».

La sua smorfia da roditore si trasformò in un ghigno feroce.

«Io l'ho appunto aiutata a vivere in pace con le sue… peculiarità.»

La psicologa sembrava non rendersi conto del fatto che stava coprendo un comportamento criminale, né del fatto che aveva contribuito a rafforzarlo. Tuttavia, Corso si ripeté che non era lì per giudicare.

«Negli ultimi tempi ha notato un cambiamento nell'umore di Hélène?»

«Sì.»

«Di che tipo?»

«Aveva conosciuto qualcuno.»

Corso trasalì.

«Intende dire… un partner che non fosse né un defunto né un cliente?»

Il sorriso di Ianja Rajaonarimanana si fece aggressivo. Stavano mettendo in scena l'eterna contrapposizione tra l'agente di polizia e la sovversiva, l'ordine e la rivolta, il borghese e la libertaria.

«Un compagno, sì. Vivo e vegeto.»

Corso avvertì un brivido sulla pelle, come se una serpe gli fosse scivolata furtiva sotto gli abiti.

«Che cosa le ha detto di lui?»

«Non molto. L'uomo le aveva chiesto discrezione.»

Per prima cosa, Corso decise di escludere i classici: «Era sposato? Famoso?».

«Sposato no, questo è sicuro. Famoso, più o meno.»

«In quale campo?»

«Era un pittore.»

A Corso sembrò che i timpani gli formicolassero come se fosse appena sprofondato nell'oceano: poteva sentire il rumore degli ingranaggi nel suo cervello. Un tintinnio ovattato a delineare il quadro: Sophie e Hélène condividevano lo stesso amante, l'uomo con il cappello, il pittore dello Squonk, il tizio che gliel'aveva fatta sotto il naso a Madrid…

«Gliel'ha descritto fisicamente?»

La psichiatra schiacciò la sigaretta in un posacenere che sembrava un tirapugni in vetro pesante.

«Un tizio di una certa età. Un eccentrico. Il tipo che se ne va in giro indossando completi bianchi e cappelli di feltro.»

«Le ha confidato qualcos'altro? È davvero importante.»

Ianja lo scrutò da dietro la montatura vistosa.

«Potrebbe essere l'assassino?»

Nessun motivo per fare il misterioso.

«Sophie aveva una relazione con lo stesso uomo, lo sapeva?»

«No.»

«La qual cosa implica che non lo sapesse nemmeno Hélène?»

«Non necessariamente. Non mi diceva tutto: motivo per il quale, tra l'altro, non facevamo più progressi.»

«Ci pensi bene: sicura che non le viene in mente nient'altro? Un qualsiasi dettaglio che possa essermi utile...»

Ianja prese un'altra sigaretta: persino il ritmo a cui fumava era molto anni Settanta.

«Il tizio era stato in galera.»

Un morso sul collo.

«Per quale reato?»

«Questo non lo so. Hélène si rifiutava di parlarne ma, da quello che ho capito, deve averci fatto anche parecchi anni. La sua carriera di pittore è una seconda vita. Una spettacolare riabilitazione.»

Aveva dato un senso alla sua giornata: un amante comune alle due vittime, un fantasma che (forse) aveva incrociato in zona Goya, un pittore che si aggirava nei paraggi dello Squonk e che aveva fatto la galera, probabilmente per un delitto di sangue. Più che un sospetto, era un cazzo di colpevole servito su un vassoio d'argento.

«Aveva l'impressione che Hélène ne avesse paura?»

«Per niente.»

«Che tipo di rapporto avevano?»

«Come le ho già spiegato, con me non ne parlava ma, se si riferisce al sesso, la cosa aveva tutta l'aria di essere bollente. Da questo punto di vista, si era come riconciliata con i vivi. Quell'uomo ha saputo domarla.»

«Mi ha appena detto tra le righe che aveva molti più anni di lei?»

«Almeno il doppio della sua età, sì. Con tutta probabilità, sarà stata proprio questa sua esperienza in tutti i campi a sedurla.»

Corso rivide la pagina dell'album con il ritratto di Miss Velvet: lo sguardo gentile, il sorriso incerto. Il pittore era stato in grado di catturare la fragilità di quella goth coperta di tatuaggi.

«Che cosa provava per lui?» chiese non pago. «Semplice attrazione fisica? Amore? Ammirazione per le sue opere?»

Ianja guardò l'orologio e si aprì in un ampio sorriso.

«È un peccato che per concludere io non possa offrirle altro che un cliché da strizzacervelli, ma ritengo che per lei quel tizio rivestisse il ruolo di padre surrogato.»

Mentre si alzava, Corso pensò di trovarsi ormai immerso fino al collo in un brutto caso. Poco male, aveva imparato a sguazzarci.

32.

Rientrato al Trentasei, Corso chiamò a raccolta la squadra: bisognava rintracciare con urgenza il pittore, che a quanto pareva si era fatto entrambe le vittime, oltre che la galera.

Contro ogni previsione, però, il suo scoop ricevette un'accoglienza appena tiepida. In realtà, dopo una giornata intera di ricerche poco fruttuose, i suoi agenti avevano ormai la lingua di fuori.

Dopo avere identificato e localizzato alcune delle ragazze ritratte sull'album, Stock aveva disposto la loro protezione (anche se operata da novellini e, dunque, piuttosto simbolica). Ludo aveva continuato a indagare sugli amanti defunti di Hélène Desmora, scavando nella cerchia delle loro conoscenze più strette per capire se qualcuno avesse potuto covare propositi di vendetta nei confronti della necrofila e della sua amica del cuore: l'esito, tuttavia, era stato negativo. Barbie non aveva avuto il tempo di scoprire nulla di che sui potenziali amici d'infanzia delle vittime, e tanto meno di ricostruire la storia dell'edificio che ospitava lo Squonk o dei suoi abitanti. Quanto al raggio più ampio delle indagini, gli stagisti appena arrivati erano stati immediatamente suddivisi in due gruppi: il primo destinato al porta a porta, il secondo incaricato di raccogliere le testimonianze spontanee – e deliranti – provocate dalla notizia dell'omicidio di Miss Velvet.

In realtà, la fatica accumulata era così tanta che nessun fatto nuovo avrebbe potuto scuoterli. Corso si disse che avrebbe potuto benissimo condurre da solo le sue ricerche sul pittore del borsalino, tanto più che dopo Madrid era ormai una questione personale. Allo stesso tempo, però, pensava alla Bompart, ancora in attesa del suo rapporto in vista della conferenza stampa che avrebbe tenuto il giorno dopo: c'era da sgobbare tutta la notte.

«Bene», concluse, «andate a riposare. Riprenderemo domattina alle nove in punto.»

Dopo uno scambio di occhiate, i membri della squadra si alzarono senza dire una parola.

Corso si chiuse nel suo minuscolo ufficio e si sedette sul divanetto che ne delimitava la «zona salotto», il computer sulle ginocchia.

Prima di iniziare le ricerche su internet, si ritagliò qualche istante per pensare al profilo che stava emergendo. Un avanzo di galera. Un pittore. Un pervertito di una certa età che amava disegnare spogliarelliste, rintanato in una cantina, e che aveva puntato gli occhi su due di queste.

Ma per quale motivo avrebbe dovuto ammazzarle? La sua idea – che si trattasse cioè di una punizione, di un castigo – riprese quota. Sophie e Hélène erano sì due spogliarelliste ma il loro numero, la loro pelle candida e, persino, la loro stessa ingenuità restituivano quella forma di innocenza che tanto era piaciuta al pittore capace di cogliere la grazia infantile nelle provocazioni delle danzatrici, nel loro lento denudarsi in uno scenario rudimentale.

Ma ecco che queste artiste del burlesque nascondevano altri vizi: Sophie si sottoponeva alle peggiori torture per puro piacere, Hélène cercava l'amore e il godimento nei morti. Forse il loro mentore era rimasto deluso? Magari aveva deciso che andassero redente? Corso non aveva dimenticato la fonte da cui l'assassino aveva tratto la sua ispirazione: le tele in cui Goya aveva rappresentato un carcerato, una strega, un morto torturato dalla malattia…

Poi lo chiamarono al fisso. Dopo un breve istante in cui fu tentato di non rispondere, si strappò di controvoglia dal divano e afferrò la cornetta.

«Comandante?» Era la voce del piantone, sospesa tra rispetto e indecisione: «Qui giù c'è un tizio che chiede di vederla. Lo faccio salire?».

Corso guardò l'orologio: le nove di sera passate.
«Come si chiama?»
Silenzio. Il piantone doveva leggere la carta di identità del visitatore.
«Lionel Jacquemart.»
«Non so chi sia. Mandalo a cagare. Voglio dire», riprese, aggiustando il tiro, «indirizzalo verso gli agenti incaricati di raccogliere le testimonianze. Se sono già andati via, che torni domani a un'ora normale.»
«Dice che è uno dei nostri», sussurrò la recluta.
«Hai visto il distintivo?»
«È in pensione.»
Corso sospirò: «Fallo salire».
«C'è un altro problema... È invalido.»
«In che senso?»
«Zoppica. Ha un bastone.»
Nuovo sospiro: «Digli di prendere l'ascensore della scala E. Lo aspetterò al terzo piano».
Corso prese un primo corridoio e poi un secondo che lo condusse all'ascensore – qualcosa di più simile a un montacarichi, di fatto – utilizzato esclusivamente dai portatori di handicap o con i sospettati recalcitranti che si rifiutavano di salire le scale.
Le porte si aprirono su un uomo sulla sessantina, vestito con un curioso gilet multitasche in stile reporter. Aveva i capelli grigi e gli occhi intonati alla chioma – più filo spinato che perla nera – e alla barba irsuta. Un personaggio, insomma.
Benché fosse tentato di pigiare il pulsante del piano terra senza lasciargli il tempo di uscire dalla cabina, con uno sforzo di mitezza Corso lasciò che il visitatore accedesse al piano della Criminale e si presentò.
«Lionel Jacquemart», replicò l'altro, con un accento della Franca Contea così marcato che lo potevi tagliare con un coltello. «Ero della Giudiziaria di Besançon negli anni Novanta. Cento per cento del Jura!» aggiunse con una sonora risata.
Quasi volesse conficcarlo a terra, l'uomo appoggiò en-

trambe le mani sul bastone – il moncone di un ramo contorto e verniciato che faceva molto romanzo di Giono.

«Chiedo scusa per l'orario… Il mio treno ha avuto qualche problema. Arrivo proprio ora da Besançon e ho pensato che, prima di andare in albergo, potevo tentare la fortuna al Trentasei.»

"Dieci minuti", pensò Corso, "non un secondo di più."

«Mi segua. Andiamo nel mio ufficio.»

Sentendo l'ospite poco gradito zoppicare dietro di lui, ripercorse i corridoi rallentando un po' il passo. Alla fine lo fece entrare ma, prima ancora di invitarlo a sedersi, gli chiese in tono brusco il motivo di quella visita.

Per niente turbato, Jacquemart si concesse un ghigno sornione e alzò il bastone come per picchiare i tre colpi del cerimoniere.

«È molto semplice. Io so chi è l'assassino che state cercando.»

PARTE SECONDA

33.

Corso fece sedere il licantropo sciancato e lasciò che, per pura solidarietà tra colleghi, farfugliasse la sua storia. Un fatto accaduto alla periferia di Besançon, nel 1987: un furto con effrazione andato storto e finito con l'uccisione della figlia dei proprietari e l'arresto del colpevole a distanza di un paio di mesi. Corso ascoltò con pazienza, recitandosi mentalmente un adagio personale: non ci sono belle serate, la domenica… ne esistono semplicemente alcune peggio di altre.

Tuttavia, sentì risvegliarsi la propria attenzione quando Jacquemart gli rivelò che il tipo in questione, tale Philippe Sobieski, aveva scontato diciassette anni di carcere duro, una decina dei quali a Fleury-Mérogis, prima di essere rilasciato nel 2005. Per non dire del balzo sulla sedia non appena aggiunse che Sobieski era stato capace di ripulire perfettamente la propria immagine dandosi alla pittura. Avendo iniziato a praticare ancora in carcere, negli ultimi anni era persino riuscito a esporre, affermandosi rapidamente tra i nomi di spicco nel mondo dell'arte parigina.

«Ha per caso qualche sua foto?» gli chiese a un tratto.

«Vi ho portato tutto il fascicolo», rispose Jacquemart, senza dar segno di notare il cambiamento di tono del suo interlocutore.

Tirò fuori dallo zainetto una cartella di tela. All'interno, una busta trasparente conteneva una serie di immagini ritagliate da svariate riviste. A Corso bastò un'occhiata per sapere che si trattava del suo uomo.

Un tizio sulla sessantina, asciutto come un randello, il

volto emaciato, lo sguardo di sfida, posava in un completo bianco da pappone, un soprabito di vigogna sulle spalle. Calcato di sbieco sulla fronte, un borsalino, anche questo bianco, poneva l'accento, nel caso non si fosse capito, sul lato canagliesco del personaggio.

Corso era pietrificato, il cuore in gola come una palla di cannone incastrata nel fusto. Se avesse dovuto tracciare l'identikit dell'uomo di Madrid, lo avrebbe disegnato esattamente in quel modo.

La foto era parte di un servizio realizzato nel 2011 da una rivista di moda. Ce n'erano altre. Nonostante l'aspetto da sfigato totale dell'ex detenuto, Corso giudicò gli scatti estremamente trendy: d'altra parte, la *mise* da pappone portava la firma di un celebre stilista italiano.

Le didascalie in calce alle foto, poi, gli chiarirono con chi aveva a che fare: uno di quei casi da manuale tanto amati dai media e dagli intellettuali, quello di un assassino che aveva pagato il suo debito con la società e il cui talento era esploso, inaspettato, agli occhi del mondo. Ma l'artista aveva mantenuto i suoi modi da *bad boy*. Rozzo, volgare e provocante, il signor Sobieski aveva tutto quello che serviva per far rabbrividire di piacere la borghesia. *Che spasso.*

«Ha qualche foto delle sue opere?»

Jacquemart gli passò un altro raccoglitore. Personaggi nudi e muscolosi, con colori bluastri o terrosi. Tratti tormentati e al tempo stesso flemmatici, tracciati con furia, zampillanti dalla sovrapposizione degli strati di pittura.

Non serviva il fiuto di un poliziotto per arguire che si trattava di rifiuti umani – puttane, carcerati –, tutta una fauna degradata di cui Sobieski, esattamente come nei ritratti dell'album, era riuscito a disvelare la parte pura, innocente.

All'improvviso, Corso si sentì attratto dalla violenza e dalla densità espressiva di quelle opere. Era come se l'artista avesse torto il collo alla pittura stessa per calarla a forza nella realtà più infima. Grazie alla sua profonda empatia, però, aveva sublimato la tragedia di quegli uomini e di quelle donne al punto da farne creature eteree, quasi angeliche. La corte dei miracoli aveva trovato il suo ritrattista ufficiale.

Il vero shock, tuttavia, lo aspettava nelle ultime pagine.

Un ritratto aveva come soggetto Hélène Desmora. Datato 2015, di dimensioni considerevoli (120 × 60 cm) mostrava la spogliarellista di tre quarti, il braccio sinistro in primo piano, il viso leggermente inclinato, lo sguardo da sotto in su e la frangetta nera, che sulla tela si delineava con una nitidezza tale da sembrare un casco. Miss Velvet era in tenuta da lavoro: boa viola, perizoma nero. Ma lo spirito che animava il dipinto aveva poco a che vedere con il neo-burlesque. La giovane donna aveva un'aria grave; era livida, ossessionata. La sua pelle viveva di pennellate di bianco, beige e marrone. Gli unici colori vivaci, a eccezione del serpente di piume, provenivano dai tatuaggi di cui il pittore aveva accentuato la presenza, scegliendo di riprodurli sulla spalla e sul braccio in primo piano, come liane intente a succhiare la pallida carne della spogliarellista. Una logica da foresta equatoriale, la vita che si nutre di morte… In cima a questa atroce battaglia, il volto emanava una bellezza e un'innocenza strazianti.

Corso si accorse di tremare. Mise giù le foto e fece scivolare le mani sotto la scrivania. *Ricapitoliamo.*

Sobieski era l'autore dei ritratti ritrovati allo Squonk. Su questo non c'erano dubbi. Ed era anche l'amante - il «padre surrogato» – di Hélène Desmora: assodato anche questo. E gli si poteva altresì attribuire il ruolo di boyfriend di Sophie Sereys. Quanto al tizio con il cappello del museo di Madrid, be'… era in pole position anche per quella parte.

«Bene», disse in tono energico, «se lei è d'accordo riepilogherei i punti principali.»

«Le ho appena raccontato tutta la storia.»

«Okay. Ma che cosa le fa pensare che Sobieski sia il nostro uomo?»

«Bah… il *modus operandi*!»

«Mi pare ci siano svariate difformità, non trova?»

«Io parlerei piuttosto di somiglianze.»

«Mi ha appena riferito di un furto con scasso…»

«Ma ha ascoltato qualcosa di quello che ho detto?» chiese Jacquemart, rabbuiandosi. «Quella sera, Christine Woog ha sorpreso Sobieski con le mani nel sacco.»

«Woog? Era di origini cinesi?»

L'ex poliziotto assunse un'aria costernata: evidentemente, aveva spiegato anche questo. Teneva il bastone dritto tra le gambe divaricate, le mani incrociate sopra. Sfoggiava svariati anelli, uno dei quali presentava l'effigie di un teschio.

«Woog è alsaziano. Significa "stagno".»

«Vada avanti.»

«Sobieski l'ha immobilizzata e l'ha legata con la sua stessa biancheria intima. Dopo di che, l'ha strangolata e le ha spaccato la faccia. Proprio come nei due casi di omicidio che state seguendo.»

Jacquemart non conosceva i dettagli del *modus operandi* dell'assassino. La stampa si era limitata a riportare il legame tra gli indumenti intimi e le ferite al volto. Era plausibile che le lesioni subite da Christine Woog non avessero molto a che fare con quelle arrecate alle spogliarelliste: piuttosto, dovevano tradire la violenza e la furia di un ladro fuori di testa. D'altra parte, però, all'epoca Sobieski non era ancora un pittore...

«Perché ha aspettato tutto questo tempo prima di venirci a trovare?»

Jacquemart picchiò il bastone sul pavimento: «Certo che lei è proprio uno spasso. Sono in pensione da dieci anni. Faccio una vita da eremita, vicino alla foresta di Chailluz. Ormai mi sono lasciato alle spalle tutte queste storie di crimini e bastardi vari. Non sapevo nemmeno del primo omicidio. È stato solo un caso che io abbia sentito la notizia del secondo, stamattina alla radio. Sono andato a comprare immediatamente il "Journal de la Dimanche". "Mannaggia la puttana", mi sono detto, "Sobieski ha colpito ancora!" Sono saltato sul primo treno ed eccomi qui!».

Corso guardò l'orologio: le dieci e mezzo di sera. C'era tutto il tempo per riavvolgere il nastro. Nonostante la sua esistenza solitaria, era palese che Jacquemart non avesse mai smesso di tenere un occhio su Sobieski (come attestavano le foto nel raccoglitore, del resto): era stato il caso più importante della sua carriera.

«È stato lei ad arrestarlo, all'epoca?»

Annuì vigorosamente, quasi intendesse dare una testata al passato.

«Sei mesi di indagini, centinaia di verbali... Il tipo era inafferrabile. Nessun testimone, nessuna impronta digitale, nessun indizio.»

«Come l'ha acciuffato?»

«Come spesso avviene, per puro caso. Nel 1988, il coglione ha rivenduto una serie di incisioni a un antiquario di Annemasse. Poi hanno litigato di brutto e lui lo ha pestato. L'antiquario ha sporto denuncia. Quando lo abbiamo fermato per aggressione Sobieski ha confessato solo un furto. Quello delle incisioni.»

«Come è arrivato al legame con l'altro caso?»

«Per via di un bottone rivestito in pelle ritrovato in casa dei Woog. Il bottone di una giacca canadese. Nel corso dell'inchiesta, l'indizio non ci aveva portato da nessuna parte, ma, quando lo abbiamo fermato, quel cazzone indossava la stessa giacca! E non aveva sostituito il bottone.»

«Ho qualche perplessità.»

«Perché non conosce Sobieski: è scaltro, ma crede di essere al di sopra della legge. Inoltre, in lui c'è qualcosa di animale. È al tempo stesso una mente sopraffina e una bestia.»

«Non posso credere che abbia confessato un omicidio per un semplice bottone.»

«Certo che no, ma l'interno della sua giacca era ancora macchiato di sangue. E il sangue era dello stesso gruppo di quello di Christine Woog.»

«Non sono ancora convinto.»

Jacquemart sospirò. Quel giorno, trent'anni prima, non aveva di certo trionfato solo per doversi sorbire, a distanza di tempo, le bizze di un miscredente.

«Lei è un poliziotto o cosa? La giacca è stata soltanto il primo elemento di prova. Da lì siamo risaliti al resto. Abbiamo sbattuto Sobieski in cella – per il pestaggio – e poi abbiamo interrogato di nuovo quella che all'epoca era la sua ragazza, una zoccola occasionale di Besançon. Se l'è fatta sotto e ha riconsiderato la sua prima deposizione.»

«L'avevate già sentita?»

«Sobieski era sulla nostra lista, un balordo che terrorizzava le puttane per conto dei magnaccia del quartiere Battant. Era anche un predatore sessuale, già arrestato più volte per stupro e aggressione.»

Tutti questi fatti non collimavano con l'universo del suo assassino: preciso, organizzato, animato da uno spirito di giustiziere e... impotente. Anche in questo caso, però, era pur vero che Sobieski aveva avuto tutto il tempo per modificare la propria natura.

«In breve, la ragazza ha confessato di esserselo visto spuntare a casa sua verso le tre del mattino, tutto coperto di sangue. E benché lui continuasse a negare, sono emersi altri dettagli.»

«Ovvero?»

«Avrà modo di vederli esaminando il fascicolo.»

Jacquemart si era stufato di raccontare la sua storia. Il buonuomo era un misto di entusiasmo e pessimo umore, di zelo e piede piantato sul freno.

Corso decise di dargli sollievo: «Capitano», concesse, posando entrambe le mani sui documenti, «lo studierò in maniera approfondita. Sarebbe un problema per lei trattenersi un giorno o due a Parigi?».

Il pensionato si passò l'indice sotto il mento rasato male, producendo un suono simile a quello di una piallatrice su un pezzo di legno.

«Intende dire...»

«Naturalmente, sarà la Giudiziaria a sostenere le spese del soggiorno.»

«In questo caso...»

«Vuole che le trovi un albergo?»

Appoggiandosi sulla terza gamba, Jacquemart si alzò con difficoltà.

«Me la sbrigo da solo. Il mio numero è nel dossier.»

Corso lo accompagnò alla porta dell'ufficio. «Sobieski sembra aver preso la retta via. Cosa le le fa pensare che sia l'assassino che stiamo cercando?»

L'uomo del Jura scosse la testa.

«Gli animali come lui non cambiano mai. Possono anche venirmi a raccontare che è diventato un grande pittore, che fa soldi a palate con quei cessi di quadri: rimane comunque uno stracazzo di assassino. Se avesse visto cosa ha fatto a quella povera ragazza… Avrebbe dovuto marcire in una cella per il resto della sua vita. Le bestie feroci vanno tenute in gabbia.»

Corso si trattenne dal replicare a quel ragionamento da fascistoide, che in fondo non era però poi tanto lontano dal condividere: il tasso di recidività non incoraggia certo i poliziotti all'ottimismo.

Si limitò a mettergli una mano sulla spalla, concludendo: «Grazie per essersi accollato il viaggio. La sua testimonianza giocherà sicuramente un ruolo fondamentale nelle nostre indagini».

34.

Dietro l'aria da boscaiolo, Jacquemart nascondeva un animo da biografo. Aveva messo insieme un fascicolo che avrebbe potuto diventare un libro del tipo *La vita segreta del grande pittore...*

Quanto a Philippe Sobieski, non c'era dubbio che fosse un caso da manuale. Il classico esempio di determinismo sociale e psicologico.

Monique Sobieski (cognome da nubile: Moll) nasce in una famiglia numerosa residente nei pressi di Montbéliard. Sospetta vittima di incesto, lascia prematuramente la scuola per diventare parrucchiera. A diciassette anni sposa un giostraio, Jean Sobieski, che si rivela un violento alcolizzato, un vero e proprio esempio di virtù. Anche lei dedita all'alcol, soggetta a continui maltrattamenti, malata di tubercolosi, Monique ha un fisico molto particolare: essendo alta un metro e cinquantatré, a trent'anni ne dimostra più o meno la metà.

Al momento del suo arresto è stato stilato un quadro antropometrico: niente labbra, occhi eccessivamente grandi (ossessionati e ossessionanti), chignon anni Cinquanta, tendenze punk. Ha l'abitudine di strizzare il corpo da ragazzina in tute di pelle e minigonne leopardate. Decisamente raccapricciante.

Nel 1960, all'età di diciannove anni, dà alla luce Philippe. Il padre fa perdere le tracce. Da quell'istante è solo odio e lussuria. Monique si fa qualsiasi cosa si muova e nemmeno questa è una condizione imprescindibile, visto che gode di una certa nomea per i pompini che per una manciata di franchi pratica ai pazienti dell'ospedale di Montbéliard.

Il piccolo Philippe viene spinto giù per le scale, picchiato furiosamente, abbandonato a sé stesso. A intervalli regolari, sparisce nei boschi limitrofi. Si fa arrestare più volte per furto e atti vandalici. Frequenta la scuola fino alla quinta elementare, ovvero finché a casa non rimangono senza un soldo. Poi spetta a lui il compito di ritirare i sussidi dei servizi sociali. E al ritorno le prende immancabilmente di santa ragione, perché ogni volta sua madre lo accusa di aver sgraffignato qualcosa.

Monique ha anche un rituale tutto suo: invita gli altri bambini del quartiere a delle merende molto particolari. I giochi ruotano attorno agli abusi e alle punizioni da infliggere a Philippe. All'arrivo della pubertà, le torture raddoppiano e la madre accusa il figlio di essere un maniaco sessuale, di «non pensare ad altro che a quello, come suo padre». Percosse, bruciature di sigarette, ustioni al membro – quelle che Monique definisce «disinfezioni».

Vengono allertati i servizi sociali. Il giorno in cui, all'età di tredici anni, il bambino viene sottratto alla madre, gli esiti della visita medica sono allucinanti: Philippe presenta evidenti sintomi di malnutrizione (ha zone della pelle depigmentate e altre iperpigmentate, soffre di eczemi, gonfiore al ventre e sta già perdendo i capelli). Inoltre, il suo corpo è un catalogo di cicatrici: segni di ustioni, tagli, mutilazioni. Le radiografie evidenziano svariate fratture mal saldate e traumi cranici: è un miracolo che sia ancora vivo e che ragioni.

Monique Sobieski finisce dentro – le daranno dodici anni – e Philippe si ritrova in un istituto, prima di essere affidato a una famiglia nella zona di Gap. Violento, irritabile, impulsivo, il bambino non è quello che si definirebbe esattamente un dono caduto dal cielo. A quindici anni stupra una delle sorelle adottive, mentalmente disabile.

Nell'istituto specializzato per i giovani in difficoltà in cui viene mandato, ci si sforza di chiudere un occhio sulle sue bravate, finché non pesta un ragazzino che ha la sola colpa di mettere su musica rock nel dormitorio: si scoprirà così che la madre amava infliggergli le sue torture mentre ascoltava Led Zeppelin, Deep Purple, The Who e Ten Years After. Sobieski non può più reggere il suono di una chitarra distorta.

Un anno dopo abusa sessualmente di una ragazza in una caffetteria. Essendo ancora minorenne, e grazie alle circostanze attenuanti, beneficia di un ulteriore colpo di spugna. Nuovo istituto, nuovi problemi. Sobieski comincia a bere e vive di piccoli traffici. A diciott'anni viene accolto in un centro giovanile a Chambéry. All'epoca, si muove nella regione di confine con la Svizzera, passando da rapine di poco conto a piccoli impieghi di servizio d'ordine.

Le testimonianze sono unanimi: Philippe Sobieski è un predatore sessuale. Quelli della sua cerchia gli hanno affibbiato un soprannome destinato ad accompagnarlo anche in futuro: «Sob la Tob». Risulta con certezza che all'epoca ha già iniziato a prostituirsi. Contrariamente a quanto affermerà in seguito, non c'è stato bisogno del carcere perché scoprisse di essere bisessuale.

Nel 1982 finisce per l'ennesima volta dietro le sbarre per uno stupro a Morteau. Condannato a cinque anni di reclusione, tempo due anni ottiene il regime di semilibertà e riprende seduta stante l'attività di buttafuori e i suoi traffici. A quel tempo, molto instabile, imperversa lungo tutto il confine sud-orientale della Francia. Sobieski non è esattamente un viaggiatore zaino in spalla né un punkabbestia. È piuttosto un delinquente con la smania addosso, uno che non riesce nemmeno a integrarsi tra i fuorilegge come lui.

Dal 1984, lo si ritrova operativo a Besançon, nella duplice veste di tirapiedi e reclutatore di prostitute, nella zona del parcheggio Battant, nel quartiere caldo della città. È inoltre invischiato in un traffico di droga nei quartieri di Planoise e di edilizia popolare degradata. Nel 1987, al momento dei fatti che gli verranno contestati, Sobieski è già noto alle forze di polizia. Ma servirà appunto la storia della giacca canadese per metterlo definitivamente in condizione di non nuocere: vent'anni di reclusione, diciassette dei quali di carcere duro.

Rientrato a casa, Corso continuò la lettura del fascicolo, che a dire il vero lo lasciava sempre più perplesso. Quel profilo da criminale marcio fino all'osso – ne aveva conosciuti a migliaia come lui – non collimava con l'assassino seriale cui stava dando la caccia, un omicida scrupoloso al punto tale da non lasciare la minima traccia e che nel suo *modus operandi* faceva sfoggio di una sofisticata crudeltà.

D'altronde, il fascicolo di Jacquemart non includeva i dettagli (né le foto) dell'omicidio del 1987. Non c'era modo, dunque, di vedere le ferite sul volto di Christine Woog né i nodi praticati quella notte dall'intruso...

In effetti, gli omicidi di Sophie e Hélène erano molto più coerenti con la personalità del nuovo Sobieski, il pittore, il riabilitato, l'eroe dei media. Jacquemart aveva dedicato tutta una parte specifica del suo fascicolo a questa trasformazione.

Durante il periodo di detenzione a Besançon, Sobieski consegue il diploma di maturità e poi una laurea in giurisprudenza. A metà degli anni Novanta viene trasferito a Fleury-Mérogis, dove si dedica al disegno. Poco alla volta, detenuti e sorveglianti scoprono il talento del numero 28 34 66. L'assassino è in grado di abbozzare il volto di qualsiasi compagno di reclusione o, a richiesta, di fare la caricatura dei secondini o di riprodurre, partendo da una foto, le persone care agli altri detenuti.

Presto (e nonostante la reputazione di piantagrane), ottiene il permesso di ricevere colori a olio e di allestire un minuscolo atelier nella sua cella. Sobieski diventa così il ritrattista ufficiale di Fleury. Insieme a questi lavori di fattura classica, convenzionale, sviluppa un proprio stile personale, espressionista, realizzando una serie di tele caratterizzate da uno stupefacente miscuglio di realismo e violenza.

Nel 2000 si tiene una mostra intramoenia di cui vengono diffuse alcune immagini. Nel 2002, una galleria espone ufficialmente i dipinti di Philippe Sobieski. E non si tratta di una galleria qualsiasi, ma di quella di Nicole Crouzet e Jean-Marie Gavineau, ovvero una delle più affermate sul mercato dell'arte contemporanea. I soci decidono di puntare sul talento del pittore e, probabilmente, sulla sua figura di assassino redento. Borghesi e intellettuali adorano quanti trasgrediscono il loro piccolo mondo civilizzato.

Poco dopo cominciano a circolare le prime petizioni. Diverse personalità prendono le difese dell'artista, che «ha ormai pagato gran parte del suo debito con la società». Dal canto suo Sobieski lascia che a parlare siano i dipinti. E ha ragione: è convinzione unanime che un pittore del suo livello non possa più essere un criminale. E il fatto che forse lo sia stato, be', non fa che caricare la sua opera di una forza implicita. A tal proposito viene accostato addirittura a Caravaggio – celebre per essere stato un rissoso assassino – e il suo lavoro diventa testimonianza pregnante dell'universo carcerario.

Ci si mettono in mezzo anche i politici: benché negli anni 2000 concetti come perdono e clemenza non siano più in voga, esponenti di sinistra e non solo fanno loro la battaglia: Sobieski libero!

Corso sfogliò costernato gli articoli, le petizioni e i discorsi dei sostenitori dell'artista: personalità famose in diversi campi. Gli era capitato spesso di avere a che fare con questi sbraitoni: scrittori, cantanti, politici, uomini in vista convinti di avere la scienza infusa anche quando la vicenda non era ancora passata in giudicato…

Il caso di Sobieski era diverso: tirava in ballo l'idea di riabilitazione, di una seconda possibilità e, per qualche ragione, del potere purificatore dell'arte. Corso non riusciva a capire in virtù di che cosa, dopo essersi fatto quasi vent'anni di carcere ed essersi dato alla pittura, quel soggetto avrebbe cessato di essere un predatore. Come diceva la Bompart: «È senza dubbio possibile istruire uno psicopatico. Tutto quello che otterrete, però, sarà uno psicopatico ben istruito».

Corso passò alle immagini delle tele. E lì, francamente, c'era di che rimanere impressionati. Gli studi che ritraevano i carcerati, eseguiti negli anni 2000, possedevano una forza straordinaria. Esprimevano un universo claustrofobico in cui i volti sembravano scavati dalla solitudine o, al contrario, tumefatti dal cibo di pessima qualità e dalla noia.

I dipinti che raffiguravano le spogliarelliste erano di una bellezza abbagliante. Sobieski distingueva ogni ragazza con un accessorio, un po' come, nel XVIII secolo, aveva fatto Goya nei suoi ritratti reali. Le trasformava in regine, palesando al tempo stesso la loro solitudine di oggetti del desiderio relegati a un palcoscenico come i carcerati rinchiusi nelle loro celle.

Gli anni più recenti erano stati consacrati ad attrici porno, puttane, tossiche: roba forte. Il tratto aveva lasciato spazio a strati di colore sovrapposti che definivano linee, ombre e rilievi. Quel tipo di pittura sollecitava la vista quanto il tatto. La grana fangosa, densa di pieghe e spigoli, depressioni e creste, attirava la mano…

Neoespressionismo era il termine che ricorreva negli articoli e nei cataloghi delle mostre. In effetti, in quelle bocche contorte ma superbe, in quella pelle marmorea ma desiderabile, si ritrovava la stessa violenza che nell'espressionismo del primo Novecento o nella Nuova Oggettività degli anni Venti, sull'esempio di Otto Dix o George Grosz.

I paragoni si sprecavano anche con pittori più recenti: Francis Bacon, Lucian Freud… Con tutto il bene che poteva augurare a Sobieski, si trattava di due tra gli artisti più quotati sul mercato. D'altro canto, però, essendo da sempre interessato alla pittura contemporanea, Corso era sorpreso dal fatto di non aver mai sentito parlare di Sobieski. Tanto più che il soggetto in questione si era guadagnato una caterva di reportage, interviste, inviti in TV.

Soprattutto, non poteva non interrogarsi sulla probabilità che un uomo che aveva vissuto non già una semplice riabilitazione quanto, piuttosto, una vera e propria resurrezione, cedesse ai suoi vecchi demoni più di dieci anni dopo essere uscito di galera.

Corso non credeva nel potere deterrente del carcere. In che modo la detenzione poteva estinguere l'incendio che torturava i criminali? Al contrario… era più facile che comprimesse i loro funesti desideri, che li imbottigliasse in attesa di una nuova esplosione. Che cosa ne aveva fatto Sobieski della sua carica di violenza e di crudeltà, della sua libido da pazzoide, tra quelle mura? La pittura le aveva nobilitate? Aveva sublimato l'oscurità dei suoi desideri attraverso i pennelli? Corso aveva seri motivi di dubitarne.

Così rifletteva, solo nella sua stanza alle due del mattino, quando lo sguardo gli cadde sul particolare di una foto in cui si vedevano una serie di dipinti in mostra alla fiera internazionale di arte contemporanea «Art Basel 2015». Il ritratto all'estrema destra rappresentava, senza possibilità di errore, Mike, alias Freud, il pornoattore filosofo, l'unico amico di Nina Vice. Posava nudo, il randello a riposo (una volta tanto), e sembrava letteralmente emergere dal limo torturato di Sobieski.

Un altro punto in favore della colpevolezza di quest'ultimo. Conosceva Freud. Era probabilmente l'amante di Sophie e al tempo stesso di Hélène. Era l'uomo della cantina e forse anche quello di Madrid. E poi le sue tele – non nella fattura, magari, ma nello spirito – avevano qualcosa a che fare con la vena nera e rossa di Goya.

Corso afferrò il cellulare e compose il numero di Barbie.

«Ehi, non dirmi che stavi dormendo?»

35.

Ritrovatisi al Trentasei, cominciarono a cercare convergenze. Prima di suonare alla porta del pittore, Corso voleva qualcosa di concreto. Il primo raccolto fu infruttuoso. Nessuna traccia di Sobieski nei tabulati delle vittime. E il suo nome non compariva nell'elenco dei clienti dello Squonk. Né tra gli abbonati di Akhtar.

Al mattino presto, Corso si vide costretto a fare una telefonata a Mike, alias Freud. Il pornoattore non era particolarmente felice di vedersi buttato giù dal letto. Soprattutto, non fece altro che ripetere quello che già si leggeva su tutti i giornali: Sobieski era un grande pittore e i suoi trascorsi criminali erano ormai acqua passata. Un uomo che amava dipingere gli emarginati di una società che aveva respinto anche lui. Se conosceva Sophie Sereys? Mike non ne era sicuro, non essendo in rapporti così stretti con l'artista. In ogni caso, non aveva mai sospettato che il fidanzato della spogliarellista fosse quel pelato di quasi sessant'anni.

Dopo di che, Corso chiamò anche Catherine Bompart per metterla a parte degli ultimi sviluppi e per chiederle di posticipare di un giorno la conferenza stampa. Forse in serata avrebbero avuto in mano qualcosa di più di un semplice testimone: un sospettato da sentire in merito agli omicidi di Sophie Sereys e Hélène Desmora. La Bompart, dal canto suo, non solo rifiutò ma pretese anche una nota su Sobieski. Corso la mise in guardia: non era assolutamente il caso di fare nomi o di dire anche solo una parola in più del necessario.

«Dimentichi che è da me che hai imparato il mestiere», fu la risposta piccata.

Alle otto del mattino, non si vedeva lo straccio di un indizio concreto. In mano avevano soltanto ipotesi e collegamenti ancora da avvalorare. In particolare, Corso aveva intenzione di recuperare l'intero fascicolo relativo all'omicidio di Christine Woog. Sperava di rintracciare nei dettagli di quel primo assassinio i semi di quelli di Sophie e Hélène.

Si concessero una pausa, un caffè al Soleil d'or, prima di ritrovare il resto della squadra sul piede di guerra in sala riunioni. Ed erano solo le nove. Il briefing durò giusto il tempo di dire: concentriamoci su Philippe Sobieski.

«Stock, ti do tutta la mattinata per verificare, con discrezione, come ha impiegato il tempo nelle date che ci interessano.»

«Perché non chiederlo direttamente a lui?»

«Perché prima voglio sapere dove mettere i piedi. Sobieski si è sciroppato una ventina d'anni di galera. Dopo di che, ha acquistato fama come pittore ed è diventato una figura mediatica. Per coglierlo in fallo bisognerà essere più svegli di lui. Ludo, hai ancora contatti a Fleury?»

«Ho qualche conoscenza.»

«Allora vacci e chiedi del nostro uomo. Vedi di scoprire qualcosa: che tipo di detenuto era, con quali reclusi ha legato eccetera. Ci ha trascorso dieci anni, avrà pur lasciato qualche ricordo.»

«E io?» chiese Barbie.

«Tu? Hai tutta la mattina per interrogare quelli del suo giro via telefono. Il suo gallerista, i suoi amici pittori, le donne che ha frequentato e così via.»

«Devo presentarmi?»

«No. Spacciati per una giornalista. Da quando è uscito di prigione, non fa che comparire sui giornali e in TV. Nessuno sarà sorpreso dalla tua chiamata.»

«E il resto?» domandò Ludo.

Una chiara allusione alle altre piste: l'indagine di prossimità nella zona in cui risiedeva Hélène Desmora, il passato comune delle due vittime, gli abbonati di Akhtar…

«Per adesso scordiamocene. Prendiamoci una giornata

intera per approfondire il discorso su Sobieski. Alle scartoffie penseranno gli stagisti.»

Corso li salutò e scomparve nel suo ufficio.

Restava ancora da fare la cosa più complicata: chiamare Émiliya. Dopo averci pensato bene, si era deciso per l'attacco frontale.

«Cos'altro c'è?» chiese lei con il suo tono più acuto.

«Conosci Philippe Sobieski?»

Palesemente turbata dalla domanda, lì per lì Émiliya non rispose.

Alla fine, dopo qualche secondo, mormorò: «È un genio».

36.

«Lo conosci di persona?»

«Non siamo amici, ma ogni volta che l'ho incontrato ho avuto modo di misurare fino a che punto la sua intelligenza andasse... ben oltre l'ordinario.»

Il tono di Emiliya tradiva un rispetto e una gravità insoliti. Non era un tipo granché incline all'adulazione, e ancor meno alla deferenza.

«Come l'hai conosciuto?»

«A uno dei suoi vernissage.»

«Eri stata invitata?»

«È da diversi anni, ormai, che mi interesso alla sua opera. D'altra parte, abbiamo conoscenze comuni.»

«Che tipo di conoscenze?»

«È un interrogatorio o cosa?»

Per tutta risposta, Corso si schiarì la gola. Prima cosa: non irritarla. Con ogni probabilità disponeva di informazioni preziose, ma quello su cui si muoveva lui era un campo minato: l'ABC di qualsiasi agente, non mescolare vita personale e terreno professionale...

«Hai mai posato per lui?» domandò per imprimere una nova sferzata alla conversazione.

Émiliya conosceva Corso abbastanza bene da sapere che aveva già le prove di quel che stava dicendo.

«Mi è capitato, una volta.»

«Non è il tuo genere.»

«Stai indagando su Sobieski o su di me?»

Lui svicolò: «L'ultima volta che ci siamo parlati mi hai detto di non aver mai posato per un artista».

«La mia vita privata non ti riguarda più. Se non mi dici a che cosa serve questo terzo grado, riattacco.»

«Sobieski è sospettato in una delle mie indagini. Abbiamo trovato uno dei suoi album in cui sei raffigurata come una sovrana egizia. Tutto quello di cui ti sto parlando ha esclusivamente a che vedere con il lavoro. Non pensare nemmeno che potrei usare...»

«I tuoi metodi sono sempre gli stessi.»

«Dunque saprai che posso farti rimpatriare con urgenza in qualità di testimone.»

Pur non sapendo se lui stesse bluffando o meno – in realtà, non aveva il potere di farla tornare in Francia, soprattutto per porle tre domande in croce su un pittore vagamente sospetto –, lei assunse un tono più conciliante: «Che cosa vuoi sapere?».

«In quali circostanze hai posato per lui?»

«L'ho conosciuto nel 2014 e mi ha subito proposto di fargli da modella. A suo dire, il mio fisico si confaceva al suo universo», ridacchiò. «A giudicare dalle sue opere, non so se si trattasse di un complimento...»

Se non stava mentendo lei, allora le aveva mentito Sobieski. Era troppo bella e troppo elegante per l'universo di qull'ex carcerato. Ma poco importava. Perlomeno, era la prova del fatto che l'album fosse veramente suo.

«Vi incontravate nel suo atelier?»

«Sì, a Saint-Ouen.»

«E la cosa si è spinta oltre?»

Lei rise di nuovo, un'incrinatura nel vetro.

«Sei geloso?»

«Rispondi alla mia domanda.»

«Non è successo niente. Non ero il suo tipo.»

«Ma è depravato quanto basta, no?»

«Diciamo che non incontra in alcun modo le mie... preferenze.»

Stupratore a quindici anni, gigolò a diciotto, sarebbero stati invece una bella coppia.

«Secondo te è un uomo violento?»

«È mansueto come un agnellino. Non l'ho mai visto arrabbiato, nemmeno nervoso. Se pure ha commesso atti violenti, stiamo parlando di trent'anni fa. Ha estinto il suo debito con la società e adesso è assolutamente integrato.»

Quel discorso politicamente corretto suonava male in bocca a Émiliya. La sua visione del mondo era ben più complessa e tormentata.

«Ascolta», gli disse poi con un sospiro, come se quella conversazione l'avesse improvvisamente fiaccata. «La cosa più semplice è che tu ti faccia una tua idea. Se hai un sospetto di qualsiasi tipo sul suo conto, faresti bene a sentirlo.»

«Grazie per la dritta.»

«Ti basteranno pochi minuti per capire la sua vera natura.»

«Che sarebbe?»

Altro sospiro. Émiliya era un'attrice eccezionale: era stato proprio questo suo talento a dare vivacità alle loro parodie sessuali.

«È un bambino.»

«Che vuoi dire?»

«Sobieski non ha vissuto un'infanzia; non nel senso in cui la intendiamo, almeno. Poi ci ha attaccato direttamente gli anni vissuti in carcere. Una volta uscito di lì, gli hanno accordato un posto in società che mai avrebbe osato sperare. Perciò interpreta il ruolo che ci si aspetta da lui. Ma lo interpreta con allegria, con entusiasmo. Un bambino... nella sua panoplia da Jack Sparrow la notte di Natale.»

Corso non aveva mai sentito le labbra di Émiliya esprimere tanta tenerezza.

Aprì il fascicolo sulla scrivania alla ricerca di immagini recenti di Sobieski. Un tempo molto avvenente – come testimoniavano le foto segnaletiche –, il balordo era stato letteralmente devastato dagli anni trascorsi dietro le sbarre. Era così smagrito da sembrare quasi prosciugato, mummificato. Aveva perso i capelli e la pelle sembrava tendersi sulle ossa. Le sopracciglia erano incanutite – o erano scomparse –, lasciando arcate prominenti e affilate. Non esattamente la faccia di un angioletto da mettere sull'albero di Natale...

«Un pezzo di merda non si trasforma in un lingotto d'oro.»

«Hai qualcosa contro di lui?»

«Assolutamente no.»

«Allora vedi di non rompermi le palle. Thaddée si è appena svegliato e stiamo facendo colazione.»

Corso non poté fare a meno di tapparle la bocca: «Sobieski è il principale indiziato per l'omicidio delle spogliarelliste».

«Ne sono morte altre?»

«Abbiamo avuto una seconda vittima, sì. Questo fine settimana. L'assassino l'ha strangolata con i suoi stessi indumenti intimi. Per sfigurarla in tutta tranquillità, le ha bloccato la testa in una morsa. Anche lei aveva posato per Sobieski.»

Émiliya parve accusare il colpo.

Le ci volle qualche istante per ricomporsi.

«È molto triste», disse con aria indifferente, «ma credo sia inutile importunare Sobieski prendendo a pretesto un errore commesso in gioventù.»

«Il suo errore di gioventù si chiamava Christine Woog. È morta a ventitré anni, sfigurata e strangolata con la sua stessa biancheria intima dal tuo "genio".»

Ancora una volta, Émiliya ebbe un'esitazione, prima di proseguire: «Ti conosco, Corso. Hai in mente di accanirti su di lui perché non hai trovato altro. Non è la verità, quella che cerchi. A te interessano i risultati».

Corso stava ancora sfogliando le foto di Sobieski. Indugiò su un ritratto a torso nudo. Sotto le vesti da pappone, il soggetto indossava un altro costume: la sua pelle (le braccia, le spalle, il petto, il ventre e la schiena) era completamente ricoperta di tatuaggi, quasi a comporre una crosta bluastra. Simbologia carceraria, ornamenti Maori, dragoni orientali, creature fantasy, c'era di tutto, dal verde al nero, dall'ocra al rosa, senza soluzione di continuità. Era come una camicia di squame che si spingeva fino al collo e ai polsi.

Corso si sforzò di replicare, scoprendosi però a corto di argomenti. L'aveva chiamata troppo presto. Colpa sua.

«Lascia perdere», ripeté lei. «E scordati del fatto che ho posato per lui.»

«Che cosa stai insinuando?»

«Niente, ma questo dettaglio non dovrebbe alimentare la tua ossessione.»

«Se pensi che...»

«Non penso niente. Solo mi sembra curioso ritrovarti sulla mia strada nel bel mezzo di un'indagine.»

«E lo dici a me! Non è che stai invertendo i ruoli? Non sono io a posare nudo per un assassino che si è sparato metà della sua vita in galera...»

«Sei sempre così volgare.»

Corso contò mentalmente fino a cinque allo scopo di calmarsi.

«Quando l'hai visto per l'ultima volta?» chiese in tono pacato.

«Te l'ho già detto, non è un amico. Solo un conoscente. L'avrò incrociato a qualche mostra.»

«Quale?»

«Non mi ricordo più.»

«Che impressione ti ha fatto? Come ti è sembrato?»

«Come al solito: affascinante, divertente, di un'intelligenza fuori dal comune.»

«Non particolarmente ansioso o su di giri?»

«Devo chiudere, Thaddée mi sta chiamando.»

Non gli aveva proposto nemmeno di parlarci. Meglio così. Quando suo figlio era via, e non aveva possibilità di vederlo per settimane, parlare con lui riapriva all'istante una ferita pulsante, sempre pronta a sanguinare...

«Fai male a prendere tutto così alla leggera», concluse con aria grave. «Sull'album di Sobieski c'erano anche i ritratti delle spogliarelliste assassinate. Potresti essere sulla sua lista.»

Émiliya rise sottovoce: «Ti piacerebbe, eh?».

37.

Due ore dopo, Barbie piombò nel suo ufficio.

«Allora?» chiese Corso.

«Niente di che.»

«Ovvero?»

«La stessa sbobba da tutti quelli che ho contattato: Sobieski il grande pittore, il redento tornato a nuova vita e compagnia bella.»

«Stock?»

«Non si è fermata un attimo, ma finora non ha trovato nulla di speciale. Nelle ultime settimane, Sobieski si è come di solito dedicato alle sue due attività preferite: dipingere e scopare.»

«Prostitute o amanti?»

«Un po' di tutto, a quanto pare... Siamo in attesa di nomi e indirizzi.»

«Non avete rintracciato nessun contatto tra lui e Sophie o Hélène?»

«No. Ma c'è una spiegazione molto semplice: Sobieski non ha un cellulare.»

«Cosa intendi?»

«Non ha un abbonamento intestato a suo nome e nemmeno un telefono. Niente.»

Una posa da artista, senza dubbio, oppure una scelta fatta per evitare di essere tracciato – alla maniera di un terrorista.

«Ludo?»

«Sempre a Fleury. Nessuna novità, al momento.»

Silenzio. Scemata l'esaltazione della notte precedente, il ritorno alla realtà aveva un sapore da doposbornia. A ogni modo, Barbie depose con delicatezza una stampata sulla scrivania di Corso. Era il suo piacere proibito: creare suspense con le sue stesse analisi.

«Un *cadeau*», disse con un mezzo sorriso sulle labbra.

Corso non si prese la briga di buttarci un occhio. Barbie viveva in un mondo di numeri e geroglifici interdetto agli altri.

«Che cos'è?»

«L'elenco dei passeggeri del volo Iberia per Madrid delle 7.40 di sabato scorso.»

Le aveva chiesto di controllare se non vi fosse traccia del fatto che Sobieski avesse fatto una puntatina a Madrid di recente.

E quel nome, in effetti, era presente nell'elenco, evidenziato in giallo. Il pittore aveva preso il volo prima del suo, circostanza che gli aveva comunque lasciato tutto il tempo di torturare e uccidere Hélène Desmora durante la notte. Era rientrato a Parigi la domenica, fresco come una rosa.

Si scambiarono uno sguardo d'intesa. Fu sufficiente.

Corso aprì il cassetto della scrivania e afferrò la Sig Sauer.

«Andiamo con la mia.»

Non scambiarono una sola parola durante il tragitto. Erano come due attori intenti a ripassare in silenzio la propria parte. Corso continuava a chiedersi se quella visita non fosse prematura: avevano abbastanza munizioni a disposizione? Avrebbero fatto meglio ad aspettare nuovi indizi?

«Ma cos'è quella roba?»

Porte de Saint-Ouen, lungo la tangenziale, era costeggiata da una fila di tende Quechua intorno alle quali si raccoglievano gruppetti famigliari di gente sporca e cenciosa. Uno spettacolo della fine del mondo. Ragazzetti svestiti e a piedi nudi sull'asfalto, donne in *hijab* che cucinavano accovacciate a terra, uomini taciturni in tuta. Tutt'intorno sacchetti di plastica, taniche, rifiuti di ogni genere. Quella gente viveva in una discarica.

«Rifugiati siriani.»

Da due anni a quella parte, una schiera di siriani fuggiti dalla dittatura di Bashar al-Assad o dal giogo dell'ISIS vivevano lì, alla periferia di Parigi, in attesa di documenti e di qualche aiuto da parte del governo francese. Corso aveva per lo più sentito parlare della retata organizzata dai colleghi per arginare le orde di mendicanti siriani ai semafori del quartiere: alla fine si erano rivelati essere tutti rumeni o di etnia rom.

Senza volerlo, rallentò per assimilare i dettagli di quell'indigenza di un altro secolo sversata ai piedi della ricca capitale. Non era né scioccato né disgustato, aveva viaggiato abbastanza per sapere che bastavano poche centinaia di chilometri per imbattersi in quella buona, vecchia miseria umana prosperante sul «corpo del mondo», per dirla con Nietzsche. La novità era vederla fiorire lì, a pochi metri dal mercato delle pulci di Saint-Ouen, dove i parigini amano curiosare, contrattare, giocare ai poveri per lo spazio di una domenica mattina.

«Pensi di fermarti in mezzo alla strada?» chiese Barbie, spazientita.

Dopo essersi impelagati nelle vie perpendicolari ad avenue Michelet, dove un fottio di spacciatori incappucciati non si dava nemmeno la pena di nascondersi, trovarono l'ex caldareria in cui Sobieski aveva allestito il suo atelier. Cinque anni prima, infatti, il pittore aveva acquistato quell'enorme edificio in mattoni del XIX secolo.

Rimasero entrambi a contemplare per qualche istante quell'agglomerato rosso: diverse migliaia di metri quadrati completamente rinnovati, impreziositi da lucernari simili a cabine vetrate sul tetto che permettevano alla luce di diffondersi sia in verticale sia in obliquo.

«La famosa illuminazione zenitale», commentò ironicamente Corso. «Fondamentale per alimentare la creatività.»

«Cosa?»

«Lascia perdere.»

Si diressero verso la porta d'ingresso, una vetrata imponente incastonata in una cornice di metallo nero attraverso cui ammirare, all'interno, le gigantesche tele di Sobieski in mostra permanente.

Corso suonò al citofono e non abbellì di fronzoli le presentazioni: «Polizia».

Attesero più di un minuto prima di veder sopraggiungere un omino vestito con una camicia da notte grigia cosparsa di macchie di vernice. A ben guardare, era un grembiule come quelli indossati dagli artisti nel XIX secolo.

Da dietro la vetrata, Sobieski si sbracciò in cenni di saluto – sembrava divertito – prima di cominciare ad aprire i pesanti chiavistelli del cancello.

Corso lo osservò in trasparenza: era nudo sotto il grembiule e ai piedi – senza calze – portava un paio di scarponi militari sprovvisti di lacci. In testa, un cappello nero dai bordi arrotolati.

Gli anni di galera sembravano averlo sgrassato a freddo: aveva un aspetto famelico. Ruotò la maniglia con la mano destra, mentre nell'altra impugnava una spatola invischiata di una pasta spessa. Una vera caricatura.

«Prego, entrate», disse con voce nasale. «Vi stavo aspettando! La nostra amica in comune mi ha avvisato...»

Barbie storse il naso e Corso sorrise per reprimere un moto di rabbia. Sul serio: Émiliya era una cagacazzi senza pari. Ma non poteva che prendersela con sé stesso, non avrebbe mai dovuto metterla in mezzo.

«Seguitemi, andiamo nel mio studio.»

Sobieski aveva un modo particolare di parlare, un modo che si addiceva alla sua voce. Una sorta di scherno per metà parigino, per metà provinciale, da cui gli anni dietro le sbarre avevano cancellato qualsiasi tipo di articolazione affettata. Inghiottiva parole e sputacchiava lava ardente.

Attraversarono ampi saloni dove campeggiavano ritratti alti oltre due metri. Davvero impressionante: quegli uomini nudi (attori porno, probabilmente) e quelle donne muscolose o grasse, seminude (spogliarelliste, puttane, attrici hard...), esibivano i loro corpi densi di pittura i cui rilievi moltiplicavano i riflessi bianchi e le evanescenze azzurrine.

Sobieski era un artista eccezionale. Crudo, osceno, volgare, ma dotato di una forza insolita in un panorama in cui gli artisti più quotati si accontentavano di affettare mucche o scolpire palloncini. Pulsava in lui la potenza organica della pittura, quella capacità sconvolgente di sublimare, tocco dopo tocco, la realtà attraverso il pennello.

Il sito stesso ostentava una nobiltà particolare. Sale dalle pareti di un bianco uniforme, alte una decina di metri, con un lucernario da cui spioveva una pozza di luce quasi accecante. Un luogo degno delle più belle gallerie d'arte contemporanea di Parigi.

Nel laboratorio vero e proprio, al contrario, regnava il disordine più completo. Un paio di tele bianche erano appoggiate alle pareti, altre erano già state trattate – ricoperte da colori uniformi che ne facevano smisurati monocromi – e altre ancora erano avvolte in spesse stoffe. Poi c'era l'opera in lavorazione, una grassona svaccata su una poltrona di velluto sfondata. Impossibile non pensare al *Benefits Supervisor Sleeping* di Lucian Freud venduto da Christie's, a New York, per quasi 34 milioni di dollari.

Sobieski aprì le braccia a ricomprendere tutto quel caos, quasi fosse la più bella delle sue opere: sul pavimento, telai sparsi qua e là, secchi con a mollo pennelli e spazzole, strofinacci, brandelli di tela, poltrone e altri oggetti non identificati…

L'elemento più spettacolare era il bancone che correva lungo la parete sinistra: una superficie di lavoro interamente cosparsa di tubi, bidoni, bottiglie, tavolozze, spazzole, coltelli…

«Champagne?» propose il pittore.

Un secchiello per il ghiaccio, imperlato di gocce scintillanti, troneggiava in bella vista tra le tavolozze e le spazzole. I due agenti declinarono l'invito – erano appena le undici del mattino – ma si scambiarono un'occhiata: avevano notato entrambi, accanto alla bottiglia, una morsa per serraggio saldamente fissata al bancone. Un attrezzo che di solito viene utilizzato per montare i telai dei dipinti ma che sarebbe stato perfetto per inchiodare la testa di Nina Vice o di Miss Velvet.

"Fin troppo facile", pensò Corso, e in quel preciso istante avvertì un sapore metallico in bocca, come se avesse addentato un foglio di alluminio. Conosceva il segnale: la premonizione di grosse rogne in arrivo…

38.

«Sa perché siamo qui?»

Appoggiato al bancone, le gambe incrociate, un calice di champagne in mano, Sobieski annuì. Il suo sorriso sembrava attenderli al varco.

«Dunque le chiedo subito cos'ha fatto la notte tra giovedì 16 e venerdì 17 giugno 2016 e la notte tra venerdì 1 e sabato 2 luglio.»

«Ho già controllato la mia agenda: ero in compagnia di alcune donne.»

«È un'attività che annota in agenda?»

Dopo aver mandato giù una generosa sorsata, Sobieski inarcò le sopracciglia con aria fintamente contrita.

«Sono così tante! È il prezzo del successo. Va così da quando sono uscito di prigione!»

Una faccia da culo come poche. Con quel suo grembiule, quel cappello che ricordava una calza nera arrotolata e gli scarponi aperti, Sobieski sembrava recitare una farsa di Molière, una pièce grottesca in cui impersonava il ruolo di quello a cui non la davi di certo a bere.

«Potremmo avere i loro estremi?»

«Posso darvi i loro nomi, non i loro numeri.»

«Perché?»

«Perché non li conosco. Non ho nemmeno un telefono.»

«Come fa a contattare gli altri?»

«Non li contatto. Sono loro a venire da me.»

Corso non raccolse la sbruffonata. Tra i disegni, le foto e le stampe attaccati alla parete sopra il bancone, aveva appena individuato una riproduzione delle tre *Pinturas rojas*. Davvero troppo facile.

Sempre intento a sorseggiare dal suo calice, Sobieski intercettò lo sguardo di Corso.

«Le piace Goya? *El pintor diabólico!* Non è male, ma io sono più bravo. Dal punto di vista tecnico, almeno.»

Una simile presunzione rasentava la comicità; dopotutto, però, faceva il paio con il grembiule e con lo champagne al mattino.

«Conosceva Nina Vice e Miss Velvet? I loro veri nomi erano Sophie Sereys e Hélène Desmora.»

«Mi prende per fesso? La pregherei di non farlo.»

«Le conosceva, sì o no?»

Sobieski posò il calice, si grattò la testa e prese a camminare lungo il bancone, facendo schioccare gli scarponi sul cemento. Guardando le foto, Corso era rimasto colpito dalla muscolatura del pittore, impressionante per la sua età. Visto di presenza, comunque, sembrava un modello in miniatura. Con il suo metro e settanta risicato, il fisico pareva come compresso e i muscoli, visibili attraverso la scollatura del grembiule, erano simili a corde tese. Corso non poté fare a meno di pensare a una scimmietta grigia in un baraccone da fiera.

«Conoscevo Hélène Desmora perché ogni tanto mi vendeva un po' di fumo. Di lei mi piaceva tutto: il corpo, il viso. L'ho dipinta spesso.»

«È mai andato a vederla allo Squonk?»

«Sì, di tanto in tanto. Lo strip-tease è uno dei miei soggetti preferiti.»

A Corso tornò in mente l'album trovato in cantina. *Non ancora.*

«Ed è stato così che ha conosciuto Nina Vice.»

«Esattamente.»

«Ed è diventato l'amante di entrambe.»

Sobieski bevve un altro sorso e sollevò il calice.

«E vorrei aggiungere: contemporaneamente.»

«Contemporaneamente?»

«Avevamo l'abitudine di fare le cose a tre.»

«Le pagava?»

«A volte. Ma spesso non lo facevano per soldi. Ci facevamo e poi ci dilettavamo con qualche giochino erotico. Dopo di che, le ritraevo... Dormivamo tutti e tre insieme, come bambini. Posso mostrarvi gli schizzi, se volete. Conservo tutto con cura.» Si concesse una risatina beffarda, anche se in qualche modo venata di stupore. «Per come sono quotato adesso, valgono un pacco di soldi!»

Sophie e Hélène, le amiche per la pelle, le figlie di nessuno, che nascondevano ferocemente il loro legame e non erano mai riuscite a trovare il proprio equilibrio in una sessualità normale, erano finite nel letto di quel maiale affamato.

«Sarebbe indiscreto chiederle che tipo di giochi?»

«Certo che sì! Ma siete qui per questo, dico bene?»

Corso rimase in silenzio, in attesa di una risposta.

«Cose sadomaso, per lo più. Che molto spesso si concludevano con una sessione di *pegging*.»

«Non ho idea di che cosa sia.»

«S'informi.»

«Dopo ti spiego», gli bisbigliò Barbie senza guardarlo.

Corso annuì con un breve cenno del capo, alla maniera dei militari, e così facendo si rese conto di essere rigido come un manico di scopa. Non avrebbe saputo dire se era più il turbamento che quel tipo gli provocava o l'invidia per tanta disinvoltura.

«Quando le ha viste per l'ultima volta?»

«Circa tre settimane fa, direi.»

«Non ha controllato sull'agenda?»

Sobieski si distese in un sorriso.

«Ventidue giorni, per la precisione. Faccio prima a consegnarvela, così avrete modo di ricostruire tutti i miei spostamenti e tutti i miei incontri.»

Benché una franchezza simile suonasse alquanto sconcertante, ancora una volta Corso si ritrovò a sospettare di quello che gli sembrava uno specchietto per le allodole.

«Era al corrente del fatto che Nina si prestasse a giochi sadomaso in rete?»

«Certo», rispose il pittore. Poi, fingendo di tremare dalla testa ai piedi, aggiunse: «Al ricordo di tutta la roba che riusciva a infilarsi nella fica ho ancora i brividi...».

«Hélène le ha mai confessato la sua passione per i cadaveri?»

«Nessuna delle due aveva segreti per me.»

«Questo tipo di pratiche non sembrano sconvolgerla più di tanto.»

«In carcere mi hanno stuprato centinaia di volte. Su per il culo mi hanno cacciato di quegli oggetti che non avete idea. Ho visto un paio di tizi farsi tagliare la gola mentre spompinavano il loro assassino. Ecco che cosa mi sconvolge: che nelle prigioni si permettano queste cose su adulti non consenzienti... Per contro, tutto quello che può fare una baldracca adulta e vaccinata sul web o in un obitorio non mi riguarda...»

«Un po' di rispetto, sta parlando di persone che non ci sono più.»

«Sulle mie labbra, "baldracca" non suona mica come un'offesa.»

Con un semplice cenno, Corso passò il testimone a Barbie: ne aveva già abbastanza di quel pagliaccio.

«Non sembra così turbato dalla morte delle sue... amiche.»

«Quello che mi turba o meno non è affar vostro.»

Corso si avvide che gli mancavano alcuni denti. Che piacere avevano potuto trovare Sophie e Hélène nel letto di quella specie di Gollum? Senza dubbio, doveva essere un'altra delle loro perversioni...

«Che tipo di relazione intratteneva con le vittime?»

«Ve l'ho appena detto.»

«Era soltanto sesso?»

«Non conosco nulla di più intenso. Proprio sicuri di non gradire un po' di champagne?» ribadì Sobieski in tono faceto. «Vi distenderebbe i nervi...»

«Davvero non la turba il fatto che le due vittime le fossero in qualche modo legate?» replicò Corso.

«Non ero il solo a conoscerle entrambe.»

«Però è il solo a essersi fatto una ventina d'anni in galera per omicidio.»

Sobieski scoppiò a ridere.

«Questa la stavo aspettando da quando avete messo piede nel mio atelier. Ancora con il mio passato, eh? Nelle vostre testoline di sbirri, quel fatto mi rende colpevole in eterno, non è così? Nessuna possibilità di tornare sul cammino dell'innocenza, vero?»

Piuttosto che darsi la pena di rispondere, Corso proseguì: «L'omicidio che ha commesso nel 1987 ricorda da vicino quelli di Sophie Sereys e di Hélène Desmora».

«È male informato, comandante. Da quello che ho capito, l'assassino che state cercando è uno psicopatico che segue un rito molto preciso. Niente a che vedere con la mia storia. Quando ho ammazzato quella povera ragazza, ero completamente fatto. Lei mi ha sorpreso e io mi sono lasciato prendere dal panico. Le sono saltato addosso...»

«L'ha legata con i suoi stessi indumenti intimi.»

«Non quelli che indossava.»

«Che cosa intende dire?»

«Ho preso quello che mi è capitato sotto mano! Ero nella sua stanza. Ho aperto un cassetto e questo è quanto.»

«Era vestita quando l'ha legata?»

«Certo. Volevo soltanto bloccarla. Poi, siccome non smetteva di strillare, l'ho colpita per farla tacere. Con troppa forza, va bene... Ma, ripeto: ero completamente fatto.»

Corso avrebbe dovuto aspettare il fascicolo di Besançon prima di muoversi. In cerca di un elemento a cui aggrapparsi, indicò la morsa da banco.

«A che cosa serve quell'affare?»

Sobieski si voltò verso il bancone.

«Quale affare? Bisogna starle dietro, vecchio mio...»

Corso allungò l'indice.

«Una morsa per serraggio. La uso per fissare le tele alle cornici.»

«Fa tutto da solo?»

«Certo. In carcere non avevo assistenti a tenermi la mano.»

Corso si avvicinò all'attrezzo e si sporse per osservarlo meglio.

«Ci autorizza a fare dei rilevamenti nel suo atelier?»

«Nessun problema. Non ho nulla da nascondere.»

Corso si spostò lungo il bancone, fermandosi giusto davanti alle riproduzioni di Goya.

«Sa dove sono esposti gli originali?»

«Alla fondazione Chapi, a Madrid. Per gli appassionati di Goya è un must. Ci sono stato diverse volte per ammirarli.»

Corso si girò bruscamente.

«È quello che ha fatto sabato scorso, per esempio?»

«Sabato? No, perché?»

La voce di Barbie risuonò alle sue spalle: «Perché giusto sabato ha preso il volo Iberia delle 7.40 per Madrid».

Fingendosi sorpreso dalla domanda, Sobieski ebbe un sussulto, la mano sul cuore.

«Così mi mette paura!» sogghignò. «Parola mia, mi sento preso tra due fuochi!»

«Risponda alla domanda», disse Corso, incalzandolo. «È andato a vedere quei dipinti, l'altro ieri?»

«Assolutamente no. Avevo un appuntamento con il mio gallerista spagnolo. Potete verificare, si chiama Jesús García Pérez. Ma non capisco: sono pedinato?»

«Nemmeno un salto alla fondazione Chapi?»

«Vi ho detto di no. Qual è il senso di queste domande?»

Invece di rispondere, Corso fece di nuovo segno a Barbie: *i disegni*.

Lei rovistò nella borsa e tirò fuori le riproduzioni dei ritratti trovati in cantina.

«Riconosce questi bozzetti?»

«Certo, ne sono l'autore.»

«Facevano parte di un album che abbiamo rinvenuto in una cantina adiacente agli spogliatoi dello Squonk.»

«Fantastico! Era da settimane che li cercavo.»

«Da quando, esattamente?»

«Non saprei dirlo. Ne ho decine, di album come quello.»

«Per essere più precisi», insistette Corso, «abbiamo trovato quest'album in una specie di nascondiglio in cui un voyeur ha praticato un buco da cui spiare lo spogliatoio usato dalle ballerine dello Squonk.»

Sobieski scoppiò a ridere.

«Proprio un pervertito, il vostro uomo! Che senso ha sbirciare delle ragazze che si rivestono quando si spogliano ogni sera su un palco?»

«C'è poco da scherzare: quest'album contiene parecchi schizzi che ritraggono le vittime.»

«Le ho appena detto che sono stato io a disegnarli.»

«E riproducono ciò che il guardone spiava dalla sua tana.»

«Adesso basta con le stronzate. Ho ritratto quelle ragazze mentre si preparavano. Ero in camerino con loro. Ho i miei agganci, lì. Conosco bene Kaminski.»

Corso non faticò a immaginare che l'ex galeotto e il pappone karateka fossero culo e camicia. Ma che ci faceva l'album in cantina? E perché quel mattone era stato rimosso per spiare ciò che in effetti si poteva contemplare sul posto?

Quella visita si stava rivelando un fiasco, anche se Corso non si aspettava certo miracoli. Era solo il primo round.

«Possiamo avere la sua agenda?» chiese infine.

Il pittore aprì un cassetto del bancone e tirò fuori un taccuino con la copertina in pelle. Quando lo ebbe tra le mani, Corso si rese conto che si trattava di un'agenda di Hermès.

«Vi accompagno», disse Sobieski mentre uscivano dall'atelier. Arrivati all'ingresso, si rivolse verso i suoi ospiti.

«Sono l'unico sospettato?»

Perché mentire?

«Per il momento, sì.»

«E solo perché ho commesso un omicidio vent'anni fa? Dovete spremervi un po' di più, amici. Non avete molta immaginazione.»

«Un po' come certi assassini. Appena usciti di prigione, ci ricascano: stessi metodi, stessi errori.» Senza volerlo, Corso passò al tu: «Non devo certo spiegarlo a te».

«Hai ragione», rispose il pittore, raccogliendo la complicità. Si erano ritrovati, il poliziotto e il criminale: la più vecchia coppia del mondo.

«Ecco perché gli ex detenuti sono sempre la prima pista da seguire e spesso anche l'ultima.»

Sorridendo ammirato, Sobieski si rivolse a Barbie: «Però! Parla proprio bene, eh?».

Corso fu sorpreso di vedere che la collega rispondeva al sorriso. Allo stato attuale delle cose, il pittore gli stava dando dei punti.

«Che cos'è il *pegging*?» le domandò mentre salivano in macchina.

«Mai sentito parlare di *chevillage*?» rispose Barbie chiudendo la portiera. «È un po' difficile da spiegare in termini ricercati.»

Corso mise in moto.

«Al diavolo la ricercatezza, allora.»

«È quando un uomo si fa sodomizzare da una donna con un dildo strap-on.»

39.

Corso e Barbie erano già a caccia dei due «alibi» del pittore: Junon Fonteray e Diane Vastel. La prima risiedeva a Créteil, ma lavorava nell'atelier di una scultrice di nome Marilyne Kuznetsz, in rue des Cascades, sulle alture di Belleville; l'altra abitava invece nel XVI arrondissement.

Rue des Cascades, prima di tutto.

Mentre Corso guidava, Barbie sfogliava l'agenda.

«Sobieski ha parlato di un'"amica in comune"», gli chiese all'improvviso. «Chi sarebbe?»

«Lascia perdere.»

Barbie evitò di insistere e si tuffò nella lettura dell'agenda. Alla fine emise un fischio di ammirazione: «Accidenti! Certo che si tiene in forma, eh».

«In che senso?»

«Ha una partner diversa ogni sera. O un partner.»

«Quanto agli uomini, non saprei. Ma davvero non capisco cosa trovino in lui le ragazze.»

La guardò di sottecchi sperando in una risposta, ma Barbie chiuse l'agenda senza dire una parola. Era spuntato di nuovo il sole e inondava la tangenziale di una luce nebbiosa, scomponendo ogni cosa in miliardi di particelle bianche.

«Siamo arrivati troppo presto», disse lei.

«Mi sorprendi.»

Barbie abbassò il finestrino e inspirò con voluttà una boccata di aria inquinata. Il suo incarnato pallido sembrava rifrangere la luce come un panno candido. L'idea che potesse abbronzarsi sembrava assurda quanto quella di mescolare l'acqua con l'olio. Non c'era compatibilità a un livello molecolare, insomma.

«È tutto fin troppo evidente», disse in un tono che non ammetteva repliche. «La morsa, i dipinti di Goya, l'album con i ritratti: troppi indizi a suo sfavore. Al tempo stesso, quel tizio sembrava così sicuro di sé da provocarci. Magari conta proprio sul fatto che sia difficile credere a una quantità tale di elementi accusatori. Sia come sia, se i suoi testimoni tengono bene ce l'abbiamo nel culo. Tutto il resto è circostanziale: uno può essere un pittore, essersi scopato le vittime, amare Goya e indossare completi bianchi senza essere per questo un serial killer.»

Barbie aveva riassunto la situazione a meraviglia.

Mentre percorrevano rue des Pyrénées, Corso aggiunse: «Senza contare che l'omicidio del 1987 non sembra avere molto a che fare con il nostro caso. Mi sono lasciato abbindolare dal pensionato del Jura...».

Per poi concludere su una nota positiva: «Quanto meno, se Sobieski è il nostro uomo d'ora in avanti starà in campana. Adesso sa di essere sotto osservazione».

«E lo è?»

«Mettici su un paio di uomini. Purché siano seri.»

«Non è molto legale, sai?»

«Stai studiando per il concorso da avvocato o cosa?»

Una volta trovato parcheggio in rue des Cascades, individuarono un vicolo chiuso da un canniccio di bambù oltre il quale si distingueva un padiglione le cui finestre, rinforzate da telai d'acciaio, erano state trasformate in ampie vetrate. Dritte tra il fogliame, lunghe effigi femminili in bronzo verdastro stavano di guardia.

Era l'indirizzo che stavano cercando. Barbie suonò. Corso si accese una sigaretta e diede un'occhiata ai messaggi in arrivo. Un SMS da parte della Bompart: «Conf. stampa OK». Tutto bene, dunque. Prima buona notizia del mattino: o forse era brutta? La Bompart aveva dovuto pompare la storia del loro sospetto. Se fossero rimasti con in mano un pugno di mosche, sarebbero diventati lo zimbello di tutta la Francia.

Una voce infantile risuonò al citofono: «Arrivo».

Secondo le prime informazioni di cui disponevano, Junon Fonteray aveva appena finito il terzo anno alla Scuola di belle arti di Parigi. Nel tempo libero faceva da assistente a Sobieski e ad altri artisti.

Attesero tra le ombre delle foglie che danzavano lentamente sul selciato del cortile. Alla fine, una ragazzina con un camice bianco piuttosto malconcio emerse tra le canne di bambù. Le mani in tasca, una sigaretta tra le labbra, indossava uno strano cappello a cloche anni Venti, ben calcato sui capelli color barbabietola.

«Di che si tratta?» chiese attraverso il graticcio, ostentando la massima indifferenza.

Corso le mostrò il distintivo e si presentò.

«Stiamo cercando Junon Fonteray.»

«Sono io», disse lei, aprendo il cancello. «Che cosa volete?»

«Siamo qui solo per rivolgerle qualche domanda.»

«Venite con me. Non posso lasciare il lavoro a metà.»

Seguirono l'apprendista artista nel fruscio della vegetazione e girarono intorno al padiglione per raggiungere un cortile interno cosparso di frammenti di statue.

Senza nemmeno degnare i due agenti di un'occhiata, Junon si sedette su una sedia di fronte a una statua in bronzo: una copia in piccolo di quelle che infestavano il giardino, ma distesa per il lungo su una tavola sostenuta da due cavalletti.

«Junon è il suo vero nome?» chiese Corso per rompere il ghiaccio.

«Un'idea dei miei genitori. Due soggetti alternativi. Nella mitologia greca, è la protettrice dei matrimoni. Non aggiungo altro...»

Non sembrava né sorpresa né ostile, soltanto indifferente. Sui vent'anni circa, pur non essendo esattamente graziosa (il naso prominente, a becco di tucano, guastava l'armonia dei tratti), emanava un certo magnetismo. Gli occhi chiarissimi, l'aspetto fragile (una quarantina di chili a esagerare), l'estrema giovinezza, tutte queste cose insieme le conferivano un'aura tremolante, una seduzione del tutto simile a un succhiotto sul collo.

«Devo finire prima di stasera», disse, indossando una maschera da sci e afferrando un foglio di carta vetrata.

«Che cosa sta facendo? Rimuove la ruggine?»

«Non può arrugginire, è bronzo. A lungo andare, però, l'ossidazione assume tratti irregolari.» Indicò dei segni nerastri sul fianco del busto e sugli arti della scultura. «Sembrano macchie di vecchiaia.»

Prese a passare energicamente la carta vetrata su un braccio della statua.

Corso le si avvicinò a un orecchio.

«Ricorda che cosa ha fatto la notte tra il 16 e il 17 giugno?» le chiese a voce alta.

«Sì. C'era la festa di fine anno alla Scuola di belle arti. Sono rimasta lì fino alle dieci di sera circa, faccio parte del corpo musicale. Poi ho raggiunto il mio ragazzo.»

«Come si chiama?»

Junon smise di levigare.

«Philippe Sobieski. Come se non lo sapeste», ridacchiò.

La parola «ragazzo» per designare il satiro cui avevano appena fatto visita aveva un che di osceno. *Passiamo oltre.*

«Dove l'ha raggiunto?»

«Nel suo atelier, a Saint-Ouen.»

«Ricorda l'ora esatta?»

«Saranno state all'incirca le undici. Ho usato Uber. Potete verificare.»

Corso si aspettava un solido alibi e una bugia. La corsa con una vettura Uber poteva essere stata una mossa premeditata, ma questo avrebbe fatto di lei una complice e non era disposto a crederci. Quella ragazzina aveva forse una cotta per il pittore, ma non poteva che essere estranea agli orrori perpetrati su Sophie e Hélène.

«Ha trascorso tutta la notte con Sobieski?»

«Sì.»

«Per quante ore è rimasta sveglia al suo fianco?»

«Almeno fino alle quattro del mattino. Con lui si dorme poco. Gli piace ripetere: "Sono come un porro: la barba è bianca ma la coda è ancora verde".»

Corso non raccolse la battuta: si stava abituando alla volgarità di Sobieski. L'origine delle ferite, procurate nell'arco di svariate ore, implicava il fatto che l'assassino avesse consacrato alla sua vittima buona parte del tempo intercorso tra il 16 e il 17. *Exit Sobieski.*

«Signorina», insistette comunque. «La nostra indagine riguarda omicidi di una violenza... atroce. La sua testimonianza è di fondamentale importanza. Se per caso ha il minimo dubbio...»

«Non ho alcun dubbio. Ho assolutamente chiaro in testa lo svolgimento della serata.»

«La falsa testimonianza è punibile con una pena detentiva minima di cinque anni.»

Junon non si prese nemmeno la briga di rispondere: aveva ricominciato a strofinare con aria tranquilla, producendo una polverina verde che si diffondeva in uno sbuffo.

Per non doversene tornare completamente a mani vuote, Corso si concesse qualche domanda di contorno: «Lei definirebbe la sua relazione con Sobieski regolare?».

«Tratteggiata, piuttosto.»

«Cioè?»

«Se ci vediamo, benissimo. Se non ci vediamo, benissimo uguale.»

«Da quanto tempo va avanti il vostro rapporto?»

«Da due anni.»

«Dove e in quali circostanze l'ha conosciuto?»

«Alla Scuola di belle arti. È venuto per raccontarci la sua storia.»

Corso immaginò l'ex detenuto redento testimoniare la sua vocazione di artista di fronte a un parterre di studenti sopraffatti dall'ammirazione. Dentro di sé, sentiva montare una profonda avversione per quel soggetto. Ma era davvero l'assassino?

«Il fatto che oggi sia un pittore affermato ha giocato un qualche ruolo nell'attrazione che vi lega?»

«No. Non ho bisogno di un mentore.»

«E il fatto che sia un ex criminale?»

«Questo sì.»

Corso trasalì. Senza smettere di sfregare il busto di bronzo, Junon gli indirizzò un sorrisetto.

«È quello che voleva sentirsi dire, no?»

Poi sollevò gli occhiali da sci e si fermò a rifiatare.

«Porterò questa robaccia in discarica.»

«Non le piacciono queste sculture?»

«E a lei? A lei piacciono?»

«E il suo lavoro personale in cosa consiste?»

Lei indicò un oggetto posato su uno sgabello distante pochi passi e nascosto da un panno sudicio.

«Faccio miniature.»

«Miniature di cosa?»

«Non posso mostrarvela. Deve ancora asciugare…»

Corso percepì il sorriso di Barbie alle sue spalle: evidentemente, era divertita da quella piccola ribelle per nulla intimorita dal suo capo.

«Secondo lei, Sobieski non prova più pulsioni violente?»

«Come posso saperlo?» ribatté, tirando fuori un pacchetto di sigarette dal grembiule. «Con me, in ogni caso, è di una dolcezza unica.»

Corso si chiese che tipo di dolcezza praticasse quella Camille Claudel della domenica con il vecchio satiro. Doveva bardarsi di un dildo strap-on per farlo godere?

«I vostri rapporti intimi sono… normali?»

«Mi darebbe una sua definizione di "normali"?»

Continuava a darsi la zappa sui piedi.

«D'accordo», disse, tagliando corto la discussione ormai impantanata. «Si presenti domani al 36 di quai des Orfèvres per registrare la sua deposizione.»

«Ho altra scelta?»

«No.»

«Sembra di stare in un film alla tele.»

Stavano per andarsene quando Corso cambiò idea e indicò l'opera nascosta dal panno.

«Dice che potremmo darci comunque un'occhiata?»

Junon sospirò, esagerando in maniera teatrale l'espressione di stanchezza. Poi si alzò per disvelare il suo lavoro.

La scultura, di creta o di argilla, rappresentava una giovane donna molto magra avviluppata a un demone famelico in una posizione particolare: un bizzarro 69 praticato all'impiedi, con la creatura da incubo a testa in giù, gli artigli ben piantati nel terreno, il muso affondato nel sesso della ragazza che a sua volta succhiava beata.

Con orrida evidenza, un autoritratto.

40.

«Ci stiamo infilando in un vicolo cieco», constatò Barbie.

Sulla tangenziale, intanto, le porte della città si susseguivano in direzione sud-ovest, mentre si allontanavano dai bassifondi per raggiungere il XVI arrondissement. La loro era come una rivoluzione solare in senso inverso: gradualmente stavano conquistando la luce dei soldi, del verde, dei superbi edifici di Porte de La Muette e Porte de Passy.

«Se Diane Vastel ci serve un alibi uguale», continuò, «possiamo metterci una mano davanti, l'altra dietro e andare a cercare da qualche altra parte.»

Chiuso nel suo silenzio, Corso andava ormai maturando una precisa convinzione: Sobieski non aveva il profilo psicologico dell'assassino, un carnefice che probabilmente pensava di «redimere» le sue vittime attraverso la sofferenza e la morte. Sobieski era al contrario un gaudente del tutto amorale, completamente estraneo a qualsiasi nozione di bene e male; una figura capace di coniugare nella sua posa da strapazzo la ribellione dell'artista e il cinismo dell'asociale, con una gioiosa volgarità a fare da collante.

«Mi stai ascoltando?»

Corso trasalì. Il cielo, nel frattempo, si stava di nuovo affollando di nubi che si comprimevano come placche tettoniche da cui scaturiva già qualche sordo scricchiolio.

«Finiamo di verificare i suoi alibi e poi decideremo il da farsi», tagliò corto.

Il temporale scoppiò quand'erano all'altezza di avenue Henri-Martin e delle sue quattro file di alberi maestosi. Le foglie dei platani e dei castagni brillavano di mille faville, mentre la pioggia illuminava l'arteria di una pennellata d'argento.

Rieccoli dunque nel quartiere di Mathieu Veranne, il maestro di *shibari.* Solo che gli edifici di avenue Henri-Martin non avevano niente a che spartire con la modernità di rue du Docteur Blanche. Qui regnava una pesantezza classica. Isolati haussmanniani di fine XIX secolo esibivano atlanti e cariatidi come prue di imbarcazioni.

Dopo aver parcheggiato, i due uscirono di corsa dall'abitacolo, i baveri alzati per ripararsi. La pioggia batteva furiosa sull'asfalto. La famiglia Vastel abitava in una villa nascosta dalle fronde di alberi antichi. Grate. Citofono. Fotocamera. C'erano giorni in cui Corso si sentiva come un fattorino. Non appena si presentarono alla voce nasale dal forte accento asiatico che rispondeva dall'interno, il portone si aprì con uno schiocco di acciaio per lasciarli accedere al giardino. Sotto la vite canadese, la villa faceva pensare a una solida cassaforte che si era tentato di camuffare con ornamenti fittizi. Ma la grana c'era eccome, dietro quelle spesse mura, i balconi in ferro battuto e le finestre con doppi vetri. Un edificio possente, silenzioso, rassicurante. Corso pensò che ci avrebbe vissuto volentieri con Thaddée, in un posto simile, al riparo dalla miseria e dalla violenza del mondo.

Ad attenderli sotto la pensilina del portico una filippina con l'aspetto che ci si attendeva dal suo ruolo: aria sperduta e movenze spaventate. La seguirono attraverso un dedalo di porte chiuse fino a un salone decorato come la camera di un palazzo inglese: poltrone in pelle, tende a fiori, boiserie scintillanti. Diane Vastel li accolse in piedi, con le braccia incrociate, un fianco appoggiato su una scrivania vittoriana di mogano massiccio.

Quando si presentarono, lei li salutò senza avvicinarsi. Nemmeno l'ombra di un sorriso, per non parlare di strette di mano. Cinquant'anni circa, alta sul metro e settantacinque, fisico energico, capelli ramati, un volto magnifico la cui espressione stupita era sottolineata dalle rughe e dalle folte sopracciglia.

Il look era da borghese casual: camicia dalla trama finissima, jeans sbiaditi, ballerine Repetto… Il genere di donna che le altre ammirano perché è un modello e al tempo stesso un'astrazione che, in quanto tale, non rappresenta un pericolo.

Seduto nel suo abito nero sagomato, un portatile sulle ginocchia, il loro premio extra: avrebbe potuto essere un segretario o uno di quei parroci che un tempo assillavano le famiglie aristocratiche, crogiolandosi tra i piatti della sposa e sorseggiando i liquori dello sposo.

«Xavier Nathal, il mio legale», comunicò. «Ho chiesto io la sua presenza.»

Corso si sforzò di sorridere: «Signora, nessuno ha intenzione di arrestarla o di incriminarla, qui. Non le serve un legale».

«L'avvocato Nathal si limiterà semplicemente ad annotare tutto ciò che dirò. Poi rileggeremo insieme il documento e, prima di andarvene, lo firmerete.»

Il mondo all'incontrario: quello in cui era una persona informata sui fatti a redigere il verbale dell'audizione.

«Questo documento non avrà alcun valore legale», obiettò Corso senza scomporsi. «In ogni caso dovrà presentarsi alla nostra sede per firmare la sua testimonianza.»

«Diciamo che è per iniziare col piede giusto. Devo tutelarmi.»

«Da cosa?»

«Dai vostri pregiudizi da poliziotti. Dalla vostra propensione a cercare, anche a costo di imporla, la verità che avete stabilito anche prima di avermi interrogata.»

Corso e Barbie si scambiarono un'occhiata: bell'inizio.

«Benissimo», disse infine lui, capitolando. «Procediamo. Sa di che cosa si tratta?»

«Sì, mi sono fatta un'idea.»

I nuovi arrivati sedettero sulle poltrone di pelle. Diane Vastel rimase in piedi, appoggiata alla scrivania. Sembrava in posa per un ritratto ufficiale alla Gainsborough.

«La nostra indagine riguarda i recenti omicidi di due artiste di…»

«Lo so. Ditemi la data che vi interessa. Non ho molto tempo.»

«La notte tra venerdì 1 e sabato 2 luglio. Che cos'ha fatto in quelle ore?»

«Ho trascorso la serata con Philippe Sobieski. Alle nove siamo andati a cena al Relais Plaza, in avenue Montaigne. Poi siamo tornati qui intorno alle undici.»

«E dopo?»

«Vi serve un disegnino?»

«A che ora se n'è andato Sobieski?»

«Verso le nove del mattino.»

«Suo marito non c'era?» chiese Barbie.

«Mio marito non c'è mai.»

Con ogni evidenza, Diane Vastel praticava l'adulterio come altri la caccia al cervo. In ghingheri e senza la minima discrezione.

«Conosce Sobieski da molto tempo?»

«Da circa un anno e mezzo. L'ho incontrato nel 2015.»

«In quali circostanze?»

Lei mosse qualche passo, il volto reclinato, le mani intrecciate, quasi fosse intenta a ripetere il testo di un'opera teatrale. Benché quell'atteggiamento pretenzioso non le si confacesse, in fondo poteva permettersi qualsiasi cosa. Lei non seguiva le regole dell'eleganza: erano le regole che cercavano di starle dietro…

«Tre anni fa, insieme ad alcuni amici ho messo in piedi un club culturale. Organizziamo incontri con scrittori e artisti. Nel gennaio del 2015 abbiamo contattato Sobieski e lui ci ha ricevuti nel suo atelier a Saint-Ouen.»

«È stato amore a prima vista?» ironizzò Corso.

«Una donna può invecchiare, i suoi sentimenti rimangono intatti.»

«Non era lei l'oggetto della battuta. Parlavo di Sobieski. Faccio fatica a cogliere le sue qualità di… irresistibile don Giovanni.»

«Diciamo che non sembra ossessionato dai culi sodi, il che è già un sollievo per una donna della mia età. A proposito, immagino che lo abbiate già incontrato: è un curioso miscuglio di provocatoria volgarità, ma anche di fragilità e persino di innocenza... In un mondo in cui chiunque può terminare le frasi della maggior parte degli altri, è una bella sorpresa.»

Corso fu costretto ad ammetterlo: le contraddizioni del piccoletto avevano qualcosa di intrigante.

«E, cosa che non guasta, scopa da dio.»

Corso non riusciva a capire un elogio di questo tipo. Quasi che l'atto sessuale fosse un'impresa solitaria come preparare un soufflé o saltare con l'asta. Al contrario, e a rischio di affermare l'ovvio, gli sembrava fosse un discorso di intesa, di compatibilità, e che il campione di una partner potesse rivelarsi un buono a nulla per un'altra. *It takes two to tango*...

«Dalle nostre indagini risulta che in questo campo Sobieski abbia predilezioni particolari.»

«Io di particolare non ho notato alcunché.»

Nuova provocazione, in riferimento a quelli che presumeva dovessero essere i gusti ingessati di quel piccolo funzionario di polizia che aveva davanti. Ma Corso non aveva nessunissima voglia di scendere nei dettagli.

«Dovete capire una cosa», insistette lei. «Vado a letto con Philippe, certo, ma non è affatto questa la parte migliore del nostro rapporto. Anche se, ripeto, è decisamente performante sotto quell'aspetto.»

«E qual è la parte migliore?»

La domanda proveniva da Barbie.

Diane indicò una piccola tela alle sue spalle che Corso non aveva notato; era appesa tra le due finestre fustigate dalla pioggia.

«La sua arte, naturalmente.»

Un'altra spogliarellista (o era un'attrice porno?), nuda e smagrita, i muscoli in evidenza. Con la sua dominante ocra, il dipinto, di dimensioni ridotte, evocava un geyser di fuoco.

Alla fine Diane passò dietro la scrivania vittoriana per sedersi su un'ampia poltrona di pelle. L'avvocato non cessava di tamburellare sul suo portatile. Per non essere da meno, Barbie aveva tirato fuori un blocco per appunti e una penna.

«Suo marito che cosa pensa di tutto questo?» chiese Corso.
«Adora Philippe.»
«Lo conosce?»
«Sobieski è stato nostro ospite a cena più di una volta. E mio marito l'ha trovato, come dire, molto spassoso. È un banchiere che in tutta la sua vita non ha messo insieme due idee originali. Quindi, Sobieski...»
Corso quasi si sentiva in colpa nel porre la domanda vecchia scuola: «Suo marito lo sa che... be'...».
«In una coppia, arriva il momento in cui ciò che accade al di fuori è meno importante di ciò che accade all'interno. Voglio dire: è meglio distogliere lo sguardo per vivere tutto sommato serenamente. Anche a costo di prendersi il torcicollo di tanto in tanto. Mio marito non ha nulla da invidiarmi, mi creda.»
«Molto bene», disse lui, alzandosi. «È consapevole del fatto che con questa testimonianza sta sollevando Sobieski da accuse molto pesanti?»
«Non lo sto scagionando, le ho detto semplicemente la verità.»
Dopo la testimonianza inoppugnabile di Junon Fonteray, quella di Diane Vastel, riprodotta in dettaglio dal suo legale, metteva un punto alla discussione.
Dopo aver biascicato un paio di formule da sbirro per comunicare a Diane Vastel che avrebbe dovuto recarsi quanto prima al Trentasei per testimoniare di persona, Corso si accomiatò, seguito da Barbie.
Questa volta, fu la padrona di casa ad accompagnarli (quale onore).
Sulla soglia, mentre la pioggia ticchettava con insistenza sulla pensilina di vetro, la donna si permise un consiglio: «State seguendo la pista sbagliata».
Corso soffocò a stento un sospiro esausto, preparandosi a una nuova arringa in favore del suo amatissimo artista. Ma Diane Vastel prese un'altra direzione: «Con tutta probabilità, Sobieski è ancora un assassino. Nel profondo dell'anima, intendo. Ma non ha ucciso quelle ragazze. Non è il suo stile, quello».

«E quale sarebbe "il suo stile"?»

«In un impeto di rabbia potrebbe ancora, diciamo così, oltrepassare il limite: strangolando la sua amante, per esempio, o pestando a morte un modello. Ma da quanto ho letto sui giornali, il vostro assassino segue un rituale. Sobieski non ha questa interiorità... esoterica. Non sarebbe in grado di pianificare il tutto senza lasciare tracce. E non avrebbe bisogno di riproporre quella simbologia tormentata che esprime già nella sua pittura.»

Nemmeno Corso avrebbe saputo dirlo meglio di così.

41.

Ammettere la sconfitta non era sul tavolo delle opzioni. Di ritorno al Trentasei, Barbie si concentrò sui numeri. Se anche non disponeva di un cellulare, Sobieski aveva comunque un conto in banca. Stock, da parte sua, continuò a indagare sulle relazioni del pittore – le avevano passato l'agenda – e sul modo in cui impiegava il tempo. Quanto a Ludo, non era ancora rientrato da Fleury.

Una volta in ufficio, Corso scoprì di aver ricevuto un WeTransfer con tutte le scansioni del fascicolo investigativo riguardante l'omicidio della Woog. Trascorse quindi le ultime ore del pomeriggio immerso nella lettura di quei documenti. Alle sette, si era ormai convinto di aver trovato larga conferma ai suoi presentimenti: l'assassinio di Christine non aveva niente a che vedere con quelli di Sophie e di Hélène. Jacquemart aveva dato libero sfogo alle sue ossessioni e lui c'era cascato come un pivello.

I fatti: il 22 marzo 1987, Michel e Anne Woog, gioiellieri, vanno come di consueto a trascorrere il fine settimana nella loro casa sul lago di Neuchâtel. La loro abitazione principale, a Les Hôpitaux Neufs vicino al confine svizzero, rimane dunque incustodita per due giorni. Almeno questo è ciò che pensa Sobieski quando vi si intrufola dopo aver disattivato l'allarme. In realtà, in casa c'è la figlia, Christine, tornata a casa dei genitori per studiare in pace – normalmente vive in un monolocale poco distante dall'università di Besançon.

Sorpreso dalla ragazza, Sobieski la stordisce e poi la trascina nella sua stanza. Quindi la lega e la imbavaglia con la biancheria trovata in una cassettiera. Dopo un po', tuttavia, Christine riprende i sensi, si libera del bavaglio e comincia a gridare. Completamente in preda al panico, per farla tacere lui la prende a calci fino ad ammazzarla, più per goffaggine che per proposito. Arrestato, viene mandato a processo per «rapina con aggressione e omicidio preterintenzionale». Corso cercava un genio del male e si ritrovava con un animale sotto anfetamine.

Si alzò, camminò su e giù per il suo ufficio per digerire la delusione, poi afferrò il telefono e chiamò Jacquemart, ancora di stanza a Parigi. Doveva sfogarsi con qualcuno.

«Lei è proprio un bel tipo», rispose l'altro dopo essersi sorbito la ramanzina. «Non avevo i dettagli del vostro caso!»

«Però ne sapeva abbastanza per dedurre che Sobieski fosse il nostro uomo.»

«Sono stati i nodi a farmi fare il collegamento...»

Corso osservò le foto che ritraevano in primo piano i nodi con cui era stata legata Christine.

«Non hanno niente a che vedere con quelli che immobilizzavano le due spogliarelliste.»

«E questo che cosa prova? L'ho già detto: ha avuto tutto il tempo di perfezionarsi. Sobieski è un omicida psicopatico, non può impedirsi di continuare a uccidere.»

Inutile insistere, era impossibile fargli cambiare idea.

«Mi stia a sentire», riprese l'ex poliziotto in un tono che cercava di essere persuasivo. «Dopo le indagini preliminari, sono andato a trovare Sobieski in prigione.»

«Perché?»

«Così. Per scambiarci due chiacchiere. Sobieski non prova empatia verso gli altri, né sa cosa sia la morale. Non ha alcun problema ad ammazzare e non è in grado di distinguere il bene dal male.»

«Immagino la odiasse ferocemente.»

«Niente affatto. Mi chiamava "amico mio". Sosteneva a ragione che avessimo condiviso un momento cruciale delle nostre esistenze. A dirla tutta, sembrava che provasse pietà per noi poliziotti. O qualcosa del genere, insomma. Quanto a lui, si è sempre creduto al di sopra della legge. Ha una logica tutta sua e il nostro mondo gli sembra misero e limitato.»

«Di cosa parlavate quando andava a trovarlo?»

«Delle sue conquiste.»

«Quali conquiste?»

Jacquemart rise costernato.

«Fin dai primi giorni di reclusione riceveva sacchi di lettere di ammiratrici. Ero io stesso a leggerle prima di girargliele. C'erano quelle che gli giuravano eterno sostegno, ritenendolo innocente. E poi c'erano quelle che lo credevano colpevole e che... si bagnavano al solo pensiero. Non so lei, ma io è ormai da un bel po' che ho rinunciato a capire le donne...»

Corso preferì non replicare.

«Sobieski ha un alibi per entrambi gli omicidi.»

Jacquemart ridacchiò: «Gliel'ho detto, è un tipo sveglio!».

Corso annuì: su un piatto della bilancia c'erano gli alibi di Sobieski e la sua consolidata reputazione di pittore; sull'altro, la convinzione di un vecchio poliziotto in pensione, un boscaiolo ossessionato da un paio di ricordi.

«Non si lasci fregare», lo ammonì ancora una volta Jacquemart. «Se è diventato un abile pittore, perché non potrebbe essere diventato anche un abile assassino?»

Dopo aver riattaccato, Corso decise di riprendere l'intero fascicolo dall'inizio – l'indagine di Bornek, la loro, quella di Jacquemart – per vedere cosa tirar fuori da quella bella sintesi.

In quel preciso istante, però, Ludo bussò alla porta: finalmente, era tornato dal carcere di Fleury-Mérogis.

«Vorresti dirmi che hai passato tutto il giorno lì dentro?»

«Proprio così», rispose senza fiato, evidentemente aveva salito i gradini a quattro a quattro. «Ho interrogato un bel po' di secondini e di detenuti...»

«E allora?»

«Non potremmo desiderare un profilo migliore.»

«Cioè?»

«Tanto per cominciare, lì dentro lo vedevano tutti come un tipo violento e dall'intelligenza senza pari.»

«La qual cosa non fa di lui un serial killer, però.»

«No. Ma non è nemmeno l'animale strafatto che si è lasciato prendere dal panico durante una rapina notturna. Questa è stata solo la tesi sostenuta dal suo avvocato per evitare il peggio.»

Una linea di difesa che si era rivelata fallimentare, visto che Sobieski si era beccato vent'anni, ovvero il massimo della pena.

«In realtà», proseguì Ludo, «è un vero predatore capace di imporre la sua legge nel carcere.»

«Non stiamo cercando un gorilla forzuto.»

«Appunto. L'hai visto, no? Sembra lo stecco di un gelato. Tuttavia, nessuno osava avvicinarglisi. Un pericolo pubblico in versione tascabile. È persino sospettato di aver ucciso diversi uomini a Fleury. E anche a Besançon.»

«Voci. Le solite stronzate che girano tra i detenuti.»

Ludo tirò fuori alcuni verbali e li sparse sulla scrivania.

«Gli omicidi ci sono stati eccome, e ogni volta le indagini si sono concentrate su Sobieski.»

Corso ricordò che il pittore gli aveva raccontato di aver subito centinaia di stupri: erano avvenuti prima che diventasse lo spauracchio del carcere? Oppure gli aveva semplicemente mentito?

«Però non è mai stato condannato per questi omicidi», replicò, sfogliandoli.

«Per mancanza di prove e testimoni. Classico caso di omertà. Credimi, conosco le dinamiche tra i carcerati. Sobieski li faceva cagare in mano.»

Tutto questo non apportava granché al caso dello Squonk, e a Ludo parve di avvertire lo scetticismo del suo capo.

«C'è anche dell'altro», disse, passandogli un secondo fascio di documenti. «Al momento dell'arresto, Sobieski non sapeva né leggere né scrivere. Ma poi si è diplomato in carcere e ha conseguito una laurea in giurisprudenza. Riusciva a dominare gli altri grazie alla sua intelligenza e alle sue conoscenze. Tanto da guadagnarsi persino la reputazione di giudice.»

Corso inarcò un sopracciglio.

«Giudice?»

«È così che lo chiamavano a Fleury, il Giudice. Quando sorgeva un dissapore, metteva tutti d'accordo. E se un detenuto mancava alla parola data o aveva voglia di fare il coglione, lo puniva con la massima severità.»

Ecco: questo era *decisamente più interessante*, pensò Corso. Sentiva infatti nei visceri che l'assassino di Sophie e Hélène aveva voluto castigare le loro deviazioni: le perversioni sadomaso della prima, le tendenze necrofile dell'altra...

«Ma il meglio l'ho conservato per la fine.»

«E cosa sarebbe?» chiese Corso alzando lo sguardo.

«In prigione, Sobieski praticava lo *shibari*.»

Le sillabe giapponesi impiegarono un quarto di secondo a trovare una collocazione nel suo cervello.

«Stai parlando del... bondage?»

«Proprio così. Aveva iniziato altri detenuti alla corda e li faceva godere legandoli, cosa che in carcere suona un po' paradossale.»

Corso raccolse tutti i fogli sparpagliati dal collega e li rimise nella loro cartella.

«Hai fatto un ottimo lavoro, Ludo. Grazie. Studierò tutto il materiale con attenzione.»

«E voi cosa avete trovato?»

«Parlane con Barbie, ti racconterà.»

Una volta rimasto solo, però, Corso non tornò sui documenti. Gli era appena venuta un'altra idea. Dopo aver guardato l'orologio – erano ormai passate le otto di sera – chiamò uno dei due ufficiali della Giudiziaria incaricati di tener d'occhio Philippe Sobieski. Benché il soggetto meritasse sicuramente due agenti scafati, lo aveva affidato a due novellini. Una scelta rischiosa, questa, ma dettata dalla prerogativa essenziale di cui godevano i principianti: il fatto che non puzzassero ancora di divisa.

«Dove siete?»

«Al Silencio, in rue Montmartre.»

Lo conosceva: un club alla moda firmato da David Lynch, a pochi isolati dallo Squonk.

«Che sta combinando da quelle parti?»

«Sta registrando un programma per France-Culture. È uno degli intrattenitori abituali.»

«Per quanto ne avrà ancora?»

«Almeno due ore.»

Corso aveva già infilato la pistola nella fondina e indossato la giacca. Alla fine della fiera, Jacquemart aveva ragione: con un figlio di puttana simile, bisognava stare attenti e non farsi fregare.

E il fine giustificava i mezzi.

42.

La fabbrica si stagliava contro il cielo notturno. A quell'ora, l'atelier di Sobieski sembrava acquistare una densità particolare, la massa di una stella morta. Nei dintorni dell'edificio, circondato da un ampio cortile lastricato, sorgevano soltanto altre costruzioni che gli volgevano le spalle. Il risultato era un isolamento tutto sommato imprevedibile in piena banlieue parigina, e assolutamente gradito all'agente che aveva scelto quella notte per indossare i panni dello scassinatore.

La serratura non gli creò problemi, ma temeva un eventuale sistema di allarme. Lì per lì, comunque, non c'era il minimo segno di pericolo. Fermo sulla soglia, Corso afferrò la torcia elettrica e perlustrò lo spazio alla ricerca di un sensore, di una luce o di una videocamera. Non scorgendo alcunché, si avventurò all'interno.

Mentre chiudeva la porta, si disse che Sobieski non era il tipo da tenere sotto sorveglianza il luogo in cui viveva. I suoi quadri valevano tanto, certo, e nessuno meglio di lui poteva sapere che quello del rapinatore è un lavoro come gli altri, ma un ladro e un assassino come lui non diffida dei suoi simili: prova anzi una sorta di solidarietà verso il mondo del crimine, un mondo che accetta, un mondo di cui è parte.

Corso attraversò le sale senza fretta. Pareti, pavimento, soffitto, nient'altro. Superfici nude, lisce e lucenti come il metallo. Nella penombra, i ritratti di Sobieski lo seguivano con lo sguardo: travestiti, tossici, spogliarelliste… tutti nel loro habitat naturale: l'ombra, la clandestinità. Al tempo stesso, però, evocavano i sussulti di un animale ferito dai cacciatori. Spacciati ma ancora tenuti su dai nervi, barcollavano nella loro breve agonia.

Al suo passaggio intravide occhi e lineamenti truccati, palpebre semichiuse pesanti e incrostate di cosmetici. Droga, vizio e disperazione scorrevano sotto quelle carni di carta kraft, in quelle vene bluastre: una legione di dannati a cui Sobieski aveva offerto la sua assoluzione.

Corso nemmeno sapeva cosa fosse venuto a cercare. In un modo o nell'altro, però, doveva scoprire la faccia nascosta dell'ex detenuto. Impossibile che il frutto di quel destino fosse semplicemente un buffone che andava a champagne e a battute stupide. Sobieski si era costruito a furia di traumi, di sballi e di pulsioni morbose: e un percorso di quel tipo non poteva che forgiare un essere complesso e pericoloso. Un predatore che sapeva battersi e mimetizzarsi...

Entrò nell'atelier vero e proprio: l'idea era quella di analizzare le tele in lavorazione, persino i semplici schizzi, alla ricerca di un possibile indizio. Non si era dimenticato dell'album ritrovato in cantina, e poco importava che Sobieski lo avesse dimenticato lì o che ce lo avesse lasciato apposta per depistare le indagini (ipotesi che non aveva ancora escluso). L'importante era che la psiche del criminale si esprimesse attraverso il disegno e la pittura. Perché sarebbe stata la sua arte a tradirlo: di questo, Corso era sicuro.

Alla luce della torcia, passò in rassegna tutte le opere a cui l'artista stava lavorando: sollevò le copertine che nascondevano i dipinti, sfogliò i quaderni di schizzi, aprì le cartelle portadisegno che proteggevano le litografie...

Alla fine, in un angolo, nascosta con cura da un panno grigiastro, trovò una tela di un metro per settanta centimetri. Sollevando il panno, passò lentamente il fascio di luce sul dipinto appena asciutto. E rimase di sasso.

Era orribile.

Morboso.

Magnifico.

Corso non riuscì a trattenere un mezzo sorriso. Aveva sotto gli occhi la prova inoppugnabile del fatto che Sobieski era l'assassino di Sophie Sereys.

Mentre contemplava il dipinto nei minimi dettagli, si disse che nel destino di Sobieski c'era una logica segreta: la stessa pittura che lo aveva salvato dai suoi demoni si era poi rivelata la causa della sua ricaduta e della sua condanna.

All'improvviso una luce violenta inondò l'atelier.

«Non avresti dovuto farlo, figlio di puttana.»

Corso si girò per trovarsi davanti Sobieski in tenuta di ordinanza: completo in lino bianco confezionato su misura, fazzoletto di seta, camicia in tinta unita con collo italiano, mocassini scamosciati con le frange...

«Pedinamento illegale, violazione di domicilio con effrazione, violazione della privacy: finirai a dirigere il traffico in place de l'Étoile, caro il mio coglioncino.»

Senza smarrire il sorriso, Corso guardò l'orologio.

«Io dico di no, Sobieski. Sono le 23.45 e da questo momento sei posto sotto custodia cautelare per l'omicidio di Sophie Sereys.»

43.

Mezz'ora dopo, un manipolo di agenti in uniforme si riversò nel cortile lastricato dell'atelier per prelevare Philippe Sobieski e trasferirlo al Trentasei perché venisse ascoltato. Il pittore non oppose la minima resistenza, non proferì una parola e non contattò alcun legale. Evidentemente, era pronto a difendersi da solo.

Nel frattempo, Corso aveva fatto una telefonata urgente a Catherine Bompart per darle la buona notizia e quella cattiva. Che in fondo coincidevano: pareva proprio avesse arrestato l'assassino dello Squonk ma in condizioni del tutto illegali. Sapevano entrambi che c'erano eccezioni, esenzioni concesse dal giudice per le indagini preliminari. La Bompart avrebbe trovato un modo per ottenere quell'autorizzazione e falsificare gli orari.

Corso aveva contattato anche la Scientifica perché passasse al setaccio l'atelier: in un modo o nell'altro, bisognava trovare qualche frammento del DNA delle due vittime. Era tuttavia certo che per i suoi delitti Sobieski si servisse di un nascondiglio segreto, altro lavoro da sbrigare per il suo gruppo. Ora che avevano accesso a ogni minimo elemento della sua vita privata, lo avrebbero scoperto di sicuro.

Finito il giro di chiamate, Corso tornò ad ammirare il capolavoro di Sobieski che era anche la prova sconcertante della sua colpevolezza. La tela, appena ultimata, raffigurava Sophie Sereys così com'era stata ritrovata vicino al centro per la raccolta dei rifiuti della Poterne des Peupliers. C'era tutto: gli angoli della bocca lacerati, i nodi praticati con gli indumenti intimi, gli occhi iniettati di sangue. Persino la pietra in fondo alla gola... Particolari noti esclusivamente agli agenti e all'assassino.

La Scientifica aveva i mezzi per datare con esattezza il processo di elaborazione dell'opera. In ogni caso, l'artista si era messo al lavoro almeno dieci giorni prima, ovvero qualche giorno dopo la morte di Sophie...

Dopo aver ammanettato Sobieski in un angolo della sala, Corso aveva proseguito la sua ispezione alla ricerca degli studi e degli schizzi preliminari di quell'opera raccapricciante. Ma non ne aveva trovati.

Aveva trovato qualcosa di meglio, però.

Un dipinto che raffigurava un corpo inarcato in maniera innaturale e abbandonato nel bel mezzo di un lotto di terreno. Una vera natura morta... Benché l'opera fosse incompleta, non era affatto difficile riconoscere Hélène Desmora. E, ancora una volta, non mancavano tutti i dettagli che solo l'assassino poteva conoscere.

Con ogni evidenza, Sobieski stava preparando una serie di dipinti sull'argomento. Le spogliarelliste dello Squonk erano le sue *Ninfee*.

Mentre rovistava, Corso andava rimuginando due distinti pensieri. Tanto per cominciare, trovava strano che il pittore avesse preso così poche precauzioni. Possibile che avesse messo ad asciugare nel suo atelier l'opera che raffigurava il suo primo omicidio e che lavorasse tranquillamente all'altra pur sapendo dell'arrivo imminente della polizia, cosa che per altro gli avevano preannunciato lui stesso e Barbie qualche ora prima? L'altro pensiero era di ordine psicologico. Più contemplava e ammirava i ritratti, più si diceva che il movente dell'assassino era il più semplice del mondo: aveva ammazzato quelle ragazze per poterle dipingere. Il loro supplizio e la loro morte erano parte del processo creativo: la scena del crimine poteva essere considerata come una vera e propria cornice. Sobieski aveva concretizzato la sua pittura nella realtà per poterla ritrasferire sulla tela. La sua era un'opera che in qualche modo si avvicinava alla performance.

Al momento, comunque, si trattava di un'analisi rudimentale. Jacquemart gli aveva ripetuto che Sobieski era uno psicopatico, un assassino asociale incapace di pietà ed empatia: una condizione probabilmente aggravata da tutti quegli anni passati in prigione. A Sobieski non importava minimamente di cosa potesse accadere fuori dal suo atelier. L'unica cosa che contava era la sua arte. E lui era pronto a tutto pur di trovare il soggetto giusto, pur di accordare il mondo all'idea che aveva in testa, all'immagine che intendeva imprimere sulla tela.

Con il trascorrere del tempo, la pittura si era insinuata nel suo cervello fino a diventare, in un certo senso, l'arma del crimine. O almeno la fonte d'ispirazione omicida. Nella sua mente malata, l'omicidio e la pittura erano un tutt'uno. La vittima prescelta non era che la brutta copia, lo schizzo dell'opera a venire.

Mentre aspettava gli agenti, Corso si era trattenuto dal rivolgere la parola a Sobieski: temeva infatti di compromettere l'interrogatorio. D'altra parte, sospettava che il pittore non avrebbe nemmeno aperto bocca.

Avrebbe vuotato il sacco al Trentasei?

Non c'era da sperarci.

Di sicuro, comunque, il suo non era un «cliente» come gli altri. Conosceva la legge, gli ingranaggi delle procedure e, cosa ancora peggiore, il mondo dei media. Di certo non avrebbe perso l'occasione di sbandierare ai quattro venti la propria innocenza e di gridare alla persecuzione. E non avrebbe avuto problemi a riunire il battaglione dei suoi sostenitori: artisti, intellettuali, politici, tutti quelli che lo avevano tirato fuori di prigione e che si sarebbero battuti di nuovo perché non ci tornasse.

Non appena aveva sentito riecheggiare le sirene nel cortile lastricato, Philippe Sobieski si era lasciato sfuggire una risata silenziosa e nera, scoprendo i denti scheggiati che ricordavano quelli di certi giapponesi che, in passato, li scurivano d'inchiostro.

Il suo volto non aveva profondità, era solo una maschera.

«È la cazzata più grossa della tua vita.»

44.

«Allora, hai capito la situazione?» gli chiese Corso mezz'ora dopo. Erano nel suo ufficio. Stravaccato sulla sedia dell'interrogatorio, Sobieski osservava le pareti, indugiando su quella mansardata e sul lucernario protetto da una griglia (ormai onnipresente alla Criminale dal suicidio di Richard Durn).

«Dovrei essere davvero distratto.»

«Hai ottime probabilità di passare la seconda metà della tua vita al fresco.»

Il pittore scrollò le spalle. In previsione di un ingresso in pompa magna al Trentasei, aveva chiesto di potersi cambiare. Aveva indossato una tuta con finiture dorate, senza dubbio firmata, ma che gli dava l'aria di quel che era: un pappone sulla via della galera. La giacca era aperta sul petto nudo e sulle catene d'oro, cianfrusaglie da rapper da quattro soldi che scintillavano al chiarore del primo mattino. Un borsalino di feltro grigio con una fascia tigrata gli nascondeva metà della faccia.

Drizzando l'indice, sollevò il bordo del cappello con un gesto teatrale: «Tu e io veniamo dallo stesso mondo, Corso. Quindi non provare a intimidirmi o roba del genere. La partita è appena iniziata».

Corso accese il computer senza rispondere.

«Cognome, nome, indirizzo di residenza, data di nascita», intimò, aprendo un nuovo file per il verbale dell'audizione.

Sobieski obbedì con voce neutra. Alla precisa domanda su cosa avesse fatto mentre avvenivano gli omicidi, ribadì la prima versione: aveva trascorso la notte tra il 16 e il 17 giugno con Junon Fonteray e quella dall'1 al 2 luglio in compagnia di Diane Vastel.

Corso mise le mani sulla scrivania e gli parlò con calma, come se tentasse di convincere un bambino testardo: «Sobieski, vedi di essere ragionevole. Con quello che abbiamo scoperto nel tuo atelier, i tuoi alibi non reggono più».

«Ma non sono alibi: corrispondono al vero.»

«Quando Junon si renderà conto di cosa rischia con questo caso, ritratterà.»

«Provate pure a spaventarla: non funzionerà. Quella ragazzina ha testa e cuore.»

A Corso ricordava soprattutto una studentessa troppo sicura di sé. Se solo le avessero cacciato sotto il naso il dipinto di Sobieski, si sarebbe sgonfiata come un palloncino.

«Consideriamola da un altro punto di vista. Se hai trascorso la notte tra il 16 e il 17 giugno con Junon, come hai fatto a ritrarre la vittima nella posizione esatta in cui è stata ritrovata vicino alla Poterne des Peupliers? Hai riprodotto i nodi che la serravano e la pietra in gola: dettagli che non sono stati diffusi, così come non sono state pubblicate foto della scena del crimine. Solo l'assassino può conoscerli. Cos'hai da dirmi in proposito?»

«La forza della mia ispirazione.»

«Trova qualcosa di più convincente.»

«Ho letto articoli di giornale, notizie sul web. Il resto l'ho dedotto.»

«Hai sbagliato mestiere, avresti dovuto fare l'investigatore.»

«I giornalisti hanno riportato che la ragazza era stata legata con i suoi stessi indumenti intimi. Non era difficile intuire che l'assassino le aveva legato le mani dietro la schiena.»

«Nessuno ha mai precisato però che tutti i nodi erano collegati alla gola, in modo da provocare il soffocamento al minimo movimento.»

«Se tu ne capissi anche solo un pochino di sadomaso, sapresti che si tratta di un classico.»

«Nessuno ha mai detto che l'assassino ha contatti con il mondo sadomaso.»

«Sei stupido o cosa? Quel tizio sceglie spogliarelliste, usa la loro biancheria intima per legarle, le sfigura. Siamo nel registro della perversione più tipica...»

«I nodi che hai disegnato sono esattamente quelli utilizzati dall'assassino.»

Sul volto di Sobieski si dipinse un sorriso obliquo.

«La mia tela non è così precisa. Non ho disegnato i nodi. Avrai più di un problema a far passare un tratto di pennello per una prova oggettiva.»

Mosso dall'impulso di prenderlo a schiaffi, Corso si aggrappò alla tastiera per evitare qualsiasi gesto fuori luogo.

«E delle mutilazioni al viso? Come spieghi il fatto che hai riprodotto esattamente le ferite inferte dall'assassino?»

«Falla finita, Corso. Sulla mia tela, il volto è di profilo: e cos'è che si vede di preciso? Una bocca solo un po' sproporzionata.»

«La ferita di Sophie Sereys.»

«Mi sono semplicemente ispirato all'*Urlo* di Munch. E secondo me, deve averlo fatto anche il tuo assassino.»

«Perché non a Goya?»

«Ho capito dove vuoi arrivare... alle *Pinturas rojas* guarda caso esposte nel mio atelier.»

«Guarda caso, appunto. Ma c'è di più, Sobieski. Il tuo problema è che molti elementi convergono verso la tua colpevolezza: andavi a letto con le vittime, ti aggiravi dietro le quinte dello Squonk, sei un appassionato di *shibari*...»

«Tutte queste cose non fanno di me l'assassino.»

«Prese singolarmente no. Ma l'insieme comincia ad avere un certo peso, non credi? Soprattutto per uno che ha trascorso una ventina d'anni in carcere.»

«Ho pagato e adesso sono pulito.»

«L'omicidio che hai commesso all'epoca presenta parecchie similitudini con quelli avvenuti pochi giorni fa e...»

«No. Ne abbiamo già parlato. Non aveva nulla a che fare con i sacrifici cui sono state sottoposte Sophie e Hélène. Porca puttana, così vai dritto contro un muro. Non troverai altro che rogne con i tuoi superiori.»

Corso abbozzò un sorriso.

«Vuoi farmi causa per molestie?»

«Non io, Corso. I miei amici, i miei sostenitori, tutti quelli che si sono battuti perché uscissi di prigione.»

«Sono terrorizzato.»

Sobieski si sporse in avanti. Aveva sopracciglia molto sottili ed estremamente mobili. Le inclinava verso le tempie per un sì o per un no, accentuando un'espressione di fastidio o di costernazione. La Bompart le definiva «a forma di copriwater».

«Sai quanto me che ti stai muovendo su un campo minato, Corso. Le tue prove non valgono un accidenti, il mio arresto è illegale e tutta questa storia ti scoppierà in mano.»

«Se le cose stanno così, perché non chiami il tuo avvocato?»

Sobieski riacquistò la classica posa da pappone sicuro del fatto suo. Gambe aperte, un gomito sulla scrivania, il busto leggermente piegato per mettere in mostra i pendagli.

«Ho tutto il tempo per farlo. A ogni modo, la tua procedura è illegale sin dall'inizio. Viene da chiedersi se hai mai avuto a che fare con un vero delinquente.»

Corso avvertì come una spia accendersi in un angolo della mente: «Che intendi dire?».

«Perché sono tornato a casa alle undici, secondo te?»

«Perché il tuo programma era finito.»

«Il mio programma termina a mezzanotte, tesoro. Sono tornato perché il sistema di allarme mi si è attivato.»

«Quale sistema?»

«Quello installato nel mio atelier: è così discreto che non l'hai nemmeno notato.»

Corso sentì come un'arsura alla gola: l'ennesimo errore di valutazione. Il carcere non genera altro che paranoici.

«Il mio sistema non suona e non lampeggia. Si limita a chiamarmi», spiegò Sobieski facendogli l'occhiolino. «Se un pezzo di merda cerca di entrare, ci penso da solo a sistemare il problema.»

«Cosa stai cercando di dire? È ancora la mia parola contro la tua.»

«Non esattamente, Corso, visto che il mio sistema è dotato anche di telecamere.»

Questa volta gli si chiuse lo stomaco. Bompart o no, sarebbe stata dura giustificare il video delle sue peregrinazioni notturne.

«Il mio avvocato riceve direttamente le registrazioni con timecode. Stamattina se la sarà spassata. Non capita tutti i giorni di beccare uno sbirro con le mani nelle mutande.»

Corso cambiò tono: «Brutto coglione sciroccato, prova quanto ti pare a rompermi le palle per questa menata. I tuoi dipinti rimangono prove valide. Tasselli che il giudice sarà felice di integrare nella procedura».

«Ma ci sono altri elementi da allegare al fascicolo, Corso. Come il pedinamento illegale di cui sono stato oggetto. Anche in questo caso, avresti dovuto usare maggiore attenzione. Sobieski è una questione politica. Sono un simbolo, incarno un messaggio di speranza per tutti coloro che vogliono riscattarsi dai casini che hanno combinato. L'opinione pubblica è dalla mia parte e, credimi, pesa più delle tue elucubrazioni.»

Gli vennero in mente un paio di nomi: Omar Raddad, Cesare Battisti... Non c'era nulla di peggio di quei casi in cui la cosiddetta «società civile» si metteva in mezzo, senz'altro risultato che accrescere il marasma generale. In Francia c'erano ancora voci che si levavano a difesa di Jacques Mesrine e contro i poliziotti che lo avevano eliminato.

«In questo caso», ribatté Corso, «dovremo scomodare le testimoni.»

Il viso di Sobieski si contrasse. Le sue labbra furono scosse da un tremito: mobili al pari delle sopracciglia, potevano passare in un istante da un sorriso benevolo alla più sinistra crudeltà.

«Lascia stare Junon e Diane, figlio di puttana. Altrimenti...»

«Altrimenti cosa? Bisogna che capiscano che cosa stanno rischiando. Ti accompagneranno nella tua caduta, tutto qui. Ecco cosa ci si guadagna a scopare con un *bad boy*.»

All'improvviso, fedele alla sua mutevolezza, Sobieski ritrovò il sorriso. Nei suoi occhi brillava un luccichio di follia.

«Non ho motivo di preoccuparmi», cantilenò. «In carcere ne ho tritati a decine di stronzi come te.»

«Così ho sentito dire, caro il mio Giudice. Anche questa cosa giocherà a tuo sfavore.»

«Di cosa stai parlando?»

«Lascia stare. In ogni caso, hai la faccia che si addice al ruolo, fidati. Verrai portato davanti al magistrato in giornata e ti ritroverai in custodia cautelare.»

«Ti darò una dritta», mormorò il pittore, appoggiando il gomito sulla scrivania come un ubriaco su un bancone. «Prima di radunare la cavalleria, guarda bene il mio dipinto. Perché la soluzione si nasconde lì dentro.»

«Quale soluzione?»

«Sei un bravo piedipiatti», lo schernì. «Ho fiducia in te. Alla fine ci arriverai. Scoprirai come ho potuto dipingerlo pur essendo innocente.»

Corso si rabbuiò: dietro quella sua aria spavalda, percepiva qualcos'altro.

Il sospetto si alzò. Aveva ritrovato quella sua superbia da principe delle fogne.

«Però devi sbrigarti», disse, facendogli ancora una volta l'occhiolino. «E non dimenticare: Sobieski è una questione politica.»

45.

«Insomma, siamo messi bene oppure no?»

La Bompart aveva già indetto una nuova conferenza stampa nel corso della giornata. Contava su un annuncio ufficiale per chiudere il becco ai giornalisti e acquietare l'opinione pubblica. In piedi davanti alla sua scrivania, Corso cercò di ammansirla e di ottenere una proroga.

«Benissimo», confermò, «solo che...»

«Ha confessato?»

«No... ma il punto è che ci sono un paio di problemi.»

«Che genere di problemi?»

Le riassunse brevemente la storia del sistema di allarme e delle telecamere.

«Merda», sibilò lei.

Aveva già ottenuto l'autorizzazione per la perquisizione notturna di Corso. Ma adesso la situazione era completamente diversa: si trattava di violazione di domicilio.

«Non ti agitare», provò ad argomentare lui, «ci sarà pure il modo di negoziare.»

«Ah. E con chi, esattamente?»

«Con Sobieski e il suo avvocato. Il bastardo teme che mettiamo sotto pressione le sue testimoni, Junon Fonteray e Diane Vastel. Potremmo usarle come valuta di scambio.»

«Non è un caso di sequestro. E non ci sono ostaggi.»

«Hai capito che cosa intendo.»

Seguì un istante di silenzio.

«Dunque non posso rilasciare dichiarazioni», concluse lei con voce delusa.

«Concedimi ancora un giorno. I miei stanno passando al

vaglio il suo atelier, i suoi conti, le sue amanti. Qualsiasi attacco possa tentare Sobieski, le prove contro di lui saranno schiaccianti.»

In preda allo scetticismo, la Bompart non rispose.

«Ripeto: entro stasera avremo roba pesante.»

«Spero tu abbia ragione.»

Corso si precipitò nell'ufficio di Krishna. L'uomo dei cavilli sapeva redigere dichiarazioni inattaccabili. Non era soltanto padrone del linguaggio amministrativo; avendo passato l'esame di abilitazione, conosceva a menadito le procedure legali.

Dopo avergli spiegato la situazione, Corso spiegò: «Attenzione, però: è solo una prima stesura».

«Che vuoi dire?»

«Non devi inviarla né mostrarla a nessuno. Non so che piega prenderanno le cose.»

Dietro le lenti degli occhiali, Krishna faceva pensare a un quaderno di geometria: il cerchio e il quadrato, la testa pelata e la montatura di tartaruga. Non amava deviare dal sentiero.

«Non capisco. Rischiamo qualcosa?»

Corso si passò una mano sul viso.

Quasi avesse scelto il momento di proposito, Barbie fece irruzione nell'ufficio.

«E tu che ci fai qui?» gli chiese Corso, innervosito. «Non dovresti essere nell'atelier di Sobieski?»

«Vengo proprio da lì. Abbiamo quasi finito.»

«Di già?»

«Proprio così: di già.»

Barbie aveva la faccia delle giornate no: gli occhi inquieti, le guance arrossate.

Scoccò un'occhiata all'indirizzo di Krishna e poi chiese a Corso: «Ti dispiace uscire un istante?».

Una volta in corridoio, vuotò il sacco.

«Non abbiamo nulla», disse a voce bassa, il respiro alterato. «La Scientifica non ha trovato nemmeno un'impronta incriminante nell'atelier di Sobieski. Se si scopava Sophie ed Hélène, non lo faceva lì da lui.»

«Nessuna traccia di sangue?»

«Niente di niente.»

«E la morsa?»

«L'hanno smontata per analizzarla in laboratorio. Ma l'abbiamo già passata al Luminol, sul posto, e non è venuto fuori alcunché.»

«Avrà un altro atelier, è evidente. Hai studiato i suoi conti in banca?»

«Ho iniziato, ma la perquisizione mi ha portato via buona parte della notte e la mattinata.»

«Ritornaci su. Avrà di sicuro affittato o acquistato un altro spazio.»

«A proposito, ho anche contattato Mathieu Veranne: dice di non conoscere Sobieski.»

Corso ripensò a quel Marchese de Sade con la faccia da sogliola. Se quel tizio non aveva mai sentito parlare del sospettato, significava che l'ex detenuto non aveva contatti con il bondage parigino. Sobieski praticava da solo e secondo le sue regole.

«Avete trovato materiale sadomaso nell'atelier?»

«Nemmeno un pezzo di spago.»

Solitamente propositiva, Barbie sembrava destabilizzata: avevano cantato vittoria troppo in fretta. E forse avevano pure commesso un grosso errore arrestando Sobieski.

«Stock?»

«Continua a interrogare la sua cerchia di frequentazioni e gli amici ma, a parte le sue storielle erotiche, il nostro amico sembra irreprensibile.»

«Ludo?»

«È ancora sul posto, si sta occupando dei reperti.»

«Abbiamo notizie dell'avvocato di Sobieski?»

«No.»

Perché quel bastardo non gli aveva ancora aizzato contro il suo mastino? Come mai quella mancata ritorsione? Il legale aveva già ricevuto le immagini che lo ritraevano nel bel mezzo di una perquisizione illegale: a quell'ora avrebbero dovuto già trovarselo tra i piedi al Trentasei per chiedere il rilascio del suo cliente.

Se non lo aveva fatto, significava che gli era stato ordinato di non farlo. Sobieski stava aspettando qualcosa… ma cosa?

«Torna ai tuoi numeri e trovami un indizio. Dove sono i dipinti?»

«I dipinti?»

«Quelli che ritraggono Sophie e Hélène.»

«Credo li abbia la Scientifica.»

Corso si diresse verso il laboratorio. Attraversato il cortile, salì una rampa di scale e prese un corridoio che ricordava una sorta di museo del crimine vecchio stile.

In testa continuava a riecheggiargli quella frase di Sobieski: "Guarda bene il mio dipinto. Perché la soluzione si nasconde lì dentro". Quel coglione era stato in grado di dissimulare un qualche messaggio nella sua tela, qualcosa di esplosivo che lo avrebbe scagionato o, al contrario, messo definitivamente nei guai.

Corso entrò nella sala principale della Scientifica, che sembrava uno dei laboratori dismessi del Jardin des Plantes. Piani di lavoro, becchi di Bunsen, alcune centrifughe giusto per strizzare un occhio alla modernità: eravamo decisamente lontani dalla sede futuristica di *CSI*.

Salutò con un rapido cenno i tecnici occupati sui computer o chini sui microscopi. La scienza forense non era mai stata il suo campo, e solo a mettere piede in quel covo gli veniva il mal di testa.

Un tizio in camice bianco gli venne incontro. Chioma bionda da Playmobil, viso ampio e intimorito, fisico segaligno: non proprio tagliato per quell'ambito.

«Sono il tenente Philippe Marquet. Posso aiutarla?» Corso si presentò e chiese di vedere i dipinti di Sobieski.

«Li stiamo analizzando. Mi segua.»

Raggiunsero un'altra stanza. I piedi sprofondavano nelle assi allentate del parquet. L'atmosfera ricordava quella di un'aula di fisica o chimica alla fine degli anni Settanta.

Il dipinto di Sophie era appoggiato su un cavalletto di metallo. Corso riconobbe uno dei due tecnici che vi si affaccendavano intorno: Nicolas Laporte, un coordinatore con cui aveva lavorato diverse volte e che conosceva da molto tempo. Intelligente e sicuro del fatto suo, era però iscritto al sindacato e non faceva che lamentarsi: niente affatto il suo tipo, insomma.

«Allora, cos'abbiamo qui?» domandò.

«Niente di speciale. Dall'analisi degli oli e delle vernici si direbbe che Sobieski abbia ultimato l'opera una settimana fa.»

Doveva dunque averla dipinta sulla scia dell'omicidio, in due o tre giorni di lavoro. Dopo di che aveva organizzato l'assassinio di Hélène Desmora – lo schizzo del nuovo quadro – ed era passato all'azione. Benché la cosa avesse un senso, nella sua testa non smetteva di riecheggiare quella frase: «*La soluzione si nasconde lì dentro…*».

«È tutto quello che puoi dirmi?» chiese, osservando la tela con attenzione.

Laporte si lanciò in una serie di spiegazioni tecniche che Corso non si degnò nemmeno di ascoltare. Chinato sulla «natura morta», si concentrò sui particolari.

Sobieski aveva giocato la carta dell'iperrealismo – la curvatura terrificante del corpo, gli intrecci degli indumenti intimi divenuti legami mortali, la bocca trasformata in un abisso piagato, i capelli sparsi sul cemento… Il pittore non aveva dimenticato alcun dettaglio: la pietra nella gola, di cui si intravedevano i margini sporgenti, pronti a trafiggere la carne…

«Cos'è quella cosa lì, sulla destra?» chiese a un certo punto.

«Quale cosa?»

«Quell'angolo nero.»

Corso indicò una forma rettilinea che tagliava l'angolo in basso a destra del dipinto, un elemento che non sembrava né terra né cemento e che non si accordava con il resto.

Laporte inforcò gli occhiali e guardò più da vicino.

«Merda», disse alla fine, alzandosi.

«Cosa?»

Si tolse gli occhiali e guardò Corso per qualche secondo.

Poi, anche quest'ultimo capì.

«Siamo fottuti», concluse semplicemente Nicolas Laporte.

46.

Corso convocò Barbie nel suo ufficio.

«Le cose cominciano a prendere una brutta piega.»

«Non capisco», disse lei.

«Sobieski non ha dipinto le scene del crimine *in situ* ma ricavandole dalle foto della Scientifica. Ha usato i loro scatti come modelli. Si è anche preso la briga di rappresentare l'angolo di una valigetta in polipropilene, di quelle usate dagli analisti.»

«Mi stai dicendo...»

«Che qualcuno gli ha passato o venduto quelle foto.»

«Potrebbe benissimo aver dipinto quel dettaglio per tentare di scagionarsi...»

«No. Con Laporte abbiamo trovato la foto esatta da cui ha copiato. Non c'è spazio per i dubbi.»

Il primo soggetto da interrogare sull'argomento era il fotografo della Scientifica presente sul sito della discarica della Poterne des Peupliers il 17 giugno, e anche sul terreno di Saint-Denis: Benjamin Nguyen, ventinove anni, ufficiale di polizia da quattro anni alla Giudiziaria. Benché Nicolas Laporte avesse garantito per lui, lo avrebbero cucinato a puntino.

Da parte sua, Barbie avrebbe ripercorso gli archivi digitali, che mantenevano traccia di ogni consultazione. Era possibile cioè ricostruire chi, in che giorno e a che ora avesse guardato questa o quella immagine. Ma Corso propendeva più verso l'ipotesi di un qualche bastardo che avesse venduto sottobanco a Sobieski documenti cartacei. Una volta stampate, le immagini non erano più tracciabili.

Il grosso era mettere sotto torchio gli uomini di Bornek. Perché erano loro a condurre le indagini quando la foto di Sophie Sereys era stata venduta. Difficile non sospettare, dunque, che il pezzo di merda fosse lì dentro.

A dirla tutta, però, dopo era stata venduta anche una foto di Hélène Desmora. Quindi sarebbe stato altrettanto legittimo mettere sotto la lente anche tutti gli uomini della Scientifica o gli stessi componenti della sua squadra...

«Li conosci?» domandò a Barbie.

«Soltanto alcuni.»

«Sono puliti o no?»

«Non si può mai essere certi.»

Corso scosse il capo rassegnato. Dall'inizio delle indagini, un agente era in contatto con quello che era diventato il loro unico sospettato. Il che comportava anche il fatto che Sobieski non era l'assassino, per inciso. Corso preferiva non pensarci, al momento.

«Bisogna risalire al flusso dei soldi.»

«In che senso?»

«Sobieski ha acquistato quelle stampe. Le ha pagate. I soldi devono aver lasciato una traccia.»

«Cosa credi? Che abbia fatto un bonifico alla Tesoreria dello stato?»

Barbie aveva ragione. Era avvenuto tutto sottobanco, in contanti.

«In ogni caso, dai un'altra controllata ai suoi conti in banca. Potrebbe aver prelevato somme ingenti nelle date incriminate.»

Barbie sembrava perplessa: e lo era, a dire il vero. La priorità era quella di evitare uno scandalo interno. Corso decise di prendere il toro per le corna. In altre parole, Sobieski per le palle.

«Ci vediamo tra un po'», disse senza fornire ulteriori spiegazioni.

Si scapicollò giù per le scale per ritrovarsi nel cortile della Giudiziaria. Sobieski era in consegna, nel seminterrato del Palazzo di giustizia. Solo una volta portato davanti a un giudice e accusato formalmente avrebbe avuto diritto a quello che gli agenti chiamavano in gergo «trasferimento», ovvero un biglietto di sola andata per un istituto di detenzione.

Corso superò il vestibolo, oltrepassò le porte e attraversò le segrete del tribunale, la cui intera architettura era basata sulle recinzioni. Finestre, porte, passerelle, tutto era protetto per evitare che certe bestie potessero causare il minimo problema durante il loro breve passaggio.

Nella sua cella, Sobieski indossava ancora la tuta bianca con le strisce dorate, ma non aveva più un cappello. La sua testa sembrava essersi ridotta della metà. Sollevò le sopracciglia e corrugò la fronte, rivelando generazioni di rughe, di rabbia e disillusione.

«Dove hai preso quelle foto?»

«Di che stai parlando?»

La sua tempia sinistra era bluastra, la guancia destra tumefatta. Il colletto della giacca era macchiato da schizzi di sangue. La rimpatriata con gli sbirri non era filata liscia.

«Non fare lo stronzo», intimò Corso, sedendoglisi accanto. «Ti sei procurato una foto di Sophie Sereys alla Poterne des Peupliers e poi un'altra di Hélène Desmora sul terreno in cui è stata trovata. E poi ti sei limitato a ricopiarle, fino al punto da riprodurre sul primo dipinto una valigetta della Scientifica evidentemente ritratta nella foto.»

Sobieski sorrise, rivelando i denti e le gengive intrise di sangue.

«La mia assicurazione sanitaria.»

«Come le hai ottenute? Posso fregarti per intralcio alla giustizia e corruzione di pubblico funzionario.»

«Sto tremando per lo spavento. Mi hai sbattuto qui per due omicidi. Domani ti toccherà rilasciarmi e ammettere ai quattro venti in che modo gli agenti di polizia arrotondano lo stipendio. Mi dispiace per te, Corso. Adesso la prima cosa da fare è salvarti le chiappe.»

Sotto le luci al neon, le ombre sul volto di Sobieski sembravano stalattiti nere. Attraverso il vetro della porta, Corso poteva vedere la testa del piantone che osservava la scena. Evidentemente Sobieski ne aveva già combinate un paio.

«Quanto le hai pagate?»

«Perché? Ne hai altre da propormi?»
«Rispondi.»
«Tutto ha un prezzo, Corso. E l'integrità di un piedipiatti, sul mercato attuale, non è il bene più costoso.»
«Chi cazzo te le ha vendute?»
«Non sono un infame.»
«Stai proteggendo un poliziotto?»
Sobieski si sporse in avanti. Primo piano sulla sua pelle che sembrava liscia come cuoio trattato. Da molto tempo, ormai, la sua carne si era corazzata per non subire più attacchi dal mondo esterno.
«So che hai indagato sul mio conto a Fleury. E quindi saprai probabilmente perché mi chiamavano il Giudice, da quelle parti.»
«Fammi indovinare: perché facevi rispettare le tue regole del cazzo?»
«Regole che avevo introdotto io stesso.»
«Valgono anche per gli agenti di polizia?»
«Per quelli che hanno a che fare con me, sì. Sono sotto la mia protezione.»
Corso si trattenne per non attaccarlo al muro.
«Se vuoi scagionarti, devi darci quel nome.»
Sobieski scoppiò a ridere.
«Scagionarmi? L'unico colpevole è quello che mi ha venduto quelle stampate. Non sono affatto preoccupato: magari lo troverai, ma non sarò io a tradirlo.»
Corso non fu in grado di ribattere.
«Il tuo unico vero problema», proseguì Sobieski in tono conciliante, «è che non ho ucciso quelle donne. Hai toppato su tutta la linea, Corso, e adesso è interesse tuo liberarmi subito, prima di diventare lo zimbello di tutta Parigi.»
Corso fece uno sforzo sovrumano per calarsi nei panni di quel verme.
«Supponiamo che tu non abbia niente a che vedere con questa faccenda: perché ti sei procurato quelle foto? Perché farne dei ritratti?»
«Perché è il genere di cose che mi ispira. È il mio universo.»

Corso si alzò, tenendo a bada la voce: «Lascia che te lo dica, Sobieski. I tuoi testimoni, i tuoi alibi, i tuoi giochetti con gli sbirri del Trentasei, i tuoi ammiratori: niente di tutto questo basterà a salvarti. So che hai ucciso quelle ragazze e so anche che pagherai per questo. Posso giurartelo».

Di ritorno al Trentasei, s'imbatté in Barbie. Per meglio dire, fu lei a piombargli praticamente addosso e a condurlo quasi di forza all'ultimo piano. Una volta sul tetto, chiuse con cura la porta. Quindi aspettò qualche istante per essere certa che nessuno li avesse seguiti.

In piedi sul pendio di zinco, Corso tirò fuori una sigaretta, sconcertato da quell'eccesso di prudenza.

Barbie gli si avvicinò: gli arrivava al petto, ma la pendenza accentuava ulteriormente la differenza di altezza.

«Ho analizzato i conti bancari di Sobieski. Non ne emerge nulla, se non il fatto che è pieno di soldi. Non utilizza mai carte di credito o assegni. Sgancia solo grosse somme in contanti. Quindi lasciamo perdere questa pista. Impossibile sapere quando e quanto ha pagato le foto.»

«Un'altra buona notizia.»

«Quanto alla storia del cellulare...»

«Non gli credo nemmeno un po' quando dice di non averne uno.»

«Ecco, ti sbagli. Secondo Stock, per comunicare usa vecchi sistemi. Per esempio, c'è un baretto nell'XI, nei pressi di rue Saint-Maur, L'Hippocampe, dov'è possibile lasciargli dei messaggi.»

«Come lo sai?»

«Sempre da Stock. Comunque, per farla breve, ci sono andata e ho spremuto il proprietario per scoprire se un tipo con l'aria da sbirro avesse lasciato qualcosa un paio di settimane fa. Il capo aveva i ricordi un po' confusi, ma gli è venuto in mente un tizio passato di lì due volte, due settimane fa, per l'appunto, e poi qualche giorno fa...»

«Abbiamo una descrizione?»

«Uno spilungone con una matassa di capelli crespi e rossi. Un tipo con l'accento del Sud che parla solo di rugby. Ti ricorda qualcuno?»

47.

«È un incubo.»

Ai piedi di Notre-Dame, tra il Pont Saint-Michel e il Petit-pont-Cardinal-Lustiger, la Senna, già divisa in due dall'Île de la Cité, si riduce ulteriormente. Allo scorrere ampio e maestoso succede un flusso torrentizio contenuto dagli alti bastioni delle sponde dove, come per caso, stazionano ancora una manciata di chiatte, a conferire un'aria di canale a questo braccio di fiume intimo e ristretto.

Quando Corso l'aveva chiamata per un «rapporto urgente», la Bompart lo aveva immediatamente portato fuori, sul quai des Orfèvres, già teatro di briefing precedenti. Dopo che lui le aveva riassunto la situazione, lei aveva deciso di proseguire la passeggiata. Avevano attraversato il piazzale di Notre-Dame tra turisti, pattinatori e i soldati di guardia per scongiurare attentati terroristici, per poi fermarsi sul petit-pont, il luogo perfetto alla situazione, con la sua aria da confessionale.

«È un incubo», ripeté la Bompart, accendendosi una sigaretta.

«No, ho una strategia.»

«Direi che hai già fatto abbastanza cazzate.»

«Ascoltami. Domani Sobieski verrà rilasciato. Prima, però, gli proporrò un affare.»

Lei lo guardò con aria affranta.

«Come no. Ti vedo nella posizione perfetta per negoziare.»

Corso fece finta di non aver sentito: «Questa storia delle foto manda all'aria la nostra prova regina, ma costituisce comunque una condotta illecita».

«Soprattutto per Ludo.»

«Anche per Sobieski. Corruzione di pubblico funzionario, furto di prove e via dicendo. Con i precedenti che si ritrova, è sufficiente per schiaffarlo dentro ancora.»

«Come se non avessimo già abbastanza casini. Mi raccomando, aizza la collera di tutte le teste d'uovo della Rive gauche e dei giornalisti della Rive droite.»

Corso le strinse un braccio.

«Sono andato a trovarlo in cella. Fa tanto il gradasso ma si caga sotto all'idea di ritornare in gattabuia. Gli proporremo di tenere la bocca chiusa: da parte nostra, lo lasceremo andare e salveremo il culo a Ludo.»

Stringendo entrambe le mani sul parapetto come un comandante sulla prua della nave, la Bompart lo guardò di sbieco.

«Abboccherà?»

«Ne sono sicuro. Messi da parte foto e dipinti, si ripartirà da zero.»

«Ci sono i verbali.»

«Non sono ancora usciti dall'ufficio di Krishna.»

«E il procuratore?»

«Gli diciamo che siamo andati troppo in fretta e che abbiamo poca roba per rinviare Sobieski davanti a un giudice.»

La Bompart fissava la Senna rivolta verso Pont Saint-Michel. Era ormai quasi sera e, in altre circostanze, la scena avrebbe avuto un suo fascino. Corso osservò la sua madrina: la regina degli sbirri era stata una bella donna, ma il tempo aveva fatto il suo corso. Il tempo e tutti i crimini cui aveva dovuto far fronte. Ai misfatti degli anni si erano aggiunti gli omicidi, gli stupri, i traffici illeciti... A forza di sondare gli oscuri meandri dell'animo umano, la Bompart aveva smarrito la propria luce esteriore e interiore. Irrigidita dalle disillusioni, consumata dalla frustrazione, si era ridotta a un nucleo di amarezza: votava per la Le Pen e auspicava il ripristino della pena di morte. Devastazioni dell'età, devastazioni dell'anima...

Mentre la scrutava con la coda dell'occhio, Corso cercò di richiamare alla memoria quella volta in cui erano finiti a letto insieme. Si erano dati appuntamento in uno squallido albergo in zona Maubert-Mutualité. Portavano entrambi le pistole di servizio che si erano impigliate nelle fondine. A ripensarci dopo tanto tempo, tutto quello che rimaneva era il senso di ridicolo e di sinistro malinteso che lo aveva attanagliato all'epoca.

«E Ludo?»

«L'ho appena messo alle strette.»

«E che ha detto?»

«Bah, storie di soldi persi al gioco, di donne... cazzate, insomma.»

«È stata la prima volta?»

«Ha giurato di sì, ma non è vero.»

«Vedi di liberarmi di questa feccia.»

«Non adesso. Lasciamo calmare le acque, poi cambierà aria.»

La Bompart annuì. Benché sposasse la linea clemente di Corso, avrebbe però gradito prendere la decisione da sola.

«Sa qualcosa su Sobieski?»

«No. Si sono conosciuti in un locale per scambisti. Nell'occasione, il pittore gli ha parlato di questa sua passione per un certo tipo di foto: cadaveri, sangue, degrado... e di come fosse pronto ad acquistarne a qualsiasi prezzo.»

«Quanto hanno pattuito?»

«Diecimila euro a scatto. Ludo è nei debiti fino al collo.»

Il capo della Criminale gli scoccò un'occhiata.

«Tu cosa dici di fare?»

«Lasciamo che la cosa si sgonfi.»

La Bompart emise un sospiro che sapeva di conclusione.

«Vado a chiamare il procuratore», disse con voce stanca. «Reciterò il mea culpa e spiegherò che siamo stati troppo affrettati. Revocherà il provvedimento di custodia cautelare stasera stessa.»

Corso stava per andarsene quando lei lo afferrò per la manica.

«Forse non hai capito. Ammesso che risolviamo questa faccenda, è solo una rottura in meno. Tu devi trovare l'assassino.»

«È lui, Sobieski.»

«Allora smettila di grattarti il culo e vedi di incastrarlo.»

Corso andò dritto a trovarlo. Una volta sul posto, chiese alle reclute di portarglielo ammanettato nella stanza delle perquisizioni: in quella saletta piastrellata che ricordava gli spogliatoi di una piscina sarebbero stati tranquilli, al riparo da occhi e orecchie indiscrete.

Non appena lo vide, il pittore s'irrigidì.

«Pensavo mi avreste liberato», disse.

Corso fece cenno al poliziotto di lasciarli. Lo schiocco con cui la porta si richiuse parve turbare ulteriormente il detenuto.

«Siediti», gli ordinò Corso, indicando la doppia panca al centro. Ma Sobieski non si mosse. Scosso dai tic, con le manette ai polsi, aveva smarrito la sua aria di superiorità.

«Spiattellerò tutto al giudice, brutto pezzo di merda. Appena sarò fuori di qui, mi sentirete strombazzare su tutti i media. Cazzo, giuro che...»

Corso lo afferrò per la spalla e lo costrinse a sedersi.

«Siediti, ho detto!» Poi, accomodatosi al suo fianco, continuò: «Ho parlato con il procuratore e gli ho illustrato la situazione».

«Avrai di certo dimenticato qualche dettaglio», sogghignò Sobieski.

«No, gli ho spiegato come sei riuscito a hackerare il sito della Scientifica e a rubare le foto.»

«Che cazzo stai dicendo?»

Corso assunse un tono conciliante: «Gli ho assicurato che si è trattata di una marachella innocente da parte tua. Che non avevi intenzioni cattive. Che sei soltanto un artista in cerca di ispirazione...».

«Di' pure quello che vuoi, tanto non ho nemmeno un cellulare.»

«Ma hai un computer. Ho mandato una squadra di nerd della Scientifica nel tuo atelier. Si sono divertiti un mondo a hackerare il loro stesso sito per incastrarti.»

«Che pezzi di merda!»

«Rilassati. Siamo ancora in tempo per sistemare ogni cosa.»

Sobieski si rattrappì sulla panca, lo sguardo torvo. Sembrava vecchio e avvizzito, ma ancora capace di saltarti addosso come un animale braccato.

«Nessuno sa dei dipinti.»

Nel pozzo delle sue orbite si accese un bagliore vitreo, tremolante.

«Diremo al procuratore che siamo stati un po' precipitosi. Gli spiegheremo della tua relazione con Sophie e Hélène, dell'album con i ritratti, di Goya. Tutti elementi soltanto indiziari, come sai. Con un po' di fortuna, stasera stessa sarai fuori.»

«Puttanate», vomitò il pittore. «Sarò io a sbattervi dentro. Ho conservato le foto che mi avete venduto: voi della polizia. Ho il video in cui sei ripreso mentre t'intrufoli in casa mia. Siete spacciati, cazzo.»

Corso annuì senza perdere la calma: era l'unica strategia per convincere il nemico.

«Hai qualche asso nella manica, è vero, ma ne abbiamo anche noi. Ho parlato con Ludo, bello mio. Mi ha girato l'elenco di tutto quello che ti ha passato. E i miei nerd stanno infilando le foto nella memoria del tuo Mac. Non ti abbiamo venduto niente, sei stato tu a fregarci tutto. Ecco quanto.»

«Non me la fate. Le vostre manomissioni informatiche non reggeranno alla prova degli esperti e...»

«Il trucco sta precisamente nel fatto che l'esame del tuo Mac sarà affidato proprio ai nostri smanettoni.»

«Figli di puttana», borbottò. «Comunque sia ho altre prove...»

«Dubito che Ludo ti abbia rilasciato ricevute. Sarà la tua parola contro la nostra. Con i tuoi precedenti, non ci sarà confronto.»

«Vi coprite a vicenda, eh, brutti stronzi?»

Corso gli posò una mano amichevole sulla spalla.

«Ma al tempo stesso proteggiamo anche te. È meglio che questa storia cada nel dimenticatoio.»

«Quali garanzie ho del fatto che non mi sbatterete dentro per pirateria informatica?»

«Non è questo il punto, Sobieski. Quando ti arresterò, sarà per gli omicidi di Sophie Sereys e Hélène Desmora. E non ci metterò tanto, fidati. Considerala soltanto una tregua.»

Sobieski sfoggiò il suo sorriso nero. Aveva appena capito che dopo quel pareggio sarebbe iniziata una nuova partita. Per qualche curioso motivo, l'idea sembrava stuzzicarlo.

«Ti auguro buona fortuna, caro il mio coglione», sibilò.

Uscito di lì, Corso si dedicò agli affari di ordinaria amministrazione. Ovviamente aveva bluffato: mai e poi mai un agente della Scientifica avrebbe accettato di manomettere il computer di un sospetto, nemmeno per salvare la pelle di un collega. Ma Sobieski avrebbe tenuto il becco chiuso durante l'udienza e il giudice non sarebbe mai venuto a conoscenza né della perquisizione illegale né dei traffici di Ludo.

Di ritorno in ufficio, Corso chiamò la Bompart per comunicarle di aver messo a posto ogni cosa (lei riattaccò senza una parola di commento), quindi, insieme a Krishna redasse un verbale in cui non si faceva alcuna menzione dei dipinti. Infine fece visita alla Scientifica per recuperarli, non prima di aver convinto i guardiani del tempio – in particolare Philippe Marquet, l'omino con i capelli da Playmobil – a concederglieli perché fondamentali «ai fini dell'indagine».

Da ultimo, fornì un rapido resoconto a Barbie e le ordinò di richiamare all'ordine Ludo: era stato salvato per preservare il gruppo. Conclusa l'indagine in corso, avrebbe fatto meglio a far perdere per sempre le sue tracce.

Le chiese inoltre di compiere un ultimo giro prima di sera: le testimonianze spontanee, il lavoro da formichine degli stagisti, il ritorno delle varie sonde che avevano lanciato. Dopo di che, sarebbero stati liberi di andarsene a dormire... per ricominciare da zero il giorno dopo.

Mentre lasciava il Trentasei, Corso si sentì cogliere dalle vertigini. Non aveva più colpevoli, non aveva più tracce da seguire né idee. Per certi versi si sentiva sollevato, quasi inebriato, per il fatto di avere evitato il peggio; ma era l'ebbrezza dei disperati.

Rientrato a casa, si addormentò sul divano vestito com'era. A stomaco vuoto e senza sogni.

48.

«È Adrien.»

Corso impiegò qualche istante a capire che si trattava del nuovo agente che Barbie aveva messo alle calcagna di Sobieski, appena rilasciato la sera prima intorno alle otto.

Erano quasi le nove e lui aveva dormito come se fosse finito in coma dopo un incidente stradale.

«Che succede?»

«Sono alla Gare du Nord.»

«Come mai?»

«Sobieski non si è mosso per tutta la notte, ma poco fa ha preso un taxi. L'ho seguito fino a qui.»

«Dove sta andando?»

«Non ne ho idea.»

Corso era sbigottito: in spregio alle direttive impartitegli, quel figlio di puttana era lì lì per scappare.

Poco dopo stava già scendendo le scale di casa a rotta di collo.

«Non mollarlo, ti raggiungo.»

Quand'era già sulla sua Polo, lampeggiante e sirena a tutto spiano, il ragazzino lo richiamò: «Sta per prendere l'Eurostar!».

Attraversata la Senna, Corso risalì lungo boulevard de Sébastopol. Teneva il piede pigiato sull'acceleratore senza fermarsi a nessun semaforo. Che cazzo ci andava a fare Sobieski in Inghilterra? Persino uno spaccone come lui sapeva di essere nel mirino e di dover adottare un *basso profilo.*

«Tira fuori il distintivo e vedi di scoprire su quale treno sale.»

«E cosa faccio... dopo?»

«Dopo mi prendi un biglietto.»

Aveva risposto senza nemmeno rifletterci sopra un istante.

Stava per sparire, ma per una giusta causa: c'era qualcosa che spingeva Sobieski ad attraversare la Manica. E quel qualcosa avrebbe potuto avere – perché no? – un legame con la sua colpevolezza.

Gare du Nord. Il quartiere batteva qualsiasi primato in fatto di disordine, trambusto, inquinamento. Da quelle parti non smettevano mai di erigere muri, edificare annessi, scavare sotto terra, creando il caos permanente in tutta la zona. Impossibile padroneggiare il senso di circolazione: auto fianco a fianco, arterie troppo strette, incroci e bivi in preda a una confusione delirante... La Gare du Nord era un'isola protetta da forti correnti marine: quando pensavi di essere ormai arrivato, ecco che si allontanava. E più provavi ad avvicinarti, più continuava a indietreggiare...

«Dov'è andato?»

«Ha oltrepassato la biglietteria», rispose Adrien trafelato. «Sta per superare i controlli di sicurezza.»

«Hai il mio biglietto?»

«Lo sto acquistando.»

Corso parcheggiò in un punto a casaccio. Puntava a recuperare il ritardo grazie al distintivo che gli avrebbe consentito di aggirare agevolmente tutti quegli ostacoli per cui Sobieski doveva invece pazientare in fila.

«Ha appena superato i controlli. Lo seguo fino alla banchina?»

«No. Un minuto e sono lì.»

Corso sfrecciò nell'atrio centrale, vogando contro corrente tra le rimostranze dei viaggiatori. Scese i gradini della scala mobile che conduceva all'Eurostar e, quando finalmente scorse Adrien, scambiò le chiavi della sua auto con il biglietto del treno.

«Ehm... e per il rimborso?»

Per tutta risposta, Corso gli recitò il numero di targa e si precipitò verso i controlli. Il tesserino tricolore gli consentì di superare agevolmente il lato francese. La procedura fu un po' più complessa sul versante inglese, anche se, dopotutto, il Regno Unito era ancora parte della UE.

Quando raggiunse la banchina, gli uomini della sicurezza stavano ancora perquisendo gli ultimi passeggeri. A chi gli chiese il motivo del suo viaggio rispose tenendosi sul vago: non aveva alcuna intenzione di rivelare che su treno ospitava un sospettato di duplice omicidio.

Mentre la banchina andava svuotandosi a vista d'occhio, quando mancavano solo pochi minuti alla partenza Corso raggiunse finalmente il gigantesco cilindro d'acciaio, la fusoliera gialla e blu, quel vero e proprio miracolo di ingegneria che dava l'impressione di voler piantare in asso la noiosa staticità del mondo. Era il momento di scegliere: proseguire fino al suo vagone correndo il rischio che Sobieski lo vedesse da un finestrino o salire immediatamente e cercare il proprio posto in un secondo momento, esponendosi comunque al rischio di essere riconosciuto.

Alla fine optò per un compromesso: infilarsi nel vagone di testa e rimanerci fino alla Gare de St. Pancras. A quel punto sarebbe stato il momento di individuare Sobieski.

Madido di sudore e a corto di fiato, si sistemò in un posto vuoto e chiuse gli occhi. Da qualche altra parte anche il pittore era salito a bordo del treno: erano entrambi legati da quel mostro di acciaio, e il viaggio si preannunciava per certi versi come una parentesi confortante. Una volta a Londra, avrebbero ripreso i festeggiamenti. Fino ad allora, aveva solo una cosa da fare: informare i suoi e spiegare loro perché quel giorno il titolare dell'indagine più scottante dell'estate si era eclissato.

49.

Partito il treno, Corso chiamò Barbie e le riassunse la situazione.

«Posso dirti una cosa?» fece lei.

«No. Ti incarico di organizzare il nuovo inizio dell'inchiesta.»

«E tu lo chiami un nuovo inizio?»

Le spiegò cosa voleva: proseguire l'esame del fascicolo, inchiesta di Bornek compresa, sempre nell'ottica Sobieski.

«Abbiamo appena cannato. Credi sul serio che sia la strada giusta?»

Corso non rispose. Certo, il pittore aveva alibi solidi, e nel suo studio non si era trovato niente. Inoltre, aveva comprato le fotografie degli omicidi – cosa che, a rigor di logica, il vero assassino non si sarebbe preso il disturbo di fare: eppure, qualcosa dentro di sé gli suggeriva di non mollare.

«E il resto?»

«Il resto cosa?»

«Tutte le altre piste che stiamo seguendo...»

Con i poliziotti mandati dalla Bompart e gli stagisti che pullulavano nei corridoi, al lavoro sul caso dello Squonk c'era ormai una piccola impresa.

«Arrangiati. Suddividi i compiti, organizza il lavoro. Lo sai bene che in mia assenza sei la sola a poter gestire la baracca.»

Benché probabilmente lusingata dal complimento, Barbie non reagì.

«E Ludo?»

«Ludo lo tratti esattamente come al solito. Ti garantisco che si sbatterà come non mai.»

«Cosa racconto agli altri?»

«Che hanno dovuto rilasciare Sobieski a causa della mia visita notturna. Ecco il messaggio: bisogna darci dentro sul serio. Sobieski è un avversario di grossa taglia.»

«Okay. Posso dirti una cosa?»

«No, devo dirtene una io: ti affido personalmente il compito di scovare il suo nascondiglio. Passa al setaccio i suoi conti bancari, le fatture, le carte di credito. Se tutto va bene, sarò di ritorno stasera.»

Riagganciò, ripetendosi che si stava muovendo nella giusta direzione. Viaggiava sullo stesso treno di Sobieski. Non poteva succedere niente nelle due ore seguenti, quindi si rilassò, sprofondando nella poltrona.

Ma quel pezzo di merda continuava ad assillarlo. Perché quel viaggio in Gran Bretagna? Molte altre domande gli turbinavano nella mente. Come aveva potuto convincere le sue due amanti a mentire per i suoi begli occhioni (che tra l'altro tanto belli non erano)? In che modo aveva rapito Sophie e Hélène? Aveva dato loro un appuntamento? Che sistema usava per contattarle? Dove agiva?

La riflessione fu brutalmente interrotta dal suono di una sirena: qualcuno aveva azionato l'allarme. Sobieski. Il treno, che stava già filando sotto la Manica, rallentò all'istante.

In pochi secondi, con la sirena che continuava a ululare nel tunnel, risuonando come in un acceleratore di particelle, la fila di vagoni si fermò. Di colpo il tunnel si illuminò e sui marciapiedi lungo i binari apparvero agenti e pompieri vestiti di gilet protettivi giallo fluorescente. I passeggeri si alzavano, si agitavano, discutevano. Chi parlava di un guasto tecnico, chi di un incendio o di un'aggressione...

Le porte della vettura si aprirono e gli agenti di sicurezza invitarono i viaggiatori a scendere senza prendere i bagagli. Non c'era da preoccuparsi: sarebbero stati trasferiti nella galleria di servizio, al riparo da ogni pericolo. Come ricordava bene anche Corso, in realtà il tunnel sotto la Manica di gallerie ne contava tre: quella meridionale, che portava in

Inghilterra, quella settentrionale, diretta verso la Francia, e quella al centro, che serviva per i lavori di manutenzione e l'eventuale evacuazione dei passeggeri in caso di emergenza. Un'emergenza come quella, per l'appunto!

Corso seguì il flusso, chiedendosi ancora una volta se quella baraonda non fosse opera di Sobieski. Quando raggiunse gli altri, in fila indiana lungo il treno, chiese informazioni a uno degli agenti che, con i loro gilet gialli e i caschi muniti di luce frontale, facevano pensare ai Minions. Nessuna risposta. L'ipotesi più accreditata tra i passeggeri era quella di un principio d'incendio.

Eppure non c'era alcun odore sospetto, anzi, nel tunnel circolava una corrente d'aria fresca piuttosto gradevole. La colonna si mise in cammino in una strana atmosfera di calma e silenzio, come se non si trattasse che di una semplice esercitazione.

Di tanto in tanto Corso si alzava sulla punta dei piedi per tentare di scorgere un cappello. Inutilmente.

La scena faceva impressione, con l'Eurostar fermo che sotto la cappa del tunnel pareva ancora più gigantesco e la parete concava della galleria che evocava l'interno di un tubo colossale. La cosa più sconcertante era la ripetizione ipnotica dell'armatura costituita da conci, elementi prefabbricati che si susseguivano riproducendo invariabilmente le stesse linee, le stesse superfici.

Corso sentiva crescere l'angoscia intorno a lui. Finito l'effetto sorpresa, ognuno dei passeggeri iniziava a rendersi conto di dove si trovava: cento metri sotto il livello del mare, nel bel mezzo di strati geologici sconosciuti, con una massa d'acqua di oltre quattromila chilometri cubi sopra la testa.

Quando il panico stava ormai per prendere il sopravvento, un vento furioso s'infilò all'improvviso nel budello. Qualche passeggero rischiò di cadere, alcuni si accovacciarono, altri si aggrapparono ai vicini. Era stata aperta la camera di comunicazione della galleria di servizio che, da quanto ricordava, era sovrapressurizzata allo scopo di respingere le fiamme e il fumo in caso d'incendio.

Curvi e a testa bassa, i viaggiatori avanzarono fino alla diramazione, una porta tagliafuoco gialla incorniciata da un groviglio di tubature. Sempre alla ricerca del borsalino di Sobieski, Corso si decise a sorpassare la fila. Il predatore poteva approfittare di quella confusione per fuggire. Ma dove?

Quasi subito venne sospinto indietro da uno dei Minions e fu allora che lo vide: Sobieski stava per oltrepassare la soglia che separava le due gallerie. Una mano sul cappello, uno zaino nero sulla schiena con tanto di materassino arrotolato, aveva tutta l'aria del vecchio viaggiatore avventuroso in partenza per un'escursione.

Corso ebbe come il vago presentimento che stesse per succedere qualcosa. Tentò di nuovo di uscire dalla fila e accelerò il passo in quella che era diventata una vera e propria tempesta, con il vento che si faceva sempre più gelido.

Stavolta fu un pompiere ad afferrarlo per la spalla.

«Ehi, calma!» gli ordinò in francese. «Non c'è fretta. Aspettiamo qui.»

«Aspettiamo cosa?» chiese Corso, esibendo il tesserino della polizia.

L'uomo rispose senza manifestare un'eccessiva complicità.

«La conferma che non c'è più pericolo. Oppure un nuovo treno sul binario nord.»

«Quale pericolo, esattamente?»

Ignorando la nuova domanda, il pompiere lo spinse verso gli altri e si allontanò per mettere ordine altrove. Oltrepassata la soglia, Corso si mise di nuovo in punta di piedi per verificare la presenza di Sobieski nella galleria di servizio.

Il bastardo non c'era più. Senza esitazioni, fece un passo indietro e sgusciò lungo i conci. Lottando contro il vento che da quella parte soffiava ancora più forte, avanzò lungo la fila, le gambe piegate, una mano sul muro arrotondato, curvo come un ladro.

Giunto all'altezza del posto che Sobieski aveva occupato nella fila, non gli restò che constatarne la scomparsa. Fece un passo di lato per abbracciare con lo sguardo il resto della colonna. Del pittore con il cappello nemmeno l'ombra.

Dov'era potuto sparire? E, soprattutto, perché? A che scopo dileguarsi sotto il mare?

Corso avanzò controvento fino alla testa della fila, dove agenti di sicurezza e pompieri discutevano alternando francese e inglese. Vide allora una porta di servizio nella parete e provò ad aprirla. Chiusa, ovviamente. Si ricordò che, nel tunnel, anche il più piccolo chiavistello veniva azionato dalle postazioni di controllo situate sulla terraferma, a un centinaio di chilometri di distanza.

Un tizio della sicurezza finì per agguantarlo come fosse un ladro pizzicato in un supermercato.

«*What the fuck are you doing here?*»

Corso non fu in grado di articolare una risposta. La sua mente era concentrata su un solo fatto, incomprensibile: Philippe Sobieski si era dileguato da qualche parte sotto la Manica.

50.

L'estetica inglese lo faceva immancabilmente pensare agli addobbi natalizi. Con le sue insegne a lettere dorate, le cabine del telefono e gli autobus rossi, le maniglie di rame, i *bobbies* con quei buffi cappelli, Londra sprigionava un profumo da luogo fatato, evocava suoni di campanellini e doni sotto l'albero.

E quella fu esattamente la sua impressione quando uscì dalla stazione di St. Pancras. Per quanto la città si fosse catapultata nel terzo millennio con le sue torri di vetro e acciaio e gli spettacolari edifici progettati da geni dell'architettura, la piazza che si apriva davanti ai suoi occhi gli ricordava una scatola di cioccolatini avvolta in carta dorata decorata di motivi d'argento.

Dopo il falso allarme tutti erano risaliti in vettura e l'Eurostar era arrivato a Londra con soltanto quarantacinque minuti di ritardo. Questo non toglieva niente all'assurdità della situazione. Lui aveva perso le tracce di Sobieski, buttato via gran parte della giornata e probabilmente, come ciliegina sulla torta, si era beccato un malanno in mezzo a tutte quelle correnti d'aria. Ancora non capiva cosa fosse successo. Una sola cosa era lampante: nel pieno dell'indagine si ritrovava dall'altra parte della Manica, sperduto in una folla di turisti spensierati, sotto un sole piuttosto inconsueto per gli standard della capitale britannica.

Nell'attesa del treno che lo riportasse indietro, non gli rimase altro da fare che mangiarsi un hamburger. Piazzatosi in fondo alla sala, masticò meccanicamente il suo Cheese, la mente come impantanata in una vasca limacciosa. Controllò il cellulare, che durante il viaggio aveva messo in modalità aereo per risparmiare la batteria (povero illuso, si vedeva già alle calcagna di Sobieski per le strade di Londra, intento a chiamare Barbie per avere informazioni su questo o quell'indirizzo visitato dalla sua preda).

Barbie gli aveva lasciato ben cinque messaggi dopo la sua partenza. La speranza si riaffacciò di colpo: novità da Parigi? La richiamò con lo spirito di un viandante che arriva carponi in un'oasi, gli occhi luccicanti, la gola riarsa e ustioni di terzo grado nell'anima.

«Sobieski è in viaggio per Liverpool o Manchester», attaccò lei senza lasciargli il tempo di raccontarle le sue disavventure.

«Come lo sai?»

«Ti ricordi del suo kit per il sesso?»

Persino al momento dell'arresto, Sobieski non aveva tralasciato di portarsi dietro una sacca griffata Louis Vuitton da vero tamarro. Secondo il rapporto dei poliziotti che avevano effettuato la perquisizione, la borsa non conteneva altro che contanti, documenti d'identità, preservativi, stimolanti sessuali e lubrificante. Ma adesso gli sembrò di rivederlo: sulla soglia della porta tagliafuoco tra i due tunnel, l'artista portava ancora a tracolla la stessa sacca.

«Sì, ma dove vuoi arrivare?»

«Ho perquisito la borsa quand'era al deposito.»

Barbie, più scrupolosa di lui, non si era fidata dell'ispezione delle reclute.

«Mi sono permessa di lasciargli un ricordino.»

«Cioè?»

«Un trasmettitore satellitare, un aggeggio che mi hanno rifilato i ragazzi dei servizi. Di nuova generazione, minuscolo, non rintracciabile. Ho tentato di avvertirti, ma non mi hai lasciato dire una parola.»

Corso aveva sempre considerato Barbie una solida spalla, ma si sbagliava. Lei era sempre molto più avanti…

«L'hai… l'hai attivato?»

«Ti mando l'applicazione di geolocalizzazione, non dovrai fare altro che seguire il cursore. Sobieski ha lasciato la stazione di St. Pancras alle 15.30 e ha preso l'autostrada M40 in direzione nord. Per il momento viaggia sulla M6 verso Liverpool e Manchester ma, chissà, potrebbe anche uscire prima...»

Dunque Sobieski era rimasto sul treno. Era stato lui ad azionare l'allarme? Si era dileguato lungo la parete della galleria? Corso si domandò se non stesse impazzendo.

«Dov'è adesso?»

«All'altezza di Birmingham. Chiunque sia alla guida se la sta prendendo comoda. Di questo passo arriverà nei dintorni di Liverpool verso le sette. Ma, ripeto, non sappiamo dove sia effettivamente diretto...»

Corso consultò l'orologio. Era ancora in tempo per noleggiare una macchina e partire a razzo nella stessa direzione. Con la geolocalizzazione avrebbe potuto seguire il pittore a distanza e scoprire i suoi maneggi.

«Abbiamo individuato qualche contatto inglese per Sobieski?»

«Negativo. Credo abbia una galleria inglese, che si trova però a Londra.»

«Ottimo lavoro. Sei davvero la migliore.»

«Non lisciarmi il pelo», ridacchiò Barbie. «Sbrigati a corrergli dietro, piuttosto. Hai il tempo contato.»

«Perché?»

«Ho nascosto il trasmettitore nel primo preservativo della scatola. Non appena farà sesso, perderai le sue tracce. Ritrova la tua bella prima che ti metta le corna!»

51.

Corso aveva accumulato un discreto ritardo.

Dopo aver noleggiato un'Audi A3 con cambio automatico e guida a destra, si era diretto a nord ma aveva trovato il modo di perdersi all'uscita di Londra, immettendosi nella direzione sbagliata e sprecando un'altra mezz'ora.

A dispetto dell'andatura contenuta, Sobieski, un piccolo puntino blu che si spostava verso Manchester, poteva contare su un vantaggio di duecento chilometri... Non c'erano più dubbi: il pittore in libera uscita aveva ignorato lo svincolo di Liverpool e continuava dritto sulla M6 verso il Lancashire.

Lo stress e l'eccitazione non impedirono a Corso di godersi il paesaggio. Si era lasciato alle spalle le strade agitate della capitale per addentrarsi poco alla volta in una dimensione fatta di cottage, colline verdeggianti e staccionate bianche. Nonostante il sole, la campagna era intrisa d'acqua, una patina di pioggia e malinconia che inevitabilmente aderiva alla pelle dell'Inghilterra.

Alle diciannove in punto Sobieski entrò in città e si fermò in Houldsworth Street, una via del Northern Quarter. Benché inferocito dai cento chilometri di gap ancora da colmare, Corso non aveva alcuna intenzione di farsi arrestare per eccesso di velocità. Mentre guidava visionò su Google Maps le immagini del quartiere, una zona un po' degradata, tutta mattoni e graffiti. La via sembrava abbandonata, ma dalla ricerca emerse il nome di una galleria, Northpad. Un altro *clic* e apparve l'elenco degli artisti rappresentati, Sobieski in testa, con una mostra prevista di lì a un mese e un sito interamente dedicato alla sua opera.

Sob la Tob aveva sfidato l'ingiunzione solo per questo? Corso non era sorpreso: per pura provocazione, il pittore si era rifiutato di cambiare i propri programmi. Ma con ciò veniva meno un'altra ipotesi, ovvero quella secondo cui Sobieski era fuggito verso l'Inghilterra per una qualsiasi motivazione segreta.

Il tempo era già cambiato e il cielo ostentava un colore plumbeo da rivoluzione industriale, un respiro cinereo di miniere e locomotive a vapore.

Poi, finalmente, la periferia di Manchester. Un'altra faccia del Regno Unito: una tristezza di mattoni, un languore rosso e duro adagiato sull'erba.

A quella distanza, i blocchi di appartamenti e i gruppi di case basse assumevano un carattere astratto. Le superfici uniformi di colori spenti, terra di Siena su grigio, o brillanti, bianco su verde, ricordavano le tele di Mondrian o Rothko. Poi il tutto si delineava: villette sull'attenti, caseggiati popolari di cemento schiacciati da nuvole con suole di piombo, lampioni solitari che si stagliavano contro l'orizzonte come ganci da macellaio...

Sobieski era ripartito da circa trenta minuti. E invece di prendere la strada del ritorno aveva proseguito sulla M61 in direzione nord-ovest, verso il mare. Corso aveva due alternative: fermarsi a Manchester per interrogare il gallerista di Houldsworth Street o seguire la preda sul litorale del Lancashire.

Prese il telefono e chiamò Barbie. Era stufo di guidare tenendo sempre d'occhio lo schermo del cellulare. Le illustrò in breve il suo dilemma.

«Guardando la mappa, direi che potrebbe essere diretto a Preston o a Blackpool, se non addirittura più su, a Morecambe o a Lancaster. Cosa ne pensi?»

«Andrà a Blackpool.»

«La conosci?»

«È una località balneare dove vanno a svagarsi le famiglie proletarie di Liverpool e Manchester. Una specie di sagra in grande per bevitori di birra e patiti di fish&chips.»

«Che diavolo ci va a fare in un cesso del genere?»

«Quel cesso offre anche un bel po' di distrazioni per adulti.»

«Vale a dire?»

«Trabocca di locali di strip-tease.»

Corso si senti invadere da un'ondata di calore. Premette l'acceleratore, superò l'uscita per Manchester e filò dritto verso nord. Stava già fantasticando di sorprendere l'assassino in flagrante nei bassifondi della città dei piaceri. La notte si annunciava interessante.

52.

Con i suoi tanti edifici in mattoni, Blackpool si ergeva di fronte al mare come una fortezza rossa striata di neon e insegne sfavillanti. La città era a sua volta sovrastata da una sorta di Tour Eiffel in scala e dai ghirigori in ferro delle montagne russe che s'innalzavano per diverse decine di metri al disopra dei fabbricati. Tra le onde scure si protendevano lunghi moli gremiti di case da gioco, grandi ruote, chioschi di patatine fritte. Nel crepuscolo la località balneare si fondeva con i colori sanguigni del cielo, mentre una foschia di calore e spruzzi marini veniva a offuscare gli ultimi minuti di agonia del giorno.

Da quasi un'ora Sobieski vagava per le vie di questo luna park per adulti. In cerca di cosa? Uno strip club? Una puttana dalle tette grosse? Una vittima? Si rendeva conto del fatto che al suo rientro in Francia sarebbe finito dritto dritto dietro le sbarre? O aveva completamente dimenticato la sua situazione, adesso che si era calato nei panni del predatore pronto ad aggredire una nuova vittima? Era quello che sperava Corso: sarebbe intervenuto prima che l'assassino colpisse, sorprendendolo con una corda in una mano e un cutter nell'altra…

Si fermò nel parcheggio fronte mare e spense il motore. Per un attimo osservò affascinato il segnale che pulsava sulla pianta della città, come un cacciatore di smeraldi che dopo giorni e notti di fango e febbre abbia appena trovato una pietra inestimabile nel cuore della giungla.

Cellulare in mano, chiuse la macchina e si mise in cammino. Il lungomare era una successione di sale bingo, bar, fast food. Le facciate erano dipinte a colori vivaci – rosso granata, porpora di Tiro, azzurro pastello – e l'assortimento di insegne cominciava a imporsi nell'imminente crepuscolo. Dal lato del mare, strani filamenti elettrici, di oro e rame, sembravano pronti a provocare cortocircuiti sulla superficie delle onde.

Il baccano era assordante. I locali vomitavano rock, rap, salsa, musiche da circo, cantilene di organetti. Cascate di monete tintinnavano nelle slot machine. Gli altoparlanti diffondevano voci amplificate, tiritere urlate che risultavano incomprensibili. Ma la parte del protagonista la facevano le rotaie metalliche sospese sopra la testa a lacerare il cielo: raschiamenti, rombi, stridori che ti passavano nei denti come un mostruoso trapano di dentista. *Brrrrrrr...*

Corso si addentrò nella città, come spinto dalle raffiche che dalla spiaggia soffiavano sui carboni ardenti della sera. In quell'atmosfera di gioia fittizia, tutto tradiva la miseria più estrema. Le famiglie che vagavano nel quartiere, facce rossastre e braccia tatuate, raccontavano di sussidi statali spesi in bevute al pub o in dosi di eroina. Un mondo bacato, male in arnese, ebbro e stranito, che oscillava tra boccali di birra e *roller coasters...*

Corso seguiva il segnale. L'altro andava e veniva, un predatore a caccia della vittima. Non l'aveva ancora avvistato fisicamente, e preferiva tenerlo d'occhio a distanza per evitare di trovarsi faccia a faccia con lui.

Con il calare della notte la pressione saliva. Donne e bambini, zucchero filato in mano, rientravano all'ovile. Gli uomini troppo sbronzi diventavano aggressivi, le risate si trasformavano in strilla, urla, insulti. Fortuna che, in quei tempi di minaccia terrorista, circolavano pattuglie di soldati che tenevano a bada tutta quella bella gente.

Sobieski era appena entrato nel Pleasure Beach, il parco di divertimento più grande della città. Corso fece altrettanto. I vagoni delle montagne russe graffiavano il cielo come giganteschi pattini da ghiaccio. Sotto i neon, i volti si facevano lividi, le carni smorte, le risate grottesche. Tutto era pronto per una nuova notte di sballo e abbrutimento.

D'un tratto lo individuò mentre s'incamminava, da solo, verso un immenso ottovolante le cui rotaie si torcevano in ogni direzione. Corso non riusciva a credere che Sobieski avesse fatto tutta quella strada per un giro sulle montagne russe. Per l'occasione, il pittore si era cambiato e indossava una camicia di seta a maniche corte con motivi hawaiani, i cui lembi svolazzavano su un paio di pantaloni di flanella grigia molto larghi, un modello che andava in voga negli anni Trenta. Sempre con lo zaino in spalla, aveva invece sostituito il borsalino con un autentico stetson da vagabondo, di quelli indossati dagli hobo americani del secolo scorso, in viaggio di treno in treno…

Corso accelerò il passo. In quel momento, invece di dirigersi verso il bugigattolo illuminato che fungeva da cassa per l'ottovolante, Sobieski s'infilò sotto la barriera e si avventurò sotto le strutture di acciaio dell'attrazione. Corso lo distingueva nel buio: il bordo del suo cappello sembrava tagliare la notte come una sega circolare.

Precipitatosi all'inseguimento, il poliziotto rimase bloccato da un gruppo di vecchie inglesi completamente andate che, con vestiti color fucsia e capelli azzurri, brandivano i loro biglietti gridando: «Bingo! Bingo!». Spintonandole senza tante cerimonie, s'insinuò a sua volta sotto la barriera, affrettandosi tra le erbacce mentre le catene delle montagne russe tintinnavano sopra di lui nella lenta ascesa…

Quando i vagoni si lanciarono, Corso si ritrovò davanti a una strada deserta, costellata di lampioni ornati di sirene: Sobieski era scomparso di nuovo.

53.

Corso attraversò rapidamente la strada e si ritrovò in una zona inondata di luce: il quartiere degli strip club e dei lap dancing. Neon, insegne e schermi esibivano nomi evocativi – Aphrodites, Fallen Angels, Heaven, Rouge, Sinless, Wicked... – accompagnati da immagini di donne nude nelle pose più oscene. Su tutto imperversava una cacofonia di musiche incoerenti.

Si mise a correre, fendendo una folla esclusivamente maschile. Dopo neanche cinquanta metri rintracciò il suo uomo: una sagoma che avanzava trotterellando, la camicia con le palme, il cappello americano. Corso continuò a seguirlo a un'andatura normale, sentendo crescere il pericolo via via che gli si avvicinava. Se si vuole cogliere qualcuno in flagrante non sono permessi errori.

A un tratto Sobieski svoltò a destra in una via meno illuminata dove la folla si diradava. Le luci rosse che filtravano sotto le porte ricordavano le braci di un forno.

L'inseguitore approfittò della penombra per avvicinarsi un po' di più. La sua preda camminava con passo deciso, come se sapesse dove cercare, dove bussare. Un'altra via, ancora più buia, e alla fine Corso capì che stavano entrando in un nuovo settore: vi si aggiravano tipi flemmatici e silenziosi, mentre le fotografie, più piccole e più discrete, racchiuse in cornici, mostravano soltanto uomini nudi.

Quella sera, probabilmente, in quel quartiere dall'offerta diversificata, Sobieski cedeva alla malinconia del carcere andando in cerca di un uomo. Corso, al contrario, era estremamente a disagio, oggetto com'era di strizzatine d'occhio seduttive e sguardi insistenti... Si sentiva cinto d'assedio da un desiderio che gli risvegliava ricordi sinistri. Alcuni prostituti si atteggiavano in pose lascive sulle soglie dei club o all'ombra dei portici, scrutando la notte con occhi che brillavano come capocchie di spilli. Benché anche solo l'idea di infilarsi in uno di quei locali lo facesse star male, mollare Sobieski era fuori discussione.

Senza nemmeno rendersene conto, Corso si ritrovò in un vicolo dove non c'erano più locali né musica, e neanche un solo lampione. Al suo passaggio, ombre emergevano da angoli bui, gli prendevano il braccio, gli inviavano baci, gli mormoravano frasi incomprensibili.

Avrebbe voluto procedere a un'andatura costante, ma il problema era che Sobieski continuava a fermarsi per negoziare e discutere, sparendo a volte per scambiare una carezza o un bacio, prima di ripartire a passo spedito.

Costretto a seguire il suo ritmo, Corso prestava il fianco a qualsiasi manovra di seduzione. Una mano spuntata all'improvviso dall'ombra lo spinse contro la parete di una nicchia di cemento, lasciandogli appena il tempo di vedere un viso che si accostava al suo per baciarlo. Corso assestò un diretto in pieno ventre allo sconosciuto, pentendosene all'istante. L'altro indietreggiò, respirando affannosamente.

Il poliziotto gli posò una mano amichevole sulla spalla.

«*I'm sorry. Are you okay?*»

L'uomo cadde in ginocchio e tentò di aprirgli la patta. Conscio di avere scatenato un gioco perverso, Corso si tirò indietro e uscì dalla nicchia ritrovandosi totalmente allo scoperto, in mezzo al vicolo. Individuò Sobieski sotto un'impalcatura, intento a baciarsi in bocca con un tizio dai capelli lunghi. Era dai tempi del liceo che non vedeva pomiciare in modo così appassionato.

Poi i due uomini si allontanarono mano nella mano. Intervenire? *Troppo presto.* Voleva coglierlo in flagrante, gli serviva un fermo immagine di Sobieski con la lama in mano. Qualcosa che non fosse possibile contestare in nessun modo.

Stava per riprendere il tallonamento quando un rumore che conosceva fin troppo bene lo fece ruotare su sé stesso:

rumore di passi ferrati, di aggressioni di strada, di spedizioni punitive razziste... Alcuni skin armati di spranghe di metallo e tirapugni stavano irrompendo nella stradina, un *queer-bashing* in piena regola. Rassegnatosi a constatare che una sorta di fatalità giocava a favore di Sobieski, Corso portò la mano alla pistola.

Non aveva ancora messo il proiettile in canna che un gruppetto di prostituti in fuga lo spintonò, mentre altri si preparavano a battersi impugnando tubi di piombo e proteggendosi con i coperchi dei bidoni dell'immondizia.

Corso si guardò rapidamente alle spalle: nessuna traccia di Sobieski. Voltandosi di nuovo, si beccò il pugno di una testa rasata urlante che lo spedì a terra. Assorbì l'impatto con l'asfalto, tentò di sollevare l'arma e di afferrarne la culatta, ma una spranga gli fracassò il polso mentre un Dr. Martens con la punta di ferro gli atterrava sulla faccia. Per miracolo non lasciò andare la pistola (sentiva il calcio zigrinato fra le dita serrate), ma non vedeva più niente.

Si raggomitolò e, con il sangue che gli batteva alle tempie, incassò i colpi che gli piovevano addosso. Teneva sempre la pistola tra le gambe, ma il braccio era inservibile. Aveva il viso insanguinato, il cervello in pappa, tutto il corpo paralizzato dal dolore, ma fra un calcio e l'altro riuscì a rialzarsi su un ginocchio, reggendo il braccio rotto e farfugliando insulti.

Un bullo in giubbotto lucido con il cranio bitorzoluto stava sollevando un blocco di cemento. Corso si disse che non poteva esserci una morte più assurda e che stava pagando per tutti i colpi di fortuna goduti durante le incursioni poliziesche. Abbassò le palpebre e incassò il collo nelle spalle, in attesa del colpo fatale.

Non arrivò. In un ultimo spasmo, riaprì gli occhi per constatare che lo skin se l'era data a gambe e che di colpo il vicolo si era svuotato: cento metri più in là arrivava a passo di carica un battaglione di poliziotti, spalleggiato da soldati con il fucile automatico in pugno. Per un riflesso condizionato, mollò l'arma e tentò di alzare le mani, senza riuscirci.

I fasci delle torce laceravano il vicolo. Il frastuono della truppa era una tortura. Per assurdo, si disse che il mattone e il sangue si combinavano bene, perché i muri chiazzati davano l'impressione di fondersi in una poltiglia uniforme.

Si lasciò cadere, la faccia contro l'asfalto, pensando alle piccole tele rosse di Goya.

54.

Sulla scrivania dell'ispettore Tim Waterston, la sua tessera di poliziotto, i suoi documenti d'identità e la sua pistola figuravano come reperti.

Dopo lo scontro lo avevano portato al Blackpool Victoria Hospital con le altre vittime del *queer-bashing*. All'inizio il dolore lo aveva abbrutito, finché gli analgesici non avevano cominciato a fare il loro effetto. Si era sentito meglio, anche se le mascelle, a forza di stringerle, si erano talmente intorpidite da impedirgli di proferire una singola parola. Avrebbe voluto urlare, avvertire i poliziotti, ordinare di cercare Sobieski che, forse, stava uccidendo un uomo, ma era riuscito solo a addormentarsi, in posizione fetale, in uno stanzino con un solo letto e neanche una finestra.

Al risveglio, non aveva idea di che ora fosse (gli avevano requisito l'orologio) e nemmeno di che diavolo ci facesse lì. Si era ritrovato l'avambraccio destro intrappolato in un tutore a spalla. Probabilmente gli avevano fatto delle radiografie ed era risultata una frattura, ma lui non ricordava niente. Si era alzato al buio e si era inoltrato in un corridoio dove, ancora stordito dai colpi ricevuti e dai farmaci ingeriti, aveva potuto assaporare certe singolarità tipicamente inglesi.

L'interruttore era a sinistra e non a destra; la porta andava tirata e non spinta; si aspettava di trovare un corridoio e invece aveva davanti una rampa di scale che salivano per ridiscendere subito dopo (chissà per quale arcano motivo). Dopo avere inciampato, brancolato, imprecato, aveva finalmente raggiunto l'ingresso dell'ospedale. Lì, due fatti gli erano saltati agli occhi: si stava facendo giorno – ma era una giornata all'inglese, grigia e sigillata come il tetto di un bunker – e due poliziotti lo aspettavano vicino al banco dell'accettazione.

Aveva recuperato gli effetti personali e seguito docilmente i suoi cerberi sotto la pioggia fino a un'auto di servizio che, quanto allo stato pietoso e al fetore, non aveva niente da invidiare a quelle francesi. Non sapeva se intendessero arrestarlo (le irregolarità della sua spedizione non si contavano), confortarlo, sottoporgli il repertorio di fotografie e schede descrittive dei naziskin, annunciargli che a Blackpool la notte precedente era stato commesso un nuovo omicidio o semplicemente caricarlo sul primo treno disponibile. Forse tutte queste cose insieme.

Alla fine non si erano recati al commissariato ma in una postazione «di crisi» allestita all'interno di Pleasure Beach: le indagini sulla spedizione punitiva procedevano a pieno ritmo e alcuni poliziotti vagavano fra le attrazioni del luna park, a riposo e lucide di pioggia, in cerca di indizi. Anche se non serviva un genio per rintracciare i bastardi che volevano «fare la festa ai froci», l'operazione era condotta con grande serietà.

Seduto davanti a una scrivania di plastica, gli occhi abbassati sui propri documenti e sulla pistola, Corso se ne stava in silenzio. Di faccia a lui, infagottato in una cerata gialla a bande fluorescenti, Tim Waterston reggeva un walkie-talkie e si sarebbe potuto scambiare per un capocantiere. Era rosso di capelli, ben piantato e portava *mutton chops* degni di Wolverine.

«Abbiamo fatto qualche telefonata... Sei piuttosto conosciuto a Parigi.»

«Non sempre è un vantaggio.»

Il poliziotto inglese sghignazzò. «In ogni caso qui non conta un accidente.»

Corso si teneva pronto a sciorinare la sua storia in un perfetto inglese. Era stata un'altra ispirazione della Bompart: dopo l'esame di polizia, lo aveva inviato per un anno a studiare negli Stati Uniti. Per il momento, però, Waterston era interessato alla corrida della notte precedente.

«I tizi che ti hanno aggredito sono dei nostalgici di Blood & Honour», disse.

«Non so di cosa si tratti.»

«Non ti perdi niente, sono dei tarati che credono ancora alle stronzate naziste. Normalmente non hanno accesso a Blackpool, ma questi sono riusciti a intrufolarsi. Li ritroveremo, non c'è problema.»

A Corso non poteva fregare di meno.

«Ti mostreremo delle foto per l'identificazione», proseguì l'inglese. «Cosa ti hanno detto i medici?»

Corso abbassò gli occhi sul tutore. Nel frattempo aveva recuperato la cartella clinica.

«Non è niente. Una semplice frattura del radio.»

«Il delinquente che ti ha fatto questo ti ha salvato il culo.»

«Prego?»

«*My God*, un poliziotto francese che spara nel mucchio, a mille chilometri dal suo ufficio? Nel Nord dell'Inghilterra? Se tu avessi ferito o ammazzato qualcuno, te la saresti vista brutta qui da noi!»

Corso rifletté in silenzio guardando dalla finestra. La pioggia martellava le lamiere delle montagne russe, rigava i vetri come un diamante. Per qualche bizzarro motivo, in quella baracca si sentiva bene, al sicuro. A volte l'Inghilterra, con le sue piogge, i raffreddori e i tè caldi può risultare piacevole. Rabbrividì e gli venne una voglia improvvisa di tornare nel suo letto di ospedale, sotto la coperta di lana.

Waterston posò i gomiti sul tavolo e premette la sua pesante mole contro la scrivania.

«Lascia perdere queste quisquilie. A me interessa sapere cosa diavolo ci facevi tu nel quartiere dei pederasti, arma in pugno, di mercoledì sera. Al telefono mi hanno informato che eri a capo di un'inchiesta criminale che tiene sulle spine tutta Parigi. Perché questa passeggiata nel nostro incantevole paese?»

Corso afferrò il bicchiere e mandò giù un sorso tiepido (gli avevano dato un caffè talmente annacquato che ci si vedeva attraverso). Si concentrò un attimo e raccontò tutta la storia. Espose grosso modo le ragioni per cui Sobieski era stato liberato, ma affermò che sulla sua colpevolezza non c'erano dubbi di sorta. Descrisse la sua fuga in Inghilterra, il pedinamento via GPS, la sosta a Manchester e la virata a Blackpool, concludendo con l'informazione che il dispositivo satellitare aveva smesso di trasmettere alle due del mattino (aveva verificato), il che significava che Sobieski aveva usato il preservativo o scoperto il localizzatore. In ogni caso, ne era più che sicuro: quella notte aveva ucciso...

Calò il silenzio. La grossa testa rossa di Waterston era sempre infossata nella cerata gialla.

«E io che a volte temo di trovarmi fuori dai sentieri battuti...» finì per grugnire, a metà fra il divertito e l'ammirato.

«Non è questo il punto», commentò Corso con una certa stizza.

«Ah, no? Be', amico mio, non c'è un solo elemento della tua spedizione che sia legale.»

«Non avevo scelta», rispose il francese a denti stretti. «Quando ho capito che prendeva il treno gli sono andato dietro. Non potevo lasciarlo uccidere di nuovo.»

«Chi ti ha detto che lo avrebbe fatto?»

«Piantatela di giocare con me! Avete scoperto un corpo, sì o no?»

Tim Waterston lo guardò con un'espressione di infantile sorpresa che non quadrava per niente con la sua faccia da toro mansueto. I capelli sembravano incollati alle tempie come se fossero bagnati.

«No.»

Fu un sollievo per Corso, ma erano soltanto le nove del mattino: Sobieski avrebbe potuto far fuori un prostituto nella sua stanzetta e lasciarcelo. Oppure spostare il corpo. A meno che la feroce battaglia notturna non gli avesse tolto la voglia di uccidere. Ma la cosa più probabile era anche quella più semplice: ancora una volta, si era sbagliato su tutta la linea.

«È una mia impressione o la tua storia non sta in piedi?» domandò Waterston.

Corso si accontentò di sbuffare irritato.

«Abbiamo un sospettato che viola l'interdizione di lasciare il paese», riprese l'inglese. «Per che cosa? Per fare visita al suo gallerista a Manchester. Dopodiché se ne va ad assassinare un pederasta a Blackpool. Sempre più inverosimile. A quest'ora dev'essere rientrato a casa sua, nell'attesa che venga scoperto il cadavere, giusto? Ah, dimenticavo, tutta questa storia non è altro che un parto della tua testolina di poliziotto francese che ha visto troppe serie televisive...»

«La smetta di fare il furbo», troncò Corso. «Al mio posto avrebbe fatto esattamente la stessa cosa.»

«No, non credo. Perché possiedo meno immaginazione di te.» Continuava a premere la molla della biro, con un *clic-clic* che faceva da contrappunto alla pioggia. «Metteremo tutto agli atti.»

Solo nel momento in cui consultò l'orologio, Corso pensò alla sua squadra, alla Bompart, alle indagini. Maledizione, che ci faceva lì? Era dall'inizio del viaggio che non riceveva messaggi. Brutto segno: a dispetto di tutti i loro sforzi, l'inchiesta stagnava.

Un telefono squillò sulla scrivania. Waterston prese la cornetta, rimase in ascolto, scoccò un'occhiata a Corso e infine scrisse una parola e qualche cifra su un bloc-notes. Aveva gli occhi verdi e le sue pupille facevano curiosamente pensare a quei ciottoli screziati di alghe e muschio che si vedono ai piedi dei moli. Una limpidezza acquatica che si accordava con i capelli rossi e umidi.

«Il tuo Sobieski ha preso l'Eurostar delle 8.20», disse riagganciando. «In questo momento si trova sotto la Manica.»

Corso non sapeva cosa pensare. Provava semplicemente la sgradevole sensazione di essersi lasciato fregare ancora una volta.

«Sorridi», fece Waterston accendendo il computer, «l'avrai tutto per te a Parigi. Prima però dovrai fare la tua deposizione. Poi la società di assicurazione cittadina vuole vederti per il braccio.»

«Sta parlando sul serio?»

Waterston gli offrì il suo più bel sorriso.

«Certo che parlo sul serio. La buttiamo giù veloci e ti riaccompagniamo alla macchina. Puoi guidare?»

Corso osservò il tutore. Per quanto tempo doveva tenerlo? Non ricordava di avere visto un medico.

«Credo di sì.»

«È stato bello conoscerti», dichiarò Waterston, mettendosi a digitare sulla tastiera. «Avremo finito in un quarto d'ora.»

In quell'istante bussarono alla porta e un altro marcantonio entrò nella baracca, facendola ondeggiare come una barchetta. L'uomo, in uniforme e cerata, si chinò sull'orecchio di Waterston. Stavolta, l'uomo dai capelli rossi accusò il colpo. La sua espressione s'indurì e ogni traccia di umidità si dileguò dal suo viso, come prosciugato da una raffica di vento.

«Aspettami qui», disse. Si alzò e seguì il collega all'esterno.

A Corso non servivano sottotitoli: avevano rinvenuto un corpo. Quindi aveva visto giusto ma, di nuovo, aveva fallito. Non era stato in grado di impedire un altro assassinio, avvenuto, per così dire, sotto il suo stesso naso.

Ma la scoperta di un nuovo cadavere a Blackpool che riproducesse la stessa messinscena di quelli parigini sarebbe stato l'indizio decisivo che cercava per mettere le mani su Sobieski a Parigi. La sua presenza sui luoghi del crimine sarebbe bastata a incriminarlo in Francia: a Parigi, anche se non per quell'ultimo omicidio, lo avrebbero processato sicuramente per quelli di Sophie e Hélène.

Waterston rientrò con l'aria preoccupata. Lanciò un'occhiata stupita a Corso, come se stesse scoprendo nuovi rilievi e angolazioni di una statua che fino ad allora aveva a malapena guardato.

«È successo qualcosa di sospetto», bofonchiò senza sedersi.

«Avete trovato un cadavere?»

«Quasi. Stamattina presto un pescatore ha assistito a una strana scena: un uomo in uno Zodiac ha scaricato ai piedi di una boa un oggetto che assomigliava parecchio a un corpo nudo...»

«Dove si trova la boa?»
«A due chilometri dal litorale.»
«Bisogna andare a controllare.»
«Grazie del consiglio.»
Nonostante il *queer-bashing*, Sobieski aveva ucciso di nuovo. Ma perché si era preso il disturbo di gettare in mare la sua vittima?
«Spiacente, ma dovrai aspettarmi qui. Se troviamo qualcosa laggiù, sarò costretto a interrogarti di nuovo...»
«Portatemi con voi», ordinò Corso.
«Scordatelo.»
«È la mia inchiesta. Conosco l'assassino. Posso aiutarvi.»
Waterston accennò con il mento al tutore al braccio. «In quelle condizioni?»
Corso se lo strappò al volo.
«Nessun problema.»

55.

Due ore dopo filavano sui flutti del mare d'Irlanda a bordo di uno Zodiac che si abbinava a meraviglia ai toni cupi delle onde e delle nuvole. Corso era completamente a digiuno in fatto di barche, ma quella su cui si trovava doveva superare i 300 CV. Non ci si rendeva neanche conto dell'incurvarsi dell'onda lunga, quasi volassero sulla schiuma. Eppure, quando Corso si sporgeva dal fianco dell'imbarcazione, il suo sguardo scrutava scenari che gli facevano accapponare la pelle e gli ricordavano gli «abissi crepuscolari» di Victor Hugo.

Waterston si era portato dietro due dei suoi sbirri. Della compagnia facevano parte altri tre uomini: il pilota e i due sommozzatori che si sarebbero dovuti mettere a mollo a dodici gradi, sotto quella boa chiamata, con un nome azzeccato, «Black Lady».

All'improvviso il pilota chiuse l'acceleratore e lo Zodiac s'immobilizzò. Per modo di dire: in realtà prese a oscillare così forte da fare vomitare una balena. Inzuppato fino al midollo, Corso si teneva aggrappato con una mano al sedile, senza poter contare sull'altro braccio ancora dolorante.

Erano immersi nel silenzio del mare mentre il cielo li bombardava con le sue raffiche. La boa di marcatura, una struttura di polietilene verde a forma di razzo sormontata da una luce segnaletica, poggiava su un galleggiante circolare con pinne ai lati. Un aggeggio orrendo che non aveva assolutamente niente da raccontare ed era in netto contrasto con il nome poetico.

Il pilota si mise in «posizionamento dinamico», i sommozzatori si prepararono, i poliziotti ispezionarono i dintorni della Black Lady... e lui, congelato, se ne stette lì a sorbirsi la pioggia e gli spruzzi delle onde. Il rombo del motore lo aveva intontito e quell'atmosfera grigia, dove il mare e la pioggia si alleavano a formare un'unica trama, gli dava l'impressione di avere perso ogni sensibilità. Quello scenario – mare opaco e cielo in tempesta – lo faceva pensare a un'anestesia generale.

«Non avrei mai dovuto darti ascolto», mormorò Waterston, scoraggiato dal mare aperto.

«Deve avere calato il corpo là sotto. Bisogna immergersi...» incitò Corso.

In piedi sulla prua dello Zodiac, bardato della sua cerata, il poliziotto inglese annuì di cattivo umore.

«Cosa c'è sotto la boa?» chiese Corso.

Waterston interrogò con lo sguardo uno dei sommozzatori.

«Una catena», rispose l'uomo.

«La catena è agganciata alla roccia?» insistette Corso. «A un'ancora?»

«Dipende dai casi. Secondo me questa è attaccata a un enorme blocco di cemento.»

Corso si decise ad alzarsi e, a passo incerto, si avvicinò ai sommozzatori, cadendo quasi in ginocchio davanti a quello che gli aveva risposto. L'uomo era chino sulle bombole e la cintura da immersione, intento a controllare che fosse tutto a posto.

«Voglio scendere con lei.»

«Ma vuoi scherzare?» chiese Waterston con voce strozzata, raggiungendo a sua volta i due subacquei.

Aveva la faccia tutta bagnata, i basettoni gli pendevano come barbette, gli occhi si erano fatti grigi sotto le ciglia stillanti di pioggia.

«Non so nemmeno come mi sia venuto in mente di lasciarti venire.»

«Waterston, sono io il responsabile dell'inchiesta a Parigi. Conosco il *modus operandi* di Sobieski. Se stanotte è stato lui a uccidere e a trasportare il corpo fino a qui, devo vedere la scena del crimine *in situ.* Anche sott'acqua ogni dettaglio avrà la sua importanza.»

L'inglese sembrava sul punto di dare in escandescenze, ma si controllò. Estrasse un pacchetto di sigarette dalla tasca della cerata, ne prese una con le labbra e la coprì subito con la mano che ancora stringeva il pacchetto. Nell'altra ecco apparire un accendino che fece scattare proteggendosi dal vento e dall'acqua. Aveva i gesti del prestigiatore che dissimula ciò che avviene dietro le sue dita. In realtà, erano gesti da inglese per il quale la pioggia è una seconda natura.

«Non fai nulla per sfatare la leggenda.»

«Quale leggenda?»

«Quella per cui i francesi sono i peggiori rompicoglioni sulla faccia della terra.»

Corso preferì non contraddirlo. Attorno a loro il mare rimuginava i suoi pensieri cupi in un va-e-vieni che niente poteva placare. Waterston si rimise a sedere sul tubolare dello Zodiac, Corso tornò al suo posto: il suo progetto avrebbe richiesto serie trattative.

«Dunque, secondo te, il tizio ha voluto farsi una scopata a Blackpool, poi ha ceduto alle sue terribili pulsioni e ha ammazzato la puttana, uomo o donna che sia.»

«Esatto.»

«Ma, non contento, nel cuore della notte ha trovato una barca (i miei uomini stanno indagando al riguardo) ed è venuto fino a qui per infilare la vittima sotto la boa.»

«Lo so che sembra...»

«Demenziale? Assurdo? Grottesco? Sì, credo si possa dire così.»

«Ma avete una testimonianza.»

«Molto vaga: hai letto anche tu la deposizione.»

Il pescatore aveva solo visto una barca non identificata con a bordo qualcuno che gettava in acqua una forma biancastra e «raggomitolata». Quando il testimone si era deciso ad avvicinarsi per vedere di cosa si trattava, la barca era sparita e la boa non presentava niente di sospetto, proprio come in quel momento.

«È già un miracolo», continuò l'ispettore, «che chieda ai

miei ragazzi di congelarsi il culo in un'acqua che si aggira sui dieci gradi.»

«Sono sicuro che si troverà qualcosa. Devo immergermi con loro!»

«E perché dovrei darti il permesso?»

«Andiamo o no?»

Ora il sommozzatore era in piedi, si era infilato il cappuccio di neoprene nero e stava indossando le bombole. Nel frattempo, lanciava occhiate impazienti ai due poliziotti in piena discussione.

Era il momento di strappargli una decisione, anche a costo di dover bluffare alla grande.

«Sono adulto e vaccinato, faccio il poliziotto e possiedo una solida esperienza come subacqueo.»

«Ma guarda.»

Un'altra panzana. Qualche stage nelle acque calde delle Antille, ai bei tempi di Émiliya, non facevano di lui un esperto.

Waterston parve riflettere mentre tirava boccate dalla sigaretta invisibile. L'intera scena – la sua faccia da toro rossastro, i gesti da prestigiatore, le pieghe della cerata fluorescente – era resa più intensa dalla parvenza di sole che ora faceva brillare ogni dettaglio come umida madreperla dai riflessi iridati.

«E il braccio?»

«Gliel'ho già detto, nessun problema.»

L'inglese lanciò in acqua il mozzicone e con un cenno del capo indicò ai subacquei la muta che sembrava aspettare Corso.

«Cerca di tornare sano e salvo. Voglio vedere la tua faccia quando risalirai con le pive nel sacco.»

56.

Prima il freddo, che ti si incolla istantaneo su tutto il corpo e che in pochi decimi di secondo s'irradia fino alle ossa. Poi l'anchilosi, una paralisi che si accompagna a un intorpidimento che ti priva di ogni sensibilità. È l'anticamera della morte, i monitor non registrano più la minima reazione.

Dopo, a poco a poco, qualcosa fa la sua comparsa, si precisa: il calore. Subentra una nuova dolcezza che ti avviluppa fino a diventare una soffice armatura. Non hai mai provato una sensazione di benessere così intimo, come se fossi avvolto dal calore del tuo stesso sangue. E succede proprio questo: la muta di neoprene crea un sottile strato d'acqua sulla pelle che si riscalda a contatto con il corpo e lo protegge totalmente, definitivamente.

Pensò tutto questo in pochi secondi, dibattendosi nell'acqua, mentre la temperatura del suo corpo aveva la meglio sul mare gelido. Ma bisognava subito passare alle cose serie: i suoi due compagni, dopo avergli fatto un segnale, si erano appena tuffati nell'abisso.

Attraverso la maschera, Corso osservava la luce del cielo riflettersi sulla superficie, la linea ondulata dei flutti che si alzavano e abbassavano, sfaldandosi e schiumando contro il vetro dei suoi occhiali. Pensava alla frase che la Bompart amava ripetere a proposito del loro mestiere: «Gli assassini sopra, i morti sotto e noi nel mezzo...». *Ecco.* Si raccolse su sé stesso – un lato positivo, en passant: lo shock termico sembrava avergli anestetizzato l'avambraccio –, abbassò la testa e s'immerse a sua volta.

Dopo il freddo, il buio, di un nero talmente spesso e denso da evocare un ammasso di morchia di idrocarburi, qualcosa di molto antico dove ogni luce, ogni colore, ogni vita erano stati inghiottiti dal tempo. Adesso non restava che quella fanghiglia immonda, quella fine del mondo a malapena liquida, in cui si poteva nuotare ma che comunicava una sensazione di totale annientamento. Niente si muoveva lì dentro, neanche la coda di un pesce. Una morte eterna, senza limiti né contorni.

Dopo un po' distinse i fasci di luce dei suoi compagni, circa cinque metri più sotto. Anche lui aveva una lampada fissata sul casco, ma si era dimenticato di accenderla prima di immergersi e adesso... era già abbastanza indaffarato a cercare di avanzare nuotando con un braccio e mezzo. Si concentrò sui raggi che si allontanavano e che davano conto della profondità del mare. Pedalò con le gambe per raggiungerli mentre i timpani schioccavano come membrane di casse acustiche.

In maniera meccanica, eseguì la procedura di decompressione: soffiando nelle narici dopo averle pinzate fra pollice e indice, l'aria per contraccolpo si diffonde nella zona dei timpani. Era un ricordo dello stage, la chiamavano manovra di Valsalva. Al momento, aveva piuttosto l'impressione di soffiarsi il naso con le dita...

I sub lo aspettavano più in basso. Scorse la linea verticale che interrompeva i fasci delle loro lampade: la catena della boa. Ebbe come l'impressione che il suo corpo fosse un'entità a parte, un'ombra disciolta che poteva osservare a distanza.

Si diresse verso i due e capì che avevano intrapreso una discesa più rapida, lasciandosi sfilare la catena fra le mani. Fece come loro e mentre stringeva le maglie di ferro si sentì rassicurato: non era più solo in quella specie di cosmo compatto e vetrificato.

Soltanto allora prese coscienza del silenzio.

Non percepiva più né le onde attutite dell'ambiente acquatico, né la propria respirazione. Era sordo, cieco... e muto. Si disse che se non ci fossero stati i fasci di luce dei due subacquei, avrebbe potuto credersi morto, un morto con la consapevolezza della propria fine, lucido in uno spazio-tempo senza confini...

Un'occhiata al computer di immersione. Qualcosa ricordava a proposito del rapporto pressione-profondità. In superficie, subiamo un chilo di spinta, ossia un bar, su ogni centimetro quadrato del nostro corpo. A dieci metri sott'acqua, si aggiunge un secondo chilo e si passa quindi a due bar. Ma adesso che si trovava a meno venticinque metri, a quanto equivaleva la pressione? Non aveva la più pallida idea. Rammentava soltanto che l'aumento della pressione decresce via via che si scende: aumenta dal 20 al 40 per cento solo quando si superano i trenta metri di profondità. Non osava soffermarsi con il pensiero sul tempo che ci avrebbero messo a risalire in superficie. Bisognava rispettare le soste di decompressione, il che comportava lunghi minuti di immobilità aspettando che l'azoto respirato in basso venisse espulso dal corpo...

I subacquei continuavano a scendere. Valeva la pena andare sino in fondo? Non era assurdo immaginare Sobieski che si prendeva il disturbo di fare affondare la sua vittima? Il pescatore aveva parlato di corde, corpi, pietre. Corso era convinto che il pittore-assassino avesse zavorrato la vittima per poi lasciarla scendere lungo la catena.

Meno trenta metri. Davanti a lui i fasci di luce continuavano a incrociarsi, lunghe erbe luminose che ondeggiavano nella corrente. Tentò di accelerare per avvicinarsi agli altri. Era come stordito dalla totale assenza di ostacoli, percepiva soltanto la pellicola tiepida che gli fasciava il corpo, distingueva le bolle chiare, precise, compatte create dal suo respiro, una sorta di condensa cristallizzata. Si sentiva come se fosse senza peso, come se non esistesse più...

Era totalmente in preda a queste sensazioni quando un dolore folgorante gli attraversò la maschera e gli esplose in gola. Mollò la catena e s'inarcò, portando subito le mani sull'erogatore. Ma non poteva fare niente: togliere lo strumento che gli forniva l'aria equivaleva a un suicidio. In quell'istante uno dei sommozzatori gli afferrò una mano mentre l'altro gli era già addosso e gli strappava l'erogatore. Corso tentò di colpirli: il dolore, il panico. Volevano farlo annegare! Dovevano avergli iniettato un veleno in bocca o immesso un gas tossico nella bombola.

Sentì l'acqua salata inondargli la bocca, ma evitava di respirare: dolore o no, non voleva ingurgitarla e annegare in quello schifo di acqua inglese. Uno dei sub gli teneva ferma la testa – Corso tentava sempre di colpirli, di districarsi – mentre l'altro gli ispezionava l'interno della bocca piena d'acqua. Corso provò a morderlo, ma l'uomo gli divaricava le mascelle come un cacciatore di coccodrilli.

Alla fine l'aggressore gli piantò un coltello seghettato nel palato. Corso chiuse gli occhi. Si aspettava di crepare, la gola intasata dal sangue e dall'acqua, ma provò un sollievo immediato e subito dopo la bocca si prosciugò mentre l'ossigeno tornava a nutrirlo. La vita scorreva di nuovo nella sua gola, una vita dolce, benevola, senza più paura né dolore... I due subacquei l'avevano lasciato andare dopo avergli rimesso l'erogatore tra i denti.

Solo allora si vide passare davanti agli occhi i filamenti trasparenti che per poco non gli avevano fatto la pelle: i tentacoli urticanti di una medusa, aggrovigliati come erbacce gonfie di tossina. I suoi compagni l'avevano salvato, estirpandogli brutalmente quelle fibre velenose che si erano insinuate sotto il suo erogatore. Pochi secondi ancora e sarebbe morto soffocato...

Si abbandonò all'indietro, assaporando il sollievo, girando su sé stesso come un cosmonauta. A tentoni, ritrovò la catena e l'afferrò per continuare la discesa.

Ma a quel punto scoprì l'orrore.

Pochi metri più sotto, i suoi due alleati si muovevano attorno a un corpo attaccato alla catena con un pezzo di corda. Le loro lampade rivelavano i dettagli della sinistra messinscena: il cadavere era nella stessa posizione di quelli di Sophie e Hélène. Gola stretta da un laccio, braccia fissate dietro la schiena e collegate alle caviglie unite sotto le mani. Questa volta, però, i lacci erano di corda, probabilmente perché la vittima era un uomo e le sue mutande non si confacevano al sistema abituale.

Ritrovando il sangue freddo, Corso raggiunse i due sommozzatori. Altre corde fissate attorno alla vita della vittima la collegavano a blocchi di pietra che stranamente sembravano senza peso. Eppure erano proprio quelli a mantenere il cadavere a una simile profondità.

Corso si spinse più giù battendo le gambe: aveva bisogno di certezze. Arrivato all'altezza del viso della vittima, capì che il cerchio si era chiuso. La faccia del giovane – sulla trentina, e doveva essere stata una bella faccia, in origine – era squarciata, con la bocca aperta da un orecchio all'altro in un grido nero che si era rammollito al punto che le mascelle oscillavano leggermente nella corrente, dando l'illusione che la vittima respirasse sott'acqua.

Era spaventoso, e al tempo stesso sconcertante, ritrovare Goya a quaranta metri di profondità. Tuttavia, Corso si rifiutò di cedere alla sorpresa. Tentò piuttosto di studiare ogni minimo dettaglio, mentre i suoi compagni scattavano foto come su una banale scena del crimine.

Al momento, tutto quello che vedeva era la carne dell'uomo assassinato, già morsa e rosicchiata da pesci invisibili, che si sfaldava come carta di giornale nelle gelide profondità. Non riuscì a trattenersi dal pensare che il corpo si stava dissolvendo e che i metri cubi d'acqua intorno a loro erano disseminati di polvere di pelle, minuscole particelle di carne che volteggiavano fra le bollicine dei loro erogatori.

Di colpo ebbe la sensazione che non sarebbe mai risalito in superficie, non sarebbe mai uscito da quella storia e, soprattutto, non avrebbe mai scoperto la verità. Perché Sobieski aveva deciso di immergere la sua vittima a quaranta metri di profondità? Voleva che nessuno la scoprisse? L'aveva scelta a caso o invece aveva fatto tutta quella strada per sacrificare proprio quell'uomo?

57.

«Non aspetti l'identificazione?»

«No», rispose Corso. «Ci vorranno forse giorni e devo arrestare Sobieski a Parigi.»

«Ehi, amico, non esiste lo straccio di una prova.»

«Lo so, ma la sua presenza nella città dov'è stato commesso un nuovo delitto sarà decisiva a Parigi. Il giudice lo incriminerà.»

Erano appena approdati al porto di Fleetwood, a meno di quindici chilometri da Blackpool. Il recupero del corpo aveva richiesto più di due ore, con l'intervento di tre vedette e venti sommozzatori. Dal canto loro, Corso e i suoi colleghi, rispettando le soste di decompressione, ci avevano messo circa un quarto d'ora a risalire in superficie.

La spoglia era stata elitrasportata all'ospedale di Blackpool, dove si era in attesa di un medico legale proveniente da Manchester. Chissà come, la notizia della macabra scoperta era giunta alla stampa in modo talmente tempestivo che, al loro arrivo in porto, avevano dovuto tenere a distanza un'orda di giornalisti. Il solito casino era quindi già iniziato e a Corso non dispiaceva affatto levarsi dai piedi. Avrebbe regolato i conti a Parigi… in (relativa) tranquillità.

Waterston sembrava già sfinito in partenza. Un omicidio a Blackpool era un bel cambiamento rispetto alla solita routine di trafficanti e risse, ma non era una buona notizia, soprattutto per l'immagine già molto deteriorata della città. Quanto meno, però, la sua inchiesta sarebbe stata rapida dato che, a prima vista, si conosceva già il colpevole.

Restava comunque da ritrovare il luogo del delitto, rilevarvi le impronte e le tracce organiche. Bisognava anche identificare l'imbarcazione usata dall'omicida. Ogni volta che Corso passava mentalmente in rassegna i fatti, era stupito dal metodo usato dall'assassino: perché tante complicazioni?

Per il suo lavoro Waterston poteva contare su qualcosa di speciale: i filmati delle telecamere di sorveglianza. I britannici hanno una vera e propria passione per questa tecnica e Blackpool pullulava di telecamere perfettamente funzionanti (a differenza di quelle francesi).

Il poliziotto inglese batté le mani. «Dai, ti porto dal medico.»

«Cosa? Ma sto bene...»

Waterston non si prese nemmeno la briga di replicare. Raggiunsero così l'ospedale di Blackpool, dove Corso ricevette un nuovo tutore per l'avambraccio.

«Si può fare in fretta con le scartoffie?» domandò al suo alter ego.

«Farò del mio meglio, ma ti consiglio di decollare da Manchester. C'è un volo a fine giornata.»

Due ore più tardi, dopo avere buttato giù una versione dei fatti presentabile per entrambi – comprendente la visita «non ufficiale» in territorio britannico di un funzionario della polizia francese, un *queer-bashing* che aveva confuso le acque e una spedizione marittima che aveva portato i suoi frutti – Corso poté recuperare la macchina presa a noleggio.

Filò dritto all'aeroporto dove si decise finalmente a chiamare la sua squadra, prendendosi tutto il tempo necessario per spiegare il nuovo colpo di scena e dando istruzioni molto precise in vista dell'arresto di Sobieski. Il pittore li aveva già presi in giro a sufficienza. Stavolta Corso voleva un'operazione che facesse scalpore, con una squadra speciale e i media nei paraggi.

Da parte loro, come si aspettava, i membri del suo gruppo non avevano fatto neanche un passo avanti. Erano ripartiti da zero... e lì erano rimasti. Spiegò a Barbie che tutto ciò non aveva più importanza: la sera stessa Sobieski sarebbe finito in cella.

Due ore dopo stava per imbarcarsi sul volo per Parigi quando la collega lo richiamò. «Credo di aver scovato un'informazione.»

«Cosa vuoi dire?»

«Una società anonima collegata a Sobieski. Una cosa che finora non era emersa.»

Formicolii alla nuca. Non correre troppo. Non eccitarsi inutilmente. Aveva esperienza di quel genere di facili entusiasmi durante un'inchiesta. Si passano giorni, per non dire settimane, a girare a vuoto, e d'un tratto un piccolo dettaglio trascurato rivela elementi decisivi.

«Spiegati.»

«Riesaminando tutti i dati su Sobieski in nostro possesso, mi sono accorta che aveva firmato una serie di illustrazioni per una pubblicazione erotica utilizzando uno pseudonimo, "Thémis".»

«E allora?»

«Nella mitologia greca, Temi è la divinità della giustizia, della legge e dell'equità.»

«È di sesso femminile?»

«Questo non ha rilevanza nel caso di Sobieski. Ciò che conta è che la scelta di questo nome tradisce ancora una volta la sua ossessione per la giustizia, il castigo...»

Le operazioni di imbarco stavano per concludersi e Corso stava perdendo la pazienza. «Va bene, dove vuoi arrivare?»

«Mi sono chiesta se non esistesse una società con questo nome, creata da Sobieski per occultare i suoi piccoli segreti.»

Gli sembrava veramente tirato per i capelli, ma già in altre occasioni l'istinto di Barbie si era dimostrato vincente.

«E l'hai trovata?»

«Ne esistono una ventina solo nell'Île-de-France, ma una di queste importa prodotti chimici per la fabbricazione di pigmenti.»

Con tutte le fibre del suo essere, Corso sentì che Barbie aveva colto nel segno. La morsa – era il caso di dirlo – si stringeva attorno al pittore-macellaio.

«Hai altri dettagli?»

«No. Sui siti di identificazione delle aziende le informazioni sulla Thémis sono ridotte all'osso. Non vengono riportati né il fatturato, né il bilancio... niente dipendenti. Puzza di attività fasulla. Illuminante, per me, è stato l'indirizzo della sede legale.»

«È quello di Sobieski?»

«Proprio così. Mi sorprende che abbia commesso un errore così grossolano, ma non poteva sospettare che saremmo risaliti fino a questa società fantasma.»

Il formicolio nel suo corpo si trasformò in una sorta di prurito, così insopportabile da fargli venire voglia di urlare. Lui e Barbie pensavano la stessa cosa: se quella società affittava un locale da qualche parte, era lì che avrebbero potuto avere luogo i delitti.

Il dannato nascondiglio che cercavano fin dall'inizio.

Come in un flash, rivide Sobieski con il cappello da hobo in testa e la camicia hawaiana. Non era solo l'immagine di un assassino da sbattere in galera, era anche l'incarnazione della fiducia in sé stessi, dell'arroganza del crimine.

Una risata sfrontata in faccia alla polizia.

«Arrivo a Roissy alle 20.30.»

«Vengo a prenderti.»

58.

Corso sbarcò a Roissy alle ventuno, insieme a un'ondata di turisti entusiasti all'idea di partire all'assalto della capitale. Sfoggiando le sue solite Stan Smith sfondate, e rosicchiandosi le unghie, una Barbie molto tesa lo aspettava con l'aria di avere ingoiato un manganello elettrico.

Non fece nessun commento sul tutore di Corso, sul labbro tumefatto o i cerotti che aveva sulla faccia. Saltava agli occhi che la sua gitarella nel Regno Unito era stata movimentata.

Se volevano fare conversazione, Barbie aveva molto di meglio da offrire, perché mentre lui ronfava sull'Airbus, lei non era rimasta con le mani in mano. La società Thémis aveva in affitto un immobile in rue Adrien-Lesesne, a Saint-Ouen, vicino alla ferrovia che collegava il posto direttamente alla Gare du Nord. Secondo la versione ufficiale, Thémis vi teneva in deposito prodotti chimici.

Per concludere, Barbie gli mostrò una geolocalizzazione sul cellulare: dal suo studio Sobieski poteva raggiungere il sito a piedi.

«Possiamo scegliere», gli disse, trattenendo a stento l'eccitazione, «tra bussare alla porta di Sobieski, arrestarlo e poi perquisire il magazzino, oppure inviare subito una squadra in rue Adrien-Lesesne per cominciare il lavoro e intanto mettere le manette a...»

«Facciamo il contrario. Spedisci Stock e Ludo ad arrestare Sobieski; noi ci occupiamo del magazzino.»

«Sei sicuro?»

All'idea di irrompere nell'antro di quel bastardo, a Corso

veniva duro. L'eccitazione di Barbie non era niente, se paragonata alla sua. *Merda, stavolta lo tenevano in pugno.*

«Voglio vedere la sua faccia quando gli annunceremo che abbiamo trovato la sua garçonnière. Hai l'autorizzazione del giudice?»

«Ho tutto ciò che serve. Riguardo a Ludo, credi sia una buona idea?»

«*Deve andarci.* Bisogna che Sobieski capisca di non avere alleati nella polizia e che Ludo, malgrado tutto, resta sempre uno della nostra squadra.»

Barbie annuì e prese il cellulare. In poche parole informò Stock delle nuove direttive: lei e Ludo al timone e accompagnati, come previsto, da qualche scagnozzo armato per fare scena. Ma dovevano fare attenzione: Corso non voleva che comunicassero a Sobieski il motivo del suo arresto. Bisognava lasciarlo cuocere nel suo brodo.

«Portatelo al Trentasei, concluse Barbie, «e aspettateci lì.»

«No», mormorò Corso. «Che ci avvertano una volta sul posto. Saremo a poche centinaia di metri e, una volta individuato il luogo e applicati i sigilli, sarà un piacere andare a salutare Sobieski.»

Roissy non era poi così distante da Saint-Ouen. Filarono sull'A1 e, superato lo Stade de France, seguirono la D20 fino a sorvolare l'intreccio delle linee ferroviarie per poi scendere lungo strade secondarie.

Corso si aspettava una zona di aree industriali dismesse, terreni abbandonati, case abusive… Niente affatto. Così come Sobieski aveva trasformato in una lussuosa galleria la sua manifattura in disuso, anche il quartiere di rue Adrien-Lesesne aveva risentito positivamente dell'esercito di hipster che ne aveva preso possesso. Senza mettersi d'accordo, a forza di piccoli interventi e sovvenzioni, armati della volontà di ricavare dal brutto qualcosa di bello, dal povero qualcosa di ricco, quei ragazzi erano riusciti a trasformare una zona squallida in un ameno villaggio.

Pur provenendo dai quartieri popolari e sapendo perfettamente quanto potevano pesare la bruttezza e la miseria, Corso non apprezzava questo genere di miglioramenti. Vi percepiva tutta la meschinità borghese, la presunzione pseudo artistica di quelle famiglie dalle idee senza sostanza e dai conti in banca prudenti che guardavano unicamente all'esteriorità. Volendo rendere presentabile quel quartiere di case unifamiliari e strutture industriali, i nuovi venuti si atteggiavano come la gente descritta da Jacques Brel in *Ces gens-là*, la famosa canzone di quelli che «aspirano a sembrare ciò che non sono»...

Lo stabile affittato da Sobieski costituiva un bell'esempio di quel fenomeno, ma nel suo caso mirava soltanto a ingannare il nemico. Nessuno avrebbe dovuto sospettare cosa accadeva dietro quel cancello di ferro verde a doppio battente che lasciava intravedere solo fronde di querce e castagni. Lo stesso Corso, trovandosi davanti a quella dimora di altri tempi, fu colto dal dubbio. «Sei sicura che sia questo l'indirizzo?»

«Sicurissima», rispose Barbie, verificando ancora una volta sul cellulare. Il fabbro che avevano reclutato li aspettava sulla soglia.

«Fagli firmare il foglio e procediamo», fece Corso scendendo dalla macchina.

«Non aspettiamo gli agenti?»

«No.»

«E i testimoni per la perquisizione?»

Corso le scoccò un'occhiata eloquente. Il fabbro, non particolarmente collaborativo, mugugnò mentre si impegnava alla riservatezza sul lavoro che stava per svolgere e infilava in tasca la nota spese per il successivo pagamento. Corso fissava il cancello, le cime degli alberi, il tetto rosso della costruzione situata a una cinquantina di metri, in fondo al giardino. Gli tremavano le mani per l'emozione.

Il fabbro si mise all'opera e dopo cinque minuti, e un bel po' di baccano (non si era fatto problemi a usare una motosega), il cancello si aprì con un cigolio sinistro e un odore di metallo arroventato.

Corso e Barbie s'inoltrarono nel giardino, seguiti dallo scansafatiche con la sua cassetta degli attrezzi. Un sentiero di ciottoli conduceva a una casa di modeste dimensioni.

Pietra molare con giunzioni a *rocaillage*, finestre con tende velate bianche, pensilina di vetro stratificato e ferro battuto, tutto era perfetto per mandarti il morale sotto i tacchi e incitarti a scegliere l'albero al quale impiccarti.

Tuttavia gli uccelli cantavano tra le fronde e la luce del crepuscolo spandeva un chiarore molto dolce, color polpa d'arancia. Non era proprio l'ideale per una perquisizione così carica di tensione.

Il fabbro salì i pochi scalini verso l'ingresso e si diede ad armeggiare con la serratura.

«Non è neanche blindata», commentò con disprezzo.

Corso salì a sua volta la scalinata. Non quadrava: se Sobieski avesse svolto in quella casa una qualsiasi attività segreta o lasciato indizi compromettenti, avrebbe installato un potente sistema di sicurezza. Corso non si era scordato di come si era fatto fregare dalle telecamere invisibili dello studio. Al camuffamento «piccolo borghese» del luogo, il pittore-omicida avrebbe sommato un dispositivo inviolabile.

Dalla porta aperta filtrò un odore terribile di muffa che li fece indietreggiare di qualche passo.

«Che puzza là dentro!» grugnì il fabbro sventolandosi con la mano. «Sono secoli che nessuno ci mette piede, ve lo dico io.»

I poliziotti si scambiarono uno sguardo. Tutto quello che avevano in mano, in effetti, era una casa affittata da una società che si chiamava Thémis la cui sede sociale si trovava all'indirizzo di Sobieski. Avevano preso un altro granchio?

Corso era sul punto di cedere allo sconforto quando il suo sguardo si posò sulla rimessa adiacente grande quasi quanto la casa, come minimo centocinquanta metri quadrati calpestabili.

«Mi apra anche quella», ordinò al fabbro.

L'artigiano scese le scale e quando esaminò la porta della rimessa emise un fischio di ammirazione.

«Che c'è?» domandò Corso avvicinandosi.

«Questa qua, giovanotto, è un'altra storia. Ci hanno piazzato un sistema di sicurezza di quelli che non si vedono facilmente in giro.»

Corso afferrò d'impulso la mano di Barbie. Avevano trovato la fottuta tana di un serial killer che sembrava inafferrabile. I due poliziotti decisero di mantenersi calmi e si spostarono sotto gli alberi. Seduti su una panchina, come in un giardino pubblico, si armarono di pazienza. Il fabbro li aveva avvisati: «Almeno mezz'ora».

Intanto seguivano al telefono i movimenti della seconda squadra, al momento appostata vicino allo studio di Sobieski. Il pittore si trovava all'interno. Stock, che lo scorgeva attraverso una delle vetrate, confermò che stava preparando le tele come se niente fosse. Corso lo rivide aggirarsi nel quartiere gay di Blackpool, poi gli si parò davanti anche l'immagine del cadavere sott'acqua con il suo sorriso ondeggiante. Tanto di cappello al sangue freddo di quel bastardo.

Ordinò ai suoi uomini di aspettare ancora: se in quella rimessa avessero davvero trovato elementi inquietanti, l'arresto sarebbe stato ancora più sensazionale.

Verso le ventidue, mentre faceva già buio, il fabbro – che nel frattempo aveva chiamato un assistente – ebbe la meglio sulla porta della rimessa. Corso intimò ai due di allontanarsi ed entrò insieme a Barbie. Reggeva solo una torcia e niente armi, avendo l'altro braccio bloccato dal tutore, ma la sua compagna lo copriva impugnando la pistola.

Non vedeva granché, ma già le forme, gli oggetti e le ombre che si disegnavano nel suo fascio luminoso gli lasciavano temere il peggio – o il meglio, a seconda della prospettiva.

«Va' a prendere soprascarpe, cuffie e guanti», ordinò a Barbie con voce strozzata.

La sua vice corse via mentre Corso, teso come una recinzione elettrificata, restava sulla soglia, sondando l'oscurità con la luce della torcia. Niente finestre. Un bancone lungo la parete di sinistra. Un piano di lavoro in legno in mezzo alla stanza – Corso ripensò all'ipotesi del medico legale («un bancone da macellaio») e alle schegge nella carne di Hélène Desmora. Sul pavimento, barattoli di sostanze chimiche che esalavano odori acidi. Più in là intravide un enorme aggeggio, una sorta di cassone di metallo munito di un oblò che poteva comodamente accogliere un essere umano...

Barbie tornò con l'armamentario richiesto. Si attrezzarono senza una parola, poi Corso fece un passo avanti e cercò l'interruttore. Sotto la luce elettrica tutto si fece più preciso e i due poliziotti capirono di aver trovato la scena del crimine.

Era un luogo lugubre, ripugnante e spaventoso. Con i suoi frammenti di legno e le tracce di sangue, il piano di lavoro evocava più il ceppo di un macellaio che il tavolo di un artista. Soprattutto, vi era fissata una pressa dotata di rotella di bloccaggio. Non occorreva una grande immaginazione per visualizzare una vittima posta di profilo con la testa incastrata in quella morsa.

Il bancone sulla sinistra era ingombro di una varietà di attrezzi che potevano essere utili a un pittore che montava da sé le tele, ma che in quel contesto si rivelavano molto più funesti, soprattutto perché la maggior parte presentavano tracce brunastre. Sangue?

Nell'avvicinarsi, il poliziotto urtò contro uno scatolone posato sul pavimento. Abbassò gli occhi: era pieno di pietre, lo stesso tipo di ciottoli che ostruivano le gole di Sophie e Hélène. Corso fu scosso da una scarica di tremiti brevi e costanti. Avrebbe voluto dire qualcosa, o forse semplicemente respirare, ma gli risultava dannatamente difficile.

Da parte sua, Barbie ispezionò il bancone fissato al muro ed esaminò attentamente ogni strumento. Due visitatori in un museo, ognuno dei quali pronto a estasiarsi davanti a opere diverse, ma entrambi in preda a una stessa emozione.

Si diressero insieme verso il cassone sul fondo. Era una cella con pareti di acciaio inossidabile e, sul lato centrale, dotata di un complicato sistema di comando.

«Si direbbe un forno...» mormorò Barbie, confermando l'impressione che ne stava avendo Corso.

«Chiama la Scientifica», ordinò lui con voce alterata. «Voglio qui l'intera cavalleria in meno di un'ora.»

Barbie obbedì. Corso, intanto, proseguiva la visita. Cercava ancora il segno inconfutabile della presenza di Sobieski. Dopotutto, niente di concreto provava che quella stanza delle torture fosse lo studio segreto del pittore.

Appese vicino al bancone di sinistra, scorse diverse riproduzioni di opere dei grandi maestri della pittura spagnola: Velázquez, El Greco, Zurbarán... Riconobbe, senza sorpresa, le *Pinturas rojas* di Goya.

L'indizio che gli mancava. Prese il telefono e chiamò Stock. «Saremo lì fra cinque minuti. Interveniamo insieme a voi.»

«Ci sono novità?»

«Abbiamo trovato la tana del mostro.»

59.

«Tutto bene? Sei comodo?»

Sobieski, a capo scoperto, non rispose. Seduto nell'ufficio di Barbie e Ludo, pareva avere realizzato che le cose si mettevano male. Doveva anche avere assimilato il fatto che la vicinanza di Ludo non l'avrebbe aiutato. Anzi.

Era talmente pallido che il suo viso sembrava un calco di gesso uniformemente bianco e inespressivo. Corso conosceva quella maschera. Non rifletteva la colpa né la paura ma un autentico terrore: la galera era vicina, non c'era scampo.

Con in mano un esile fascicolo, Corso prese posto dietro la scrivania di Barbie. La poliziotta era in piedi in un angolo della stanza, la mano sulla pistola. Anche Stock e Ludo erano presenti, silenziosi, impenetrabili, compatti come blocchi di propellente. L'aria era carica di una tensione pressoché insostenibile. Si era smesso di ridere, se mai si era riso una volta dall'inizio di quella storia.

Con un cenno, Corso invitò i colleghi a uscire. Un po' di intimità non avrebbe guastato.

«Mi è piaciuta molto la nostra scampagnata inglese.»

«Non capisco di cosa stai parlando», disse Sobieski schiarendosi la voce.

Corso sorrise.

«Se devi mentire, risparmia le forze per le situazioni in cui potrai ancora risultare credibile. Il biglietto, la dogana, le telecamere di sicurezza: ci sono mille prove della tua presenza in Inghilterra. Non sprecare energie.»

Il pittore non fiatò.

«Perché ci sei andato?» proseguì Corso.

«Non ne avevo forse il diritto?»

«No, e lo sai bene.»

«È finito il tempo in cui dovevo chiedere il permesso», grugnì. «Ho dovuto leccare culi e alzare il dito per vent'anni. Tutto questo è ormai alle spalle.»

«Non ne sarei così sicuro. Cosa sei andato a fare in Inghilterra?»

«Dovevo vedere il mio gallerista a Manchester. Sto preparando una mostra.»

«Ne siamo al corrente.»

«Se sai le risposte, non fare le domande, risparmieremo tempo.»

La voce, il tono, l'espressione, tutto era ancora puro Sobieski, ma un Sobieski spento, affievolito dall'angoscia.

«Hai quindi corso il rischio di tornare in carcere per una mostra? Non si poteva aspettare?»

«No. La mostra è tra un mese.»

«I tuoi scrupoli di pittore ti fanno onore, ma non ti rivelerò niente se ti dico che non sei un artista come gli altri.»

L'altro sorrise con orgoglio, i denti neri, la bocca sghemba.

«È questo che fa la mia forza.»

«E anche la tua debolezza. Sei sospettato in un caso di omicidio, Sobieski. Non puoi andare in giro come una persona qualunque. Anche solo per questa ragione il giudice potrebbe spedirti in gattabuia per diverse settimane e, credimi, questo significa che non sarai presente all'inaugurazione della tua mostra.»

Il pittore non rispose subito. Tutto il suo essere parve comprimersi, indurirsi, regredire a un'età minerale, l'era della prigione, quella in cui incassava i colpi, si faceva stuprare e distribuiva sentenze. Un essere senza incrinature. Un nucleo ghiacciato di volontà pura.

«Nessuno deciderà più per me», continuò testardo. «Quei giorni sono finiti.»

Piazzato di fronte a lui, Corso si sentiva bene, con tutta la notte davanti a sé. La preda era in suo potere e lui, con una punta di sadismo, amava guardarla soffrire.

«Sei stato tu a fare scattare l'allarme sull'Eurostar?»

Sobieski non provò a fingersi stupito né a negare la sua presenza sul treno.

«Perché avrei dovuto farlo?»

«Sei tu che devi dirmelo.» Fece un gesto stanco con la mano, come a significare: "Se hai solo questo genere di risposte, io e te non andremo da nessuna parte".

«E Blackpool?» proseguì.

«Blackpool cosa?»

«Volevi divertirti un po' prima di rientrare in Francia?»

Sobieski si contorse sulla sedia.

«Non costringermi a ripetermi, Corso. Da quando sono uscito di galera faccio quello che voglio, quando voglio. E non sarà un merdoso poliziotto come te a impedirmelo.»

«Non hai risposto alla mia domanda: perché Blackpool?»

«Voglia di svagarmi.»

Corso aveva fatto stampare alcune foto del corpo pescato dall'acqua. Le sbatté sulla scrivania.

«È questo che intendi per "svagarti"?»

«Cos'è quest'orrore?»

«Un giovane assassinato la notte scorsa a Blackpool.»

Sobieski parve sinceramente stupito.

«Ma cosa dici?»

Corso si chinò verso di lui, senza perdere la calma.

«Dico che sei sospettato di avere ucciso Sophie Sereys e Hélène Desmora secondo un *modus operandi* molto specifico. Te la squagli a Blackpool, ed ecco che un uomo viene assassinato esattamente allo stesso modo. Coincidenza piuttosto curiosa, non trovi?»

Sobieski scosse la testa costernato. Pareva finalmente capire la ragione di quel secondo fermo.

«Ho trascorso la notte con un certo Jim. Un succhiacazzi di prima categoria.»

«Jim e poi?»

«Non gliel'ho chiesto. Aveva la bocca piena.»

Corso fece lo gnorri.

«Ti piacciono anche gli uomini?»

«Poco importa lo strumento, basta che ci sia la fanfara.»

«Questo Jim dove possiamo trovarlo?»

«Non ne ho idea. Nel quartiere dei froci, immagino. È là che batte. Conosci il posto, no?» rispose Sobieski facendogli l'occhiolino.

Dunque aveva sempre saputo di essere seguito. Perché aveva corso il rischio di uccidere pur avendo un poliziotto alle costole?

Corso estrasse dal fascicolo alcune foto antropometriche della vittima.

«Lo conosci?»

«No.»

«Il suo nome era Marco Guarnieri. Trentatré anni. Di origine italiana. Era un piccolo spacciatore di Blackpool che tutti chiamavano "Narco".»

«Mai sentito.»

Waterston gli aveva inviato quelle informazioni durante la notte. I poliziotti inglesi non avevano incontrato alcuna difficoltà a identificare la vittima. Erano bastate le sue impronte. Una figura a metà tra lo spacciatore e il procacciatore, ma non erano sicuri che si fosse anche prostituito. Forse non era neppure omosessuale.

Corso era rimasto turbato da quella descrizione. La sua prima teoria era che quella notte Sobieski avesse ceduto ai suoi istinti omicidi, colpendo a caso. Ma Guarnieri non corrispondeva al profilo neanche per l'incontro di una sera. L'altra teoria, che non stava in piedi, era che Sobieski conoscesse già quell'uomo e che l'avesse scelto per fargli subire il «supplizio della risata» già inflitto a Sophie e Hélène. Ma come poteva conoscere quel piccolo spacciatore? Per quale motivo il poveretto meritava il castigo del Giudice?

«Sai guidare una barca?»

«No, perché?»

Corso non si prese la briga di rispondere.

«Avevi le corde nello zaino?»

Sobieski preferì ridere.

«Ma che cazzo di domande sono?»

«Perché hai immerso il corpo al largo di Blackpool?»

Sobieski balzò in piedi. Corso non lo aveva ammanettato

per lasciarlo nel dubbio sulla sua posizione: testimone, in stato di fermo, incriminato?

«Ne ho pieni i coglioni delle tue stronzate. Io...»

Non completò la frase, perché Corso gli appioppò un potente ceffone. Il poliziotto provò subito un forte bruciore sul palmo, ma soprattutto un intenso sollievo. Erano giorni che gli prudevano le mani per la voglia di assestargli quella sberla.

Sobieski si lasciò cadere sul pavimento urlando: faceva la commedia, poteva incassare molto di più. Corso girò attorno alla scrivania e gli rifilò un calcio nelle costole. E quando Sobieski tentò di risollevarsi, lo attese al varco: testata, naso rotto, schizzo di sangue.

La festa sperata fin dall'inizio era cominciata. La testa di Sobieski ripiombò a terra. Il pittore tentò nuovamente di rialzarsi, ma Corso gli sferrò una gomitata al mento. Aveva usato istintivamente il braccio destro, facendo saltare il tutore, e il dolore gli serpeggiò nell'arto come una scossa elettrica.

Si preparava a colpire di nuovo con il pugno sinistro quando Stock e Ludo irruppero nella stanza e lo tirarono su da terra, lo spinsero contro la parete e lo bloccarono. Corso riprese fiato: era come un pugile in attesa che si conti fino a dieci mentre l'avversario è al tappeto. Ma Sobieski era già in piedi e nella posizione di «falsa guardia» – quella in genere assunta dal mancino – che destabilizza l'avversario.

«Rottinculo!» urlò sputando sangue. «Lascia perdere le tue due troie e vieni a strusciarti su di me.»

Corso non reagì, aveva già ripreso il controllo. Barbie entrò a sua volta e spinse Sobieski sulla sedia. Afferrò una scatola di Kleenex e gliela lanciò.

Ci fu una pausa. Sobieski si tamponò le ferite. Una guancia sembrava più incavata: forse aveva perso uno dei pochi denti che gli restavano in bocca. Corso tornò a sedersi al suo posto, facendo segno agli altri che andava tutto bene, ma quelli preferirono restare per vigilare sulla situazione.

«Abbiamo individuato il tuo nascondiglio in rue Adrien-Lesesne», disse Corso, passando agli elementi decisivi.

L'altro tirò su con il naso, poi sputò per terra un grumo di catarro sanguinolento.

«Non è il mio nascondiglio, è uno studio.»

«Curioso come studio, con una morsa, un forno e strumenti di tortura.»

Sobieski trovò la forza di ridacchiare.

«Tu non te ne intendi. La morsa serve a fissare i telai. Il forno per fare asciugare la pittura. Gli attrezzi si usano per tendere le tele.»

«Il tuo armamentario è coperto di sangue.»

«Sono pigmenti, non è sangue», fece lui con un altro sogghigno.

«No, Sobieski. Abbiamo già fatto i test e rilevato almeno sei DNA diversi nel tuo "studio". Il sangue di sei donne che hai assassinato.»

Questa volta Sob la Tob accusò il colpo. Spalancò gli occhi e le sue pupille si dilatarono come due macchie d'inchiostro su un foglio di carta assorbente.

«Stai bluffando.»

Corso agitò un fascio di carte.

«I primi riscontri della Scientifica. Ci sono le tue impronte dappertutto, come anche quelle di Sophie e Hélène. Abbiamo già identificato il loro sangue e stiamo svolgendo ricerche tra le altre donne scomparse negli ultimi anni. Se fossi in te, chiamerei il mio avvocato.»

Sobieski fissava i documenti sulla scrivania. Pareva non capire.

«Ti dirò cosa penso», riprese Corso. «Non si può cambiare la propria natura. Da quando sei uscito dal carcere continui a uccidere donne. Le squarti nel tuo "studio" e le bruci nel forno, tipo Landru. Abbiamo il loro sangue, Sobieski, e finiremo per identificarle.»

Nessuna reazione. Il viso del pittore non lasciava trasparire niente. La sua carne s'induriva a vista d'occhio, come se si coagulasse più rapidamente delle ferite. Corso pensò alle sculture di demoni rinvenute nel deserto iracheno, intrise di sabbia e sole. L'anima del male, in versione minerale.

«Vai a sapere perché, adesso hai cambiato metodo. Volevi che il mondo contemplasse le tue opere. Hai ucciso quelle due povere ragazze e le hai trasformate in dipinti di Goya. Ci hai provocati, hai giocato con noi e, in ultima analisi, credo sia questo l'aspetto che più ti eccita. Ma bisogna sapere accettare sportivamente le sconfitte.»

Sobieski abbassò la testa e l'infossò tra le spalle, quasi fosse uno scheletro rannicchiato nella sua cripta.

«Sbattete in cella questo rifiuto umano», fece Corso agli altri. Poi si rivolse di nuovo all'accusato, che sembrava farsi sempre più piccolo. «Domani ti aspetta il giudice e, subito dopo, Fleury. È finita per te, Sobieski, non rivedrai mai più la luce.»

In quell'istante accadde l'ultima cosa che Corso si sarebbe aspettato: Sobieski s'inarcò sulla sedia e lanciò l'urlo più straziante che si possa immaginare. Un grido sgorgato dai più profondi recessi della paura e dello sgomento.

A Corso venne in mente – era attonito nel pensare a una cosa simile – il grido di un bambino strappato alla madre.

60.

L'indomani stesso, venerdì 8 luglio, il pittore fu sentito dal giudice Michel Thureige e accusato dell'omicidio volontario premeditato di Sophie Sereys e Hélène Desmora. Anche se l'assassinio di Marco Guarnieri era oggetto di una procedura separata di competenza degli inglesi, era certo che il magistrato avrebbe collegato i tre casi e ricondotto allo stesso Sobieski l'omicidio dello spacciatore.

Il completamento del fascicolo, la rilettura di tutte le deposizioni, la verifica degli ultimi elementi, il repertorio delle persone implicate nel caso in qualità di testimoni, tutto ciò tenne occupati Corso e la sua squadra sino alla fine del mese di luglio. Non furono in grado di identificare le altre vittime del pittore e non trovarono nessun'altra prova a suo carico, ma ciò di cui disponevano era sufficiente: Sob la Tob avrebbe pagato per gli omicidi di Sophie e Hélène.

Il 10 luglio la Bompart tenne una conferenza stampa trionfale, cogliendo l'occasione per congratularsi con il comandante Corso e la sua squadra per il loro «brillante lavoro investigativo». Ovviamente Bornek faceva il muso, ma un giorno o l'altro sarebbe arrivato anche il suo momento. Già si vociferava che quel successo sarebbe valso a Corso una cospicua promozione: commissario capo, responsabile di un dipartimento, prefetto…

Corso non aveva mai preso in considerazione quel genere di carriera, ma – pensando a Thaddée – non era contrario né a uno stipendio più sostanzioso né a un posto di lavoro più stabile.

In compenso, come previsto, Ludo aveva dato le dimissioni per «ragioni personali». Si dileguò senza neanche salutare. «Ecco un altro con un brillante futuro alle spalle», aveva concluso la Bompart.

A metà luglio Corso era tornato alla sua vera ossessione, la custodia del figlio. L'arresto di Sobieski – la fine del «boia dello Squonk» – aveva una ricaduta positiva sul prestigio e gli avrebbe permesso di ottenere un incarico più decoroso. Era una buona notizia, gli aveva confermato l'avvocato.

D'altro lato, però, Corso era più bravo ad arrestare assassini che a farsi degli amici. Solo cinque persone (colleghi dell'ufficio, il padrone del bar sotto casa...) erano disposte a dichiarare che era il «migliore dei padri». Per rimpolpare il proprio dossier, aveva stampato alcune fotografie che testimoniavano le sue attività con Thaddée (ai giardini pubblici, al luna park, lezioni di piano, Disneyland...), fotocopiato gli estratti conto ed evidenziato le spese riguardanti la sua istruzione e via dicendo. In questo modo era riuscito a mettere insieme una trentina di documenti, oltre agli articoli di stampa più lusinghieri sul caso dello Squonk. «Non si rifiuta niente a un eroe», aveva garantito il suo avvocato.

In realtà tutte quelle scartoffie gli davano la nausea. Il dover dimostrare di essere un buon padre gli rammentava tutti gli innocenti incrociati durante la sua carriera che avevano dovuto lottare con le mani e con i denti per dimostrare... di non avere fatto niente.

Comunque fosse, a fine luglio consegnò le carte all'avvocato Janaud e (finalmente) recuperò il bambino per le vacanze. Senza il tutore al braccio e con le ferite al viso cicatrizzate, non si presentava più con la brutta cera del poliziotto ferito sul campo. Se ne andarono in Sicilia, al Club Med, un villaggio vacanze per famiglie che proponeva un sacco di attività per bambini.

Era la prima volta che finiva in un simile calderone e si aspettava il peggio. Ovviamente, non apprezzò il fatto di condividere i pasti con gli altri «gentili membri» e non fece amicizia con nessuno, ma in costume da bagno, seduto a mangiare tabulè sulle stesse panche di quei vacanzieri abbronzati e felici, si sentì quasi normale. L'unica cosa importante era l'entusiasmo di Thaddée, impegnato dal mattino alla sera, a tal punto che dopo qualche giorno Corso ebbe l'impressione che fosse stato il figlio a portarlo in vacanza, e non viceversa.

Ma il pensiero di Sobieski non voleva abbandonarlo.

Durante il giorno Corso bighellonava dalla piscina alla spiaggia, dalla spiaggia al bar, ma non c'era verso, era sempre accompagnato dagli stessi ricordi, dalle stesse ossessioni: le grida silenziose delle vittime di Sobieski, gli abomini di Akhtar, i giochi perversi di Sophie, le notti di Hélène all'obitorio, il corpo livido e sbriciolato di Marco in fondo al mare... Contrariamente a quanto si racconta, i poliziotti non dimenticano mai niente, anzi, i loro ricordi costituiscono il principale materiale di lavoro; un poliziotto fa sempre una sintesi mentale tra passato e presente, non smette di confrontare i dati di un nuovo caso con quelli dei precedenti...

C'era soprattutto un fatto che tornava come un leitmotiv. Marco Guarnieri, detto «Narco», non aveva proprio niente in comune con le altre due vittime. Prima di tutto, ovviamente, era un uomo. In secondo luogo, non era uno che faceva lo strip-tease né si prostituiva (il tizio con cui Sobieski aveva pomiciato nel vicolo prima del *queer-bashing* non era lui). Narco era un piccolo spacciatore di Blackpool, drogato marcio, che sopravviveva vendendo le sue dosi all'uscita delle case da gioco e degli strip club.

La sua storia non aveva niente di rilevante. Nato ad Aosta nel 1983, era cresciuto a Torino e poi in Gran Bretagna dalla madre. Ballerina diventata poi cameriera, quest'ultima si era trascinata dietro il figlio da un posto all'altro, a seconda dei contratti di lavoro, finché, sul tardi, non aveva trovato la sua strada: spogliarellista. Era il solo anello di congiunzione fra Guarnieri e le ragazze dello Squonk.

Quanto al resto, non era che un delinquentello multirecidivo di Liverpool. A trentatré anni, ne aveva trascorsi più di quindici in carcere. Altcourse, la prigione di Liverpool; Birmingham, nelle West Midlands; Forest Bank, la prigione di Manchester... A suo modo, Narco aveva viaggiato.

Bisognava dunque supporre che quella sera Sobieski fosse incappato in lui mentre era alla ricerca di un amante, o, versione più probabile, di un po' di droga. L'aveva convinto a invitarlo a casa sua (si era finalmente individuato il luogo del delitto, un sordido monolocale che Guarnieri affittava per poche sterline). Poi, usando l'auto del giovane, ne aveva trasportato il corpo al porticciolo di Fleetwood Haven, dove aveva rubato un Boston Whaler, al solo scopo di occultare il cadavere sotto la boa Black Lady. Ma perché tante complicazioni?

C'era, secondo Corso, una profonda contraddizione fra l'ipotesi di una pulsione criminale improvvisa e l'elaborazione di un delitto così sofisticato, con lacci, mutilazioni, immersione... Ma sulla sua sdraio, all'ombra delle palme, si sforzò di non riflettere più di tanto su questa sua percezione: il compito toccava ormai al giudice... un giudice inglese, tra l'altro.

Ogni giorno, Corso osservava i ragazzini che giocavano sulla spiaggia o a bordo piscina, cercando con gli occhi Thaddée tra i gruppi del mini-club. Una volta individuato, lo salutava con la mano e chiudeva gli occhi provando un profondo senso di soddisfazione. Missione compiuta. Gli capitava persino di sognare un rientro alla grande: promosso, avrebbe recuperato il figlio, avrebbe traslocato e, già che c'era, si sarebbe trovato una nuova compagna. Mollato il lavoro sul campo, si vedeva sistemato in un bell'ufficetto rientrando a un orario fisso per la cena. Un tran tran quotidiano che gli avrebbe permesso di non essere più a contatto con i demoni e dormire sonni tranquilli.

Corso, tuttavia, non era ottimista per natura. Quando riapriva gli occhi, il sole aveva il colore amaro del limone usato per diluire l'eroina, e il fondo di Coca tiepida rimasta nel bicchiere assomigliava alla resina di cannabis fusa. Doveva restare all'erta, la vita gli aveva insegnato che una merda sullo zerbino si trova sempre.

E non sbagliava: al suo rientro lo attendeva una doccia ghiacciata.

61.

Émilya era rimasta a Parigi per tutto il mese di agosto e, chiaramente, anche il suo avvocato. Insieme, avevano trovato di che occuparsi. Al rientro dalle vacanze, la Janaud sottopose a Corso un fascicolo di 134 documenti in risposta al suo misero appello di «eroe del giorno». C'era dentro di tutto: le innumerevoli attività che la madre aveva svolto con Thaddée, gli insegnanti – scuola, pianoforte, judo... – che incontrava regolarmente, i certificati medici ad attestare le cure che gli aveva prodigato, le prove del fatto che accanto alla madre il ragazzino conduceva una vita tranquilla e regolare, e al tempo stesso piena di stimoli. Il padre, «presunto colpevole», poteva levarsi dai piedi, non aveva alcuna chance contro quella campionessa assoluta di educazione e amore materno. Era la legge del ventre, ma confermata e ratificata dai fatti.

L'avvocato andò per le spicce: la vicenda dello Squonk era ormai lontana, il suo nuovo posto di lavoro non esisteva ancora e gli scarsi documenti da lui presentati facevano una magra figura di fronte ai titoli d'onore di Émiliya. Il caso sarebbe passato in giudizio di lì a sei mesi, ma secondo la Janaud la cosa era già decisa.

Benissimo, si disse Corso: siccome lui non era altro che un fottuto poliziotto, avrebbe agito come tale.

Il mattino di lunedì 5 settembre convocò Barbie nel suo ufficio.

«Ho notato una cosetta durante l'inchiesta», esordì.

«Cioè?»

«Tu conoscevi le produzioni di Akhtar?»

«Ne avevo sentito parlare.»
«Hai anche scovato un maestro di *shibari.*»
«Ci è stato parecchio utile.»
«Non ti rivolgo nessun rimprovero. Constato soltanto che sembri esperta in questo campo.»
«Semplice cultura generale.»
«Credo invece che tutte queste storie di porno, sadomaso e bondage ti eccitino.»
Barbie, che era già tesa di suo, diventò quasi catatonica. «Mi interessano, tutto qua. Hai intenzione di farmi rompere le palle dalla Buoncostume?»
Corso fece finta di annuire, ma aveva un sorriso sulle labbra. Il dialogo giocava ironicamente su ciò che loro due non si dicevano. Aprì un cassetto e ne tirò fuori una fotografia, un ritratto perfettamente neutro di Émiliya.
«La conosci?» domandò a Barbie.
«Mi dice qualcosa. Chi è?»
«Émiliya, la mia ex.»
Barbie accennò un sorriso.
«Devo averla incrociata nei corridoi.»
«Impossibile, non ha mai messo piede qui dentro. No, credo che tu l'abbia incontrata altrove.»
«Dove?»
«Durante le tue notti agitate.»
«Cosa stai cercando di dirmi?»
Corso non si era mai dilungato sulla natura dei suoi problemi con Émiliya. Sapevano tutti che stava divorziando, ma lui si era sempre rifiutato di rivelare che tipo di persona orribile lei fosse. Era ora di svelarlo a Barbie.
«Se queste cose ti "interessano"», le spiegò, «tieni presente che lei è una vera e propria enciclopedia del culo che soffre e gode.»
«Cosa ti aspetti da me?» chiese lei, protendendosi sulla scrivania con aria più che mai diffidente.
«Quando mio figlio sta con me, lei se la spassa. In tutti i club dove si cagano addosso gli uni sugli altri, tutte le serate in cui si fanno impalare con il manganello, lei c'è sempre.»
«E allora?»

Corso spinse verso di lei il ritratto di Émiliya.

«A partire da oggi ci sarai anche tu. Ti comunicherò le date in cui mio figlio starà con me. Le scatti delle foto, la filmi, raccogli testimonianze. Mi porti il necessario per spedirla in cella o al manicomio.»

«Credi sia così semplice?»

«Se fosse semplice, non mi sarei rivolto a te. Puoi farmi questo favore?»

Barbie rimase in silenzio per qualche secondo. «Tirare un colpo così basso a un'altra donna non mi va tanto a genio.»

«È la mia unica possibilità per ottenere la custodia di mio figlio.»

«Appunto. È veramente una bastardata portarle via il figlio in nome dei suoi gusti sessuali.»

Una cosa, questa, che Corso non aveva previsto: solidarietà sadomaso e femminile al tempo stesso.

«Quando l'ho conosciuta», spiegò, «Émiliya si tagliava le labbra della vagina con la lama di un rasoio e s'infilava aghi sotto le unghie. Oggi ho un figlio con lei e devo gestire questa faccenda. Non voglio che lo rovini con i suoi gusti da debosciata.»

«Penso che lei sappia valutare quali sono i limiti.»

«Non ne sarei così sicuro. Lei è davvero... sciroccata.»

«Una cosa sono i gusti perversi, un'altra è l'istinto materno.»

«D'accordo», sospirò Corso, «sono al corrente. Ma fidati, ti sto parlando di un'autentica patologia. E ci sono scarse possibilità che si risolva. Ho paura che finisca per traviare Thaddée.»

Barbie aveva gli occhi incollati sul ritratto di Émiliya, i cui lineamenti lievemente orientali sembravano cesellati nel rame ed esprimevano una quiete ingannevole.

«È pericolosa», insisté Corso. «Credo che su questo piano tu possa darmi fiducia.»

«Per quando è prevista la sentenza?»

«Tra sei mesi, ma non voglio ricorrere al giudice. Voglio una trattativa con lei, coltello alla gola, e che mi firmi un protocollo che faremo omologare.»

Barbie afferrò lesta il ritratto e se lo ficcò in tasca. Un rapace che affonda gli artigli sulla preda.

«Passami le date. Avrai puntualmente quanto ti serve.»

Dentro di sé Corso sentì sciogliersi un nodo. La coercizione: di vero non c'è altro che quello.

62.

A metà settembre Corso fu convocato dal giudice Thureige. I magistrati chiedono spesso qualche precisazione ai poliziotti che hanno condotto le indagini sul campo, ma Thureige lo invitò in una brasserie parigina.

Era un genere di locale che a Corso non piaceva, una di quelle sale d'altri tempi che puzzano di choucroute e risuonano come un mercato coperto. Però questa meritava: piastrelle a mosaico sul pavimento, divanetti in finta pelle, barre di appoggio in rame, lampade a forma di tulipano, vetrate alla Mucha. Ogni séparé era isolato da pannelli di vetro opaco e avevi l'impressione di trovarti in uno scompartimento dell'Orient-Express.

Thureige ordinò un grande piatto di frutti di mare che, al suo arrivo, campeggiò in mezzo al tavolo come un mandala di conchiglie. Ostriche, vongole, granciporri, buccini, scampi… Se a un simile florilegio si aggiungevano la maionese, la salsa di scalogno, la ciotola sciacquadita, il pane di segale, gli spilli per le lumache di mare, Corso si sentiva di troppo…

Era sulle spine. Il suo fascicolo investigativo conteneva non poche irregolarità e, a dispetto degli sforzi con Krishna per assegnare al tutto una parvenza di legalità, il poliziotto temeva che il magistrato avrebbe storto il naso di fronte a qualche pecca della procedura. I giudici, con le loro pacate audizioni e i loro esperti dal linguaggio incomprensibile, sono dei teorici. Niente a che vedere con le incombenze pratiche che ogni giorno pesano sul groppone di piedipiatti come Corso.

Ora, Thureige era noto per la scarsa flessibilità e il rigore maniacale. Un vero fissato del comma e della graffetta. Era un tipo basso dall'aria ansiosa che portava sempre abiti troppo stretti. Scuro, le sopracciglia come il carbone e le guance scavate, assomigliava a Charles Aznavour.

Venne fuori che il magistrato voleva soltanto sentire il suo parere sul caso, e Corso si rilassò. Piluccando le uova alla maionese, riassunse le settimane di indagini cercando di mostrarsi neutrale e distante. Non aveva nessuna intenzione di rivelare fino a che punto il caso Sobieski l'avesse mandato fuori di testa.

«Sapeva che venerava sua madre?» lo interruppe Thureige.

«No.»

«Non è mai andata a trovarlo in prigione, ma non appena l'hanno rilasciato lui si è messo alla sua ricerca.»

«L'ha ritrovata?»

«In un ospedale psichiatrico, vicino a Montargis.»

Corso rivide la donna minuscola dalle labbra arcuate come l'elastico di una fionda e gli occhi spiritati. Aveva il cervello bacato, affetto da un sadismo delirante. Chissà com'era ora, a più di settant'anni?

«La donna era in uno stato pietoso», spiegò Thureige come se avesse udito la domanda. «Rosa dalla schizofrenia e dalle ulcerazioni di numerose malattie veneree. Le ha pagato la migliore clinica, finché non è morta, nel 2013. È un fatto attestato dalle persone a lui più vicine che Sobieski si recava ogni settimana a raccogliersi sulla sua tomba nel cimitero di Pantin.»

Corso, che non aveva alcuna voglia di sentir parlare del lato «umano» di Sobieski, riprese il suo discorso, insistendo sulla follia sessuale del personaggio: quella della giovinezza, quando stupri e aggressioni erano stati per lui all'ordine del giorno, e quella della maturità, all'uscita dal carcere, quando il pittore aveva continuato a collezionare amori e amanti.

Thureige, dal canto suo, non pareva interessato a questo aspetto. Risucchiò un'ostrica e domandò: «Pensa che abbia ucciso non appena è stato rilasciato?».

«Non nutro alcun dubbio. Nel suo nascondiglio è stato rinvenuto sangue di...»

«Quelle vittime non sono state identificate.»

Altro *slurp*... Evidentemente il magistrato amava degustare le ostriche (le aveva chieste belle grosse) senza mettersi fretta, come un patito del cunnilingus che cerca di durare il più a lungo possibile. Corso lo trovava rivoltante.

«Non ha importanza», tagliò corto con impazienza. «Sobieski è un assassino. Ha ucciso in gioventù. Ha ucciso in prigione. Ha ucciso dopo il rilascio. La sua aura di grande pittore è stata per lui la migliore copertura. La sua ascesa sociale l'ha posto al disopra di ogni sospetto.»

Thureige prese uno spillo e tormentò una lumaca di mare. «Non voglio stigmatizzarlo», commentò, esibendo un tortiglione grigiastro.

Corso si chinò per farsi udire meglio. La sua voce aveva la fermezza di un martello che conficcava sino in fondo i chiodi del suo discorso.

«Sobieski ha scontato diciassette anni di prigione. Non ha beneficiato di alcuna riduzione della pena. L'amministrazione penitenziaria ha sempre ritenuto che lui costituisse una grave minaccia, sia per gli altri detenuti sia, e tanto più, per il mondo esterno. In carcere si credeva un giustiziere: alcuni li castigava, altri – quelli che gli davano fastidio – li ammazzava e basta. Scopava come un mandrillo e ha iniziato gli altri prigionieri alle gioie perverse dell'arte della corda. Sobieski è un essere immondo, una sostanza tossica, un veleno per la nostra società, un uomo da annientare!»

Thureige sorrideva, e a ragione: per uno che non voleva avere l'aria del fanatico, Corso aveva decisamente perso la partita. Alla luce dei globi di vetro, quest'ultimo indovinò l'immagine che stava dando di sé. "Buon Dio", si disse, "non sarei mai dovuto venire. Oppure avrei dovuto portare con me Barbie." Lei avrebbe saputo arginarlo e impedirgli di parlare a sproposito.

«Che ne pensa della sua riabilitazione... ufficiale?» proseguì Corso. «Sobieski è un grande pittore, su questo non ci piove. È anche uno con un notevole cervello. È entrato in carcere praticamente analfabeta e ne è uscito carico di titoli. Ma da quando in qua gli assassini non hanno il diritto di essere intelligenti?»

Thureige assentì. Stava inzuppando il pane di segale nella salsa di scalogno, il cui odore acre solleticava le narici di Corso.

«Come si spiega questa differenza nel *modus operandi*?» domandò il giudice. «Intendo dire: se ha ucciso altre ragazze prima di Sophie e Hélène, perché i cadaveri non sono mai stati ritrovati?»

«Penso che ci sia stata un'evoluzione. Appena uscito di prigione, ha ripreso le cose dal punto in cui le aveva lasciate a Les Hôpitaux-Neufs. Probabilmente ha soffocato e sfigurato diverse donne in modo disorganizzato per poi farle sparire nel forno.»

«Eppure nel forno non è stata rinvenuta l'ombra di una particella organica.»

«Esistono mille modi per eliminare o evitare questo tipo di residui.»

«Sia pure. Ma perché in seguito ha esibito le sue vittime?»

Corso aveva una sua idea al riguardo. «Il suo istinto omicida si è affinato e, soprattutto, la pittura si è insinuata nel suo delirio.»

«Cosa intende?»

«Le sue ultime vittime sono ispirate alle tele di Goya. Costituiscono un omaggio all'artista spagnolo e sono opere d'arte a pieno titolo.»

Afferrata una pinza, Thureige ruppe una zampa di granchio spargendo schizzi fino al soffitto. «E Marco Guarnieri? Perché occultare il cadavere?»

Su questo punto, Corso si era parecchio spremuto le meningi.

«Non l'ha occultato.»

«Prego?»

«Lo ha immerso per creare una variante nella serie. Ha fatto apposta a lasciarsi sorprendere dal pescatore al largo di Blackpool. Siamo corsi dietro a questo assassino per diverse settimane senza mai trovare la benché minima traccia. Mi creda, se lui l'avesse voluto, nessuno avrebbe potuto testimoniare della sua presenza accanto alla Black Lady.»

Thureige non replicò. La testa abbassata sul piatto, le labbra lucide di vinaigrette, dava l'impressione di essere d'accordo con queste ipotesi, e soprattutto di conoscerle già.

A Corso saltò la mosca al naso: detestava girare in tondo.

«Signor giudice, perché mi ha invitato qui? Rientro adesso dalle vacanze e non ho da dirle niente di più di quanto ho già scritto nelle mie conclusioni!»

«Volevo assicurarmi che lei fosse solido.»

«In che senso?»

«Al processo la chiamerò a deporre.»

«Non c'è problema, io...»

«Sarà un'ardua battaglia, mi creda.»

«Con le prove che abbiamo?»

Thureige frugò tra le conchiglie rimaste come un gabbiano affamato durante la bassa marea.

«Sobieski ha cambiato avvocato.»

«Buon per lui. Tanto, qualunque sia la sua difesa, è spacciato.»

«Ha preso Claudia Muller.»

«Mai sentita nominare.»

«Mi stupisce. È la migliore penalista di Parigi.»

«E allora?»

Il giudice pescò un'ultima ostrica sfuggita alla sua razzia. Osservò con libidine il mollusco succoso spalmato sulla madreperla come se avesse scoperto un tesoro.

«E allora?» ripeté prima di buttarsi sulla carne color acciaio con un nuovo *slurp*. «Quella zoccola ci metterà in croce.»

PARTE TERZA

63.

L'avvento dell'anno nuovo fu segnato da due vittorie. La prima fu l'armistizio siglato con Émiliya. Barbie ci aveva messo solo tre mesi per tornare con un pingue bottino. Una sessione molto speciale a base di aghi e lingua perforata al club L'Évident; una ferita aperta sul fianco, con gli intestini messi a vivo, esibita non al pronto soccorso di un qualsiasi ospedale, ma nel seminterrato di un obitorio abbandonato al confine con il Belgio, con in più un pubblico di iniziati. Roba pesante.

Sempre professionale, Barbie aveva fatto certificare da esperti l'autenticità di quei documenti digitali, per poi sigillare le chiavette USB e consegnarle a un ufficiale giudiziario. Roba super pesante.

Con simili armi a disposizione, Corso era in una botte di ferro. Aveva invitato Émiliya a bere una cosa al bar di un hotel di lusso, l'habitat naturale della sua ex, e là, fra una coppa di champagne e una manciata di mandorle tostate, le aveva messo davanti le fotografie.

«Che cosa dovrei concluderne?» aveva chiesto lei con voce rotta.

«Che sarò anche un poliziotto di strada e un bruto privo di finezze, ma che saprò dove spedire queste immagini in modo da distruggere la tua reputazione e la tua carriera.»

In quel periodo, avendo aderito al partito En Marche da diversi mesi, Émiliya lavorava già attivamente nell'ambito della campagna elettorale di Emmanuel Macron. In caso di vittoria, l'accesso alle più alte cariche le era assicurato, ma certo non con gli aghi nella lingua e le budella in bella vista.

«Quali sono le condizioni?»

«Divorzio consensuale e custodia congiunta di Thaddée.»

Adesso che era in una posizione di forza, Corso modificava le sue richieste: la situazione migliore per il figlio, sul piano sia affettivo sia educativo, era un'equa suddivisione del tempo trascorso con il padre e la madre. Con una precisazione, però. «Se vengo a sapere che l'hai associato a uno dei tuoi giochi perversi o che gli hai fatto subire la più piccola sevizia, tirerò fuori la documentazione su di te e finirai per vederlo soltanto per mezz'ora al mese, in presenza di un'assistente sociale.»

«Perché non cominci con quest'ultima soluzione?»

«Perché ritengo che Thaddée abbia bisogno di te, anche se sei un'aberrazione.»

Aveva infilato le fotografie nella loro cartellina e aveva sorriso.

«Sono sicuro che funzionerà.»

«Come farai a occuparti di lui?»

«Cambio lavoro.»

Di lì a poco sarebbe dovuto avvenire il suo trasferimento all'Ufficio centrale per la repressione del traffico illecito di stupefacenti, in seno alla Direzione centrale della polizia Giudiziaria di rue des Trois-Fontanot, a Nanterre.

«Il lavoro sul campo ce l'hai nel sangue.»

«Ti sbagli. Il senso della mia vita è Thaddée. Ed è ormai tempo che io metta la testa a posto.»

Alla fine lei gli aveva posto l'ultima domanda che si sarebbe aspettato. «Hai qualcuno?»

Corso aveva pensato a Miss Baschetto. Non la vedeva più spesso del solito, ma era significativo il fatto che lei continuasse a fare parte del paesaggio.

«Sì», aveva risposto per il gusto della provocazione.

«È una cosa seria?»

«Lo dirà il tempo.»

Émiliya aveva ritrovato il sorriso e l'atteggiamento sprezzante. La sua ex moglie era come le amebe: sarebbe sopravvissuta a una bomba atomica.

«Non sei mai stato capace di tenerti una donna.»

«Può darsi, ma mio figlio saprò tenerlo.»

Prima di alzarsi, Émiliya aveva preso la coppa di Corso e ci aveva sputato dentro. Forse era una tradizione bulgara: a ogni modo, lui non se l'era presa a male. In fin dei conti, non aveva poi tutta questa voglia di brindare con l'incubo del suo passato.

Qualche tempo dopo, con la conciliazione ormai quasi a buon fine, Thaddée, Barbie e lui erano andati a festeggiare l'evento nel ristorante preferito del piccolo principe, il McDo di Luxembourg-Panthéon, in boulevard Saint-Michel, nel V arrondissement.

Barbie era tacitamente diventata la madrina di Thaddée. Non tanto nel senso religioso del termine, quanto piuttosto in quello poliziesco. Se il ragazzino fosse stato in qualche modo minacciato, sarebbero stati in due a sguainare la spada.

Una gioia non arriva mai sola.

Un mese dopo, nel febbraio del 2017, Corso ottenne il posto alla direzione centrale della Giudiziaria. Non ne diventava il capo, certo (l'unità contava circa centocinquanta uomini), ma era investito di maggiori responsabilità e poteva essere considerato il numero due o tre del dipartimento. Non era particolarmente felice di avere a che fare con la droga – quando si è un ex tossico, si ha sempre paura di svegliarsi con una dose nella piega del gomito –, ma accedeva a un posto pagato meglio e con orari fissi. Alleluia!

Di tanto in tanto, riceveva notizie del caso Sobieski, in particolare da Barbie. Michel Thureige aveva messo in atto una procedura durata oltre otto mesi: decine di interrogatori, parecchi confronti organizzati, perizie, perquisizioni, requisizioni a tutto spiano... Il risultato era stato un fascicolo che arrivava fino al soffitto e confermava i pesanti capi di accusa nei confronti del sopramenzionato Philippe Sobieski.

Il pittore arrapato si era dato una calmata. Negava tutto in blocco, appellandosi ai suoi alibi. Quanto a Blackpool, si ostinava a sostenere di averci trascorso la notte in compagnia di un certo Jim, un pederasta inglese di cui non si era trovata traccia. Quando si tiravano in ballo la sua tana in rue Adrien-Lesesne e gli indizi materiali che vi erano stati rinvenuti, liquidava il tutto come «una montatura», dimostrando un'ingenuità commovente.

Di fronte a questa linea di difesa, il magistrato si era comunque sentito costretto a verificare la lista dei nemici di Sobieski, soprattutto per evitare brutte sorprese al momento del processo. Questo elenco era degno dell'«aria del catalogo» del *Don Giovanni*, con i suoi «mille e tre» nomi delle conquiste del libertino. In quasi vent'anni di prigione, Sobieski si era attirato il rispetto ma anche l'odio di molti detenuti. Nessuno di loro, tuttavia, pareva abbastanza ingegnoso o audace da organizzare omicidi di quello stampo al solo scopo di incastrare un vecchio nemico ex compagno di carcere.

Da parte sua, Corso si era informato su Claudia Muller. Il giudice aveva detto giusto: l'avvocato era un fenomeno. A trentasei anni, la donna si era fatta un nome nelle aule di tribunale collezionando assoluzioni o riduzioni di pena per i peggiori criminali. Rivestiva le sue idee di una vernice filosofica. Come aveva spiegato in diverse interviste, si batteva non soltanto per i suoi clienti ma anche per una concezione della giustizia secondo cui ogni individuo, agli occhi della legge, ha il diritto di beneficiare della migliore difesa. Corso conosceva a memoria questo discorso che scusava tutto e permetteva di reimmettere rapidamente sul mercato i farabutti della peggior specie. Dovevano poi sobbarcarsi loro, i poliziotti di strada, il compito di riacciuffarli.

Ma ciò che più l'aveva colpito era il fisico della Muller: una bruna alta, dai lineamenti così fini che parevano incisi a puntasecca. I suoi ritratti comunicavano una fusione di grazia e durezza che dava i brividi. "Troppo bella per te", aveva pensato Corso.

C'era di buono che Thureige diffidava di Claudia Muller come di una malattia venerea e si affannava a chiarire tutti i punti oscuri che lei avrebbe potuto sfruttare: i giudici e i procuratori la soprannominavano «la venditrice di fumo».

Ad aprile Corso si era imbattuto casualmente nel magistrato alla corte d'appello di Parigi. Avevano scambiato qualche parola e Thureige aveva di nuovo dato voce ai suoi timori. La Muller non si era ancora espressa sui dettagli della sua linea di difesa e nessuno sapeva cosa stesse tramando. Piuttosto inquieto, il giudice era certo che la donna stesse ordendo una strategia contorta ed efficace, e che non sarebbe uscita allo scoperto prima del processo.

64.

Il processo di Philippe Sobieski iniziò lunedì 10 luglio 2017. Corso, non diversamente dai malviventi, detestava il Palazzo di giustizia di Parigi. La freddezza della pietra e del marmo. La presunzione dell'architettura. L'altezza dei soffitti, la lunghezza dei corridoi e il numero di scalini... Il messaggio era chiaro: «Hai trovato qualcosa più forte di te». Un potere terribile, immanente e inflessibile ti avrebbe ridotto in briciole.

La corte d'appello era come una chiesa, ma senza l'ombra di un dio. Puntava a far credere che lì regnasse un'entità superiore e universale, ma si trattava soltanto di uomini che tutto il santo giorno sfornavano sentenze cosiddette «oggettive» e punizioni pseudo imparziali. Era tutta una messinscena: l'esercizio della legge era sempre corrotto dalle debolezze e dagli errori umani, gli stessi che erano alla fonte dei crimini che lì venivano giudicati. Come diceva la Bompart, «la mela non cade mai lontano dall'albero. E la giustizia degli uomini non cade mai lontano dalla loro merda».

Corso aveva sempre avuto una visione nichilista della giustizia. Lui svolgeva il suo lavoro, arrestando i colpevoli e consegnando al giudice il massimo di munizioni, ma quel che succedeva dopo... Che il colpevole potesse permettersi un buon avvocato o, al contrario, non ne avesse i mezzi, condizionava radicalmente il verdetto. Corso non ammetteva che la giustizia si basasse sul talento di un solo uomo, sul cattivo umore di un altro o semplicemente sul fatto che quel giorno piovesse o no...

Senza contare il sistema dei giurati, totalmente digiuni in

materia e scelti proprio per tale motivo. Era un po' come costruire un TGV giocandosi ogni decisione ai dadi o a «sasso-carta-forbice». Ma il colmo era la giurisprudenza. Bastava che un giorno un giudice emettesse una sentenza assurda (magari sotto l'effetto di una cattiva digestione o di una scopata con l'amante) e la bufala era subito eretta a legge, e così la stessa cretinata si ripeteva di processo in processo, di generazione in generazione...

Corso aveva preso l'abitudine di non interessarsi a cosa succedeva dopo l'arresto dei suoi sospettati. In fondo, era come Sobieski: si vedeva come un giustiziere solitario, sicuro della propria verità, ma il suo giudizio riguardava soltanto l'inchiesta. Il seguito non era più un suo problema.

In onore dello scellerato Sobieski, Corso aveva deciso di fare un'eccezione alla regola. Intendeva seguire il processo dall'inizio alla fine, chiedendo anche una deroga per assistere a tutte le udienze (essendo chiamato a comparire, avrebbe normalmente potuto farlo solo dopo avere testimoniato).

Come l'anno prima, Thaddée era andato a trascorrere il mese di luglio in Bulgaria con la madre. Quindi, per qualche settimana, Corso poteva tornare ai suoi vecchi demoni, come un ex drogato che in segreto riprende a farsi di eroina.

Quando entrò nell'aula del tribunale tra la folla dei curiosi, tremava come una foglia. Suo malgrado, era come sempre impressionato. All'interno la sensazione di trovarsi in una chiesa si accentuava. I banchi di legno erano gli inginocchiatoi. Le soglie di legno verniciato, le porte del presbiterio. Le toghe dei giudici, le tonache. E in quell'atmosfera di raccoglimento, di voci basse e rispettose, era come presenziare a una funzione religiosa...

Lo spettacolo non era ancora cominciato. Fuori crepitavano i flash, riverberandosi sulle boiserie dei muri e sui cassoni dipinti dei soffitti. I fotografi sgomitavano, i cameramen cercavano la buona angolazione sulla soglia (non è permesso riprendere durante i dibattiti).

Anche sui banchi ci si agitava, si mormorava, si allungava il collo. Corso percepiva gli scricchiolii del legno, i bisbigli dei vicini, le risonanze della pietra: aveva l'impressione di udire gli ingranaggi di una macchina misteriosa e inquietante. Ecco cos'era la giustizia: quei pareri contrastanti, quei brividi, quella specie di via di mezzo fra l'orrore e la curiosità malsana.

Finalmente le porte si chiusero e sul palco uscirono gli attori. I giurati per primi, che presero posto ai due lati del presidente, dietro la tribuna centrale. Poi, a sinistra, i membri dell'accusa: il procuratore generale, rappresentante il pubblico ministero, in una postazione speciale, e la parte civile, relegata verso il pubblico. Una sola persona si era costituita parte civile per quelle due vittime senza famiglia: Pierre Kaminski *himself*, il gestore dello Squonk, ex amico di Sobieski tramutatosi nel suo peggiore nemico. Era presente di persona, con il suo taglio di capelli da legionario e la giacca che rischiava di scoppiare sotto la pressione dei muscoli. Tutti dovevano chiedersi cosa ci facesse lì quell'atleta palestrato con la faccia da neonazista. Quanto a lui, Corso s'interrogava sulla legittimità con cui un pregiudicato s'improvvisava accusatore...

Arrivò poi l'avvocato della difesa. Malgrado l'ampiezza del processo, Claudia Muller se la giocava da sola. Molto alta, si sedette senza abbassare gli occhi sul pubblico, domando le pieghe della toga di seta nera, e subito s'immerse nei suoi appunti. Era la prima volta che Corso la vedeva in carne e ossa e provò un autentico shock. Il suo interminabile collo sembrava disporre di qualche vertebra supplementare, come *La grande odalisca* di Ingres. I capelli castani, lievemente ondulati e pettinati all'indietro, facevano onore alla fronte liscia come l'elmo di un'armatura. Da dove si trovava, Corso riusciva a distinguere la perfezione della linea del naso e le sopracciglia nerissime che sottolineavano la sua espressione come tracciate al bulino.

Era tutto ciò che vedeva per il momento, e gli bastava. Claudia Muller era il tipo di liquore di cui non si deve abusare. Una bellezza da assaporare a piccoli sorsi. E da lontano, perché, pensò nuovamente Corso, era troppo bella per lui.

Infine fece il suo ingresso Michel Delage, il presidente

della corte d'appello, in toga rosso-nera ornata di ermellino, accompagnato dai due giudici a latere, due donne. C'erano altri personaggi della cui funzione Corso si era completamente dimenticato. La cosa più impressionante era il lungo corteo di faldoni con copertina telata che si snodava in fila indiana dietro di loro: tutta la procedura degli omicidi dello Squonk.

A essere onesti, a dispetto della solennità degli attori, malgrado la bellezza di Claudia Muller – che bisognava assolutamente tenere d'occhio –, Corso fu ancora più affascinato dall'ultimo personaggio che entrò in scena, lo stesso Sobieski, nel suo completo bianco da *macrò*, con le catene luccicanti e il volto smagrito, profondamente segnato da un anno di prigione. Era come se un colpo violento in faccia gli avesse dissestato i lineamenti, distorcendoli. Le guance erano ancora più scavate, e a Corso vennero in mente Marlene Dietrich e Joan Crawford, le star di Hollywood che si erano fatte estrarre i molari per disegnare quell'ombra seducente sotto gli zigomi.

Per quel bastardo era venuto il momento del giudizio, finalmente.

Corso stentava a crederci.

E ancora di più gli parve di sognare quando il presidente dichiarò con voce stentorea: «Imputato, si alzi in piedi».

65.

Dal 2012 non si leggeva più l'atto di accusa all'inizio del processo, ma i fatti contestati vennero comunque esposti brevemente. La cancelliera trovò il modo di storpiare i nomi delle vittime e di incasinarsi con la cronologia, tanto che lo stesso Corso perse il filo del discorso. Niente di grave, si era là per ripercorrere gli eventi nel dettaglio...

Il presidente informò l'imputato dei suoi diritti e di ciò che rischiava al termine del processo: una condanna all'ergastolo. Nessuna reazione da parte di Sobieski. Totale impassibilità di Claudia Muller. L'accusato e la sua musa, senza sorpresa, dichiararono la «non colpevolezza». Dalla sala si levò un mormorio. Tenuto conto delle testimonianze e delle prove che sarebbero seguite, quell'atteggiamento equivaleva a un suicidio.

Il presidente cominciò a interrogare Sobieski. Docile, quest'ultimo rispose con voce rauca, negando ogni accusa ma senza aggressività. Posato, umile, sembrava essersi fatto saggio. Del resto, la sua maschera di clown bianco, quella faccia da Pierrot infarinato, giocava in suo favore. Al momento suscitava più pietà che paura, non certo odio.

Una volta descritti i fatti poi sconfessati dall'imputato, il presidente si lanciò in un ritratto di Philippe Sobieski. La sua storia, la sua psicologia, i suoi moventi...

Nessuno scoop all'orizzonte. Corso non si era certo scordato la storia dell'artista-assassino. Si scindeva in tre parti: l'infanzia e la giovinezza, sputate dal caos come noccioli insanguinati; i diciassette anni di carcere, dove il criminale si era atteggiato a giudice, aveva praticato lo *shibari* e cominciato a dipingere; infine gli anni di gloria e libertà, quelli della fama di artista riconosciuto.

Sfilarono alla sbarra una serie di testimoni che lo avevano conosciuto nel corso dei decenni. Quelli del primo periodo non fecero che corroborare l'ipotesi della sua colpevolezza. Un bambino violento, un adolescente pericoloso, un adulto stupratore…

Le domande fioccavano, Sobieski rispondeva. Gli accusatori – procuratore generale, parte civile – erano lanciatissimi. Tutto ciò che veniva raccontato, fin nel minimo particolare, pesava contro di lui. Soprattutto gli anni che avevano preceduto il furto di Les Hôpitaux-Neufs. Philippe Sobieski offriva l'immagine perfetta di un predatore sessuale, una vera bestia del sesso e del sangue che si aggirava sul confine francese lungo la Svizzera e l'Italia, violentando, rubando, colpendo.

Tutto ciò era piuttosto noioso. L'unico fatto degno di nota era l'assenza di qualsiasi reazione da parte della Muller, che non tentava di difendere il proprio cliente né di condurre controinterrogatori, ma lasciava che quel ritratto di psicopatico pericoloso e privo di rimorsi si dipanasse in profondità.

«La difesa ha qualche domanda?»

«Nessuna domanda, signor presidente.»

Corso la osservava affascinato. I suoi tratti avevano l'insolenza della bellezza giocata su scarti di pochi millimetri e che sembrava discendere dalla sua stessa grazia. La toga offriva una precisa cornice a questa armonia e sembrava accrescerla ulteriormente, così come lo schema della sonata o le regole della sezione aurea hanno prodotto veri capolavori. Come certe giapponesi sono fatte per il kimono, Claudia era perfetta per la toga e l'epitoga, la seta nera e la cravatta bianca.

Si passò al primo delitto, con guest star Jacquemart, rientrato appositamente dal Jura. Corso non ascoltava più. Preferiva studiare i membri della corte. Il presidente era un piccoletto dai capelli radi non molto adatto al suo ruolo di san Luigi sotto la quercia. La sua pinguedine, la misera capigliatura e la faccia da buon francese medio gli davano piuttosto l'aria di un avventizio della spada e della bilancia.

Aveva invece un fisico esuberante il procuratore generale che stava a sinistra, un certo François Rougemont, decorato della Legione d'onore e dell'ordine al merito: tanti capelli, tante sopracciglia, tanto mento... Una vera faccia da oratore dell'Ottocento, l'epoca in cui si portavano le chiome lunghe, il collo alto, gilet e lavallière.

L'avvocato della parte civile, Sophie Zlitan, era più discreta: piccola, cicciottella, cinquant'anni e più, aveva l'aria di una con le palle, se così si può dire. Con quel suo taglio di capelli biondi, come passati attraverso uno stampo per cialde, gli rammentava la Bompart all'epoca della loro brevissima relazione. Il tipo che colpisce senza preavviso.

I testimoni del Jura si succedevano, ma il presidente tagliò corto. In fondo Sobieski aveva saldato il suo debito verso la società e non c'era chiara evidenza di un legame con i delitti del processo in corso.

La Muller, intanto, non aveva ancora detto una parola.

Si passò agli anni della prigione. Il periodo *shibari*. L'epoca del Giudice, dei titoli di studio e della pittura. Questo capitolo aggiungeva nuovi contributi sotto i punti di vista del tossico e del malsano. I giurati erano serviti: a parte il suo talento di artista, l'accusato assomigliava a una caricatura negativa. Anche la sua intelligenza, riconosciuta all'unanimità, sembrava sempre al servizio di subdoli calcoli e giochi depravati.

Il procuratore generale e l'avvocato della parte civile non si prendevano neanche la pena di interrogare i direttori delle prigioni o gli ex detenuti dopo che il presidente aveva finito le sue domande, e Claudia Muller perseverava nel suo mutismo. A cosa mirava? Che linea seguiva? Doveva possedere armi di distruzione di massa che avrebbero spazzato via tutti quei sospetti.

Il pomeriggio fu dedicato agli psichiatri.

Il primo aprì il fuoco con un discorso ampolloso. Collare di barba, maglione jacquard, il tipo accumulava luoghi comuni come se impilasse pezzi del Lego. Un colpetto sarebbe bastato a far cascare tutto. Corso non giocava nella squadra di Sobieski, ma non avrebbe augurato neanche al suo peggior nemico un tale sezionamento del cervello. Il medico spiegava tutto, commentava tutto... per partorire un topolino. L'infanzia, la galera, l'arte stessa, tutto predestinava l'imputato a commettere quei delitti sotto il segno del suo maestro, Goya. *Sai che notizia.*

Il secondo, uno spilungone dalla voce acuta, continuò sulla stessa solfa. L'esistenza di Sobieski non era che un lungo processo di violenza e distruzione, dove la morte aveva gradualmente sostituito l'amore. Un'altra grande rivelazione.

Curiosamente, benché quello fosse anche il pensiero di Corso, ad ascoltare quei medici pretenziosi, d'un tratto l'argomentazione suonava falsa. E poi né l'uno né l'altro erano stati in grado di spiegare il motivo per cui un simile predatore non avesse violentato le sue vittime... In realtà Corso pensava come Aristotele che le parti non sono mai uguali al tutto e che, se anche si fossero passate ore a dissezionare le origini, le azioni e le opere di Sobieski, nessuno avrebbe mai saputo cosa succedeva nella sua testa, né addirittura ciò che aveva realmente commesso...

Claudia non si prese il disturbo di interrogare gli esperti. Non buttò lì neanche un commento o due che avrebbero potuto screditare quei burattini. Cosa cercava, santo cielo?

La sola idea che gli passò per la testa era che Claudia volesse giocarsi la carta del paradosso: era tutto talmente contro Philippe Sobieski che il colpevole non poteva essere lui. Un paradosso ambiguo, piuttosto pericoloso da gestire in una corte di giustizia, soprattutto con un simile pubblico: tre magistrati coriacei e una manciata di giurati per i quali era la «prima volta».

Claudia aveva un altro piano, poco ma sicuro.

Thureige l'aveva previsto: era una venditrice di fumo.

66.

«A che gioco sta giocando?»

Alla chiusura dei dibattimenti Corso era sgattaiolato dall'«uscita degli artisti» sul retro del tribunale, utilizzata in genere da magistrati e avvocati. L'aveva subito intercettata in fondo alle scale: una stanga avvolta nel suo mantello di Zorro (non si era ancora tolta la toga).

Claudia Muller si girò e si limitò a sorridere. Bene. Cerchiamo di essere chiari. La visione di quella donna che sfiorava il metro e ottanta, la sua postura che ricordava la curva delle sciabole turche, la sua silhouette così sottile da sembrare immateriale, tutto questo centrò Corso peggio che un pugno in faccia.

Dopo averla interpellata, si bloccò sul posto come un cane da ferma, immobile e con l'aria confusa. Senza scomporsi, Claudia prese dalla borsa un pacchetto di sigarette; sembrava disposta ad accordargli qualche minuto.

Lui scese verso di lei con passo insicuro.

«Qual è il suo piano?» le domandò, perseverando nel suo tono brutale, senza nemmeno presentarsi. «Cosa sta architettando?»

Claudia si prese il tempo di accendere la sua Marlboro ed espellere il fumo. Poi gli tese il pacchetto e, dopo una breve esitazione, Corso ne sfilò una. Questo suo semplice gesto, utilizzato da un secolo per spezzare il ghiaccio, lo rassicurò come un gradito ritorno ai classici.

«Lei è l'ultima persona a cui debba rendere conto», disse Claudia dopo avergli acceso la sigaretta.

Almeno sapeva chi era lui.

«Oggi non ha interrogato un solo testimone», riprese lui, «non ha mai contraddetto il procuratore generale. Vuole dare il colpo di grazia a Sobieski o cosa?»

«Le farebbe piacere, no?»

Corso non rispose. Esalò il fumo lentamente, come per calmarsi o dimostrare a sé stesso di avere il controllo della situazione.

«Ha dimenticato le regole», fece lei tirando un'altra boccata. «Non mi è permesso di parlarle.»

«L'inchiesta è chiusa. Non posso più intervenire.»

«Può chiacchierare, però. Per esempio, con il procuratore generale.»

«Uno sbirro che parla con un procuratore? È lei a dimenticare le regole.»

Per un po' nessuno parlò. Forse c'era il sole, forse no: Corso non vedeva che lei. Accidenti, doveva concentrarsi per farla sbottonare invece di starsene lì impalato a guardarla come un allocco. Ma la sua bellezza lo mandava in cortocircuito, gli ottenebrava la mente.

«Non sto intervenendo», disse lei, «perché per il momento questi attacchi non fanno che confermare la verità su Sobieski.»

«La sua colpevolezza?»

«La sua innocenza.»

Corso scoppiò a ridere.

«Andiamo a bere un caffè», propose.

«Sta cercando di farmi il filo?»

«Non sono quel genere di persona.»

«E qual è il suo genere?»

Corso inspirò profondamente prima di rispondere.

«Un divorzio cruento, un ragazzino di cui ho la custodia congiunta, vent'anni di lavoro sul campo nella polizia, un nuovo impiego dietro a una scrivania in un ufficio centrale. Sono nel bel mezzo di un cambiamento.»

«Nessuna nuova donna in tutto questo?»

«Non ancora.»

Con un colpetto del pollice – un gesto curioso, da monella – Claudia spedì la sigaretta oltre una griglia.

«D'accordo, ma non in questo quartiere.»

Si spinsero fino alla Sorbona. Corso non aveva presente la legislazione al riguardo, ma era chiaro che un investigatore chiamato a testimoniare non sarebbe dovuto uscire a bere qualcosa con l'avvocato della difesa nel pieno svolgimento del processo.

Claudia era salita sulla vecchia Polo. Adesso gli stava raccontando dell'epoca in cui frequentava la Sorbona – i suoi studi di legge, le sue speranze, la sua volontà di difendere gli «indifendibili» e di fare così opera di democrazia.

Corso avrebbe potuto credere a uno scherzo, senonché Claudia Muller, bella donna con una silhouette ieratica la cui eleganza richiamava le sculture di Alberto Giacometti (indossava una maglietta con i glitter e jeans che le fasciavano le lunghe gambe snelle) era sincera. Era il prodotto di una sinistra che non esisteva più, quella della generosità con la G maiuscola.

Ordinarono due caffè. Bisognava ritornare sul caso Sobieski.

«Allora», insisté Corso, «perché questo riserbo?»

«Gliel'ho detto. L'accusa fa il lavoro al posto mio. Il ritratto psicologico, gli esperti, tutto prova che Sobieski non ha niente a che vedere con i delitti.»

«Non è la mia impressione.»

«Perché lei è sordo. Hanno presentato un bambino malato di solitudine. Uno psicopatico saturo di violenza. Un maniaco sessuale incapace di resistere alle proprie pulsioni. Certo non un omicida sofisticato come quello dello Squonk che nemmeno stupra le sue vittime.»

Corso si servì dell'argomento di Jacquemart: «Probabilmente ha conosciuto un'evoluzione in carcere. Ha affinato le sue pulsioni. Ha maturato un progetto».

«Suvvia, e avrebbe aspettato dieci anni per entrare in azione?»

«Lei sta tralasciando le altre donne di cui è stato trovato il sangue nello studio di Sobieski.»

Lei allargò le braccia.

«Dove sono i cadaveri?» Poi, senza aspettare una risposta,

continuò: «In ogni caso, la prigione rende una persona brutale, selvaggia, mai più raffinata. Fleury non è Oxford».

«E quando in galera lo chiamavano il Giudice? Aveva già il senso del supplizio.»

Claudia Muller scosse la testa. Guardandola meglio, i suoi lineamenti erano un po' duri, alla tedesca. Corso aveva letto da qualche parte che era di origine austriaca.

«Ho studiato il suo rapporto. Conosco la sua teoria sull'ossessione di Sobieski per il castigo.»

«Non sono stato io a inventare il suo soprannome.»

«Sobieski cacciava in gola dei bilancieri ai suoi compagni di carcere e poi avrebbe ucciso delle donne senza violentarle e ispirandosi a Goya?»

«Ripeto, ha avuto il tempo di evolversi.»

«Stiamo parlando di un assassino che ha seguito le sue vittime per mesi, che ha studiato la loro vita in ogni minimo dettaglio. Un killer che le ha eliminate con una raffinatezza inaudita. Tutto ciò non corrisponde a Philippe Sobieski. Lui è un bruto, un criminale, un pervertito, questo sì, ma non ha ucciso quelle ragazze.»

Corso tentò la strada della provocazione: «E Marco Guarnieri? Forse è più nel suo stile?».

«Questo omicidio non è all'ordine del giorno.»

«Ma verrà per forza menzionato.»

«Lo spero proprio. Getterà il ridicolo sull'accusa, alla grande. Sobieski non ha nemmeno la patente di guida e avrebbe rubato una barca? Avrebbe trafficato per metterla in moto? Rideranno di gusto, in aula.»

Claudia parlava senza la minima aggressività. Era più calma e dolce del previsto. Corso si era aspettato una pasionaria isterica.

«Lei dimentica un po' in fretta le tracce concrete. Il sangue delle vittime. Le loro impronte. I frammenti di DNA. La rimessa di rue Adrien-Lesesne trabocca di prove decisive.»

Lei si protese sul tavolo e Corso avvertì il suo profumo. Per pudore, si tirò indietro. Non avrebbe saputo definire quella fragranza. Era soggiogato, come se Claudia avesse spalancato le braccia, o piuttosto le ali, per accoglierlo. Quella donna gli stava facendo un sortilegio.

«Eccoci al punto», disse lei con il piglio di una militante che avesse scovato un argomento inaggirabile. «Demolirò questo versante dell'accusa.»

«Non stiamo parlando di un punto di vista, ma di prove scientifiche.»

Claudia parve riflettere sulla piega che stava prendendo la conversazione.

«Adesso siamo davvero in piena illegalità. Non mi è permesso entrare nei dettagli con lei.»

«Non vorrà fermarsi a metà del guado. Ha detto troppo o non abbastanza.»

Lei sospirò, rassegnata. D'un tratto la immaginò come doveva essere quindici anni prima, una studentessa con la sigaretta in mano in un caffè come quello in cui si trovavano al momento, intenta a trascorrere ore in discorsi utopistici e discussioni appassionate. La cosa più inaspettata era che, al di là della sua bellezza e del suo charme, Claudia Muller gli risultava incredibilmente simpatica.

«Dimostreremo che è tutta una montatura.»

«Una montatura?» fece Corso con un sorriso. «Sul serio? E chi ne sarebbe l'autore?»

«Non ha indagato sui nemici di Sobieski.»

«Io no, ma Thureige ha identificato tutti quelli che potevano avercela con lui durante la detenzione, e ce ne sono a iosa. Solo che nessuno di loro possiede le "doti" per ordire una simile macchinazione.»

«Non c'è solo la prigione», disse Claudia, e subito parve rimpiangere le sue parole.

Corso, dal canto suo, vide formarsi attorno a lei un'ombra, una sorta di minaccia indefinita. Dio mio. Claudia disponeva di elementi che nessun altro conosceva, elementi decisivi che avrebbero potuto modificare l'andamento del processo.

È un bluff. Era impossibile che a loro fossero sfuggiti dei fatti significativi. L'avvocato si apprestava piuttosto a confezionare di sana pianta un'altra teoria, a proporre un altro colpevole. Era un metodo vecchio come il crimine: confondere la giuria, disorientare per ottenere il beneficio del dubbio.

«Ho indovinato i suoi maneggi», replicò Corso in un tono che avrebbe voluto meno brutale, «ma le nostre prove le impediranno di mettere nel sacco i giurati. I suoi sono metodi malsani da gauchista: creare casino per torcere il collo alla verità.»

Claudia cambiò espressione e sbatté il palmo della mano sul tavolo.

«Porterò anch'io prove concrete. Ne ho a sufficienza per distruggervi!»

Lui aprì la bocca, ma lei non gli lasciò il tempo di replicare.

«Philippe, voglio dire Sobieski, è una vittima. La vittima di un sistema totalitario che si nasconde dietro il sorriso tranquillo di un capitalismo di buona volontà. È la vittima di una buona coscienza borghese per la quale quando hai sgarrato una volta non hai più scampo. È la vittima di poliziotti come lei per i quali vale il detto: "Colpevole una volta, colpevole sempre".»

Corso sorrise. Per un attimo aveva temuto che tirasse fuori dal cilindro un fatto che avrebbe potuto fotterli, ma in realtà le sue erano solo buone intenzioni teoriche. Una banale hipster che trattava il suo cliente assassino come un Dreyfus, la vittima di una società autoritaria che non accordava una seconda possibilità.

«Una montatura, eh? Sono impaziente di godermi la scena.»

Era contento della svolta che aveva preso la conversazione. Di fronte a quella gauchista maldestra, si sentiva più a suo agio. Era su un terreno familiare.

Claudia Muller gettò qualche euro sul tavolo.

«Non soltanto la dimostrerò questa macchinazione, ma vi fornirò il nome del suo organizzatore.»

Corso alzò un sopracciglio. «Vuole dire...»

«Il vero omicida», fece lei alzandosi e stringendosi la borsa contro il petto. «Non si preoccupi, lui sarà lì, con noi, in tribunale. Lei non dovrà fare altro che acciuffarlo alla fine dell'udienza.»

67.

«Cognome, nome, qualifica.»

Corso sapeva di finire sotto torchio l'indomani, ma non si aspettava di essere il primo della lista. Alle nove del mattino il presidente del tribunale lo aveva scelto per aprire le danze.

Il poliziotto rispose in modo meccanico, giurò di dire tutta la «verità» e raccontò la sua storia per filo e per segno. Si era esercitato tutta la notte, sforzandosi di trovare le formule più neutre e di nascondere sotto il tappeto le numerose infrazioni dell'inchiesta.

Si sentiva a disagio. Le parole di Claudia continuavano a ronzargli in testa. Forse lei sapeva qualcosa di determinante? Forse loro non avevano colto un elemento cruciale? Ignorava di che cosa potesse trattarsi.

La sua esposizione dei fatti durò una mezz'ora. Nessuno lo interruppe, nessuno gli pose domande... e lui sperava che le cose si sarebbero fermate lì. In effetti, il pubblico ministero e l'avvocato di parte civile lo lasciarono in pace, perché secondo loro non c'era niente da aggiungere: la sua testimonianza assomigliava già a una requisitoria contro l'imputato.

Ma Claudia si alzò e chiese di interrogare il «testimone».

Era la prima volta che l'avvocato Muller usciva dal suo mutismo.

«Se ho ben capito», esordì, «fino al 3 luglio 2016 lei non aveva alcuna pista.»

«È quello che ho appena spiegato», replicò lui di cattivo umore.

«Di fatto, una pista lei non l'ha mai avuta.»

«Prego?»

«È stato necessario che il capitano Jacquemart, di cui ieri abbiamo potuto apprezzare la verve e l'obiettività, la mettesse a parte dei suoi sospetti affinché lei orientasse le sue ricerche su Philippe Sobieski.»

«Il capitano aveva notato certe somiglianze fra l'omicidio del 1987 e il nostro caso. Ha fatto il suo dovere di poliziotto venendo a parlarmene e noi abbiamo fatto il nostro indagando in quella direzione.»

«Basta dunque venire da lei armati di una vaga impressione per influenzare l'indagine?»

«Niente affatto. Il profilo di Philippe Sobieski corrispondeva a quello dell'assassino.»

«In quello stadio della sua inchiesta, lei non sapeva niente dell'assassino. Avrebbe potuto essere chiunque.»

«No. L'omicidio di Sophie Sereys recava una firma ben precisa.»

«E lei trova che quella firma richiamasse l'omicidio di Les Hôpitaux-Neufs?»

Corso rifletté. Il giorno prima, tutti avevano capito che i due delitti non erano collegati.

«Che le vittime fossero legate con la loro biancheria intima», finì per dire, «ci è parsa una somiglianza significativa che...»

Claudia Muller afferrò un foglio di carta e glielo sbatté sotto il naso, costringendolo a tirarsi indietro. «Ecco gli omicidi perpetrati a partire dal 1987 nei quali l'assassino si è servito della biancheria intima della vittima per immobilizzarla.»

Da dove saltava fuori quella lista? Loro avevano fatto la stessa ricerca senza trovare nulla. *Merda!*

«In Francia?»

«In Europa. Niente le vietava di ampliare la sua ricerca oltre i confini dell'Esagono. Anche gli assassini viaggiano.»

«Non c'era soltanto questo aspetto. Sobieski corrispondeva al nostro profilo per la sua violenza e la sua impulsività. Dannazione, aveva sfigurato Christine Woog!»

«A casaccio. Niente a che vedere con le ferite ben ponderate delle nostre due vittime di oggi.»

Corso non replicò. *Inutile.*

«Quindi è andato a trovare Philippe Sobieski per interrogarlo», riprese lei. «Lui si è prestato al gioco?»

«Non aveva altra scelta.»

«Ma guarda. Un bel giorno, senza avere l'ombra di un indizio, lei suona alla sua porta e lo interroga su due delitti con i quali Sobieski non ha all'apparenza alcun rapporto.»

«Sobieski conosceva bene le vittime.»

«Non era il solo.»

«In prigione praticava il bondage.»

«Le legature utilizzate dall'assassino non sono tipiche di questa disciplina.»

«Abbiamo trovato uno dei suoi taccuini di schizzi nella cantina adiacente ai locali dello Squonk.»

«L'accusato non ha mai nascosto di frequentare quel club. Ha disegnato parecchie spogliarelliste, ma non tutte sono state assassinate. Lei fa il poliziotto, conosce senz'altro la differenza fra un disegno e un omicidio.»

Corso sentiva il sudore sotto le dita contratte sulla sbarra. Più di tutto temeva che Claudia menzionasse il primo arresto mancato di Sobieski. Ma lei non aveva interesse a rivangare nel fango. Il computer del pittore era stato requisito e nessuno sapeva se dentro ci fossero o meno le fotografie presumibilmente piratate della prima scena di infrazione. D'altro lato, l'interesse morboso di Sobieski nei confronti dei cadaveri e delle scene del crimine non giocava a suo favore.

Il poliziotto tentò un ultimo contrattacco.

«Non tutti i pittori sono appassionati di Goya e tengono nello studio riproduzioni delle *Pinturas rojas.*»

«Quando quel giorno ha suonato alla sua porta, lei non lo sapeva.»

Corso non poté trattenersi dallo sferrare un pugno contro la sbarra.

«Ma insomma! È perché si fanno delle domande che si trova qualcosa, non l'inverso.»

«Ammettiamolo pure», concesse lei arretrando. «Sobieski, però, aveva degli alibi per i primi due delitti, no?»

«Sì. Li abbiamo verificati subito.»

«E allora, perché avete continuato a indagare in quella direzione?»

Sottile allusione al suo pedinamento illegale in Inghilterra. Un altro punto a suo svantaggio. Ma Claudia doveva mostrarsi prudente: anche se non veniva giudicato davanti a quella corte, l'omicidio di Marco Guarnieri costituiva un elemento schiacciante ai danni di Sobieski.

«È nostro compito non fermarci alle evidenze», replicò il poliziotto dopo qualche secondo di silenzio.

Claudia Muller mosse qualche passo, fingendo di riflettere. Ogni suo gesto, calcolato e curato a puntino, era parte di una performance teatrale scritta in anticipo e volta a ottenere l'assoluzione del suo cliente. *Non sarà così semplice, bella mia.*

«Dunque», riprese Claudia, fermandosi di colpo davanti a lui, «quando non avete niente, fate come se aveste qualcosa, ma quando avete qualcosa – per esempio gli alibi dell'accusato – fate come se non aveste niente.»

Corso si agitò dentro al cerchio invisibile assegnatogli.

«Dove vuole arrivare?»

Lei fece un passo verso di lui. «Voglio mostrare alla corte che come investigatore lei si attiene al suo istinto e non ai fatti oggettivi. È sempre stato guidato dalla convinzione che Sobieski fosse colpevole. Nel linguaggio familiare, questo significa colpevole del "crimine di avere la faccia sbagliata".»

«E allora?» si lasciò sfuggire maldestramente. «Visto che comunque l'inchiesta ha dimostrato la sua colpevolezza...»

«Devo rammentarle la legge, comandante. Philippe Sobieski è presunto innocente finché non verrà pronunciato il verdetto. Siamo appunto qui per decidere se è colpevole o no.»

Corso prese a scalpicciare. Aveva l'impressione di essere prigioniero di quell'accidenti di sbarra.

«La nostra indagine è irreprensibile», dichiarò. «È fondata su prove materiali che, nell'ambito dell'inchiesta, hanno fatto pesare su Philippe Sobieski forti presunzioni di colpevolezza.»

Gli era uscito tutto d'un fiato, come uno scolaro nel panico che snocciola la lezione senza capirne una parola. Si aspettava un altro attacco, ma Claudia Muller si accontentò di un: «La ringrazio, comandante».

Corso aprì gli occhi. Li aveva istintivamente chiusi come un condannato a morte davanti al plotone di esecuzione. Ma nessuno aveva sparato. Aveva beneficiato di una grazia misteriosa.

In realtà, il danno era fatto: a tutti era chiaro come Corso avesse «deciso» che Sobieski era colpevole prima ancora di avere qualche prova. E adesso l'avvocato Muller avrebbe provato la maligna soddisfazione di spaccare il capello in quattro e scalzare ogni elemento avverso al pittore.

A Corso veniva in mente il processo di O.J. Simpson, il giocatore di football americano accusato di avere ucciso l'ex moglie e un amico di lei. Era bastato dimostrare che il poliziotto assegnato alle indagini era razzista per screditare tutte le prove schiaccianti della procedura. Per fortuna nel caso attuale non si era arrivati a quel punto, ma il sabotaggio era sulla buona strada.

Ma Corso presentiva dell'altro. Claudia Muller voleva dimostrare che lui, spinto dall'«istinto», non aveva cercato più in là degli elementi evidenti che avevano piazzato sulla sua strada. La famosa montatura che, dal fondo della sua cella, lo stesso Sobieski andava denunciando da un anno.

Se l'avvocato non insisteva, era perché aveva probabilmente qualcosa di più grosso in serbo. *Il vero assassino.*

«*Non si preoccupi, lui sarà lì, con noi, in tribunale. Lei non dovrà fare altro che acciuffarlo alla fine dell'udienza.*»

68.

Il resto della mattinata fu dedicato alle vittime. Alcune persone che le conoscevano, per la maggior parte spogliarelliste, vennero a parlare di loro. Si sorvolò sui vizi di Sophie Sereys e Hélène Desmora, perché in un'aula di tribunale è come al cimitero: il rispetto dei morti vieta di soffermarsi sui loro difetti.

Dopo colazione, subentrò l'artiglieria pesante, i testimoni convocati dalle parti civili: esperti, periti, uomini della Scientifica, storici dell'arte. Ad accusare Sobieski non c'era alcun testimone oculare o auricolare, si disponeva soltanto di prove materiali – «soltanto», perché questo genere di indizi può sempre essere manipolato...

La sfilata si concluse intorno alle 15.30. Il pubblico si era sorbito presentazioni Powerpoint, diagrammi, analisi chimiche, formule matematiche, confronti fra opere d'arte e un bel po' di altra roba poco eccitante. Persino l'intervento di Mathieu Veranne, convocato per parlare dello *shibari*, avrebbe fatto addormentare una persona insonne strafatta di coca. Tuttavia, uno doveva dormire proprio alla grande per non afferrare il concetto che lo studio di Philippe Sobieski in rue Adrien-Lesesne era strapieno di tracce organiche appartenenti sia a Sophie Sereys e Hélène Desmora, sia ad altre donne non identificate.

L'elemento principale era quindi acquisito.

Philippe Sobieski aveva fatto fuori le due vittime nel suo nascondiglio e le aveva poi trasferite nei luoghi dove erano state scoperte nell'estate del 2016. Il problema era che non si capiva come le avesse portate fino a là, dato che non era stato ritrovato il veicolo utilizzato e che Sobieski non guidava. *Lasciamo stare.*

Le aveva legate con la biancheria e, dopo averne incastrato la testa in una morsa, le aveva torturate per ore. Le aveva sfigurate guardandole soffocare a causa dei loro lacci mentre si dibattevano per il dolore. Gli ultimi dettagli in particolare avevano agghiacciato l'assemblea. Corso osservava i giurati e, con una punta di crudeltà, godeva del loro orrore: Sobieski si sarebbe beccato l'ergastolo.

Poi fu la volta dei testimoni della difesa. Junon Fonteray ripeté la sua tiritera. Il presidente le ricordò che aveva prestato giuramento. La studentessa non si degnò di replicare. Testa bassa, occhi fissi, si attenne fermamente alla sua versione dei fatti. Corso ebbe la sensazione che la studentessa stesse convincendo i giurati. Sembrava sincera e molto più scaltra di una semplice groupie sedotta da un mentore.

Il poliziotto la osservò con attenzione. La ragazza portava sempre il suo cappello a cloche anni Venti e sfoggiava un look hippie chic piuttosto sconcertante. Ora però Corso si rendeva conto di qualcosa che gli era sfuggito la prima volta: Junon diceva sì la verità, ma non interamente. Si trattava di una versione aggiustata.

Gli sarebbe piaciuto interrogarla di nuovo, ma il suo momento era passato. Anche le parti civili e il pubblico ministero tralasciarono di farlo, forse perché non avevano percepito quell'incrinatura, oppure – cosa più probabile – perché non volevano sottoporla a un fuoco di fila di domande. Non avrebbero ottenuto altro risultato che indispettirla, spingendola a ribadire la propria versione dei fatti con sempre maggiore forza. Una volta poteva bastare, grazie mille.

Nemmeno Claudia Muller pensò di insistere. Junon aveva conseguito il suo effetto e ora tutti nell'aula erano convinti che Sobieski avesse trascorso la notte nello studio in sua compagnia. Le prove materiali erano solide, ma niente era efficace come un viso, un'inflessione di voce, una presenza umana.

Giunse il turno di Diane Vastel.

Tutta un'altra musica.

La bellezza dei ricchi. Corso aveva sempre pensato che Diane fosse altezzosa e austera. La borghesia dei quartieri alti è certamente splendida, ma inaccessibile: ti respinge con la sua perfezione, la sua rigidità, la sua indifferenza altera. Tuttavia Diane Vastel non era così: la sua disponibilità e il suo calore erano percepibili in ogni parola, in ogni gesto. Quando si chinava verso di te ti prestava veramente attenzione. Non assumeva atteggiamenti sprezzanti o distaccati, anzi, tutto il suo essere emanava empatia. Quanto al suo fisico, era molto più seducente di quanto gli fosse sembrato in occasione del loro incontro. I capelli tagliati dritti a caschetto non erano poi così dritti, erano anzi leggermente ondulati e scalati. Il viso, disegnato con la pietra nera e il gesso bianco, era passato allo sfumino che ne addolciva le linee troppo dure e ne alleggeriva le ombre... Il suo stesso modo di atteggiarsi di fronte all'esistenza in generale e alla legge in particolare era una lezione di vita. Il meno che si potesse dire era che non sembrava impressionata dalla grande aula del tribunale. Se Junon aveva tenuto testa ai magistrati abbrancata alla sbarra, Diane era l'immagine della rilassatezza.

Dopo avere declinato le proprie generalità – nome e cognome, età (*oops!*) e professione (*nessuna*) –, giurò di «parlare senza odio e senza timore, di dire tutta la verità, nient'altro che la verità» e procedette con la sua deposizione. Alle ventuno del 1° luglio, un venerdì, lei e Sobieski erano andati a cena al Relais Plaza in avenue Montaigne e, verso le ventitré, erano rientrati nella sua residenza in avenue Henri-Martin per consumare dei «rapporti intimi». Il pittore aveva lasciato il luogo di delizie l'indomani mattina verso le nove, dopo una robusta colazione. *Ah, la vita dei ricchi!*

Per l'accusa, la testimonianza di Junon Fonteray era stata come un sassolino nella scarpa (ma un sassolino di quelli seri). La deposizione di Diane Vastel era un'autentica bomba: di colpo le accuse andavano a farsi friggere. Se si prestava fede a questa regina del XVI arrondissement, diventava impossibile continuare a credere che Sobieski fosse l'assassino delle signore dello Squonk.

«Come spiega che la sua testimonianza sia in totale contraddizione con gli altri elementi del dossier?» chiese il presidente Delage.

«Non sono qui per spiegare, sono venuta a dire cos'è successo, nient'altro.»

«È consapevole di parlare sotto giuramento?»

«Ho appena giurato. Sono un po' troppo giovane per essere affetta dall'Alzheimer.»

Risate in aula.

«Numerose prove formali», proseguì il presidente stizzito, «dimostrano che Philippe Sobieski ha ucciso Hélène Desmora la notte che lei sostiene di avere passato con lui. A questo cosa risponde?»

Diane Vastel sospirò, non tanto irritata quanto tediata.

«Mi sembra che sia un vostro problema piuttosto che mio.»

Delage lanciò un'occhiata all'orologio: erano già le sedici. Per la forma, domandò: «Quali erano i suoi rapporti con l'accusato?».

«Credo che sia sufficientemente chiaro.»

«Le sto parlando di sentimenti.»

Diane Vastel sorrise, diventando di una dolcezza irresistibile. Quella borghese riusciva a essere alla mano e seducente pur restando una donna dei «quartieri alti».

«Provavamo...»

La sua voce si fece sognante. Per la prima volta si girò verso Sobieski. Vestito con una tuta da jogging gialla alla Kill Bill, minuscolo nella gabbia vetrata, totalmente inespressivo, l'uomo faceva pensare a un pesciolino prigioniero di un acquario previsto per uno squalo.

«Provavamo una forte attrazione reciproca.»

«Fisica o sentimentale?»

«Attraverso il corpo si finisce per approdare a una tenerezza particolare. Può chiamarlo amore.»

L'aveva detto con una punta di condiscendenza, come se a un tratto si fosse rivolta a un mondo inferiore, incapace di cogliere l'ambiguità e la profondità della loro relazione.

«Non potrebbe tale vicinanza influenzare i suoi ricordi, provocare una confusione sulle date nella sua memoria?»

«No, signor presidente.»

Delage rimase per qualche istante in silenzio mentre osservava con la coda dell'occhio la sua testimone. A essere onesti, ne sembrava affascinato.

«Signora Vastel», riprese infine, «lei è una donna sposata, ma non ha problemi a confessare di avere trascorso una notte con il suo amante.»

«E allora?» L'inflessione della voce di Diane rendeva stupida la domanda del presidente.

«Questa testimonianza non le ha causato problemi con suo marito?»

Lei fece un largo sorriso, come a voler dare dell'idiota al magistrato.

«Le ho detto che a quel tempo era partito per un viaggio di affari a Hong Kong, no? Là ha un'altra donna e due bambini.»

Michel Delage fece la faccia di uno che ha perso il treno e si ritrova piantato in asso sul binario della stazione. Il mondo di Diane Vastel era totalmente al di là della sua comprensione.

Dal canto suo, Corso sperava che il procuratore generale o la parte civile la facessero a pezzi, la cogliessero in fallo sulla data o sull'una o l'altra circostanza, o che trovassero una spiegazione per la sua menzogna: amore o ricatto, poco importava.

Tutti però rinunciarono al diritto di interrogare la testimone. Come per Junon Fonteray, preferivano non insistere con quella donna che sembrava totalmente sicura di sé. Strapazzarla non sarebbe servito che ad aggravare le cose.

Ma Claudia Muller intervenne.

«Signora Vastel», disse alzandosi, «avrei solo una domanda. Era sola con Sobieski, quella notte?»

«No.»

Grande clamore nell'aula.

«Aspetti», intervenne il presidente, «lei ha sempre detto di aver trascorso la notte con Sobieski in intimità.»

«Questo non significa che fossimo soltanto in due. Più siamo, meglio è...»

Sembrava che il magistrato stesse per avere una sincope.

«Ma finora lei non ha mai menzionato la presenza di altri partner!»

«Nessuno me l'ha mai chiesto.»

Il baccano aumentò tra il pubblico. Il presidente dovette richiamare all'ordine quelli che si agitavano sui banchi.

«Chi c'era con voi?» domandò Claudia Muller, che pareva già conoscere le risposte alle sue domande.

«Ignoro il suo vero nome. Lo chiamano Abel. È una sorta di esperto.»

«Esperto di cosa?»

«Di piaceri. Viene per partecipare, dare consigli. Porta anche strumenti, sostanze stimolanti. Un vero professionista.»

Adesso c'era grande attenzione in aula: questa capatina nel regno della dissolutezza estasiava l'uditorio.

«A che ora è arrivato?»

«Intorno a mezzanotte.»

«A che ora se n'è andato?»

«Verso le tre del mattino.»

«Durante quelle tre ore, Philippe Sobieski non si è mai allontanato?»

«Certo che no, anzi: era molto attivo.»

Altre risate. Di nuovo il presidente impose la calma.

«Carina la storia, ma dov'è questo Abel?» chiese, con un misto di collera e familiarità. «Perché non figura sulla lista dei testimoni?» La domanda era soprattutto rivolta all'avvocato Muller.

«Vi figura, signor presidente», rispose Claudia con un sorriso. «Si chiama in realtà Patrick Bianchi ed è il prossimo a comparire.»

Michel Delage lanciò un'occhiata al rappresentante del pubblico ministero, ma questi era già immerso nelle sue carte alla ricerca del nome del testimone. Anche l'avvocato Sophie Zlitan, incaricata della parte civile, stava consultando la «tabella di marcia» della giornata.

Com'è che tutti si erano lasciati sfuggire quella roba?

69.

Nessuno aveva notato Patrick Bianchi fra i nomi della lista dei testimoni. Nessuno l'avrebbe mai notato neanche su un treno della metropolitana o a un seggio elettorale. Era un uomo di statura media, con l'aria dell'allenatore sportivo (portava un completo Adidas). Sulla trentina, capelli a spazzola, aveva una faccia gioviale, il naso rincagnato, vivaci occhi neri. Il tipo giusto per uno spot di corn flakes, del genere «la colazione dei campioni».

Dopo la presentazione d'uso, il presidente lo interpellò con brio, quasi con eccitazione. Le sue motivazioni non erano tanto chiare: ricerca della verità o curiosità personale?

«In cosa consiste il suo mestiere?»

«Ufficialmente sono un ingegnere del suono per il cinema.»

«Sto parlando dell'altro mestiere. Quello che ci riguarda oggi.»

Il tizio annuì, poi fece scorrere lo sguardo sui magistrati e sulla giuria, come per assicurarsi che tutti prestassero attenzione. Era evidente che quello era per lui il suo momento di gloria.

«Sono una sorta di portiere. Un portiere dei piaceri.»

«Ossia?»

«Permetto ai miei clienti di spingersi più lontano nella realizzazione dei loro desideri, di dimenticare i divieti, le censure della società.»

«Ha molti... amatori?»

«Parecchi. Aiuto le coppie stanche, gli amanti in panne, gli innamorati in cerca di nuove sensazioni, i...»

Delage lo interruppe.
«Come ci si mette in contatto con lei?»
«Via internet.»
«Da quanto tempo esercita questa "professione"?»
«Una decina d'anni. Ho cominciato nei locali per scambisti, dove mi sono fatto una clientela fedele. Purtroppo questa attività non viene riconosciuta dallo stato. Ecco perché sgobbo per farmi le mie ore, per ottenere le indennità di precario dello spettacolo...»
Risate in sala. Persino Sobieski abbozzò un sorriso. Il pittore si rianimava via via che le testimonianze giocavano a suo favore.
«Chi l'ha contattata quella sera?» continuò Delage.
«Diane Vastel. Nel pomeriggio.»
«A che ora è arrivato esattamente?»
«A mezzanotte.»
«Philippe Sobieski era già là?»
«E già al lavoro, se così posso dire...»
«In cosa è consistito il suo intervento?»
Abel lanciò un breve sguardo a Sobieski: poteva raccontare tutto alla sbarra? A Corso sembrava di sognare. Il processo riguardava un doppio omicidio, ma il «portiere dei piaceri» si preoccupava di sapere se non infrangeva il codice deontologico di puttaniere professionista.
Con una strizzatina d'occhio, Sobieski gli diede il permesso.
«Ebbene, mi trovavo là soprattutto per avere rapporti intimi con Philippe mentre lui si occupava di Diane. Afferra l'idea?»
Suo malgrado, il presidente fece di sì con la testa. In disparte, Claudia assaporava il suo trionfo. Il pubblico era scioccato oppure rideva, ma il fatto era che tutti credevano alla storia di Abel.
Il coach fornì ulteriori particolari e confermò in linea di massima il racconto di Diane Vastel. Con le sue storie di vibratori, lubrificanti e sodomia, diede un colore molto speciale alla sua testimonianza.
Fino ad allora le due amanti di Sobieski erano parse sin-

cere, ma non era impossibile che l'amore, o un altro sentimento del tutto diverso, le avesse disorientate, convinte a portare una falsa testimonianza o semplicemente indotte a confondere date e orari. Con l'intervento di Abel, si passava a una restituzione dei fatti neutra e imparziale.

Messi alle corde, il pubblico ministero e l'avvocato di parte civile non insistettero.

«Nessuna domanda, signor presidente.»

Neanche Claudia Muller intervenne. Missione compiuta.

Corso guardò fuori dalle alte finestre dell'aula del tribunale: la luce ambrata del tardo pomeriggio suggellava la fine della sessione. Erano quasi le diciotto e tutti erano ormai esausti.

Il presidente si apprestava a concludere quando Claudia Muller si alzò in piedi.

«Signor presidente, vorrei ascoltare un'altra persona come fonte di informazioni.»

«Adesso?»

«Questa persona ha fatto il viaggio apposta e desidererebbe ripartire stasera.»

«Di chi si tratta?»

«Jim Delavey, meglio noto con il soprannome di "Little Snake".»

«A che titolo lo fa comparire?»

«È l'uomo che ha trascorso la notte tra il 6 e il 7 luglio in compagnia di Philippe Sobieski, a Blackpool.»

Corso sobbalzò: da dove saltava fuori quel tizio? Grande strepito in aula.

«Obiezione, signor presidente», intervenne Rougemont. «I fatti di Blackpool non sono giudicati in questa sede.»

«Lei come risponde?» chiese Delage a Claudia.

«Signor presidente, il caso di Blackpool non rientra in questo processo ma vi è connesso. D'altronde, il comandante Corso non ha nascosto che la presenza dell'accusato a Blackpool la notte stessa di quell'omicidio costituiva un fatto incriminante.»

Il presidente assentì. «Dunque?»

«Chiedo di potere liberare il mio cliente da questo sospetto affinché non abbia alcun peso sulle deliberazioni della giuria.»

«Va bene.»

Attonito, Corso vide arrivare alla sbarra Jim «Little Snake» Delavey, il «succhiacazzi di prima categoria», il fantasma che lui credeva un'invenzione di Sobieski, l'uomo-alibi che gli sbirri inglesi non erano riusciti a rintracciare. Come aveva fatto Claudia a scovare questo testimone che l'aveva fatta in barba a tutti i radar? Gli aveva offerto del denaro? Aveva pagato qualcuno sul posto? In ogni caso, *tanto di cappello*.

C'era però un'altra possibilità, ossia che quel testimone provvidenziale fosse contraffatto, che Claudia avesse ingaggiato un tossico di Blackpool disposto a raccontare qualsiasi cosa. Solo che non era da lei correre un simile rischio. E, comunque, Corso riconobbe la stanga di ragazzo che si avvicinava alla sbarra: era quello che Sobieski aveva baciato in bocca nel vicolo dei froci.

Di colpo gli si spalancò davanti un nuovo scenario. Quella notte il pittore cercava qualcuno con cui fare sesso e l'aveva trovato nella persona di Little Snake. Corso aveva assistito, dal vivo, al loro colpo di fulmine. Poi c'era stata l'irruzione degli skin. Pestaggio. Fuga. Dispersione. I due amanti si erano semplicemente rifugiati da qualche parte e si erano divertiti.

Corso cominciò ad avere i sudori freddi. Possibile che si fosse sbagliato su tutta la linea? Che Sobieski fosse innocente? Che la tesi della «montatura» non fosse poi così assurda? Ma allora l'omicida stesso doveva avere piazzato degli indizi nello studio segreto di Sobieski, avere tramato tutto per fare cadere i sospetti sul pittore. In fondo... perché no?

Little Snake aveva un accento inglese talmente affettato da risultare nauseante. Era come se, alla fine di ogni frase, sputasse fuori il suo disprezzo e la sua stanchezza. Fisicamente, era in perfetto accordo con la parlata: indolente, trasandato, sembrava porsi nettamente al disopra (o al disotto) delle contingenze materiali. Era costantemente occupato a spingere indietro, con un gesto manierato o un movimento della testa degno di una diva, un lungo ciuffo di capelli che scendeva a coprirgli metà della faccia, come una persiana mezzo scardinata.

Al tempo stesso, il muso da duro e i tatuaggi facevano pendere la bilancia dal lato del delinquente attaccabrighe. Più hooligan che «Priscilla, la regina del deserto», il nostro Jim. Un vero figlio di puttana di Blackpool, nato dalla bottarella di una sera e poi allattato a birra.

Il Serpentello sciorinò la sua tirata raccontando ciò che Corso aveva visto con i propri occhi: l'incontro nel quartiere dei *queers*, il lungo bacio, la spedizione punitiva, la fuga... Con molta disinvoltura, spiegò che batteva il marciapiede in quei vicoli da diversi anni e che Sobieski prometteva di essere un cliente succoso, in tutti i sensi.

In tutta la faccenda, l'aspetto più positivo era che tutto avveniva in inglese. Claudia aveva previsto un traduttore e distribuito cuffie ai giurati, prendendo veramente in mano il processo. Corso era sbalordito: la condanna fino a ieri scontata si trovava ora a rischio...

«Dove, esattamente?» domandò il presidente con impazienza.

L'altro aveva appena spiegato di avere condotto il cliente in un monolocale affittato annualmente.

«L'indirizzo non le dirà niente. È vicino al Grand National, una merda di *roller coaster* che fa un baccano d'inferno. Per questo pago poco o niente...»

«E Philippe Sobieski è rimasto con lei tutta la notte?»

«Fino all'alba, *honey*. Dopo la storia del *queer-bashing*, era spaventata a morte, la Frenchie.» Delavey strizzò l'occhiolino a Sobieski, il quale replicò lanciandogli un bacio furtivo. «Ho avuto tutta la notte per consolarlo.»

Delage bofonchiò qualche parola sistemandosi gli occhiali sul naso. Quel tipo non gli piaceva, e ancora meno gli andavano a genio la sua testimonianza e tutta la messinscena (quei magistrati e quei giurati con le cuffie evocavano piuttosto la Corte penale internazionale dell'Aia). Ma ciò che più lo scocciava era la piega che stava prendendo il processo. Si era partiti dall'idea che i dibattimenti sarebbero durati pochi giorni per sfociare in una condanna chiara e netta, e invece le cose si dimostravano più complicate del previsto. La sua espressione fatalista sembrava dire: "Sempre la stessa merda".

«Perché non ha avvisato prima la polizia?»

«Io e gli sbirri non ci amiamo alla follia.»

«Come mai si è deciso, un anno dopo i fatti?»

Con un colpo di ciuffo indicò Claudia Muller, imperturbabile nella sua postazione.

«È stata quella Catherine Zeta-Jones là, lei ha saputo convincermi.»

Corso si disse che effettivamente Claudia somigliava all'attrice, ma in una versione più tirata e misteriosa. I magistrati si guardarono l'un l'altro: era evidente che Claudia Muller aveva pagato Jim «Little Snake» Delavey perché muovesse le chiappe e si presentasse alla corte d'assise di Parigi. Benché si fosse ben oltre il terreno dell'illegalità, non era né il momento né il luogo per discutere sui metodi adottati. Contava soltanto il risultato.

Il presidente non concesse alle parti civili il tempo di interrogare l'hooligan. *Basta con le stronzate.* Tolse la seduta come se desse l'ultimo colpo di gong.

All'uscita del tribunale i commenti del pubblico si sprecavano e sotto le volte risuonava lo sbraitare dei giornalisti attaccati ai loro cellulari. Tutti erano d'accordo sul punteggio della partita: uno a uno, palla al centro l'indomani mattina.

Corso accelerò il passo e si precipitò verso il retro del tribunale. Voleva beccare Claudia sulla gradinata del palazzo.

«Niente male il suo contrattacco», le disse mentre lei appariva fra due colonne.

Claudia Muller si accese una Marlboro. «E non hai ancora visto niente», ribatté passando al tu.

70.

L'indomani Corso non si era ancora seduto che già Claudia Muller chiamava alla sbarra un nuovo psichiatra, Jean-Pierre Audissier. Una controperizia? No, l'uomo interveniva in veste di semplice testimone. Psichiatra presso gli Hôpitaux de Paris dal 1988, capo servizio nella struttura sanitaria pubblica Maison-Blanche, professore alla facoltà di medicina Paris-Descartes, il medico era un «amico» di Philippe Sobieski.

Spiegò che prestava la sua consulenza a Fleury da circa quindici anni, due giorni alla settimana, di concerto con i servizi medici del carcere giudiziario. Ed era stato così che aveva fatto la conoscenza di Sobieski.

Bel viso scavato dai tormenti e dall'intelligenza, capelli ingrigiti e spettinati, nei suoi tratti si leggevano una passione e una tenacia che dovevano piacere alle donne ancora più del suo aspetto da attore.

Concentrato, non dava l'impressione di essere stressato. Era venuto semplicemente a dire quel che aveva da dire, come un cecchino senza scrupoli.

«Lei ha quindi curato Philippe Sobieski per disturbi mentali durante tutti questi anni?» chiese il presidente.

«Niente affatto.»

La sua secca risposta fece trasalire Michel Delage. Dopo quanto era successo il giorno prima, non era dell'umore di sopportare le arie pretenziose di quella mezza cartuccia.

«Non ho mai seguito Sobieski per ragioni mediche», continuò Audissier. «Io sono all'origine della sua vocazione di pittore.»

Il presidente si girò verso Claudia Muller.

«Avvocato, le ricordo che l'imputato è giudicato per due omicidi. È davvero utile una nuova testimonianza sul talento artistico di Philippe Sobieski?»

«Sì, signor presidente.»

Claudia aveva risposto con fermezza. Corso avvertì istintivamente che si stava toccando la sua linea difensiva. Che cosa bolliva in pentola?

«Benissimo», concesse Delage, rassegnato. «Ci racconti in quali circostanze ha incontrato Philippe Sobieski.»

«In occasione delle mie consultazioni avevo preso l'abitudine di sorvegliare l'umore di certi detenuti... diciamo... a rischio.»

«Sobieski era tra quelli?»

Audissier annuì. Piccolo e magro, curvo davanti alla sbarra, alla maniera di un oratore sicuro del fatto suo.

«Era un elemento perturbatore. Ribelle a qualsiasi autorità, imponeva la propria legge e terrorizzava gli altri detenuti. Veramente difficile. L'ho sottoposto agli esami di routine e ho scoperto una particolare anomalia nel suo sistema percettivo.»

«Sia più chiaro.»

«Alcuni dei miei test riguardano i colori. Un'ipersensibilità in questo ambito costituisce un segnale d'allarme. Un uomo bipolare, per esempio, sul punto di avere una crisi maniacale, è più sensibile ai colori che in una situazione di normalità.»

«Quindi Sobieski...»

«Si lamentava di vedere le immagini scintillare, i colori vibrare. Era molto reattivo agli elementi visivi, e più in particolare alla pittura artistica.»

«Vuole dire... come la sindrome di Stendhal?»

A Audissier sfuggì un sorriso sardonico.

«Sa...» disse in un tono divertito, «la sindrome di Stendhal è più che altro un mito. Di recente si è capito che questo malessere che prende a volte i visitatori dei musei è soprattutto legato al fatto che si tiene la testa all'indietro per ammirare le opere appese più in alto. Il sangue sale al cervello, provocando una sensazione di vertigine.»

Il presidente si fece scuro in volto: *grazie per la lezione.*

«Allora, di cosa sta parlando?»

«All'inizio credevo che Sobieski soffrisse di disturbi dell'umore, ma in realtà la sua sensibilità non tradiva alcuna patologia, salvo considerare l'arte come una malattia.»

«Ha capito in quel momento che Sobieski aveva la stoffa del pittore?»

«Come dire... La pittura lo chiamava e il suo corpo rispondeva all'appello.»

Disapprovazione in sala. Audissier stava perdendo credibilità, era troppo esoterico.

Dovette rendersi conto che bisognava correre ai ripari e passò a fatti concreti. «Ho organizzato dei laboratori di pittura a Fleury», spiegò. «È stato là che Sobieski ha cominciato. Disegnava, dipingeva, s'ispirava alle riproduzioni che trovava nei libri della biblioteca. Il suo era un talento... incredibile. Inoltre, questa sua attività aveva un effetto terapeutico. Ogni volta che riproduceva un dipinto si placava. L'aveva, per così dire, fatto proprio. L'aveva... integrato.»

«Dipingere gli ha dunque concesso una sorta di equilibrio?»

«Senza alcun dubbio. La sua personale attività artistica l'ha guarito da sé stesso.»

Michel Delage pareva a corto di domande e in aula nessuno capiva l'utilità di quella testimonianza. Finalmente il presidente lasciò la parola alle parti civili, che a loro volta la cedettero a Claudia Muller.

«Dottore, vorrei essere sicura di capire. Alla fine degli anni Novanta, qualche anno prima del suo rilascio, Sobieski non aveva più problemi con la pittura?»

«Sì, si può dire così, certo.»

«Non si ricorda di un pittore che avrebbe continuato a scatenare in lui una reazione... patologica?»

«Sì, Francisco Goya. I suoi dipinti lo affascinavano e al tempo stesso lo facevano stare male. Cercava di copiarli, ma la cosa non gli era di aiuto.»

«Parla, per esempio, delle *Pinturas rojas*?» gli domandò Claudia.

«No, in quel momento non erano ancora state scoperte. Era ossessionato soprattutto dalle *Pinturas negras*, esposte al museo del Prado. Non smetteva di copiarle, nel tentativo di autoesorcizzarsi da quella… possessione.»

«Ci è riuscito?»

Audissier lanciò uno sguardo affettuoso a Sobieski: era evidente che lo psichiatra non era nemmeno sfiorato dall'idea che l'artista fosse un assassino.

«Penso di sì. Trovando il proprio stile, con le sue grandi tele raffiguranti spogliarelliste e pornostar ha scoperto la sua strada e si è liberato dei suoi incubi.»

«Grazie, dottore.»

Lo psichiatra si allontanò nell'incomprensione generale.

«Avvocato», tornò a dire il presidente, «non mi è molto chiara la ragione d'essere di questa testimonianza. Non abbiamo tempo da perdere.»

Claudia Muller si alzò e andò spedita verso la tribuna dei magistrati.

«La ringrazio, signor presidente, di avere accettato questa digressione artistica, che in realtà è fondamentale per il prosieguo del processo.»

«Vale a dire?»

«L'inchiesta ha dimostrato che per le mutilazioni effettuate sulle vittime l'assassino si è ispirato alle tre *Pinturas rojas* di Francisco Goya. Nella fattispecie, ha cercato di riprodurre sui volti di Sophie Sereys e Hélène Desmora lo spirito delle opere di Goya, e specificamente quello che anima la tela soprannominata *El Grito*, il ritratto di un galeotto ferito e urlante.»

Il presidente allargò le braccia.

«Appunto, lei ci ha appena ricordato l'importanza dei dipinti di Goya per il suo cliente. Mi sembra che quanto ha appena menzionato sia piuttosto incriminante…»

«No, signor presidente. Finora il comandante Corso e il giudice Thureige hanno stabilito una connessione tra questa passione dell'accusato e il *modus operandi* dell'omicida. Esiste tuttavia un altro motivo alla base della fascinazione di Sobieski per le *Pinturas rojas* esposte alla fondazione Chapi, e non ha niente a che vedere con i delitti che ci interessano.»

Corso lanciò un'occhiata a Sobieski chiuso nella sua gabbia di vetro e ciò che vide lo mise al tappeto: quel sacco di merda aveva riassunto l'espressione beffarda del pittore trionfante. E nei suoi occhi che brillavano il poliziotto lesse la propria sconfitta.

Come per confermare i suoi peggiori timori, l'avvocato Muller si diresse verso la gabbia vetrata e si rivolse al suo cliente: «Sarà lo stesso Philippe Sobieski a dirci perché si è tanto interessato a queste tre tele di Francisco Goya scoperte nei primi anni del nostro secolo».

Silenzio. Tensione. Vertigine.

L'accusato si chinò sul microfono e fissò il presidente del tribunale dritto negli occhi.

«È molto semplice, signor presidente: sono stato io a dipingerle.»

71.

Dopo una breve agitazione tra i banchi – non così evidente, in realtà, perché tutti erano rimasti pietrificati –, il presidente riprese in mano la situazione.

«Avvocato», tuonò indirizzandosi a Claudia, «qui non siamo a teatro!»

Lei si permise di avanzare verso la tribuna, girando le spalle al pubblico.

«Signor presidente», esordì con voce forte, «Philippe Sobieski ha deciso di fare delle confessioni. Non sono quelle che lei si aspettava, ma quelle che lo scagioneranno definitivamente dai crimini di cui lo si accusa.»

«Perché non l'ha fatto prima?»

«Lo lasci parlare e capirà.»

Il presidente fece un gesto che esprimeva un misto di malumore e scoraggiamento.

«Imputato, ha la parola.»

Sobieski era di nuovo investito del suo potere. Le alte finestre lo inondavano di luce estiva come riflettori di uno show. Indossava il suo completo immacolato, una camicia chiara a righine e una cravatta di seta bianca. Probabilmente gli avevano vietato di mettersi il capello (oppure Claudia gli aveva consigliato di lasciarlo perdere), ma l'idea era lampante: Philippe Sobieski si era travestito da Frank Nitti, versione *Gli intoccabili* di Brian De Palma.

«Signor presidente», cominciò con voce sommessa, «come si è appena detto, ho scoperto la pittura attraverso i libri. Ho cominciato a copiare a matita dei disegni; poi, dopo avere ottenuto dei colori, ho riprodotto alcuni dipinti. Si trattava ancora di tentativi maldestri ma, tenuto conto della mia inesperienza, non era poi tanto male...»

«Arrivi al punto», fece il presidente, esasperato.

Sobieski sorrise e lanciò uno sguardo alla sala, con espressione d'intesa. Adesso Corso lo riconosceva, con il suo muso da faina, gli atteggiamenti di falsa umiltà, i ghigni sardonici. L'anno in prigione non l'aveva piegato. Era soltanto rimasto ad aspettare che giungesse il suo momento.

«Ma Goya era la mia vera passione.»

«Il professore Audissier ce l'ha già spiegato.»

«No. Il mio obiettivo era diventare Goya.»

Delage sorvolò su questa frase che non significava niente e accelerò la cronologia.

«Una volta uscito di prigione ha quindi continuato a copiare questo pittore?»

«Facevo già molto di meglio: dipingevo dei nuovi Goya. Ne riproducevo lo stile, l'epoca e la fattura. Quei dipinti li tenevo per me, ma mi davano molta più soddisfazione delle mie stesse opere.»

Il presidente rimase impassibile. Avvolto nelle pieghe rigide della toga rossa, sembrava un re di quadri. Sobieski era invece il jolly scaltro e subdolo che poteva sostituire tutte le carte.

«Io non appartengono alla mia epoca», continuò Sobieski. «Ci cago sopra sull'arte attuale: tutti questi coglioni che non sanno più cosa inventare per mettersi in mostra e che fra l'altro non inventano proprio più niente. Anche la mia pittura, intendo quella che firmo con il mio nome, è immersa in un mare di merda.»

«Il suo lavoro non è originale?»

«Sì, ho una mia particolarità, ma niente di eccezionale, niente che passerà alla storia. È come una piccola sfumatura in un grande assortimento di colori assolutamente banale.»

«Dunque, preferisce dipingere alla maniera di Goya?»

«Io *sono* Goya», obiettò, il viso chino sul microfono. «Un pittore fuori dal tempo, fuori dal mondo.»

In aula non si sentiva volare una mosca. Il personaggio che stava emergendo era d'un tratto più interessante dell'assassino di cui si tentava di ricostruire il profilo fin dall'inizio.

Alla pari degli altri, Corso non aveva idea di dove li avrebbe condotti tutto ciò, ma quella confessione suonava vera, e già immaginava che il nuovo Sobieski sarebbe senza difficoltà uscito indenne dal processo.

«Tra tutte le opere di Goya, quelle che più mi ossessionavano erano le *Pinturas negras*, non soltanto per lo stile ma per la loro genesi. Quando Goya le ha dipinte era già vecchio, malato, sordo...»

«Vada al dunque, Sobieski.»

«Goya non ha dipinto questa serie su tele ma sulle pareti della propria casa», continuò il pittore come se non avesse sentito. «Incubi, visioni, deliri che aveva nella testa e che ha trasferito sulla pietra. Non aveva scelta: era prigioniero del suo silenzio. Mi sono identificato con lui e ho dipinto scene di orrore nel suo stile. Era questo che mi ispiravano i ricordi del tempo trascorso nella mia cella: anch'io ho vissuto per anni nella Quinta del Sordo.»

«Sobieski, cosa ricaviamo da tutto questo in relazione agli omicidi di Sophie Sereys e Hélène Desmora?» domandò Delage, parlando a voce più alta, come se si rivolgesse a un handicappato.

L'artista alzò la mano come per dire: "Pazienza".

«Uscito di prigione non sono diventato dall'oggi al domani un pittore noto che rilasciava futili interviste. Come tutti gli ex carcerati, sono passato per la casella "reinserimento". Un'associazione mi ha trovato un lavoro presso un restauratore di quadri antichi ed è lì che ho imparato tutto. Può verificare, ci ho sgobbato giorno e notte per tre anni.»

Il presidente consultò l'orologio ma non interruppe l'imputato. Non accadeva tutti i giorni che un assassino si trasformasse in falsario e che dei corpi si metamorfizzassero in dipinti, e tutto ciò in pochi giorni di sedute.

«Ci sono voluti quattro anni prima che fossi in grado di dipingere le mie *Pinturas negras*. Sono riuscito a imitare perfettamente lo stile di Goya, ma ho soprattutto risolto i problemi tecnici.»

«Quali problemi tecnici?»

La domanda era sfuggita al presidente. Sembrava combattuto tra la curiosità di sapere e l'esasperazione di vedere il suo processo subire una così lunga digressione.

Sobieski si schiarì la voce. Era al settimo cielo. Ancora una volta, imboccando una strada tra le più tortuose, era riuscito nel suo show. Un grandioso numero di magia.

«Se si pensa al lavoro del falsario, la prima cosa che viene in mente è la difficoltà di imitare uno stile. Questo però è solo uno dei problemi, non il più importante. I veri ostacoli sono fisici: quando si scopre il dipinto inedito di un maestro lo si sottopone a una miriade di analisi volte a verificarne l'autenticità. Il nemico del falsario, oggi, non è tanto lo stile quanto la chimica.»

«Siamo qui per giudicare dei crimini. Cosa vuole concludere?»

«Ci arrivo. Per le mie contraffazioni, ho elaborato una serie di tappe rigorose, a base di tele antiche e sostanze molto complesse. La notte dell'omicidio di Sophie Sereys, stavo completando una di queste opere.»

«Può provarlo?»

«Non lavoravo da solo.»

«Con chi?»

«Junon Fonteray.»

Nuovi brusii in sala. Corso rivedeva la ragazza intenta a levigare alcune sculture di poco conto tra i bambù. Aiutare Sobieski a creare nuovi Goya era molto più rischioso ed eccitante.

«Non avete avuto rapporti sessuali quella notte?»

«Sicuro», fece il pittore con una risata. «Mentre la tela si asciugava.»

«La smetta di giocare con noi, Sobieski, e si spieghi. Se non può proporci nient'altro che la testimone da noi già ascoltata, non vedo che progressi abbiamo fatto.»

Sobieski sospirò. Il teatro o lo si ha nella pelle o no.

«Deve solo controllare il forno.»

«Quale forno?»

«La tappa dell'asciugatura è cruciale nella confezione di

un falso. Ho messo a punto una tecnica che permette di fare asciugare la tela molto in fretta e anche di imitare l'azione del tempo. Quando lo estraggo dal forno, il mio falso è duro come la pietra, esattamente come una tela antica.»

Corso si rivide davanti al forno gigantesco, quando lui e Barbie erano convinti di avere scoperto un nuovo Landru.

«E allora?» domandò il presidente.

«E allora questa "cottura" avviene in diverse fasi. Sono il solo in grado di calcolare la durata, valutare la temperatura necessaria. Per ore e ore ho cotto il mio dipinto, verificato, cotto ancora, verificato...»

«E dobbiamo crederle sulla parola? Dov'è questo dipinto? Cosa rappresentava?»

Sobieski arretrò nella gabbia vetrata.

«Non glielo dirò mai.»

«Perché?»

«Deontologia. Oggi l'opera di quella notte si trova forse in un museo o magari l'ho bruciata. Sono affari miei.»

«Sobieski, c'è in ballo la sua libertà!»

Il falsario si avvicinò di nuovo al microfono.

«Verifichi la memoria del forno, che ha registrato tutte le operazioni effettuate in quella data. Convochi degli esperti. Nessuno può manomettere la programmazione. Le ore di attività del forno dimostrano la mia presenza nello studio al momento dell'omicidio.»

Il presidente spalancò le braccia, con un bell'effetto delle maniche porpora ondeggianti.

«Tutto questo è aria fritta», replicò. «Come possiamo credere che lei è veramente un falsario se non ci fornisce nemmeno il titolo delle sue "opere"?»

«Le ho detto che sono le *Pinturas rojas* di Madrid. Le analizzi e vedrà.»

«Non sono state analizzate al momento dell'acquisto?»

«Certo che sì, ma io conosco bene il mio lavoro. Ho dipinto su una tela d'epoca, trattata con i miei metodi. Mi sono avvalso di pigmenti antichi, gli stessi utilizzati da Goya nel XVIII secolo...»

«Quindi non è possibile accertare se si tratta di un quadro antico vero o falso?»

Sobieski sorrise. Nel suo completo bianco, piegato sul microfono, era davvero un personaggio. Una rock star emaciata, un fantasma di seta che nella vita aveva affrontato ogni genere di esperienze e che portava sul volto le stigmate dei suoi eccessi.

«C'è una pecca nel mio lavoro. Una pecca che gli esperti spagnoli non hanno individuato. Per il bianco ho scelto la biacca, sull'esempio dei pittori dell'epoca, ma la mia precauzione non è bastata: la biacca moderna non ha la stessa composizione isotopica né la stessa quantità di oligoelementi di quella del XVIII secolo.»

Il presidente fece una smorfia.

«La cosa si fa un po' tecnica...»

«Farò una sintesi. La biacca che ho utilizzato contiene piombo, il quale a sua volta contiene uranio che oggi è possibile misurare. Con il passare dei secoli, questi atomi scompaiono. Faccia analizzare le mie *Pinturas rojas* da questo punto di vista e scoprirà che sono ancora ricche di atomi, il che prova che sono state dipinte meno di dieci anni fa.»

«E questo dovrebbe bastare a scagionarla?»

Sobieski sorrise.

«Con la memoria del forno, credo che la testimonianza di Junon cominci ad avere un certo peso sulla bilancia, no? Già che ci sono, passate le *Pinturas* ai raggi X. Troverete nello strato sottostante scene di caccia raffiguranti cani e pavoni, i motivi presenti sulle tele antiche che avevo comprato. Posso disegnarveli. Solo il falsario che ha dipinto quelle tele può conoscere i soggetti che vi erano rappresentati.»

Tutti i presenti erano a bocca aperta. Il presidente tentava di raccapezzarsi. Il procuratore e l'avvocato della parte civile erano incollati alle loro sedie: non solo credevano a quella testimonianza, ma non avevano neanche la più pallida idea di come contraddirla.

Claudia Muller, da parte sua, stentava a reprimere un'espressione di totale trionfo.

Sobieski riprese la parola anche se nessuno lo aveva invitato a farlo.

«Qui mi accusate di due delitti (o tre, a seconda di come gira), senza l'ombra di un indizio materiale: niente video, niente testimoni, nessuna traccia sulle scene del crimine dove sono stati ritrovati i corpi. Vi appellate soltanto a indizi che avrebbero potuto essere piazzati nel mio studio da chiunque. Io invece vi porto la prova della mia presenza in studio durante la notte dell'omicidio di Sophie Sereys.»

Corso si sentì ribollire. Sobieski se la sarebbe cavata. E a lui sarebbe toccato digerire quell'errore giudiziario sino alla fine dei suoi giorni.

«Preferisce quindi scontare una pena per contraffazione piuttosto che per omicidio?» chiese il re di quadri. «La capisco.»

«Non è questo il punto, signor presidente. Voglio essere giudicato per ciò che ho fatto, non per ciò che non ho fatto.»

«Ma finora lei ha dissimulato la sua vera attività.»

«Sono come tutti gli altri», sorrise Sobieski, «speravo di sfangarmela.»

«Perlomeno ha l'aria sincera.»

«Sono un pittore. Sono Goya. Sbattetemi in gattabuia, datemi pennelli e colori, la mia vita potrà continuare.»

Corso scopriva così la vera follia di Sobieski: non omicida, ma artistica. Uno strano e affascinante caso di schizofrenia. Osservò per un istante i giurati. Non solo quegli imbecilli ci credevano ma ammiravano quel mix di artista maledetto, fantasma reincarnato e potenziale delinquente.

Come al solito, il poliziotto vedeva la giustizia colargli tra le dita: un getto di urina piuttosto che un filo di sabbia.

«La seduta è aggiornata al pomeriggio», sentenziò il presidente.

72.

«Perché non ha detto la verità?»
«Ho detto la verità.»
«Ha sempre affermato di avere avuto rapporti intimi con Sobieski, quella notte.»
«Ho anche detto che l'avevo aiutato nel suo lavoro.»
«Non ha precisato quale.»
«Nessuno me l'ha chiesto e io non ho fornito particolari.»
«Quindi conferma di avere assistito Philippe Sobieski nella realizzazione di un dipinto falso nella notte fra il 16 e il 17 giugno 2016?»
«Sì.»
«Qual è il dipinto?»
«Non lo so.»
«Come sarebbe a dire che non lo sa?»
«Non l'ho visto per intero. Ho lavorato solo a certi dettagli.»

Era chiaro che Junon Fonteray mentiva per rispettare il riserbo del suo mentore: non bisognava assolutamente rivelare la natura della contraffazione di quella notte. La ragazza non sembrava spaventata né contrita, solo molto arrabbiata. Spettinata, gli occhi stravolti, le guance rosse, dava l'impressione di essere stata trascinata alla sbarra per i capelli.

«Da quanto tempo assisteva Sobieski?»
«Più o meno un anno.»
«Riprenda dall'inizio, per piacere.»

Delage si compiaceva di vedere la piccola insolente messa all'angolo. Tanti gli avevano tenuto testa durante quel processo…

«All'inizio mi occupavo delle sue commissioni. Compravo i colori, i telai e le tele. Tenevo anche i conti. Su questo Philippe era molto esigente. Voleva una contabile ineccepibile.»
«Non c'era niente che le sembrasse bizzarro?»
«Sì. Lui si procurava personalmente roba strana.»
«Tipo?»
«Tele antiche, prive di qualsiasi interesse.»
«Dove lavorava all'epoca?»
«In una stanza del suo studio. Voglio dire: quello ufficiale.»
«Quando l'ha portata nell'altro in rue Adrien-Lesesne?»
«Direi... sei mesi dopo. Mi ha spiegato di essere occupato a sperimentare certi pigmenti, a compiere ricerche che nessuno doveva vedere.»
«Gli ha creduto?»
«Sì e no. Aveva l'aria di fabbricare da sé i colori, di testare sostanze chimiche. Poi c'era quel forno gigantesco... Era singolare.»
«Aveva paura?»
«Per niente. Andavamo a letto insieme da parecchio tempo.»
Delage sospirò.
«Quando le ha rivelato la verità?»
«Solo in seguito. Mi ha detto che dentro di lui c'erano due pittori. Quello che conoscevo e... Goya in persona.»
«Cos'ha pensato in quel momento?»
Junon accennò un sorriso. I segni della sua sovreccitazione si attenuarono, i suoi tratti da uccello si ridefinirono con nettezza. Con il suo naso imponente e lo sguardo traslucido, la studentessa sembrava al tempo stesso determinata e trasognata, colpevole e innocente.
«Che Philippe era un mito.»
Il presidente parve reprimere una riflessione personale, probabilmente un'imprecazione, prima di proseguire.
«Aveva capito che confezionava falsi che poi vendeva? Che quel commercio era una pura e semplice truffa imbastita per fare soldi?»
«Lui non presentava le cose in questo modo.»
«Immagino.»

«Non voleva solo dipingere nello stile di Goya, voleva anche produrre opere scaturite dal passato. Diceva...» spiegò la ragazza con la voce che le tremava, «di avere aperto una breccia nello spazio-tempo. Era affascinante», concluse lanciando al pittore uno sguardo innamorato.

«Illegale, soprattutto.»

Junon si strinse nelle spalle e piantò il suo sguardo di cristallo negli occhi del giudice.

«Studio alla Scuola di belle arti da quattro anni. Mi hanno insegnato il disegno, la pittura e la scultura. Ho fatto degli stage, lavorato come assistente di pittori famosi. Non ho mai imparato tanto sull'arte quanto nei pochi mesi con Sobieski. Con lui, ho avuto accesso a... all'essenza stessa della pittura.»

Tutti ascoltavano con un atteggiamento religioso. Cambiando di natura, il crimine aveva anche trasformato il pubblico: i curiosi e i chiacchieroni erano diventati dei fedeli sottomessi e silenziosi.

«Torniamo alla notte che ci interessa», riprese Delage. «Cos'ha fatto per Sobieski in quel breve lasso di tempo?»

«Ci siamo occupati della cottura del dipinto. Grazie a questa tecnica, Philippe riesce in qualche ora a riprodurre gli effetti del tempo sulla tela, e si parla di secoli. Ma bisogna sorvegliare di continuo, verificare che il colore non si deteriori... Ecco che cos'abbiamo fatto quella notte.»

«È consapevole che questa testimonianza le varrà il carcere?»

«Sì.»

«Cos'altro ha da aggiungere?»

Junon si erse sulla sua persona, come una nuova Giovanna d'Arco, insieme eroica e sacrificata, fiera e vinta.

«Non rimpiango niente», proclamò con enfasi.

Corso si aspettava quasi degli applausi, ma il presidente prese tutti alla sprovvista dichiarando: «Tenuto conto dei nuovi elementi emersi, tenuto conto della necessaria revisione dei fatti enunciati, tenuto conto delle indagini e delle perizie da effettuarsi per verificare le affermazioni dei testimoni e dell'imputato del processo, la corte chiede un supplemento d'inchiesta e affida questo incarico all'Ufficio centrale di lotta contro il traffico di beni culturali. Le sedute riprenderanno il 22 novembre 2017».

Non aveva ancora finito di parlare che l'aula fu percorsa da un fremito. I magistrati già si alzavano in piedi senza dire una parola, i giurati si guardavano interdetti, gli accusatori erano come paralizzati.

Ma il meglio avveniva a destra: Claudia Muller aveva premuto la mano contro il vetro della gabbia e Sobieski vi aveva sovrapposto la sua. Il gesto di tutti gli innamorati in parlatorio. Allora quei due stavano insieme!

Corso si lasciò guidare dalla folla che sciamava verso il corridoio. I giornalisti erano talmente sovreccitati da sembrare in trance. I cameramen tentavano di riprendere un avvocato o un testimone. Gli inviati radio tendevano i microfoni alla cieca. I cronisti giudiziari telefonavano piegati in due, come se avessero appena incassato un uppercut al fegato.

Finalmente il poliziotto riuscì a tirarsi fuori da quella fiumana e corse verso il retro del Palazzo di giustizia. Anche se si era preso una bella batosta, voleva vedere Claudia, ammettere lo scacco subito e la propria mediocrità.

«Corso...»

Girò la testa e la vide fumare tutta tranquilla accanto a una colonna. Indossava ancora la toga bianco-nera che sbatteva al vento come una bandiera di pirati.

«Sei un bravo detective, Corso, questo è indiscutibile. Ma non potevi intuire quella verità. Sobieski è un genio e tu sei... soltanto un poliziotto.»

73.

Corso si stava avviando verso l'auto, vicino a place Dauphine, quando si sentì chiamare di nuovo. Voltandosi, riconobbe Rougemont, il procuratore generale, in completo di tela chiara.

«Venga con me.»

Più che un invito era un ordine. Un quarto d'ora dopo entravano al Balzar di rue des Écoles, nel quartiere della Sorbona. Un'altra brasserie. Ancora un arredamento sui toni del beige e compagnia bella. Di nuovo quell'atmosfera che voleva stuzzicare la nostalgia per un'epoca ormai lontana… ma di quale epoca si trattava, esattamente?

Rougemont lo condusse a un tavolo in una saletta privata, dove li aspettavano tre cospiratori. Il giudice Thureige, signor «Quella zoccola ci metterà in croce», gli sorrise: *Missione compiuta, Miss Muller*… Gli altri due fece più fatica a riconoscerli, ora che erano vestiti «in borghese». L'avvocato della parte civile, Sophie Zlitan, in abito estivo bianco, assomigliava a una teiera di porcellana completa di coperchio dorato. Un po' come gli oggetti animati del *Bambino e i sortilegi* di Ravel. In fondo al séparé, Sua Altezza in persona, il presidente della corte: Michel Delage. Con la sua camicia rosa a maniche corte, sembrava il direttore di un'agenzia commerciale di provincia.

"Tutto questo teatro per cosa?" pensò Corso. Togliete il marmo e l'ermellino e otterrete una banda di piccoletti che tremano per il loro buon nome e per i punti della pensione.

«Per favore», disse Delage perentorio, «spegnete i cellulari e posateli sul tavolo.»

Per poco Corso non scoppiò a ridere: era finito nel pieno di un complotto.

«Cosa facciamo?» chiese il presidente alla tavolata. Togliendosi l'abito ufficiale, aveva rinunciato anche a ogni aria di sufficienza.

«L'ha detto lei stesso alla fine della seduta», fece Thureige. «Bisogna riaprire l'istruttoria per ottenere ulteriori informazioni, richiedere perizie delle *Pinturas rojas*...»

«Non è il processo a un falsario», obiettò Rougemont.

«È il processo a un assassino, ma salta fuori che è un falsario», troncò il giudice. «Questo fatto va assolutamente verificato.»

Sophie Zlitan si agitò sulla sedia. Effluvi di profumo aleggiarono nell'aria come spiriti invisibili.

«Bisognerà coinvolgere la Spagna?»

Le procedure internazionali erano l'incubo di tutti i giuristi: chili e chili di scartoffie, il tempo dilatato come in un universo parallelo, interlocutori che non potevano spostare un foglio senza che finisse in quarantena alla dogana.

«Non necessariamente», rispose Thureige. «Se l'Ufficio centrale di lotta contro il traffico di beni culturali riesce a convincere la fondazione Chapi a prestare i dipinti, tutte le analisi potranno essere effettuate in Francia. Non me ne intendo, ma secondo me ci vorrà qualche mese.»

«Non accetteranno mai», obiettò la Zlitan. «A priori queste tele hanno un valore inestimabile.»

«Vorranno giustamente sapere se sono in effetti così preziose o magari false. Vi tocca inoltre andare dietro agli altri sassolini seminati da Sobieski, a verificare la programmazione di quella merda di forno e a fare un'altra perquisizione in rue Adrien-Lesesne sotto questo nuovo punto di vista. A mio parere, non otterrete che conferme.»

Corso li ascoltava esterrefatto: era incredibile che quei magistrati bevessero un caffè insieme, lontano dagli sguardi dei giornalisti, al di fuori di qualsiasi deontologia e addirittura della legalità... mancava soltanto Claudia Muller.

La Zlitan riprese la parola. I suoi capelli biondi scintillavano sotto un raggio di sole che chissà come era penetrato fin là.

«In tal caso», commentò, «siamo fritti. Con le testimonianze di Diane Vastel, dell'esperto di sesso e di quell'inglese, sommate alla determinazione della ragazzetta con il cappello e alle prove della presenza di Sobieski nel suo studio clandestino la notte dell'omicidio di Sophie Sereys, la giuria lo proscioglierà nel giro di un'ora.»

Calò il silenzio. Adesso sembrava quasi che temessero la loro, di condanna.

«Le impostazioni del forno non dimostrano che Sobieski fosse fisicamente presente», azzardò Rougemont.

«François, rifletti», replicò Delage. «Chi crederà che abbia affidato la cottura del falso a una mocciosa fresca di accademia?»

«Allora dobbiamo ritrovare quel dipinto.»

«Fatica sprecata. Sobieski non si sbottonerà al riguardo. E niente lo obbliga a farlo. Bisogna soprattutto verificare se le programmazioni possano essere truccate. In caso negativo, Sophie ha ragione: per noi è finita.»

I magistrati cercavano di digerire la notizia che non avrebbero avuto la pelle di Sobieski e, per inciso, l'idea che avrebbero fatto una figura da fessi, o perlomeno da incompetenti.

Restava tuttavia l'ultimo enigma: cosa ci faceva Corso lì? Perché l'avevano invitato a quella riunione segreta?

Non fu necessario porre loro la domanda. Tutti gli sguardi conversero su di lui, e arrivò la mazzata.

«Abbiamo bisogno di un altro colpevole», fece Delage.

«Cioè?»

«Lei conosce a memoria il fascicolo. Pensa che si possa trovare un altro sospettato prima della ripresa del processo?»

Rougemont, Thureige e la Zlitan sembravano pendere dalle sue labbra. Corso aveva la gola secca ma la Perrier che aveva ordinato era rimasta intonsa.

«Ho lavorato per settimane su questo fascicolo. Abbiamo scandagliato tutte le altre piste. Non è mai saltato fuori qualcuno che, anche lontanamente, possa essere sospettato.»

«Sobieski ha sempre dichiarato che si trattava di un piano architettato per incastrarlo», intervenne Thureige.

«Anche lei ha rovistato in quella direzione: i suoi nemici in carcere eccetera. Nessuno avrebbe potuto compiere crimini simili ed essere così bravo da farli ricadere su di lui.»

Thureige assentì controvoglia.

«Le chiediamo solo di trovare qualcosa», riprese Delage.

«Non sono più alla Criminale.»

«Non mi sono rivolto alla Criminale ma all'Ufficio centrale di lotta contro il traffico di beni culturali. Lei lavora in rue des Trois-Fontanot, vero?»

«All'Ufficio centrale per la repressione del traffico illecito di stupefacenti.»

«Non c'è che da trasferirla ai Beni culturali, allora. Sarebbe d'accordo?»

Corso non rispose subito. A dire la verità, era già intenzionato a condurre le indagini per conto suo, senza dare nell'occhio, anche se non glielo avessero domandato. Dentro di sé, aveva scommesso sulla colpevolezza di Sobieski da più di un anno. Adesso che era crollato tutto, doveva restare con un palmo di naso, senza sospettato, senza assassino? *Impossibile.*

«Non riuscirà mai a farmi trasferire così in fretta, ma mi occuperò comunque del caso. Lavorerò di nascosto con i ragazzi che subentreranno.»

La sua risposta parve soddisfare tutti. Sophie Zlitan, che si muoveva nervosa da un po', finì per gettare in tavola la domanda cruciale: «Lei ci crede?».

«A cosa?»

«All'innocenza di Sobieski riguardo agli omicidi.»

Corso decise di giocare a carte scoperte.

«È già più di un anno che sono convinto della sua colpevolezza. Oggi nuovi sviluppi mi costringono a fare marcia indietro, ma non posso dimenticare la mia convinzione in un'ora. Conosco bene Sobieski e posso assicurarle che è colpevole. La vera domanda è: colpevole di cosa? Ma non escludo che tutto questo casino faccia parte del suo piano. Ha sempre considerato l'eventualità che lo beccassimo e forse è arrivato al punto di prepararsi un alibi estremamente sofisticato.»

Tutti annuirono, ma come subacquei con le riserve di ossigeno razionate. Non amavano scendere a quelle profondità. Troppi vizi, troppe tenebre, troppa duplicità. Corso non era come loro: lui era capace di immaginare qualsiasi cosa ed era abituato a vedere confermati i sospetti peggiori.

Sentì di dover lasciare loro un contentino.

«Farò il massimo», li rassicurò prima di andarsene. «Contate su di me.»

74.

Com'era prevedibile, il trasferimento di Corso non arrivò mai. È ancora lontano il giorno in cui un procuratore generale e un presidente di tribunale avranno la facoltà di decidere sulla sorte dei poliziotti.

Passarono i mesi e Corso rimase al suo posto, cioè alla sua scrivania della Narcotici. Per condurre l'indagine doveva lavorare d'astuzia: lasciare la giacca sullo schienale della sedia e sparire per tutto il pomeriggio.

Per quel tipo di lavoro da svolgere con discrezione poteva contare su un vantaggio. Nel mese di settembre gli uomini dell'Ufficio centrale di lotta contro il traffico di beni culturali si erano rivolti alla Criminale per la ricerca di nuovi possibili indiziati, mentre loro stessi si sarebbero fatti carico della parte del fascicolo relativa ai «falsi». E quindi Barbara Chaumette, alias Barbie, passata a capo della squadra nella primavera precedente, aveva ereditato quella pratica.

Lui e Barbie avevano riesaminato la lunga lista dei nemici del pittore, tutti quelli che il Giudice aveva umiliato, punito e mutilato a Fleury. Si erano anche informati sugli eventuali criminali vittime di delazioni da parte di Sobieski presso i secondini o i poliziotti. Erano giunti alle stesse conclusioni di Thureige: nessuno degli appartenenti a quell'elenco poteva aver combinato tutto quel macello.

Corso si interessò anche al nuovo campo d'azione di Sobieski: l'arte contemporanea. Poteva forse avere provocato un collega, un gallerista o un collezionista al punto da instillargli un tale desiderio di vendetta? Certo che no. Nel mercato dell'arte non erano tutti dei santi, ma da lì a volere trovare dei serial killer gravitanti intorno alla FIAC o alla fiera di Basilea ce ne voleva.

Di punto in bianco arrivò l'autunno e nel frattempo, nonostante la mancanza di risultati, Corso aveva finito con l'abituarsi alla nuova ipotesi, e cioè che si era voluto incastrare Sobieski uccidendo delle povere ragazze e seminando indizi accusatori, diretti o indiretti. Scoperti sulla scia del pittore, questi indizi formavano una sorta di tratteggio disegnato da un assassino vendicatore. L'utilizzo di indumenti intimi (come per l'omicidio di Les Hôpitaux-Neufs), le legature caratteristiche della tecnica dello *shibari* (di cui Sobieski aveva una pratica più che ventennale), il *modus operandi* che evocava Goya – l'ispiratore del pittore – e naturalmente le vittime stesse, amanti del sospettato...

Corso accettava quello scenario con reticenza, se non con repulsione. Per un poliziotto, ammettere di essersi impantanato fino a quel punto non era per nulla lusinghiero. A volte chiamava in soccorso, a mo' di elemento contraddittorio, l'omicidio di Marco Guarnieri. Ma poi, perché non immaginare un assassino che pedinasse Sobieski (come aveva fatto lui stesso) e uccidesse uno spacciatore da quattro soldi con le stesse modalità?

Quando ne aveva abbastanza di arrovellarsi il cervello con quella teoria, Corso passava al Sobieski falsario. Lì di prove ce n'erano a iosa. Gli agenti dell'Ufficio centrale di lotta contro il traffico di beni culturali avevano ritrovato a Fleury una serie di album di schizzi e anche alcune tele che dimostravano che aveva sempre cercato di imitare i grandi pittori del passato, primo tra tutti il suo maestro e modello, Francisco Goya.

Erano così saltate fuori una *Gallina ciega* e una *Agustina de Aragón*, tele importanti dell'artista spagnolo, riprodotte in modo perfetto. Inoltre, in un controsoffitto della casa di rue Adrien-Lesesne, i poliziotti avevano rinvenuto una notevole quantità di falsi: dipinti «inediti» che sintetizzavano certi leitmotiv di Goya. Sobieski aveva indubbiamente realizzato il suo sogno di diventare il «pittore-diavolo» in persona.

Gli ufficiali della Giudiziaria si erano anche concentrati sugli anni successivi alla scarcerazione di Sobieski. L'ex galeotto aveva detto la verità: aveva trascorso tre anni in un laboratorio di restauro di rue Cler, nel VII arrondissement, nel quale aveva affrontato i problemi di natura chimica legati al restauro dei colori antichi. Secondo il proprietario del laboratorio, quando era uscito da lì, Sobieski padroneggiava ormai la maggior parte delle tecniche di contraffazione.

Inoltre, l'Ufficio centrale di lotta contro il traffico di beni culturali aveva analizzato la contabilità del pittore. Le sue entrate non erano compatibili con il suo tenore di vita. Anche quando le sue quotazioni erano al massimo, Sobieski non poteva giustificare le spese sostenute (aveva pagato in contanti l'immobile di Saint-Ouen). Da dove provenivano tutti quei soldi? Dalla vendita dei suoi falsi, ovviamente...

Proprio riguardo a quest'ultimo punto l'Ufficio centrale di lotta contro il traffico di beni culturali si era lambiccato il cervello. Non c'era modo di conoscere, per esempio, la somma versata dalla fondazione Chapi per entrare in possesso delle *Pinturas rojas.* Le organizzazioni di quel tipo si trinceravano dietro il principio di riservatezza e, di fatto, gli spagnoli non avevano alcuna intenzione di svelare l'ammontare della fortuna che avevano sborsato per l'acquisto di falsi realizzati da un ex carcerato.

Avevano investigato sul giro di conoscenze di Sobieski, ma neanche lì avevano conseguito il minimo risultato. Era impossibile scoprire in che modo il pittore riuscisse a spacciare i suoi falsi, né a quale prezzo. Forse aveva dei complici – galleristi – e altri intermediari (in generale, si fingeva che l'opera provenisse da una successione, una collezione privata o anche dalla soffitta di un castello... ma era molto difficile, pressoché impossibile, ricostruire quel genere di circuito).

Nel caso di Sobieski, nessuno sapeva nemmeno quante contraffazioni fosse riuscito a vendere. Naturalmente nei suoi libri contabili non c'era un solo importo che si riferisse al suo piccolo commercio. D'altronde, una persona che non possedeva un cellulare era sulla strada giusta per non lasciare alcun tipo di traccia.

La polizia non insistette ulteriormente. Le *Pinturas rojas* erano sufficienti a dimostrare che Sobieski era un falsario coi fiocchi e, indirettamente, che aveva trascorso la notte dell'omicidio di Sophie Sereys nel suo studio (l'analisi della memoria del forno aveva confermato un'attività costante in quella data).

Corso scalpitava. Tutta quella storia lo faceva uscire di testa. La notte sognava Goya che raffigurava i suoi incubi sulle pareti della Quinta del Sordo. Poi le immagini si confondevano e compariva Sobieski intento a dipingere le *Pinturas rojas* sulle pareti della sua cella. Alla fine, in una sorta di dissolvenza tipica degli universi onirici, appariva lui, Corso, che si ritrovava dietro le sbarre, circondato dai volti con le bocche spalancate di Sophie Sereys, Hélène Desmora, Marco Guarnieri... Le vittime lo supplicavano di vendicarle, di trovare il loro assassino, di restituire loro la pace. Ma lui era imprigionato, si scorticava le unghie contro le pareti e urlava per cercare di coprire le voci dei fantasmi che lo torturavano.

Si risvegliava di soprassalto, madido di sudore, con lo stomaco sottosopra... In quei momenti pensava a Claudia Muller, di cui non aveva più avuto notizia. E lui, nel corso degli ultimi mesi, non aveva smesso di sperare in una telefonata. Mille volte era stato tentato di contattarla. Ma per dirle cosa? In base ai loro brevi contatti, aveva creduto...

Cosa aveva creduto esattamente?

75.

Come previsto, l'udienza si tenne il 22 novembre 2017. *Tutti gli attori tornano in scena e si ricomincia.* Stessi magistrati, stessi avvocati, stessi giurati, stesso imputato... Eppure, non era più lo stesso processo. Nell'aula del tribunale, al disopra delle boiserie, erano state appese le tele ritrovate nello studio clandestino di Sobieski. Di primo acchito, sembravano opere di pittori spagnoli del Seicento e del Settecento: Juan de Valdés Leal, Francisco Pacheco, Francisco de Zurbarán... e ovviamente Goya. Ritratti di grandi dimensioni di uomini barbuti con ampie gorgiere intorno al collo, santi dalle espressioni tormentate, scene di corte...

L'aspetto che più colpiva di quelle opere era che si trattava probabilmente di semplici abbozzi, oppure di dipinti mal riusciti che Sobieski conservava per riciclare il supporto su cui erano stati realizzati. Però, persino un neofita era in grado di apprezzarne la maestria: a uno sguardo non esperto, sembravano perfette, cioè autentiche.

Dalla gabbia in cui si trovava, Sobieski rinasceva dalle sue ceneri. Era innocente in relazione ai crimini di cui lo si accusava, ma colpevole delle magnifiche tele che decoravano l'aula e per le quali sarebbe stato facilmente perdonato. Per l'occasione portava uno dei suoi completi più d'effetto, in un tessuto bianco satinato che sembrava illuminare l'ambiente. Lo avevano anche autorizzato – decisione molto eloquente – a indossare uno dei borsalino che tanto amava. Era perfetto: adesso non dava più l'idea di essere fuori moda ma sembrava uscito dritto da un video rap. Ecco il «Goya del XXI secolo».

La mattinata venne dedicata ai periti.

E dopo lo sfolgorio della scenografia, arrivò la delusione. Tutti si attendevano uno spettacolo ed ecco invece dei chimici che parlavano della radioattività emessa dal radio 226 e delle successive disintegrazioni, con il passare del tempo, dell'uranio 238.

Nessuno ci capiva niente, ma la conclusione delle misurazioni non ammetteva replica.

«Le *Pinturas rojas* sono falsi realizzati meno di dodici anni prima della nostra analisi e attribuiti, erroneamente, a Francisco Goya», concluse il capo dei periti. «Il fatto è dimostrato senza ombra di dubbio dalla radioattività del piombo contenuto nella biacca utilizzata in questi dipinti.»

A titolo di conferma, seguì una sfilata di altri specialisti che si prodigarono in una dettagliata analisi della programmazione del forno di rue Adrien-Lesesne. Ancora una volta, magistrati, giurati e pubblico dovettero sorbirsi lunghe e incomprensibili spiegazioni, ma l'esito appariva evidente: «Le cotture successive memorizzate dal forno nella notte tra il 16 e il 17 giugno 2016 dimostrano che esse hanno rispettato un processo accelerato di asciugatura di una tela di fattura antica dipinta in tempi recenti...».

Era lampante dunque che ai fornelli ci fosse Philippe Sobieski, l'esperto, il virtuoso, il falsario geniale. Certo, si poteva tranquillamente pensare che qualcun altro, quella notte, avesse regolato l'apparecchio e manipolato l'opera misteriosa, ma non ci credeva più nessuno. Era stato smascherato un alchimista al lavoro, non un assassino in flagranza di delitto. Philippe Sobieski non era il responsabile dell'omicidio di Sophie Sereys.

A quel punto, Corso si aspettava di vedere comparire ancora Junon Fonteray, ma il presidente della corte chiamò alla sbarra un personaggio sconosciuto di nome Alfonso Pérez. Un fremito di sorpresa percorse il pubblico quando emerse che l'uomo che si stava avvicinando era vestito esattamente come Sobieski: completo chiaro e cappello color crema con fascia nera. Una sorta di sosia dell'accusato, in versione chic e mediterranea, e molto meglio conservato.

Alfonso Pérez si piantò davanti alla sbarra e vi si appoggiò con le braccia tese, come uno che si apprestasse a ordinare un whisky al bancone di un bar.

«Giuri di dire tutta la verità, nient'altro che la verità e di parlare senza odio e senza timore. Dica: "Lo giuro".»

«Lo giuro.»

Quelle poche parole bastarono a fare affiorare il suo accento straniero.

«Fornisca la sua identità, età e occupazione.»

«Alfonso Pérez, sessantatré anni, industriale.»

«Lei è anche collezionista?»

Per Corso fu sufficiente qualche botta e risposta per capire la situazione. Contrariamente a quello che si era creduto sino ad allora, le tre *Pinturas rojas* non erano di proprietà della fondazione Chapi. Erano state prestate da Alfonso Pérez, miliardario madrileno e noto appassionato d'arte. Era stato lui, e lui solo, ad acquistare i falsi Goya.

«Possiedo la più importante collezione privata di dipinti spagnoli che spaziano dal XVII al XIX secolo», spiegò Pérez impettito.

«La sua collezione si articola intorno a Francisco Goya, giusto?»

«No. Goya è il mio pittore preferito, ma sul mercato ci sono pochi pezzi da acquistare.»

«Come ha conosciuto il signor Philippe Sobieski?»

«Non l'ho mai incontrato di persona. Aveva scelto come intermediario un gallerista di Madrid con una solida reputazione, Fernando Santa Cruz del Sur.»

Il presidente alzò il braccio e fece un annuncio generale: «Devo precisare che tale gallerista è deceduto due anni fa in seguito a una crisi cardiaca. È questo il motivo per cui oggi non lo vedrete alla sbarra».

Pérez riprese la parola e si lanciò in una contorta storia di successione – quella che gli era stata raccontata all'epoca – riguardante una famiglia della zona della Quinta del Sordo che possedeva quelle tre tele di cui ignorava l'autore (i dipinti non erano firmati).

L'accento di Pérez era affascinante. Gli accordi aspri di

una chitarra tenebrosa, un flamenco selvaggio che ti prendeva alla gola e ti commuoveva fino alle lacrime.

L'uomo, che continuava a impugnare la sbarra con una mano mentre aveva portato l'altra sul fianco, sembrava pronto a sguainare una spada come un hidalgo. Osservandolo, Corso comprese due verità cruciali.

La prima era che lui aveva seguito Pérez, e non Sobieski, alla fondazione Chapi. La seconda, più inquietante, era che lo spagnolo avrebbe potuto essere un colpevole perfetto, e non perché indossasse un cappello e un completo bianco, ma perché aveva un movente: la vendetta. Avrebbe potuto voler distruggere chi lo aveva ingannato e umiliato. Non era una questione di soldi – per Pérez era l'ultimo dei problemi – ma d'onore: con le tele rosse di Sobieski, lo spagnolo aveva perso la propria credibilità di collezionista.

Per prendersi la rivincita su chi aveva osato vendergli dei falsi Goya, Pérez aveva ucciso delle povere ragazze al solo scopo di fare incriminare Sobieski e vederlo marcire in galera per il resto dei suoi giorni. Aveva scelto due amanti del pittore, le aveva legate come faceva lui all'epoca di Fleury e aveva sfigurato le vittime alla Goya, sempre per puntare il dito su Sobieski, che non aveva mai nascosto la propria passione per il pittore-diavolo.

Ma quella macchinazione funzionava a due velocità: Pérez aveva scelto quelle mutilazioni *anche* per far capire al truffatore da dove provenisse la vendetta e per rendere palese il motivo per cui sarebbe finito nei guai. Quei volti sfigurati, una chiara allusione alle piccole tele rosse, non erano un messaggio destinato ai poliziotti o alla gente comune, ma allo stesso Sobieski…

Gli tornarono allora in mente le parole di Claudia Muller: «*…il vero omicida… sarà lì, con noi, in tribunale. Lei non dovrà fare altro che acciuffarlo alla fine dell'udienza*».

Corso lanciò di riflesso un'occhiata all'avvocato, che in quel momento osservava Alfonso Pérez con avidità. Nessun dubbio, era il sospettato che la donna aveva scelto di gettare in pasto ai giudici e ai giurati. Probabilmente lo avrebbe richiamato alla sbarra l'indomani per cercare di farlo cadere in contraddizione.

«Ma, a un certo punto», riprese il presidente Delage, «non le è venuto il dubbio che quei dipinti fossero dei falsi?»

«Mai!»

Aggrappato alla sbarra, Pérez aveva quasi gridato. La collera e l'umiliazione gli deformavano i lineamenti.

«Aveva fatto eseguire una perizia sulle tele?»

«Ma certo! Tutti gli esami effettuati all'epoca ne avevano certificato l'autenticità.»

Pérez, secondo Corso, mentiva per omissione. Dopo l'acquisto dei Goya, infatti, preso dal dubbio, aveva sottoposto i dipinti a nuove analisi e, questa volta, la contraffazione era emersa. E Pérez aveva capito di essersi fatto fregare...

Non aveva detto nulla per salvare la faccia, ma aveva maturato un progetto di vendetta nei confronti di chi aveva osato imbrogliarlo.

Corso non voleva andare oltre con le supposizioni perché non c'erano elementi sufficienti e la storia era troppo romanzata. Si rannicchiò sulla sedia e si sforzò di ascoltare ancora, immergendosi in una sorta di apnea mentale sino alla fine dell'udienza.

76.

«Ti disturbo?»
«Sempre.»
«Non sto scherzando, ho bisogno del tuo aiuto.»
«Dimmi.»

Mentre andava in macchina verso il suo appartamento, Corso riassunse la situazione a Barbie: un nuovo sospettato, una sorta di clone di Sobieski, più chic e più ricco, in salsa tapas; l'ipotesi di una vendetta a due velocità; una manipolazione di vasta portata che probabilmente sarebbe esplosa davanti agli occhi di tutti prima della fine del processo.

Barbie, per tutta risposta, emise un fischio incredulo.

«Riesci a trovarmi delle info precise su di lui?»

«Ci provo.»

«È urgente. La Muller lo richiamerà alla sbarra. È il suo famoso colpevole. Voglio beccarlo prima che lo faccia lei, afferrato il concetto?»

«E se ti sbagli?» domandò Barbie in tono secco.

«Trova le info. Ti giuro che lo incastreremo. Ricordati anche di contattare l'agente di collegamento a Madrid. Se ho capito bene, Alfonso Pérez è un personaggio conosciuto.»

Parlava in maniera concitata. Dopo mesi di piatta desolazione, l'inchiesta trovava all'improvviso un nuovo guizzo, un'accelerazione da 0 a 100 chilometri orari in pochi secondi...

Ma Barbie smorzò l'entusiasmo.

«Non capisco la tua ipotesi. Secondo te, Pérez puntava a fare accusare Sobieski di omicidio. E tuttavia l'intera macchinazione gli si è ritorta contro: Sobieski sta per essere assolto e in più ha svelato lo scandalo delle tele rosse, facendo passare Pérez per un coglione.»

Corso ci aveva già pensato. La vendetta di Pérez era fallita completamente e lo spagnolo non poteva non avere immaginato che Sobieski, per pararsi il culo, avrebbe rivelato la sua attività di falsario. Ma era convinto che in Pérez la volontà di distruggere chi lo aveva truffato fosse più forte della speranza – flebile – di salvarsi la faccia.

«Al momento non so dare una risposta a tutto», si limitò a rispondere. «Ma non mi stupirei se Pérez avesse un altro asso nella manica.»

«Ti richiamerò quando avrò le info.»

«Non dimenticare la cosa più importante: voglio sapere in quale albergo alloggia Pérez a Parigi.»

«Cosa ti frulla ancora per la testa?»

«Soltanto che da questa sera bisogna marcarlo stretto.»

Riagganciò e si preparò a risolvere un altro problema: Thaddée. Finiti i tempi in cui poteva lanciarsi in pedinamenti improvvisati o stare in appostamento per tutta la notte facendo una semplice telefonata a Émiliya. Adesso, durante le «sue» settimane, doveva tornare all'ovile alle diciannove per dare il cambio alla baby-sitter. La chiamò per contrattare una manciatina di ore supplementari: *No way*. La ragazza aveva il corso di cinese alla Langues O' alle venti.

Corso rifletté. Impossibile chiamare Émiliya. Scelse un'opzione appena migliore, Miss Baschetto. Negli ultimi mesi la giovane donna aveva avuto modo di incontrare Thaddée e di conoscerlo un po'.

In verità odiava chiederle un favore di quel tipo, perché le avrebbe conferito un'importanza nella sua esistenza che non desiderava concederle. Ovviamente, la donna accettò e lui si sentì invaso da un'improvvisa gratitudine verso quella compagna a cui dava così poco e che gli donava così tanto.

Terminata la chiamata, cercò di immaginare un legame tra il mondo infernale nel quale viveva lui – quello dei Sobieski e dei Pérez, delle donne sfigurate e dei falsi Goya – e il rassicurante comfort che caratterizzava l'esistenza di suo figlio o di Miss Baschetto. L'unico legame tra quei due universi senza alcun rapporto tra loro era lui stesso, un vero fusibile surriscaldato, sempre sul punto di saltare.

Gli vibrò il cellulare che aveva in mano: Barbie, di già. Forse c'erano notizie sul lupo di Madrid.

77.

Il quartiere di rue de la Huchette somigliava a un pessimo valore del colesterolo: vene e arterie sature di grasso, dove la folla faticava a circolare. Stradine sudicie lungo le quali ristoranti greci e chioschi di kebab si ammassavano l'uno sull'altro. A forza di olio surriscaldato e menù turistici, quella piccola area sovrappopolata era riuscita a fare ciò che era stato impossibile in duemila anni di storia: riconciliare i greci e i turchi.

Corso procedeva a passo svelto, zigzagando tra i passanti imbacuccati, frastornato dal sirtaki modello cuscus suonato dai finti musicisti cretesi (tutti magrebini). Incrociava a ogni angolo sbirri vestiti di nero armati fino ai denti e con tanto di cani, un regalo del terrorismo che aggiungeva un tocco di paranoia a un quartiere già opprimente di suo. Senza contare gli addobbi natalizi che appesantivano ulteriormente la scena con ghirlande luminose, stelle al neon, scintillii di ogni tipo...

Contrariamente a qualsiasi aspettativa, Pérez non si era sistemato in un tipico palazzo parigino ma in un modesto hotel a tre stelle di Saint-Michel: *discrezione, discrezione*... Quando aveva ricevuto quell'informazione, Corso si era precipitato ad appostarsi non lontano dall'hotel Saint-Séverin, vicino alla chiesa omonima. Teneva d'occhio la facciata dell'albergo con l'impressione di spiare la grotta di un predatore che si leccava le ferite. Pérez si nascondeva: l'orgoglio ferito era ancora una piaga aperta, niente e nessuno – neanche la vendetta – avrebbe potuto alleviare quell'umiliazione.

Allo scoccare delle ventuno, congelato, Corso entrò in una minuscola crêperie da cui si godeva una vista ideale dell'albergo. Un po' più tardi ricevette notizie da Barbie, che gli fornì un riassunto delle informazioni che era riuscita a reperire su Alfonso Pérez. Niente di eclatante, in verità, ma sufficienti per confermare la sua intuizione.

Il miliardario aveva un profilo molto particolare. Dopo aver trascorso da giovane un periodo in prigione per violenze e truffa, era riuscito ad accumulare una fortuna nel business dello smaltimento dei rifiuti. In altre parole, il Frank Nitti di Madrid aveva trascorso la maggior parte della sua esistenza con il naso nell'immondizia e respirava solamente vicino alla sua collezione di dipinti.

Sposato più volte, era padre di diversi figli ma aveva sempre vissuto da solo nelle sue numerose abitazioni. Nessuno sapeva mai dove si trovasse e ancor meno dove conservasse le opere d'arte. Di tanto in tanto ne prestava una a un museo, come le *Pinturas rojas* alla fondazione Chapi, ma la maggior parte della collezione la custodiva gelosamente.

Corso intuiva che quei beni dovessero costituire il suo unico motivo d'orgoglio, la sua sola passione, e che fosse particolarmente fiero di considerarsi un esperto del settore. Ed ecco che quella carogna di un truffatore aveva rovinato la sua unica ragione di esistere.

Alle ventidue Pérez uscì dall'albergo. Avrebbe potuto fare di meglio per passare inosservato. Indossava un completo grigio chiaro dal taglio morbido e impeccabile e sempre quel cappello che gli conferiva l'aspetto di un mafioso dell'America Centrale. In pieno inverno, bisognava riconoscergli un certo estro.

Lo spagnolo risalì rue Saint-Séverin attraverso la folla. Era semplice pedinarlo: in quel formicaio, era l'unico vestito con colori chiari e il cappello era come la bandierina utilizzata dalle guide per non perdersi il gruppo.

Corso non sapeva cosa sperare. Essendo Pérez solo di passaggio a Parigi, non c'era ragione di credere che si sarebbe tradito o che avrebbe compiuto qualche atto riprovevole. Eppure quel pedinamento notturno somigliava a un'occasione di rivincita dopo l'inseguimento di Madrid. Questa volta Stéphane non se lo sarebbe lasciato scappare…

Pérez svoltò a destra, in rue de la Harpe, e accelerò il passo. Corso aumentò il ritmo e girò a sua volta, ma si ritrovò in una strada brulicante di gente dove era impossibile vedere a più di cinque metri di distanza. Sopra a tutte quelle teste i lampioni tremolavano come se fossero lì lì per staccarsi e cadere a terra fulminando tutti.

Corso s'immerse nella mischia. Parigi era casa sua, non si sarebbe fatto seminare come un novellino. All'improvviso intravide il borsalino: Pérez aveva svoltato di nuovo a destra, in rue de la Huchette. Perché stava tornando indietro?

Il poliziotto si mise a correre. A un tratto qualcuno lo prelevò dalla folla e lo trascinò verso destra. Si ritrovò in una viuzza deserta, non la più stretta di Parigi (che è rue du Chat-qui-Pêche, situata qualche metro più in là), ma neanche questa (rue Xavier-Privas) niente male in quanto a oscurità e sensazione di claustrofobia.

Schiacciato contro un muro viscido, si ritrovò davanti la faccia abbronzata di Alfonso Pérez. Tra di loro, tanto per cominciare, la lama di un coltello a serramanico che lo spagnolo impugnava come un malvivente del *barrio.* Il miliardario non aveva mai rinunciato alla violenza della strada.

Per un breve istante Corso non poté fare altro che ammirare il suo volto dai tratti virili: arcate sopraccigliari volitive, naso aquilino e bocca arcuata. Non era un semplice castigliano, era il guerriero dei tempi antichi, un soldato dell'*Iliade*…

«Cosa vuoi?» ringhiò Pérez con in gola tutta la collera della sua terra assetata, quella che si sgretola e vibra sotto il sole.

«Comandante Stéphane Corso», proclamò il poliziotto senza scomporsi. «Lei è in arresto per gli omicidi di Sophie Sereys e Hélène Desmora. A partire da questo momento, lei…»

«*¡Hijo de puta!*»

Corso ebbe appena il tempo di spostare la testa per evitare la coltellata. Con l'altra mano, per tenerlo fermo, Pérez gli serrava la gola: con una forza sovrumana, incredibile per la sua età. Si preparava a colpire di nuovo quando Corso riuscì a divincolarsi e a piegarsi in due, come un pugile che schiva un pugno. La lama gli si conficcò nella spalla, ma non sentì nulla se non il calore del sangue che schizzava sulla nuca. Istintivamente, tese il braccio e gli afferrò il polso. Senza perdere un istante, con l'altra mano sferrò un pugno nel ventre dell'aggressore. Nessuna reazione, o almeno non quella che si aspettava. Rapido, Pérez gli assestò un colpo sulla nuca che lo fece cadere in ginocchio. Da dove gli veniva quella forza erculea?

Corso sollevò lo sguardo e vide la lama alzarsi di nuovo in un lampo di luce, come rubata alle ghirlande a pochi passi da lì. Fece forza sulle gambe e diede una testata, come un ariete, nel torace dell'aggressore. La coltellata venne deviata, consentendogli di guadagnare qualche secondo. Ma Pérez si stava già preparando a un ulteriore attacco. Corso gli sbatté l'avambraccio sulla faccia, riuscendo a respingerlo, ma non per molto. Lo spagnolo stava tornando alla carica, rabbioso...

Il poliziotto gli afferrò di nuovo il polso. Lo avvolse con il braccio sinistro, lo girò di spalle e, con la mano destra, si apprestò a fracassargli le ossa e i legamenti del ginocchio.

In quel momento, Pérez ebbe uno spasmo e sfuggì alla presa. Come attivato da una molla, il suo braccio partì fulmineo verso la gola. Tutto avvenne in una frazione di secondo e Corso non capì nulla: lo lasciò andare e si ritrovò coperto di sangue.

Impietrito, guardò l'altro crollare a terra con l'arteria aperta che zampillava come un tubo per l'irrigazione. Ebbe la presenza di spirito di indietreggiare per sfuggire al getto che spruzzava il vicolo. Sull'asfalto, Pérez si allontanava, in tutti i sensi del termine. Nei suoi occhi un'espressione di stupore. Con la mano cercava a tentoni il manico del coltello che si era conficcato da solo nel collo. Lo trovò e strappò l'arma dalla ferita. Il risultato fu un ultimo zampillo, più ampio, più potente, più decisivo.

Corso afferrò il morto per le ascelle e lo spostò dietro un pluviale sotto un portico, al riparo dagli sguardi.

Si tastò le tasche in cerca del cellulare. Compose il numero della salvezza, macchiando lo schermo con le dita sporche di sangue.

«Pronto?»

La voce familiare di Barbie.

«Dove sei? Stai lavorando?»

«Secondo te?» rispose Barbie con la sua istintiva insolenza. Non l'aveva mai vista lasciare l'ufficio prima delle ventidue.

«Vieni a prendermi», rispose lui con un filo di voce.

«Dove?»

«Proprio di fronte. Rue Xavier-Privas.»

Lei fece una risata. «Eh, prima magari!»

«Prima, cosa?»

«Prima che ci spostassimo nel XVII.»

Nel panico in cui si trovava, Corso aveva completamente dimenticato che le squadre del Trentasei si erano trasferite dall'altra parte di Parigi.

«Che succede?» domandò Barbie.

Corso osservò il cadavere ai suoi piedi.

«Un morto. Mi devi tirare fuori da questa merda.»

«Arrivo tra venti minuti. Tieni duro.»

78.

Nel caso in cui a Miss Baschetto non fosse stato chiaro che Corso svolgeva un mestiere pericoloso e terribile, il suo rientro, quella notte, glielo avrebbe spiegato una volta per tutte. Incrostato di sangue, inebetito, il poliziotto le rivolse a malapena la parola prima di infilarsi sotto la doccia. Una volta riacquistata la lucidità, non le disse niente di più ma accettò che gli arrangiasse una medicazione per la ferita, non grave, alla spalla. Poi la ringraziò e le chiamò un taxi. Si chiedeva spesso se non si vendicasse su di lei delle donne in generale e di Émiliya in particolare.

Quanto al fattaccio in Saint-Michel, il piano era semplice. Siccome bisognava evitare che la morte di Pérez inducesse a rinviare ancora una volta il processo, lui e Barbie avevano deciso di far sparire i documenti della vittima. La sua identificazione avrebbe richiesto almeno qualche giorno e la giuria nel frattempo avrebbe preso una decisione. In ogni caso, Philippe Sobieski sarebbe stato prosciolto e avrebbero poi avuto tutto il tempo di riaprire un'istruttoria per gli omicidi delle spogliarelliste centrata su Alfonso Pérez.

Per quanto riguardava l'eventuale collegamento tra la morte dello spagnolo e il comandante Stéphane Corso, i due poliziotti erano giunti a una decisione ancora più estrema: non dire nulla al momento e attendere le prime constatazioni. Se malauguratamente si fosse stabilito un legame tra il miliardario castigliano e l'investigatore numero uno del caso Sobieski, Barbie avrebbe redatto un processo verbale retrodatato in cui Corso forniva la sua versione dei fatti: pura e semplice legittima difesa.

Corso andò a dare un bacio a Thaddée. La serenità del suo sonno non ebbe l'effetto sperato. Il poliziotto scoppiò in lacrime e dovette lasciare in fretta la stanza, per paura di svegliare il ragazzino. Era sempre più difficile convincersi che lui fosse dalla parte dei buoni e che proteggesse esseri innocenti come Thaddée. Aveva invece l'impressione di imporre a casa sua un mondo fatto di violenza e crudeltà, di fare aleggiare su suo figlio una sorta di incubo permanente.

Si preparò un caffè e fece un'altra doccia. Quando, caffettiera in mano, si rese conto che avrebbe dovuto ricominciare tutto da capo, si andò a sedere in salotto e tentò di schiarirsi le idee. Ma non c'era modo di analizzare la situazione. Eppure era chiaro. Sobieski era innocente, Pérez colpevole. E nella colluttazione il colpevole era morto. Semplice, no?

Il suo cervello si stava sfaldando, un po' come il corpo di Marco Guarnieri nelle acque scure del mare d'Irlanda. Era alla decima tazza di caffè, stravaccato sul divano, quando suonarono alla porta. Sperò ci fossero buone notizie: Catherine Bompart, la sua fatina buona, che lo informava che tutto era sotto controllo (ma lui non l'aveva ancora chiamata), oppure Barbie che gli annunciava che il corpo si trovava già all'istituto di medicina legale, senza identità...

Sulla soglia c'era Claudia Muller.

«Questa me la paghi, figlio di puttana.»

Corso non seppe cosa rispondere. In quel momento, Claudia non era né bella né brutta. Era solo un concentrato di energia negativa.

«Di cosa sta parlando?»

«Di Alfonso Pérez.»

Corso si spostò per farla entrare. Sulla sua scia, ritrovò il profumo che lo aveva stregato al caffè della Sorbona.

«Posso offrirle qualcosa da bere?» tentò.

«Era il mio colpevole, porca puttana! L'unica via d'uscita possibile!»

Corso comprese che, chissà come, Claudia sapeva già tutto. Si sedette sul divano e non si provò a giocare d'astuzia.

«O lui o me», spiegò. «Ha tentato di tagliarmi la gola. Come fa a essere al corrente?»

Sempre in piedi, l'avvocato fissava un punto invisibile davanti a lei, in direzione della finestra. Piumino nero, stivali lucidi, coda di cavallo, zainetto: una vera combattente che difende la vita e non ha paura della morte.

«Avevamo un appuntamento in place Saint-Michel», raccontò Claudia ritrovando un minimo di calma. «Quando ho visto i poliziotti mettere in sicurezza rue de la Huchette, ho capito subito. Lì c'erano agenti che conoscevo, mi hanno permesso di avvicinarmi al cadavere.»

«Ha detto loro chi era la vittima?»

Le spuntò un sorriso che somigliava più a una frustata.

«Quindi è così? Sei tu che gli hai rubato i documenti? Cazzo...»

«Perché sospetta di me?»

Corso continuava a darle del lei. Manteneva le distanze con il nemico.

«Conosco solo uno sbirro capace di azzuffarsi in fondo a un vicolo con un assassino che sta per essere incriminato. Tu sei più pericoloso per la giustizia che per i criminali.»

«Il pericolo era Pérez.»

Claudia scosse la testa, come se avesse i capelli bagnati, ma non rispose.

«Voleva comunicargli i suoi sospetti?» rilanciò lui.

«Volevo metterlo davanti ai fatti che avevo raccolto. Spiegargli che la sua unica possibilità era la confessione.»

«In un caffè?»

«Era il posto più sicuro, un confronto con testimoni.»

Corso non chiese di vedere i documenti, perché li avrebbe avuti sotto gli occhi di lì a non molto.

«Sarebbe finita al posto di Pérez, in fondo a un vicolo, con la gola tagliata», le disse piuttosto.

«Mi so difendere.»

Alla fine Claudia si mise a sedere. Come per reazione, Corso si alzò e si piazzò a sua volta davanti alla finestra. Non c'era nulla da vedere, eccetto il muro cieco dell'Hôpital Cochin. Era da un anno che parlava di traslocare...

Girandosi, considerò la donna che rimuginava sprofondata sul divano. Ora Claudia gli sembrava una piccola presuntuosa per la quale il mondo del crimine si riduceva a un terreno fertile per la propria carriera. Non gliene fregava niente delle vittime, né del vero colpevole, e neanche di Sobieski; voleva solamente vincere, vedere il suo nome sui giornali, procurarsi nuovi clienti e fare ancora più soldi.

«Non è mica troppo tardi», riprese lui, con le mani in tasca. «Vivo o morto, Alfonso Pérez rimane una valida alternativa come colpevole rispetto a Sobieski. La sua scomparsa non le impedirà di accusarlo.»

Lei scosse di nuovo la testa e lui si rese conto che aveva *davvero* i capelli bagnati. Evidentemente pioveva, ma la violenza della notte lo aveva tagliato fuori dal mondo esterno.

«Che gran coglione», fece lei tra i denti. «Si direbbe che non hai mai studiato legge. Non sai che non si può accusare un morto? Le azioni giudiziarie si fermano insieme ai battiti cardiaci.»

«Il suo scopo è fare scagionare Sobieski, no?»

«Non voglio che Sobieski venga prosciolto con il beneficio del dubbio. Voglio che ne esca totalmente pulito. Voglio che la verità venga gridata a gran voce!»

Forse, in fin dei conti, Claudia aveva una vocazione più profonda. Magari viveva davvero ogni caso come una crociata. O piuttosto – e questo era quello che aveva pensato fin dall'inizio – era follemente innamorata di un pittore sdentato che amava prenderselo in quel posto.

«Testimonierò», disse lui avvicinandosi. «Racconterò tutto. La sua aggressione è la prova della sua colpevolezza.»

«Tu non capisci proprio niente. I morti non posso rispondere delle accuse e, quindi, non c'è verso di ritenerli colpevoli. Il caso non verrà mai risolto.»

Alla fin fine, quella donna idealista mancava di esperienza: in quanti fascicoli non risolti si era imbattuto personalmente? Era la trama stessa della giustizia. Piena di buchi, compromessi e raffazzonamenti.

Claudia si alzò con un'espressione cupa e afferrò lo zainetto.

«Chiederò il tuo arresto domani mattina. Per omicidio volontario e omissione di soccorso. Rue Xavier-Privas sarà cosparsa del tuo DNA.»

«Non lo faccia», disse lui sbarrandole la strada. «Non mi sottrarrò alle mie responsabilità ma devo rimanere libero. Ho un figlio. E lei lo sa. Me ne devo occupare, io...»

«Sei veramente uno sfigato. Cosa vuoi che se ne faccia la giustizia di una merda come te.»

Lo aggirò e arrivò alla porta.

«E non credere di farla franca. Sei un vigliacco e come poliziotto fai pena. Per colpa della tua mediocrità, non sei riuscito a mandare Sobieski al fresco per il resto dei suoi giorni.»

«Nel fascicolo, tutto era contro di lui, e lo sai anche tu.»

Era passato a darle del tu senza neanche rifletterci: il gioco si era fatto duro. Non era il caso di andarci tanto per il sottile.

«Il fascicolo l'hai messo insieme tu, accecato dall'odio per Sobieski. Non hai visto più in là del tuo uccello e della tua pistola. Ti sbatterò nella gabbia degli accusati al posto di Sobieski e di Pérez. E questa volta la Bompart non riuscirà a pararti il culo!»

E pensare che aveva persino fantasticato sulla possibilità di una storia d'amore con quella gorgone... E non era tanto che lui non avesse alcuna possibilità: il problema era piuttosto che Claudia andava avanti a forza di odio. O di amore depravato, distorto, come quello votato a Sobieski.

«Pensi che non mi sia documentata su di te?» chiese aprendo la porta. «Che non abbia capito che la Bompart ti ha coperto in un caso che...»

Non riuscì a finire la frase: Corso l'aveva afferrata per la gola, come si agguanta una gallina in un pollaio.

«Ascoltami bene, borghesuccia del cazzo», mormorò bloccandola contro lo stipite della porta. «Vuoi indagare sul mio passato? Ti risparmio la fatica.»

«Io...»

Quando capì che la stava strangolando, Corso la lasciò andare.

Lei si massaggiò la gola ma non si mosse. Aspettava il seguito.

«Quando avevo tredici o quattordici anni», attaccò lui, «mi sono ritrovato in affido presso una famiglia di Nanterre, nel quartiere Pablo-Picasso. Non proprio il tuo genere.»

«Lo conosco.»

«Ne hai sentito parlare al TG delle venti? Ho iniziato a vivere di espedienti, a sballarmi, a frequentare spacciatori. In mezzo a loro c'era un tipo carismatico, una vera merda che chiamavamo Mama. Mi aveva preso in simpatia e mi passava la droga gratis. In realtà, in breve tempo ha fatto di me uno schiavo sessuale. Prima per lui, poi per i suoi amici. Il suo progetto era di mettere su un giretto d'affari con il mio culo.»

Claudia era rientrata nell'appartamento. Il suo viso, nella penombra dell'ingresso, era di un pallore luminescente.

Corso tese il braccio, lei indietreggiò, ma il poliziotto si limitò a chiudere la porta: non c'era bisogno che i vicini ascoltassero le sue confidenze.

«Quando ha cominciato con gli stupri, io ho cercato di eclissarmi. Allora mi ha rinchiuso in una cantina senza darmi neanche un grammo. Dopo diversi giorni, quando è venuto a verificare che avessi capito la lezione, gli ho bucato gli occhi con un cacciavite e gli ho inferto diciassette coltellate.»

Il volto di Claudia sembrava davvero lampeggiare nell'oscurità.

«All'epoca, la Bompart era a capo di una squadra della Narcotici. Sorvegliava la rete a cui apparteneva Mama. Mi ha ritrovato in un angolo della cantina, quasi vetrificato dal sangue coagulato di quello stronzo. Non mi ero mosso di lì. Ero rimasto vicino al cadavere per tre giorni. Mi ha tirato fuori da quel giro, mi ha obbligato a prendere il diploma e mi ha spedito alla scuola di polizia a forza di calci nel culo. Sono diventato uno dei migliori poliziotti del Trentasei ma, in fondo, rimango un assassino.»

Claudia aveva perso tutta la sua sicurezza. Si vedeva che sotto il giaccone imbottito stava tremando.

«Perché… perché mi racconti questa storia?»

«Volevi sapere cosa c'era tra me e la Bompart. Quella notte, Mama è stato sepolto in un terreno industriale vicino alla Senna. Credimi, esperienze come queste creano un legame.»

«Non hai paura che usi questa confidenza contro di te?»

Lui riaprì la porta ritrovando il sorriso, un sorriso sinistro che ricordava un teschio.

«Esiste la prescrizione, bella mia. Non è a te che devo insegnarlo.»

Lei rispose con una smorfia.

«Sei solo uno dei tanti psicopatici che popolano questo caso.»

«Con te, fanno due in più.»

79.

«Hai proprio culo.»
Le otto del mattino. Ce ne aveva messo di tempo Barbie per richiamarlo.
«Che c'è?»
«Prima di tutto è il mio gruppo a essere stato incaricato del caso di rue Xavier-Privas.»
«Eri di turno, no?»
«No, ma mi sono data da fare.»
«Poi?»
«Ho sentito la Scientifica. Sembrerebbe che sulla scena del crimine abbiano trovato un solo tipo di sangue. Quello della vittima.»
Corso stava infilando i piatti sporchi nella lavastoviglie, mentre Thaddée era occupato a lavarsi i denti. Dopo la colazione, partenza per la scuola in fretta e furia. Normale amministrazione per la famiglia Corso.
Non capiva come riuscisse a coordinare i gesti della vita quotidiana dopo una notte del genere. Non aveva dormito, a parte forse qualche momento in cui era sprofondato nel nulla, tra sprazzi di lucidità che parevano crisi di follia.
«La Scientifica ha anche rilevato le impronte. Niente da segnalare, mio generale. Avevo fatto le pulizie.»
«Vuoi dire...»
«Che si tiene la bocca chiusa e si aspetta l'identificazione del tizio.»
Corso pensò a Claudia Muller: avrebbe messo in atto le sue minacce? Riassunse a Barbie la visita notturna dell'avvocato.

«Sei sempre piaciuto alle donne.»

«Non so cosa farà.»

«Lascia perdere. Lei non può dimostrare un bel niente, e se proprio vuole portare la sua testimonianza in questa storia, sarò io a prendere la sua deposizione.»

Thaddée si stava infilando le scarpe nell'ingresso, curvo sotto uno zaino degno dei forzati di Caienna nell'era di Papillon.

«Hai visto le notizie stamattina?» domandò Corso.

Lui aveva scorso i titoli dei giornali prima che si svegliasse il figlio. Non si parlava d'altro che del processo al falsario e di tutte le rivelazioni che avevano scandito la prima giornata dei dibattimenti.

«Questo processo ci è scivolato dalle mani», rispose Barbie con amarezza. «Ma ne abbiamo visti altri.»

«Adesso devo andare o faremo tardi a scuola.»

Thaddée pestava già i piedi davanti alla porta dell'ascensore. Nessuno è assillato dalla puntualità più di un ragazzino che sta andando a scuola.

«Vai ad assistere al match in tribunale», concluse Barbie, «e chiamami per informarmi del punteggio finale.»

80.

Seduto al suo posto, Corso si sentiva tranquillo: era uno qualunque, un anonimo tra i tanti. Pallido e con la nausea, non era per niente in forma, ma aveva un aspetto sufficientemente corretto da passare inosservato.

Con tutta probabilità, il presidente avrebbe lasciato la parola alla parte civile e quindi al pubblico ministero per le requisitorie. Essendo ormai stato dimostrato che Philippe Sobieski era decisamente un falsario e che aveva trascorso la notte dell'omicidio di Sophie Sereys appiccicato al suo forno, il resto era scontato. Non aveva ucciso Nina Vice. E nemmeno Hélène Desmora, alias Miss Velvet. Quanto all'omicidio di Marco Guarnieri, a parte il fatto che il caso non era nell'agenda di quel processo, nessuno poteva più pensare – grazie a Jim «Little Snake» Delavey – che fosse opera di Sobieski.

«Fine della storia», avrebbe detto Catherine Bompart. Ma Corso ci teneva a sentire le requisitorie e in special modo l'arringa dell'avvocato Muller, che prometteva di essere un pezzo da antologia a proposito della cecità dei poliziotti e della mediocrità dei giudici istruttori.

Il presidente stava per dare la parola all'avvocato Zlitan quando Rougemont alzò il braccio.

«Signor procuratore generale», tuonò il presidente, visibilmente desideroso che l'udienza finisse, «lei conosce la regola: potrà presentare la sua requisitoria solo dopo che l'avvocato Zlitan avrà pronunciato la sua.»

«Non abbiamo terminato di sottoporre tutti i documenti, signor presidente.»

Delage s'irrigidì sulla poltrona.

«Quali documenti?»

«I risultati delle ultime analisi. L'Ufficio centrale di lotta contro il traffico di beni culturali li ha inclusi ieri nel fascicolo.»

Rougemont fece segno al suo assistente di consegnare alcune carte al presidente, ai suoi giudici a latere, ai giurati e a Claudia Muller. Dal punto in cui si trovava, Corso non riusciva a scorgere che fasci di fogli pinzati insieme con sopra elenchi o tabulati.

Tutti trattenevano il fiato, soprattutto Claudia Muller, che non si aspettava l'arrivo di un nuovo elemento all'ultimo minuto.

Dopo aver scorso le pagine, il presidente sollevò lo sguardo.

«Non capisco. Sono stati eseguiti ulteriori esami sulle *Pinturas rojas*?»

«Non sulle *Pinturas rojas*, signor presidente, ma su alcune tele contemporanee di Sobieski. L'Ufficio centrale di lotta contro il traffico di beni culturali ha requisito i reperti n. 132, n. 133, n. 141, n. 154 e n. 172, corrispondenti a opere poste sotto sigillo al momento della perquisizione effettuata nello studio ufficiale del signor Sobieski il 7 luglio 2016.»

Michel Delage si strinse nelle spalle.

«Per quale motivo sono state ordinate queste analisi?»

«Gli inquirenti hanno ritenuto che sarebbe stato interessante studiare i pigmenti e altri componenti usati dall'imputato per i suoi dipinti moderni.»

«A che scopo?»

«Per stabilire un'ulteriore correlazione fra il Sobieski artista contemporaneo e il Sobieski falsario.»

Il presidente non sembrava convinto.

«Sia pure. E allora?»

«In queste opere non hanno identificato nessuno dei componenti utilizzati nelle contraffazioni.»

Il presidente alzò le braccia e le lasciò ricadere pesantemente sul ripiano della tribuna, come per dire: "Tanto trambusto per così poco!". Si apprestava già a concludere quando Rougemont aggiunse: «Ma hanno trovato dell'altro».

«Cosa?»

Il procuratore generale inforcò gli occhiali, sfogliò il documento e si fermò su un passaggio sottolineato, che lesse ad alta voce: «Ognuna di queste tele contiene in minime proporzioni ferro, acido folico, vitamina B12...».

«Di cosa si tratta?» fece Delage con impazienza.

«Di sangue, signor presidente. Sangue umano.»

Il silenzio calò nell'aula, seguito da una sorta di sbigottimento che subito si trasformò in brusio nervoso.

Il presidente richiamò tutti all'ordine, ma la sua voce mancava di fermezza. Corso lanciò un'occhiata a Sobieski e a Muller, che si guardavano stupefatti.

Sentiva l'imminenza di uno sconvolgimento. Qualcosa che nessuno si aspettava. Si rammentò di certe voci che correvano a proposito del Caravaggio, pittore maledetto, accusato di assassinio e maestro del chiaroscuro. Si raccontava che usasse sperma e sangue per conferire vita più intensa alle sue tele. Con tutta probabilità era una leggenda, ma Sobieski amava innalzarsi all'altezza delle leggende...

Rougemont aveva ripreso la lettura dei risultati delle analisi, secondo i quali erano percepibili tracce di emoglobina su ogni tela requisita. Leggeva in tono monocorde, senza farsi fretta né manifestare la minima emozione.

«In sintesi», concluse, «possiamo affermare che l'accusato incorpora sangue umano nei colori dei suoi dipinti.»

Sobieski si eresse nella sua gabbia di vetro.

«È falso!» gridò. «È una montatura!»

I lineamenti contorti, quasi asimmetrici, davano al suo volto straziato un che di mostruoso, rendendolo orribile tanto quanto i visi mutilati di Sophie Sereys e Hélène Desmora.

«E, come se non bastasse, un sangue diverso per ogni tela», proseguì Rougemont imperturbabile.

Claudia Muller saltò in piedi.

«Date le circostanze», esclamò, «chiediamo un aggiornamento. Questi nuovi elementi di cui non avevamo conoscenza necessitano di una controanalisi e...»

«Domanda respinta», troncò bruscamente il presidente.

«Lasciamo prima finire il procuratore generale. Il suo intervento ci sembra pregno di novità.»

Rougemont, incoraggiato da quell'atteggiamento, si tolse gli occhiali e avanzò al centro della corte, ponendosi di fronte ai giudici e ai giurati. Con la coda dell'occhio sembrava tenere sotto tiro Philippe Sobieski e Claudia Muller.

«Quattro mesi fa, in questa stessa aula, il professore Jean-Pierre Audissier, consulente psichiatrico del carcere giudiziario di Fleury-Mérogis, ci ha descritto nei dettagli la particolare patologia di Philippe Sobieski. All'epoca della sua detenzione l'accusato soffriva di una ipersensibilità alla pittura. Vedeva i colori vibrare, i soggetti dei dipinti animarsi. A sentire il professore, la pratica della pittura aveva placato Philippe Sobieski. E oggi possiamo supporre che le sue contraffazioni di Goya fossero anch'esse una forma di terapia...»

«Andiamo al punto, signor procuratore.»

Rougemont mosse qualche passo prima di continuare.

«Gli ufficiali della polizia Giudiziaria si sono detti che forse l'effetto calmante su Sobieski era dovuto a ciò che aveva inserito in ogni tela.»

«Si spieghi.»

«Una firma scritta con il sangue.»

«Una firma con il suo nome?»

Qualche altro passo. Il procuratore generale stava dosando l'effetto.

«Il sangue coagulato ha lo stesso colore di un pigmento ocra o bruno, ma non la stessa composizione chimica. In altri termini, un motivo dipinto con l'emoglobina può fondersi, visualmente, in una superficie rosso scuro, ma questo motivo, chimicamente, è di altra natura...»

«E allora?»

Il procuratore fece segno a due poliziotti in uniforme, che subito si fecero avanti con quattro grandi tele di Sobieski coperte di pellicola trasparente e le disposero lungo la tribuna dei giudici.

Una prostituta pelle e ossa, nuda, adagiata su un canapè.

Una spogliarellista vestita soltanto di un boa di piume rosse.

Un tossico strafatto raggomitolato in fondo a un tunnel.

Un attore porno depilato con una stoffa di seta porpora avvolta attorno alle reni.

Tutti nell'aula parvero ritrarsi per l'orrore. Dal fondo del loro mondo depravato, sembrava che quei sinistri personaggi firmati Sobieski fissassero il pubblico.

«Se permette, signor presidente, vorrei che venissero tirate le veneziane delle finestre. Ho bisogno di un po' di buio per la mia dimostrazione.»

Senza pensarci due volte, Delage fece un gesto – pareva impaziente di vedere dove volesse andare a parare il procuratore – e in pochi secondi la sala fu immersa nella penombra. Aveva ora qualcosa di «perturbante», come avrebbe detto Freud.

Le boiserie si fusero in un bagno di tintura di mallo di noce, le toghe dei magistrati sfumarono nel chiaroscuro. Corso lanciò un'ultima occhiata a Sobieski e Claudia: sembravano smarriti, condannati. Era come se annegassero in quelle acque profonde senza poter reagire.

Per quei due, la luce non sarebbe più tornata.

81.

Non appena l'oscurità fu completa, fecero il loro ingresso alcuni tecnici della Scientifica vestiti con le loro consuete tute bianche. Cose mai viste: l'aula del tribunale si trasformava in scena del crimine.

Con cautela, tagliarono con i cutter le pellicole di plastica che proteggevano le tele. Era come un balletto di fantasmi in una gigantesca scatola da sigari, e tutto ciò alle dieci del mattino...

Liberati da quella patina, i personaggi dipinti da Sobieski acquistarono una presenza più forte, come se l'oscurità fosse l'ambiente naturale in cui potevano esprimersi pienamente.

Rougemont riprese la parola. Nel buio la sua voce suonava come quella di un demiurgo: sembrava giungere da ogni dove.

«Per quanto invisibili a occhio nudo, queste tracce di sangue sono distribuite secondo un ordine particolare. Come se componessero un "disegno nel disegno".»

I tecnici aprirono le loro nere valigette di polipropilene e ne estrassero un prodotto che Corso riconobbe immediatamente: un rilevatore che, a contatto con il ferro contenuto nel sangue, provoca una reazione luminosa.

Il procuratore spiegò per sommi capi i dati tecnici e venne al dunque.

«Grazie a questa particolare soluzione», dichiarò, «saremo in grado di scoprire quali sono i disegni invisibili a occhio nudo creati dalla presenza di sangue...»

Con un gesto quasi simultaneo (come in un'esibizione di

nuoto sincronizzato), i tecnici presero a spruzzare con cura il reagente sulla superficie dei dipinti.

Un grido soffocato – anch'esso sincronizzato alla perfezione – percorse il pubblico. Il processo di chemiluminescenza era in atto. Su ogni tela appariva un nome tracciato a lettere maiuscole con mano incerta.

Fra le pieghe del canapè della prostituta distesa, SARAH. Lungo il boa della spogliarellista, MANON. Sulla superficie della cunetta del tunnel, LÉA. Sulla seta rossa drappeggiata attorno alla vita dell'attore porno, infine, si leggeva distintamente CHLOÉ.

«Come potete notare, sono nomi femminili dipinti a caratteri di sangue. Nella misura in cui...»

«È UNA MONTATURA!» sbraitò Sobieski.

La voce del presidente tuonò di rimando: «Avvocato Muller, dica al suo cliente di stare zitto, altrimenti lo faccio espellere dall'aula!».

L'agitazione nella sala toccò il culmine. Chi si alzava in piedi, chi veniva meno al giuramento fotografando i dipinti a colpi di flash mentre i poliziotti tentavano di impedirlo...

I tecnici, nella loro tuta immacolata, un ginocchio posato a terra, erano ancora intenti a vaporizzare le tele di Sobieski, e i nomi risultavano sempre più nitidi.

«Gli investigatori hanno confrontato queste tracce con i campioni di sangue rilevati nello studio di rue Adrien-Lesesne: sono emerse numerose somiglianze. Il sangue su queste tele e quello sul bancone di Sobieski corrispondono alle stesse vittime.»

«Signor presidente», insorse con foga Claudia Muller, «protesto contro tutte queste affermazioni ingannevoli!»

Il presidente non si prese nemmeno la pena di rispondere. Per l'occasione, era sceso dalla tribuna, imitato dai due giudici a latere e dai giurati. Affascinati, contemplavano tutti i lugubri personaggi di Sobieski.

Fu invece Rougemont a replicare.

«Dimentichiamo le mie "affermazioni ingannevoli", come le chiama lei», disse. «E torniamo agli omicidi giudicati in questo processo.»

Due nuovi dipinti erano appena stati portati da poliziotti con tanto di guanti. Gli agenti della Scientifica spruzzarono subito il reagente sulle figure livide.

Tra i rilievi del colore apparvero due nomi luminescenti: SOPHIE e HÉLÈNE. Benché la scrittura fosse tremolante e le linee oblique tracciate con mano poco sicura, era indiscutibile: i nomi erano leggibilissimi e brillavano sotto l'effetto del rilevatore.

Indignazione generale in aula: l'assassino aveva firmato i propri crimini sulle sue stesse opere! La sorpresa lasciò presto spazio alla baraonda. Tutti si alzavano, tentavano di scorgere i nomi, brandivano i cellulari...

Invece Corso non si muoveva. Aveva già capito cosa pensava Rougemont, cosa pensavano tutti. Quando Sobieski contemplava le sue opere, vedeva in realtà la sua firma. Esibiva i suoi crimini davanti al mondo senza poter essere sospettato.

«Naturalmente, questi due nomi sono scritti con il sangue delle vittime. Possiamo quindi presumere, piaccia o meno alla difesa, che gli altri dipinti rechino le tracce di altrettanti crimini.»

Il procuratore generale pronunciò queste parole quasi urlando, mentre alcuni agenti facevano evacuare il pubblico e altri aprivano le veneziane delle alte finestre.

«Quanto a supporre che si tratti di una macchinazione, come la collega della difesa vorrebbe far credere, preciso che i funzionari dell'Ufficio centrale di lotta contro il traffico di beni culturali hanno effettuato un'analisi grafologica di queste iscrizioni, anch'essa inserita nel dossier. Non c'è alcun dubbio che siano riconducibili alla mano dell'accusato.»

Il baccano aumentò a dismisura, ma niente e nessuno poteva coprire il rumore più stridente e più lacerante di quella gazzarra: la voce di Philippe Sobieski che urlava che non voleva crepare in galera.

82.

Philippe Sobieski fu condannato a trent'anni di carcere, ventidue dei quali da scontare senza riduzioni di pena: come dire che giudici e giurati avevano deciso che il pittore-falsario avrebbe finito la sua esistenza dietro le sbarre.

In pochi minuti, ci si era dimenticati di tutte le prove, di tutte le testimonianze comprovanti la sua innocenza, perlomeno come assassino se non come falsario. I nomi tracciati nell'impasto stesso del colore delle tele l'avevano definitivamente condannato agli occhi di tutti.

Il verdetto era stato pronunciato l'indomani della grande rivelazione, venerdì 24 novembre. Tutto doveva infatti concludersi prima del fine settimana, perché il presidente della corte aveva respinto qualsiasi aggiornamento per non lasciare a Claudia Muller alcuna possibilità di organizzare una controffensiva di sorta. In fondo, con buona pace della grafologia, era pur sempre possibile che le iscrizioni fossero state aggiunte da qualcun altro, analogamente al sangue lasciato nello studio, ma quelle tracce di emoglobina ebbero la meglio su ogni ulteriore ipotesi.

Di fronte alle requisitorie di Rougemont e della Zlitan, Claudia Muller non aveva potuto opporre alcunché. Qualsiasi cosa avesse detto, i giurati avrebbero sempre avuto davanti agli occhi i nomi insanguinati scritti sui dipinti. Aveva ripetuto gli alibi del suo cliente, tentato di accusare Corso e la sua parzialità, provato a far cadere la colpa su Alfonso Pérez – il cui cadavere non era ancora stato identificato – ma era stato tutto inutile. Era come in un casting: dopo una performance eccezionale, gli altri, per quanto dotati di qualità, fanno una magra figura.

Le deliberazioni erano durate solo due ore. Nessuno sapeva spiegare come quell'impostore fosse riuscito a confezionarsi alibi così perfetti, ma era prevalsa su tutto l'impressione tenace che si sprigionava da quell'uomo: Sobieski aveva il volto dell'assassino, aveva già ucciso prima e il suo studio clandestino assomigliava in tutto e per tutto al covo di uno psicopatico che passa le notti a torturare ragazze.

Quanto alle sue tele...

I giurati, i giudici, i media, la Francia intera avevano provato la stessa repulsione, seguito lo stesso percorso. Quel processo contorto, quella faccia da pervertito, quel truffatore dai modi provocatori, tutto ciò era affiorato in superficie come un cadavere in piena putrefazione quando Rougemont aveva creato il buio in aula e rivelato i nomi delle misteriose vittime. Ed era quella la carogna che tutti avevano giudicato.

All'annuncio del verdetto, Philippe Sobieski si era scagliato contro il vetro urlando, Claudia Muller si era accasciata sulla sedia. Corso provò quasi pena per loro. Vedere ormai spezzati e vinti quei due sinistri personaggi, talmente sicuri di sé e arroganti, era patetico.

Lui stesso era stremato. Non sentiva più il vociare della folla, non vedeva più l'agitazione dei giornalisti che si stringevano attorno agli avvocati e ai giudici. Seguì il suo percorso abituale, passando per il vestibolo di Harlay. Non cercò Claudia Muller, perché non avrebbe saputo cosa dirle.

Ancora una volta la giustizia aveva dimostrato la sua vanità, la sua relatività. Sobieski era veramente colpevole? Corso non era neanche salito in macchina che già riprendeva a dubitare. Le firme con il sangue avevano sì incriminato l'imputato, ma in fondo non rimettevano in causa gli altri elementi. Gli alibi di Sobieski, l'ipotesi di una montatura, la probabile colpevolezza di Alfonso Pérez, che per inciso aveva tentato di ucciderlo...

Ecco un altro caso che, malgrado le apparenze, si concludeva con un niente di fatto, senza l'imporsi di una verità convincente. Corso si era talmente appassionato a quella storia da essere arrivato a sperare che, almeno per una volta, l'esito sarebbe stato chiaro e limpido. Non aveva però fatto i conti con l'inclinazione naturale di tutti gli attori di quel piccolo teatro – imputati, testimoni, avvocati, giudici, giurati... – a mandare a puttane una prova che fosse una prova, tagliare il capello in quattro, sabotare giocando con i sottintesi il minimo fatto obiettivo...

Non esiste alcuna verità, ci sono solo menzogne consapevolmente accettate.

Costeggiando l'Hôpital Cochin, liquidò tutta quella merda con una scrollata di spalle e ritrovò il senso vero della sua vita: Thaddée, all'uscita di scuola. Bisognava comunque festeggiare l'evento.

Senza dare spiegazioni, portò il figlio nella sua pizzeria preferita e per l'occasione invitò anche Miss Baschetto. Ammirare il ragazzino che mangiava con gusto accanto alla sua occasionale compagna dai grossi seni e dalle idee semplici, ecco una cosa più che rassicurante.

Eppure, per tutta la sera, non smise di controllare il cellulare. Perché raccontarsela? Aspettava una chiamata di Claudia Muller.

83.

Parigi sotto il sole non è niente male, ma Parigi sotto la pioggia è un'autentica apoteosi. I rigagnoli ruscellanti, i marciapiedi laccati, il cielo nero che trasforma ogni edificio in una sagoma tenue, quasi fluorescente, con gli ornati delle facciate a guisa di linee della vita. Se ci si mette al riparo in un caffè, si prova una sensazione di pura felicità nell'essere completamente avvolti dalla città, incastonati al suo interno, dietro i vetri picchiettati dalla pioggia. In quei momenti Corso aveva l'impressione di cogliere l'essenza stessa della sua città, quella degli innamorati e delle canaglie, degli appuntamenti galanti e dei luoghi malfamati, dei complotti esoterici e dei delitti passionali.

In quel periodo natalizio lo spettacolo era un po' meno suggestivo per via delle decorazioni che avevano invaso la città. Con la pioggia le luci gocciolavano formando fiumi nauseanti di liquirizia colorata. Comunque, era pur sempre Parigi a frusciarti nelle orecchie, a serpeggiare ovunque e a riscaldarti il cuore…

Quel mercoledì 6 dicembre 2017 Corso si era preso la giornata libera – fanculo la Narcotici – per portare Thaddée a vedere le vetrine dei grandi magazzini di boulevard Haussmann.

Si accorse subito di avere cannato: suo figlio, dieci anni e mezzo, era infatti già troppo grande per restare incantato davanti a quegli addobbi natalizi. Lui stravedeva piuttosto per i manga e per tutti quegli incomprensibili cartoni animati giapponesi, infarciti di armi, mostri, superpoteri, e che vinca il migliore. In effetti, il vero spettacolo quel giorno era quel volto innocente sul quale le luci di Natale disegnavano tante piccole venature di colore.

Corso aveva sempre sofferto della somiglianza tra Thaddée e sua madre. Il ragazzo aveva ereditato non solo la bellezza di Émiliya, ma anche il suo particolare modo di atteggiarsi, di parlare. Quella costante «presenza» della sua peggiore nemica, riflessa nell'essere che più amava al mondo, gli dava sui nervi, anche se da quando aveva la custodia congiunta del figlio si era rilassato e cominciava ad accettare quella simbiosi. Ci vedeva persino una sorta di salvataggio della miserabile coppia che aveva formato con Émiliya. Dai loro giochi sessuali, dai loro scontri perversi, dal loro odio viscerale era uscito qualcosa di buono, addirittura di sublime: Thaddée.

Lo squillo del cellulare interruppe le sue fantasticherie: la Bompart.

«Hai saputo la notizia?»

«Quale?»

«Sobieski si è suicidato nell'infermeria di Fleury.»

Non pensò, non reagì, fece solo una domanda istintiva, una domanda da poliziotto: «Come ha fatto?».

«Si è deliberatamente ferito per poter andare in infermeria. Ha trovato una prolunga e si è impiccato alla plafoniera. Mi sbalordisce il fatto che sia possibile farla finita così facilmente in un carcere come Fleury.»

Con un gesto automatico, Corso strinse la mano di Thaddée e si fece strada attraverso la folla.

«Vieni a prendermi», ordinò la Bompart.

«Perché?»

«Andiamo a Fleury. Una piccola veglia funebre.»

«Non posso, sono con Thaddée.»

«Arrangiati come cavolo vuoi. Dobbiamo arrivare là per primi.»

«Cosa c'è di tanto urgente?»

«Tesoro, questo suicidio farà scatenare i media. Tanto vale approfittare del nostro anticipo per confezionare una versione presentabile. Tra qualche ora saranno tutti al corrente. E credimi, in un modo o nell'altro, questa morte si ripercuoterà su di noi.»

84.

La madre di un compagno di scuola di Thaddée lo accolse con piacere per il pranzo e il pomeriggio: passeggiata nel Jardin du Luxembourg e crêpe per merenda.

Lasciato il figlio, Corso filò al 36, rue du Bastion, nel XVII arrondissement, il nuovo indirizzo della polizia Giudiziaria. Era la prima volta che ci metteva piede e quando vide l'immenso edificio azzurro cielo, che sembrava costruito con i Lego, si rammentò stranamente delle torri Aillaud della sua adolescenza a Nanterre. Non rimpiangeva di avere lasciato la Criminale ed era contentissimo di non dovere andare tutti i giorni in quel quartiere che continuava a essere un immenso cantiere.

La Bompart salì in macchina sbraitando a proposito di «quei nuovi uffici di merda» e del fango che le aveva inzaccherato le scarpe. Era un modo come un altro per non affrontare il discorso del suicidio di Sobieski, cosa che nessuno dei due aveva la minima voglia di fare. I poliziotti imparano presto a tenere la bocca chiusa in assenza di elementi precisi.

«Lo sai che Ahmed Zaraui è stato rilasciato?» chiese invece mentre percorrevano la tangenziale.

«Chi?»

«Ahmed Zaraui. Il boss del quartiere Picasso.»

In un lampo Corso ricordò ciò che era accaduto circa un anno e mezzo prima. Si rivide strisciare nella condotta d'aerazione sotto la moschea e capitombolare nel parcheggio prima di aprire il fuoco su Mehdi Zaraui, il fratello di Ahmed. Lavorando all'Ufficio centrale per la repressione del traffico illecito di stupefacenti, avrebbe dovuto essere al corrente del rilascio di una canaglia di quel genere.

«E allora?» si limitò a replicare.

«Potresti temere rappresaglie.»

«Perché?»

«Non fare l'idiota», ribatté lei, tenendo gli occhi fissi sulla strada. «Ho messo la parola fine a questo caso, ma mi sta sempre sul cazzo.»

Quando voleva, la madrina Catherine era di una rara eleganza.

«Me ne sbatto», fece lui per restare in tema.

«Sbagli. Nessuno è più vendicativo di questi fottuti magrebini. Lambert si caga sotto.»

Lo sbirro della Narcotici, complice di Corso in quello scontro, poteva in effetti rodersi il fegato: era stato lui, ufficialmente, a far fuori il fratellino del boss.

L'autostrada offriva un paesaggio da farti piangere... o vomitare, a seconda dell'umore. La Parigi delicata e scintillante era stata rimpiazzata da uno scenario di cemento che s'intravedeva in tutto il suo grigiore nell'orizzonte annebbiato. Ciononostante, Corso era felice di recarsi al carcere giudiziario assieme a Catherine Bompart. Una famigliola in viaggio verso il cimitero, come nel giorno di Ognissanti.

Quando scesero dall'auto furono assaliti da scrosci di pioggia. Mentre si affrettavano verso il primo posto di guardia, la Bompart si decise a esprimere la propria opinione su Sobieski: «Questo suicidio chiude il fascicolo. Non ci sono più dubbi sulla sua colpevolezza».

«Ah, sì?»

«Hai per caso un'altra idea?»

Si rifugiarono sotto il portone e suonarono, come Cappuccetto rosso dalla nonna.

«Al contrario», fece Corso, «potrebbe essersi suicidato perché non riusciva ad accettare l'ingiustizia di cui era vittima.»

«Non aveva che da ricorrere in appello.»

«Non ha avuto la forza di aspettare, di sorbirsi altri anni di carcere.»

«Stai parlando sul serio?»

Corso non rispose. La pioggia, ovunque. Come se tutta la tristezza del mondo si fosse messa in combutta contro di loro e li avesse intrappolati in quell'angolo buio per dare loro il colpo di grazia.

Finalmente arrivarono le guardie. Documenti, perquisizione, pistole nell'armadietto. Poi il labirinto di porte, corridoi, sbarre. Corso non sopportava le prigioni. Vi provava un senso di soffocamento – come tutti, del resto – ma ciò che lo differenziava dagli altri era che ci si sentiva a casa sua. Aveva sempre avuto la sensazione di appartenere all'universo carcerario. Gli sarebbe toccato farsi almeno dieci anni per l'omicidio di Mama, se la Bompart non l'avesse coperto.

Fleury era una prigione grande quanto il museo del Louvre. Qualsiasi cosa tu facessi o dovunque andassi, bisognava scarpinare almeno mezz'ora attraverso i peggiori odori del mondo, gli odori dell'uomo recluso che un giorno dopo l'altro rigurgita la sua amarezza e il suo livore.

Raggiunsero l'infermeria. A dispetto del numero dei detenuti – oltre quattromilacinquecento per una capienza di tremila – la prigione non possedeva che una sola unità sanitaria, degna di una scuola elementare. Constava di una singola stanza in cui due letti di ferro si contendevano lo spazio, più un piano di lavoro rivestito di piastrelle bianche in un angolo, un diafanoscopio fissato alla parete, un televisore fuori uso, una minuscola biblioteca di testi medici...

Il responsabile indossava una specie di camice di carta blu che gli dava l'aria di un prete (del resto, dal camice spuntava il caratteristico collare bianco). Soprattutto, era di una solennità eccessiva, come se nel suo modesto rifugio fosse appena morta una persona di notevole importanza.

«Non ha pazienti oggi?» s'informò Corso, che conosceva bene le abitudini dei carcerati, sempre malati.

«Non hanno voluto restare qui. A causa del cadavere.»

Corso si chiese come il Sobieski di seconda generazione – pittore-falsario, assassino di spogliarelliste – fosse stato accolto al suo rientro all'ovile.

«Seguitemi», fece l'infermiere inchinandosi alla giapponese.

C'era un'altra stanza, quella con l'armadio dei medicinali e il «frigo». Era il posto in cui si svolgevano le cose serie. I farmaci erano sotto chiave. Quanto al «frigo», si trattava di un lungo contenitore refrigerato infilato sotto un terzo letto che doveva essere quello per le visite. L'infermiere lo estrasse facendolo scorrere sulle guide.

Il cadavere era coperto da un lenzuolo le cui pieghe indurite come marmo facevano pensare ai monumenti funerari nelle chiese fiorentine.

Il loro anfitrione denudò il corpo fino alla cintura: Sobieski sembrava essersi ulteriormente rimpicciolito. La sua figura ricordava quella di un adolescente. Corso non poté impedirsi di rivederlo da vivo, il volto scavato, il sorriso di traverso, i mozziconi di denti aggressivi. Sob la Tob.

«È terribile», commentò l'infermiere, le mani strette all'altezza dell'inguine: un vero cappellano, o un bambino a cui scappa la pipì.

«Cos'è che è terribile?» domandò Corso, irritato.

«Ho seguito il caso da vicino. Lo conoscevo bene. Sono uno specialista della sua storia.»

Non mancava altro che questo.

«E con ciò?» ribatté Corso, decisamente bellicoso.

«Non ha avuto il tempo di dimostrare tutta la verità.»

La voce dell'infermiere aveva un registro grave, come il campanone di un campanile.

«È stato condannato, no?»

L'uomo fece un sorriso costernato che sembrava indirizzato in particolare a Corso.

«Andiamo, comandante, lei sa quanto me che questo caso meritava qualcosa di meglio di un verdetto pronunciato dopo solo due ore di deliberazioni.»

«In ogni caso», bofonchiò Corso, «non era innocente.»

«Ma di cosa era colpevole per l'esattezza?» chiese l'altro, alzando gli occhi al cielo come se si aspettasse la risposta da Dio in persona.

«Era depresso negli ultimi giorni?» intervenne la Bompart.

«Non mangiava più, rifiutava di parlare. Si era chiuso in un isolamento totale e...»

«Non ha lasciato scritto qualcosa?» domandò Corso, interrompendolo.

L'uomo li guardò uno dopo l'altra, tenendoli per un attimo in sospeso prima di sbottonarsi: «Ha lasciato molto di meglio».

Si diresse verso l'armadio dei medicinali e lo aprì usando diverse chiavi. La cassaforte dei sollievi dal dolore, dei sonni chimici, dei deliri artificiali...

Apparve una serie di cassetti di plastica grigia, corredati di etichette o di scritte a pennarello. L'infermiere ne aprì uno e ne estrasse un sacchetto trasparente sigillato.

Tornò verso di loro e lo posò sopra il cadavere, tra due pieghe irrigidite del lenzuolo.

«Cos'è?» chiese stupita la Bompart.

«Il cavo con il quale si è impiccato.»

Corso l'aveva già capito: attraverso la carta trasparente si vedeva un filo elettrico rivestito di plastica arrotolato, terminante a un'estremità in una sorta di nodo scorsoio. Riconobbe subito la legatura per cui aveva un debole il killer dello Squonk, un otto che l'assassino lasciava aperto per esprimere «l'infinito e l'aldilà».

Questa volta, però, l'otto era chiuso. Sobieski aveva lasciato loro un messaggio: la serie delle morti terminava con il suo suicidio.

85.

Una cattiva idea è come un vizio. Una volta che la si ha è impossibile disfarsene.

Il giorno stesso Corso cercò di contattare Claudia Muller sul cellulare. Nessuna risposta. Non sapeva perché volesse parlarle. Per porgerle le condoglianze? Non sarebbe stato sincero. Sottrarle qualche informazione supplementare? Non era proprio il momento. Approfittarne per riavvicinarsi a lei? Ancora peggio. Probabilmente Claudia riteneva che il suo mentore fosse morto per causa sua, e sua soltanto: Stéphane Corso, sbirro testardo e stupido.

Sta di fatto che l'indomani, giovedì 7 dicembre, di buon mattino, decise di farle visita. Si era informato: Claudia Muller abitava adesso in rue de Miromesnil. In via del tutto eccezionale, prese la metropolitana a Denfert-Rochereau e comprò i principali quotidiani per sondare le reazioni dei media. Come nel caso suo e della Bompart, le opinioni si schieravano in due campi opposti: chi pensava che il suicidio di Sobieski fosse un'ammissione di colpevolezza e chi invece riteneva che si trattasse del gesto disperato di un innocente ingiustamente condannato.

Nessuno era al corrente dell'esistenza del nodo, notizia ancora non divulgata alla stampa. Tuttavia, anche quel dettaglio era ambiguo. L'evidenza sembrava confermare che, essendosi servito del nodo che era la firma del killer, il pittore affermasse di essere lui stesso l'assassino. Ma quando si conosceva il tipo, come lo conosceva Corso, quella poteva benissimo essere l'ultima, suprema provocazione. Un modo per dire: "È questo che volevate? Be', accomodatevi. Vi do la prova definitiva, a vostra insaputa, che siete una fottuta manica di imbecilli".

In realtà Corso non ci teneva più a sapere chi aveva ucciso, chi aveva mentito, chi era morto. Aveva deciso di voltare pagina. L'impiccagione di Sobieski scriveva la parola «fine». Impossibile però rinunciare alla sua bella.

In fondo la verità era semplicissima: voleva approfittare della morte del pittore per rivedere Claudia Muller. *Quando una cattiva idea ti si è annidata dentro...*

Il palazzo in cui abitava Claudia non era uno di quei monumenti haussmanniani dalla mole solida e marziale tipici dell'VIII arrondissement, ma un edificio di dimensioni contenute, tutto in mattoni, che evocava un po' una torre.

Non serviva un codice per entrare, visto che era in corso un trasloco e il portone era spalancato. Lui sospettò che fosse la stessa Claudia a traslocare... Salì per una scala a chiocciola – molto più XVIII che XIX secolo –, incrociando tizi robusti con le braccia cariche di oggetti impacchettati e quadri imballati. Corso si domandò se Sobieski avesse regalato una tela a Claudia. Si rimangiò subito il sarcasmo. Non era il momento di fare il cretino. *Proprio no.*

Superato il secondo piano, a metà strada per raggiungere il successivo, scorse Claudia attraverso la porta socchiusa di un appartamento. Era seduta in soggiorno, su un divano ancora protetto da teli di feltro, e stava digitando sul cellulare. Nella luce intensa di quella giornata invernale, con le finestre ancora prive di tende, il suo profilo si stagliava contro il cielo azzurro con la precisione e la violenza dei colpi di rasoio su una tela di Fontana.

Restò là ad ammirarla. La fronte bombata da ragazzina testarda, il naso diritto che sembrava provenire dall'era benedetta delle sculture greche, le labbra dal disegno perfetto, forse un tantino troppo marcate, anche se era proprio questo che dava all'insieme un tocco di un'estrema eleganza. Claudia poteva anche possedere una personalità affascinante, un passato sconcertante, uno charme spontaneo, ma lui di quello se ne infischiava. Era la sua bellezza fisica a stregarlo.

Catherine Bompart, quando parlava dell'amore – bizzarro, era una cosa che le succedeva molto spesso – sentenziava: «Gli uomini amano solo l'esteriorità, le donne non sono interessate che all'interiorità. Noi amiamo il frutto e il suo sapore. Loro si accontentano delle bucce».

Si decise a salire gli ultimi gradini dicendo tra sé e sé, con gli occhi inchiodati su Claudia: "E vada per le bucce".

Intravedendolo tra le porte socchiuse e gli addetti al trasloco che andavano e venivano, lei gli sorrise, ed era esattamente l'ultima cosa che lui si sarebbe aspettato.

Si fermò sulla soglia e Claudia gli andò incontro. Aveva quello sguardo perso che Corso aveva già notato diverse volte durante il processo. Negli occhi dell'avvocato deciso, manipolatore e infallibile, si leggeva spesso lo stupore di qualcuno che naviga a vista, oscillando tra la sorpresa e l'incertezza.

Claudia gli rivolse qualche parola di benvenuto, lo introdusse nella sala e si eclissò in cucina a preparare il tè. Sempre più stupefacente.

La stanza era piccola, ma Corso intuiva che l'appartamento doveva essere molto vasto, forse persino su due piani. Soffitti alti, ambienti di dimensioni contenute. I mobili aspettavano pazientemente di essere collocati al loro posto. Un divano, un cassettone, un secrétaire... In uno stile antico che lui non era in grado di identificare.

«Siediti», gli ordinò Claudia tornando con un vassoio con sopra una teiera e due tazze.

Continuava a dargli del tu, ma questa volta lui lo interpretò come un segno di amicizia. Scelse una poltrona di legno dorato dalle linee molto elaborate e osservò Claudia servire il tè. Seduta su una *méridienne* di velluto rosso, non sembrava sconvolta dalla morte di Sobieski, ma d'altra parte non era il tipo di persona che esternasse i propri sentimenti. Doveva essere a causa del suo sangue austriaco.

«Qual buon vento?» gli chiese in tono cordiale.

«Volevo presentarti le mie condoglianze.»

Lei si bloccò con la teiera a mezz'aria.

«Non fare questi giochetti con me.»

«Non è mia intenzione.»

«Se sei venuto fino a casa mia per prendermi in giro io...»

«No. Sul serio. Non era questa la conclusione che desideravo e volevo dirtelo.»

«La verità è che sei tornato sulla scena del crimine.»

«Quale crimine?»

«Tramite me, hai ucciso Sobieski.»

Corso fece l'atto di alzarsi. Lei gli prese la mano e lo costrinse a rimettersi seduto. Lui la lasciò fare. A essere sinceri, il contatto della sua pelle gli aveva tagliato le gambe.

«Non ho niente a che vedere con il suicidio di Sobieski.»

«Diciamo che ti sei calato a fondo nel tuo ruolo. Per quel che mi riguarda, non sono riuscita a sventare la manipolazione di cui Sobieski è stato vittima.»

«Ancora!»

«Non dirmi che sei sempre persuaso che sia lui l'assassino», contrattaccò lei porgendogli una tazza.

Per guadagnare tempo, Corso lasciò di nuovo scorrere lo sguardo sugli arredi della stanza: oggetti antichi, tra cui un vaso e una scultura primitiva, e libri d'arte erano posati sui mobili o semplicemente sul pavimento. Impossibile dire se aspettassero ancora di essere sistemati al loro posto o se al contrario l'avessero già trovato.

Claudia, la tazza in una mano, allungò l'altro braccio sullo schienale e raccolse i piedi nudi sotto le natiche. Indossava dei jeans e un maglione girocollo: tutto molto semplice ed elegante. La posa indolente era in netto contrasto con il suo ruolo di avvocato penalista di poche parole e tanta determinazione, ma in perfetta armonia con le volute del tè che si spandevano nell'aria.

Sempre per darsi un contegno, Corso portò la tazza alla bocca: tè verde, capace di trasformare istantaneamente l'amarezza in qualcosa di dolce e malinconico, e il cui sapore dava dipendenza, come il sesso o la droga.

«Allora, ti decidi?» gli domandò, facendolo sobbalzare.

«A fare cosa?» chiese.

«A confessarmi che sei pazzo di me.»

86.

La sua battuta avrebbe potuto suonare brutale, ma Corso non l'intese in quel modo. Claudia Muller era talmente abituata ai casi criminali, agli uomini che fanno le mogli a brandelli, ai folli che stuprano le loro vittime fino a ucciderle, ai mostri che adescano i bambini... talmente abituata a tutto questo che i sentimenti naturali, le passioni amorose e i cuori infranti non erano niente di serio, e probabilmente non sapeva affrontare questi temi se non armandosi di una leggera ironia.

Lui adottò lo stesso tono tinto di sarcasmo: «Mi dichiaro colpevole».

Lei si raddrizzò, posò la tazza e si chinò verso di lui al di sopra del tavolino. Gli si avvicinò fino a trovarsi a pochi centimetri dal suo viso, appoggiandosi addirittura a uno dei braccioli della poltrona.

«Allora, voglio dirti che non hai alcuna possibilità.»

Nemmeno in questo caso suonò brutale. Il suo era piuttosto un tono neutro, freddo, imparziale. Del tipo: "Le accuse contro il mio cliente non stanno in piedi".

«Perché?» domandò lui stupidamente, provando in fondo una sorta di sollievo.

Lei si abbandonò di nuovo sulla *méridienne.*

«Il mio cuore è già preso, come si dice nei romanzi rosa.»

I romanzi rosa! L'espressione era antiquata, ma Barbie la usava spesso, aggiungendo: «Rosa come il culo», convinta com'era che quel genere di letteratura parlasse sempre più di sesso.

«Sobieski?»

Claudia non replicò. Come spesso accade, la prima ipotesi era quella giusta. L'avvocato non era migliore di tutte quelle poverette che scrivono lettere ai serial killer chiusi in carcere offrendo il loro amore.

Corso lasciò protrarsi il silenzio. Secondo la propria esperienza, era il sistema migliore per indurre il sospettato a confessare.

«L'ho scoperto attraverso la sua pittura», cominciò lei, infatti. «Appartengo a quell'ambiente che tu detesti, gli hipster intellettuali che non sanno verso chi indirizzare il loro istinto di rivolta in quanto rappresentano essi stessi il potere in carica, l'ordine stabilito contro il quale vorrebbero ribellarsi. Sobieski era una manna dal cielo. Vedevamo in lui un Jean Genet o un Lucian Freud. Amavo il pittore. Non conoscevo l'uomo. Alla fine, nel 2015, l'ho incrociato a un think tank dedicato alle condizioni detentive dei carcerati che devono scontare lunghe pene.»

Sobieski doveva essere il piccolo re di quel genere di eventi. Il tizio che aveva visto tutto, vissuto tutto, e che era capace di pontificare sino all'alba.

«Non ho mai conosciuto un essere così sgradevole», proseguì Claudia con una smorfia curiosa. «Eppure, nell'intimo di quell'individuo viscido e osceno, strafatto dal mattino alla sera, ho sentito che si celava qualcosa di diverso. Un essere smarrito, straziato, che si era buttato a capofitto nella pittura, nella droga e nel sesso per dimenticare il buco nero dei diciassette anni trascorsi dietro le sbarre.»

«La ragazzina di Les Hôpitaux-Neufs aveva avuto una sorte molto peggiore della sua», commentò Corso da bravo poliziotto di destra: a ciascuno il suo ruolo.

Claudia sorrise e gli diede una pacca scherzosa.

«Lascia perdere, amico. Non siamo qui per litigare.»

«L'hai poi rivisto?»

«No. Ho solo conservato quella duplice impressione, di due aspetti contrastanti. Poi c'è stato il caso dello Squonk. E un giorno sono andata a trovarlo in carcere. Sapevo che tutti i suoi precedenti alleati gli avrebbero girato le spalle e che il suo avvocato non era abbastanza valido.»

«Sobieski era cotto a puntino per te, solo contro tutti.»

Lei si strinse nelle spalle.

«Comunque, l'intero paese avrebbe voluto la sua pelle.»

Il discorso di Claudia si fondava su un cliché: ognuno ha diritto a una nuova opportunità. Tutta quella generosità bavosa come un'omelette non costava cara quando si abitava nel quartiere dell'Eliseo.

«Sono rimasta molto sorpresa perché si ricordava perfettamente di me.»

Corso avrebbe voluto spiegarle che pure Sobieski, che non vedeva più in là del suo uccello, non poteva avere dimenticato una bellezza come la sua. Dopotutto, il pittore era anche un esteta.

«Mi ha dato subito fiducia e abbiamo preparato la sua difesa. Un incontro dopo l'altro, ho scoperto l'uomo spezzato che avevo intuito. Quella corazza aggressiva e mal combinata di genio provocatore e lascivo non contava nulla. La vera natura di Sobieski era quella che si coglieva al primo sguardo nel suo aspetto emaciato e consumato fino all'osso, nella sua pittura tragica, che derivava dalla morte e dall'esistenza più misera ai margini della società...»

«Davvero affascinante.»

«Piantala di fare l'imbecille. Ti sto parlando della sua fragilità interiore che...»

«L'interiorità di Sobieski, sai che meraviglia.»

«Una donna ha bisogno di ammirare un uomo.»

Sembrava veramente determinata a dire baggianate.

«Cosa ammiravi esattamente in lui?» ribatté lui. «La sua volgarità, il suo priapismo, il suo gusto per lo sballo o il suo passato di criminale?»

«La sua pittura, in primo luogo.»

«La vera o la falsa?»

Rimpianse subito la battuta. Si era detto: niente sarcasmi!

«Fatto sta che nel corso di quell'anno mi sono davvero affezionata a lui.»

«Avreste dovuto sposarvi.»

«Non scherzare con il mio dolore. Sobieski è appena morto.»

«Perché mi racconti tutto questo?»

«Non voglio darti alcuna illusione, non c'è posto per te nella mia vita. O, comunque, non quello che speri.»

Lui non poté che sorridere di fronte a quella franchezza.

«Se non altro, sei stata chiarissima.»

«Mi occuperò del suo funerale e sarò sola davanti alla sua tomba.»

Adesso se ne stava bene eretta, con le mani infilate fra le ginocchia unite. Solo allora una lucina si accese nel cervello di Corso: era tutto solo teatro. Lei, l'avvocato, voleva qualcos'altro.

«E se la smettessi con questo show?» domandò brutalmente.

«Quale show?»

«Queste storie sentimentali, questa confessione, l'aria da vedova sconsolata... Credo che possiamo fare di meglio.»

Claudia si alzò. Infilando le mani nelle tasche posteriori dei jeans, i palmi verso l'esterno, si piazzò davanti alla finestra.

«Voglio che si riprenda l'inchiesta, tu e io.»

«Che inchiesta?»

Lei si girò verso di lui. Il sole compiva i primi passi sulla sua pelle bianca, irradiandola di una luce accecante.

«Voglio che riesaminiamo il fascicolo istruttorio.»

Lui lasciò a sua volta la poltrona e avanzò verso di lei.

«Ma dai i numeri o cosa?»

Claudia fece un passo avanti e lui s'immobilizzò: l'attrazione che provava per lei era così forte da potersi fraintendere come un'assoluta repulsione.

«Ho riflettuto molto. Ci siamo sbagliati, Corso. L'assassino non era né Sobieski né Pérez.»

«Ma guarda.»

«Qualcosa ci è sfuggito.»

Poteva essere l'occasione per riavvicinarsi a lei, pensò Corso, ma sarebbe stato un malinteso: l'avvocato voleva scagionare Sobieski per vivere felice con il suo fantasma. Lui non l'avrebbe permesso.

«Ho voltato pagina, Claudia.»

Lei si limitò a ridacchiare e si volse nuovamente verso la finestra. Questa volta Corso andò dritto verso di lei e si sporse sopra la sua spalla, mormorandole all'orecchio: «Sobieski è morto. Si è impiccato e ha preparato il cappio ricorrendo allo stesso nodo usato dall'assassino. È tutto finito, Claudia».

«Non posso credere che tu abbocchi a questo genere di prove.»

«Va' a farti fottere.»

Girò sui tacchi e si diresse verso la porta. Gli addetti al trasloco avevano appena posato sul pianerottolo un tavolino rotondo di marmo. Corso stava per oltrepassare la soglia quando lei lo raggiunse.

«Aiutami, Corso. L'inchiesta non è finita!»

«Se tu non uscissi da un salotto viennese con qualche traccia di zucchero attorno alla bocca, sapresti che niente finisce mai. Dovrai imparare a vivere con questa storia sullo stomaco, tutto qua.»

Lei gli si piazzò davanti bloccandogli il passaggio.

«Non hai mai capito niente di tutto questo, Corso. Lo sai cos'è successo sotto la Manica, quando stavi alle costole di Sobieski?»

Lo sbirro aveva quasi dimenticato quell'inseguimento, la misteriosa scomparsa del suo uomo.

«Sobieski consegnava la sua tela, quella che aveva ultimato la notte dell'omicidio di Sophie Sereys. Lo scambio ha avuto luogo nel tunnel. In campo neutro.»

Corso ebbe in un lampo la visione della sagoma del pittore, con il cappello, lo zaino e il materassino arrotolato. Quando aveva rintracciato Sobieski a Blackpool, il materassino era scomparso.

Come aveva potuto lasciarsi sfuggire un simile dettaglio?

87.

Contrasse due virus quel giorno in casa di Claudia.

Il primo: la delusione amorosa. Una ferita aperta che sarebbe guarita solo con il tempo. Corso accettava la cosa con stoicismo, e l'immagine della donna si stemperava a poco a poco, via via che lui trovava buone ragioni per dimenticarla. Doveva concentrarsi su Thaddée e accontentarsi di Miss Baschetto.

L'altro virus, molto più grave, era il sospetto che l'assassino dello Squonk fosse ancora a piede libero...

Claudia non aveva mai creduto che Corso l'avrebbe aiutata, ma sapeva che, pur con tutti i suoi grandi discorsi sul caso ormai chiuso, era sufficiente un piccolissimo elemento, a volte persino una sola parola, perché i suoi interrogativi rispuntassero fuori.

La furbata del tunnel sotto la Manica era poca cosa, ma andava ad aggiungersi al lungo elenco dei fatti sui quali si era completamente sbagliato. Tant'è che nei giorni successivi arrivò alla conclusione che l'assassino di Sophie e Hélène l'avesse fatta franca.

Né Sobieski, né Pérez. Era qualcun altro.

Per uscire dall'impasse, invitò Barbie a bere un caffè al Soleil d'Or, la bettola dove una volta si ritrovavano gli sbirri del Trentasei, con l'idea di avere informazioni sul fascicolo Sobieski.

«Il caso è archiviato», disse Barbie con sincero stupore.

«Questo non significa che sia stato risolto tutto. In questa faccenda non c'è niente di chiaro.»

«D'accordo, ma ora alla Criminale abbiamo altri cadaveri in ballo.»

Corso annuì, fissando attraverso il vetro la circolazione sul Pont Saint-Michel.

«Hai sentito parlare di qualcosa di nuovo?» rilanciò lei.

Lui fece segno di no, senza guardarla, chiedendosi se sarebbe valsa la pena di seguire il suggerimento di Claudia e riprendere in mano l'archivio della procedura. Ma lui quelle carte le conosceva a memoria...

«E Pérez?» chiese senza distogliere lo sguardo dal traffico.

«Non abbiamo trovato niente, ovvio», fece Barbie in tono ironico. «Il giudice finirà per classificarlo come un delitto per rapina: dopotutto, gli hanno rubato il portafoglio.»

Corso disse fra sé e sé, con voluto cinismo, che il delitto perfetto non poteva commetterlo che un poliziotto.

Il suo sguardo tornò a posarsi su Barbie. Il potere le aveva fatto bene. Pareva meno nervosa, non aveva più le unghie mordicchiate e il suo viso aveva assunto un'espressione più pacata. In compenso il look lasciava ancora a desiderare, con l'abito che sembrava ritagliato da una coperta militare e la frangia di traverso.

«Non mi sembri tanto per la quale», s'inquietò lei, «stai bene?»

«Sì, sì.»

«Il lavoro?»

«Roba di routine. Mi sono trovato un posto al caldo.»

«Thaddée?»

«È tutto okay», rispose. Consultò l'orologio. «Devo andarlo a prendere a scuola.»

Barbie lesse i sottotitoli.

«È quello che volevi, no?»

«Ti dico che va tutto bene.»

La sfumatura di irritazione nella sua voce sottintendeva esattamente il contrario, ma preferì non soffermarsi sulle domande che lo assillavano da mesi: era fatto per vivere quel tran tran di padre di famiglia? Era veramente il tipo da rassegnarsi ad archiviare una serie di omicidi senza averne identificato con certezza l'autore?

«Mi ha fatto piacere rivederti», disse alzandosi. «La prossima volta pranziamo insieme.»

Barbie rimase zitta. Conosceva abbastanza il suo Corso da sapere che quello era tutto fumo negli occhi. Lui non digeriva quella storia, punto e basta, e c'era un unico modo per uscire dalla situazione: scoperchiare di nuovo il vaso di Pandora.

Per una settimana Corso si proibì di chiamare la Bompart per chiederle di accedere all'archivio. Riuscì persino a non scartabellare tra gli appunti e i documenti che aveva conservato. Tuttavia la sua ossessione continuava a svilupparsi come un tumore dentro la testa. Non faceva che rimuginare sui dettagli che non quadravano, sui fatti che si contraddicevano, sugli elementi che risultavano inspiegabili. Né Sobieski, né Pérez... La notte, quando si addormentava, aveva l'impressione di essere disteso nell'ombra del mostro, quello vero, quello che aveva saputo abbindolare tutta la Francia e che un giorno o l'altro avrebbe colpito di nuovo...

La notte fra il 14 e il 15 dicembre fu svegliato da una telefonata. Prima di prendere la comunicazione guardò il display: era Barbie.

«Abbiamo un corpo», fece lei ansimante. «Stesse modalità, stesse mutilazioni: l'assassino dello Squonk è tornato.»

«Una spogliarellista?»

Ci fu un breve silenzio. Gli sembrava che stesse piangendo, una vera rarità.

«Claudia Muller.»

88.

Il corpo era stato scoperto da una squadra di guardiani notturni, verso le tre del mattino, al porto di Tolbiac, vicino a un impianto di produzione di calcestruzzo premiscelato: non era molto lontano dalla discarica della Poterne des Peupliers, dove era stato rinvenuto il primo cadavere.

Corso aveva guidato fino a là come uno zombi. Miss Baschetto dormiva nel suo appartamento e poteva prendersi cura di Thaddée. Per il resto, lui era in un totale stato di shock.

Non aveva seguito le tracce giuste, non era stato in grado di impedire i delitti, ne aveva addirittura provocati altri. Ed ecco che ora, in un certo senso, aveva contribuito all'assassinio di Claudia Muller.

Perché lei? Per il suo coinvolgimento nell'*affaire* dello Squonk? Per la sua difesa di Sobieski, il «falso assassino»? Per la sua volontà di riprendere le indagini (ma come poteva esserne al corrente l'assassino?)? O magari per dei trascorsi di cui non aveva idea? Oppure, perché no, per provocare lui, lo sbirro che aveva condotto l'inchiesta? Eppure Corso non era granché minaccioso: dal primo delitto del giugno 2016 non ne aveva imbroccata una.

Il senso d'irrealtà s'intensificò quando giunse nelle vicinanze del porto di Tolbiac: dalle sponde si levava un alone violetto, come se un mostruoso neon fluorescente stesse arrostendo miliardi di zanzare.

Parcheggiò, mostrò la tessera ai piantoni e scese la rampa di pietra che portava all'argine vero e proprio. Allora capì l'origine dell'alone. La monumentale fabbrica di cemento si era rifatta il trucco ed era dominata da un immenso container tempestato di luci led che illuminavano la Senna. Una specie di monolito di pura luce, soprannaturale, che cambiava colore a ritmo costante.

Reperì un gruppo di poliziotti in borghese ai piedi della struttura sferzata dai guizzi bluastri dei girofari. Quando toccava il silo, il raggio si sparpagliava in mille scintille.

Corso osservava affascinato il fenomeno, sentendosi al tempo stesso stranito, distante, incapace di qualsiasi analisi. Il suo mondo interiore era stato spazzato via e quello esterno riusciva soltanto a contemplarlo con stupore e incomprensione.

«Vuoi vedere il corpo?»

Corso ebbe un soprassalto. Davanti a lui c'era Barbie, sigaretta in bocca, aureolata della luce del container che nel frattempo era diventata verde. Aveva una faccia come di gesso, smorta (*ti sei beccata una bella botta di vecchiaia, signora capogruppo...*).

«Siete sicuri che sia lei?» domandò Corso.

«Non abbiamo dubbi, ma è come per le altre: né vestiti né documenti.»

La luce virò all'azzurro. Si avviarono verso la scena del crimine, oltre il container di sabbia e ciottoli, lasciandosi alle spalle la luce cerulea per raggiungere il biancore clinico dei riflettori della Scientifica. Avevano coperto con una tenda la zona per nasconderla agli sguardi di chi stazionava sulla banchina superiore: nonostante l'ora, vi si erano già radunati alcuni curiosi silenziosi e festaioli sbronzi che commentavano con battute demenziali.

«Toglietemi dai piedi quegli stronzi!» ordinò Corso furibondo, prima di entrare nella tenda.

Barbie scosse la testa con indulgenza: Corso dimenticava di non avere più alcuna autorità in quelle circostanze.

«Ce ne stiamo occupando, ma non possiamo bloccare tutta la banchina. Sei pronto per quello che ti aspetta?»

«Non prendermi per un novellino.»

Scivolarono sotto il telone infilandosi dei guanti di nitrile ipoallergenici. Corso notò – particolare idiota, ma era il suo cervello a decidere per lui – che quei guanti erano abbinati all'alone del silo, che da lontano continuava a spargere la sua luce ridiventata ora viola come all'inizio.

Al loro arrivo i tecnici si fecero da parte e lui constatò – un'altra riflessione assurda – che le loro sagome bianche erano veramente belle. La Scientifica aveva trasformato la scena del crimine in una performance artistica...

Quando fu vicino al corpo seppe che quell'immagine l'avrebbe seguito fin nella tomba. Il volto di Claudia era sfigurato da un grido atroce che si estendeva fino alle orecchie. Gli occhi non erano iniettati di sangue, ma dopotutto neanche l'assassino era in grado di controllare tutti i dettagli, e sotto quell'aspetto con Claudia aveva fallito.

Non sotto gli altri, però. Lei era di profilo, anzi di tre quarti, leggermente girata con la faccia contro il terreno, come rannicchiata sull'asfalto dell'argine.

«La posizione del corpo è diversa perché l'assassino l'ha lanciata giù dalla cima del silo», spiegò Barbie.

«Ne abbiamo la certezza?»

«Siamo saliti. Malgrado la pioggia, ci sono ancora tracce di sangue sul tetto. Del resto la porta che impedisce l'accesso alla scala del silo è stata forzata. L'uomo ha compiuto il sacrificio lassù e poi ha gettato giù la vittima.»

«Perché?»

«Perché lo pensiamo o perché l'ha fatto?»

«Non fare l'idiota con me.»

«Doveva avere in mente di esporla sul tetto del silo, ma per una ragione o per l'altra l'ha scaraventata giù. Si può anche ipotizzare che il cadavere sia scivolato nel vuoto: il tetto è bombato. Oppure era ancora viva e si è dibattuta fino a cadere di sotto. Forse l'autopsia ci fornirà delle risposte.»

«Se c'è del sangue, ci saranno anche tracce, impronte.»

«E invece no, è questa la cosa strana. Non so come l'assassino se la sia sbrogliata ma non c'è la minima traccia. Si direbbe che abbia agito in levitazione, senza toccare il tetto. Abbiamo proprio a che fare...»

Corso non ascoltava più. Scrutava la mezzaluna di carni lacerate che gli offriva il «sorriso» di Claudia. Avrebbe voluto gettarsi in ginocchio davanti a lei e chiederle scusa. L'ultima immagine di lei da viva, con il volto accarezzato dal sole nel soggiorno di casa sua, non cessava di sovrapporsi a quella scena orribile, mandandogli in tilt il cervello.

«Ordiniamo la rimozione del corpo», continuò Barbie. «Abbiamo terminato i rilievi ma ci vorrebbe un colpo di fortuna. Non c'è ragione di pensare che questa volta abbia commesso un errore. A parte la caduta del corpo. Forse è stato sorpreso e ha lasciato qualcosa... Ma non ci credo troppo.»

Corso osservava sempre il cadavere, la colonna vertebrale sporgente, le membra contorte dagli indumenti intimi, la gola maciullata dalla pietra. Fece una riflessione a sproposito: Claudia aveva avuto un bel corpo, asciutto, pallido, altero. Un corpo che le si addiceva.

Tornò a guardare il volto tagliato in due, quel terribile sorriso che sembrava pronto a inghiottire la notte viola, i piedipiatti impotenti, l'energia livida che avrebbero dispiegato, probabilmente invano. Quel sorriso era un buco nero, così vasto, così potente, che nessuno avrebbe mai potuto cavarne fuori neanche il più esile raggio di luce, la minima particella di verità.

«Avete cominciato la solita trafila?» domandò.

«Per il momento nessuno sa come diavolo Claudia Muller abbia trascorso la serata. Il suo ultimo contatto è stato con la segretaria verso le diciannove. Era rimasta in casa per terminare di sistemare il nuovo appartamento.»

La pittura fresca sulle pareti, i mobili ancora imballati, gli oggetti che aspettavano di essere messi al loro posto in ogni stanza. Con ogni probabilità Claudia aveva voluto cambiare ambiente per ripartire da zero dopo il caso Sobieski, ma si era resa conto di non poterlo fare finché non veniva svelata la verità.

Gli uomini delle pompe funebri arrivarono con il loro sacco mortuario. Il porta-etichette di identificazione brillava sotto i riflettori, non restava altro che trascrivere i dati. Corso non voleva assistere all'operazione.

«Affideranno il caso a te?» domandò a Barbie uscendo dalla tenda.

«Probabile», rispose lei. «Aspettiamo la sostituta del procuratore. Io ero di turno e in base alle mie precedenti esperienze dovrei essere…»

«Chiamami domattina. Voglio essere al corrente anche del più piccolo elemento.»

Poi girò sui tacchi e fuggì verso il monolito bluastro che evocava una nave spaziale che si librava nella notte gelida.

Risalendo la rampa di pietra, il primo pensiero razionale che gli frullò per la testa non era lusinghiero: da vigliacco, era contento di non essere lui a dovere annunciare la notizia ai genitori di Claudia. La violenza era come una seconda pelle per lui, ma aveva smesso i panni del becchino.

Salito in auto, partì in quarta e filò sul lungosenna, bruciando tutti i semafori in cui incappava. Arrivato a Notre-Dame, inchiodò, afferrò il cellulare e chiamò Catherine Bompart.

«Sei al corrente?» le domandò.

«Mi spiace moltissimo. Davvero, io…»

«Voglio riprendere il mio posto al Trentasei.»

«Quando?»

«Ora.»

89.

Ovviamente, nemmeno Catherine Bompart possedeva la bacchetta magica. Corso dovette rassegnarsi a compilare una tonnellata di scartoffie, correre da un ufficio all'altro, spiegare le proprie motivazioni e aspettare, come tutti quanti, che la sua candidatura venisse presa in considerazione. Magari l'avrebbero anche accettata, ma sarebbe stato troppo tardi per prendere il treno dell'omicidio di Claudia.

Cambiò tattica proponendo a Barbie di aiutarla sottobanco. Lei, dal canto suo, non ne fu entusiasta. Diventata ormai la responsabile della squadra, non aveva bisogno di uno chaperon. E poi la tensione era alle stelle dopo che i media, malgrado i suoi sforzi per non lasciare trapelare la notizia, erano venuti a sapere del nuovo delitto… e del suo *modus operandi* che rinviava punto per punto a quello del «carnefice dello Squonk», un caso per così dire «risolto» con il processo di novembre e il suicidio del colpevole…

In un contesto del genere, Barbie avrebbe fatto volentieri a meno di una palla al piede come Corso: nessuna obiettività in rapporto alla vittima, precedenti imbarazzanti a iosa (tra cui la morte di Alfonso Pérez), una percezione delle cose talmente distorta dai suoi numerosi errori… Troppo ragionare di pancia e non abbastanza con il cervello. E beninteso nessun diritto di intervenire nella procedura, a qualsiasi livello. Una pecora nera oltre che un peso morto.

Anche se fosse rientrato alla Criminale seduta stante, non gli avrebbero affidato l'inchiesta in flagranza di reato. Dopotutto, questo nuovo delitto era la prova stessa della sua incompetenza: aveva fatto fiasco su tutta la linea.

«Conosco il caso meglio di chiunque altro», perorò comunque Corso.

«Persino un po' troppo», obiettò Barbie.

«Dai, non scherzare, hai bisogno di me in questa storia. Porca puttana, non sono né in pensione né rimbambito!»

A malincuore, Barbie accettò di trasmettergli gli elementi dell'inchiesta a patto che promettesse di non mettere piede al Trentasei e di non intervenire in nessun modo. Era un consulente ufficioso... e persino occulto.

Corso acconsentì – non aveva scelta – per accorgersi nel giro di due giorni che non c'era materiale su cui lavorare. L'indagine era ripartita da zero e si era arenata. Provava una sinistra impressione di déjà-vu e di cronica impotenza.

Il 14 dicembre Claudia Muller aveva lasciato lo studio verso le sedici per occuparsi del nuovo appartamento. Aveva chiamato la sua assistente alle 19.10. Poi più niente. Si era volatilizzata come Sophie Sereys o Hélène Desmora, per riapparire sull'argine del porto di Tolbiac, nuda, legata e sfigurata.

In realtà l'inchiesta era peggio che arenata: aveva raggiunto un punto disperato in cui non restavano più carte da giocare. Non si profilava nessuna pista, nessun approccio investigativo supplementare, e al gruppo di Barbie non restava che constatare che ognuna delle diverse verifiche aggiungeva un nuovo zero alla serie. Zero al quadrato.

L'autopsia aveva dimostrato che Claudia non era morta per soffocamento ma in seguito alla caduta. L'assassino non aveva avuto il tempo di provocarne l'asfissia con le sue legature. Tutto induceva a credere che si fosse dibattuta fino a scivolare dal tetto e a cadere di sotto, fratturandosi le vertebre cervicali a contatto con l'asfalto (il silo era alto più di venti metri).

Niente di niente riguardo all'assassino. Né impronte né tracce organiche. Né testimoni né filmati della videosorveglianza. Nessun elemento nella vita quotidiana di Claudia che avrebbe potuto rivelare una presenza sospetta. L'avvocato conduceva un'esistenza monacale e il trasferimento nella nuova casa era semplicemente un modo di viaggiare nel suo mondo interiore, con i suoi libri, i suoi film, i suoi quadri. Niente boyfriend all'orizzonte. Genitori austriaci residenti a Vienna. A Parigi non aveva familiari né amici. Una solitaria che come condotta di vita aveva scelto di difendere i peggiori criminali e le cause immonde.

Corso non capiva come una donna così, immersa sino al collo nel caso Sobieski, avesse potuto cadere in trappola. Conosceva nei dettagli le modalità di esecuzione degli omicidi, sapeva che l'assassino rapiva – o attirava – le sue vittime senza lasciare tracce. Come aveva potuto cascarci? Impossibile. Claudia non era una sprovveduta, ed era da un anno che studiava quel fascicolo da cui continuava a essere ossessionata. Al primo segno sospetto, avrebbe reagito.

Corso arrivò alla conclusione che lei conoscesse l'aggressore e si fidasse di lui. L'uomo o la donna che le aveva fatto visita quella notte era qualcuno al di là di ogni sospetto...

La sera di domenica 17 dicembre Barbie lo chiamò per informarlo che la spoglia di Claudia era stata restituita alla famiglia, dopo oltre cinquanta ore di autopsia, esami e trattamenti di ogni genere. I genitori avevano deciso di seppellire la figlia a Parigi, nel cimitero di Passy.

«Quando sarà il funerale?»

«Domattina alle undici.»

90.

Quello di Passy è il cimitero di Parigi riservato ai VIP. Ospita circa duemilaseicento tombe e ha la più alta concentrazione di defunti per metro quadrato. Un parterre di celebrità sepolte sulla sommità di una collina sovrastante place du Trocadéro. Davanti al gigantesco portale in stile Art déco, il poliziotto parve esitare. Se la famiglia o chiunque altro lo avesse individuato, sarebbe finito impiccato a uno dei castagni del santuario. In fin dei conti era stato lui ad arrestare l'assassino sbagliato, a infierire sul cliente di Claudia e, in modo più o meno diretto, a dare all'assassino l'idea di sacrificare il giovane avvocato. *Su, Corso, ne hai passate altre.*

Per ironia della sorte, il tempo era magnifico. Le stele e le croci brillavano sotto il sole come madreperla. Nemmeno un soffio di vento in quella mattinata sublime. L'azzurro del cielo evocava la purezza di un precipitato chimico e gli rammentava il suo ultimo incontro con Claudia.

Mani in tasca, Corso cercò il luogo della cerimonia. Incrociò cappelle bianche simili a veri e propri mausolei, padiglioni vetrati adorni di angeli o madonne che parevano trafugati da una chiesa, costruzioni stravaganti sovraccariche di decorazioni barocche.

A Claudia quel posto non sarebbe piaciuto. La pasionaria di una giustizia uguale per tutti non avrebbe apprezzato di essere rispedita alle sue origini borghesi.

Finalmente individuò il gruppo in nero, come disegnato a carboncino su un foglio bianco. Mentre si avvicinava sul chi vive, capì di non rischiare niente: tutti i presenti erano viennesi. Claudia non aveva amici, ma aveva una famiglia. Volti solenni dai nobili lineamenti e dall'espressione impenetrabile. Conversazione in tedesco. Non mancava altro che una cornice dorata per immortalare la riunione davanti alla fossa.

Barbie gli aveva promesso che non ci sarebbe stato un solo giornalista e neppure un semplice curioso. E così era. Infatti aveva deliberatamente lasciato trapelare un'informazione sbagliata, e cioè che, essendo Claudia Muller di origini austriache, i genitori avevano fatto rimpatriare il corpo per inumarlo alla periferia di Vienna.

Quegli austriaci non credevano in Dio. Neanche l'ombra di un prete o di un ministro del culto. Nessun ufficio liturgico attorno al feretro, ma solo un profondo raccoglimento che valeva quanto le preghiere standard. Osservando quegli uomini e quelle donne dell'alta società viennese, Corso rimase colpito dalla loro somiglianza: stessi abiti neri di taglio elegante, stessi volti scolpiti nel marmo bianco. Sembravano usciti da un medesimo stampo.

Il poliziotto si stava domandando quale fosse la madre di Claudia quando una donna di bassa statura fece un passo avanti e, ignorando il leggio destinato agli oratori, si avvicinò alla fossa. Dietro di lei un colosso terribilmente austero fungeva da guardia del corpo: il padre.

Malgrado fosse più piccola e con una figura più piena, la signora Muller aveva un'aria di famiglia con la scomparsa, di cui condivideva i lineamenti puri, armoniosi, e i capelli castani tirati all'indietro. Una bellezza pallida, asciutta, che ricordava il gusto amaro dell'ostia sacra.

Quella presenza lo gelò dalla testa ai piedi. Temeva di incrociare lo sguardo della donna, ma lei teneva le palpebre abbassate. Aveva le mani intrecciate davanti a sé e non portava né borsa né cappotto, solo un vestito nero che, nella sua semplicità, evocava le tuniche intrise di zolfo che venivano fatte indossare ai condannati al rogo affinché bruciassero più in fretta.

La madre si mise a recitare a memoria, occhi bassi e voce posata, come se parlasse dentro di sé:

Hasta te creo dueña del universo.
Te traeré de las montañas flores alegres, copihues,
avellanas oscuras, y cestas silvestres de besos.
Quiero hacer contigo
lo que la primavera hace con los cerezos.

Corso non si aspettava che parlasse in spagnolo, ma riconobbe subito i versi della più celebre delle venti poesie d'amore (e di giovinezza) di Pablo Neruda. *Voglio fare con te / quello che la primavera fa con i ciliegi…*

Quella madre straziata dedicava alla figlia una poesia d'amore piena di sensualità. Claudia doveva aver chiuso ogni rapporto con i familiari, e proprio per dimenticarli – e provocarli – si era stabilita a Parigi dove era diventata la santa patrona dei criminali.

D'un tratto Corso si avvide dei nuovi arrivati tra i presenti. Quindi non c'erano solo austriaci, in quel cimitero: Barbie non aveva potuto evitare che l'informazione si diffondesse tra certi «amici» di Sobieski, ossia intellettuali, politici e artisti che si erano defilati quando era scoppiata la bomba della colpevolezza del pittore, ma che uscivano allo scoperto ora che la sua innocenza era palese.

Corso li vide bisbigliare tra loro. Si erano accorti di lui, avevano riconosciuto il loro nemico storico. Lo sbirro fascista che aveva commesso soltanto errori, non aveva capito un bel niente e creduto che la vicenda fosse risolta mentre l'assassino era ancora in circolazione…

Fortuna che nessuno di quei militanti ebbe la possibilità di fare un discorso (erano esequie strettamente private e basta), altrimenti ci si sarebbe dovuti sorbire i soliti indignati sproloqui: Claudia, l'avvocato coraggioso, sacrificato da una polizia ottusa e da una giustizia cieca; Sobieski, il «suicidato della società» ecc.

Ora tutti sfilavano davanti alla fossa per gettarvi una rosa bianca. Lui preferì arretrare fra le tombe: era privo sia di rosa sia di legittimità. Non parliamo poi di esprimere le sue condoglianze ai genitori o a chiunque altro. Gli «amici di Sobieski» lo guardavano sempre più in cagnesco…

Stava per girare sui tacchi quando notò un viso che lì era *del tutto* fuori posto. Si nascose dietro una stele in attesa che la gente se ne andasse. Non avrebbe lasciato il cimitero senza prima avere una spiegazione di quel *miscasting*.

91.

«Che cazzo ci fai qui?»

Corso era sgusciato dal suo nascondiglio non appena i convenuti avevano cominciato a disperdersi. Si rivolgeva a un piccoletto che seguiva il corteo a dovuta distanza. Ci aveva messo qualche secondo a collocarlo, ma adesso era sicuro: l'uomo era un poliziotto del Trentasei. E più precisamente faceva parte della Scientifica.

Era il tizio con il taglio di capelli alla Playmobil e la faccia come una zucca che gli aveva mostrato le prime tele requisite nello studio di Sobieski, quelle che all'epoca avrebbero dovuto mettere in croce il pittore e si erano invece rivelate semplici copie delle fotografie vendutegli da Ludo.

«Io...»

«Ricordami il tuo nome.»

«Tenente Philippe Marquet.»

«Cosa ci fai qui?»

Marquet lanciava occhiate disperate verso il corteo che si allontanava.

«Claudia era un'amica», finì per ammettere in un tono che voleva essere fermo.

«Dove l'hai conosciuta?»

«Al lavoro.»

«La Scientifica non ha mai contatti con gli avvocati.»

«Claudia ha avuto un'autorizzazione del giudice per recuperare certi campioni. Alla Scientifica, mi occupo degli elementi organici sigillati. Li raccolgo, li invio a fare analizzare, li verifico quando tornano indietro e li archivio.»

Marquet aveva proprio la fisionomia di chi arriva al Trentasei in veste di testimone e finisce per restarci come principale accusato.

«Quand'è stato?»

«Saranno... due anni.»

«Nell'ambito di quale caso?»

«Non... non me lo ricordo.»

Prima menzogna. Corso non aggiunse «verificheremo» ma l'idea era quella. Stentava parecchio a immaginare quell'imbecille nella cerchia degli amici di Claudia. Del resto, lei di amici non ne aveva.

«Di che natura erano le vostre relazioni?»

«La cosa non la riguarda.»

Philippe Marquet si passò sulla fronte la manica della giacca come se quella risposta gli fosse costata un vero e proprio sforzo fisico.

«Andavate a letto insieme?» domandò Corso per provocarlo.

Dava le spalle alla luce e l'altro era costretto a beccarsi il sole in faccia.

«Io... non sono tenuto a risponderle.»

Era arrivato il momento di passare ai metodi coercitivi, quindi lo afferrò per il colletto, temendo che il suo abito da quattro soldi gli restasse in mano.

«Piantala di fare l'idiota. Claudia è appena stata sepolta. Assassinata nel peggiore dei modi. Se scoprono la tua relazione con lei, quale che sia, non farà buona impressione, credi a me. Potresti ritrovarti in quattro e quattr'otto sulla lista dei sospettati. In fin dei conti, non c'è niente di meglio di un agente della Scientifica per imbrogliare gli altri poliziotti. Spiegherebbe fino a che punto l'assassino ci abbia preso per i fondelli...»

Marquet stringeva le sue piccole grinfie sui polsi di Corso, ma aveva la forza di un tubercoloso pronto per un soggiorno in sanatorio.

«Mi... mi lasci!»

«Che tipo di rapporto avevate, porca troia?»

Marquet aprì la bocca, ma non riuscì a dire una parola. Infine Corso lo lasciò andare e si asciugò le mani sul giubbotto: erano viscide come se avesse affondato le dita in un sacchetto di patatine fritte.

«Noi... noi stavamo insieme...» finì per bofonchiare l'altro tra due attacchi di tosse.

Fu la volta di Corso di restare senza fiato. Marquet non aveva alcuna ragione di mentire, proprio l'opposto. Claudia Muller, la splendida donna che trionfava in tutti i processi, che aveva probabilmente tutti gli avvocati ai suoi piedi, e non solo loro, anche i giudici, i procuratori, gli imputati, i giurati... quella donna inaccessibile, che per inciso si era invaghita di un pittore-falsario condannato per duplice omicidio, avrebbe messo gli occhi su quella mezza calzetta?

«Non credo una parola.»

«Creda quel che le pare», si eresse fiero l'altro, ferito nel suo orgoglio di maschio.

Corso mosse un passo, obbligando Marquet a schiacciarsi contro una stele.

«Non vivevate insieme.»

«Certo che no!»

«E allora?»

Il piccoletto pareva fondersi al sole come una noce di burro in una padella.

«Ci si vedeva regolarmente. Io... credo che le piacessi.»

«Anche in questi ultimi mesi?»

Marquet fece un sorriso sornione. Aveva finalmente trovato una spiegazione all'aggressività di Corso: anche lui aveva un debole per la bella Claudia.

«Claudia mi parlava di lei...» sbottò sprezzante.

«Cosa diceva?»

«Che lei era l'uomo che più detestava al mondo.»

Corso incassò. Il sole gli surriscaldava la schiena, mentre il vento gelido che nel frattempo si era alzato gli sferzava la faccia.

«Perché?» domandò con voce atona.

Marquet alzò le spalle. Sul viso di Corso aveva colto la traccia di una vera sofferenza e non voleva affondare la lama. Claudia era sepolta a pochi passi, non era né il luogo né il momento per inscenare un duello.

«Perché accusavo Sobieski?»

Il poliziotto della Scientifica lo soppesò, come per calcolare quanto Corso potesse ancora incassare.

«Non solo questo. Lei rappresentava ai suoi occhi l'immagine stessa del poliziotto di orizzonti ristretti che privilegia la propria convinzione rispetto alle prove e agisce solo d'istinto.»

A Corso sarebbe piaciuto piazzargli un pugno in faccia, ma non lì, non in quel momento. E poi non era una rivelazione. Claudia aveva già avuto l'occasione di vuotare il sacco con lui.

«Togliti dai piedi», ordinò.

Guardò Marquet scappare a gambe levate, zigzagando sul viale. C'era qualcosa che non tornava: lo sbirro non aveva detto tutta la verità. Decise di tenere in serbo quella sgradevole sensazione in qualche angolo del suo cervello, di tenere il becco chiuso per il momento, di limitarsi a osservare. Tenere d'occhio il tipo ma occuparsi nel frattempo delle cose più impellenti.

Raggiunse rapidamente l'uscita. I funerali di Claudia gli avevano dato nuova energia. Se ne fregava dei processi verbali di Barbie.

Avrebbe ripreso l'inchiesta da zero, da solo.

92.

Per cominciare, decise di fare visita a Mathieu Veranne, il maestro della corda, armato delle fotografie della nuova scena del crimine. Forse il *nawashi* avrebbe notato una differenza tra le legature di Claudia e quelle delle altre vittime, o magari un nuovo dettaglio rivelatore.

Parigi era letteralmente soffocata dagli addobbi natalizi e si avvertiva nell'aria quell'impazienza mista a tristezza che caratterizza la fine di un anno. Ancora una volta ci si sarebbe abbuffati, ubriacati e scambiati dei regali, ma tutto questo mirava a far dimenticare un dato di fatto: un anno di più, un anno di meno...

Corso aveva preannunciato il suo arrivo e Veranne, che non sembrava oberato di lavoro, aveva promesso di aspettarlo. Quando si ritrovò in rue du Docteur-Blanche ed entrò nel cortile del palazzo dove si ergeva ancora il pugno di resina nera, si rese conto che era passata un'eternità da quando si era recato lì la prima volta.

Mathieu Veranne non era cambiato. Sempre la stessa faccia stretta e allungata come una feritoia, occhi così sporgenti che sembravano schizzare dalle orbite, mascelle come fauci di bestia feroce. Il personaggio sembrava uscire da una favola. Era il lupo delle fiabe, l'orco dei castelli.

Corso era affascinato da quel marchese de Sade sempre disponibile. Un nomade aristocratico sulle vie del piacere, un gaudente con una sola idea fissa: esplorare i lati più contorti e contraddittori della psiche umana.

«Ho sentito alla radio che c'è stata un'altra vittima.»

«Proprio così.»

Veranne lo invitò a seguirlo nel salone, senza aggiungere neanche una parola di compassione, senza esprimere un minimo di dispiacere. In fondo, per lui, quella era un'occasione per spassarsela.

«Cosa posso fare per lei?»

Corso tirò fuori le foto. «La nuova vittima. Vorrei che guardasse queste immagini con attenzione. Mi dica se vede qualche differenza rispetto alle legature delle volte precedenti. Ho portato con me le foto delle altre vittime per rinfrescarle la memoria e...»

«Non serve.»

Seduto sul divano rosso, Veranne aveva già preso le fotografie e con sguardo avido le stava disponendo sul tavolino. Corso si domandò se non stesse alimentando la curiosità malsana di quel folle, procurandogli addirittura un nuovo piacere con lo spettacolo di quello scempio.

Il *nawashi* osservava le immagini come un predatore fissa la sua preda. Gli occhi sporgenti gli divoravano il viso e parevano trasmettergli informazioni troppo potenti, troppo violente.

«Questa donna la conosco.»

«Era l'avvocato di Philippe Sobieski. L'ha vista al processo.»

«No, la conoscevo già da prima.»

«Prego?»

L'altro alzò su di lui le pupille dilatate: «È stata una mia allieva».

D'un tratto Corso vide la stanza inclinarsi pericolosamente, i mobili vintage vibrare come ripresi dall'obiettivo di una cinepresa a spalla. Cosa diavolo diceva quel demente?

«Frequentava il mio corso due o tre anni fa», continuò Veranne. «Si faceva chiamare Lorelei.»

La leggenda tedesca della Lorelei, una ninfa che con i suoi canti stregava i navigatori del Reno facendoli naufragare, come le sirene della mitologia greca. La Lorelei era anche una ripida roccia lungo il Reno che contrassegnava un passaggio del fiume dove si erano inabissate numerosissime navi. Simbolo trasparente: Claudia attirava e fuorviava gli uomini, riducendoli a relitti, a cominciare da lui.

«È restata con me appena un anno. Era molto dotata. In seguito l'ho incrociata qualche volta nei club di allenamento o nei locali sadomaso.»

Corso non sapeva che pesci pigliare. Claudia che prendeva gusto ai piaceri perversi. Claudia esperta nell'arte delle corde. Claudia quasi sicuramente vicina a Sobieski molto prima della serie dei delitti. Claudia che praticava lo *shibari* con lui e, perché no, era già la sua amante...

Veranne le fornì una nuova informazione che surclassò tutte le altre: «Era un'adepta dell'autosospensione».

«La che?»

«È una tecnica particolare che permette di immobilizzarsi da soli. Alla fine della manovra basta disfare un nodo perché l'intero reticolo di lacci si stringa... e di colpo ti ritrovi sospeso... Ma sei stato tu stesso a fare tutto il lavoro.»

I pensieri cozzarono come pietre nella sua testa. Non voleva accettare le verità che emergevano da quel colpo di scena.

Veranne si chinò su una delle fotografie.

«Aspetti... Sì... Non c'è dubbio, le legature che vedo qui appartengono a questa tecnica. Se le guarda con attenzione, si renderà conto che sono girate verso l'interno. È stata la stessa Lorelei a legarsi.»

Veranne lasciò cadere la fotografia sul tavolino. Per la prima volta sembrava accusare anche lui il colpo. Il suo viso affilato parve subire un'ulteriore compressione: restavano solo gli occhi, luccicanti e febbrili.

«Lei pensa che...?» domandò.

Il maestro del sadomaso non terminò la frase e Corso non disse niente. Entrambi avevano compreso la verità. Claudia si era data la morte imitando il *modus operandi* del carnefice dello Squonk.

Per una sola ragione: scagionare Sobieski una volta per tutte.

93.

La pioggia.

Colonne, volte, mura. Tutta un'architettura in movimento, insieme pesante e fluida, che si frantumava sull'asfalto, sui cofani delle auto, sui tetti degli edifici. La pioggia come un bombardamento dal cielo, l'assalto delle acque, la furia di dicembre. Erano solo le tre del pomeriggio e faceva già buio.

Le raffiche facevano vacillare le decorazioni dispiegate sopra le strade. L'acquazzone accentuava il luccichio di ghirlande e luminarie. Natale e i suoi baluginii si disgregavano nell'acqua torrenziale, simile a una piena gigantesca che si sarebbe portata via tutto al suo passaggio.

Corso filava verso il porto di Tolbiac. Aveva acceso il girofaro, aggiungendo il proprio tocco di luce ai giochi di specchi delle vetrine e dei loro riflessi. Giunto a Notre-Dame, trovò il traffico bloccato sui lungosenna. Anche con la sirena era impossibile passare.

Be', facciamo una telefonata.

«Ti disturbo?»

«Dipende dal motivo per cui mi chiami.»

«Secondo te?»

«Cosa vuoi sapere?» domandò con un sospiro Coscas, il medico legale.

«Hai fatto le analisi tossicologiche di Claudia Muller?»

«Per pura coscienza professionale. È evidente che non è morta per avvelenamento né intossicazione.»

«Hai i risultati?»

Coscas fece una pausa. Stava picchiando su una tastiera.

«È buffo che mi chiami adesso...»
«Perché?»
«Perché li ho appena ricevuti e c'è qualcosa di bizzarro.»
«Cosa?»
«Ho fatto prelievi su diverse parti del corpo. Quelli del viso hanno dato un risultato singolare: contenevano un forte anestetico locale.»
«E altrove non ne hai trovato?»
«No. Devono averle iniettato questo prodotto subito prima di squarciarle le guance. L'anestetico non ha fatto in tempo a diffondersi nel sistema. D'altronde si tratta di lidocaina, usata per le anestesie locali. Come se l'omicida avesse voluto limitare le sofferenze della vittima.»
Non mi sorprende. Le auto si rimettevano in moto. Attraverso le striature azzurrognole del parabrezza, Corso vedeva disegnarsi un progetto folle, un piano stupefacente, che superava ogni sua precedente esperienza alla Criminale.
«Ho verificato i primi piani del viso», continuò Coscas. «La traccia delle punture è distinguibile sulle tempie, sulle guance e sotto la mandibola. Al momento non avevo visto niente con un simile macello...»
«Va bene, Coscas, non ti rodere il fegato. Se contassimo gli errori fatti su questo caso, saremmo tutti pronti a fare fagotto.»
«Cosa ne pensi?»
Il medico sembrava preoccupato da questo enigma. Nel suo mestiere, ne vedeva passare di roba folle, ma mai elementi contraddittori. La pazzia è un filo rosso, segue la propria logica e non se ne discosta mai.
Corso non poteva dire a Coscas che in quel caso erano due le follie all'opera. Quella del mentore e quella del discepolo. Quella del boia dello Squonk e quella di Claudia, la Lorelei dei tribunali.
«Passerai i risultati a Barbie?»
«È la prassi, no?»
«Accordami ventiquattr'ore.»
Non sapeva perché avesse chiesto quella proroga, ma il medico acconsentì, con la voce di qualcuno a cui viene

mozzato un braccio. Quando terminò la conversazione, aveva appena superato la Très Grande Bibliothèque e continuava a fare lo slalom tra le vetture impantanate nel fango.

Ecco finalmente il porto di Tolbiac.

Sterzò a sinistra per immettersi sulla rampa che portava all'argine, costringendo le auto a frenare bruscamente. Giunto alla fabbrica di cemento, smontò dalla Polo e si beccò in faccia il diluvio.

Il luogo era ancora delimitato da nastri di plastica gialla, unico tocco di colore nel totale grigiore dell'acquazzone. Sommerso, l'argine sembrava sul punto di staccarsi da terra per raggiungere la Senna gonfia di pioggia. Il fiume si sollevava come animato da una lenta e potente respirazione.

Corso oltrepassò il perimetro di sicurezza e si avvicinò alla porta del recinto che era stata forzata da Claudia. Non aveva più dubbi su quanto era accaduto. Adesso voleva fare una ricostruzione precisa e verificare i minimi dettagli.

La scala esterna, protetta da strutture di metallo, si avvolgeva attorno al silo della sabbia. Intraprese la salita, piegato in due come sul ponte di una nave da guerra sferzata dalla tempesta. Arrivato in cima, non provò alcuna vertigine, e la ragione era semplice: non si vedeva un bel nulla. La pioggia era così fitta da intessere attorno al container una guaina grigia che arrivava fino al cielo.

Corso si sedette a gambe incrociate sul tetto bombato, in posizione di meditazione, alla maniera dei *sadhu* indiani alle sorgenti del Gange, e ripercorse nella mente le varie fasi.

Claudia era salita sin lì nel cuore della notte. Si era iniettata la lidocaina nelle tempie, nelle guance, sotto la mandibola e poi, nell'attesa che l'anestetico facesse il suo effetto, si era spogliata e «autolegata», lasciando libera una mano per finire il lavoro. Infine, sul bordo del tetto, già in posizione arcuata e immobilizzata dalla propria biancheria, si era aperta con un cutter le guance fino alle orecchie e si era incastrata in gola una pietra, mentre il sangue sgorgava a fiotti. Corso riusciva a immaginare la scena: il dolore nonostante l'effetto della lidocaina, lo shock che le velava gli occhi, la morte che formava un cerchio scarlatto attorno a lei…

Si era quindi sbarazzata dei suoi materiali: cutter, siringhe, vestiti... Dove li aveva messi? Corso aveva già individuato la piccola botola nel tetto che permetteva di osservare l'interno del silo. L'aprì – non era chiusa a chiave –, guardò dentro ma non vide niente. Troppo profondo.

Il seguito era stato tutto molto rapido. Claudia non doveva essere molto cosciente di quanto faceva, la vita le sfuggiva dalla bocca spalancata e ridipingeva il tetto del silos. Aveva comunque portato alla schiena la mano destra rimasta libera e infilato le dita nell'anello formato da una delle bretelle del reggiseno.

Poi, con un solo gesto, aveva rilasciato tutta la tensione trattenuta dalla serie di legature e si era ritrovata bloccata come le altre vittime del boia dello Squonk. Stava soffocando per la pietra in gola e per il sangue quando aveva deciso di lasciarsi scivolare sul tetto fino a precipitare nel vuoto.

Sempre seduto a gambe incrociate, Corso scoppiò in lacrime. Era il suicidio più abominevole che si potesse immaginare. Perché Claudia Muller si era inflitta una morte simile? Perché un tale sacrificio?

Ora occorreva ispezionare l'interno del silo, raccogliere la testimonianza di Veranne – o piuttosto convocarlo come esperto –, riconsiderare e analizzare nell'ottica del suicidio tutti i frammenti raccolti... Non era sorprendente che i ragazzi della Scientifica non avessero rinvenuto tracce dell'omicida: semplicemente, non esisteva.

Avrebbe chiamato Barbie per spiegarle tutto ciò, ma al momento aveva cose più urgenti da fare. Doveva capire le ragioni di quella follia. L'amore di Claudia per Sobieski e la sua volontà di scagionarlo non erano motivi sufficienti per indurla a compiere quel gesto. Ci doveva essere dell'altro.

Gli veniva in mente solo una persona in grado di illuminarlo sugli ultimi giorni dell'avvocato suicida. Gli scocciava ammetterlo ma si trattava di Philippe Marquet, il tizio con il taglio a scodella e la faccia da emoji.

Una volta a bordo della Polo, Corso consultò l'orologio: quasi le sedici. Prima di proseguire doveva risolvere una questione fondamentale.

Compose malvolentieri il numero che detestava. Era talmente zuppo di pioggia da avere l'impressione di sedere in una palude.

«Émiliya? Sono io.»

«Mi disturbi in questo momento.»

«Ho bisogno di un favore.»

«La risposta è no, naturalmente.»

«Si tratta di Thaddée.»

«Cosa succede?»

«Puoi occupartene tu dopo che se ne va la tata? Ho un casino al lavoro.»

Silenzio. Corso era sfinito dalla serie di battaglie, conflitti e trattative che ripetevano sempre lo stesso schema. Prima lui doveva implorare, lei allora lo copriva di merda, poi si affrontavano e insultavano... tutto questo per arrivare al risultato che entrambi conoscevano fin dall'inizio: Émiliya avrebbe ovviamente badato al figlio, non per essere gentile con il padre ma perché era per lei un piacere, oltre che un dovere.

Cosa curiosa, per una volta Corso non dovette insistere e poté saltare qualche tappa dello schema. La loro relazione stava conoscendo nuovi sviluppi? Negli ultimi tempi Corso aveva in qualche modo cambiato il suo punto di vista su Émiliya. Le riconosceva certe qualità, e forse anche un certo discernimento nelle sue perversioni. Lei non avrebbe mai coinvolto Thaddée nei suoi giochi sessuali.

«Andrò a prenderlo da te alle diciotto.»

«Grazie.»

Aveva il campo libero per la sua discesa agli inferi.

94.

«Andavamo a letto insieme ma c'era un patto fra noi.»

«Che patto?»

«Claudia mi aveva chiesto qualcosa in cambio dei suoi... favori.»

Corso non aveva avuto bisogno di ricorrere alla violenza. Si era recato al domicilio di Marquet in boulevard Ornano, nel XVIII arrondissement, e aveva suonato alla porta. Il poliziotto della Scientifica aveva preso qualche giorno di riposo per lasciare decantare il dolore, e lo aspettava. Era consapevole del fatto che tra loro il discorso non era chiuso.

Corso non aveva parlato del suicidio di Claudia. Era lì per pescare informazioni, non per fornirne. I due uomini stavano in piedi nel salotto, immersi in una penombra appena rischiarata da una lampada su uno scaffale che fungeva da veilleuse. Fuori, la pioggia non dava tregua.

Aspettò il seguito ma Marquet non fiatava.

«Cos'ha preteso in cambio?» rilanciò dunque.

«Voleva...» La sua voce si spense di nuovo.

Corso fece un passo verso di lui. «Mi rispondi o no?»

Marquet si lasciò cadere su una poltrona e scomparve nell'oscurità. Soltanto la voce tradiva la sua presenza: «Voleva che sostituissi i campioni del DNA di Sophie Sereys e Hélène Desmora».

Corso balzò in avanti e afferrò i braccioli della poltrona di Marquet.

«Ripeti un po'!»

«Glielo giuro... Ho dovuto sostituire sia i frammenti organici corrispondenti alle vittime sia il sangue prelevato dai loro corpi.»

Corso si raddrizzò e si tirò indietro. Fu il suo turno di ritrovarsi avvolto dal buio. Si ritirò in un angolo della stanza per tentare di riflettere. I nuovi tasselli del rompicapo non andavano d'accordo con niente. Disegnavano un'immagine radicalmente diversa da quelle che aveva preso in considerazione, ed era un'immagine indecifrabile.

«Non abbiamo mai lavorato sui campioni buoni?» sbottò, incredulo.

«Mai.»

Era molto più di un'informazione: equivaleva al totale sovvertimento dei fondamenti del fascicolo. Erano stati tutti ingannati sugli stessi reperti materiali dell'indagine.

«Ti ha chiesto fin dall'inizio di scambiare il sangue di Sophie Sereys?»

«Sì, già all'indomani dell'omicidio. Il 17 giugno 2016.»

Per il momento, Corso preferì non soffermarsi sul fatto che Claudia fosse al corrente del primo delitto quando nessuno ne aveva mai dato comunicazione.

Concentrati.

Perché questa manipolazione?

Voleva già scagionare Sobieski?

No, il sangue e il DNA della vittima non dicevano niente sull'identità dell'assassino.

«È per questo che scopava con te?»

I suoi occhi si abituavano all'ombra. Marquet si aprì in un debole sorriso. Una crepa in un vaso da notte.

«Certo non lo faceva per il mio fascino naturale.»

Se Corso non capiva l'obiettivo di Claudia, ne coglieva però la strategia. Al Trentasei, Marquet era il solo a potere sostituire i campioni sigillati. Il piccoletto occupava un posto chiave per chi volesse sabotare gli esami del sangue o le analisi del DNA destinati alla Criminale.

«Qual era lo scopo della manovra?»

«Gliel'ho chiesto ma si è rifiutata di rispondere. Era il nostro accordo. O obbedivo tenendo la bocca chiusa, oppure mi scordavo del nostro contratto sessuale.»

Marquet non aveva certo esitato a lungo. Nel mondo reale, un uomo come lui non aveva nessuna possibilità di avvicinare una Claudia.

«Da dove provenivano i nuovi campioni?»

«Me li aveva procurati lei.»

All'improvviso Corso ebbe un'illuminazione.

«Sei stato tu a mettere quel sangue sulle tele di Sobieski?» domandò.

«No, è stata lei.»

Corso rivide le scritte tracciate con mano incerta all'interno stesso delle pieghe del colore dei dipinti. SARAH. MANON. LÉA. CHLOÉ. E naturalmente SOPHIE e HÉLÈNE...

Non solo Claudia Muller aveva incorporato quel sangue nelle tele, ma aveva anche imitato la scrittura di Philippe Sobieski. Le analisi grafologiche avevano confermato che quei nomi erano sicuramente riconducibili alla mano del pittore.

«Come fai a esserne sicuro?» riprese. Un rumore sordo gli martoriava il cervello.

«Non ci sono alternative. Era la sola, oltre a me, a possedere i campioni di sangue che avevo fatto passare per quelli di Sophie e Hélène. Se non sono stato io, è stata per forza lei.»

Un altro tassello, un altro enigma. Se Claudia aveva agito così, lo scopo era stato quello di affossare Sobieski. La sua era stata una strategia assolutamente perversa: fingere di difendere il pittore per poterlo distruggere, far credere di cercarne l'assoluzione per strappare l'ergastolo. La postazione migliore per fare condannare Sobieski era in tribunale.

Corso fu preso da vertigine mentre faceva una rapida carrellata sui principali fatti della vicenda. Era stata Claudia, fin dall'inizio, ad architettare tutto affinché Sobieski crepasse in galera. Era stata lei a fare sostituire le fiale per essere sicura di potere piazzare lo stesso sangue sulle tele di Sobieski e, prima di ciò, nel suo laboratorio clandestino.

Ma a quale scopo?

Si chiese en passant da dove provenisse il sangue degli altri nomi scritti sulle tele: un mistero che nessuno aveva mai svelato.

Comunque per il momento questo non gli interessava. Corso giungeva già a un'altra deduzione, non una certezza ma, diciamo, una solida possibilità. Quella manipolazione delle prove organiche poteva suggerire un altro fatto, ancora più folle: forse era stata Claudia a uccidere le spogliarelliste...

Ma, di nuovo, perché?

Era animata da una perversa furia omicida e aveva trovato in Sobieski un capro espiatorio? Oppure, all'opposto, il pittore (e la sua caduta) era l'obiettivo ultimo della sua macchinazione? In questo caso, avrebbe ucciso due donne della cerchia dell'artista all'unico scopo di farlo incriminare, procedendo poi a fabbricare indizi accusatori fino a giungere al coronamento finale: i nomi delle due donne scritti con il sangue dissimulati nelle ultime tele di Sobieski.

Corso era pronto a immaginare e accettare tutto, ma continuava a mancargli il tassello principale: il movente. Perché Claudia avrebbe organizzato tutto ciò? Perché nutriva in segreto un odio così feroce nei confronti di Sobieski?

E ammettendo che fosse lei l'assassina, perché sostituire il sangue delle vittime? Avrebbe potuto conservarne qualche centilitro e spargerlo nello studio di Sobieski e poi sulle sue tele. Era persino molto più semplice. Perché quell'ultima manipolazione che non peggiorava la situazione dell'imputato e che alla fine era del tutto inutile?

Marquet, intanto, sembrava aver seguito il percorso mentale di Corso.

«Anch'io mi sono posto queste domande», confessò. «Ho svolto le mie ricerche.»

«Vale a dire?»

«Mi sono detto che forse Claudia mi aveva chiesto di scambiare i prelievi sigillati perché voleva nascondere qualcosa a proposito di Sophie e Hélène. Avevo conservato dei campioni del loro sangue e li ho fatti analizzare per conto mio.»

Corso aveva la gola così secca che vi si sarebbe potuto strofinare un fiammifero.

«Hai trovato qualcosa?»

Marquet si permise un altro sorriso fantasma nella penombra striata dalle lame di pioggia incollate ai vetri.

«Sì. Sophie e Hélène erano sorelle.»

«Vuoi dire… in senso biologico?»

«Sorellastre, per essere precisi. Ma avevano lo stesso padre, su questo non ci piove.»

95.

Corso riuscì a prendere il treno delle 18.23 per Frasne, una città di cui non aveva mai sentito parlare. Lì trovò una corrispondenza per Pontarlier. Tre ore di viaggio nella notte invernale verso la montagna e la verità, con il computer come solo compagno.

Era diretto alla casa di accoglienza per l'infanzia di La Motte-Sassy dove, dal 1998 al 2004, Sophie Sereys e Hélène Desmora erano cresciute insieme. Voleva incontrare qualcuno che le avesse conosciute e potesse confermare a viva voce l'incredibile informazione avuta da Marquet.

Le ragazze erano sorellastre, e la cosa era meno sorprendente di quanto sembrasse. Sophie, figlia di ignoti, era stata abbandonata dalla madre che l'aveva partorita a Lione nel 1984. Hélène era nata due anni dopo a Lons-le-Saunier, da genitori incapaci di prendersi cura di lei. Il padre delle due bambine doveva quindi essere Jean-Luc Desmora, cameriere, buttafuori, disoccupato e soprattutto violento e alcolizzato. Si poteva immaginare che, girovagando nella regione di Lione o altrove, avesse avuto una breve relazione con la madre di Sophie, la quale, per una ragione o per l'altra, aveva abbandonato la figlia. Una banale storia di miseria familiare.

Altrettanto poco sorprendente era che le due bambine si fossero conosciute (e, in un certo senso, ri-conosciute) in un istituto di quella regione. A partire da quel momento erano cresciute negli stessi centri e presso le stesse famiglie d'affido. Trasferitesi insieme a Parigi, avevano tentato fortuna nel mondo dello strip-tease. Corso ricordava anche che avevano tenuto nascosta la loro amicizia, probabilmente per essere più forti in caso di problemi. Una sorta di arma segreta.

Ma perché Claudia Muller, assassina o no, aveva voluto dissimulare questo legame di parentela?

Di domande ce ne sarebbero state a bizzeffe, ma Corso si era promesso di evitare di porsele. Erano zero le probabilità che il suo cervello ormai fuso (e ignorante) gli fornisse qualche risposta. Peggio ancora, procedere alla cieca.

Durante quelle tre ore di treno si accontentò di registrare sul computer tutte le cose che aveva capito, aggiungendo le proprie supposizioni. Per il resto…

Un fatto in particolare lo assillava. Claudia aveva chiesto a Marquet di falsificare i campioni di sangue fin dal primo delitto. Da questo dettaglio essenziale si capiva che lei sapeva, già dalla morte di Sophie, che la prossima della lista sarebbe stata Hélène…

Quindi lei era l'assassina. Oppure conosceva l'omicida e le sue intenzioni.

In questo caso, perché non avvertire Hélène?

Niente domande, Corso, niente domande.

Incollò la fronte contro il vetro e tentò di decifrare il paesaggio nell'oscurità. Non vedeva proprio niente. Immerse sguardo e pensieri in quel nulla con la speranza di dissolversi. L'arrivo a Frasne lo svegliò. Saltò giù sulla banchina e scoprì un nuovo mondo.

Era tutto bianco. La stazione era sepolta sotto la neve. La luce dei lampioni riflessa sui cumuli di neve che cingevano le rotaie creava una magica luminescenza. In altri punti la neve formava rilievi più dolci, più soffici, come tante decorazioni di ovatta. Non mancava altro che la mangiatoia con il Bambin Gesù. Corso si sentiva totalmente sfasato. Indossava solo un giubbotto, non aveva bagagli ed era solo sul binario.

L'unico a scendere a Frasne.

L'unico ad aspettare la corrispondenza per Pontarlier.

Stette lì a tremare per una decina di minuti, con l'impressione di essere rinchiuso in una palla di vetro con dentro la neve, di quelle che si scuotono per ammirare la Tour Eiffel o Babbo Natale avvolti dai fiocchi. Poi sopraggiunse un trenino blu petrolio e grigio mercurio dal piglio futurista. Dopo il presepe e la palla con la neve, il treno elettrico. Corso si trovava nel paese dei balocchi. Salì sul treno, unico passeggero. Un quarto d'ora dopo arrivava a Pontarlier. Stesso stile di Frasne con forse ancora un po' più di neve e, cosa quasi impossibile, meno gente. Persino il personale della stazione aveva fatto fagotto.

S'incamminò verso l'uscita sperando di trovarvi perlomeno qualche taxi.

Ce n'era uno solo. Parabrezza nero, autista invisibile, tubo di scappamento che sputava pennacchi di fumo sotto un lampione. Dalle immagini di Natale si passava direttamente a un film dell'orrore: doveva solo salire a bordo e lo avrebbero portato in un motel isolato dove si praticavano sacrifici umani…

Quando comunicò la sua destinazione, l'autista esclamò ilare: «Meno male che ho le gomme giuste!».

L'auto salì per una strada provinciale in direzione di Le Larmont, vicino alla frontiera svizzera. Dietro il finestrino lo scenario, inargentato dalla luna, era spettrale. La neve conferiva una dimensione fantomatica a pianure e montagne, un pallore livido che sembrava smaterializzare il paesaggio.

Se queste erano le premesse, Corso avrebbe sicuramente visto l'istituto di La Motte-Sassy abbarbicato al fianco della montagna, tipo bunker, senza luce alle finestre e abitato da esuberanti fantasmi. Invece, una bella sorpresa: il centro era un lungo edificio dipinto di rosa, bene illuminato, le cui balconate sporgenti evocavano l'architettura di un hotel di sport invernali.

«L'aspetto?»

«No, grazie», rispose Corso pagando l'autista.

Non aveva preannunciato il suo arrivo. Non aveva la più pallida idea di cosa lo attendesse in quell'edificio che quasi vent'anni prima aveva accolto due bambine cresciute lì come sorelle e che, all'insaputa di tutti, erano effettivamente sorelle.

Avvolto nel silenzio, il poliziotto fece i pochi passi che lo separavano dal portico – neve, atmosfera ovattata, suolo sdrucciolevole –, azionò la campanella all'antica e attese pazientemente, tremando nel suo giubbotto. La temperatura si era ulteriormente abbassata: si sarebbe beccato qualcosa, poco ma sicuro.

Alla fine venne ad aprirgli un tipo basso in tuta sportiva che avrebbe potuto essere preso per un educatore ma anche per un carcerato. Corso si presentò, distintivo in mano, e chiese di vedere la persona che dirigeva l'istituto. Erano le ventidue e trenta, vale a dire che avrebbero potuto sbattergli la porta in faccia. Ma l'altro non si scompose e, senza dire una parola, fece il cammino inverso, come se scivolasse su dei binari.

Corso pazientò in un refettorio immenso che un abete riccamente decorato (con palle e ghirlande fatte in casa) faticava a rallegrare. Mosse qualche passo nella sala lustra e immacolata, riconoscendo i materiali: grès ceramico, muri dipinti, linoleum rosso scuro. Facile da lavare e disinfettare. In quel genere di centri d'accoglienza non ci si metteva molto a passare la spugna dopo il tuo passaggio. Niente tracce, niente ricordi.

Si era preparato a quella visita e si era mentalmente blindato. Non voleva che i suoi ricordi personali mettessero fuori i loro brutti musi. Tuttavia, avvicinandosi all'abete, gli si strinse il cuore. La vista delle figurine di cartapesta e delle ghirlande intrecciate fatte di carta colorata con i pennarelli gli ricordò non pochi Natali in cui, nonostante i regali, era sempre la stessa ferita non sanata a riemergere. Il fatto di non avere né genitori né affetti tutti suoi.

Era sempre stato il primo a difendere l'idea che c'era di peggio nella vita che crescere in un istituto, e che la mancanza di origini non era in sé una catastrofe. Eppure, quella piaga aperta non si era mai cicatrizzata. C'era cresciuto insieme, cercando ogni giorno di riempirla di briciole d'amore racimolate qua e là, anche quando quelle briciole si chiamavano Mama e finivano in stupri collettivi.

«Comandante Corso? Brigitte Caron, direttrice dell'istituto.»

Davanti a lui c'era una donna sulla quarantina, anche lei in tuta da ginnastica. Con le sue pantofole, non l'aveva sentita arrivare. Capelli color paglia, incarnato rosso mattone, aveva un viso rubicondo che evocava una mela caramellata lucida di zucchero.

Corso si presentò di nuovo e in poche parole spiegò l'oggetto della sua visita. Sophie Sereys. Hélène Desmora. Gli anni 1998-2004. Si guardò bene dal dire perché cercasse informazioni al riguardo.

«E viene a quest'ora?» si stupì lei.

«L'inchiesta è della massima urgenza.»

Lei fece un cenno di assenso. Affrontare il freddo e la neve, di notte, solo per parlare di due ragazzine che tutti avevano dimenticato. Uno sforzo da apprezzare.

«Mi rincresce», disse la donna. «Mi trovo qui solo da cinque anni. Non posso fare niente per lei.»

«Non c'è qualche educatore che lavorava qui all'epoca? Qualcuno che potrebbe aiutarmi?»

«No. Il personale viene regolarmente rinnovato affinché non si instaurino rapporti privilegiati tra educatori e orfani.»

«Come nelle banche.»

«Prego?»

Con i pugni sulle anche, nella sua tuta sportiva la donna sembrava una lanciatrice di pesi venuta dall'Est.

«Lasci perdere», fece lui intascando il telefono.

«Aspetti... Forse qualcuno c'è.»

«Chi?»

«Una dottoressa di Pontarlier, Emmanuelle Cohen. Lei è qui da una vita.»

«Potrei avere il suo indirizzo?»

Per la prima volta Brigitte Caron abbozzò un sorriso, un colpo di temperino nella mela caramellata.

«È fortunato. La dottoressa si trova proprio qui al momento. Uno dei nostri ragazzi è malato.»

Corso trattenne un grido di gioia. Nutriva la profonda convinzione che correndo dei rischi – un viaggio a vuoto, per esempio, verso una destinazione ignota, senza la benché minima garanzia di ottenere dei risultati – si avessero sempre buone sorprese.

«Vado a chiamarla.»

96.

Capelli corti e grigi, lunga silhouette ingobbita, quasi spezzata all'altezza della nuca, cinque minuti più tardi la dottoressa apparve all'ingresso delle scale.

Un vero medico di montagna, con borsa di cuoio, berretto di lana e montgomery. Sembrava avere alle spalle quarant'anni di visite e di parti. Una veterana delle vette e dei sentieri della Francia.

Corso provò un'immediata simpatia per il personaggio. Una simpatia che risaliva molto addietro: negli anni della sua infanzia, o anche più tardi, quando era dipendente dall'eroina, aveva incontrato medici come lei, che gli prescrivevano farmaci, concedendogli anche cose ben più preziose come il calore, la compassione e la benevolenza. Carburante per i ragazzini e gli sconvolti come lui.

«Brigitte mi ha detto che era importante. Riguarda Sophie e Hélène, vero?»

Corso si mostrò stupito.

«Ho letto i giornali», disse lei, togliendolo dall'imbarazzo. «Ho visto come sono morte quelle povere ragazze.»

«Si ricorda di loro?»

«Certo, le ho curate per parecchi anni.»

«Per quale genere di malattie?»

La dottoressa si diresse verso una panca del portico e vi posò la borsa. Poi affondò le mani nelle tasche, continuando a parlare, sempre eretta ma piegata nella parte superiore del corpo, come un lampione.

«Le solite cose, niente di grave, ma con il passare del tempo ho cominciato a dare loro un po' di supporto psicologico. Quelle ragazze non stavano affatto bene.»

«Potrebbe essere un po' più precisa?»

«Una covava una grande rabbia, l'altra invece credeva ai fantasmi.»

Facile riconoscerle: Sophie, che odiava tutti, compresa sé stessa; Hélène, che andava a letto con i morti.

Corso andò dritto al sodo: «Dalla nostra inchiesta è emerso che erano sorelle».

«Era un segreto di Pulcinella.»

Corso aveva contato sull'effetto sorpresa, invece...

«Intendo dire sorellastre biologiche», insisté.

«L'avevo capito.»

«Come faceva a saperlo?»

«Non ne eravamo certi, ma si assomigliavano molto.»

«Fisicamente?»

«No, nell'atteggiamento, il modo di parlare... Certi gesti che facevano entrambe.»

«Queste somiglianze potevano anche essere l'effetto di una lunga vicinanza.»

La dottoressa fece un sorriso che avrebbe potuto sfidare tutti i venti e tutti gli ostacoli.

«Avrebbe dovuto conoscerle. Provenivano dalla stessa fonte. Non c'era dubbio.»

«Le nostre analisi hanno dimostrato che avevano lo stesso padre, Jean-Luc Desmora. L'ha conosciuto?»

Emmanuelle Cohen restava in piedi accanto alla panca, le mani nelle tasche del montgomery. Nonostante i capelli grigi che le spuntavano dal berretto, sembrava una studentessa che aspettava l'inizio delle lezioni.

«Si sbaglia. Jean-Luc Desmora non era il padre di Hélène.»

«Come sarebbe?»

«Un altro segreto di pulcinella: Nathalie Desmora era stata violentata nella periferia di Besançon.»

A Corso cominciarono a ronzare le orecchie. Era il rumore della verità che veniva a galla?

«Ha sporto denuncia?»

«No. Era già sposata con Desmora e conduceva una vita dissoluta.»

«Forse quella bambina non è il frutto dello stupro...»

La dottoressa fece qualche passo, la sua silhouette fluttuava nel cappotto come un chiodo in uno straccio.

«Forse no, in effetti. Ma dopo il fatto la madre non ha più voluto che la toccassero. La sua gravidanza è stata un lungo calvario, annaffiato abbondantemente di vino rosso da quattro soldi e birra.»

«Da dove le vengono queste informazioni?» chiese Corso.

«La nostra regione non è molto grande. Si viene a sapere tutto. E poi all'epoca ho avuto spesso occasione di curare Nathalie. Lei e il marito vivevano in condizioni... abominevoli. Miseria, alcol, violenza... Era spaventoso. I servizi sociali hanno preso in carico la bambina sin dalla nascita.»

Si viene a sapere tutto. Corso cominciò a sperare in qualcosa di più grosso.

«Il violentatore è stato identificato?»

«Giravano voci. Si è parlato di un vagabondo, una sorta di bestia sessuale che si aggirava lungo la frontiera e che aveva già avuto guai con la giustizia più a sud. In questi casi le informazioni non sono mai precise. I gendarmi parlano al bar e le loro parole vengono ripetute e fraintese generando veri e propri miti.»

Il ronzio ai timpani di Corso stava diventando sempre più forte.

«Se Sophie e Hélène erano sorellastre, il violentatore era anche il padre di Sophie...»

«Certo. È un'altra delle cose che sapevano tutti.»

Per un poliziotto, la provincia, con i suoi pettegolezzi e i suoi mormorii, era una vera manna.

«Uau uau uau», fece lui per rallentare la macchina. «Vuole dire che sa *anche* chi era la madre di Sophie?»

Emmanuelle Cohen riprese a camminare in silenzio. La sua lunga silhouette sembrava quasi incorporea.

«Un parto anonimo all'ospedale di Pontarlier? Tutti ne erano al corrente. Le infermiere non sapevano tenere a freno la lingua.»

Corso pensò alla propria nascita e all'idea sulla quale si fondava tutta la sua vita: era impossibile conoscere l'identità della propria madre. La sua nascita era un segreto assoluto. *Figurati!* Piuttosto un modo di proteggersi…

«Chi era la madre di Sophie?» chiese bruscamente.

«Non ricordo più il suo nome. Una cameriera poco più che ventenne. Lavorava in un ristorante per camionisti sulla strada provinciale per Morteau. Violentata anche lei. Ha sporto denuncia, credo. C'è stata anche un'inchiesta, che però non ha portato a nulla.»

«Ma, secondo lei, lo stupratore era lo stesso di Nathalie?»

«Senza dubbio. Ricordo che la descrizione coincideva. Un tipo mingherlino, con qualche dente in meno. La polizia aveva focalizzato l'attenzione su un uomo che era stato avvistato spesso nella regione e che corrispondeva all'identikit del vagabondo di cui le parlavo prima. Ma alla fine è stato discolpato. Nonostante non avesse un alibi, le ragazze non l'hanno riconosciuto. Oppure non hanno voluto riconoscerlo.»

Il ronzio era diventato il rumore che segue un'esplosione. Corso ebbe l'impressione di essere diventato sordo. Il *blast*, come lo chiamano gli inglesi.

«Ricorda qualche particolare?» riuscì a chiedere. «Qualche indizio che avrebbe orientato l'inchiesta?»

«Sì. All'epoca si parlava del modo in cui il violentatore aveva legato le vittime. Un nodo speciale, una roba da scout o qualcosa del genere. Tutti fantasticavano su quella strana firma… Ma, ancora una volta, sono soltanto voci da bar, pettegolezzi. Niente di serio.»

Corso non sentiva più niente, come se la pressione gli avesse fatto esplodere i timpani. Sfondati dalla verità che si era appena abbattuta sulla sua coscienza come un mostruoso tsunami su una città portuale.

Sophie Sereys e Hélène Desmora erano figlie di Philippe Sobieski.

Questa rivelazione fu come un potente centro di gravità che attirava tutto il resto: il tempo, lo spazio, i pensieri… Quando tornò a uno stato di coscienza ragionevole, si rese conto che era solo nel portico sotto il grande abete.

Emmanuelle Cohen doveva essersene andata da un pezzo. L'aveva salutato e lui le aveva risposto meccanicamente, senza nemmeno rendersene conto.

All'improvviso udì dei passi sul linoleum rosso.

«È ancora lì?» gli chiese Brigitte Caron in tuta e pantofole.

«Posso dormire qui?» fu l'unica risposta che Corso riuscì a darle.

97.

Né il sonno né la morte.

Qualcosa di nero, umido e profondo.

Quando si svegliò, tutto vestito, Corso non sapeva più dov'era né chi era. Gli ci vollero parecchi minuti per rimettere tutto al suo posto e ricordarsi di aver trascorso la notte all'orfanotrofio di La Motte-Sassy. Gli avevano gentilmente messo a disposizione una camera inutilizzata, aveva dormito in un letto a castello, *quello in alto, per favore.*

Gli tornò in mente il colpo di scena della notte prima.

Allucinante e incomprensibile. Le due prime vittime del carnefice dello Squonk erano state le figlie di Philippe Sobieski, il presunto autore di quegli omicidi.

Corso avanzò barcollando fino al lavandino e mise la testa sotto l'acqua fredda. Forse sperava di cancellare ogni cosa, oppure di trovare un ordine naturale e logico che collegasse quei fatti in apparenza incoerenti.

Si guardò allo specchio e non riconobbe il suo viso contratto, non rasato, roso dall'ansia e con lo sguardo vitreo. Aveva l'impressione di avere attraversato un velo invisibile, raggiungendo una dimensione surreale dell'esistenza, o al contrario di avere agito fino a quel momento ignorando una verità sempre avuta sotto il naso.

Riassumiamo. Claudia Muller aveva ucciso Sophie Sereys e Hélène Desmora – e, già che c'era, anche Marco Guarnieri. Era andata a letto con un poveretto della Scientifica per evitare che qualcuno scoprisse che le due prime vittime erano sorellastre. E poi aveva fatto in modo che Sobieski fosse incolpato e condannato per gli omicidi delle sue stesse figlie.

Un sacco di informazioni, certo, ma mancava sempre la principale: il PERCHÉ. Era senza dubbio una vendetta, ma neanche la più lontana idea di un movente. Claudia voleva vendicare le madri violate? Le loro figlie che erano cresciute senza punti di riferimento? Non si vendica una donna assassinandola. Senza contare l'ultima assurdità: ammettendo che Claudia avesse voluto punire il pittore-falsario, perché poi si era suicidata, imitando il *modus operandi* dell'assassino e scagionando al tempo stesso Sobieski? Perché aveva voluto morire distruggendo la trappola accusatoria che aveva lei stessa costruito?

Corso non fece colazione e non salutò nemmeno Brigitte Caron. Si limitò a chiamare un taxi, senza essersi né lavato né cambiato, e filò via come un ladro con il suo Mac sottobraccio. Arruffato e lercio, si fece portare alla stazione di Pontarlier, sempre sotto la neve, poi andò in treno a Ginevra e di lì prese direttamente un taxi per l'aeroporto. Seguiva un piano ben preciso.

Prima di tutto un colpo di telefono a Émiliya – con Thaddée andava tutto bene – e poi a Barbie, perché qualcuno al mondo sapesse dov'era.

«Cosa stai combinando?» strillò lei, calata nel suo ruolo di caposquadra, autoritaria e protettiva al tempo stesso.

«Sono in viaggio per Vienna. Vado a trovare i genitori di Claudia.»

«Cos'è questo nuovo delirio?»

Non gli lasciò nemmeno il tempo di rispondere, blaterando subito il suo sermone, anch'esso in puro stile «caposquadra».

«Devi lasciare perdere questa storia, Corso. Lascia che ce ne occupiamo noi e pensa ad altro.»

«Avete fatto qualche progresso?»

«Nessuno.»

«Sono dannatamente tentato di lasciare che ve la sbrighiate da soli.»

«Perché?» chiese lei, aggressiva. «Hai qualcosa di meglio da proporre?»

«Forse.»

«Cosa?»
«Ti richiamo quando sarò arrivato.»
«No, aspetta.»
«Cosa?»
«Hai saputo di Lambert?»
«No. Cosa gli è successo?»
«Gli hanno sparato nella sua macchina ieri sera a Saint-Denis. Tre pallottole a bruciapelo da due motociclisti.»

A Corso tornò in mente l'avvertimento di Catherine Bompart: "Lo sai che Ahmed Zaraui è stato rilasciato?". Lo spacciatore era passato alle rappresaglie.

«Si sa chi è stato?»
«La polizia ha pensato subito a Zaraui, ma ha un alibi.»
«Avrà affidato il lavoro a un altro.»

Barbie non aggiunse nulla. Quel silenzio significava: *e qualcun altro si occuperà di te.* La sua ex assistente, come la Bompart, non si era mai lasciata ingannare da quella storia: sapeva che Corso aveva partecipato alla sparatoria di Pablo-Picasso. Il problema era capire se lo sapeva anche Zaraui.

Corso riappese con aria indifferente. Nel suo cervello non c'era semplicemente più posto per un'altra minaccia. L'unica cosa che contava era il fascicolo dello Squonk.

All'aeroporto Genève-Cointrin si precipitò verso le partenze e trovò un volo Easyjet per Vienna alle quattordici. Ingannò l'attesa vagando tra le boutique e fermandosi ogni tanto al bar per bere un caffè. Quando finalmente s'imbarcò, si rannicchiò vicino a un oblò, chiudendosi al mondo esterno. Ma purtroppo anche il suo mondo interiore era tutt'altro che divertente. Poteva aggrapparsi a un'unica ipotesi: nella vita di Claudia Muller era successo qualcosa che l'aveva trasformata in braccio vendicatore. E questo «qualcosa» era legato a Sobieski.

Quando atterrò a Vienna, intorno alle quattro del pomeriggio, stava già calando la notte. A Londra, l'anno precedente, le vetrine dorate e gli autobus vermigli gli avevano evocato un negozio di giocattoli. A Vienna, alla fine di dicembre, si era nel paese di Babbo Natale: luci scintillanti, tram rossi e angioletti ramati…

Era l'immagine di sé stessa, quella che Vienna promuoveva. La città dove i bambini cantano in coro, gli uomini cavalcano lipizzani bianchi e il destino delle donne si gioca su una misura in tre tempi all'*Opernball*...

Rincantucciato sul sedile posteriore del taxi, semicongelato, Corso contemplava distrattamente i palazzi, le statue, le fontane con le naiadi che sfilavano fuori dal finestrino. Un'architettura barocca, lambiccata come un castello di Walt Disney, scintillante come il braccialetto di un magnaccia russo. La neve non era ancora caduta ma la si aspettava da un momento all'altro.

Corso conosceva la città. L'aveva visitata con Émiliya ai tempi in cui la loro storia non era ancora stata soffocata dai giochini sadomaso. Ci erano andati da innamorati, abbracciati su un *Fiaker*, avevano goduto del panorama, approfittato fino alla nausea dei musei, dei concerti, degli strudel...

«Manca ancora molto?» chiese in tedesco. (Émiliya gliene aveva insegnati i rudimenti.)

«Stiamo arrivando.»

Barbie aveva finito per dargli l'indirizzo dei Muller, sulla Himmelpfortgasse. Un maestoso palazzo in pietra bianca con un gigantesco portale previsto per le carrozze a più piani.

Salendo le scale, Corso osservò i particolari – le dimensioni degli scalini, il corrimano di legno verniciato, i fermaporta dorati – che rivelavano la reale intimità della città. Per Corso, gli interni dei palazzi erano come la biancheria delle ragazze. Il momento della verità, quello in cui si coglieva la vera natura delle cose.

Salì in silenzio e suonò a un'imponente porta laccata di beige. Attese almeno due minuti, come si aspetta in cima a un trampolino. E quando la porta si aprì, si rese conto dell'enormità del suo errore. Davanti a lui c'era il padre di Claudia, in pullover a V e pantaloni di velluto, che lo fissava rigido in volto.

«Cosa è venuto a fare qui? Io parlo la vostra lingua e lei non parla la mia. Possiedo i vostri codici, ma lei non comprenderà mai i miei», disse in un francese impeccabile.

«Volevo farle qualche domanda su sua figlia. Le indagini continuano e...»

«Si tolga dai piedi.»

L'austriaco maneggiava a sufficienza il francese da sapere quando e come era opportuno un piccolo sfogo. Corso si arrese. Non solo non avrebbe ottenuto la minima risposta, ma avrebbe rischiato di rotolare giù dalle scale.

Di sfuggita, notò che la componente austera della bellezza di Claudia proveniva dal padre. La fronte bombata, gli zigomi pronunciati, le pupille in chiaroscuro... La parte superiore del viso era la sede delle passioni, l'inferiore quella delle questioni di ordinaria amministrazione. I Muller, padre e figlia, seducevano con lo sguardo e si facevano obbedire con la voce.

In quell'istante Martha Muller apparve alle spalle del marito. Era lontana dall'eleganza naturale di Claudia, ma i suoi lineamenti regolari recavano le avvisaglie di quella bellezza dal pallore eburneo.

Per un breve istante Corso si disse che poteva perorare la sua causa, ma la madre si reggeva al braccio del marito come un naufrago a un relitto. *Un viaggio a vuoto.*

Prima di sbattergli la porta in faccia, Franz Muller riassunse la situazione per chiarire le cose: «Avete ammazzato nostra figlia».

98.

Corso risalì la Himmelpfortgasse a testa china e con le spalle curve, la postura degli sconfitti. Un'ombra piatta che scivolava lungo le vetrine. Gli toccava rientrare a Parigi con le sue domande senza risposta, gli indizi contraddittori e i frammenti di verità che erano peggio di qualsiasi menzogna.

Avete ammazzato nostra figlia: l'avrebbe quasi preferito. In quel caso, Claudia sarebbe stata innocente. E si sarebbe potuta gettare un po' di luce su quel caso.

«Signor Corso?»

Non riconobbe subito la donna che avanzava verso di lui indossando un piumino scintillante come un sacco della spazzatura: Martha Muller in persona.

«Signor Corso», ripeté ansimando, con il vapore del respiro che le offuscava il volto. «Volevo scusarmi. Franz, mio marito... è sconvolto.»

Con le mani affondate nelle tasche, Corso s'inchinò. Una riverenza, un saluto o un moto di scusa? Forse semplicemente un gesto istintivo per udirla meglio: Martha Muller non gli arrivava nemmeno alla spalla.

«Posso parlarle?» gli chiese, un leggero accento svizzero nella voce.

Corso cercò un posto dove potersi rifugiare. A una cinquantina di metri da loro c'era un caffè.

«Certo», le disse.

Forse era proprio la svolta in cui sperava.

Era convinto di avere scelto una *Kaffeehaus*, un tradizionale caffè viennese, ma in realtà era una pasticceria con sala da tè. Appena entrarono, l'odore di strudel alle mele gli assalì le narici. Sembrava quasi che bastasse respirarlo per prendere uno o due chili.

Fece accomodare a un tavolo quella donna minuta come se fosse un angioletto fissato su un ramo dell'albero di Natale: aveva in effetti i capelli ricci e le guance paffute da cherubino, ma era un angelo stanco, incapace di risalire al cielo.

«Cosa vuole bere?» le chiese.

«Caffè.»

Corso ordinò e posò le mani sul tavolo. Voleva dimostrarsi che non tremava, che era pronto a raccogliere informazioni, vitali o non, senza perdere il suo sangue freddo.

Rimasero in silenzio per qualche secondo nel chiacchiericcio ovattato della pasticceria. I dolci passavano sopra le loro teste. Fuori aveva finalmente cominciato a nevicare.

Arrivarono i caffè. Il segnale che Corso aspettava.

«Cosa voleva dirmi?»

«Sono in possesso di un'informazione che potrebbe esserle utile, ma non so come.»

«Me la dia comunque.»

Corso scorgeva ora in Martha alcuni segni inconfondibili: faccia gonfia, angoli delle labbra troppo secchi, palpebre pesanti. *Antidepressivi, quando se ne è schiavi*...

La piccola donna rimaneva in silenzio. Evidentemente, non le era facile parlare. Alla fine esordì con una domanda: «A che punto è con la sua inchiesta?».

«Non sono implicato direttamente nell'indagine, ma...»

«Immagino però sia al corrente dei progressi compiuti dai suoi colleghi.»

«Stando alle ultime notizie, non c'è nulla di determinante.»

«Ma lei cosa ne pensa?»

Corso la guardò dal basso all'alto, come uno scalatore che solleva gli occhi e tira la corda che lo assicura. No, non le avrebbe detto la verità. Non era abbastanza solida. E poi, quella verità non la conosceva sino in fondo.

«Mi dica ciò che potrebbe aiutarmi, *per favore*», replicò lui, eludendo la domanda.

Lei si mise a fissare il caffè facendo girare il cucchiaino nella tazza. L'aroma era sovrastato dagli intensi effluvi della pasticceria. Martha continuò a mescolare il caffè per parecchi secondi, come se stesse cercando di ipnotizzarsi.

«Claudia non era figlia di Franz.»

Preparatevi al peggio, e sarete sempre al disotto della realtà. Corso ormai l'aveva capito, ma voleva apprendere le circostanze esatte della storia.

«Ho compiuto gli studi secondari in un istituto femminile in Svizzera, vicino a Yverdon-les-Bains, sulla sponda del lago di Neuchâtel», raccontò Martha.

Corso aveva chiara in mente la carta della regione: Yverdon-les-Bains era soltanto a una quarantina di chilometri da Pontarlier, che negli anni Ottanta era stata la zona di caccia di Philippe Sobieski.

«Ero un po' indietro. A diciott'anni non avevo ancora conseguito la "maturità", l'equivalente del *baccalauréat* in Francia. Trascorrevo la maggior parte del tempo a uscire di nascosto, a bere e strafarmi. Come una qualsiasi studentessa di un collegio svizzero.»

«È stata violentata?» la interruppe Corso, che non aveva pazienza per quei particolari.

«Sì, può essere considerato come uno stupro. L'ho incontrato in un bar lungo la frontiera. A essere sincera, non ricordo granché. Rivedo soltanto una specie di *bad boy*, sbruffone e piuttosto carino. All'inizio ero consenziente, ma poi lui è diventato violento. Come dicevo, non ho molti ricordi: ero ubriaca. È successo nel cortile sul retro del bar, tra i gabinetti e il cassonetto dell'immondizia. È così che è stata concepita Claudia.»

Martha tacque. Aveva un curioso modo di esprimersi: l'accento svizzero tradiva una certa indolenza, ma parlava con estrema franchezza.

«Le lascio immaginare il seguito», continuò dopo qualche istante. «Due mesi dopo mi sono accorta di essere incinta.»

«E cosa è successo?»

«Abbiamo sistemato la cosa all'austriaca.»

«Ma lei non è svizzera?»

«I miei genitori erano svizzeri ma si erano trasferiti da molti anni a Vienna. Mio padre era l'amministratore delle famiglie più ricche della città. Il che sarebbe come dire che le teneva tutte per le palle.»

«Cosa intende?»

Un sorriso accese il viso rotondo e luminescente di Martha. Si sarebbe detta l'illustrazione di un astro in un libro per l'infanzia.

«Si è rivolto a quella piccola comunità per trovarmi in tutta fretta un marito. Un figlio o un controllo fiscale: era questa la posta in gioco. E le proposte non sono mancate. Ammetto che non è stato molto romantico: il mio matrimonio è il frutto di una scopata frettolosa e di una minaccia di ricatto. Claudia è nata a testa alta. Avrebbe potuto essere una bastarda, e invece è nata soltanto prematura nell'alta società viennese.»

Corso osservò quella faccia di luna dagli occhi distratti, chiedendosi se fosse indifferente o disperata. In ogni caso, aveva mollato gli ormeggi da tempo.

«Conosce l'identità del suo... amante di una notte?»

«All'inizio no. Ma poi ci sono state delle voci e il caso di Les Hôpitaux-Neufs. Al momento del processo ero in Svizzera. Ho appreso le notizie dalla televisione e dai giornali. Ho riconosciuto il padre di Claudia. Philippe Sobieski. La sua sporca faccia da delinquente, le sue arie da magnaccia. Come ho potuto provare attrazione per quel verme? Le donne sono sempre perverse.»

Corso poteva finalmente ricostruire la cronologia. Negli anni Ottanta Sobieski aveva imperversato tra la Francia, la Svizzera e l'Italia, seducendo, scopando e violentando. Aveva sparso il suo seme nel corso di un vagabondaggio che si era concluso con l'omicidio di Christine Woog.

«All'epoca suo marito era al corrente della situazione?»

«No. Soltanto i nostri genitori avevano agito con cognizione di causa. Franz era soltanto uno studente pretenzioso e docile.»

«E Claudia?»

«Un marito lo si può ingannare», rispose lei con un sorriso, «è addirittura lì per quello. Ma non un figlio. Claudia ha sempre sentito che c'era qualcosa che non andava, che c'era una menzogna nell'aria. D'altronde, non è mai stata una bambina molto equilibrata. A sette anni è sprofondata nella prima depressione. Il seguito della sua infanzia è stato soltanto una lunga serie di problemi. Anoressia, automutilazioni, droga, alcol...»

Mentre l'ascoltava, al poliziotto venne in mente che aveva notato una certa somiglianza tra Claudia e Franz. *Il tuo solito fiuto, Corso...*

«Alla fine, quando ha compiuto vent'anni, ho deciso di raccontarle tutta la storia...»

«E come ha reagito?»

«In modo del tutto inatteso, o al contrario molto prevedibile, non saprei. Ha deciso di iscriversi a legge e di difendere le cause perse. Si è schierata in difesa del male, in tutte le sue forme. Forse, con questa lotta voleva legittimare le azioni del padre e la sua stessa nascita.»

Corso pensava il contrario. Claudia non era mai stata dalla parte di Sobieski. Aveva invece deciso, da quando si era affrancata, di distruggerlo per sempre: la vendetta sarebbe stata la sua unica ragione di vita.

Era diventata avvocato, esperta di crimini e menzogne, specializzata nei modi migliori per aggirare la legge. Non per difendere i criminali, ma per passare lei stessa all'azione.

Voleva uccidere il suo padre biologico.

Voleva uccidere la sua progenie.

Voleva uccidere sé stessa.

Il suo odio era abissale: doveva eliminare il mostro e anche il sangue del suo sangue, la sua scia: i suoi figli. Un'operazione di sterminio radicale.

«Ha cercato di vedere Sobieski in prigione?»

«No. È emigrata in Francia per studiare legge. Ha deciso di dedicarsi agli assassini nel paese di Sobieski. Come se sapesse che un giorno lo avrebbe difeso...»

Ma guarda un po'.

«Le ha parlato di lui?»

«Raramente. Non ho mai saputo davvero cosa ne pensassc, ma quando è diventato un pittore famoso ho sentito che ne era fiera.»

«Pensa che lei gli abbia detto la verità quando ha accettato di difenderlo?»

«Non credo, no. Ma non c'è più modo di saperlo.»

Martha guardò l'orologio. Aveva lanciato la bomba, compiuto una sorta di fuga fuori dal suo mondo convenzionale. Adesso, però, doveva rientrare nel suo sontuoso appartamento, dal marito autoritario, curare il suo dolore e dimenticare le vecchie menzogne.

«Le ha parlato di Sophie Sereys e Hélène Desmora?»

«Sono i nomi delle altre vittime, no?»

Corso annuì con un cenno del capo.

«Direi di no», riprese lei. «All'epoca del processo non trovava nemmeno il tempo per chiamarci.»

«Di Marco Guarnieri?»

«Non ho mai sentito quel nome. Perché avrebbe dovuto parlarci di loro?»

Perché appartenete tutti alla stessa maledetta famiglia.

Corso pagò il conto.

Una lisciatina per concludere: «Grazie, signora: è stato molto coraggioso da parte sua dirmi queste cose».

«Crede davvero che possano servirle?»

«Mi permettono comunque di vederci più chiaro.»

All'improvviso Martha perse il suo pallore da obitorio e afferrò i due lati del tavolo.

«Le ho detto quello che sapevo», proruppe, sporgendosi verso Corso. «Adesso lei mi dica a che punto siete *veramente.*»

Corso rifletté qualche istante e decise ancora una volta che lei non avrebbe potuto incassare la verità. Il machiavellismo della figlia. La carneficina che aveva messo in atto. La portata della sua vendetta... Nessuno era pronto a udire una storia simile.

«Purtroppo non sappiamo altro. Ignoriamo perché nel 2016 l'assassino abbia scelto quelle ragazze e perché oggi se la sia presa con Claudia.»

«Ma Sobieski non è mai stato implicato in questa serie di omicidi?»

«No, mai. Mi sono sbagliato su tutta la linea. Penso che il vero assassino sia un essere divorato dall'odio e che abbia voluto vendicarsi di Sobieski coinvolgendolo negli omicidi perpetrati da lui stesso.»

«Perché in questo caso se l'è presa con Claudia?»

«Appunto perché lei difendeva Sobieski.»

Martha si spostò indietro sulla sedia, come se fosse ripiombata tutt'a un tratto nel suo dolore: la fatalità di avere legato la propria esistenza a una lurida canaglia che aveva incontrato per caso una notte quando aveva diciott'anni.

«Lo troveremo, Martha. Glielo giuro. Lo arresteremo e lo processeremo.»

Con queste parole solenni, Corso si alzò e uscì dalla pasticceria. In tutta la sua vita non aveva mai mentito così pienamente, così intensamente. Sapeva che anche se l'avesse scoperta sino in fondo, non avrebbe rivelato la verità.

Voleva fare luce sul caso Sobieski, ma soltanto per sotterrarlo meglio e spedirlo nelle tenebre eterne.

99.

In poche ore aveva raccolto storie, voci, testimonianze. Adesso voleva certezze scientifiche. Il confronto dei DNA di Philippe Sobieski, Sophie Sereys, Hélène Desmora, Claudia Muller e Marco Guarnieri (ormai ne era certo, «Narco» faceva parte della famiglia) avrebbe cementato insieme tutti questi elementi. Buona notizia: sapeva a chi rivolgersi per svolgere con discrezione queste analisi: Philippe Marquet, il complice involontario di Claudia la fratricida.

Sulle motivazioni dell'avvocato si potevano formulare soltanto ipotesi. Immaginare l'esistenza torturata di una donna che si era sempre sentita illegittima. Il frutto di un crimine, un coagulo di cellule nato da una pulsione malata. Claudia non era mai stata né felice né equilibrata. Rivelandole la verità, la madre le aveva offerto finalmente una coerenza, ma a ritroso: qualcosa che sarebbe stato risolto soltanto con la distruzione e la morte.

Con le mani affondate nelle tasche e la testa sotto la neve, Corso si mise alla ricerca di un albergo, piccolo, poco costoso, invisibile. S'infilò in una camera come un animale nella sua tana e chiamò Philippe Marquet. Nessuna risposta. Gli lasciò un messaggio urgente e aprì il laptop. Per un'ora scrisse tutto quello che aveva capito, indovinato e che l'istinto gli suggeriva.

Claudia era folle, ma con lei sentiva un'affinità. Conosceva il dolore di non avere avuto dei natali come si deve e di non sapere quali fossero le proprie origini. Lui aveva preferito mettere una pietra sopra quell'abisso. Lei, invece, aveva optato diversamente: aveva sollevato la pietra e aveva guardato il fondo dell'abisso.

Alle ventitré, un altro messaggio a Philippe Marquet e poi di nuovo al lavoro. Corso digitava sulla tastiera in preda a una sorte di trance. Di tanto in tanto si fermava per contemplare la vastità dell'orrore. Immaginava Sobieski a letto con le sue stesse figlie – era certo che Claudia avesse tramato per fargliele incontrare. E poi vedeva lei, Claudia, stringere le loro teste in una morsa, squarciare loro le guance e ficcare loro una pietra in gola... O ancora immergere Marco Guarnieri ai piedi della Black Lady. Poi la rivedeva battersi in tribunale per scagionare Sobieski, aspettando al tempo stesso che qualcuno analizzasse il sangue sulle sue tele, il sangue che aveva messo lei stessa.

Quello che lo affascinava di più era la messinscena ispirata a Goya. Era da anni che Claudia teneva d'occhio Sobieski. Conosceva le sue doti di falsario. Lo aveva spiato, scoprendo che aveva dipinto le tre *Pinturas rojas*. Aveva così deciso di prenderle come modello, per mettere al muro il pittore ma anche per urlare la propria rabbia. Quel grido abominevole era il grido del suo dolore. Il grido di una creatura che aveva organizzato la fine del proprio mondo con un machiavellismo esemplare.

E pensare che considerava Émiliya pericolosa...

A mezzanotte Corso ricevette una telefonata dalla centrale di Blackpool. Su sua richiesta avevano indagato più a monte sui trascorsi di Marco Guarnieri. Non lo sorprese apprendere che il bambino non aveva mai conosciuto il padre e che secondo alcune voci la sua nascita era stata qualcosa di violento e non desiderato...

Marco era nato ad Aosta nel 1983, all'epoca in cui Sobieski si aggirava nei paraggi. Si poteva quindi ragionevolmente aggiungerlo alla lista nera. Claudia aveva dovuto scandagliare gli archivi della Franca Contea, del Jura, di Neuchâtel e della Valle d'Aosta, interrogare migliaia di persone e frugare nel passato di quelle regioni per ritrovare tutte le vittime di Sobieski... e il frutto di ogni stupro...

Corso s'impose una pausa. Non vedeva più niente, la

stanchezza gli faceva pulsare le tempie e non capiva quello che scriveva. Curvo sul minuscolo banco che cercava di far passare per una scrivania, si voltò verso il letto che gli tendeva le braccia. Dormire soltanto qualche ora per poi, l'indomani, prendere il primo volo per Parigi...

Questa idea gli fece venire in mente che Marquet non aveva più dato segni di vita. *Merda.* Telefonò di nuovo e questa volta il tipo della Scientifica rispose al secondo squillo.

«Ti avevo chiesto di richiamarmi.»

«Non ho potuto farlo.»

«Ho bisogno di te domani mattina.»

«Io... Che cosa vuole?»

«Confrontare i nostri campioni di DNA.»

«Quali?»

«Non fare il furbo con me. So che li hai conservati tutti.»

«Ma... ma con cosa vuole confrontarli?»

I nomi di Sobieski e Claudia Muller produssero il loro effetto. Marquet sembrava completamente sopraffatto. Corso si augurò che quell'imbecille finisse il lavoro prima di schiattare.

Ma intuì qualcos'altro: Marquet sembrava ridotto a uno straccio.

«Cosa ti è successo?» gli chiese.

«È il cimitero.»

«Quale cimitero?»

«Quello di Passy...»

Bisognava strappargli ogni parola di bocca.

«Spiegati meglio.»

Lui farfugliò qualcosa nella cornetta.

«Parla più chiaramente, merda!» urlò Corso.

«Oggi sono andato a visitare la tomba di Claudia.»

«E allora?»

«E allora?» ripeté lui, più forte. «La tomba non c'era più!»

100.

«Si tratta di un'esecuzione testamentaria.»

«Cosa intende dire?»

«La signora Claudia Muller aveva redatto un testamento olografo molto preciso depositato presso il notaio Rogier, boulevard Malesherbes.»

Corso si trovava nell'ufficio del cimitero di Passy, un piccolo locale che assomigliava a una stazione ferroviaria, situato accanto al monumento ai morti all'ingresso del camposanto. Una santuario tra i tanti, ma all'interno del quale si era ancora vivi. Un ambiente intimo e rilassato: due scrivanie, una di fronte all'altra, come quelle di un giudice e della sua cancelliera. Lì si contavano i morti e si consegnavano le ultime volontà dei futuri residenti.

Dopo la rivelazione di Marquet, Corso aveva spento la luce e dormito come dopo una sbronza, per poi prendere il primo aereo sotto tiro e atterrare a Parigi a mezzogiorno. Aveva recuperato la sua Polo ed era andato direttamente al cimitero di Passy per cercare una spiegazione a questo nuovo colpo di scena: la tomba di Claudia Muller si era volatilizzata.

Il responsabile (che quando aveva visto il distintivo si era precipitato a recuperare il fascicolo della signora Muller) gli porse i documenti. Corso aveva paura di non riuscire a decifrarli, ma le ultime disposizioni della defunta erano molto chiare. Claudia aveva dato istruzione che il suo corpo, il giorno dopo l'inumazione prevista dai genitori, fosse trasferito al cimitero parigino di Thiais.

«Perché Thiais?» chiese Corso, inarcando le sopracciglia.

«Non ne ho idea. Ma così è scritto nei documenti che ci ha trasmesso il notaio.»

L'uomo scorse una pila di carte e fatture. Sembrava un piano di battaglia, ma si trattava soltanto dell'ultima dimora di Claudia.

«La signora Muller vi aveva fatto costruire una cappella.»

Corso conosceva il cimitero di Thiais, situato nella Val-de-Marne. Inaugurato negli anni Trenta, era noto per offrire concessioni gratuite ai meno abbienti. Thiais era il cimitero dei barboni, dei dimenticati, dei senza... Corso ne sapeva qualcosa, era stato lui a farvi inumare le cinquantasette vittime parigine della canicola del 2003 le cui spoglie non erano state reclamate.

«Posso avere il numero della sua concessione?»

«Certo», rispose l'uomo, continuando a scorrere il fascicolo. «È vicino alle file 104 e 105.»

Quei numeri contrassegnavano appunto le file gratuite, con spoglie tombe individuali senza fiori. Perché Claudia aveva voluto essere sepolta lì? Cosa significava quell'epilogo?

«Chi ha organizzato il trasferimento del corpo?»

«Le pompe funebri sono state pagate su disposizione della signora Muller. È tutto in regola.»

Claudia aveva programmato ogni cosa. I delitti, il processo, il suicidio e il luogo del suo ultimo riposo.

«Se vuole vedere la sua tomba, questa è la mappa del cimitero», disse l'uomo porgendogli un altro foglio.

Aveva tracciato una croce sulla mappa, come i portieri degli alberghi quando ti indicano un buon ristorante in una città che non conoscete.

Corso prese il foglio e gli fece un'ultima domanda: «Nella cripta è stato inumato qualcun altro?».

L'uomo scorse di nuovo le carte.

«Non conosco i nomi, ma viste le dimensioni della cappella non credo che sia sola, là dentro.»

101.

Corso recuperò l'auto e filò sul lungosenna fino al Pont du Garigliano, dove prese la tangenziale. A Porte de Vanves imboccò l'autoroute du Soleil in direzione di Rungis. Non c'era sole all'orizzonte, ma il traffico era fluido.

Tutte le sue speranze si concentravano ormai sul cimitero: era convinto, senza alcuna ragione apparente, che era lì che Claudia gli avesse dato appuntamento, immaginando che lui avrebbe scoperto la verità, e che quella verità lo avrebbe condotto nel settore del cimitero riservato agli indigenti.

Uscì alla bretella di Rungis. Mentre attraversava il sinistro paesaggio suburbano, pensò a Sophie Sereys che giocava a far soffrire il proprio corpo, a Hélène Desmora che andava a letto con i morti, a Marco Guarnieri che spacciava all'ombra delle montagne russe di Blackpool… Era quasi certo che Claudia Muller avesse fatto trasferire i loro corpi nella cappella.

Aveva fatto costruire una cripta per la sua famiglia maledetta, quel clan che aveva decimato e che secondo lei non aveva il diritto di vivere. Aveva accolto lì anche le spoglie di Philippe Sobieski? No, nell'universo infernale di Claudia il pittore era il nemico, il mostro ripudiato, il responsabile della loro infelicità.

Corso si rese conto che era giunto alla meta – davanti a lui c'erano le mura di pietra che delimitavano il gigantesco cimitero di Thiais. Raggiunse infine l'ultima rotonda prima dell'arco di trionfo, rettilineo e sobrio, che incorniciava l'ingresso centrale. Ma mentre inquadrava il muro a giorno alla sua sinistra, con il portico che gli tendeva le braccia, si accorse che c'era qualcosa che non andava: un segnale che fece suonare un campanello d'allarme nella sua mente.

Il segnale apparve nel retrovisore esterno sinistro.

Un centinaio di metri dietro di lui c'erano due tizi in sella a una moto nera di grossa cilindrata. Non sapeva nulla di moto, ma la linea del veicolo e la posizione dei due uomini curvi sul serbatoio gli ricordarono la Ducati Monster Dark di un collega della squadra di Ricerca e intervento, un minaccioso bolide degno del suo nome.

Un millisecondo più tardi Corso notò che il passeggero impugnava un oggetto facilmente riconoscibile anche da quella distanza: una Uzi Pro, la famosa pistola-mitragliatrice israeliana che sparava mille colpi al minuto.

Si era appena reso conto del pericolo che gli aggressori l'avevano già affiancato. Corso spalancò con tutte le sue forze la portiera, colpendo in pieno la moto. Poi, mentre il pilota andava a sbattere contro il guardrail centrale di cemento, partì a tutta velocità sull'altra corsia.

L'auto ruotò su sé stessa e Corso girò freneticamente il volante per raddrizzarla. Dopo una serie di vertiginosi testacoda, la Polo si schiantò contro la barriera di sicurezza e si fermò, con il motore che sembrava aver tirato le cuoia.

Ahmed Zaraui. Dopo Lambert, era arrivato il suo turno. Se non fosse stato prigioniero della sua ossessione, avrebbe preso delle misure preventive, invece non ci aveva nemmeno pensato.

Portò la mano al fianco e all'improvviso ricordò che aveva cambiato vita, era da tempo che non girava con la pistola alla cintura, apparteneva ormai alla casta dei passacarte, impiegati inermi che bisognava proteggere dai cattivi.

Corso lanciò un'occhiata al retrovisore e vide che la Ducati era passata sull'altro lato della barriera di sicurezza e, coricata su un fianco, bloccava la circolazione. Il pilota era rimasto incastrato sotto e stava cercando di liberarsi mentre il passeggero, in tuta zentai e casco integrale neri, avanzava zoppicando verso la barriera centrale. La scavalcò con qualche difficoltà e si diresse verso la Polo. Il braccio che impugnava l'Uzi si tese e la prima raffica mandò in frantumi il lunotto posteriore.

Chino sul sedile del passeggero, Corso mise in moto, innestò la retromarcia con la mano sinistra e pigiò a fondo sull'acceleratore, allungando le gambe obliquamente, in una posizione da contorsionista. Non vedeva nulla, non sapeva dove fosse il suo aggressore.

Una frazione di secondo più tardi un colpo sordo glielo fece capire. Il motociclista, colpito in pieno, volò sopra l'auto e atterrò sul tettuccio prima di rotolare sul cofano, mentre la Polo continuava la sua corsa a marcia indietro grattando con il parafango contro il cemento del guardrail centrale. Corso aveva guadagnato qualche secondo di sopravvivenza.

Coperto di frammenti di vetro, si raddrizzò sul sedile e innestò la prima. L'aggressore si era già rialzato, pistola-mitragliatrice in pugno, ed era riuscito a scaricare una seconda raffica prima di farsi investire di nuovo. Questa volta non passò sopra l'auto, ma sotto, falciato alle gambe.

Corso accelerò e sentì il corpo sotto le ruote. Qualche metro più avanti frenò. Non rifletteva, non respirava, era soltanto aggrappato alle poche mosse che potevano salvargli la vita. Guardò di nuovo lo specchietto retrovisore: il motociclista giaceva immobile in mezzo alla strada. Innestò la marcia indietro e passò di nuovo sopra il corpo, lo spinse fino alla barriera e, manovrando come un folle, gli sfondò il cranio.

L'auto si ritrovò bloccata dalla rampa, la ruota posteriore sinistra era salita sul parapetto. Corso cercò di aprire la portiera, ma era incastrata. Si slacciò la cintura di sicurezza e tentò di spostarsi a destra.

In quell'istante, il finestrino sinistro esplose e altri frammenti di vetro si riversarono nell'abitacolo. Corso ebbe soltanto il tempo di aprire la portiera del passeggero e rotolare a terra. Il conducente della moto era riuscito a liberarsi. Uno dei due era Zaraui? Probabilmente no. Erano soltanto dei sicari, che per fortuna sparavano a casaccio.

Corso si acquattò dietro l'auto. Non aveva ancora visto il

suo avversario, ma dall'angolo di tiro poteva indovinarne (vagamente) la posizione. Di sicuro era dall'altro lato del guardrail. Sporse la testa per sbirciare la strada: il tiratore era sull'altra corsia e imbracciava un'arma semiautomatica.

Corso avrebbe potuto cercare di fuggire infilandosi tra le auto bloccate, ma il rischio era troppo grande: il killer non si sarebbe fatto scrupolo di sparare alla cieca, uccidendo qualche automobilista che si nascondeva dietro la propria vettura.

Optò dunque per una soluzione più cinematografica. Aprì il cofano dove da mesi teneva la tanica con la benzina di riserva, svitò il tappo e la svuotò sotto l'auto. Mancava soltanto l'accendino zippo, al sicuro nella sua tasca. Quindi lanciò un'altra occhiata verso la balaustra. L'assassino con il casco integrale continuava ad avanzare, sparando a destra e a manca come un indemoniato. Gli automobilisti alle sue spalle si erano precipitati fuori dalle vetture e, rannicchiati dietro i paraurti, cercavano di chiamare la polizia e di vedere cosa stava succedendo sul boulevard della morte.

Corso calcolò che il killer l'avrebbe raggiunto entro trenta secondi circa, la benzina avrebbe preso fuoco e la macchina... non sarebbe esplosa – nella vita vera le macchine non esplodevano mai. Ma c'erano buone possibilità che avrebbe prodotto una spessa nuvola di fumo nero. Era tutto quello che gli serviva.

Infilò lo zippo acceso sotto la Polo, la fiamma corse lungo l'asfalto e sfrigolò prima di prorompere con un rumore sordo. Il fuoco trascolorò dal blu all'arancione e infine al bianco... Un fumo nero cominciò a sollevarsi dalla strada, dalle portiere aperte e dal cofano. Nel giro di qualche secondo un vero e proprio muro separò le vetture bloccate dalla Polo di Corso da un lato e quelle dietro la Ducati coricata dall'altro.

Corso non vedeva più nulla, ma anche il killer era accecato. Il poliziotto si precipitò verso il motociclista che aveva sfracellato. In mezzo a tutto quel fumo non vide il corpo e ci inciampò sopra. Finì lungo disteso, ma si rialzò su un ginocchio e fu investito da un'ondata di calore proveniente dalla Polo in fiamme. Il suo viso sudava, ma il corpo tremava. Rimase a quattro zampe, approfittando di due vantaggi: protetto dal guardrail e più vicino al suolo.

Brancolò, in apnea, con le lacrime agli occhi, sentendo ogni secondo dilatarsi nell'aria come se fosse l'ultimo. Il killer sarebbe presto spuntato dal sipario nero e gli avrebbe perforato la testa. A un metro di distanza, nemmeno un pessimo tiratore l'avrebbe mancato. Passò le mani sull'asfalto, sentendo sulla schiena le vampate della Polo in fiamme. Nonostante stesse trattenendo il respiro, percepiva i miasmi che otturavano gli orifizi della sua faccia e i pori della sua pelle, ogni gesto era un nuovo passo verso la perdita di conoscenza.

Porca puttana! Sempre a quattro zampe, si rese conto di arrancare nel sangue del motociclista che aveva investito e in una sorta di succo di cervello che fuoriusciva dalle crepe del casco sfondato. Mentre tratteneva un conato di vomito, il killer spuntò in mezzo alle volute di fumo: l'arma puntata, l'indice sul grilletto, la visiera nera del casco...

Il prossimo passo sarebbe stata la morte, ma l'uomo non sparò.

Non ne ebbe il tempo.

Corso aveva finalmente trovato quello che cercava: con la mano stretta sull'Uzi Pro del morto, aveva teso il braccio e premuto il grilletto, sparando una raffica in direzione del nemico e spedendolo nel nulla della morte anonima che spetta alle canaglie.

102.

Il cimitero di Thiais offriva la vista di una distesa di lastre di pietra e ghiaia che evocava i tempi in cui gli uomini pensavano che la terra fosse piatta e che ai suoi confini ci fosse l'infinito.

Nell'aria gelida, Corso avanzava faticosamente tra le file di tombe, coperto di sangue e fuliggine, il volto contratto dai tic, il corpo scosso dai brividi. Da lontano, molto lontano, gli giungevano gli ululati a due toni delle sirene della polizia, dei pompieri e delle ambulanze. In quell'angolo solitamente tranquillo dell'Île-de-France era passato Stéphane Corso…

Il cimitero di Thiais era grande come una città e in generale i visitatori si recavano a bordo delle loro auto fino alle tombe che cercavano. Corso attraversò il settore 94, «il quadrato degli angeli», quello dei lutti perinatali. Accanto all'inferno degli indigenti c'era dunque il limbo dei bambini morti prima di essere nati o scomparsi nei primi giorni di vita. Le lapidi erano decorate con fiori, piccole serre, boccali di vetro con dentro orsacchiotti di peluche, braccialetti o cuffiette da neonato.

Subito dopo c'era il settore 102, riservato a quelli che avevano donato i loro corpi alla scienza. Un luogo di memoria, di raccoglimento, dove le tombe erano vuote – evidentemente – ma sulle lapidi c'erano i nomi e le date…

Corso raggiunse infine i settori 104 e 105, la *no man's land* dei morti in miseria, senza un parente e senza un fiore. Era lì che Claudia aveva scelto di riposare. Era facile indovinare il perché: nonostante la ricchezza, l'educazione borghese e la formazione d'élite, l'avvocato si considerava una di loro. Era convinta di non valere niente, e quel «niente» era diventato la sua unica ragione di vita. Aveva dovuto cancellare tutte le tracce di quella sporca storia – il padre assassino, i figli non voluti... – e finire lì, tra i miserabili e i senza nome.

La cappella di Claudia era visibile da lontano.

La costruzione spiccava sopra le tombe orizzontali e non possedeva nessuno stile particolare: un semplice blocco di cemento, senza nomi né date, più simile a un bunker che a una tomba. Corso avanzò fino al cancello e abbassò la maniglia: era aperto.

All'interno la luce filtrava attraverso feritoie che da fuori non aveva notato. I raggi del sole illuminavano cinque bare posate su cavalletti. Corso si domandò se questa disposizione fosse quella prevista da Claudia o se fosse soltanto una soluzione temporanea in attesa di inumare separatamente ogni bara.

Notò che su ognuna – erano tutte bare standard in legno di pino – c'era una targhetta avvitata all'altezza dei piedi. Lesse i nomi senza alcuna sorpresa: «Sophie Sereys, Hélène Desmore, Marco Guarnieri, Claudia Muller...».

Corso si chiese come fosse riuscita a esumare i cadaveri e a riunirli lì. Ma in fin dei conti era un avvocato: conosceva tutte le scappatoie legali e quei morti erano senza famiglia.

Quando arrivò alla quinta bara, si chinò per leggere l'ultima targhetta. E a quel punto fece un balzo indietro, come se avesse visto spuntare un orribile rettile. Sulla targhetta c'era il suo nome. *Che cos'è questo delirio?*

La bara non era sigillata. Corso sollevò il coperchio e scorse un rettangolo bianco all'interno: una busta. L'aprì ed estrasse alcune pagine scritte a mano. Non conosceva la calligrafia di Claudia, ma capì subito che era la sua. Gli aveva lasciato una lettera di spiegazione.

Lo aveva scelto come depositario del suo segreto.

Corso decise di leggere la lettera lì, al riparo, mentre continuava a udire l'ululato delle sirene in lontananza. La polizia non ci avrebbe messo molto a trovarlo e ad arrestarlo. Ma non era grave: quando sarebbero arrivati, lui avrebbe già scoperto la verità. Tutto il resto non aveva importanza.

103.

Corso,

se stai leggendo questa lettera significa che hai fatto un sacco di strada e che ormai hai capito come sono andate davvero le cose.

Quando ho appreso la verità sulle mie origini, la mia vita si è fermata. La nostra esistenza si misura soltanto con il tempo che duriamo sulla terra. E il mio tempo non significava più nulla. Non era legittimo. Era soltanto un errore frutto della violenza e dell'abiezione.

Nel corso degli anni ho condotto la mia inchiesta. Ho seguito, passo dopo passo, i vagabondaggi del mio padre biologico, i suoi spostamenti, i suoi misfatti, le sue aggressioni... Ho rintracciato lungo i confini orientali della Francia i bambini nati da stupri, i figli di ignoti e tutto ciò che quell'ondata di violenza aveva sospinto a riva.

A poco a poco, ho ricostruito il ritratto della nostra famiglia: Sophie, Hélène, Marco... E nel frattempo ho maturato il mio piano: eliminare i frutti del seme di Sobieski e usare le loro morti per annientare definitivamente quell'essere immondo.

«Inesorabile», adoro questa parola.

La mia vendetta sarebbe stata inesorabile...

Sono certa che non capirai perché li ho uccisi e li ho fatti soffrire così tanto. Tu credi in Dio, Corso? Sono sicura di sì. Dietro le tue arie da duro e vagabondo sei soltanto un timoroso piccolo-borghese aggrappato a certezze che non hai mai avuto. Da buon cattolico, sai che la sofferenza purifica, che il sacrificio riscatta i nostri errori, che profanando la carne si fa assurgere al cielo l'anima...

Bisognava passare attraverso questi omicidi. Torturare le mie vittime fino ai limiti della loro coscienza. Soffocarle in un'apoteosi del dolore. Era l'unico mezzo per liberarle, strapparle alla loro miserabile ganga, quel corpo grottesco nato dal male.

Vuoi i particolari? Eccoli. Ho conosciuto Sobieski molto prima di mettere in atto il mio piano. Naturalmente ha cercato subito di scoparmi, ma sono riuscita a depistare i suoi istinti depravati indirizzandolo verso lo Squonk. Gli ho presentato Sophie e Hélène. E lui se l'è spassata con le sue stesse figlie, loro condividevano con lui i desideri più viziosi. Peccato che non si siano resi conto di aver trasgredito il più forte dei divieti: l'incesto.

Non è stato difficile eliminare quelle due oche ossessionate dai piaceri morbosi. Ma a Blackpool le cose non sono andate come avevo previsto. Sono stata io a convincere il gallerista di Manchester a invitare Sobieski. Dopo lo scambio del suo dipinto sotto la Manica (nemmeno io ho mai saputo di quale opera si trattasse) bisognava attirarlo verso il Nord dell'Inghilterra.Sapevo che una volta là, non avrebbe resistito ai piaceri perversi di Blackpool. Speravo che acquistasse un po' di droga da Marco, ma l'incontro non è avvenuto. Poco importava, bastava che il sospettato si trovasse nei paraggi dell'omicidio.

Quella notte ho ucciso il mio fratellino. Ho lasciato il suo corpo ai piedi della Black Lady facendo in modo che un pescatore mi vedesse. Mi piaceva l'idea di piazzare un cadavere in fondo al mare, in una trasparenza nera che avrebbe dato un nuovo rilievo al grido di Goya...

Sul versante dell'indagine, a volte le cose mi sono sfuggite di mano. Avevo programmato di eliminare Sophie Sereys mentre tu eri di turno, ma ti avevano chiamato per un altro caso e così se n'era occupato Bornek. Ma a quanto pare, un qualche ordine superiore doveva essere dalla mia parte perché alla fine sei stato tu a ereditare l'inchiesta...

A quel punto mi bastava collocare degli indizi sulla tua strada: il quaderno di schizzi nella cantina dello Squonk, le tracce di sangue nello studio di Sobieski, le firme sulle sue tele (mi ero procurata di nascosto dei campioni di sangue in un laboratorio per trasfusioni)... L'intervento di Jacquemart mi ha dato una mano, i quadri di Sobieski ispirati alla scena del crimine avrebbero potuto compromettere tutto, ma tu non hai mollato il tuo sospettato... Un altro problema è stato Mathieu Veranne: quando è venuto a testimoniare al processo, temevo ti dicesse che ci conoscevamo, che era stato lui stesso a insegnarmi l'autosospensione... Per fortuna questo particolare è passato sotto silenzio. Se tu avessi capito che anch'io praticavo lo shibari, *avresti sospettato un collegamento sotterraneo tra Sobieski e me. Ma avresti avuto torto: è solo nella prospettiva della mia vendetta che ho perfezionato questa tecnica.*

Dopo l'arresto di Sobieski sarebbe stato tutto più facile. Ho assunto la sua difesa per inchiodarlo meglio. Sobieski era un falsario, e questa attività era il migliore degli alibi. L'allusione a Goya mi avrebbe permesso di accusarlo e scagionarlo al tempo stesso, con Pérez come colpevole di riserva. Ho esperienza delle corti d'assise, sapevo che tutto quello che era stato detto durante le sedute sarebbe stato spazzato via dalle firme di sangue sulle tele. Per lasciare il segno non c'è nulla di meglio che un po' di teatro...

Un particolare che tutti ignorano: ai funzionari dell'Ufficio centrale di lotta contro il traffico di beni culturali non sarebbe mai venuto in mente di analizzare i colori delle opere moderne di Sobieski. Sono dovuta ricorrere a una lettera anonima per consigliarli di orientarsi in quella direzione.

Contrariamente a quanto puoi immaginare, il suicidio di Sobieski non mi ha colmato di gioia. Volevo riservargli una morte lenta e dolorosa in galera, ma l'impiccagione con il nodo che era diventato la mia firma è stata una conclusione insperata. Sobieski aveva una qualità: era coerente nella sua stupidità. È rimasto fino alla fine il provocatore che abbiamo conosciuto. Con quel nodo ha voluto ingannare ancora una volta i suoi nemici, farli sprofondare nel loro errore, a rischio di autoaccusarsi.

Mi restava soltanto da morire. Dovevo infliggermi lo stesso supplizio degli altri. Quello che era giusto per loro lo era anche per me. Ma allora perché l'anestesia? Le analisi tossicologiche hanno sicuramente rivelato questo dettaglio. Non è stato per soffrire meno, volevo soltanto essere sicura di portare a termine il lavoro. E temevo che il dolore mi avrebbe impedito di conservare la lucidità.

La mia morte avrebbe disorientato la polizia, ma quello che volevo era giocare con te. Tu ne saresti rimasto sconvolto e avresti concluso che l'assassino era ancora vivo per poi scoprire che mi ero suicidata. E avresti pensato che avevo seguito lo stesso modus operandi *per discolpare Sobieski.*

Ma la verità era ancora altrove... E ti ha portato fin qui, alla tomba dei «Sobieski». Noi siamo una famiglia, Corso, e dobbiamo riposare tutti insieme in questa eternità che non avremmo mai dovuto lasciare.

Ma perché questa quinta bara con il tuo nome? Ho trascorso anni interi a spulciare archivi nei municipi, denunce, deposizioni, segnalazioni nelle gendarmerie lungo il confine orientale. Ho sondato la memoria degli ospedali nella zona di caccia di Sobieski. Ho teso le orecchie nei bar, nei negozi e persino nelle case di riposo...

Centinaia di volte ho creduto di avere scoperto nuove vittime del violentatore ma poi, in assenza di prove, ho dovuto abbandonare quei casi. Ho raggiunto la certezza soltanto con Sophie Sereys, Hélène Desmora, Marco Guarnieri... e me stessa. Le analisi del DNA *me ne hanno dato conferma.*

Ma mentre vagavo per queste valli il diavolo mi ha fatto un regalo. Una sorta di bonus. Un altro stupro. Un'altra nascita anonima. Un altro bambino.

Anche sua madre, una studentessa diciassettenne di Grenoble, aveva sporto denuncia, ma l'inchiesta non era approdata a nulla. Per il periodo della gravidanza la ragazza si era trasferita a Nizza, dove aveva partorito in segreto. Pensava di riuscire in quel modo a cancellare quell'abominevole episodio dalla sua memoria, ma lo stratagemma non aveva funzionato: in preda alla depressione, si era suicidata qualche mese più tardi. Il bambino nato da quella violenza era cresciuto ai margini della società, sprofondando nella droga, nella delinquenza e nella violenza finché non era stato redento da una poliziotta in guisa di fata turchina ed era diventato uno dei migliori agenti del Trentasei. Ti ricorda qualcuno?

È trascorso molto tempo da quando ho fatto eseguire il tuo test del DNA*: la metà del tuo patrimonio genetico appartiene al demonio. Tu sei il primo figlio di Philippe Sobieski. Il mio sogno – che ti venisse affidata l'inchiesta e che tutta questa storia diventasse un autentico affare di famiglia – si è realizzato.*

Hai creduto di condurre un'indagine, di arrestare il colpevole e di trovare in me l'amore... Non era altro che un'illusione. Stavi solo interpretando la tua parte nel nostro dramma familiare. E per questo ti sono riconoscente: sei stato perfetto. Non azzardarti a rive-

lare la verità a nessuno: la nostra storia si conclude in questa cripta e riguarda soltanto noi.

Non ti rimane che una cosa, da fare: riempire la quinta bara.

So che ti sei battuto per tutta la vita come hai potuto. Sei stato un poliziotto, ti sei sposato e hai avuto un figlio, ma nulla ti ha potuto salvare. Sei un criminale. Un assassino. Un perverso. Il tuo sangue è marcio, tossico, corrotto. Prima la finirai, meglio sarà. Noi siamo un errore genetico. Né tu né io possiamo farci nulla: il nostro tempo è scaduto.

Non devi necessariamente agire subito. Matura la tua decisione. Pensa alle tue sorelle, spogliarelliste abbiette e depravate, a tuo fratello Marco, spacciatore strafatto che non valeva il prezzo di una dose. Pensa a me, che ho trovato una ragione di vivere soltanto nell'omicidio e nella crudeltà. Pensa a tuo padre, una creatura negativa che non avrebbe mai dovuto esistere.

È questo il tuo clan, è questo il tuo sangue.

Non ti dico addio ma a presto. So di poter contare su di te. Sei sempre vissuto con questa ferita, questo cancro che condividiamo. Il nostro posto è qui, nel cimitero di Thiais, noi che proveniamo dalla peggiore delle miserie. Nessuno voleva saperne di noi, nessuno ci ha mai desiderati. Siamo morti ancora prima di nascere.

Un giorno, forse, avremo un'altra possibilità, nasceremo da un vero desiderio, saremo voluti, accuditi, amati… Ma oggi l'unica via d'uscita è la Terra dei Morti: ti aspetto nel suo silenzio come un nocciolo nel suo frutto.

Claudia

104.

Quando Corso uscì dalla cappella, la polizia aveva fatto irruzione nel cimitero. Gli agenti, con la pistola in pugno, avanzavano nel mare di tombe, tra le lapidi e i cespugli, come se il ricercato si trovasse tra i morti. Il che era quasi vero, poiché Corso, come uno zombi, era appena uscito da una riunione di famiglia in fondo a una cripta.

Le sirene ululavano ancora e il fumo nero sporcava il cielo in un clima da fine del mondo. *Magnifico.* Corso barcollò nella luce declinante del tramonto. Aveva finalmente scoperto le proprie origini e c'era di che ridere: proveniva dal nemico stesso, dal seme di un omicida, dal mondo del crimine. Da quando era diventato poliziotto, non aveva mai smesso di lottare contro le proprie origini: l'universo degli assassini, dei violentatori, dei fuorilegge, quelli che erano stati respinti dal mondo e si vendicavano seminando la morte e il panico sulla terra.

Un agente lo vide e gli intimò di fermarsi, subito raggiunto dagli altri. Avevano finalmente trovato la loro preda, colui che aveva fatto fuori due uomini in pieno giorno su una strada qualunque. Corso l'assassino, Corso il poliziotto, Corso il figlio del male, levò le braccia come un delinquente qualsiasi che non ha più via di scampo.

Lo fecero stendere a terra, lo perquisirono e lo ammanettarono schiacciandogli la faccia sulla tomba di un anonimo. Poi gli elencarono i suoi diritti e gli promisero una stagione all'inferno.

Corso sorrise. Il presente non gli interessava. Il passato neppure e il futuro ancora di meno. Aveva finalmente trovato la chiave dell'inchiesta che aveva fatto implodere la sua esistenza.

«Liberatelo, razza di idioti.»

Steso a terra, Corso alzò gli occhi. Davanti a lui c'era Barbie. Ma adesso era il comandante Barbara Chaumette, avvolta in un impermeabile che dissimulava il vestito pietoso e i collant malandati.

Lo fecero alzare, gli tolsero le manette e lo rimisero un po' in sesto.

«Toglietevi di torno», ordinò Barbie agli agenti, che ubbidirono senza farsi pregare.

«Li avete identificati?» chiese Corso.

«Ahmed Zaraui in persona e il suo braccio destro Mokhtar Kassum. Ti hanno riservato il meglio.»

«Sparavano da cani.»

«Sporgi un reclamo, se vuoi.» Barbie si guardò attorno. «Puoi spiegarmi cosa ci fai qui?»

Lui non rispose subito. Le parole di Claudia gli ballavano ancora davanti agli occhi. Quella ricerca della distruzione. Quella missione suicida fondata sull'odio di sé e il disgusto del passato. Quella rabbia che si era trascinata dietro tutto. E quello strano invito al suicidio...

«Claudia Muller si è fatta inumare qui.»

«E allora?»

«Volevo visitare la sua tomba, avere un momento di raccoglimento.»

Barbie annuì senza crederci. Aveva di certo capito da tempo che c'era qualcosa di strano nell'omicidio di Claudia Muller, ma non sapeva cosa, e altri crimini stavano ormai richiedendo la sua attenzione.

«Devi venire al Trentasei per la deposizione.»

«Certo», disse Corso con un sorriso.

«La Bompart vuole vederti.»

«Perché?»

Questa volta fu Barbie a sorridere.

«La tua domanda di reintegrazione è stata accolta. Con effetto immediato. Potrai scoprire il 36 di rue du Bastion.»

Quell'indirizzo sembrava uno scherzo. Ma era l'ultima

conferma in cui sperava. Sì, la sua esistenza aveva un senso, doveva ancora dare la caccia ai criminali, perseguire la sua strada oscura, guadagnarsi da vivere salvando le vite degli altri. E soprattutto, crescere Thaddée dandogli tanto amore, anche se questo avrebbe significato litigare con la sua ex, pianificare le ore di lavoro e immergere le mani nel fango dell'umanità.

Barbie ripartì verso la nuvola nera che incombeva sul mondo degli uomini, squarciata dalle luci lampeggianti delle auto della polizia e delle ambulanze.

Lui la seguì trascinando i passi. Si lasciava alle spalle la maledizione di Claudia, l'abisso che lei aveva spalancato sotto i suoi piedi, le atroci verità che gli aveva rivelato.

Aveva preso atto del suo appuntamento.

Ma aveva un figlio, un lavoro, un avvenire.

La Terra dei Morti poteva attendere.

Finito di stampare nel mese di giugno 2020
da Rotolito S.p.A.